Thomas Pynchon

Vineland

•

바인랜드

창비세계문학

49

•

바인랜드

•

토머스 핀천

박인찬 옮김

창비

차례

•

바인랜드
9

작품해설 / 잃어버린 유토피아, 혹은 그대 낙원에 다시 못 가리
615

작가연보
629

발간사
633

일러두기

1. 이 책은 Thomas Pynchon, *Vineland* (London: Vintage 2000)를 번역 저본으로 삼았다.
2. 본문 중의 각주는 옮긴이의 것이다.
3. 외국어는 가급적 현지 발음에 준하여 표기하되, 일부 우리말로 굳어진 것은 관용을 따랐다.

나의 어머니, 아버지께

어떤 개든 잘나갈 때가 한번은 있어,

그런데 착한 개한테는

그럴 때가 한번 더 있을 수 있어.

—조니 코플랜드*

* 조니 코플랜드(Johnny Copeland, 1937~97). 미국 텍사스 출신의 유명한 블루스 기타리스트 겸 가수. 제사는 그가 1994년에 발표한 「캐치 업 위드 더 블루스」에 수록된 '에브리 도그스 갓 히즈 데이'(Every Dog's Got His Day)의 가사 중 일부다.

1984년 어느 여름날 아침 평소보다 늦게, 조이드 휠러는 지붕 위에서 쿵쿵거리고 돌아다니는 어치떼 소리를 들으며, 창가에서 스멀스멀 움직이는 무화과나무 사이로 비치는 햇살에 자기도 모르게 잠에서 깼다. 꿈에서 보았던 새는 멀리 바다 건너 어딘가에서 온 전령 비둘기들이었는데, 한마리씩 착륙과 이륙을 반복해가며 그에게 소식을 전하려 했지만 비둘기 날개 사이로 고동치는 햇빛 때문에 그는 제때 받을 수가 없었다. 틀림없이 그것은 가장 최근의 정신장애인 생활보조금 수표와 함께 온 편지와 관련해서 어떤 보이지 않는 힘이 슬쩍 보내온 또다른 은밀한 신호일 것 같은 직감에, 그는 지금부터 일주일 이내에 만약 공개적으로 미친 짓을 하지 않으면 그 혜택을 받을 자격을 잃게 될 거라는 생각이 들었다. 그는 침대에서 신음 소리를 내며 일어났다. 언덕 아래 어딘가에서 분주하게 망치질과 톱질을 하는 소리가 들렸고 누군가의 트럭 라디오에서는 컨트리음악이 흘러나오고 있었다. 담배는 다 떨어지고 없었다.

부엌 테이블 위에 놓인 카운트 초큘라[1] 상자를 열어보니 텅 비어 있었다. 바로 옆에는 프레리가 남긴 메모가 있었다. "아빠, 교대시간이 또 바뀌었대. 그래서 타프시아랑 차 타고 가. 채널 86에서 아빠 찾는 전화가 왔었어. 자꾸 급하다고 해서, 그러면 이따 한번 깨워보라고 했어. 어쨌든 사랑해, 프레리."

"그럼 또 플룻 룹스[2]네." 그는 메모를 보며 중얼거렸다. 위에다 네슬레 퀵을 충분히 뿌려 먹으니 그리 나쁘지 않았고, 집 안의 다양한 재떨이들에서 아직 피울 수 있는 담배꽁초 여섯개를 건졌다. 욕실에서 되도록 충분한 시간을 보낸 후 그는 마침내 전화기를 찾아 지역 텔레비전 방송국에 전화를 걸어 올해의 특종이 될 만한 소식을 들려주려고 했다. "다시 확인해보세요, 휠러 씨. 일정이 바뀌셨다고 들었거든요."

"누구한테 확인해보라는 거야, 내가 바로 주인공인데, 안 그래?"

"모두들 큐컴버 라운지에서 모이기로 되어 있어요."

"난 그럴 생각 없어. 델 노르트에 있는 로그 잼에 가 있겠어." 이 사람들이 대체 왜 그러는 거지? 조이드는 이 일을 몇주 동안 계획해온 터였다.

데즈먼드는 현관에 나와 개밥그릇 주위를 서성거렸지만, 그릇은 짹짹거리며 삼나무 숲에서 날아온 어치들이 안에 든 음식을 야금야금 가져가는 바람에 늘 텅 비어 있었다. 얼마 후 이러한 개먹이 식사 때문에 새들에게 어떤 습관이 생기기 시작했는데, 알려진

1 초콜릿 맛 씨리얼 제품.

2 카운트 초큘라와 마찬가지로 아침에 주로 먹는 씨리얼 제품.

바에 따르면 몇몇 새들은 자동차와 픽업트럭을 몇 마일이고 쫓아가서 그것을 못마땅하게 생각하는 사람들을 쪼아댄다는 것이었다. 조이드가 바깥으로 나가자 데즈먼드는 뭔가 찾는 듯한 표정으로 그를 쳐다보았다. "하던 거나 계속해." 개의 얼굴에 묻은 초콜릿 부스러기를 보고 고개를 가로저으며 말했다. "프레리가 밥 준 거 다 알아, 데즈먼드. 뭘 주었는지도 다 안다고." 데즈먼드는 아무 나쁜 감정이 없다는 듯 꼬리를 앞뒤로 흔들며 그를 장작이 있는 데까지 쫓아와서는, 조이드가 차를 차도까지 뒤로 쭉 빼서 하루를 시작하기 위해 돌아나가는 모습을 지켜보았다.

조이드는 바인랜드 몰에 도착해 잠시 주차장 주위를 돌다가 차를 대고 대형 치수 여성복 전용 할인가게인 모어 이즈 레스에 들어가, 텔레비전 화면을 잘 받는 알록달록한 파티복을 한벌 사서 그와 여자 판매원 모두 처음에 승인이 떨어지지 않자 금전등록기에 대해 불길한 예감이 들었던 수표로 지불한 뒤에, 곧바로 브리즈스루 주유소의 남자 화장실로 자리를 옮겨 파티복으로 옷을 갈아입고 정신건강 전문가들의 눈에 영락없이 미친 것처럼 기억되게끔 작은 머리빗으로 머리와 얼굴에 난 털들을 죄다 엉클어놓았다. 그는 다시 주유소로 돌아와 5달러어치 휘발유를 넣은 뒤에, 뒷좌석으로 가서 늘 갖고 다니던 상자에서 1쿼트들이 오일을 꺼내, 주둥이를 꽂아 깡통에 옮긴 다음, 대부분은 자동차엔진에 넣고, 나머지는 휘발유와 섞어 깡통에 보관했다가, 당시에는 캔버스 비치백에 넣어서 다녔던 미니맥[3] 크기의 작고 잘빠진 수입품처럼 생긴 체인톱 연료통에 쏟아부을 생각이었다. 프레리의 친구 슬라이드가 사무실에서

3 Mac-10. 경기관총의 일종.

어슬렁거리며 나오더니 그를 한번 훑어보았다.

"우오, 벌써 그때가 됐나요?"

"올해는 나도 모르는 사이에 찾아왔어. 이제 이 일을 하기엔 나이가 너무 든 것 같아."

"그 심정 알아요." 슬라이드가 고개를 끄덕였다.

"넌 고작 열다섯이야, 슬라이드."

"다 봤어요. 올해는 누구네 집 앞창문에다 할 건데요?"

"아무네 집에서도 안해. 그 짓은 그만할 거야. 창문에서 뛰어내리는 건 과거에나 하던 일이고, 올해는 이 작은 체인톱을 들고 로그 잼에 가서 거기에서 뭔가 해보려고 해."

"음, 어쩌면 안 그러시는 게. 휠러 아저씨, 최근에 거기 가본 적 있어요?"

"그래, 알아, 아주 튼튼하고 거친 사내들이 하루 종일 그곳에서 나무에 깔려 죽을 뻔해도 가까스로 피해가며, 무엇이든 상식에서 벗어난 이상한 거라면 거의 참지를 못하고 지낸다는 거. 하지만 나도 깜짝 놀라게 할 재주가 있다고. 안 그럴 것 같아?"

"곧 아시게 될 거예요." 슬라이드가 지친 표정을 지으며 한마디 했다.

그도 그러고 싶었지만, 이미 지쳐버린 그의 유머감각이 더이상 버텨내기 힘들 만큼 너무 많은 시간을 101번 고속도로 위에서 써버리고 난 바로 뒤였다. 그것은 삼나무 숲을 느긋하게 관광 중인 다른 주에서 온 위네바고 캠핑카들 때문이었다. 그는 그 사이에 낀 채, 2차선 직선코스에서 속도를 줄이고 상당히 신경 써가며 반드시 친절하지만은 않게 차를 몰아야만 했다. "이럴 수가." 그는 자동차 소음 너머로 크게 소리 질렀다. "캘빈 클라인 진품이구먼!"

"캘빈은 14보다 큰 거는 절대 안 만들어요." 그의 딸보다 어린 여자아이가 그를 향해 창문 바깥으로 소리쳤다. "그래야 꽉 끼니까요."

로그 잼에 당도했을 때에는 한창 점심시간 중이었는데, 실망스럽게도 방송국에서는 아무도 오지 않았고, 한무더기의 값비싼 기계류들만이 이제 막 아스팔트포장을 한 주차장에 세워져 있었다. 이것은 여러 갑작스러운 변화들 중에 첫번째에 해당했다. 조이드는 텔레비전팀들이 그저 늦어서 그러는 것이겠거니 하고 되도록 기분 좋은 생각을 하려 애쓰며, 톱이 담긴 가방을 들고 한번 더 머리를 점검하고 나서 로그 잼 안으로 뛰어들어갔다. 그러나 그 순간 요리부터 단골손님에 이르기까지 모든 게 달라졌다는 것을 알아차렸다.

우오. 여기 어딘가에 벌목꾼을 위한 술집이 있어야 하는 거 아니었나? 모두 알다시피, 지금이 숲 속 떠돌이 노동자들에게는 한창때였다. 숲이 개벌皆伐되기가 무섭게 일본인들이 가공되지 않은 통나무 원목을 죄다 사들이면서부터는 제재소 노동자들의 사정이 이전만 못했지만, 그렇더라도 이곳의 지금 모습은 이상했다. 죽음에 대해서라면 특히 더 태도가 거친 위험한 남자들이 디자이너 브랜드의 높고 둥근 의자에 빙 둘러 살짝 걸터앉아 키위 미모사를 조금씩 마시고 있었다. 한때만 해도 연안 일대의 수백개에 걸친 프리웨이 출구 근처에서 여섯 버전의 '쏘 론섬 아이 쿠드 크라이'[4]를 포함해 가장 많은 컨트리 웨스턴 음악을 소장한 것으로 유명했던 주크박스는 귀에 들릴락 말락 작은 소리로 찍찍거리는 가벼운 클래식과

4 미국의 유명한 컨트리 가수 행크 윌리엄스(Hank Williams)가 부른 '아임 쏘 론섬 아이 쿠드 크라이'(I'm So Lonesome I could Cry).

뉴에이지 음악으로 싹 바뀌어, 지금은 모두 아버지의 날 광고 모델들 같은, 술집을 가득 메운 벌목꾼들과 초커 쎄터[5]들을 가라앉히고 달래주었다. 그들 가운데 조이드가 들어오는 것을 맨 먼저 본 덩치 큰 남자들 중 한명이 그를 상대하려고 나섰다. 남자는 유행하는 스타일의 썬글라스를 끼고, 파스텔 톤의 격자무늬로 된 턴불 앤드 어서 셔츠에, 마담 그리스가 만든 세자리 숫자 가격의 진을 입고, 부드럽지만 지나치게 파란 스웨이드로 된 벌목후後 신발을 신고 있었다.

"안녕, 예쁜 아가씨, 아주 근사해 보이는걸. 다른 곳에서 다른 기분으로 만났더라면 매력 넘치는 당신을 개인적으로 알고 싶었을 텐데. 하지만 옷 입은 걸로 보아하니 워낙 민감한 타입의 사람이라, 이곳이 지향하는 분위기[6]를 받아들이는 데 문제가 있을 것 같은데. 내 말이 무슨 말인지 알아듣는다면 말이지—"

이미 혼란에 빠진 조이드는 생존본능이 내내 기대만큼 작동하지 않을 수도 있을 것 같아 가방에서 체인톱을 꺼내들기로 마음먹었다. "버스터." 그는 카운터 뒤에 있는 술집 주인에게 하소연하듯이 외쳤다. "방송국에서 온 사람들 어디 있어?" 장비를 꺼내자마자 술집에 있는 사람들이 모두 전문가적인 호기심까지는 아니더라도 바로 관심을 보였다. 그것은 주문 제작된 여성용 체인톱이었는데, 광고에 따르면 "나무를 자르고도 남을 만큼 강하지만 핸드백에 충분히 들어갈 만큼 작았다." 톱판, 손잡이, 덮개 표면에는 진짜 진주자개가 박혀 있었고, 금방이라도 윙윙거릴 태세의 톱니가 둘레에

5 choker setter. 벌목할 나무에 케이블을 감는 일을 맡은 사람.

6 성적(性的) 지향을 말하는 것으로, 벌목꾼의 복장을 즐겨 입는 동성애자들을 가리킨다.

나 있는 톱판 위에는 그것을 빌려준 젊은 여자의 이름이 라인석으로 적혀 있어서, 옆에서 지켜보던 사람들은 '셰릴'이 조이드의 여자 가명인 줄로만 알았다.

"침착해, 카우걸 아가씨, 이젠 괜찮아." 조이드가 앙증맞게 생긴 시동용 도르래의 실크 줄을 침착하게 잡아당기자 먼저 말을 걸어왔던 벌목꾼이 뒤로 물러섰고, 이어서 손잡이가 진주로 장식된 여성용 체인톱이 돌며 작동하기 시작했다.

"이 작고 귀여운 게 윙윙거리는 소리를 좀 들어봐."

"조이드, 여기서 도대체 왜 그러는 건데?" 지금이 끼어들 때라고 판단한 버스터가 말했다. "어떤 방송국도 시내에서 이렇게 먼 데까지 사람을 보낼 리 없잖아. 유리카인지 아르카타인지 하는 데에는 왜 안 갔어?"

벌목꾼이 빤히 보며 물었다. "이 사람 알아요?"

"옛날에 씩스 리버스 컨퍼런스에서 같이 연주했던 친구야." 버스터가 환하게 웃으며 말했다. "그때가 참 좋았는데, 그렇지, 조이드?"

"무슨 말인지 안 들려." 조이드가 금세 힘을 잃어가는 위협적인 모습을 유지하려 애쓰며 소리 질렀다. 마지못해 그는 진주 광택이 나는 작은 톱의 속도를 원래의 여자같이 얌전한 낮은음으로 줄인 다음 시동을 껐다. 그러고는 여전히 울리는 진동 소리 사이로 말했다. "실내장식을 다시 했나봐."

"지난달에 들렀더라면, 그 톱으로 안의 것들을 들어내는 데 도움이 되었을 텐데."

"미안해, 버스터. 술집을 잘못 들어왔나 싶었어. 이것들을 어떻게 잘라낸다고. 돈이 꽤 들었겠네. 내가 여기 온 이유는 싸우스 스푸너, 투 스트리트, 그리고 다른 좀더 친숙한 소란스러운 지역들의 주택 고급화를 이유로 분담금을 올려 나 같은 사람들한테 돈을 떼어가려고 해서야. 다들 소송하겠다고 난리야. 시에서 온 잘나가는 개인상해 전문 변호사들 덕에 큰돈이 생기면, 나도 그들이 쓰는 고급 냅킨으로 코를 풀며 더이상 고생 안하고 살아야겠어."

"이제는 여기도 더이상 사람들이 기억하는 것만큼 임대료가 낮지 않아. 사실 조지 루커스와 그의 무리들이 드나들었던 이후로는 의식들이 상당히 바뀌었거든."

"그러게, 나도 눈치챘어…… 어, 저기 있는 숙녀용 맥주나 한병 줘…… 난 아직 그 영화를 보지도 않았어."

「제다이의 귀환」(1983)을 두고 하는 말이었다. 일부가 근처 지역에서 촬영되었고, 버스터의 생각에 그곳의 삶을 영원히 바꾼 영화였다. 그는 이 술집에서 유일하게 바뀌지 않은 것, 바로 지난 세기가 바뀔 무렵 거대한 삼나무 원목을 깎아서 만든 원래의 카운터에 그의 육중한 팔꿈치를 올려놓았다. "그래도 마음속으로는 우리 아직 컨트리 남자잖아."

"주차장 상태를 보면, 독일 컨트리인 게 분명해."

"조이드, 너하고 나는 빅풋[7] 같은 존재야. 시간이 흘러도 우리는 절대 변하지 않아. 새로운 경험에 대한 갈증이 있을 수 있어. 하지만 남자라면 하나의 전문분야를 고수하는 게 좀더 나아. 너만의 원래 전문분야는 창문 관통하기야."

"음, 맞아, 내가 봐도 그런걸." 또다른 벌목꾼이 거의 들릴락 말락 한 목소리로 그렇게 말하고는 옆으로 다가와서 조이드의 다리에 손을 얹었다.

7 북미 서부에 살고 있는 것으로 여겨지는 온몸이 털로 덮인 전설의 괴생명체.

"게다가," 버스터는 침착하게 말을 이어가면서 다리에 놓인 그 손에 시선을 고정했다. "창으로 뛰어들기가 네 주요 종목인데, 이렇게 늦게 다른 종목으로 새로 시작해서 주정부로 하여금 너에 관한 컴퓨터 파일 기록을 다른 것으로 바꾸게 하면, 그들은 너를 탐탁지 않게 여겨 '아하, 이 사람 좀 반항적이지 않아?' 하고 말하게 될 거야. 그러면 곧 네가 우편으로 받아오던 수표는 점점 늦어지거나 심지어는 분실되고 말 거고. 그러고는 '어이, 르메이!' 하고 나서 나더러 '이보게, 친구, 이 손을 여기 카운터 위에 잠깐 올려놓고 손금 좀 봐줘봐' 하고 말할걸. 왜냐하면 난 너를 위해 운세를 봐주게 될 테니까, 그거 어때?" 그러면서 버스터는 웃음을 자아내는 신비한 자석으로 잡아끌듯이, 놔두었으면 만족스럽게 주물럭거렸을 벌목꾼의 손을 이제 정신이 혼미해진 조이드, 혹은 완전히 넋이 나간 것처럼 보이는 르메이가 그를 계속 불러대는 것처럼 셰릴의 다리로부터 카운터 쪽으로 안내했다. "장수할 운세야." 르메이의 손이 아니라 얼굴을 빤히 바라보며 버스터가 말했다. "자네의 상식과 상황파악 능력으로 보건대 그래. 복채는 5달러야."

"정말?"

"아니면 우리한테 술이나 한잔 사. 조이드가 오늘 좀 이상해 보이니까. 정부를 위한 일을 하는 중이래."

"그럴 줄 알았어!" 르메이가 큰 소리로 말했다. "비밀요원이지!"

"미치광이 역할이야." 조이드가 슬쩍 털어놓았다.

"오. 그래…… 그것도 흥미롭겠는걸……"

바로 그때 전화가 울렸다. 조이드를 찾는 전화였다. 그의 파트너인 반 미터가 바인랜드 카운티의 악명 높은 로드하우스 큐컴버 라운지에서 한창 흥분해서 걸어온 전화였다. "지금 시 방송국에서 온 여섯대의 이동식 텔레비전 방송팀하고 거기에다 긴급 의료팀, 간식 트럭이 대기하고 있어. 네가 어디에 있는지 모두 궁금해하며 말이야."

"여기에 있지. 네가 막 전화했잖아, 기억해?"

"아하. 그래, 맞아. 하지만 너 오늘 큐컴버에서 앞창을 관통하기로 되어 있잖아."

"아니! 모든 사람들에게 전화로 바로 여기서 할 거라고 얘기했는걸. 도대체 무슨 일이야?"

"일정이 바뀌었다고 누가 그러던데."

"젠장. 언젠가는 이 짓이 나보다 더 유명해질 줄 알았어."

"이리로 다시 오는 게 좋겠어." 반 미터가 말했다.

조이드는 전화를 끊고 톱을 가방에 넣은 다음 맥주를 다 마시고 퇴장을 하면서 무대인사용 키스를 큼지막하게 날리며 모두들 저녁 뉴스를 꼭 보라고 일렀다.

*

큐컴버 라운지 소유의 재산은 평판이 나쁜 저급한 로드하우스부터 시작해 몇 에이커가량의 삼나무 처녀림까지 이어졌다. 우뚝 솟은 칙칙한 삼나무의 그늘 아래로 장작 난로, 포치, 바비큐 그릴, 물침대, 케이블 TV를 갖춘 스물네개의 모텔용 오두막집들이 난쟁이집처럼 세워져 있었다. 짧은 노스코스트 여름 동안에는 관광객들과 여행객들을 상대로 운영되지만, 비가 자주 오는 그외의 남은 기간에는 주로 지역민들이 주 단위로 방세를 내가며 묵었다. 장작 난로는 음식을 끓이고, 튀기고, 심지어는 굽기에 좋은데다 몇몇 오두막집들은 부탄 버너 또한 갖고 있어서, 장작 타는 냄새와 나무숲에서 나는 자연 그대로의 향기와 함께 근처에서 하루 종일 요리하는 냄새가 공기 중에 진동했다.

조이드가 주차 공간을 찾기 위해 들어선 공터는 포장이 전혀 안 되어 있었고, 수년 동안 지역의 날씨는 도랑을 패어놓았다. 오늘은 방송국에서 온 사람들에다 주와 카운티의 경찰기동대 차량들이 플래시를 터트리며 싸이렌을 켜고 '제퍼디'[8] 주제가를 틀어놓아서 공터가 떠들썩했다. 온 사방에 이동식 방송장치, 조명, 케이블, 촬영팀이 깔려 있었고, 심지어 베이 에어리어의 방송국이 두군데나 와 있었다. 조이드는 초조해지기 시작했다. "아무래도 버스터네 술집에서 쉬운 걸 골라 톱질해버릴 걸 그랬어." 그는 혼자 중얼거렸다. 결국 그는 뒤로 돌아서 반 미터의 주차 공간에 차를 댔다. 수년 동안 그의 오랜 베이스기타 연주자와 말썽꾸러기 친구들은 그가 아직도 '꼬뮌'이라고 부르는 이곳에서 엄청나게 많은 수의 전, 현 여자 친구들과 전 여자 친구들의 남자 친구들, 부모가 있거나 없는 가족의 아이들, 거기에다가 간밤에 찾아든 잡다한 사람들과 살고 있었다. 조이드는 일본에 관한 텔레비전 쇼를 보다가, 토오꾜오와 같이 사람들이 믿을 수 없을 정도로 밀집해 있는 장소라 하더라도, 역사가 흐르는 동안 다들 예의 바르게 행동하는 것을 배운 덕분에 인구과잉에도 불구하고 서로 잘 지낸다는 내용을 접한 적이 있었다. 그래서 평생 의미를 좇으며 살던 반 미터가 큐컴버 라운지의 방갈로로 이사한다고 했을 때 조이드는 일본 스타일의 고요함을 부수적인 효과로 기대했다. 하지만 그런 운은 결코 따르지 않았다.

8 Jeopardy. 1964년에 처음 방송된 미국의 유명한 텔레비전 게임 쇼.

인구과잉에 대한 조용한 해결책 대신에 '꼬뮌'은 말다툼이라는 강력한 해결책을 택했다. 조금도 봐주는 것 없이 높은 데시벨로 주고받는 터라, 그것은 단순한 말다툼이 아니라 의식儀式의 수준으로까지 발전했고, 곧이어 『블라인드사이드 가제트』라는 자체 제작 소식지를 탄생시켰으며, 심지어 프리웨이에서 바퀴가 열여덟개 달린 트럭을 몰고 돌진하는 운전사들의 귀에 제대로 작동하지 않는 라디오나 불안한 유령들의 소리로 들릴 정도였다.

이윽고 저쪽에서 반 미터가 큐컴버의 모퉁이를 돌아 그의 트레이드마크인 '상처 입은 정의'의 표정을 지으며 걸어왔다. "준비됐어? 햇빛이 사라지려 해. 당장이라도 안개가 낄 기색이야. 도대체 로그 잼에서 뭐 하고 있었대?"

"아무것도. 반 미터, 다들 왜 거기 말고 여기에 와 있는 거지?"

그들은 뒷길로 걸어갔다. 반 미터는 걸으면서 이마의 주름살을 잡았다 폈다 했다. "자, 이제 이곳에 왔으니까 내 말 들어봐, 너의 오랜 옛 친구가 방금 도착해 있다면 어떡할래?"

조이드는 땀이 나기 시작하면서 두려움에 맥박이 심하게 뛰었다. 초감각적 지각이라도 작용한 것일까? 친구의 목소리에서 무언가를 감지하여 단지 그에 대한 반응으로 그랬을 뿐인가? 왠지 그게 누구일지 그는 알 것 같았다. 또다른 창을 관통하기 위해 지금 모든 정신을 집중해야 하는 와중에 그는 지나간 옛 시절로부터 찾아온 이 방문객에 계속 신경이 쓰였다. 아니나 다를까, 그것은 조이드의 오랜 추적자이자 마약단속국 요원인 엑또르 쑤니가였다. 다시 돌이켜보자면, 조이드의 활동 영역 안으로 매번 들어올 때마다 새로운 불운과 해로운 영향을 몰고 온 연방의 변덕스러운 혜성 같은 자였다. 하지만 이번엔 워낙 오랜만이라 조이드는 그자가 다른 먹잇감을 발견하여 자기로부터는 영원히 벗어났기를 내심 기대했다. 꿈 깨, 조이드. 엑또르는 화장실 옆에서 잭슨 게임기를 조작하는 척하며 서 있었지만, 실제로는 쌘프란시스코에서 송금해온 돈으로 먹고살 만큼 아버지가 대부분 현금으로 거래하는 사업 분야에서 성공을 거둔 상당한 자산가인 큐컴버의 매니저 랠프 웨이본 주니어와 다시 인사를 나누는 영광을 얻기 위해 기다리고 있었다. 오늘따라 랠프 주니어는 체루티 정장에 커프스단추가 달린 흰 셔츠를 화려하게 차려입고 외국 어딘가에서 들여온 손대면-너-죽는다 하고 경고하는 듯한 이중 바닥의 명품 수제화를 신고 있었다. 이곳에 와 있는 다른 모든 사람들처럼 그 역시 평소와 달리 불안해 보였다.

"이봐, 랠프, 기운 내. 내가 다 알아서 할게."

"아…… 여동생 결혼식이 다음주인데, 밴드가 막 취소됐어. 내가 진행을 맡기로 되어 있는데, 대신할 밴드를 찾아야 해. 누구 좀 아는 사람 있어?"

"그럼, 어쩌면…… 이 랠프 양반 고생시키지 않는 게 좋겠어. 그랬다가는 잘 알지?"

"항상 농담이라니까. 자, 네가 사용할 창을 보여줄게. 뭐 마실 거라도 가져오라고 할까? 오, 그런데 조이드, 네 옛날 친구가 왔어. 너한테 행운을 빌어주려고 여기까지 왔나봐."

"우어." 그와 엑또르는 최대한 짧게 악수를 나누었다.

"옷 죽이는데, 휠러."

조이드는 폭탄 처리반처럼 조심스럽게 손을 뻗어 엑또르의 배를 가볍게 쳤다. "거기 '콧수염이 조금씩 움직이는' 것 같은데요, 아미고."

"더 커졌지, 더 부드러워지지는 않았어. 내일 바인랜드 레인스에서 점심식사 어때?"

"곤란해요. 방값을 벌어야 해서. 지금도 이미 늦었어요."

"중-요-한 일이야." 엑또르가 노랫가락처럼 말했다. "이렇게 생각해봐. 내가 과거 어느 때 못지않게 나쁜 악한이라는 걸 증명해 보이면, 자네에게 점심식사를 사도록 허락해주겠나?"

"못지않게 나쁜 악한이라면……" 언제처럼? 왜 조이드는 매번 계속해서 엑또르의 번지르르한 속임수에 넘어가는 걸까? 그나마 좋아봤자 그로서는 기분만 나쁠 뿐이었다. "엑또르, 이런 대화 하기에는 우린 이제 너무 나이가 들었어요."

"웃음 뒤에는, 결국 눈물뿐이라—"

"좋아요, 그만해요. 그렇게 하죠—나쁜 악한 맞아요, 점심 먹으러 갈게요. 하지만 지금 당장 나는 이 창을 뚫고 뛰어넘어야 해요. 괜찮겠죠? 그럼, 잠깐 실례할게요—"

방송 실무자들은 워키토키에다 대고 뭐라고 중얼거렸고, 운명의 창 너머로는 기사들이 조명 측정기를 흔들고 바깥의 음향 레벨을 확인하는 게 보였다. 조이드는 숨을 깊이 몰아쉬며 반 미터가 지난해에 요가 단계가 끝나갈 무렵 자기는 원래 100달러 주고 산 것이라며 하도 다그쳐서 결국 마음대로 써보지도 못한 20달러를 주고 산 만트라[9]를 조용히 되뇌었다. 마침내 모든 준비가 끝났다. 반 미터는 급하게 미스터 스팍의 벌칸식 거수경례[10]를 했다. "자네가 준비되면 시작해, Z 각하!"

9 석가의 깨달음이나 서원(誓願)을 나타내는 말로서 명상이나 기도 때 외는 주문.

10 미스터 스팍은 '스타 트렉' 씨리즈의 주요 등장인물로, 벌칸 외계인과 인간 사이에서 태어났다. 벌칸 외계인들은 손가락 전체를 브이 모양으로 나누어 거수경례하는 것으로 나온다.

조이드는 눈을 동그랗게 뜨고 카운터 뒤편의 거울에 비친 자신을 들여다보며 머리를 한번 흔든 후 돌아서서 균형을 잡은 다음, 소리를 지르며 마음을 비운 상태로 창을 향해 돌진하여 그것을 뚫고 나왔다. 창에 부딪치는 순간 그는 뭔가 이상하다고 느꼈다. 충격이 거의 없었고, 촉감과 소리가 완전히 다른 게 아무 반동이나 반향, 소리도 없이 그저 무난하고 둔탁하게 부서지는 것 같았다.

미친 사람의 표정으로 뉴스 카메라 하나하나를 향해 정성을 다해 달려든 다음, 이어서 경찰이 서류 작업을 다 마치고 난 뒤에 조이드는 엑또르가 깨진 창 앞의 반짝이는 파편들 사이에서 톱니처럼 생긴 다각형 모양의 판유리 조각을 들고서 쭈그리고 앉아 있는 것을 보았다. "이제 나쁜 놈이 나설 시간이네." 조이드에게는 오래전부터 익숙한 비열한 말투로 엑또르가 말했다. "준비됐지?" 그는 뱀처럼 머리를 앞으로 쑥 내밀고 유리를 크게 한입 물었다. 염병할, 조이드는 순간 굳었다, 완전히 돌았네—하지만 그러기는커녕, 엑또르는 아까처럼 사악한 미소를 짓고 침을 흘려가며 유리 조각을 우두둑우두둑 씹었다. 그러고는 "음" 하더니 "정말 맛있군, 정말 맛있어!" 하고 말했다. 반 미터는 방금 막 출발한 긴급 의료팀 트럭을 향해 뛰어가며 "위생병!" 하고 외쳤다. 조이드는 쓰러져 있었다. 하지만 방송을 전혀 모르는 숙맥이 아니어서 언젠가 『TV 가이드』에서 스턴트용 창은 깨져도 살갗을 베지 않도록 투명하고 얇은 사탕으로 만든다는 기사를 읽었던 기억이 났다. 그래서 이번 공연은 유독 이상하게 느껴졌던 거였다. 웨이본 주니어가 정상적인 창유리를 미리 빼내고 그 자리에 사탕으로 제작된 것을 끼워넣었던 것이다. "이번에도 졌네요, 엑또르, 고마워요."

그러나 엑또르는 이미 관용 번호판이 붙은 커다란 회색 쎄단 안으로 사라진 뒤였다. 흩어져 있는 뉴스팀들은 마지막으로 큐컴버의 외관과 램프가 일찍부터 반갑게 불을 켠 유명한 회전 간판을 몇 장 찍고 있었는데, 그 간판은 어느정도는 어떤 상스러움에 근접한 각도로 곧추세워진, 겉에 깜빡거리는 사마귀 같은 게 붙은 거대한 녹색 네온의 오이 모양을 하고 있었다. 조이드는 내일 엑또르와 약속한 볼링장에 나가야만 할까? 엄밀히 말하면, 그럴 필요가 없었다. 그러나 밤안개가 넓은 갓길 위로 뭉게뭉게 올라와 101번 고속도로를 향해 퍼지고 엑또르가 그 속으로 운전해가는 중에도, 조이드는 편면 자동차 유리 너머로 그 연방요원의 두 눈에서 번뜩이는 불빛을 보았다. 또다른 음모가 진행 중임을 조이드는 직감했다. 엑또르는 수년 동안 그를 정보통으로 써먹으려고 부단히 노력해왔지만, 지금까지 — 엄밀히 말해서 — 조이드는 순결을 계속 지켜왔다. 그래도 그 망할 놈은 그만두려 하지 않았다. 그는 매번 새롭고 좀더 정신 나간 계획을 갖고 계속해서 다시 나타났고, 조이드는 그가 언젠가는 잠시 쉬자며 그만 잊어 하고 가버릴 거라고 생각했다. 문제는 그게 지금일까, 아니면 다음번 중 언제일까 하는 것이었다. 한번 더 돌릴 때까지 기다려야 하나? 마치 '휠 오브 포춘'[11]에 출연하고 있는 것 같았다. 단지 차이가 있다면, 지금 그에게는 위로가 될 만한 온화한 분위기의 팻 쎄이잭 같은 진행자와 둥근 판이 돌아갈 때마다 옆에서 박수를 치고, 그에게 잘되라고 행운을 빌어주며, 어쨌거나 그 자신은 읽고 싶지 않은 정답판의 글자 하나하나를 뒤집어주는 검게 살을 태운 아름다운 바나 화이트 같은 도우미가 없다는 것뿐이었다.

11 Wheel of Fortune. 둥근 숫자판을 돌려 상금액을 정한 후 글자를 하나씩 맞혀나가는 유명한 텔레비전 게임 쇼.

조이드는 텔레비전에 나오는 자신의 모습을 보기 위해 시간에 맞춰 집에 갔지만, 프레리가 4시 30분 영화, 피아 자도라 주연의 「더 클래라 보 스토리」를 다 볼 때까지 기다려야만 했다. 프레리는 그가 입은 야한 색깔 옷의 사라사 천을 손가락으로 만지작거렸다. "이 옷 너무 좋은데, 아빠. 정말 금세 만들었나봐. 아빠가 다 입으면 내가 가져도 돼? 내 요 커버로 쓰게."

"너 나무 넘어뜨리는 벌목꾼이나 나무에 케이블 감는 벌목꾼하고 연애해봤어?"

"아-빠……"

"기분 나쁘게 생각하지 마. 벌목꾼 두 녀석이 나한테 전화번호를 슬쩍 건네서 그래. 이봐, 액수가 다른 지폐랑 함께 말이야."

"무엇 때문에?"

그는 카메라로 영화를 찍듯 눈을 가늘게 뜨고 딸을 자세히 보았다. 자기를 골탕 먹이려고 이런 질문을 하는 건가 의심하는 눈초리였다. "보자, 올해가 1984년이니까, 그러면 너는…… 열네살인가?"

"참 잘했어요. 차 때문에 그래?"

"기분 상하게 하려고 그런 거 아니야." 조이드는 입고 있던 크고 알록달록한 옷을 벗었다. 프레리는 놀란 척 꽁무니를 빼며 입을 가리고 눈을 동그랗게 떴다. 그는 속에 오래된 써퍼용 배기팬츠와 후송 술집의 낡은 티셔츠를 입고 있었다. "자, 여기. 다 너 가져. 텔레비전 뉴스에 아빠 나오는 거 확인해도 되겠지?"

그들은 의자 높이의 치토스 봉지와 건강식품 가게에서 산 여섯 개들이 자몽 소다를 가져다 놓고 마루의 텔레비전 앞에 나란히 앉아 야구 하이라이트, 선전, 일기예보—내일도 비는 오지 않음—를 보며 엽기적인 이야기가 나오는 시간까지 기다렸다. "자." 뉴스 앵커 스킵 트롬블레이가 낄낄 웃으며 말했다. "해마다 있어온 바인랜드 행사가 오늘 열렸습니다. 지역 정신병원의 외래환자인 조이드 휠러가 매해 공연으로 이제는 널리 알려진 판유리로 된 창을 통과하여 뛰어넘기를 했습니다. 올해의 행운의 가게는 화면에서 보시는 대로, 101번 고속도로 바로 외곽에 위치한 악명 높은 큐컴버 라운지입니다. 신원을 밝히지 않은 제보자의 전화에 놀라 TV 86 핫샷 뉴스팀이 작년에는 '굿모닝 아메리카'에서 거의 특종처럼 다루었던 휠러의 공연을 취재하기 위해 갔습니다."

"괜찮아 보이는데, 아빠." 텔레비전으로 보기에 조이드는 창을 세게 부숴트렸다. 이번에는 미리 녹음된 진짜 유리창이 깨지는 소리가 났다. 순찰차들과 소방장비 덕분에 생기 넘치는 크롬 느낌이 돋보였다. 조이드는 바닥에 부딪쳤다 앞으로 구르고 일어나, 카메라로 돌진하면서 이를 드러내고 소리 지르는 자신의 모습을 지켜보았다. 형식적인 조서 작성과 방면 장면이 포함되지는 않았지만, 텔레비전상으로 볼 때 형광 오렌지색, 근자외선 자주색, 애시드 그린, 약간의 자홍색이 들어간 앵무새와 훌라춤 추는 아가씨 그림이 찍힌 복고풍 하와이 스타일의 옷은 사람들의 시선을 확 잡아끌어서 여간 흐뭇하지 않았다. 쌘프란시스코 방송채널 가운데 하나에서는 비디오테이프가 느린 동작으로 반복되었는데, 사방으로 퍼지는 수정의 파편들이 분수의 물방울처럼 부드러웠고 조이드는 자신도 기억이 나지 않는 수많은 동작으로 공중에서 천천히 회전하고 있었다. 그중에는 화면을 정지시켜서 보면 어딘가에서 사진 상을 받고도 남을 동작들이 여럿 있었다. 다음 장면에서는 그가 예전에 시도했던 공연들의 하이라이트가 소개되었다. 과거로 하나씩 거슬러올라갈 때마다 색상과 그밖의 프로덕션 수준은 점점 더 떨어졌다. 그다음 장면에서는 물리학 교수, 정신과 의사, 육상경기 코치로 구성된 패널이 L. A. 올림픽촌에 모여서 수년에 걸친 조이드의 기술 진화를 토론하고, 창에서 점프하는 것을 선호하는 '창밖으로 내던지기' 성격과 창을 관통해 점프하는 경향이 있는 '창 통과하기' 성격을 쉽게 구분하는 방법을 소개하면서 각각의 유형은 전혀 다른 심리를 지니고 있다고 강조하는 모습이 생방송으로 중계되었다. 이 대목쯤에서 조이드와 프레리는 집중력이 떨어지기 시작했다.

"내 점수는 9.5야, 아빠. 개인 최고기록이라고. VCR이 못 쓰게 되지만 않았더라도 녹화할 수 있었을 텐데."

"내가 고치는 중이야."

그녀는 차분하게 그를 쳐다보았다. "진짜로 새것이 필요하다고요."

"진짜 필요한 건 돈이야, 트루퍼.[12] 이 집에서는 식료품도 충분히 사두지 못해."

"오, 말도 안돼. 무슨 말 하려는지 다 알아. 살찐다는 이야기잖아! 나더러 어쩌라고? 케이크며 파이를 온 사방에 놔두거나 캔디바를 냉동실에 쌓아두고, 설탕 대신 네슬레 퀵을 먹는 게 나는 아니잖아. 내가 어떡하면 되는데?"

"어이, 딸. 아빠 지금 돈 얘기 하는 중이잖아. 누가 살찐다는 얘기로 너를 열 받게라도 했어?"

그녀는 부드럽고 긴 목과 척추로 곧추세우고 있던 고개를 아빠와 이야기하는 데 딱 필요한 만큼만 정확하게 옆으로 살짝 기울였다. "오…… '빅 아이'한테서 최근에 한두번 들었던 것 같아."

"오, 저런. 그래, 그 유명한 신출내기 다이어트 전문가 말이구나—그런데 어디서 이름을 땄대, 로봇에서라도 따왔나?"[13]

"아이재이아 투 포[14], 성경 구절 말하는 거야." 그녀는 두 손 들었다는 표정으로 천천히 고개를 가로저으며 말했다. "아빠 친구인 개네 히피족 부모가 1967년에 전쟁을 평화로 바꾸고, 창槍을 두드려서 가지치기용 낫이나 다른 바보 같은 평화운동가의 물건으로 만드는 것에 관한 구절이라며 남겨주셨대."

"이런, 너희 둘 다 그런 말도 안되는 소리 조심하는 게 좋아. R2D2[15]라도 그렇게 인색할까? 그 친구 너한테 음식을 사주기는

12 「스타워즈」에 나오는 제국군 병사의 호칭.

13 영화로도 제작된 아이작 아시모프의 SF 소설집 『아이, 로봇』을 가리키는 것으로 보인다.

14 구약성서 '이사야서 2장 4절'을 영어로 읽은 것. 해당 구절은 다음과 같다. "그가 민족 간의 분쟁을 심판하시고 나라 사이의 분규를 조정하시리니 나라마다 칼을 쳐서 보습을 만들고 창을 쳐서 낫을 만들리라. 민족들은 칼을 들고 서로 싸우지 않을 것이며 다시는 군사훈련도 하지 아니하리라."

해? 뭐하자는 건데? 먹어도 되는 건 뭐래?"

"사랑은 묘해, 아빠. 벌써 잊었을지도 모르겠지만 말이야."

"알아, 사랑 묘하다는 거. 중간에 기타 연주하는 시간까지 포함해서 1956년부터 알았어.[16] 너 그 친구 좋아하지, 그래, 넌 잊고 있을지 모르지만, 아빤 그 아이를 이미 알고 있어. 기억한다고. 얼마 전까지도 네 녀석들 모두 '사탕 안 주면 장난칠 거예요' 하고 찾아왔잖아. 「13일의 금요일」(1980)에 나오는 제이슨 분장을 하고 문에 나타나는 애들은 하나같이, 제발 나이 든 정신병 환자로 생각해줘요, 상태가 안 좋아요, 하고 있었어."

프레리는 한숨을 내쉬었다. "그해에는 모두 다 제이슨이었다고. 제이슨은 이제 고전이야. 예전의 프랑켄슈타인처럼. 그리고 아빠, 그게 왜 문제가 되는지 도저히 모르겠어. 아이재이아는 아빠를 항상 존경해왔다고. 알겠어?"

"뭐라고?"

"창을 통해서 점프하는 것 말이야. 아빠의 비디오테이프를 모두 샅샅이 연구했어. 아빠가 두번은 창유리에 거의 꽂힐 뻔했다던데."

"거의라고, 아……"

"유리가 창틀에서 수직으로 떨어졌대." 그녀가 설명했다. "이만큼 크고 날카로운 창처럼. 아빠를 그대로 관통할 만큼 무게가 나갔다나. 아이재이아가 그러는데 자기 친구들 모두 아빠가 늘 감탄할 정도로 차분해 보이고, 위험을 전혀 의식하지 않는다고 말한대."

얼굴이 창백해지고 속은 메스꺼웠지만 그래도 그는 미심쩍어하

15 「스타워즈」에 등장하는 로봇.

16 Love is strange. 미국의 듀엣 미키 앤드 씰비아(Mickey and Sylvia)가 1956년에 발표한 유명한 리듬앤드블루스 노래의 제목을 빗대서 하는 말.

며 한쪽 눈으로 그녀를 쳐다보았다. 오늘 있었던 가짜 창에 대해서는 도저히 말할 수가 없었다. 그러기에는 그녀가 너무 진심 어려 보였고, 심지어는 부자연스러울 정도로 감탄스러워해서 차라리 입을 다무는 편이 나을 것 같았다. 하지만 매번 재미가 넘쳤던 시간에 하마터면 거의 죽거나 혹은 대수술을 받을 뻔했다니 그게 사실인가, 그게 가능한 일인가? 그렇다면 만약 지금부터라도 설탕으로 만든 창에 의지하지 않는다면 이런 식으로 계속 수입이 생길 수 있을까? 빌어먹을 — 조이 칫우드식의 스릴 쇼[17]를 계속 고수해서 큰 돈을 벌어야만 하는 걸까.

"……그래서 내 생각엔 아빠하고 아이재이아가 같이 사업을 해도 좋을 것 같아." 프레리가 아까부터 계속해서 말하고 있었다. "아이재이아도 그러고 싶어해. 아빠만 마음을 열면 돼."

조이드는 프레리가 하는 말을 알아듣지 못했지만 억지로라도 유쾌하게 받아들이려고 노력했다. "걔는 너무 길어서 나한테는 마음이 안 열리나봐." 그 순간 운동화 한짝을 피해야 했는데, 다행히 발과 함께 날아오진 않았다. 운동화는 붕 하고 귀 옆으로 지나갔다.

"아빠는 걔를 머리 스타일로 판단해, 머리 스타일만 가지고 말이야." 그녀는 마치 쨍쨍거리며 잔소리하는 이웃과 연속극에 나오는 정신병원 원장 사이의 무언가를 흉내 내는 것처럼 집게손가락을 까딱까딱 움직였다. "아빠도 아빠가 옛날에 미친 히피족 10대 소년이었을 때 심하게 잔소리하던 바로 그런 아버지들하고 똑같아졌어."

"그래, 나도 네 남자 친구처럼 다른 사람들에게 심하게 골치 아

---

17 조이 칫우드(Joey Chitwood, 1912~88). 미국의 유명한 자동차경주 선수이자 사업가, 스턴트맨으로 그의 이름을 딴 '조이 칫우드 스릴 쇼'의 무모한 자동차 스턴트 묘기로 유명하다.

픈 존재였어. 하지만 우리 세대의 어느 누구도 밤늦게 어떤 사람 집 현관에 하키 마스크를 쓰고 나타나거나 위협적인 칼과 심지어는 가지치기용 낫처럼 생긴 걸 들고 돌아다니지는 않았어. 그런데도 넌 지금 우리가 같이 사업을 하면 좋겠다고 말하는 거니? 무슨 사업, 여름 캠프 정비라도 하자고?" 그는 치토스를 그녀에게 던지며 선명한 오렌지색 부스러기를 사방에 흐트러트렸다.

"좋은 아이디어가 있대. 그냥 들어보기만 하면 돼, 아빠."

"아빠는 무슨." 조이드는 던지려고 했던 치토스 한개를 입에 넣었다. "물론 들어줄 수 있어. 여전히 들어줄 수 있는 사람이었으면 좋겠으니까. 그런데 나를 고집 센 이상한 아버지로 보다니. 혹시 알아, 그애가 지금까지의 모든 행적에도 불구하고 의외로 괜찮은 청년일지. 가령, 「기젯」(1959)에 나오는 문도기처럼[18], 마침내……"

"아이재이아!" 프레리가 크게 외쳤다. "어서 서둘러. 아빠가 언제까지 이런 기분일지 아무도 모른단 말이야." 그러자 어딘가 궤도 내에서 기다리고 있던 아이재이아 투 포가 오늘은 끝부분을 자홍색 에어브러시로 살짝 칠한 것을 제외하고는 그의 긴 모호크족 스타일 머리를 강렬한 애시드 그린으로 싹 물들인 채 나타났다. 공교롭게도 이 두 색깔은 조이드가 시대를 초월해서 가장 좋아하는 색깔이었다. 그에게 진기한 60년대식 조합으로 티셔츠와 재떨이를 자주 선물했던 프레리는 그 사실을 잘 알고 있었다. 좋게 보이려고 이렇게까지 끔찍하게 노력을 한 것인가?

아이재이아는 인사를 할 때 손바닥을 찰싹 부딪쳤다가 살짝 튀

18 「기젯」(Gidget)은 프레더릭 코너의 동명 소설을 토대로 한 코미디 영화로, 1960년대에 속편이 연이어 나온 데 이어 텔레비전 씨트콤으로도 제작될 만큼 큰 인기를 끌었다. 문도기는 10대 여주인공 기젯의 남자 친구로 나중에 결혼에 성공한다.

기고 싶어하는 게, 조이드가 베트남전에 참전했었다고 항상 믿어온 눈치였다. 일부는 조이드도 알고 있는 베트남 정글과 교도소 안마당에서 하던 동작들이었고, 다른 일부는 아무리 해도 따라할 수 없는 무슨 안무 같은 그의 개인적인 동작이었다. 아이재이아는 내내 지미 헨드릭스의 '퍼플 헤이즈'를 흥얼거렸다. "저기요, 휠러 씨." 마침내 아이재이아가 말했다. "어떻게 지내세요?"

"뭐라고, '휠러 씨'라고. 그래, 무슨 일인데, 이 '저민 고기 같은 풋내기'야?" 이것은 그들이 지난번에 만나서 음악적 견해 차이에 관해 점잖게 얘기를 나누다가 갑자기 감정이 격해져 서로의 가치관을 대놓고 무시하다가 결국 폭발해서 내뱉은 말이었다.

"그러시다면, 아저씨." 자기의 딸과 잤을 수도 있고 안 잤을 수도 있는 NBA 선수만 한 폭력 열광자가 대답했다. "그때 '저민 고기'는 아저씨와 내가 운명의 아가리 속으로 들어갈 위험에 같이 놓인 인간 샌드위치로서 서로 기이하게 엮여 있는 공동 운명체라는 뜻으로 사용했던 말이에요. 그런 관점에서 보았을 때 아저씨가 셉틱 탱크나 파시스트 토잼의 음악적 표현을 좋아하지 않는다 한들 그게 정말 무슨 상관이죠?" 허풍 떠는 게 하도 뻔해서 조이드는 부드럽게 대꾸하지 않을 수 없었다.

"정 그렇다면 마찬가지로 나 역시 자네가 우지 기관총을 우리의 많은 사회적 문제들을 해결하기 위한 수단이라며 열렬히 옹호한 것을 사소한 일로 쉽게 넘어가줄 수 있어."

"정말 너그러우세요, 아저씨."

"먹을 거 왔네." 프레리가 1갤런들이 과까몰리[19]와 특대 사이즈

19 아보카도를 으깬 것에 양파, 토마토, 고추 등을 섞어 만든 멕시코 요리.

또르띠야 칩 한봉지를 갖고 들어오자, 조이드는 이어서 곧 나올 게 있을 텐데 하고 생각했고, 아니나 다를까 여섯개들이 도스 에뀌스[20]를 보고는 **그럼 그렇지!** 싶었다. 펑 하고 병 하나를 딴 뒤 희색이 만면한 얼굴로 그는 딸에게서 분명 자기로부터 물려받았을 약삭빠르지만 그렇다고 전문적으로 개발하지는 않은 음모를 꾸미는 재능을 한번 더 알아차렸다. 그러자 상점에서 파는 쌀사를 그녀가 오늘 밤따라 좀 과하게 넣은 과까몰리 때문인지 그는 얼굴이 빨갛게 달아오르기 시작했다.

조이드가 우지 경기관총을 가리켜 그것의 본고장인 이스라엘에서 알려진 대로 '사막의 골칫덩어리'라고 부른 것은 결코 틀린 말이 아니었다. 아이재이아의 사업 아이디어는 자동화기 사격 훈련장, 준準군사 판타지 모험 시설, 선물 가게와 푸드코트, 그리고 아이들을 위한 비디오게임방을 포함한 작은 테마파크 규모의 폭력 센터를 처음에는 하나에서 시작해 궁극적으로는 체인점으로 설립하는 것이었다. 아이재이아는 가족 단위의 고객을 염두에 두었다. 또 독점판매권의 목적을 위해 표준화된 평면도와 로고를 사업 계획의 일부로 포함시켰다. 아이재이아는 밧줄을 돌돌 감아서 만든 테이블에 앉아 또르띠야 칩으로 도형을 만들어 그의 꿈을 홍보했다— "제3세계 스릴", 밧줄에 매달려 물속으로 떨어지고 갑자기 위로 솟아오르는 원주민 게릴라들처럼 생긴 목표물을 폭파하는 정글 장애물 코스…… "도시의 쓰레기", 방문객들이 어두운 뒷골목, 불타는 네온, 배경음악으로 전송되는 쌕소폰 연주를 갖춘 환경에서 모든 사람들을 불쾌하게 만들기 위해 세심하게 다인종 출신들로 구성된

20 맥주 상표.

매춘업자, 변태, 마약 중개인, 노상강도를 포함한 도시의 바람직하지 않은 자들의 다양하게 선별된 이미지들을 세상으로부터 싹 쓸어내도록 도와주는 곳…… 그리고 폭력 전문가들을 위한 "공격 대상", 고객이 공공의 삶에서 가장 싫어하는 일련의 인사들의 비디오테이프를 미리 주문 제작하여, 고물상 가격으로 구입한 오래된 중고 텔레비전의 화면에 나오게 한 다음 컨베이어 벨트에 실어 카니발의 오리들처럼 고객 앞을 지나가게 하면, 그 재잘거리고 젠체하는 모습들을 날려버리는 즐거움이 안에서 터지는 브라운관에 의해 더욱 배가되는 곳……

조이드는 이 대목에서 하얗게 부서지는 거친 바다를 넘지 못하고 그 아이가 연이어 내놓는 인구통계와 수익 예상치의 파도에 거의 깔릴 뻔했다. 멍한 상태에서 가까스로 정신을 차려보니 어느 지점에선가부터 시간 가는 줄도 모르고 계속해서 입을 헤벌리고 있었다. 그는 황급히 입을 다물고 혀를 오므렸다. 그때 마침 아이재이아가 말을 끝냈다. "아저씨는 돈 한푼도 안 들어요."

"우오. 그럴 리가. 얼마가 드는데?"

아이재이아는 다섯자리 액수의 캘리포니아 치아 교정술을 보여주며 그를 정면으로 마주 보았다. 조이드는 대출의 연대보증만 서주면 된다는 것이었다.

조이드는 즐겁지도 않으면서 한참을 낄낄거리며 웃었다. "그런데 누가 대출을 해주기나 한대?" 어떤 먼 주의 주소를 종이 성냥 껍데기에서 베껴대겠거니 싶었다. 그런데 막상 말한 것은 바인랜드 은행이었다. "너, 음, 사람들을 협박하거나 그런 거 아니야?" 조이드는 수심이 가득한 아이재이아의 신경을 건드려보았다.

아이재이아는 어깨를 으쓱하며 말을 이어갔다. "그 댓가로, 아저씨는 건설과 조경을 모두 맡으세요."

"잠깐, 네 부모는 왜 연대보증을 안 서지?"

"오…… 제 생각엔, 부모님이 항상 비폭력에 심취해 계셔서라고 할까요? 아시잖아요." 그의 말투에는 아쉬움 같은 게 배어 있었다. 그의 부모가 단지 채식주의자들이어서 그런 것은 아니었던 게, 그들은 채소들 중에도 차별을 두어 가령 분노의 색깔인 빨간색 음식은 모두 식단에서 제외했다. 몸에 치명적인 이스트로 만든 대부분의 빵은 금기였다. 조이드는 자신이 비록 정신과 의사는 아니지만, 그럼에도 불구하고 이 아이가 음식 과민과 관련하여 자기 집에서 주입당한 바를 프레리에게 그대로 주입하고 있는 것은 아닌지 궁금했다.

"그럼…… 부모님은 아직 이 일에 대해서 모르시나?"

"깜짝 놀라게 해주고 싶었다고 할까요?"

조이드는 깔깔대고 웃었다. "부모들이 깜짝 놀라는 걸 좋아하긴 하지." 그는 프레리가 '오, 그래요? 그럼 이건 어때요' 하는 표정으로 그를 이상하게 쳐다보는 것을 알아차렸다.

그 말 대신에 그녀는 "며칠 동안 캠핑 가려고 하는데, 괜찮지? 밴드하고 다른 두 여자 친구들이랑 함께" 하고 말했다.

아이재이아는 빌리 바프 앤드 더 보미톤스라는 지역 헤비메탈 밴드와 함께 연주를 하는데, 최근에는 일거리를 찾느라 고생하는 중이었다.

"큐컴버의 랠프 웨이본을 만나봐." 조이드가 귀띔을 주었다. "여동생이 시내에서 다음주에 결혼을 하는데, 오기로 한 밴드가 갑자기 못 온다고 해서 대체할 팀을 구하느라 조금 안달이 나 있어."

"오…… 그럼 지금 해보죠, 전화기 써도 되죠?"

“욕실에 있을걸. 마지막으로 본 게 거기야.”

둘만이 남자, 그와 프레리는 눈이 마주치게 되었다. 그녀는 아기 때도 결코 조르거나 하는 아이가 아니었다. 결국 그녀가 입을 열었다. “그래서, 어떻게 할 거야?”

“저 녀석은 괜찮은 친구야. 하지만 내가 대출 연대보증을 서봐야 어떤 은행도 안 받아줄 거야.”

“아빤 지역의 사업가잖아.”

“사람들은 그걸 집시 지붕 수선공이라고 부르지. 그런데 어쨌든 나는 여기저기에 빚진 돈이 너무 많아.”

“아빠가 돈을 빚지면 그 사람들은 좋아하잖아.”

“이 경우는 그렇지 않아, 프레리. 만약에 사업 전체가 파산하기라도 하면, 우리 집을 가져갈 거야.” 새로운 단계로 이야기가 막 접어들려 하는 순간, 아이재이아가 욕실에서 뛰어나오며 소리를 질렀다. “연주할 기회를 얻었어! 얻었다고! 죽이네! 믿기지가 않아!”

“나도 그래.” 조이드가 중얼거렸다. “성대한 이딸리아 결혼식에 가서 뭘 부를 건데? 파시스트 토잼의 히트곡 모음?”

“약간 구상을 다시 해야 될지 몰라요.” 아이재이아가 순순히 말했다. “우선 첫째로, 우리가 이딸리아 출신이라고 넌지시 말해뒀죠.”

“그래, 이 기회에 노래 몇곡 배운다고 생각해. 하지만 금방 적응할 테니 걱정하지 않아도 될 거야.” 프레리와 아이재이아가 문밖으로 나서자, 그래, 언제든 기꺼이 도와줄게, 범죄자 가문에서의 공연이라, 괜찮아, 괜찮아, 고맙다고 안해도 돼, 하며 혼자 껄껄댔다. 조이드는 과거에 이딸리아 가족의 결혼식에서 몇차례 연주한 이력이 있었는데, 그건 아이재이아 같은 아이가 해낼 수 있는 성질의 것이 아니었다. 하지만 음식은 어떤 서투른 공연이든 그것을 충분히 만회하고도 남을 만큼 좋아서, 아직은 100퍼센트 마음에 든다든지 하지 않는 딸의 남자 친구에게 자신이 비열한 장난을 했다는 생각은 들지 않았다. 그리고 차차 풀어가야 할 문제로서 아이재이아는 지금 닥친 좀더 심각한 곤경들로부터 그를 벗어나게 해주는 휴가 같은 존재였다. 그중에 단연 가장 큰 곤경은, 갑자기, 그의 인생에 엑또르 쑤니가가 다시 나타난 것이었다. 마리화나 담배에 불을 붙이고 소리가 나지 않는 텔레비전 앞에 편히 앉아 있어도 그의 생각은 어쩔 수 없이 그 문제로 되돌아갔다.

그것은 적어도 씰베스터와 트위티[21]만큼 끈질긴 수년에 걸친 로맨스였다. 엑또르가 가끔은 조이드를 위해서라도 만화가 폐지되기를 바라기는 했지만, 두 사람이 서로 알게 된 초기부터 그는 조이드를 가장 잡히지 않을 것 같은 피추적자로 여겼다. 그것은 조이드가 그에게 굴하지 않는 도덕적인 청렴함 같은 걸 갖고 있어서가 아니었다. 그보다는 집요함, 거기에 더해 약물 남용, 또 계속해서 지속되는 정신적 문제들, 그리고 어쩌면 상상력의 결핍일 수도 있는, 삶에서 어떤 거래를, 그게 약물이든 약물이 아니든, 정확히 가늠하지 못하는 소심함 탓이라고 생각했다. 요즘은 조이드를 쫓는 데에 전처럼 집착하지는 않지만—그같은 관계의 위기는 오래전부터 있었다—아직도 엑또르는 뭐라고 딱 말할 수 있는 어떤 이유도 없

21 1940년대부터 시작된 인기 애니메이션 씨리즈 '루니 툰'에 나오는 캐릭터. 서로 끊임없이 쫓고 쫓기는 관계로 나온다.

이, 그것도 되도록이면 아무 예고 없이, 가끔씩 불쑥 나타나곤 했다.

그가 조이드의 인생에 처음으로 모습을 드러낸 것은 레이건이 캘리포니아 주지사로 당선된 직후였다. 당시에 조이드는 캘리포니아 남쪽의 고디타 비치에 있는 어느 집에서, 자신이 중학교 시절부터 키보드를 연주했던 코베어스라는 써프 밴드 멤버들을 비롯해, 잠시 머물다 가는 다른 친구들과 함께 살고 있었다. 집이 너무 낡아서 흰개미 조항[22]과 법규 위반에서 모두 면제되었는데, 자연의 순리상 집이 머지않아 수명을 다하리라는 생각에 근거한 것이었다. 하지만 과도하게 설계하던 시대에 지어진 덕택에 집은 보기보다 튼튼했다. 오래된 벽토가 벗겨진 자리에는 여러 세대에 걸쳐 각기 다른 해변 도시의 파스텔 페인트로 색칠을 한 흔적이 소금기와 석유화학물질이 섞인 안개에 의해 부식된 채 그 모습을 드러내고 있었다. 안개는 여름마다 내륙의 모래 경사면 위로 흘러들어와 쎄풀베다를 지나 당시만 해도 미개발 상태였던 들판을 가로질러 쌘디에이고 프리웨이까지 감싸고는 했다. 이 집에서는 해변으로 향해 있는 층계 같은 지붕들이 가리개가 쳐진 긴 포치에서 정면으로 내려다보였다. 거리에서 집으로 들어가려면 상하 2단으로 된 접이식 문을 통과해야 했는데, 열어놓은 상반부의 네모난 테두리 너머로 오래전 어느 저녁에 다 해진 챙이 넓은 가죽 모자를 쓴 엑또르가 썬글라스를 통해 점점 거뭇해져가는 태평양 바다가 엷은 색을 띤 채 천천히 흘러가는 모습을 내려다보는 게 보였다. 바깥의 거리에서는 당시 엑또르의 동료였던 엄청나게 체구가 큰 현장요원 멜로즈 파이프가 관용 플리머스 자동차의 앞좌석을 꽉 메우고 앉아

22 벌레에 의해 대들보 등이 상하지 않았는지 검사받도록 한 법규.

서 기다리고 있었다. 엑또르의 노크에 어차피 문을 열어줄 수밖에 없었던 조이드는 무법자의 모자에 경찰관의 구레나룻을 한 이 사람이 도대체 무슨 말을 하려는 것인지 궁금해하며 서 있었다.

잠시 후 코베어스의 리드기타이자 보컬리스트인 스콧 우프는 그들을 맞으려고 부엌에서 어슬렁어슬렁 걸어나와 문설주에 기댄 채 머리카락을 만지작거렸다. "다음 기회에 보자고." 엑또르가 그에게 인사말을 했다. "자네, 여기 있는 이 친구한테 설명 좀 해줘. 말이 통할 것 같지 않아서 그래."

"무슨 일이죠?" 스콧이 재치있게 대꾸했다. "영어 몰라요."[23]

"워." 엑또르는 현관 인사용으로 짓던 웃음을 멈추었다. "내 동료를 이리로 오라고 해야 일이 될까. 저기 차에 앉아 있는 친구 보이지? 일어서면 알겠지만, 저 친구 덩치가 아주 커서 아무도 함부로 차에서 끌어내지 못해. 한번 차 밖으로 나오면 다시 들어가 앉기가 그렇게 쉽지는 않거든, 알겠어?"

"스콧은 신경 쓰지 마세요." 조이드가 급하게 말했다. "써퍼예요—안녕, 스콧—몇해 전에, 음, 어떤 멕시코 출신의 젊은 양반들하고 살짝 싸움이 붙었던 적이 있거든요. 그래서 이따금씩—"

"허모사에 있는 타코 벨 주차장에서였어. 맞아, 잊지 못할 밤들이었지. 우리 쪽 사람들 사이에서는 아주 유명해."—당시는 해를 거듭하면서 점점 더 세련되게 리까르도 몬딸반[24]의 연기를 흉내 내던 초창기였다.

"복수라도 하려고 오셨나?"

"제발. 미안하지만." 엑또르는 겨드랑이 걸개에 꽂힌 38구경 권총

23 스콧은 영어가 아니라 에스빠냐어로 대꾸했다.

24 리까르도 몬딸반(Ricardo Montalban, 1920~2009). 멕시코 태생의 배우.

이 유유히 보일 만큼 품이 넓은 윗옷의 안주머니에서 무늬가 새겨진 멋진 가죽 케이스를 톡 하고 열어 연방위원회 신분증을 꺼냈다.

"이곳은 아무도 연방정부에 빚진 게 전혀 없는데요." 조이드는 별생각 없이 말했다.

그 당시에 적어도 신체 수색권 정도는 가져와야 할 만큼 인지도를 자랑했던 반 미터가 얼굴을 찌푸리며 뛰어나왔다. "스콧이 왜 저러지? 방금 막 뒷문으로 빠져나가던데."

"내가 여기에 온 진짜 이유는 마약 때문이야." 엑또르가 계속해서 설명했다.

"이렇게 고마울 수가." 반 미터가 소리쳤다. "벌써 몇주 됐네. 우리는 그후로 다시는 마약에 손대지 않을 거라 생각했어! 오, 그래, 이건 기적이야—" 조이드가 미친 듯이 그를 발로 찼다. "누가 보냈지, 혹시 당신은 리언의 친구?"

그 연방요원은 이를 드러내며 재미있어했다. "자네가 말한 그자는 잠시 구류 중이야. 하지만 그리 머지않아 고디타 부두 아래의 늘 가던 장소에 분명히 다시 나타날 거야."

"아아아……" 반 미터가 신음 소리를 냈다.

"자, 자, 진정해. 그런 확실한 정보라면 값을 아주 높이 쳐줄 테니까." 엑또르는 마술사처럼 반 미터의 귀 뒤에서 빳빳한 5달러짜리 지폐를 순식간에 꺼냈다. 멕시코에서 파는 마리화나를 반 온스가량 살 수 있는 금액이었다. 조이드는 베이스기타를 연주하는 그 친구가 돈을 움켜쥐자 눈을 희번덕거렸다. "좋은 정보의 댓가로 줄 돈은 항상 넉넉해. 물론 가짜에 대해서는 한푼도 못 줘. 그리고 조금 지나면 화를 내게 되지."

그 치명적인 5달러 지폐는 인근에서 보기 어렵지 않은 정보 구매 지급금이었다. 그 당시에 연방정부의 마약단속반들이 일대에 너무 많이 깔려 있어서 싸우스베이에서 단속에 걸리면 지역경찰보다는 연방경찰일 확률이 실제로 더 높았다. 토런스, 호손, 대大월터리아 외에 모든 해변 도시들은 고갈될 줄 모르는 수백만 납세자들의 세금으로 지원을 받는 거대한 시범 사업에 참여하고 있었는데, 그중 상당액은 공공행정의 모든 곳에 쫙 깔려 있는 반反마약 단체로 흘러들어갔다. 조이드는 엑또르의 정보 구매금을 직접 자기 주머니에 받아넣은 적은 분명 단 한번도 없었고, 다만 다른 사람들이 그것으로 산 음식을 먹고, 가스를 쓰고, 마리화나를 피우며 기분 좋게 지냈다. 가끔씩 소량의 마약 구매에 속아 가열 밀봉된 주머니에 담긴 스위트 바질이나 비스퀵[25]이 든 조그만 약병을 사게 될 때면(그럴 때면, 그래, 계속해서 바보 같은 실수를 하다니 너라고 별수 있겠어 하며 그는 혼자 중얼거렸다) 며칠 동안은 그 마약 밀매꾼을 엑또르에게 정말로 넘기고 싶은 마음이 더러 들었다. 그러나 그래서는 안되는 그럴싸한 이유들이 항상 있었다. 가령, 어떤 밀매꾼은 사람은 근사한데 돈이 필요해서 그랬다거나, 또다른 자는 중서부 지방에서 온 먼 사촌이었다거나, 혹은 복수할 것 같은 살인마였다거나 하는 등등의 이유들이었다. 이자들에 대해서 밀고하지 못할 때마다 엑또르는 조이드에게 크게 화를 냈다. "자네가 지금 그들을 보호하고 있다고 생각해? 그들은 자네를 또다시 엿 먹이고 말 거야." 그의 가시 돋친 목소리에서 좌절감이 느껴졌다. 이번 고디타 임무는 처음부터 끝까지 그야말로 완전히 엉망인 게, 모두 똑같이 생긴 해안가 집들이 서로 뒤섞여 있는데다 너무 많은 주소가 틀리

25 팬케이크 반죽용 가루의 상표.

지 않나 하면, 이른 아침에 죄 없는 사람들을 급습하기도 했고, 달아나봐야 뒷골목을 건너거나 긴물 계단 몇개를 내려가는 것일 뿐인데도 달아나는 도저히 납득이 가지 않는 범인들을 만나기 일쑤였다. 계단식 언덕, 샛길, 모퉁이, 옥상의 배치는 금세 길을 잃기 쉬운 카스바 지형 같아서 어떤 불굴의 성격보다도 게릴라적인 기술이 더 쓸모가 있었다. 그만큼 고디타 일대는 그에게 처음 할당되었을 때부터 그를 여지없이 압도했던 불확실성, 그 환상을 건축학적으로 표현한 곳이었다.

그때로부터 여러해 뒤에 조이드는 힘을 주어 말했다. "당시 상황들이며 인간관계는 그 집에서 마구 뒤엉켜버려서, 잠시 애인 사이로 지내던 동료와 섹스 상대들 사이에 질투와 복수심이 계속 쌓였고, 거기에다 마약 밀매꾼들과 그들의 중개인, 그리고 그들을 뿌리 뽑으려고 애쓰는 비밀요원들이라고 스스로 생각하는 마약단속반원들, 서로 다른 재판관할구역에서 도망친 두세명의 정치범들이 수시로 드나들었죠. 당신은 마치 그 집이 '어서 오세요, 24시간 영업 중입니다' 하고 광고하는 당신만의 은밀한 밀고자들이 모여 있는 쎄이프웨이[26]인 양 행동했던 건 말할 것도 없고요."

그들은 바인랜드 레인스에 있는 레스토랑 뒤편의 테이블에 앉아 있었다. 조이드는 잠을 한참 설친 끝에 결국 나가기로 마음먹었다. 그는 헬스 푸드 엔칠라다 스페셜을 주문했고, 엑또르는 오늘의 수프인 호박 크림수프와 채식주의자용 또스따다를 시킨 뒤에 또스따다가 나오자마자 그것을 하나씩 하나씩 부수어, 조이드가 보기에는 무엇인지 알 수 없지만 엑또르에게는 의미있어 보이는 어떤

26 슈퍼마켓 체인의 상호.

형태로 다시 모았다.

"저것 좀 봐, 당신 음식 좀 보라고요, 엑또르. 무슨 짓을 한 거예요?"

"적어도 난 어떤 주차장에서처럼 온 사방에 셔츠며 물건들을 줄줄 흘리고 다니지는 않아." 그의 말이 맞았다. 많게는 아니지만 주차장 한두곳을 같이 쓰며 거기서 모험적인 경험을 공유한 후로는 그러했다. 조이드 생각에 엑또르는 그들의 마지막 만남 이후의 어떤 지점에서 마치 그의 인생의 수평선 위로 덮쳐오는 태풍에 대비하듯이 모든 것을 안으로 가지고 들어오는 것 같았다. 수년 동안 그 자신의 고집스러운 태도 때문에 GS-13급[27]으로 현장에 처박혀 옴짝달싹 못하고 지내면서, 그는 까가띤따스, 즉 잉크 똥이나 싸는 말단 관료 신세가 되기 전에 일찌감치 문을 박차고 나가겠노라고 맹세한 것 같았다. 하지만 그가 모종의 거래를 했거나, 어쩌면 그것이 그에게는 너무 가혹한 방향으로 흘러간 게 틀림없었다. 그동안 눈으로 찜해온 모든 주차장들을 작별인사와 함께 우연의 흐름과 법칙에 다시 넘기고 GS-14급을 받아들여야 하는 때가 되자, 그는 일을 더 잘 살필 수 있는 경력이 얼마 안되는 사람들에게 사무실 바깥의 세계를 맡기게 되었다. 너무 안타까웠다. 자신도 누구 못지않게 한고집 하는 인물이었던 조이드가 보기에 이 끈질긴 반항심은 엑또르의 가장 설득력 있는 장점이었다.

엑또르는 오늘 아침 연방 컴퓨터가 미리 주의를 주지 않아서 오늘 청소년 부문 지역 준결승전이 열린다는 사실을 몰랐다. 목재를 세밀하게 조립해 만든 명품 볼링장에서 어린 선수들이 실력을 겨

27 미국의 공무원 직급. GS-4에서 시작되며, 대통령은 GS-25에 해당한다.

루기 위해 북부에 있는 카운티 전역에서 시내로 몰려들었다. 경기장은 이 인근에서 벌목업이 가장 번창하던 시절에 지어진 것이었다. 그때만 해도 뼈대가 모두 삼나무로 된 큼지막한 집들이 쑥쑥 올라가고 볼링장 레인부터 카펜터 고딕 양식[28]의 옥외 별채에 이르기까지 무엇이든 나무로 만들어줄 수 있는 전설의 천재적인 목수들이 비가 내려 미끄러운 역마차에서 내리는 모습을 볼 수 있었다. 볼링공이 핀을 치고, 핀이 목재를 치자, 서로 부딪치는 소리가 옆문에서 천둥 치듯 울렸다. 그 틈으로 서로 다른 볼링 재킷을 입은 여러 무리의 선수들이 적어도 볼이 한개씩은 든 가방에 보기 아슬아슬할 정도로 소다수와 음식을 잔뜩 들고서 레인과 레스토랑 사이에 난 스크린 도어를 삐걱거리고 열면, 문이 다시 삐걱거리고 닫혔고, 그다음 아이가 다시 삐걱 소리를 내며 열고 들어왔다. 반복되는 소리 탓인지 조이드의 점심 동료는 콧노래를 부르며 위아래로 눈을 계속 훑었는데, 조이드는 열두 마디째가 돼서야 그게 유명한 텔레비전 만화에 나오는 '밋 더 플린스톤스'[29]라는 걸 알아차렸다. 엑또르는 콧노래를 마치고 조이드를 부루퉁하게 쳐다보았다. "이게 자네 노래였던가?"

드디어 시작이구먼. 좋아. "무슨 말 하는 거죠, 엑또르?"

"내가 무슨 말 하는지 다 알잖아, 이 친구야."

조이드는 그의 눈을 봐도 전혀 알아차릴 수 없었다. "누구랑 얘기했어요?"

"자네 부인."

28 Carpenter Gothic. 19세기 말에 유행했던 북미의 고딕풍 건축양식.

29 Meet the Flinstones. 1960~66년에 미국 ABC 방송에서 방영된 텔레비전 애니메이션 씨트콤 '고인돌 가족 플린스톤'(The Flinstones)의 주제가.

조이드는 엑또르가 묵묵히 지켜보는 동안 포크로 엔칠라다를 찌르고 또 찔러댔다. "저, 어떻게 지내던가요?"

엑또르의 눈이 촉촉해지더니 잠시 휘둥그레졌다. "별로 안 좋아, 친구."

"저한테 하실 말이라도 있나요? 그녀에게 문제라도 생겼나요?"

"나이 든 마약중독자치고는 이해가 빠르군. 자, 그럼 이렇게 말해볼까? 재정 지원 중단이라고 혹시 들어봤어? 어쩌면 뉴스나 텔레비전에서 레이거노믹스와 관련하여 이런 얘기들을 하는 걸 보았을지 모르겠군. 연방예산 삭감에 관해서 들어봤나?"

"그녀가 어떤 프로그램에 속해 있었나요? 그러다가 지금은 잘렸나요?" 그들은 멀고 오래된 과거 속 인물인 그의 전처 프레네시에 대해서 말하는 중이었다. 왜 조이드는 공짜 점심도 모자라 여기에 앉아 이런 말을 듣고 있는 것일까? 엑또르는 눈을 반짝이며 몸을 앞으로 구부리고서 흡족함을 내비치기 시작했다. "그녀는 지금 어디 있어요?"

"글쎄, 증인보호 프로그램하에 우리가 보호하고 있었어."

있었어에 강세가 오는 걸 채 듣지도 않고 조이드가 말했다. "오, 무슨 헛소리예요, 엑또르. 그건 자기는 먼저 죽지도 않고서 전前 마피아처럼 행세하려는 마피아 패거리들이나 하는 소리잖아요. 언제부터 그 마피아단의 고기 저장고[30]를 정치범들을 괴롭히기 위해 사용한 거예요. 저기 러시아에서 하는 것처럼 그들을 잡아다 그냥 감옥에 처넣는다고만 생각했는데 그게 아닌가보네요."

"좋아, 엄밀히 말하면 예산선線이 달랐어. 하지만 연방집행관에

30 meatlocker. 오직 성관계를 위해 이용되는 여자를 뜻하는 속어. 전처인 프레네시를 빗대서 하는 말.

의해 아직도 운영되고 있어. 그건 갱단의 증인들도 마찬가지야."

짧게 탭댄스를 추듯이 컴퓨터 키를 살짝 두드리기만 하면 그를 뭉갤 수 있을 텐데, 왜 엑또르는 그렇게 이상하리만큼 친절하게 구는 것일까? 그 거칠고 나이 든 무단침입자를 유일하게 저지할 수 있는 것은 친절함뿐이었는데, 그것은 불행하게도 그에게 선천적으로 거의 없다시피 한 특성이라서 살아 있건 죽었건 어느 누구도 그의 근처에서 그것을 목격한 적이 없었다.

"그래서요 — 그녀는 지금 조직의 밀고자들과 같이 있고, 돈은 사라졌지만, 아직 그녀의 파일을 갖고 있어서 그녀가 필요할 때 컴퓨터 키를 누르기만 하면 된다는 — "

"틀렸어. 그녀의 파일은 없어졌어." 순간 그 말이 목재로 지은 공간 속에, 옆문에서 들려오는 충돌 소리들 사이에서 멈춰 있었다.

"왜요? 당신들은 결코 파일을 없애는 적이 없잖아요. 얼마 되지도 않는 재정 지원을 하든 중지하든, 다시 지원하든 말예요."

"우리도 이유는 몰라. 하지만 워싱턴 장난이 아닌 건 분명해 — 그럴 리 없어 — 이것은 더이상 어떤 단기간의 작전에 따라 움직이고 하는 게 아니야. 자네들이 빠져 있던 그 귀여운 소꿉장난 같은 자위하고는 달라. 이건 진짜 혁명이야. 조이드, 이건 커다란 파도야, 역사의 물결이라고. 그것을 붙잡지 못하면, 그냥 긁게나 되는 거지." 그는 아까부터 테이블 위에서 또스따다에다 했던 행동에 비춰봤을 때 이미 진정성이 사라진 우쭐해하는 표정으로 조이드를 노려보았다. "천둥 번개가 치는 동안에도 오래된 허모사 부두를 한때 누비고 다니던 사람이었는데." 엑또르가 고개를 가로저으며 말했다. "들어봐. 이번 주에 케이마트에서 전신거울을 세일해. 내가 비록 신부 수업 가르치는 교수는 아니지만, 하나 살 것을 강력하게 권하네. 여보게, 거울을 보면 아마 이미지를 개선하고 싶을 걸세."

"잠깐요, 그녀의 파일이 없어진 이유를 모른다고요?"

"그래서 자네 도움이 필요해. 돈 생기면 좋잖아."

"오, 젠장. 그래요, 하하하. 결국 그녀를 놓쳤고, 그곳의 어떤 멍청한 놈이 컴퓨터 파일을 싹 지워버렸다, 그거죠? 자, 당신은 그녀가 어디에 있는지조차 몰라요. 그래서 내가 알 거라 생각하는 거고요."

"꼭 그렇지는 않아. 우리 생각에 그녀는 지금 이곳으로 오고 있어."

"그녀는 그러지 않기로 되어 있어요, 엑또르. 그건 합의사항에 전혀 포함되지 않았어요. 얼마나 걸릴까 전부터 궁금했어요—12년, 13년. 좋아요. 기네스북 핫라인에 전화를 걸어도 되겠죠. 파시스트 정권이 가장 오래 약속을 지킨 세계신기록감이 아니고 뭐겠어요."

"아직도 똑같은 옛날 감정으로 속이 부글부글 끓고 있군, 이해해—지금쯤이면 좀 누그러져서 현실과 타협했겠거니 생각했는데 아닌가보군."

"국가가 말라비틀어지면 가능하겠죠, 엑또르."

"대단해, 자네 같은 60년대 사람들. 놀라워. 사랑스럽다니까! 어디를 가든, 상관없어—그래, 몽골! 외몽골의 작은 마을에 가봐, 자네 나이쯤 되는 현지인이 달려와서 두 손가락으로 브이를 그리며 '당신 싸인은 뭐예요?' 하고 외치거나, 아니면 '인-어-가다-다-비다'[31]를 음 하나 틀리지 않고 딱딱 맞게 부를 거야."

31 In-A-Gadda-Da-Vida. 1968년 발표된 미국 록 그룹 아이언 버터플라이의 두번째 앨범의 타이틀곡이자 라디오를 통해 엄청난 인기를 얻은 전설적인 히트곡. 작곡 당시 원래 제목은 'In the Garden of Eden'이었으나 술에 취해 발음한 것을 잘못 받아 적어서 'In-A-Gadda-Da-Vida'라는 제목이 되었다.

"인공위성 덕분이죠. 누구나 다 모든 걸 들을 수 있어요. 우주란 정말 대단해요. 그런데요?"

마약단속반 형사는 클린트 이스트우드식으로 입 근육을 슬쩍 움직였다. "숨기지 마. 자네가 아직 그 말도 안되는 것을 믿고 있다는 거 다 아니까. 자네들 모두 속은 아직 어린애들이야. 그 당시의 시간 속에 실제로 살고 있어. 아직도 그 마법과 같은 결정적 순간이 오기를 기다리면서 말이지. 하지만 괜찮아. 나도 그러고 살 수 있어…… 그런데 게으르거나 일하기를 두려워하면 안돼…… 조이드, 자네하고는 도저히 대화가 안돼. 지금까지도 자신을 그렇게 순수하게만 생각할 줄이야 누가 알았겠어. 가끔 보면 자네는 어떻게든 돈은 한푼도 안 벌면서 한번에 몇달씩 부랑자처럼 빈둥거리는 히피 뮤지션 같아. 정말 이해가 안 가."

"엑또르! 그 입 다물어요! 나한테 지금 — 난 그때도 순수하지 않았어요 — 계속해서 성인처럼 행동하라는 거예요?"

"자네도 다른 사람들처럼 행동하고 다녔지. 미안하네, 친구."

"그러게요."

"내가 자네더러 철 좀 들라고 다그치려는 게 아니야. 하지만 가끔이라도 자네 자신한테 한번 물어봐. 알겠어? '누가 구원을 받았는가?' 그게 다야. 정말 쉽지. 과연 '누가 구원을 받았는가?' 스스로에게 물어봐봐."

"뭐라고요?"

"어떤 자는 마약을 과다 복용한 채 토미스[32]에서 햄버거를 기다리며 줄을 서 있고, 또 어떤 자는 주차장에서 남자를 잘못 만나 말

32 로스앤젤레스에 위치한 오랜 역사를 가진 햄버거 전문점 오리지널 토미스(Original Tommy's)를 말한다.

다툼을 벌이는 중이고, 또 어떤 자는 먼 이역에서 고꾸라지고 있어. 이밖에도 그들 중 절반 이상이 현재 도망을 다니고 있어. 그런데도 자네는 지금까지 정신이 나가서 그것을 쳐다보지도 않고 있다고. 그게 자네의 행복한 가족에게 일어난 일인데 말이지. 차라리 특별기동대에 맞서기라도 했다면 그편이 더 나았을 거야. 조이드, 마음속 깊이 생각해봐. 운동 삼아 참선 명상 같은 걸 해봐. '누가 구원을 받았는가?' 하고 말이야."

"엑또르, 당신."

"아, 그래, 계속해. 옛 동지의 마음을 이렇게 상하게 하다니. 난 자네가 다 안다고 생각했는데, 이제 보니 전혀 모르는군." 그는 얼굴을 무섭게 쭉 내밀고 씩 웃었다. 엑또르가 하마터면 자기 자신을 유감스럽게 생각할 뻔한 순간이었다. 그러한 표정을 통해서 그는 추락한 자들 중에서도 자신은 단지 거리에서뿐 아니라 또한 하강의 질에 있어서도 다른 누구보다 더 멀리 추락했고, 오래전부터 스카이다이버처럼 집중력과 우아함을 익히기 시작했으나—또스따다를 잘게 부수는 건 사소한 예였다—더 오래 추락하면 할수록 프로다운 솜씨도 더 떨어지고 그와 동시에 현장요원으로서의 기술도 뒤처져가고 있음을 나타내고 싶은 듯했다. 이렇게 수년에 걸쳐 추락을 겪는 동안 그는 단순히 무턱대고 안으로 들어가 누구라도 걸리기만 하면 혼비백산부터 제거에 이르는 공격 레퍼토리를 동원하여 무력화하는 방법에 의존해왔는데, 언젠가 한번은 상대가 그를 기다렸다가 먼저 움직이는 바람에, 아이고, 사람 살려, 크게 낭패를 볼 뻔했다. 엑또르도 안타까이 깨닫고 있듯이, 지금 자신의 상태는 죽을 준비를 하고 항상 완벽한 경지에 도달해 있는 사무라이 근처에도 못 가는 수준이었다. 평생 그 느낌은 아주 오래전에 단 몇차례만 경험했을 뿐이었다. 과거의 전투력이 점차 약해지면서 단순한 충동이나 의지처럼 보이던 것이 이제는 고급스러운 자기혐오로 쉽게 변했을지도 모를 일이었다. 대단한 이상주의자였던 조이드는 엑또르가 이제까지 총으로 쏘고, 때리고, 놓치고, 입건하고, 신문하고, 체포하고, 배신한 사람들을 모두 기억하고 있다고, 각각의 얼굴을 그의 양심 속에 파일로 정리해놓고 있다고, 그래서 그러한 역사와 더불어 살 수 있는 유일한 방법은 최근에 형사 생활 중반에 접어들면서 이런 기회에 그 뻰뻰스러운 몸으로 몸값을 올리는 것뿐이라고 믿고 싶었다. 적어도 이러한 생각에서 조이드는 엑또르를 암살하는 계획에 미쳐 있지 않을 수 있었다. 알려지기로는, 몇몇 사람들은 좀더 생산적일 수 있었을 인생을 그 일로 몇시간씩 허비하기도 했다. 엑또르는 본인의 이상적인 암살자는 바로 자신인 그런 부류의 악당이었다—그는 최상의 방법, 시간, 장소를 고를 수 있고 최상의 암살 동기도 항상 갖고 있었다.

"그렇다면, 어디 보자, 내가 조기경보나 그녀가 그 사이를 뚫고서 들어올 수 있는 눈에 안 보이는 빔 장치쯤 된다는 거예요? 그래서 당신들이 몇분의 시간을 버는 동안 나는 통신이 끊기고, 혹은 그러다가 털리게 되는 뭐 그런 처지쯤 된다는 거예요?"

"전혀. 지금처럼 자네 인생을 살면 돼. 아무도 자네를 찾지 않을 거고, 자네도 찾아가지 않을 거야. 자네가 필요하지 않으면 우리도 자네를 찾지 않을 거야. 자네는 그냥 거기에, 제자리에 있기만 하면 돼—음악 선생님이 늘 말하는 것처럼 원래대로 하면 돼."

조이드는 그답지 않게 뒤늦게 생각이 났다. 오늘따라 이 키 작은 친구가 왜 그러는 거지? 왜 매사에 이렇게 예민한 거지? "원, 듣자니 그거 식은 죽 먹기네요. 내가 그런 일로도 돈을 받는다는 거예요?"

"특수근로자 수당에 보너스까지."

"기억하기로 과거에는, 아이한테서 크리스마스 선물로 받은 어떤 요원의 지갑에서 나온 부드럽고 아직 온기가 있는 20달러짜리 지폐가 그랬죠……"

"그래 — 오늘은 잘하면 세자리 숫자까지 갈 수 있을 거야, 조이드."

"잠깐만요 — 보너스 말하는 거예요? 무엇 때문에요?"

"뭐든 다."

"그러면 제복이랑 배지, 권총도 준다고요?"

"그럼 할 텐가?"

"헛소리 마요, 엑또르. 나더러 알아서 선택하라는 거예요?"

연방요원은 어깨를 으쓱했다. "여기는 자유국가니까. 내 사무실에서 다들 그를 그렇게 부르듯이, 주님께서 우리 모두를, 심지어 자네를 창조하실 때 자유의지도 함께 주셨으니까. 자네가 그녀의 행방을 찾고 싶어하지 않는다니 이상해."

"당신은 감상적인 사람이에요. 남의 일에 참견하는 큐피드 행세까지 하면서. 이렇게 말하면 되겠네요. 그녀에 관한 이야기를 알아듣는 데에만 한참이 걸렸어요. 그런데 당신은 나를 지금 당장 그때로 다시 밀어넣고 싶어 안달이에요. 하지만 있잖아요, 난 다시 돌아가고 싶지 않다고요."

"그럼 자네 아이는 어때?"

"그래요, 엑또르. 우리 애는 어쩌죠? 내 자식을 어떻게 키우라는 건지 연방정부의 충고를 지금 당장 꼭 들어봐야겠어요. 당신네 레이건주의자들이 늘 허튼짓을 해대는 걸로 보아 가족을 얼마나 아끼는지 이미 알고 있거든요."

"아무래도 이거 안되겠구먼."

"그러게요." 조이드가 조심스럽게 말했다. "모두가 잊어버린 오래전의 연방사건에 너무 많은 걸 쓰고 있는 것 같아요."

"얼마나 쓸지 알려줄까? 어쩌면 자네 전前 부인을 넘어서는 수준일걸, '친구'."

"훨씬요? 훨씬 넘어서나요?"

"조이드, 자네 걱정을 해왔었는데, 이제 시간의 순한 용액으로 인생 렌즈에서 청춘의 바셀린을 씻어낸 걸 보니 마음이 놓이는군……" 엑또르는 자리에 앉아 뚫어져라 수프를 응시하며 조모스켑시스,[33] 즉 수프의 명상에 빠져 있었다. "마땅히 상담료를 받아야 하네만, 일찌감치 자네의 신발을 보아하니 이번은 공짜로 해주는 걸로 하지." 그는 수프에서 이상한 메시지를 읽기라도 하는 걸까? "자네의 전 부인은 예산이 완전히 끊기기 전까지 국가의 지하시설 속에 살고 있었어. 그렇다고 기상 통보관처럼은 아니고. 알겠어? 바깥에서 햇볕을 쬐며 멋진 생각을 하고 사는 지상의 일반인들은 그런 세계가 있는지조차 모르는 그런 종류의 세계지……" 평소에 엑또르는 워낙 냉정해서 어지간해서는 남의 옷깃을 틀어쥐는 사람이 아니었지만, 지금 그의 목소리에는 조이드가 만약 재킷을 입고 있었더라면 자칫 그랬을 수도 있다는 경고 같은 게 담겨 있었다. "텔레비전에서 보는 그런 시시한 것들하고는 전혀 달라, 전혀…… 그리고 추워…… 자네가 아무리 찾아봐도 거기보다 추운 데는 없어……"

"그 사건에 대해서라면 나는 전혀 상관하지 않을래요. 특히 그녀가 함께 달아났던 그 어떤 사람에 대해서도요. 어이, 행운을 빌어요."

---

33 zomoskepsis. 핀천이 지어낸 단어로 마치 명상하듯이 수프를 응시하는 행위를 말한다.

"조이드, 그런 말 따위는 필요 없어. 옛날이나 지금이나 못쓰겠구먼. 게다가 그새 야비한 구석까지 생기고."

"토라진 늙은 히피보다 더 야비한 건 없죠, 엑또르. 주위에 수두룩해요."

"자네처럼 계집애 같은 친구들이 스스로 그렇게 처신해서 그런 것이니." 엑또르가 한마디 했다. "이렇게까지 심하게 투덜댈 것 없어. 이건 단지 업무일 뿐이야. 그리고 우리 둘 다 꼭 해내게 될 테니까 자네는 내가 일하는 동안 꼼짝 말고 그대로 앉아 있기만 하면 돼."

"지금 당장 예 혹은 아니요 하고 말하지 않아도 되고요."

"시간이 절대적으로 중요해. 내가 여기서 서로 도우며 지내고자 하는 사람이 자네만 있는 게 아니야." 그는 아쉽다는 듯 고개를 가로저었다. "우리는 수년 동안 여러 거리를 훑으며 돌아다녔어. 자네, 데비나 아이들에게 크리스마스카드를 보내거나 안부라도 물어봤어? 내 양심에 무슨 일이 일어났던 거지? 어쩌면 난 모르몬교도인지도 몰라. 그런지 누가 알겠어? 아니면 데비가 나더러 주말에 피정을 한번 해보라고 한 게 내 인생을 바꾸었는지도 몰라. 조이드, 자네도 자네 영혼에 대해서 생각해봐야 하지 않을까?"

"내—"

"약간의 규율만 있으면 돼. 그런다고 안 죽어."

"미안해요, 엑또르. 데비하고 애들은 어때요?"

"조이드, 자네가 일생 동안 그렇게 멍청한 바보처럼 야생화 사이를 깡충깡충 뛰어다니고, 나는 아주 특별해 하고 생각하면서, 남들과 똑같이 행동하지 않아도 돼 하고 살지만 않았어도……"

"아마 그럴 필요가 없었나보죠. 그랬어야 한다고 생각해요?"

"이봐, 됐어, 누가 바보 아니랄까봐. 이렇게 생각하면 어때—자네도 언젠가는 죽게 될 거라고? 헤헤헤, 그거 잊지 않고 있지? 죽음! 그 수많은 세월을 빌어먹을 불순응자로 살더라도 결국에는 다른 모든 사람들과 똑같이 끝난다는 거. 하, 하! 그러니 그게 다 무슨 소용이겠어? 자기는 히피 구덩이에서 살며 중고차 책자에도 나와 있지 않은 쓰레기 같은 걸 운전하고 다니면서, 자네 자신과 자식뿐 아니라 모든 사랑하는 형제자매 히피 멍청이들을 위해 쓸 수도 있었을 정말로 많은 돈을 포기한들 말이야. 돈이 생기면 자네 못지않게 쓰고도 남을 친구들인데."

여종업원이 계산서를 가지고 다가왔다. 둘 다 — 엑또르는 반사적으로, 조이드는 그것에 깜짝 놀라서 — 그녀를 향해 벌떡 일어나다가 서로 부딪히자 젊은 종업원 아가씨는 놀라서 뒷걸음치다가 계산서를 떨어뜨렸고, 이윽고 계산서는 세 사람한테서 차이다 결국은 회전식 양념통 속으로 퍼덕거리며 들어가더니 가장자리가 반투명해진 커다란 솜털 같은 마요네즈에 반이 잠기고 말았다.

"계산서가 마요네즈에 빠졌네." 조이드가 그새 알아차리고 말했다. 그때 갑자기 길가로 난 정문 너머에서 싸이렌, 결의에 찬 외침, 육중한 장화 소리가 서로 하나처럼 박자를 맞추며 그들이 있는 쪽으로 쿵쿵거리고 다가왔다.

"오, 성모마리아여!" 다른 세상 사람처럼 겁에 질린 엑또르가 비명을 지르며 일어나 주방 쪽으로 달려갔고 — 다행스럽게도 조이드는 그가 20달러 지폐 한장을 테이블 위에 놓고 가는 것을 보았다 — 이어서 한 무리의 사람들이, 뭐였더라, 모두 똑같은 위장용 낙하복과 스텐실로 'NEVER'라고 적힌 안전 헬멧을 착용하고서 그의 뒤를 밀고 들어왔다. 그중에 두명은 문 옆을 지켰고, 다른 두명은 볼링장을 확인하기 위해 갔으며, 나머지는 엑또르를 쫓아 주방 안으로 뛰어드는 바람에 이미 그곳은 비명을 지르고 쨍그랑하는 소리로 시끄러웠다.

펜들턴 셔츠와 청바지 위에 하얀 실험실 가운을 입은 사내가 문을 지키고 있는 두 사람 사이로 어슬렁거리며 들어오더니 조이드를 향해 걸어오자, 그는 마음에도 없는 미소를 지었다. "전혀 본 적 없는 사람이군."

"조이드 휠러 씨! 야아, 어젯밤 뉴스에서 봤어요. 믿기지 않네요, 당신이 엑또르와 서로 아는 사이인 줄 몰랐어요. 그런데요, 엑또르는 아직 정상이 아니어서, 우리한테 치료를 받기로 되어 있어요. 그런데 솔직히 말하면 지금……"

"그가 탈출했다 이거군요."

"결국에는 잡게 될 거예요. 그래도 나중에 연락이 되거든, 우리한테 전화 주세요. 괜찮으시겠죠?"

"그런데 누구시죠?"

"오. 죄송합니다." 그는 조이드에게 명함을 건넸다. 거기에는 '닥터 데니스 디플리, 사회복지 석사, 박사/비디오 교육 및 재활을 위한 국가기금', 쌘타바버라 북쪽에 위치한 어떤 지명, 라틴어로 된 모토 빛에서 건강까지가 씌어져 있었고, 모토 위쪽엔 텔레비전 세트 모양이 둥근 원 안에 그려져 있었으며, 인쇄된 전화번호는 선을 그어 지워져 있고 대신에 또다른 번호가 볼펜으로 씌어져 있었다. "그게 우리 현지 번호예요. 엑또르가 잡힐 때까지 바인랜드 팰리스에 있을 예정입니다."

"기가 막힌 하루군요. 당신들도 연방 사람들이죠!"

"이등분선 같죠. 동시에 사적, 공적으로 보조금과 계약금을 받아서 기본적으로는 텔레비전 남용과 그밖의 비디오 관련 장애를 연구하고 치료합니다."

"텔레비전 중독자들을 위한 치료소라고요? 그럼…… 엑또르도……" 그러고 보니 엑또르가 마음을 진정시키기 위해 플린스톤 주제가를 콧노래로 흥얼거리던 게 기억났다. 그리고 그 '친구'라는 표현도 두 사람 다 아는 것처럼 선장이 길리건을 늘 즐겨 부르던 애칭[34]이었던 것으로 보아, 조이드로서는 생각하고 싶지도 않지만 그럴 가능성이 높았다.

닥터 디플리는 보란 듯이 어깨를 으쓱했다. "우리가 여태껏 본 것 중에 가장 다루기 힘든 환자 중 한명이에요. 이미 보고서에 이름이 올랐죠. 우리 분야에서는 브래디 번치[35] 중독자라고 알려져 있습니다. 그 씨리즈물에만 한정된 것은 아니지만 그것에 유독 깊이 집착하는 증세를 보여서 그렇게 부르지요."

"오, 그렇군요. 큰애가 마셔였어요. 맞아요. 그리고 가운데 애 이름은—" 그때 조이드는 자기를 째려보고 있는 걸 눈치챘다.

"어쩌면요." 닥터 디플리가 말했다. "아무튼 꼭 전화 주셨으면 합니다."

"그 가족들 이름을 다 기억한다고 하지 않았어요!" 조이드는 그의 뒤에다 대고 소리를 질렀지만, 그는 이미 정문 밖으로 나가는 중이었고, 곧이어 다른 사람들도 모이더니 엑또르를 잡지도 않고 바로 사라졌다.

이제 도망친 정신병자 신세가 된 엑또르는 아직 잡히지 않았다.

34 외딴섬에서의 표류기를 코믹하게 다룬 미국의 유명한 1960년대 씨트콤 '길리건스 아일랜드'(Gilligan's Island)에서 선장은 주인공인 일등항해사 길리건을 항상 '친구'(Little Buddy)라고 친근하게 부른다.

35 1969년에 시작해 1970~80년대까지 인기리에 방송된, 대가족을 소재로 한 미국의 유명 씨트콤 '더 브래디 번치'(The Brady Bunch)를 가리킨다.

조이드는 언덕을 올라가던 엘비사의 차가 헤드 개스킷이 터져서 생각했던 것보다 한시간가량 늦게 팬텀 리지 로드에 들어섰다. 그녀는 그의 차를 빌리기 위해 아침 6시에 내려왔고, 조이드는 대체 차량을 수소문하느라 시간이 걸렸던 것이다. 그렇게 해서 구한 차량은 이웃인 트렌트 소유의 닷선 릴 허슬러 픽업트럭이었는데, 유별난 캠퍼 셸[36] 디자인 때문에 커브를 도는 데 문제가 있었다. "연료탱크가 비어 있음과 가득 참 사이일 때는 되도록이면 시도하지 않는 게 좋아." 트렌트가 넌지시 하는 말을 조이드는 새겨들었다. 그러나 정작 문제는 어떤 마약중독자가 생각해낸 비늘 모양 구조에 따라 전체가 삼나무 널빤지로 뒤덮이고 맨 꼭대기는 난로 연통이 바깥으로 나와 있는 뾰족한 널빤지 지붕으로 꾸며진 캠퍼 셸에

36 camper shell. 집 모양의 캠핑용 장비. 하우스 트럭이라고도 한다.

있는 듯했다.

조이드는 아주 조심스럽게 오른쪽으로 돌아, 건너편에 팬텀 크리크가 있는 아직 벌목하지 않은 2차림 삼나무 산마루의 지그재그 길을 곧바로 오르기 시작했다. 아침 일찍 안개가 걷힌 자리에는 연푸른색 아지랑이가 피어올라 먼발치의 나무들이 흐릿해지기 시작했다. 그는 어느 베트남전 참전용사와 그의 가족과 함께 부업 삼아 가재를 잡았던 개울가 길 위에 있는 작은 농가를 향해 가는 중이었다. 그들은 팬텀 크리크와 부근의 두 개울 일대에서 어린 가재들을 잡곤 했는데, 조이드는 101번 고속도로로 차를 돌려 그 먹음직스러운 것들을 타락한 여피들이 선호하는 음식들을 파는 캘리포니아 케이즌 같은 레스토랑들에 팔았다. 가재들은 이 일대에서는 에크리비스 아 라 메종[37]이나 바인랜드 랍스터라는 명칭으로 불렸다.

그들의 이름은 아르시와 문파이였다. 그것은 전쟁이 끝난 뒤에 이제는 꽤 지워진 그들의 발자취 뒤에 남겨진 그들의 본명이었다. 그들은 돈을 보자 바깥에 나와 낚시하는 그들의 아이들처럼 기분이 좋았다—아이들 중에 덩치가 가장 큰 모닝은 개울 한가운데를 철벅거리며 걸어갔고, 다른 아이들은 4인치짜리 못이 든 자루와 항아리를 들고 다니면서 베이컨 조각을 무릎 깊이의 모든 물웅덩이 바닥에 직접 고정했다. 처음 시작했던 지점으로 돌아올 무렵이 되자, 가재들이 미친 듯이 달려들더니 베이컨이 떨어지지 않아 사방으로 발버둥을 쳤다. 그다음은 막대기가 달린 고기 자루를 꺼내 가재의 코를 막대기로 때려서 그것이 뗄 때 낚아채어 자루에 넣으면 되었다. 가끔은 부모한테 와서 도와달라고 도움을 청하기도 했다.

37 Ecrivisses à la Maison. 국내산 가재.

조이드는 이 가족을 1970년대 초부터 알고 지냈는데, 사실 문파이를 처음 만난 게 그의 이혼이 최종적으로 확정된 날 밤이고, 하필 또 그날이 그의 첫번째 창 뛰어넘기 바로 전날밤이어서, 어떤 면에서는 둘 다 동일한 합의서의 일부인 것 같았다. 그는 바인랜드의 싸우스 스푸너에 위치한 로스트 너깃이라는 머리가 긴 히피들의 술집에 앉아 맥주를 마시면서, 프레네시 혹은 마지막 순간의 반전 같은 것 없이 공식적으로 끝이 난 삶에 대해 생각하지 않을 수 있는 방법을 찾고 있었다. 그 당시만 해도 젊고 예뻤던 문파이는 감각기관이 망가진 조이드에게는 바로 그가 찾던 구세주와도 같았다. 그제야 아르시는 지금까지 어디에 있었는지를 짐작하게 하는 푹 파인 눈에 극도로 조심스러운 태도로 화장실에서 나타났다. 그는 카운터로 슬그머니 돌아와 한 손을 문파이가 잠시 뺨을 대고 있던 그녀의 어깨에 얹고는 제발-나-열-받게-하지-마 하고 미리 경고하는 듯한 표정으로 조이드에게 고개를 끄덕였다. 하지만 이미 깊은 생각에 잠긴 조이드는 그날 저녁 내내, 그리고 대낮의 맥주 마시는 휴식시간은 말할 것도 없고, 앞으로 다가올 몇년 동안의 다른 많은 밤들 내내, 프리웨이에서의 명상, 화장실 좌변기에서의 공상, 그리고 아내 생각에 사로잡혀서 — 그는 '전처'라는 말이 전혀 편안하게 느껴지지 않았다 — 심지어 요즈음에도 존경할 만하다고 여겨지는 반경 이내의 지인들을 죄다 화나게 했다.

조이드가 언젠가 내봤으면 하고 꿈꾸던 앨범은 남자 가수를 위한 '낫 투 민 투 크라이'라는 제목의 토치 송[38] 명곡집이었다. 매번 그는 환상 속에서 심야 텔레비전 시간에 각 노래마다 5초의 맛보

38 실연, 짝사랑 등을 노래한 감상적인 블루스곡.

기가 흐르는 동안 무료 전화번호가 깜빡거리는 자신의 광고 장면에 멈춰 섰는데, 그것은 단지 음반을 팔기 위해서뿐 아니라 혹시라도 프레네시가 새벽 3시에 근사한 남자와의 따뜻한 잠자리에서 일어나 잠을 쫓을 겸 우연히 텔레비전을 켜면, 화려한 색깔의 아주 유별난 턱시도를 입은 조이드가 베이거스 스트립 근처 어딘가에서 꽉 찬 실내 오케스트라를 뒤에 거느리고서 키보드를 연주하는 모습이 나오고, 그러면 프레네시는 '아 유 론섬 투나잇'[39] '원 포 마이 베이비'[40] '씬스 아이 펠 포 유'[41] 같은 노래 제목들이 옆으로 지나갈 때마다 그 쓸쓸한 옛 노래들이 모두 다 자기에 관한 노래라는 사실을 알게 되기를 기대했기 때문이었다.

프레네시는 무법자 패거리처럼 그의 삶 속으로 들어왔다. 그는 자신이 마치 여교사가 된 기분이었다. 낮에는 집시처럼 공사장에서 일을 했고 밤에는 코베어스와 연주를 했다. 어떤 경우든 내륙이 아닌 파도치는 해안 근처에는 절대 가지 않았다. 햇볕이 내리쬐는 농장 지대가 언제나 그를 반겨주었던데다 비어 라이더들, 즉 맥주를 즐기는 자동차 라이더들은 써퍼와 그들의 음악에 묘한 매력을 느꼈다. 다 같이 맥주를 좋아하는 것 외에도 두 하위문화의 일원들은 써핑 보드 위에서건, 혹은 409[42] 운전대 뒤에서건, 마치 자동차 엔진

---

39 Are You Lonesome Tonight. 1926년에 처음 발표되었다가 1960년 엘비스 프레슬리가 다시 불러서 유명해진 노래.

40 One for My Baby. 1947년 프랭크 씨내트라를 통해 대중적으로 다시 유명해진 노래.

41 Since I Fell for You. 엘라 존슨을 거쳐 1963년 레니 웰치를 통해 크게 히트한 블루스 발라드.

42 유명 써프 록밴드 비치 보이스가 1962년에 발표한 앨범 「써핑 싸파리」(Surfing Safari)의 수록곡의 제목이기도 한데, 신형 엔진 409를 장착한 대형 가족용 차 쉐보레 409를 말한다. 이 자동차는 400마력이 넘는 힘으로 자동차 레이스를 즐기는 사람들 사이에서 커다란 인기를 끌었다.

이 대양처럼 거대하면서 강력한 무언가를 소중히 감싸고 있기라도 한 것처럼, 정신이 홀려 있는 순종적인 라이더의 공포와 황홀경을 공통적으로 즐겼다. 그 무언가는 바로 파도가 바다에 속한 것이듯 멀리 떨어진 다른 세계에 속하며, 그 라이더들이 있는 그대로, 상대방의 조건 그대로, 믿고 사들인 테크노웨이브였다. 써퍼들이 신神의 대양을 탔다면, 비어 라이더들은 수년에 걸쳐 달려온 자동차 산업의 의지의 가속도를 탔다. 그래서 죽음의 그림자가 써퍼들보다 비어 라이더들이 기분 전환 삼아 하는 행위들 속에 더 많이 스며들었고, 그로 인해 코베어스는 화장실과 주차장 트라우마, 경찰 개입, 갑작스러운 한밤중의 작별인사를 함께 겪는 습관이 생겼다.

코베어스는 몇몇 부동산 전망가들을 제외하고는 당시에는 아직 알려지지 않은 계곡 지역 일대, 언젠가는 집들이 제멋대로 펴져나가고 인간들이 겪는 고통의 비율도 모든 항목에서 급상승하게 될 작은 네거리 가게들에서 연주를 했다. 일이 끝난 뒤 잠이 안 오는 날이면 코베어스는 밖에 나가 짙은 땅안개 속에서 자동차로 계곡을 질주하는 놀이를 즐겨했다. 앞이 전혀 보이지 않아서 고속도로에서의 즉사를 언제든 유발할 수 있는 하얀 형체들이 마치 의식을 지닌 존재처럼 풍경 위를 전혀 예측할 수 없게 움직이며 다녔다. 그때만 해도 인공위성 사진이 거의 없던 때라 지상의 경관만을 볼 수 있었다. 윤곽이 뚜렷한 형체는 하나도 없었다. 뭔가가 길에 갑자기 나타날 때는, 영화에 나오는 생명체처럼, 너무 빨라서 진짜처럼 보이지 않았다. 그럴 때 방법은 한계를 과감하게 뛰어넘는 속도로 안개의 옅은 벽으로 진입하여, 그 하얀 통로에는 다른 어떤 차량이나 커브, 공사 현장도 없으며 오직 매끄럽고 평탄하며 텅 빈 차도가 끝없이 먼 곳으로 뻗어 있으리라 확신하고서 달리는 것이었다.

그것은 써퍼의 꿈에 의한 자동차 변주곡이었다.

조이드는 쌘와킨에서 자라면서, 버드 워리어스와, 나중에는 앰버서더스와 어울려 달렸고, 딕 데일[43]도 노래한 완전히 정신 나간 '분노의 질주'에 미쳐 오렌지 숲과 고추밭을 질주했으며, 상당수의 동창생들, 졸업앨범에는 빈칸으로 나오는 친구들을 음주운전이나 기계 고장으로 잃었다. 그리고 결국에는 햇빛이 잘 비치고, 맹세컨대 유령이 종종 출몰하는 자연으로 돌아와, 어느날 오후 점점 더 짙어져가는 참나무가 군데군데 퍼져 있고, 멀리 프리웨이가 보이고, 개들과 아이들은 서로 뛰어놀고, 많은 하객들을 위해 하늘이 말로 표현할 수 없는 수많은 색깔의 문양으로 꿈틀거리는 황금빛 녹색의 매끄러운 캘리포니아 언덕에서 결혼을 했다.

"프레네시 마거릿, 조이드 허버트, 그대들은 곤경에 처하거나 정신이 몽롱해지더라도 진심으로 사랑이라는 멋진 황홀감을 항상 지켜나갈 것을 맹세합니까?" 기타 등등. 끝나는 데 몇시간 혹은 30초 정도 걸렸을까, 모인 사람들 중에 시계를 가진 이가 거의 없어서 알 길이 없었지만 아무도 부산을 떨거나 하지 않았다. 이때는 바로 '느긋한 60년대', 시간이 아직 조각나지 않은, 텔레비전에 의해서도 아직 조각나지 않은, 그래서 좀더 천천히 흐르던, 디지털 이전의 시대였던 것이다. 그날을 연(軟)초점 사진이나 또 몇년 뒤 '감성' 인사 카드에서 볼 법한 그런 유의 그림으로 기억하면 쉬울 것이다. 자연의 만물, 그날 언덕 위에 있었던 모든 살아 있는 존재들은, 훗날 조이드가 그때 얘기를 하려고 할 때마다 이상하게 들리기는 했

43 딕 데일(Dick Dale, 1937~). 써프 음악의 선구자이자 '써프 기타의 제왕'으로 불리는 미국의 유명 록 기타리스트. '분노의 질주'(Grudge Run)는 1963년에 발표한 앨범 「체커드 플래그」(Checkered Flag)의 수록곡이다.

지만, 부드럽고 평화로웠다. 눈에 보이는 세계는 햇볕이 내리쬐는 양 농장이 전부였다. 베트남에서의 전쟁, 미국 정치의 도구가 된 살상, 불에 타 잿더미와 죽음으로 변한 흑인 지역, 이 모든 것은 분명히 다른 행성에서나 벌어지는 일이었다.

연주는 그 시절에 자신들을 써파델릭이라고 불렀던 코베어스가 맡았다. 당시에 가장 가까운 파도는 농로와 살인적인 산악도로 너머의 40마일 떨어진 쌘타크루즈에 가야 볼 수 있었고, 지역의 전통적인 비어 라이더들의 오만함과도 싸워야 했지만, 몇년 뒤에 조이드가 모든 것을 제아무리 나쁘게만 기억하려고 해봐도 사실은 어떤 말다툼이나 토악질, 혹은 서로 내기하듯이 앞다투어 자동차를 파괴하는 행위 따위는 전혀 없었고, 믿기지 않을 정도로 모두가 사이좋게 잘 지냈다. 그때의 파티는 그의 인생에서 가장 기억에 남는 파티 중 하나였다. 사람들은 음악을 사랑했고, 파티는 매일같이 밤을 새워가며 주말까지 이어졌다. 곧이어 장난삼아 못된 짓을 하고 놀던 오토바이족들과 어린 오토바이 운전자들이 훈장 같은 것을 잔뜩 달고서 모습을 드러냈고, 그다음에 자연에 묻혀 사는 LSD 상용자들을 한가득 빼곡히 태운 채 옛날처럼 건초를 싣고 저 너머 계곡에서 오던 건초 왜건이 합류했고, 끝에 가서는 보안관이 나타나 미니스커트를 입은 세명의 미인들과 찢어질 것 같은 전기기타의 '파이프라인'[44] 연주에 맞춰 한창 잘나가던 때의 춤을 추는 것으로 당일의 산책을 마쳤지만, 친절하게도 그들이 마시던 펀치를 조사하기는커녕 근처에 가지도 않았고, 그 대신 날이 더운 관계로 버기[45] 한 캔을 기꺼이 받았다.

---

44 Pipeline. 캘리포니아 출신의 밴드 샨테이스가 1962년에 발표한 곡.
45 Burgie. 버거마이스터 비어(Burgermeister Beer)를 줄여서 부르는 말.

파티 내내 프레네시는 차분하게 웃고 있었다. 조이드는 커다랗고 가벼운 밀짚모자 밑에서 타오르던, 그때부터 이미 악명 높았던 그녀의 푸른 눈을 잊을 수가 없었다. 꼬마들이 달려와 그녀의 이름을 불렀다. 그녀와 조이드는 무화과나무 밑의 벤치에 함께 앉아 있었고, 밴드는 잠시 쉬는 중이었다. 그녀는 놀랍게도 색깔들이 서로 스며들지 않는 무지개무늬의 과일 아이스크림콘을 먹으며, 그녀의 어머니도 입었고, 그리고 할머니도 입었던 웨딩드레스에 그것이 묻지 않게 하려고 몸을 앞으로 기울였다. 아무도 모르는 곳에서 몰래 나타난 얼룩무늬 고양이 한마리가 아이스크림이 뚝뚝 떨어지는 콘 밑으로 똑바로 걸어와, 라임, 오렌지, 혹은 포도 맛의 차가운 아이스크림 방울이 자기 몸에 떨어지자 깜짝 놀란 듯 야옹 하고는, 흙먼지 속에서 몸을 뒤틀고 눈을 미친 듯이 굴리며 전속력으로 달리더니, 잠시 후 다시 천천히 다가와 똑같은 행동을 반복했다.

"사촌 동생 르네 봤어? 그애가 재미있게 잘 놀고 있는지 모르겠네." 르네는 남자 친구와 헤어져 상심에 빠져 있다가, 지금 그녀에게 필요한 건 파티일지 모른다는 생각에 L. A.에서 차를 몰고 와 있었다. 처이모, 처삼촌, 처사촌 등 그의 처가 식구들 중에서도 유독 그녀는 목부터 치마 끝까지 프랭크 자파[46]의 얼굴이 그려진 미니드레스 차림의 키 크고 화려한 아가씨로 기억에 남아서, 조이드의 마음속에서는 왠지 러시모어 산이 떠올랐다.

그는 햇빛에 눈을 찡그리며 아직도 그녀의 운명을 믿지 못하는 여교사처럼 웃음을 지었다. 부드러운 바람이 불어오자 나뭇잎들이

46 프랭크 자파(Frank Zappa, 1940~93). 미국의 기타리스트 겸 영화감독. 미국의 위대한 대통령 네명의 얼굴이 새겨진 러시모어 산 대신, 민주주의에 해를 끼친 닉슨, 레이건 등의 얼굴이 새겨진 또다른 러시모어 산이 있어야 한다고 생각했다.

조금씩 흔들리기 시작했다. "프레네시, 당신은 사랑이 누구든 구원할 수 있다고 생각해? 그렇게 생각하는구나, 그렇지?" 그때에는 그것이 얼마나 바보 같은 질문이었는지 미처 깨닫지 못했다. 그녀는 모자챙 바로 아래에서 그를 올려다보았다. 그는 혼자 생각했다. 적어도 이렇게 기억하고 있어야 해, 어딘가 안전한 곳에 보관하고 있어야 해, 그녀의 얼굴은 지금 이 햇빛을 받고 있고, 좋아, 그녀의 두 눈은 딱 지금처럼 고요하고, 그녀의 입은 그대로 벌어져 있고……

쩨쩨하든 아니든, 그는 그 일로 오랫동안 괴로워하지 않았다. 세월은 그가 올라탔던 높고, 고요하고, 사납고, 잔잔한 파도처럼 계속 흘러갔다. 그러나 점점 그날이, 그 운명의 날이 자기 몫을 요구하며 그에게서 빼앗아가더니, 결국은 손에서 놓지 않으려고 했던 단 하나의 작고 쓰라린 즐거움만이 남게 되었다. 가끔씩 달, 조수, 행성의 자력이 다 같이 조화를 이룰 때, 그는 위험을 무릅쓰고 밖으로 나가 그의 이마에 달린 제3의 눈을 통해 그게 어디건 그녀가 있는 곳으로 곧장 미끄러져갈 수 있는 외계의 운송 체계 속으로 바로 들어가서, 사람들 눈에 안 보이도록 하는 게 아직 불완전해서 더러 감지되는 불편을 겪더라도 자신이 할 수 있는 만큼 오래 그녀를 따라다니며 어렵게 짜낸 매 순간을 즐겼다. 이것은 누가 봐도 나쁜 짓이었다. 그는 오직 소수의 사람들에게만 그것을 털어놓았다. 나중에 어리석은 행동으로 판명될지도 몰랐지만, 거기에는 바로 오늘 아침 그의 고백을 들은 딸 프레리가 있었다.

"오, 세상에." 프레리가 앉아서 케이픈 크런치[47]와 다이어트 펩시로 아침식사를 하며 말했다. "꿈에서 그랬다는 거지 — "

---

47 미국 사람들이 즐겨 먹는 씨리얼 중 하나.

조이드는 머리를 가로저었다. "깨어 있었어. 하지만 육체로부터 벗어나 있었어."

그녀는 그가 너무 이른 시간이라서 정면으로 부딪치고 싶지 않았던 표정으로 그를 쳐다보면서 잔인한 속임수 같은 것을 쓰지 않기를 바란다고 말했다. 그들에게는 유머감각을 갖고 대화하기 힘든 화제들이 많았는데, 그녀의 엄마에 대해서는 특히 더 그러했다. "그러니까 거기에 가서 그리고 — 뭐라고? 어딘가에 앉아서 보는데, 또 계속해서 주위를 날아다닌다고? 그게 말이 돼?"

"조종석에 앉아 있는 미스터 슬루[48]와 약간 다를 뿐 거의 비슷해." 조이드가 설명했다.

"정확히 어디로 가고 싶은지는 알고 있는 거야?" 그가 고개를 끄덕이자, 그녀는 이 지구 상에서 자신의 아버지로 낙점된 이 초라하고 머리가 둔하며 주변부 인생을 살아가는 아버지라는 존재에 대해 평소와 다른 물밀 듯한 애정을 느꼈다. 지금 중요한 것은 그가 한밤중에 프레네시를 어떻게 찾아가면 되는지 알고 있다는 것이었다. 그녀를 갈구하는 그의 심정은 프레리 자신의 그것만큼 절실했다. "그러면 어디로 가려고 하는데? 엄마는 어디에 있어?"

"계속해서 찾는 중이야. 표시를 읽고, 이정표를 찾고, 단서가 되는 것이면 뭐든 찾고 있어. 하지만 표시가 저기 길모퉁이와 가게 유리창에 있는데, 그것들을 읽을 수가 없어."

"다른 나라 말이어서 그래?"

"아니, 영어로 되어 있어. 그런데 그것과 내 머리 사이에 가로막는 무언가가 있어."

48 '스타 트렉' 씨리즈에서 우주선 파일럿으로 등장하는 히카루 슬루.

프레리는 게임 쇼의 버저 같은 소리를 냈다. "미안합니다, 휠러 씨……" 실망과 의심이 섞인 표정으로 프레리는 다시 자리를 떴다. "팬텀 크리크에 가거든 안부나 전해줘요, 알겠지?"

그는 우편함들이 줄지어 있는 곳에서 왼편으로 돌아, 가축을 막기 위한 도랑을 털털거리며 지나간 다음, 말 외양간 옆에 차를 대고 안으로 걸어들어갔다. 아르시는 저 너머 블루 레이크에서 허드렛일을 하느라 안 보였지만, 문파이는 그들 사이에서 낳은 아기 로터스를 돌보며 주위에 있었다. 가재는 수조로 겸용해서 쓰는 낡은 빅토리아시대풍의 욕조에 담겨 있었다. 조이드와 문파이는 함께 가재들을 뜰채로 꺼내 종자용, 식용, 비료용으로 나누는 저울에 올려놓고 무게를 달았다. 그런 다음 그는 그녀에게 미리 정해놓은 날까지 돈을 모아서 지불해야 하는 선일자수표를 써주었다.

"지난밤 너깃에 누군가 와서 너에 대해서 물었어. 아르시도 아는 사람 같았는데, 나한테는 아무 말도 안해주더라고." 아기를 팔에 안고 그를 근심 어린 표정으로 진지하게 쳐다보며 그녀가 말했다.

"엘비스식으로 머리를 자른 라틴계 남자였어?"

"그래. 무슨 문제라도 생겼어, 조이드?"

"내 친구 문파이, 난 언제나 벗어나려나? 혹시 그 남자가 어디에 머물고 있다든지, 뭐라도 얘기한 것 있어?"

"대부분 자리에 앉아서 카운터의 텔레비전만 뚫어져라 보았어. 86번 채널에서 하는 영화였는데, 얼마 안 있다 화면에 대고 말하더라고. 하지만 취하거나 그런 건 전혀 아니었어."

"정말 불쌍한 친구야."

"와우. 너한테서 그런 말을 듣다니……" 조이드의 묘한 웃음을 보며 아기가 그대로 따라했다. "너한테서 그런 말을 듣다니!"

그들은 가재를 캠프용 자동차 뒤칸의 물통으로 옮겼고, 곧이어 조이드는 한쪽으로 휘청하더니 흙탕물을 튀기며 왔던 길로 다시 향했다. 백미러를 통해 그가 커브를 돌 때까지 문파이와 아기가 그를 지켜보는 게 보이다가, 얼마 후 나무에 가려 보이지 않았다.

그래, 이 망할 놈의 엑또르. 조이드는 그날밤 단골집이던 로스트 너깃에 가지 않는 바람에 그를 놓쳤다. 그 대신에 그는 안개처럼 희끄무레한 지난 세기에 세워진 바인랜드의 옛 플라자 외곽에 있는 스팀 동키 술집 구석의 후미진 자리를 택했다. 얼마 안 있어 반 미터가 머리를 내밀었고, 두 사람은 자리에 앉아 럭키 라거에 천천히 젖어가며 옛날 일들을 끄집어냈다.

"가방끈이 긴 예쁘장한 여자애가, 왜인지 모르겠어, 어떤 이유 때문에 내가 쉬운 상대로 보였던 게 분명해. 그녀는 버클리 대학에 다니는 영화제작자였고, 나는 사람들의 지붕 배수로를 청소하며 살았지. 임신한 걸 알았을 때는 정말 기겁을 하더군." 조이드가 한숨 쉬며 말했다.

그것은 프레리의 나이만큼 오래된 일이었다. 프레리는 잠시 동안 논쟁거리가 되었었다. 프레네시는 양쪽에서 거리낌 없는 충고를 받고 있었다. 몇몇 사람은 그녀에게 예술가로서의, 그리고 혁명가로서의 그녀의 삶은 이제 끝이라고 말했다. 당시에는 주 경계선의 남쪽으로 가지 않으면 낙태를 하기가 그리 쉽지 않았다. 만약에 경계선 북쪽에 계속 남고 싶다면 돈이 많아서 산부인과 의사들 및 정신과 의사들과 함께 위원회 활동을 거쳐야만 했다. 다른 사람들은 정치적으로 올바른 방식에 따라 아이를 키우면 얼마나 멋지겠냐며 그녀를 부추겼는데, 그에 대한 정의는 잠자리에서 뜨로쯔끼를 그녀에게 읽어주는 것부터 정식 LSD까지 매우 다양했다.

조이드가 말을 이어갔다. "하지만 마음이 아픈 건 내가 그녀를 정말 순진하다고 생각했다는 거야. 완전히 바보였어. 나는 그녀에게 알려주고 싶었고, 동시에 그녀가 알지 못하게 하고 싶었어. 일이 얼마나 엉망진창이 될 수 있는지를 말이야. 내가 정말 어리석었어."

"그녀가 그 일에 뛰어든 게 네 잘못이라고 말하는 거야?"

"더 많이 내다보지 못한 것, 우리가 잘해낼 거라고 생각한 것, 그들을 모두 이길 거라고 생각한 것은 다 내 잘못이야."

"그래, 정말 한심했어." 반 미터가 낄낄거리며 크게 웃었다. 그들이 오랫동안 우정을 이어온 것은 어느정도는 각자의 불행을 서로 비웃는 척하며 지낸 덕분이었다. 조이드는 앉아서 고개를 계속 끄덕이며 진짜 정말이라고 되뇌었다. "엑또르를 너무 신경 쓴 나머지 다른 연방요원 녀석이 오래전에 네 마누라를 사라져버릴 때까지 계속 건드리고 다녀도 너는 전혀 몰랐잖아! 정말 대단해, 자네!"

"친구, 응원해줘서 눈물이 날 지경이네. 하지만 그때는 큰 욕 안 보고 엑또르한테서 벗어나 있을 수 있어서 좋았어." 그는 아이를 데리고 도망치면서 모든 힘들어하는 텔레비전 팬들처럼 자, 이제 끝났으니 광고와 다음주 예고편을 볼 차례라고 진짜로 생각했던 게 분명했다…… 프레네시가 가고 없더라도, 프레리에 대한 그의 사랑은 야간 조명처럼 항상 가까운 곳에서 차분하면서 낮게, 그러나 늘 밤새도록 불을 밝히고 있을 터였다…… 그리고 제정신이 아닌 주제에 배우 같은 과장스러운 어법을 쓰고 유행에 맞춰 갈색 신발을 신은 엑또르가 그의 주변에 다시 나타나 문제를 일으킬 리는 결코 없었다. 바보 같은 조이드. 그 꿈같은 시절의 드라마처럼 긴박한 상황에 얼이 나가 그는 자신과 프레리가 그들도 알 수 없는 여러 해의 세월을 실제로 계속 살아가야 하리라는 걸 그만 잊고 있었다.

남은 하루 동안 내내 그는 어디를 가든 사람들이 이상하게 쳐다보는 것 같았다. 레드우드 바이우에서 점심식사를 기다리며 자리를 잡고 있던 잡역부들은 조이드가 문 안으로 들어서자마자 전화기가 있는 뒤편으로 사라졌다. 르 뷔슈롱 아파메의 여종업원들은 구석에 모여 뭐라고 중얼거리면서 그에게 천천히 어깨 너머로 흘끗 쳐다보는 표정을 지었는데, 그가 보기에는 동정하는 눈빛이 아니라고 말하기 어려웠다. "어이, 아가씨들, 오늘 따뜻한 오리 샐러드는 괜찮나?" 그러나 어느 누구도 안 나타나는 데가 없지만 이름은 밝히지 않은 엑또르라는 존재에 대해 지나가는 언급 이상의 아무 말도 하지 않았다. 프리웨이로 다시 들어서자 조이드는 사방을 계속 경계하며 운전했지만, 그 텔레비전에 중독된 해독 치료 도망 환자가 어디에서 튀어나올지는 도저히 알 수 없었다. 다음으로 들른, 위를 살살 자극하는 금일 특선 두부찜 요리의 향기가 진동하는 험볼라야에서 조이드는 식당 내부의 사무실 전화기로 바인랜드 팰리스의 한쪽 건물에 있는 닥터 디플리의 직통번호로 서둘러 전화를 걸었다.

"'네버'입니다." 명랑한 목소리의 여자가 전화를 받았다.

"정말?[49] 아직 뭐라고 묻지도 않았는데."

전화를 받던 여자의 목소리가 반 옥타브 내려갔다. "엑또르 쑤니가에 관한 전화예요. 끊지 않는 게 좋을 거예요." 유명한 TV 쇼의 짧게 녹음된 테마음악이 나오더니 유창한 말솜씨의 닥터 디플리가 전화를 받았다.

"놀라게 하려는 게 아니에요." 조이드가 말했다. "그 사람이 내

49 상대방이 회사명 NEVER를 말하자 그것을 '절대 안돼요'라는 말로 듣고 대꾸하는 상황이다.

뒤를 계속 쫓아다니는 것 같아서요."

"그런 느낌이 든 지가…… 좀 되었나요?" 건너편 수화기 뒤의 스테레오에서 리틀 찰리 앤드 더 나이트캐츠가 부르는 'TV 크레이지'가 들렸다.

"그래요. 엑또르의 경우 15년 아니면 20년은 되었죠. 어떤 친구들은 그것보다 오래 서로 번갈아가며 했어요."

"이봐요. 내 직원들을 대기하게 할 수는 있지만, 당신을 24시간 내내 보호해줄 수는 없어요." 그때 주방장 티 브루스가 문 안으로 머리를 내밀더니 "아직 통화 중이야?" 하고 소리 질렀다. 조이드가 거기에서 나왔으면 하고 바라는 눈치였다. 옛날에는 튀김과 치커리 커피를 꾸물거리며 만드는 게 흔한 일이었다.

가재 파는 일을 마치고 조이드가 그다음에 들른 곳은 올드 섬 반도 방면에 위치한, 통나무 더미와 카운티 수송부에 둘러싸인 자동차 개조 정비소 릭 앤드 칙스 본 어게인이었다. 정비소 사장인 험볼트 카운티의 쌍둥이 형제는 예수와 그들의 장사 밑천을 오일쇼크가 있었던 1970년대에 거의 동시에 발견했는데, 그 당시에 GM사는 미국 최초의 여객용 디젤 차량의 출시를 위한 세금 우대를 받으려고 5.7리터 용량의 8기통 캐딜락 엔진을 빼내고 성급하게 그것을 개조했다. 곧이어 구매자들의 실망이 늘자 릭과 칙을 포함한 엔진 전문가들은 한건당 2500달러의 수리비를 받고 부적절하게 개조된 자동차 엔진을 디젤에서 가솔린으로 재개조하는 일에 착수했다. 얼마 안 있어 그들은 차체 수리로 사업을 확장하고 도색 시설을 갖추어 더 많은 주문 수리와 개조를 맡게 되더니, 결국에 가서는 연안 일대와 씨에라 산맥 너머에서 '자동차를 위한 또 한번의 기회'의 대명사가 되었다.

조이드가 도착했을 때에는 법적으로 불분명한 유세비오 ('바토') 고메즈와 클리블랜드 ('블러드') 보니포이의 견인차팀이 쌍둥이 형제와 함께 서서, 모두 경건한 자세로 전설의 (어떤 이는 오직 민간에서만 전승된다고 믿는) 보기 드문 에드셀 에스콘디도[50], 즉 잘 알려진 문제의 라디에이터 그릴을 비롯해 복잡한 크롬 외장을 지녔고 지금은 수년 동안 쌓인 소금안개에 찌들어 있는, 포드 란체로와 모양은 흡사하지만 조금 더 우람한 편인 차를 지켜보고 있었다. 그것은 방금 전 바토와 블러드가 브이 앤드 비 견인 회사의 기함이라 할 F350 트럭, 엘 밀 아모레스[51]에서 윈치로 끌어내린 것이었다. 조이드는 그 동업자들이 머릿속으로 어떤 각본들을 굴리고 있는지 궁금했다. 그들은 매번 여기에 들를 때마다 쌍둥이 형제들과 정교한 복식게임을 벌였다. 게임의 기본 규칙은 문제의 — 때로는 비밀에 싸인 — 차량이 실제로 어디에서 온 것인지 절대로 분명하게 말해서도 안되고, 심지어는 '개조 행위'라는 법적 표현이 여기서는 어떤 부가적인 의미를 지니고 있을지도 모른다는 것을 넌지시 비쳐서도 안된다는 것이었다.

오늘은 매톨 강 유역에서 빅풋 관찰이 인기를 끄는 것에 고무되어, 바토는 의심 많은 쌍둥이 형제에게 그 에스콘디도는 발견되었을 때 개간지에 버려져 있었고, 차 주인들은 빅풋에 놀라 이미 달아난 상태였으며, 그래서 차는 빅풋의 영역에 방치된 채 누구든 찾는 사람이 임자인 처지가 되었는데, 마침 숲 속 그 근처에서 놀고 있던 소년들이 그것을 찾아냈고, 그 망할 놈의 사륜구동을 끌고 수

50 미국의 포드사가 1958년에 내놓았다가 크게 실패한 자동차.

51 '엘 밀 아모레스'(El Mil Amores)는 '천번의 사랑'이라는 뜻으로, 1954년에 발표돼 인기를 끈 멕시코 영화의 제목이다.

많은 위험천만한 비탈길과 구사일생의 모험을 무릅쓴 끝에 입을 딱 벌린 채 서로 번갈아가며 차를 바라보는 릭과 칙 앞에 서게 된 것이라고 힘을 주어 설명했다. 평소 이러한 일에 좀더 조예가 깊은 편인 블러드는 그들을 보자 "빅풋은 불가항력의 존재라서 폐물 이용의 법적 권한은 우리에게 있는 거야" 하고 못 박았다. 뭔가에 홀린 사람처럼 쌍둥이 형제는 서로 조금씩 다른 속도로 고개를 끄덕였고, 곧이어 이야깃거리가 될 또다른 불가사의한 이야기가 막 시작되려던 참이었다.

조이드는 사람들이 그에게 보이는 반응 때문에 이미 온종일 신경이 거슬렸던 터라, 모여 있던 사람들이 자기에게 짧고 어색하게 고개를 끄덕이며 손 흔드는 것을 봐도 별로 마음이 놓이지 않았다. 그들은 4인 1조 눈치 싸움 끝에 결국 조이드에게 말을 건넬 후보로 블러드를 낙점했다.

"이번에도 또 엑또르 때문이지, 그렇지?"

"그가 돌아왔다고 들었어." 블러드가 말했다. "하지만 이번엔 그가 아니야, 블러드.[52] 어, 다른 사람이야. 그리고 나와 내 파트너는 네가 오늘밤 기지에서 잠을 잘 계획인지 궁금해하던 참이었어."

이 대목에서 또다른 깊은 마음의 고통이 찾아왔다. 조이드는 블러드가 오래전 사이공에서 그를 계속 살려두어 이용하려던 베트콩 게릴라들로부터 이러한 경고를 한번 이상 들었다는 사실을 알고 있었다. "젠장. 엑또르가 아니라면, 그게 대체 누구지?"

52 블러드와 바토는 말끝에 자기 이름을 붙이곤 하는데, 참전 경험 때문에 통신 등에서 말이 끝났음을 알리는 구호를 붙이는 습관이 배어서인 듯하다. 또는, 이들이 즐겨 부르는 '칩 앤드 데일' 주제가에서 '나는 칩!' '나는 데일!' 하는 식으로 자기 이름을 외치는 것에서 비롯된 말버릇일 수 있다.

바토가 그의 파트너처럼 심각한 표정으로 다가왔다. "그들은 연방요원이었어, 바토. 하지만 엑또르는 아니었어. 그는 텔레비전 중독 치료팀에서 보낸 추격대를 따돌리느라 정신이 없어."

조이드는 갑자기 기분이 나빴다. "얘한테나 가보는 게 낫겠어." 릭과 칙은 마치 서로 거울을 마주 보고 있는 사람들처럼 똑같이 전화기를 가리키며 어서 걸어봐 하는 몸짓을 했다. "네가 찾던 지코브 32, 스코다 카뷰레터, 내 차 앞좌석에 있어. 네 생각 좀 들어보자고."

프레리는 조그만 체구의 자부심 강한 사장이 이 지역에서 가장 느린 것은 말할 것도 없고 가장 몸에 좋은 패스트푸드를 파는, 캘리포니아 피자 철학이 가장 잘못 적용되었을 때의 대표적인 사례라 할 수 있는 보디 다르마 피자 템플에서 일을 했다. 조이드는 자타가 공인하는 피자광이면서 동시에 구두쇠였지만, 프레리에게 단 한번도 보디 다르마에서 만든 피자를 가족용으로 한조각 가져와보라고 다그치지 않았다. 피자에 들어간 채소는 아주 약간만 이딸리아 허브가 들어갔을 뿐 감기약으로나 더 적절할 것 같은 허브를 왕창 넣어서 거의 우두둑 소리가 날 정도였고, 응유효소를 넣지 않은 치즈에 손님들은 병에 든 네덜란드 소스나 합성화합물 맛이 난다는 등의 다양한 반응을 보였고, 추가로 고를 수 있는 선택 사항들은 속까지 구워지기 훨씬 전부터 수분 함유가 너무 높아 흠뻑 젖어 있는 거나 다름없는 유기농 채소들뿐이었으며, 맷돌로 간 12곡 크러스트는 밝기나 소화성이 맨홀 뚜껑 같았다.

조이드는 마침 명상 휴식 중이던 프레리와 연결이 됐다. "괜찮니? 거기 아무 일 없지?"

"무슨 일 있어?"

"아빠 부탁 하나만 들어줘. 내가 거기 갈 때까지 기다려. 알겠지?"

"그런데 아이재이아하고 걔네 밴드가 나를 데리러 지금 오고 있어. 캠핑 가기로 했거든. 까먹은 거 아니지, 아빠? 이런, 마리화나를 하도 피워서 머리가 에치-어-스케치[53]처럼 된 게 분명해."

"우오, 너무 놀라진 말고. 하지만 우리는 지금 너처럼 입이 싸거나 앞서가는 애들은 옆에 있어도 거의 쓸모가 없는 그런 상황에 처해 있어. 아빠 말 들어."

"마약중독자의 편집증이 도진 것 아니야?"

"아니. 이제 생각해보니, 그 젊고 점잖은 친구들에게 언제 거기에 도착해서 옆에 함께 있어줄지 물어보면 어떨까?"

"아빠, 생긴 게 흉악하다고 힘깨나 쓰겠다고 말하는 건 아니지."

사방이 무방비라고 느껴지자 조이드는 속력을 내고 신호등과 정지신호를 무시하며 바인랜드로 가서, 문 닫을 시간에 은행 입구에 간신히 도착했다. 늦게 온 다른 손님들의 출입을 막던 정장 차림의 신입 직원은 조이드를 보자 그를 위해 역사상 처음으로 잠긴 문을 신경질적으로 열기 시작했고, 그러자 책상에 앉아 근무 중이던 은행 안의 직원들이 전화를 향해 팔을 길게 뻗는 모습이 보였다. 이것은 마약중독자의 편집증이 아니었다. 하지만 그렇다고 조이드가 은행 안으로 발을 내디딘 것도 아니었다. 경비원이 어슬렁거리며 다가오더니 허리춤의 권총집을 열었다. 알았다고. 조이드는 여러분 오늘은 여기까지입니다 하고 말하듯 손을 흔들며 급히 돌아나와, 운 좋게도 트렌트의 차를 정확히 모퉁이에 주차했다.

프레리가 일을 마치려면 두시간은 더 있어야 했다. 조이드는 현

53 Etch-A-Sketch. 플라스틱 판 위에 쉽게 썼다가 지울 수 있도록 고안된 유아용 완구.

금과 또한 겉모습을 신속하게 바꾸는 데 대한 누군가의 조언이 필요했는데, 이 두가지 모두 그가 한때 잔디와 나무 심는 일을 해주었던 조경업자이자, 회사의 씸벌로 시작해 결국에는 금서 애독자인 설립자가 마퀴스 드 쏘드라고 이름 지은 소규모 잔디 관리 써비스 회사의 최대 주주가 된 전직 배우 밀러드 홉스로부터 얻을 수 있는 것들이었다. 원래 밀러드는 지역에서 만든 두편의 심야 텔레비전 광고 모델로만 고용되었었다. 광고에서 그는 거대한 생가죽 채찍을 손에 들고서 무릎양말에 버클 달린 신발, 반바지, 블라우스, 연한 금색 가발 차림으로 등장했다. 모두 다 그의 부인 블로드웬에게서 빌린 것들이었다. "잡초가 버릇없이 굴지 않나요?" 그는 프랑스 악센트를 넣어 질문을 던졌다. "호, 호! 아무 문제 없습니다! 바로 전화 주세요—마퀴스 드 쏘드…… 여러분의 잔디를 순한 양처럼 만들어드리겠습니다!" 곧바로 사업은 크게 번창해서 수영장과 나무 사업으로까지 확장했고, 너무 많은 수익이 한꺼번에 들어오자 밀러드는 수고비를 선불로 받는 대신에 주식을 받기로 마음먹었다. 그때만 해도 휴가 중에는 텔레비전 없이 지내는 지역들이 있던 터라 텔레비전이 없는 곳에서 사람들은 그를 실제 소유주로 착각하기 시작했고, 배우였던 밀러드도 그들을 믿기 시작했다. 그는 주식을 계속해서 조금씩 사들였고 사업을 배워나갔다. 그뿐만 아니라 자신이 나오는 광고의 대본을 뱀파이어 시간대에 30초씩 나누어 내보내던 옛날 방식에서 요즘에 종종 볼 수 있는 5분짜리 황금시간대 단편영화로 세심하게 다듬고, 음악과 특수효과는 멀리 마린에 있는 장인들에게까지 하청을 확대해가며 제작했다. 이렇게 해서 만든 광고에서 마퀴스가 진짜 18세기 복장으로 수준이 높아진 의상을 입고서 표준에 미달하는 잔디와 대화를 나누며 그것을 생가죽 채찍으로 때리면, 최대로 클로즈업된 풀잎 하나하나에 얼굴과 작은 입이 달려 있는 게 보이더니, "더요, 더요! 채찍질이 너무 좋아요!" 하는 에코가 엄청나게 들어간 합창 소리가 울려퍼졌다. 그러면 마퀴스가 장난삼아 몸을 구부리며 "뭐라는지 안 들리는데!" 하고 대꾸하고, 바로 이어서 풀잎들이 회사의 로고송을 당시에 유행하던 포스트 디스코로 편곡한 '마르세예즈'[54]에 맞춰 부르기 시작했다.

잔디 박사, 나뭇가지를 치리니,
아무도 쫓아올 자 없으리, 마—
퀴스 드 쏘드여!

밀러드는 일을 후하게 나눠주고, 현금으로, 또한 장부에 적지 않고 지불하는 것으로 유명했다. 장비를 세워두는 공터의 절반가량은 모하비 사막의 어딘가에서 온 평상형 트럭 한대가 차지하고 있었고, 트럭에는 시꺼멓게 타고 군데군데 움푹 들어간 금속성 줄무늬의 아주 거대한 바위 하나가 실려 있었다. "어떤 부자 손님이 자기 집을 살짝 빗나간 운석처럼 보이게 해달라고 해서." 마퀴스가 설명했다.

조이드는 바위를 시답잖게 쳐다보았다. "그 사람들은 사서 고생이라니까요. 운명의 신을 거스르면서 말이죠."

그들은 사무실로 돌아갔다. 블로드웬이 머리에 펜과 연필을 잔뜩 꽂은 채 컴퓨터를 흘끗 보다가 조이드를 쏘아보았다. "엘비사가

54 La Marseillaise. 프랑스 국가.

방금 막 전화를 걸어 당신을 찾았어요. 당신 차가 압수됐대요." 이런 젠장, 드디어 터졌네. 바인랜드 쎄이프웨이에 있다 주차장으로 돌아온 엘비사는 그날 아침 조이드에게서 빌렸던 픽업트럭에 옛날에 가두행진하던 때 이후로 보아왔던 것보다 더 많은 단속반들이 와 있어서 총이라도 발사되는 줄 알았다. 엘비사는 대체 무슨 일인지 알아보려고 한 거였는데, 아무 소득이 없었다.

"내 말 좀 들어봐요, 밀러드. 지금 당장 변장이 필요해서요. 귀찮겠지만 전문가다운 묘책을 한두개 내줄 수 있나요?"

"뭐하게요, 조이드?" 블로드웬이 궁금해했다.

"유죄로 입증되기 전까지는 무죄예요. 무슨 일이 있었건 간에요. 됐나요?"

"내가 알고 싶은 건 사람들이 당신 돈을 노리기라도 하느냐는 거예요." 그곳에서는 익숙한 질문이었다. 하청업자들의 계좌에는 다 합하면 진공청소기가 빨아들일 수 있는 것보다 더 많은 압류 딱지들이 달라붙던 터였다. 그래서 한번은 조이드가 "피사의 탑보다 더 많은 딱지"라고 넌지시 말한 적이 있었다. 그러자 블로드웬은 그 말에 대해 "캘리포니아 버거보다 더 많은 내용물이겠죠. 배우자, 전前 배우자, 복지, 은행, 로스트 너깃, 아주 먼 곳의 우편번호가 적힌 신사용 양품 가게, 그게 다 당신이 평탄치 않은 인생을 사는데 필요한 것들이잖아요" 하고 대꾸했었다.

"그건 당신 얘기인 것 같은데요." 조이드가 한마디 했다.

"왜 당신네 일용직들은 장부에 적지 않고 돈을 받아가는 거죠?" 그녀는 조이드가 기억하기에 초등학교 선생님들이 하던 표정을 지으며 말했다. 그녀는 나쁜 사람은 아니었지만, 그들 부부가 할리우드로 갔더라면 더 행복했을 텐데 하는 생각이 들었다. 밀러드와 블로드웬은 쌘프란시스코의 연극 단체에서 처음 만났는데, 그녀는 예쁜 아가씨 역할의 단역배우로 일했고, 그는 브레히트를 전공할까 고민하던 중이었다. 그러던 어느날 밤 헤이트[55]에서 누군가가 LSD를 갖고 있었고, 60년대의 한복판을 한동안 열심히 달리고 난 뒤에, 그들은 근처에도 못 가본 사람들에게는 그저 길로 보이는 20마일 되는 진흙 장애물 코스에서의 무정부-싸이키델릭 질주를 마치고 내려와, 밤중에 침대에 누워 있으면 금을 머금은 조약돌이 서로 부딪치는 소리가 들리는 깊은 바인랜드 삼나무 숲 속에 살았다. 사업이 잘되었을 때에는 시내에 집을 얻기도 했지만, 그들이 처음 속세로 돌아왔던 그 산속 집을 떠나지 않았다.

"지금은 약간 바빠서," 밀러드는 조이드에게 지폐가 제법 든 봉투를 건네며 말했다. "나중에 보면 좋겠는데. 여보, 오늘 '8시의 영화'가 뭐지?"

"음, 오, 팻 쎄이잭이 나오는 「프랭크 고신 스토리」예요."

"그럼 10시, 아니 10시 반 어때?"

"아이고, 내 정신 좀 봐. 트렌트한테 전화해야 해요. 자기 차가 필요하대서요."

대도시에서 온 민감한 시인 겸 예술가인 트렌트는 신경과민 때문에 이곳 북쪽으로 이사를 와서 지내고 있었는데, 증세는 아직까지도 전혀 나아지지 않았다. "병력 수송차야." 트렌트가 소리를 지르려고 하면서 동시에 목소리를 낮추며 말했다. "완전군장을 한 사람들이 채소밭을 쩌벅쩌벅 걸으며 오고 있어. 누가 그러는데 그들이 스토클리의 개를 쏴 죽였대. 나는 어떻게 장전하는지도 모르는

55 1960년대 히피와 마약 문화의 중심지였던 쌘프란시스코의 헤이트애시버리(Haight-Ashbury).

.30-06[56]를 갖고 이 안에 있어, 조이드. 도대체 무슨 일이야?"

"삼깐, 진징해, 친구, 듣자니 CAMP인가본데." 그는 악명 높은 연방 '마리화나 재배 박멸 운동'[57]을 말하는 것이었다. "아직은 철이 아니야."

"너구나, 이 녀석." 트렌트가 이번에는 엉엉 울며 말했다. "너희 집을 지금 본부로 쓰고 있어. 모든 걸 꺼내서 마당에 내팽개쳐놓았어. 지금쯤이면 네가 감춘 곳을 분명 찾아냈을 거야……"

"그들이 내가 어떤 차를 운전하는지도 안대?"

"난 말 안했어."

"고마워, 트렌트. 언제일지 모르겠지만—"

"그런 말 하지 마." 트렌트가 코를 훌쩍이며 경고하듯 말했다. "언제든 보게 될 거야." 그러고는 전화를 끊었다.

조이드 생각에 그가 할 수 있는 최상의 방법은 어떻게든 RV 주차구역을 찾아서 그 안에 들어가 있는 것이었다. 그는 전화를 걸어 아무도 자기 말을 엿듣지 않기를 기도하며 시내에서 쎄븐스 리버 방면으로 몇 마일 떨어진 곳에 있는 빈자리를 가명으로 예약했다. 그런 다음, 주위를 조심스럽게 살피며 삼나무 널빤지를 눈꼴사납게 붙인 차에 올라타, 밤이면 눈에 보이기 전에 소리부터 들리는 보디 다르마 피자로 향했다. 그곳에 와 있는 모든 사람들은 다가올 역경의 전조를 통해 조이드도 알아차릴 수 있었던 무언가를 부르고 있었다. 그것은 단지 티베트어로 된 말들이 아니라, 침략자와 압제자에 저항하는 강력하고도 은밀한 주문에 가락을 붙여 만든 뼈를 흔드는 낮은음의 노래로, 하늘에 CAMP 헬리콥터들이 운집하

56 .30-06 스프링필드탄을 쓰는 라이플을 말한다.

57 Campaign Against Marijuana Production.

고, 마리화나를 재배하는 미국의 다른 지역들처럼 노스캘리포니아도 다시 한번, 작전상 용어로, 제3세계에 합류하게 된, 얼마 뒤 그해의 추수철에 듣던 바로 그 곡이었다.

조이드가 주차장에 차를 막 대려고 하는 순간, 앞창문을 통해 제일 먼저 눈에 띈 것은 노래 부르는 피자 가게 손님들과 점원들에게 완전히 둘러싸여 테이블 위에 긴장한 채 서 있는 엑또르였다. 조이드는 차를 계속 몰아 공중전화를 발견하자마자 바인랜드 팰리스의 닥터 디플리에게 전화를 걸었다. "그가 지금 얼마나 위험한지 혹은 그를 얼마나 붙잡고 있을 수 있을지 몰라요. 그러니까 최대한 서둘러줘요. 알겠죠?"

보디 다르마 피자 안에서 엑또르는 눈에 불을 켜고, 머리는 흐트러진 채, 화를 내며 받아칠 자세를 취하고 있었다. "조이드! 이봐, 친구! 나한테 이럴 필요 없다고 이 사람들한테 제발 좀 말해줘!"

"우리 애는 어디 있어요, 엑또르?"

알고 보니, 프레리는 직원용 화장실 안에서 문을 잠그고 있었다. 조이드는 서서 프레리와 큰 소리로 말을 주고받으며 동시에 엑또르를 지켜보았다. 그러는 동안 중저음의 노래는 계속 이어졌다.

"저 아저씨 말이 엄마가 어디에 있는지 안대." 경계하는 목소리였다.

"저 사람도 엄마가 어디에 있는지 몰라. 일전에 아빠한테 어디 있는지 아느냐고 물어보았어. 지금 너를 이용하려고 드는 거야."

"하지만 엄마가 저 사람한테 말했대. 정말로 나를 보고 싶다고……"

"너를 가지고 장난친 거야, 프레리. 저 사람은 마약단속반 요원이야. 거짓말이 본업이라고."

"제발." 엑또르가 소리쳤다. "저 합창단 좀 어떻게 할 수 없어? 나를, 글쎄 모르겠어, 자꾸 으스스하게 해."

"우리 애를 유괴하려던 거예요, 엑또르?"

"나랑 같이 가고 싶대, 이 친구야!"

"그게 사실이니, 프레리?"

화장실 문이 열렸다. 굵고 커다란 눈물방울이 진홍색 눈 화장을 소용돌이 모양으로 번지게 하며 뺨을 타고 흘러내렸다. "아빠, 무슨 일이야?"

"아이 보호하는 법을 배워두는 게 좋겠어, 휠러." 점점 미쳐가는 연방요원이 말했다. "도와줄 인력도 확보해두는 게 좋아. 그리 오래지 않아 아이가 나와 함께 있었더라면 하고 오히려 생각하게 될걸. 오늘 시내에 낯선 사람은 나만이 아니야."

"내 집에 나타난 군대를 말하는 거라면 당신이 맞아요. 말해봐요, 엑또르. 그게 누구인데요?"

"바보만 못한 사람도 이미 다 알걸. 법무부 기동타격대야. 군대의 지원을 받고 있다고. 자네의 옛 친구 브록 본드가 이끌고 있어. 그 사람 기억하지? 자네의 옛 여자를 자네한테서 빼어간 그 작자 말이야, 이 불쌍한 친구 같으니."

"이런, 제기랄." 조이드는 지금까지 그들이 다 엑또르의 사람들, 즉 연방에서 나온 마약단속반 요원들에다 귀찮게 늘 쫓아다니는 지역의 마약반원들이라고 믿었다. 그런데 브록 본드라니. 그는 연방검찰이면서 워싱턴 D. C.의 거물이었고, 너무 감사하게도 엑또르가 상기시켜주었듯이, 조이드가 그동안 대부분의 세월을 로스트 너깃 같은 곳에서 긴긴 밤 눈물 흘리며 보내게 한 바로 그 장본인이었던 것이다. 왜 이제 와서 그 사람은 조이드를 이토록 대놓고 뒤쫓는 것일까? 프레네시, 그 슬픈 옛이야기와 뭔가 관련이 있지 않고서야 그럴 수 있을까?

"집에 가는 것일랑 잊는 게 좋아. 자넨 더이상 집이 없어. 이미 민사상의 RICO법[58]에 따라 집을 몰수하기 위한 서류 작업이 진행 중이야. 조이드, 뭐겠어? 자네 집에서 마리화나를 찾아냈다고! 분명히 2온스는 됐을 거야. 그 정도면 엄청난 양일 테니까."

"아빠, 지금 무슨 말 하는 거야?"

"그들이 여기에 와 있대, 트루퍼."

"내 일기장은? 내 미용도구랑, 내 옷은? 그리고 데즈먼드는?"

"모두 다 찾게 될 거야." 그녀는 그의 옆으로 다가가 한쪽 팔로 안겼다. 그는 자신의 말을 믿었다. 다른 사람들의 말은 아직은 믿기지 않아서였다. 트렌트는 예술적 상상력을 혼자 제멋대로 펼치고 있는 거겠지? 그렇지? 엑또르는 경찰 드라마를 너무 많이 봐서 텔레비전 판타지를 지어내는 걸 테고?

"그렇다면 궁금한 게 있는데요." 조이드는 사람들에 에워싸인 테이블 위의 마약단속반에게 말했다. "브록 본드와 그의 군대가 나한테 왜 이러는 거죠?"

사람들이 부르던 노래가 엑또르의 아리아를 위한 레치따띠보[59]였을까, 갑자기 모든 사람들이 입을 다물고 귀를 기울였다. 그는 여덟조각의 피자 만다라상[60]을 본떠 만든 스테인드글라스 아래에서 온몸에 햇빛을 받아 주홍색과 황금색으로 물들었다가, 순간 어두

58 Racketeer-Influenced and Corrupt Organizations Act. 조직범죄피해자보상법.

59 오페라에서 낭독하듯 부르는 부분. '서창(敍唱)'이라고도 한다.

60 '법륜(法輪)' 혹은 '팔정도(八正道)'라고 부르는 다르마 휠(Dharma Wheel)을 여덟조각으로 된 피자 모양으로 만든 장식물.

워지더니, 가끔씩 지나가는 거리의 헤드라이트에 살짝 비틀리는 눈부신 계시의 형상처럼 서 있었다.

"나라고 할리우드에 아는 사람이 없는 건 아니야. 어니 트리거먼을 알아. 정말이야. 어니는 거대한 노스탤지어 물결이 60년대로 퍼져가기를 몇년 동안 기다려왔어. 그의 인구통계에 따르면 그 당시 사람들에게는 60년대가 그들의 인생에서 가장 좋았던 시대라는 거야 — 그들한테는 슬픈 일일지 모르지만 영화 산업으로서는 그렇지 않아. 그래서 우리의 꿈, 그러니까 어니와 나의 꿈은, 그 시대의 전설적인 관찰자 겸 참여자인 프레네시 게이츠 — 조이드, 자네의 예전 부인이자 프레리, 너의 엄마 — 그녀가 있는 곳을 찾아내서, 그동안 신비에 싸여 있던 지하세계의 삶으로부터 그녀를 끌어내어, 오래전에 있었던 그 모든 정치적 투쟁, 마약, 섹스, 로큰롤에 관한 영화를 만들어 그때나 지금이나 미국의 진정한 위협은 불법 마약 남용이라는 최후의 메시지를 주는 거야."

조이드가 눈을 찡그렸다. "오, 엑또르……"

"자네한테 숫자를 보여줄게." 엑또르가 계속 흥분하며 열변을 토했다. "1퍼센트만 시장에 침투해도 우리는 평생 부자로 산다고, 이 친구야!"

"여기서 '우리'라면, 이 일에 본드도 끌어들였다는 거예요, 당신과 그 어니라는 사람이?" 조이드가 수상쩍어하며 물었다.

엑또르는 신발을 내려다보고 있었다. "그 부분에 대해서는 아직 매듭을 짓지 못했어."

"그 사람하고 전혀 연락도 안하는 거 맞죠, 그렇죠?"

"그러게, 누구인지를 모르니. 전화해도 도통 회신도 없고."

"못 믿겠어요. 연예 산업에 진출하고 싶다는 거죠? 난 내내 당신이 연방정부를 위해 일하는 진짜 테러범이라고 생각했는데. 당신이 컷이니 숏이니 할 때, 그게 영화에 관한 말인 줄은 몰랐어요. 총이 반자동인지 전자동인지만 신경 쓰는 줄 알았죠. 그런데 내가 지금 여기서 스티븐 스필버그를 보고 있을 줄이야."

"평생을 법 집행 분야에서 헌신하다니." 자신을 바바 하바바난다라고 부르는 성자 같은 야간 지배인이 불쑥 껴들었다. "그것도 집중력 시간이 계속해서 줄어들어 갈수록 소아화小兒化되어가는 중생들을 위해서. 안타까운 광경입니다."

"야아, 그러고 보니 하워드 코셀[61]처럼 말하네."

"그러니까, 엑또르, 당신 말은 브록 본드가 내 집을 점거한 건 당신의 영화 계획과는 아무 상관이 없다는 거죠. 그게 맞나요?"

"다만……" 엑또르가 겸연쩍어하는 표정을 지었다.

드디어 말하는구나 싶었다. "다만 뭐요? 그 역시 그녀를 찾고 다닌다는 건가요?"

"그러니까, 뭐랄까, 그 자신만의 이유 때문에 말이지." 그가 쉰 듯한 목소리로 낮게 맥없이 말했다.

그 순간 마침내 나토군으로 위장한 튜벌디톡스, 즉 텔레비전 중독 치료 기동대 남녀들이 보디 다르마 피자의 앞뒷문으로 밀고 들어와, 엑또르를 "저희가 도와드릴 수 있는 곳으로" 다시 친절하게 모시기 위해, 그를 달래며, 노래를 다시 부르기 시작한 군중 속을 헤쳐나갔다. 닥터 디플리는 수염을 쓰다듬으며 성큼성큼 걸어나오다가 중간에 바바 하바바난다와 하이파이브를 했다.

61 하워드 코셀(Howard Cosell, 1918~95). 미국의 저명한 스포츠 캐스터 겸 저널리스트. 1950년대 중반에 데뷔해 1970년대에는 '먼데이 나이트 풋볼'의 고정 해설자로 크게 인기를 끌었다. 오만하고 독설적인 해설로 유명하다.

"이렇게 고마울 수가. 우리가 해드릴 거라도 있다면—"

"잠시라도 그 작자가 내 눈앞에서 꺼져주기만 하면 돼요."

"그건 기대하시지 않는 게. 최소의 경비警備밖에는 없어서요. 그를 계속해서 관찰할 수는 있지만, 그는 원하기만 하면 언제든 일주일 이내에 다시 밖으로 나올 수 있어요."

"난 계약까지 했어!" 그들이 그를 튜벌디톡스 환자 호송차 안으로 실으려 하자 엑또르가 크게 외쳤다. 차가 끼익 소리를 내며 막 떠나는 순간에 아이재이아와 그의 친구들이 끼익 소리를 내며 도착했다.

아이재이아가 친구들 위로 모습을 드러내더니 얼굴을 반복해서 찌푸렸다 폈다 했다. 그러자 조이드와 프레리는 그를 안으로 불러들였고 다른 보미톤스 멤버들은 으스스한 소리를 냈다. 이윽고 그가 말했다. "시내에서 결혼식 연주가 있어서요…… 프레리가 얼마 동안 저희와 같이 다니면 어떨까요? 이 지역 밖으로 데리고 가려고요."

"그 사람들은 무장한 병력들이나 마찬가지야, 아이재이아. 책임질 수 있겠어?"

"제가 프레리를 보호할게요." 혹시 누가 듣고 있는지 주위를 둘러보며 그가 작은 목소리로 말했다.

이미 화가 나 있던 프레리는 계속해서 화를 냈다. "이게 다 뭐래? 전형적인 남자들 아니랄까봐, 지금 날 소고기 허릿살처럼 서로 주거니 받거니 하는 거야?"

"그럼 돼지고기면 되겠어?" 아무 생각이 없는 줄 알았던 아이재이아가 그의 손을 프레리가 찰싹 때리고 밀쳐내도 장난스럽게 옆구리를 찌르는 모습을 보니 조이드의 마음이 조금은 놓였다. 그래, 행운을 비네, 젊은 친구.

"너희들은 벌써 집 떠나서 사는 법을 배운 모양이네." 조이드가 말했다. "너희들 생각에 계속 움직이는 게 좀더 안전할 것 같아?"

프레리가 그의 팔에 안겼다. "아빠, 우리 집은……" 그녀는 울지 않았다. 울면 프레리가 아니었다……

"오늘밤은 아빠하고 같이 있을까? 아이재이아는 아침에 와서 너를 데리고 가는 걸로 하고?"

나중에 그녀가 말해줘서 알게 된 사실이지만, 엑또르의 말이 옳았다. 그녀는 기꺼이 그와 함께 프레네시를 찾으러 떠날 생각이었다. "아빠, 사랑해. 하지만 그것만으로는 불완전해." 그들은 트렌트의 괴상한 캠프용 차의 뒤칸에 있는 2단 침대에 누워 강가에서 들려오는 무적霧笛[62] 소리를 들었다.

"네 엄마와 내가 다시 합칠 거라고 생각하다니 너는 엑또르보다 텔레비전 중독이 심각해."

"또 그 소리. 하지만 아빠가 나라면, 아빠도 나와 똑같이 하지 않을까?"

그는 그런 질문들이 싫었다. 그는 그녀와 달랐다. 그녀와 얘기를 하면 자신이 너무 나이 들고 때 묻은 것 같았다. "어쩌면 정말 집에서 나가고 싶어서 네가 그런 걸지도 모르잖아."

"우오."

좋아. "타이밍 끝내주네. 이제 더이상 집도 없게 됐으니까. 이 작은 스머프 자동차가 이제 우리 집이야."

"이런 일이 일어날 줄 아빠도 알았어? 언젠가는 말이야. 알고 있

62 안개가 끼었을 때 경고 신호를 울리는 고동.

었지, 그렇지 않아?"

조이드는 헛기침을 했다. "글쎄, 합의를 하긴 했었지."

"언제?"

"네가 아직 아기였을 때."

"그래서 절대 재혼하지 않았던 거구나. 그게 합의 내용이었네. 절대로 새엄마가 안 생기게 하겠다고 말이야—"

"와, 그만해, 트루퍼, 내가 누구랑 사귀기라도 했나? 문을 걷어차고 들어온 그 여자들? 타프시아? 엘비사? 괜찮겠어? 엄마가 필요하면 언제든 말만 해."

"그런데 이렇게 얘기해서 미안하지만 아빠가 설마 데이트한다고 해도 모두 살림하는 기술이 정말로 B급인 여자들일 거야. 가령, 악틱 써클 드라이브인에서 마시고 놀 때 데리고 다니는 여자애들이거나, 완전히 검은색 옷만 입는 이상한 영업시간 외 클럽을 다니는 여자애들, 아아르으으라고 부르는 폭주족 남자 친구들과 함께 감기 시럽을 주사 맞는 여자애들일 거야—사실 그런 애들 학교에서 매일 수두룩하게 봐. 내가 무슨 생각 하는지 알아?" 그녀는 아래층 침대에서 일어나 서서 그의 얼굴을 똑바로 쳐다보았다. "합의했건 안했건, 아빠는 틀림없이 엄마를 늘 사랑했어. 그래서 엄마가 아니면 아무도 안되는 거야."

아니었다. 그것은 합의 내용이 아니었다. 딸의 초롱초롱한 눈망울을 보니 그는 자신이 부패한 사기꾼이 된 것 같았다. 그래서 대충 얼버무리며 말했다. "와우. 아빠가 정말 미쳤다고 생각하는구나, 그렇지 않니?"

"아니, 아니야—" 곧이어 그녀는 잠시 머리를 떨구었다. "아빠, 그건 바로 내 마음이기도 해…… 엄마는 나한테 한명뿐이야." 그러고는 머리카락을 뒤로 넘기며, 프레네시와 꼭 닮은 고집 세고 확신에 찬 푸른 두 눈으로 다시 올려다보았다. 그는 순간적으로 그녀를 껴안아주고 싶었다. 그러나 그가 정서 생활 면에서 미성년자 성추행범이 될 소지가 있다고 그녀가 익히 경고해오던 게 떠올라 지금 당장 그 자신에게 어떤 식으로든 포옹이 필요한데도 자제하기로 마음먹고 — 그 대신에 그저 고개를 끄덕이며 거뜬한 척 보이려 애쓰고, 그녀를 '트루퍼' 하고 부르면서 힘내라고 어깨를 툭 쳐주고 싶었지만…… 그녀의 머리로부터 1.5피트 위에 있는 침대에 그대로 누워 그녀가 다시 잠자리를 찾아가도록 내버려두었다.

늪에서 사는 새들과 담배 연기, 텔레비전 소리로 가득한 아침이 되자, 두줄로 바퀴자국이 난 진입로로 빌리 바프 앤드 더 보미톤스의 공식 밴이 들어왔다. 차량 바깥은 핵무기로 인한 가상공간의 죽음에 대한 정교한 그래픽으로 온통 뒤덮여 있었고, 철로 된 해골 모형들을 용접해서 만든 링이 핸들에 달려 있었다. 운전석에는 아이재이아 투 포가 앉아 있었다. 엷게 색을 넣은 기포 유리창 뒤에는 다른 흐릿흐릿한 얼굴들이 가득 있었다. 조이드는 프레리가 어떻게 하겠다는 것인지 전혀 알 수 없어서 난감했고, 자기가 어젯밤에 무언가를 놓치는 바람에 그녀가 정말로 영원히 사라져버리는 것은 아닌지도 전혀 알 수 없었다. 그들은 L. A.에서 살고 있는 그의 전前 장모 사샤 게이츠를 통해 계속 연락을 취하기로 했다.

"마리화나 좀 그만해, 중독자 아저씨." 프레리가 말했다.

"너나 몸조심해, 예쁜이 아가씨." 그가 맞장구쳤다. 누군가가 세상이 무너질 것 같은 300와트의 볼륨으로 파시스트 토잼 카세트를 밴 스테레오에 꽂았고, 아이재이아는 프레리를 야한 푸크시아 색깔로 누빈, 바퀴로 굴러다니는 떠들썩한 파티장 안으로 정중하게 안내했다. 그곳에서 그녀는 이해할 수 없는 부류인 보미톤스와 그들의 여자 친구들 사이에서 희미해져갔고, 곧이어 그들이 탄 차는 예상외로 우아한 둥근 활 모양으로 크게 돌며 속도를 내더니, 조이드에게는 언제나 너무 빠른, 미래를 향해 떠나는 타임머신처럼, 구름이 잔뜩 낀 좁은 길을 요란하게 빠져나갔다.

그러나 프레리가 떠나기 직전에 조이드는 그녀에게 낯선 일본 명함, 혹은 어떤 이에게는 부적처럼 보일 법한 것을 한장 슬쩍 건넸다. 프레리는 오래된 히피 시대가 남긴 미완의 일이라면 무엇이든 항시 경계하던 터라 처음에는 손대는 것조차 꺼렸다. 그것은 조이드가 여러해 전에 호의의 댓가로 받은 것이었다. 그 당시에 조이드는 로스앤젤레스 국제공항의 이스트 임페리얼 터미널에서 부정기 노선으로 운행하는 카후나 에어라인에 소속된 하와이 유람 밴드 단원으로 일하고 있었다. 조이드는 이 밴드를 결혼생활의 험난한 마지막 며칠 동안에 둘의 관계를 회복하기 위해, 이번에는 태평양 건너에서, 한번 더 필사적으로 애쓰던 중에 우연히 알게 되었다. 두 사람은 둘 다 인정하듯이 또다시 그녀의 사생활 문제로 사이가 틀어져 있었다. 조이드는 그때까지 한번도 들어본 적 없는 어느 나라의 대표 비행기일 뿐 아니라 그 나라가 보유하고 있는 비행기 편대의 전부가 아닐까 싶은, 출처가 불분명한 항공기를 전세기로 타고 밤중에 호놀룰루로 향했다. 프레네시가 그를 반쯤 기대하며 기다렸다면, 그는 그녀가 저녁마다 어떻게 보내는지 더이상 참을 수 없을 만큼 궁금해서 도착했을 때에는 제정신이 아니었다. "나, 잘 버티고 있어." 기내 화장실의 때 묻고 금 간 거울 앞에 서서 조이드는 제트기 엔진의 진동 소리와 기체가 삐거덕거리는 소리 사이로 "프레네시, 당신 걱정이나 해" 하고 작게 중얼거리며, 거대한 태평양 상공에서 자신의 얼굴을 향해 이런저런 표정을 지어보았다.

처음에는 결정적 시기에 두 사람 모두에게 완벽한 휴식이 될 수 있는 끝내주는 생각처럼 보였다. 사샤도 프레리의 비행을 배웅하기 위해 나와주었고, 그녀와 조이드는 반쯤 잠든 프레리를 마치 앞으로 닥칠 일들을 예행연습하기라도 하듯이 두 팔로 서로 주거니 받거니 하며 안아주었다. 이것은 서로를 불편해하는 장모와 사위에게는 보기 드문 협력의 순간이었다. 사샤는 조이드를 어떻게 대할지 실제로 전혀 몰라서 그를 대할 때마다 반사적으로 머리를 가로저으며, "자네도 내 딸과 너무 안 어울린다는 걸 그만 인정하고 나처럼 그냥 즐기게나. 우리 모두 다 큰 어른이니 함께 웃을 수는 있지 않겠나, 조이드" 하고 말하는 것처럼 멋쩍게 웃었다. 그러나 두 사람은 놀랍게도 법적으로는 같은 편이어서 양육권 문제로 다툴 필요가 없었다. 왜냐하면 둘 다 나중에 알게 되었듯이, 어떤 판사도 둘 중 누구의 전과기록이 더 나쁜지 판단하느라 시간을 허비할 필요가 전혀 없었기 때문이다. 평생을 빨갱이로 산 할머니와 마약중독자 아버지 사이에서 한쪽을 택하는 경우 당연히 프레리는 피후견인[63]으로 최종판결이 날 터였기에, 그들은 그런 결과로부터 무조건 그녀를 지켜야만 했다. 좋든 싫든 간에, 그들은 지금이나 그때나 서로 협력하지 않으면 안되었다.

"마치 밀드레드 피어스[64]의 남편, 버트라도 된 기분이야." 조이드는 거대한 다크 오션 호텔에서 마침내 프레네시를 찾아내고는 자신의 속마음을 그렇게 표현했다. 우뚝 솟은 호텔의 양면에는 똑같이 생긴 베란다들이 모자 차양처럼 태평양의 푸른 바다를 향해 일제히 나 있는 2048개의 객실이 빽빽이 들어서 있었다. 저 아래에서 조그만 크기의 사람들이 조그만 파도 물결을 타고, 해안가에서 햇볕을 쬐고, 짙은 녹색의 열대나무들 사이에 마련된 햇빛에 빛나는 청록색 수영장에서 물놀이를 했다.

어디서 보더라도, 둥그렇게 휜 거대한 건물 정면의 이곳저곳에서 사람들이 객실 베란다에 나와 산들바람을 쐬고, 룸서비스로 시킨 음식을 먹고, 그 지역에서 나는 마리화나를 피우고, 반쯤 공개되는 것도 아랑곳하지 않고 섹스를 하는 모습이 다 보였다.

"그렇게까지 비교해줘서 고마워, 조이드. 하지만 보다시피 난 혼자야, 완전히 혼자야. 주위에 잘생긴 남자들도 별로 없고……"

"우연히 눈이 맞은 사람이라도 있을 줄 알았는데, 아닌가보지. 오래전 같았으면 우리도 이렇게 오붓하게 함께 보낼 수 있었을 텐데."

"그래? 정확하게 그게 언젠데?"

"됐어, 그만해."

"잠깐, 그러고 보니 아무 말도 없이 여기에 불쑥 나타난 거잖아—"

63 친권을 이행할 사람이 없는 미성년자, 금치산자를 말하며, 이 경우 법이 정한 후견인의 보호와 감독을 받는다.

64 제임스 M. 케인이 1941년에 발표한 하드보일드 소설 『밀드레드 피어스』에 나오는 여주인공. 1945년에 동명의 영화로 제작되어 커다란 성공을 거두었다.

"맞아, 그것도 내가 직접 비행기 표를 끊어서." 거의 곧 이어서 그가 말을 덧붙였다. "엄마가 돈을 내준 게 아니라." 그녀가 이 말을 예상하고 있었다는 것을 알아차리고 그는 모른 척하고 말을 얼버무렸다.

사실 조이드는 그녀의 바로 옆방에 머물고 있었다. 그래서 두 사람은 바다에서 수백 피트 높이의 서로 인접한 베란다에 서서 각자 맥주 캔을 하나씩 든 채, 프레네시는 비키니 차림으로 조이드는 낡고 헐렁한 바지 차림으로, 성인들끼리의 대화를 나누는 중이었다. 치명적인 고도만 빼면 2년 전 고디타 비치에서의 만남과 거의 같을 수도 있었다. 그들 위 어딘가에서는 또다른 커플이 걷잡을 수 없을 정도로 서로에게 고함을 지르고 있었다. 중간중간에 끼어드는 그들의 고함 소리 덕분에 조이드와 프레네시는 자신들의 소리를 조절할 수 있었다. 하지만 그렇다고 "적어도 우리는 저 정도로 나쁘지는 않잖아" 하는 뜻의 의기양양한 표정을 서로 지어 보일 수는 없었다. 그러기에는 두 사람은 서로에 대해 너무 잘 알았다.

조이드는 그녀의 카리스마 넘치는 작은 체구의 연방요원 남자친구 브록 본드가 어디에 있는지 너무 궁금해서 거의 큰 소리로 말할 뻔했다. 그녀의 객실 침대 밑에 숨어 있을까, 아니면 와이키키 해변에서 햇빛을 좇고 있을까? 조이드는 실망하고 싶지 않았다. 한쪽이 있으면 다른 한쪽은 없는 동전의 양면 같은 미연방검사 본드의 소재를 몰랐던 덕에, 조이드는 아무리 생각해도 내공성耐空性이 여전히 의심되는 비행기를 타고 태평양을 가로질러 날아올 수 있었다.

사샤도 아무 도움이 안되기는 마찬가지였다. "날 이 일에 끌어들이지 말게. 내 딸을 배신하지는 않을 걸세. 아무렴, 그렇고말고.

설사 내가 뭣이든 제일 먼저 알더라도 말일세. 사실은 아무것도 모르네만. 그애가 나한테 말해줄 것 같은가?"

"글쎄요. 그래도 그 사람 엄마시잖아요."

"그렇기야 하지."

"좋아요. 그러면 브록 본드는요? 우리 둘 다 그자의 정체를 알잖아요. 장모님도 평생을 목숨 걸고 싸워왔던 바로 그런 유의 파시스트 범죄자잖아요? 그런 자를 믿으시겠다는 건가요? 제가 오직 알고 싶은 건……" 그가 좀더 낙낙하면서 약간은 사기꾼 같은 말투로 소리를 낮추어 말했다. "그를 만나신 적이 없느냐는 거예요. 얼굴을 직접 보신 적 없으세요?"

조이드의 애원하는 소리가 징징대는 것처럼 들리자 사샤는 오히려 말을 삼갔다. 이 불쌍한 바보 같은 친구는 고통의 그림자가 조금만 드리워도 너무 쉽게 체념하고서 상처가 되는 사소한 것들을 모두 참아내려고 해. 왜 그렇게 시간을 낭비하며 살지? 그런 단계는 이미 지난 나이처럼 보이는데. 하지만 누가 알겠어, 어쩌면 이게 질투의 바다로 가는 첫 항해일 줄을. 그에게 직접 물어볼 수도 있었다. 하지만 요즈음 그녀의 역할은 입을 다물고, 혀를 날카롭게 갈아서 세워놓고 있되 침묵의 칼집 속에 가만히 넣어두고 있는 것이었다. 그녀는 딸 때문에 너무 화가 치밀어서 두배로 고통스러운 상태였다. 프레네시가 브록과 정치적으로 연루되어 있다니 그것만으로도 충분히 끔찍했다. 이번에도 또다시 일을 제대로 살피지 못한 게 분명했다. 사샤는 본인이 책임을 지고 미리 해결했어야 하는 상황을 매번 반복해서 방치하는, 어려서부터 굳어진 프레네시의 습관에 이전에 그랬던 것처럼 계속 화가 났다. 사샤가 기억하는 한, 이렇게 도망치고 싶어하는 열망은 시간이 아무리 흘러도 결코 사라지지 않았고, 결국 조이드를 가장 최근의 희생자로 만들고 말았다.

이러한 와중에 호놀룰루를 둘러보고 싶은 체할 사람이 누가 있을까. "그래. 그 좆같은 자식이 아무 데에도 안 보이네. 어떻게 된 거지? 스티브 맥개릿[65]이라도 못 풀걸. 그에게 도와달라고 전화라도 걸어야 했나?"

"조이드, 그만 좀 해. 우리끼리 문제 일으킬 것 없잖아."

'우리'라는 말을 너무 쉽게 하는 것에 놀라 그는 갑자기 숨이 차고, 몸이 저리고, 멍해졌다. "문제라고? 내가? 이봐—" 직접 사서 입은 원주민 셔츠의 단추를 풀고 두 팔을 내저으며 그가 말했다. "난 깨끗해, 이 여자야! 단지 내 아내하고 잠을 잤다고 해서 누굴 쏴 죽이진 않아. 특히 그게 연방요원이라면 말이야." 그는 마음 같아서는 정말로 그녀가 보는 앞에서 몸을 포개어 구부린 채 울고 싶었다…… 하지만 그때 흘러간 이딸리아 노래 가사[66]처럼, 그녀는 '파랗게 칠한 푸른' 두 눈을 바다로, 바람이 불어오는 쪽으로, 눈길이 닿는 곳으로 멀리 흘려보낼 뿐이었다. 왜냐하면 그녀도 알고 있듯이 그 푸른 눈의 주문을 거는 게 만지는 것, 혹은 만지지 못하게 하는 것만큼이나 좋았기에.

그녀는 방으로 돌아가 유리문을 닫고 커튼을 내렸다. 그는 베란다에 계속 남아서 자신과 지면 사이의 공간을 골몰히 바라보았다. 그러다가 넋이 나가 하마터면 자기 자신에게 몹쓸 짓을 거의 저지를 뻔했다…… 그는 손에 든 맥주를 다 마시고 그가 상상하는 냉정

65 미국 CBS에서 1968~80년에 인기리에 방영된 경찰 드라마 '하와이 파이브-오'(Hawaii Five-O)에 나오는 특수수사대 수사반장.

66 이딸리아 깐쪼네 '볼라레'(Volare)를 말한다. 원래 제목은 노래 가사에도 나오는 'Nel Blu Di Pinto Di Blu'(파랗게 칠한 푸르름 속으로)였으나 '날다'라는 뜻의 '볼라레'로 바뀌었다.

한 과학적인 관심에서 빈 캔을 떨어트리고는, 그것이 떨어지는 경로가 저 밑의 보행자, 머리 위에 보드를 이고 가는 써퍼가 걸어가는 경로와 하나가 될 때까지 내내 지켜보았다. 맥주 캔이 보드에 명중하고 나서 몇초 뒤에 조이드는 탁 하고 부딪치는 소리를 희미하게 들었다. 그러고 나서 캔은 근처의 수영장 안으로 튕기더니 보드를 쿵 하고 울린 것 외에는 아무 흔적도 남기지 않은 채 가라앉았고, 써퍼는 보드의 완벽한 기하학적 외형을 꼼꼼히 점검하면서 지구의 궤도 너머로 의심을 펼쳤다.

방 안으로 다시 들어오자마자 조이드는 제일 먼저 프레네시의 방으로 통하는 사잇문이 혹시나 있는지 찾아보았지만, 그럴 리가 없었다. 그는 침대에 누워 텔레비전을 켜고 마리화나에 불을 붙이고 자지를 밖으로 꺼낸 다음 앞으로 몇년을 더 기다려야 할지 모를 석고 벽 너머의 그녀를 상상했다. 그러자 나중에 몇번이고 별이 총총한 밤하늘을 날아서 아는 방법을 다 동원해 그녀에게 최대한 가까이 따라붙으려고 할 때만큼 그녀가 또렷이 보이기 시작하더니, 이제 위아래의 비키니를 벗고 이어서 목덜미를 드러내며 귀고리를 뺐다. 이것은 지금까지 단 한번도 조이드의 마음을 흔들지 않은 적이 없는 행동이었다. 그녀는 그를 만나서 몸이 더러워졌다고 느꼈는지 샤워실로 향했다. 그는 유령 같은 초보 탐정처럼 그녀를 뒤따라가, 한때는 감사의 마음으로 동참했던 그녀의 목욕 의식을 지켜보면서, 이제는 바보처럼 그저 증기가 그녀의 몸을 어떻게 감싸는지 가다듬는 것만 할 수 있는 처지가 되어, 육체가 없는 자신의 상태에 맞게, 가장 가벼운 물리적 형태로 있는 데 만족해야만 했다……

섹스 판타지가 그렇듯이, 이번 것은 특히 마음이 상한 조이드에게는 매우 단조로웠다. 오히려 이전 판타지와 비슷했다. 여자, 물, 비누, 증기의 단순한 조합 이상의 아무런 의상이나 액세서리, 씨나리오도 없어서 겉으로 안 보이는 조이드의 눈만이 그 모든 것을 기억하느라 계속해서 떨릴 뿐이었다. 이는 그들이 맞게 될 유일한 미래에 익숙해지기 위한 것이었다. 하지만 이 과정에서 미처 생각하지 못한 게 있었는데 그것은 실제로 프레네시가 곧장 가방을 다시 꾸리고 호텔을 나갔다는 것이었다. 이 모든 일이 너무 조용히 진행된 나머지 헛된 데 정신이 팔려 있던 조이드는 그것을 전혀 알아차리지 못했다.

나중에 그녀의 방으로 꽃 배달을 시키려고 하던 도중에야 그는 그녀가 떠났다는 것을 알았다. 그는 부지배인으로부터 프레네시가 L. A.로 가는 다음 비행기를 탄다며 공항으로 떠났다는 말을 받아내기 전까지 감정을 주체하지 못해 울며 그간의 이야기를 털어놓아야만 했다. "이런, 빌어먹을." 조이드가 말했다.

"음, 이상한 행동 같은 건 안할 거죠, 그렇죠?"

"왜?"

"하와이는 캘리포니아 남자들이 본토에서는 쉽게 접할 수 없는 이국적인 자해 방식을 찾기 위해 상심한 마음을 안고 오는 곳이에요. 어떤 이들은 활화산에, 어떤 이들은 절벽 다이빙에 몰두하고, 그외 많은 이들은 멋진 바다 수영을 선택하죠. 흥미가 있으시면, 자살 판타지 패키지를 취급하는 여러 여행사 직원들을 소개해드릴 수 있어요."

"판타지라고!" 조이드는 다시 코를 훌쩍이며 말했다. "누가 가짜 놀이 따위를 물어봤어? 내가 지금 심각한 거 안 보여?"

"물론 그러시죠. 하지만 제 말씀을 한번 —"

"나를 유일하게 막을 수 있는 건……" 조이드가 결국 코를 풀며 말했다. "수영장 물이 튀는 곳에 모욕을 감수하고 누워서 지상에서의 남은 마지막 몇초 동안 잭 로드[67]의 '체포해, 대노—자살 미수 1회'를 듣는 것뿐이라고."

이런 종류의 대화에 오래전부터 익숙한 부지배인은 조이드가 혼자 떠들게 잠시 내버려두고 나서 눈치껏 자리를 피했다. 곧이어 저녁이 밀려오더니 섬 전체를 덮었다. 맥주 기운에 뜻하지 않게 잠시 눈을 붙이고 난 뒤에 조이드는 자리에서 일어나 스콧 우프에게서 빌린 흰색 정장을 하와이풍 셔츠 위에 차려입고, 약간 길이가 긴 바지의 아랫단을 말아올리고, 너무 꽉 끼는데다 너무 길기까지 한 재킷의 앞단추를 열어 주트 슈트[68] 느낌을 내고, 썬글라스와 공항에서 산 밀짚모자를 쓰고, 되도록이면 아는 사람들과 어울려 키보드를 연주할 수 있는 곳을 찾아 길을 나섰다. 그가 곧장 공항으로 향하지 않은 이유는 종종 지금처럼 눈물 대신 그를 압도해왔던 낯설고 혈기 방자한 운명론뿐 아니라, 또한 그의 비행기 표에 선명하게 인쇄된 도저히 해독할 수 없는 표시, 항공사의 어느 누구도 여태껏 들어본 적 없는 특별 유람 제의 때문이기도 했다. 꺼져버려. 그는 혼자 중얼거렸다. 오늘부로 너는 계약해제야. 브록더러 가지라고 해. 뭐든 원하는 걸 마음대로 얻어낼 수 있는 변호사들의 세계로 데려가버리라고 하라고. 언젠가 그 조그만 개자식이 전국적인 공직에 출마라도 하게 되면, 저녁 뉴스에 둘이서 함께 나올 거

67 잭 로드(Jack Lord, 1922~98). '하와이 파이브-오'에서 수사반장 스티브 맥개릿 역할을 맡은 유명한 배우. 이 드라마는 맥개릿이 동료 형사 대니 윌리엄스에게 건네는 마지막 대사 "체포해, 대노"로도 유명하다.

68 1940년대 초중반에 유행한 상의는 어깨가 넓고 기장이 길며, 바지는 위가 넓고 아래가 좁은 사치스러운 남성복.

야. 그러면 맥주 캔을 따서 텔레비전 스크린을 향해 축배를 들며, 발코니에서 마지막으로 만났을 때 꽃무늬가 그려진 조그만 비키니 차림으로 엉덩이를 흔들고 머리를 찰랑거리며 창문을 열고는 뒤도 안 돌아보고 가버리던 그녀의 모습을 떠올려주자고……

그는 천천히 호놀룰루 술집 이곳저곳을 전전하며 도시의 감춰진 밤 문화와 그 스스로도 가끔은 타고났다고 생각하는, 본격 드라마나 중대한 운명으로 이어지는 것까지는 아니어도 적어도 위험으로부터는 대부분 벗어나 정처 없이 떠도는 자신의 재능에 스스로를 맡겼다. 그러던 중 그는 당시에 악명 높았던 애시드 록[69] 클럽인 코스믹 파인애플의 화장실에 어쩌다 들렀다가 예전에 함께 일했던 베이스기타 연주자와 이야기를 나누게 되고, 그로부터 카후나 에어라인의 라운지 피아노 오프닝 연주회에 대해 듣게 되었다.

"죽음의 연주회야." 그의 친구가 장담했다. "그들이 어떻게 해서 영업을 계속할 수 있는지 아무도 몰라. 알 수 없는 건 그것뿐이 아니야." 극도로 조심스러운 완곡어법에 의해서만 언급되는 지구 상공에서의 미확인 사건 보도들에 관한 것이었다. 도착한 승객의 명단은 출발한 승객의 명단과 반드시 동일하지도 않았다. 도착과 출발 사이에 무언가가 하늘 위에서 벌어지고 있었다.

"듣자 하니 바로 내가 찾던 거네." 조이드가 작정한 듯 말했다. "누구를 만나면 되지?" 알고 보니 업종별 전화번호부에 24시간 통화 가능한 번호가 가장 큰 활자로 '항시 고용'이라고 적힌 광고와 함께 실려 있었다. 조이드는 새벽 2시 30분에 전화를 걸어 L. A.로 향하는 새벽 비행기의 좌석을 바로 예약했다. 호텔로 돌아가 체크

69 LSD에 의한 황홀을 연상케 하는 환각적인 록 음악.

아웃을 할 시간은 충분했다.

카후나 에어라인의 모든 747 항공기는 비행기 좌석 대신에 나이트클럽 의자와 테이블, 주렁주렁 매달린 섬의 식물들, 그리고 심지어 모형 분수까지 모두 갖춘 거대한 하와이식 레스토랑과 술집으로 내부가 완전히 개조되어 있었다. 기내 상영 영화로는 여러개 가운데 「하와이」(1966) 「하와이 사람들」(1970) 「기젯 하와이 가다」(1961) 등이 눈에 띄었다. 조이드는 하와이 노래로 꽉 채워진 낡고 두툼한 해적판 대중가요집 한권을 받았다. 그리고 이름은 들어보았지만 다룰 줄은 모르는 일본제 고급 씬시사이저에는 각각 여덟개의 우쿨렐레로 구성된 세개의 관현악 섹션까지 가능한 우쿨렐레 선택 기능이 있었다. 태평양을 가로지르는 비행을 수차례 하고 나서야 조이드는 이 결코 사용하기 쉽지 않은 악기와 친해질 수 있었다. 이 망할 것이 그가 건드리면 자꾸 음조에서 벗어나거나, 설상가상으로는 속이 뒤틀리게 하고, 정나미가 떨어지게 하고, 세련된 분위기를 망가뜨리는 날카로운 소리를 내곤 했던 것이다. 좌석 밑에 있는 사용자 매뉴얼을 아무리 들여다봐도 그는 도저히 고칠 수가 없었다. 기계가 의식적으로 판단해서 일어난 일이라고밖에 생각할 수 없었다.

별이 빛나는 밤하늘이 머리 위의 투명한 둥근 천장 너머로 여러 날 동안 펼쳐졌고, 여린 자줏빛 네온이 소형 그랜드 씬시사이저 테두리에서 반짝반짝거렸다. 조이드의 손가락들이 자동조절 모드로 맞춰져 있는 건반 위를 천천히 훑는 동안 그의 마음은 계속되는 자기파괴적인 결혼생활의 슬픔에 빠져 있었다. L. A.에서 비행기가 잠시 머무는 동안은 답신도 하지 않는 프레네시에게 전화를 걸 정도의 시간만 되었을 뿐 프레리나 그녀의 외할머니에게 들를 시간은 거의 없었고, 이미 빠져나갔을 프레네시의 모습을 보는 것은 아예 생각조차 할 수 없었다. 서쪽으로의 비행 중에 조이드가 키보드에서 맡은 일은 훌라 댄서, 불을 삼키는 곡예사, 칵테일 웨이트리스, 바텐더 들과 마찬가지로 승객들이 호놀룰루 종착지에서 그들을 기다리고 있는 것들, 즉 잘못 연결되어 찾을 수 없는 수하물, 모든 호텔 예약이 이미 취소돼 더이상 다니지 않는 호텔 연결 버스, 안내책자에 약속된 것과 다르게 사진 촬영을 위해 나타나지 않는 잭 로드 등등에 대해 생각 못하게 하는 것이었다. 카후나 에어라인의 거의 예측 불가능한 일정 관리로 인해 비행기 도착 시간은 공항 경비들이 불쾌한 저의를 갖고 장난치고, 미혼 여성을 괴롭히고, 마리화나 상용자들을 진땀나게 하고, 나이 많은 외국인들을 모욕하고, 빤히 쳐다보고, 신경을 건드리고, 자꾸 뭔가를 꾸미려고 하는 한밤중 당직 시간대가 되기 일쑤였다. 비행기에서 내리는 승객들 한명 한명의 목에 걸어줄 꽃으로 된 레이[70]를 들고 기다리는 전통의상을 입은 귀여운 현지 아가씨들 대신에 제복을 입은 무장한 남자들이 목청껏 껄껄거리고 웃으며 서 있었다. "당신을 위해? 이 시간에? 무엇 때문에?"

그리고 하늘도 이상했다. 무언가가 공항 터미널들 사이에서 일어나고 있었다. 조이드는 코스믹 파인애플에서의 첫 만남 때부터, 그리고 나중에는 폴리네시아 출신의 칵테일 웨이트리스로 변장한 그레첸과 같은 동료들로부터 소문을 듣고 있었다. 그녀에게 그는 E플랫 쎄븐 아르페지오로 시작하고 원래 가사가 아래와 같이 이어지는 노래로 자신을 소개했다.

70 하와이의 전통 화환.

우아! 어서 와 같이 흔들어
그 귀여운 풀잎 치마를 입고
지그재그로, 나와 —
하나가 되어!

불을 붙여,
사랑의 불꽃으로,
찡그린 표정 짓지 말고!

로치 클립[71]에 그걸 끼워서,
이리저리 돌려,
네 입술 사이로 빨아,
그 부드러운 연기가 흐르게, 오

별로 돈은 안 들어,
아프지도 않을 거야, 그냥
내게로 와, 오, 그 귀여운 풀잎 치마를 입고!

—평소 같으면 마지막 소절로 들어가기도 전에 그녀는 냉담하게 그의 손아귀에서 벗어났을 것이다. 우선 솔직히 말해, 당시에 조이드를 내내 헤매게 했던 결혼 후 잘못된 판단의 혼란을 고려하건대, 그편이 그렇게까지 심하게 무례하지도 않은 사교상의 관례였

71 마리화나 꽁초를 끼워서 피우기 위한 클립 혹은 홀더. 로치(roach)는 마리화나를 뜻하는 속어다.

고, 그레첸 역시 그가 곤란을 겪는 것을 원하지 않았을 터였다. 두 사람은 바로 용골 쪽으로 갔다. 거기 정도면 그녀가 들은 은밀한 것들과, 또 얼마 후 그녀가 목격한 것을 들려주기에 충분했다. 옆으로 다가와서는, 그들이 타고 있는 제트기의 항로와 속도에 정확하게 맞춰 가끔은 몇시간이고 50피트 떨어진 거리에서 떠 있는, 창문도 하나 없고 거의 눈에 보이지도 않는 비행기에 관한 얘기였다.

"UFO 말하는 거야?"

"아니 — " 그녀가 머뭇거렸다. 실제로는 폴리에스테르로 된 풀잎 치마가 리드미컬하게 바스락거렸다. "우리가 UFO라고 부르는 건……"

"우리 말고 누가 또 있다고?"

"너무 낯익어 보여서…… 지구에서 위로 올려다볼 때는 확실히 그랬어. 안에서 말고…… 저쪽에 틀림없이 있었다고."

"누가 운전하는지 정말 봤다는 거야?"

그녀가 작은 소리로 투덜대기도 전에 그녀의 두 눈이 사방으로 깜빡였다. "나 안 미쳤어. 피오나한테 물어봐, 인가한테도 물어봐. 우리 모두 다 봤다고."

그는 '두 유 빌리브 인 매직?'[72]의 네 마디를 연주하고서, 시선은 그녀가 입은 합성 치마에 거의 고정한 채 그녀를 곁눈질로 올려다보았다. "그러면 나도 볼 수 있겠네, 그레첸?"

"안 보는 게 좋을걸." 그녀가 곧 덧붙여 말했듯이, 그런 걸 바라서는 안됐었다. L. A. 국제공항에서 출발한 바로 다음 비행 중에 태평양 한복판의 37000피트 상공에서 그들의 거대한 축제선이 상선

72 Do You Believe in Magic? 미국 밴드 더 러빙 스푼풀이 1965년에 불러서 히트한 노래.

이나 화물선이 해적에 의해 납치되듯이 쉽게 납치되었다. 그것은 마치 울새알처럼 매끈한 알루미늄 조개껍데기가 단단하고 더 작은, 질량이 더 높고 속도가 더 빠른 다른 조개껍데기에 달라붙는 모습과 같았다. 그레첸이 앞서 말한 대로 그것은 정확하게 UFO는 아니었다. 이쪽 편의 기장이 대충 얼버무리는 것처럼 행동을 취해도, 저쪽 편의 기장은 그의 조치를 정확하게 따랐다. 마침내 둘은 북회귀선 상공에서 약 20미터 간격을 두고 나란히 섰다. 사나운 기류가 제멋대로 불지 않고 작고 반짝거리는 트러스 구조를 통해 천천히 제어되자, 저쪽 비행기가 횡단면이 긴 눈물방울처럼 생긴 방풍이 되는 연결 터널을 그들 쪽으로 늘어뜨렸고, 그것은 보잉기의 앞쪽 승강구에 단단히 걸렸다.

기내에서 승객들은 수지 처리된 나무 테이블과 플라스틱 티키[73] 상像과 관목 사이를 종이 파라솔로 장식된 특대 싸이즈의 술을 손에 꽉 쥐고서 떼 지어 다녔고, 조이드는 신나는 노래들을 메들리로 계속 이어나갔다. 아무도 무슨 일이 일어나고 있는지 전혀 몰랐다. 말싸움이 시작되었다. 좌현 창문으로 건너편 비행기의 번쩍이는 접합선과 붉게 타오르는 엔진이 보였다. 하루의 마지막 햇빛이 수평선 부근에서 무리 지어 누웠고, 몇몇 창문은 지상에서 부엌 창문에 조용히 서리가 끼는 방식과는 같지 않게, 제트기 속도의 입체 구조들이 압력이 가해진 충돌을 일으킴으로써 얼음이 차오르기 시작했다.

마침내 승강구가 끼익 하고 열리자, 침입자들이 정예부대답게 능숙한 솜씨로, 자동소총을 몸에 지니고 고충격 보호장치로 얼굴

73 폴리네시아 신화에 나오는 인류를 창조한 신.

을 가린 채 만반의 준비를 하고서, 비행 중인 나이트클럽 안으로 들어왔다. 모든 사람에게 자리에 앉으라는 지시가 내려졌다. 기장이 안내방송으로 전했다. "이것은 우리 자신을 위한 것입니다. 이들이 원하는 건 우리 모두가 아니라 단 몇명입니다. 이들이 여러분의 좌석으로 오면 협조해주시기 바랍니다. 그동안 들은 어떤 소문도 믿지 마십시오. 그리고 남은 여러분들을 여러분의 비행기 표에 적힌 최종 목적지로 모셔다드릴 때까지, 모든 음료는 카후나 에어라인 비상대책기금에서 내도록 하겠습니다!" 이러한 안내가 나가자 커다란 박수 소리가 터져나왔지만, 나중에 이 사건으로 인해 있을 지루한 법정 소송에서 가공의 단체에 대한 항소로까지 이어질지도 모를 일이었다.

그레첸은 씬시사이저 옆에 앉아 잠시 숨을 돌렸다. "이거 재미있네." 조이드가 말했다. "기장의 목소리를 듣는 건 이번이 처음이야. 그가 '타이니 버블스'[74]를 부를 줄 안다면, 난 당장 실업자 신세가 되겠는걸."

"모두들 긴장했는지 술을 마시고 있어. 세상에나. 카후나 에어라인이 또 한건 했네."

"주요 항공사들에서는 이런 일 없나?"

"항공업 전반에서 모종의 합의 같은 게 있었다면 모를까? 카후나 측이 생각하는 것보다 비용이 더 나올지도 몰라. 하기야 그들이 늘 말하는 '보험'이 있기는 하지."

영화의 결말처럼 어느새 밤이 되었다. 술이 마치 급류처럼 거세게 돌기 시작하더니, 얼마 안 있어 한쪽 구석에 보관 중이던 값싼

74 Tiny Bubbles. 하와이 출신의 가수 돈 호(Don Ho)가 1966년에 불러서 히트한 노래.

보드까 예비 탱크까지 내와야만 했다. 몇몇 승객들은 정신을 잃고 쓰러졌고, 몇몇은 눈의 초점이 나갔고, 또다른 몇몇은 보호장치를 한 굳은 표정의 특수대원들이 그들 틈에서 천천히 조직적으로 임무를 수행하는 와중에도 신발을 벗고 요란스럽게 놀았다. 조이드가 「고질라, 괴수의 왕」(1956)의 주제곡으로 바로 이어서 넘어가려 하자, 그보다 약간 낮은 뒤편 어딘가에서 누군가의 목소리가 들렸다. "바로 그거야, 친구! 에—잠시 앉아도 될까?" 금발의 히피 머리에 꽃무늬 나팔바지와 트로피컬 셔츠를 입은 사람이 열두개쯤 되는 플라스틱 레이를 얼굴과 어깨 주위에 잔뜩 두른 채, 거기에다가 새까만 고글 스타일의 썬글라스와 밀짚모자를 쓰고서 손에는 양차 세계대전 사이에 제작된 밴조-우쿨렐레[75]를 들고 있었다. 알고 보니 머리는 그레첸에게서 빌린 가발이었고, 그에게 은신처로 조이드를 추천한 것도 그레첸이었다.

"사람들한테 쫓기고 있군. 그렇지?" 차분하게, 우쿨렐레 모형이 그려진 리드 시트를 찾으며 조이드가 말했다. "그러면 이 노래 어때?"

"우오!" 낯선 우쿨렐레 연주자가 대답했다. "그런데 G 키로 하면—좀더 쉬울 거요!" 우쿨렐레 용어였다. 새로 합류한 반주자처럼 그는 오래된 하와이 인기곡 '왜키 코코넛'에 맞춰 그런대로 무난하게 리듬 연주를 하기 시작했으나, 조이드가 노래를 부르는 바람에 당황해서 토닉을 다시 마시며 기다렸다.

안 들리나요…… 저 소리……

---

75 밴조와 우쿨렐레 중간의 악기. 밴줄렐레라고도 한다.

(붐) 우 왜키 코코넛,

(음) 우 왜키 코코넛,

중간이 잘린 섬에서 쿵 하고 떨어져요,

멜로디……

끊-임없이……

그래요 하나씩 하나씩 저

(붐) 왜키 코코넛,

(붐) 왜키 코코넛,

우리 집 지붕 위로 떨어져요

정글 드럼 비트처럼…… (음!)

붐-붐 붐!

안되나요 저

늙은 왜키 코코넛들이 다른 데로 가면?

왜 난 계속 왜—

키 코코넛 품에 안겨 있어야 하죠? 사방이 온통 왜키

(붐!) 왜키 코코넛,

(붐!) 오, 저 미친 넛,

나를 위한

코코넛!

추적자들이 몸을 흔들며 춤추는 사람들과 발작이라도 걸린 듯 정신없이 노는 사람들 틈으로 걸어왔다. 그런데 다른 사람을 수색

중이어서 그런지 그들 가운데 어느 누구도 조이드 옆에서 서툴게 연주하고 있는 도망자에게는 눈길조차 주지 않았다. 게다가 조이드가 가장 높은 키의 B플랫을 칠 때마다 침입자들은 그 신호를 듣거나 이해할 수 없는 사람들처럼 쓰고 있던 헤드폰을 움켜쥐어서, 조이드는 기회가 될 때마다 그 음을 계속해서 연주했고, 그러자 그들은 완전히 혼란에 빠져 뒤로 물러났다.

조이드의 기이한 방문객은 격식을 갖춘 절도 있는 동작으로 무지갯빛 플라스틱 명함 한장을 꺼냈는데, 감지해내기가 늘 쉽지만은 않은 어떤 신호에 따라 명함의 색깔이 바뀌었다.

"내 목숨을 당신이 구해준 것 같군!" 명함에는 이렇게 적혀 있었다.

타께시[76] 후미모따

정산 전문

전화번호부 참조, 여러 지역

"이게 당신? 타께시?"

"루시와 에설처럼[77]— 언제든 곤경에 처하게 되면!" 그는 우쿨렐레로 몇 마디를 연주했다. "인생에서 정말로 이것이 필요한 순간에 기억을 하게 될 걸세. 그것도 갑자기! 이 명함을 갖고 있다는 것을, 그리고 그것을 어디에다 두었는지도!"

"내가 기억력이 안 좋아서."

---

76 영화 「고질라」에 나왔던 유명한 일본 배우 타께시 시무라에서 따온 이름.

77 1950년대에 CBS에서 절찬리에 방영된 전설적인 씨트콤 '왈가닥 루시'(I Love Lucy)의 여주인공 루시와 그의 절친한 친구 에설을 말한다.

"꼭 기억날 걸세." 그러고 나서 그는 주위로 그냥 사라지더니, 방문객들이 떠나자 최고조에 달한 밤샘 파티 내내 더이상 보이지 않았다.

"이봐." 조이드가 방에다 대고 말했다. "이런 직업 기술에 대해 들어본 적 있지만, 그런 막강한 남자와 엮이고 싶지는 않다고. 다른 뜻으로 말하는 건 아냐. 당신이 아직 여기 어딘가에 있다면 내가 하는 말 들릴 거야. 그렇지?" 아무 반응이 없었다. 명함은 옷 주머니로 들어갔다. 그런 다음 차례대로 다른 주머니, 지갑, 봉투, 서랍, 상자 속으로 들어갔다가 술집, 세탁소, 마리화나 상용자의 건망증, 북쪽 해안의 겨울을 이겨낸 끝에, 그녀를 다시 보게 될지 어떨지도 모르는 그날 아침 오랜 시간이 흐른 뒤에 갑자기 그것이 어디에 있는지 기억이 나서, 마치 프레리가 그것을 죽 지녀야 하는 사람이었던 것처럼, 그것을 그녀에게 건넸던 것이다.

교대시간 사이에 잠시 집에 들른 프레네시는 연방요원이 어디선가 많이 들어본 듯한 그 도시 이름을 일반인들의 눈에 띄지 않게 매직펜으로 바로 지웠을 법한 창백하고 눅눅한 썬 벨트[78] 지대의 어느 도시의 오래된 시내 구역, 한 아파트의 부엌 식탁에 커피를 들고 앉아, 나뭇잎에 가려지지 않은 채 곧장 흘러들어오는 햇빛을 맞으며, 마치 늘 알아서 핵심 코드를 다시 찾아가는 노래처럼 희망에 부풀어 과거를 머릿속으로 다시 맞춰보는 데 조용히 빠져 있곤 했는데, 오늘처럼 그 대부분은 치아가 반도 채 나지 않은 입으로 미소를 지으며 그날 저녁 엄마가 평소처럼 돌아올 줄로 믿고서, 그 마지막 저녁에 조이드의 품에서 그녀의 품 안으로 오려고 꼼지락

78 미국 남부의 동서로 뻗은 연중 날씨가 따뜻한 온난지대. 동쪽의 노스캐롤라이나 주로부터 텍사스 주를 거쳐 서쪽의 캘리포니아 주에 이르는 북위 37도선 이남의 열다섯개 주를 말한다.

대던 미지의 딸 프레리에 관한 것이었다. 지난 수년 동안 플래시와 함께 새로운 곳으로 이사를 갈 때마다, 그녀의 생각은 마치 모든 방에 소금과 물을 뿌리는 미신을 행하듯 반사적으로 프레리와, 그녀가 매번 머릿속으로 상상하는 프레리가 잠드는 곳으로 향하곤 했다. 가끔은 아기로, 또 가끔은 소녀로, 자유롭게 상상이 되는 프레리에게로 그녀의 생각은 향했던 것이다.

건너편 구역에서 회전 톱들이 해머, 트럭 엔진, 트럭 스테레오 소리들을 뚫고 시끄럽게 '이유! 이유!' 하며 쇳소리를 내고 있었지만, 프레네시는 자신을 꼭 닮은 얼굴에 제법 아가씨티가 나는 10대의 프레리가 어느 캘리포니아 해변의 오두막에서 잡지 모델들이 입는 섹시한 옷을 입고 보송보송 콧수염이 난 숀 혹은 에릭이라는 건달 써퍼와 껴안고서 장식용 플라스틱 램프, 계속 울려대는 오디오 장치, 때 묻은 햄버거 종이 봉지, 찌그러트린 맥주 캔들 틈에서 꼼지락거리는 모습을 떠올리느라 거의 귀에 들어오지 않았다. 하지만 길거리에서 그 아이를 보게 된다면 아마 알아보지도 못할걸. 그녀는 속으로 되뇌었다…… 싸우스플렉스에 매일 일하러 갈 때마다 보는 쥐떼처럼 몰을 몰려다니는 여느 여자아이들과 전혀 다르지 않은 또다른 10대 소녀로 보일 거야. 싸우스플렉스는 나침반의 사방위에 따라 이름을 붙인, 도시 전체를 에워싸고 있는 네개의 쇼핑몰 중 하나였다. 프레네시는 그런 여자아이들을 하루에도 수백명씩 긴장한 탐정처럼 몰래 지켜보며, 프레리가 아주 먼 곳에서 추상적으로라도 자기 세대와 공유하고 있을지 모를 소소한 것들을 알고 싶은 간절한 마음에 그들이 어떻게 걷고 말하며, 무엇에 관심이 있는지 궁금해했다.

그녀는 이러한 것들을 플래시에게 일일이 말할 수 없었다. 그것은 그가 '이해하지 못해서'가 아니라—그 역시 두 아이에 대한 권리를 잃고 떨어져 살아야 하는 처지였다—그 자신에게도 돌아보기 시작한 대등한 과거란 게 있어서였다. 그는 그녀가 어쩌면 언젠가는 그들의 모든 과거사를 다시 쓰려고 할지 모른다는 생각만으로도 돌아버릴 것 같아서, "오, 그런 건 그저 당신 혼자 판단내리는 것일 뿐이잖아. 끼지 않는 게 어때. 상황이 더 안 좋아질 수도 있었어"라고 말한 다음, 그렇게 하면 여자들에게는 진심이 담긴 태도로 통한다는 걸 알고서 눈썹을 위로 치켜세우고는 "이를테면 당신이 그애를 어디로 데려가든, 브록이 결국 뒤쫓을 거라고. 그리고—" 하고 씩 웃으며 "빵!" 따위의 말을 한다든가 했다.

"오, 제발." 그녀가 싫은 내색을 하며 말했다. "어린애 가지고 못하는 소리가 없어."

"그 개자식은 당신이 헤어지려고 한 첫 순간부터, 사실상 내가 당신 이름을 처음 들은 때부터, 아주 화가 나 있었다고. 일주일 동안 완전히 눈이 뒤집혔다니까." 어렴풋이 보이는 웨스트우드의 거대한 단독 연방건물의 격리된 위층 어딘가에서 브록 본드가 지르는 비명 소리가 지나다니는 차량들로 시끄러운 거리 위의 프리웨이뿐 아니라 평온한 퇴역군인들의 묘지까지 시간에 상관없이 울려퍼지는 것 같았다. 아무도 그 위기 상황에서 고지대 사막에 있는 법무부 정신요양원 '로코 로지'에서의 정양 휴가가 분명히 필요해 보이는 브록을 어떻게 하면 좋을지 전혀 몰랐다. 국내부에서 근무하는 닉슨 정권의 신임 요원들 중에는 브록을 그곳으로 보낼 방법을 알아낼 수 있는 자가 한명도 없었다. 결국, 누군가에겐 너무 오랜 시간이 지나고 나서야 그는 정신을 가다듬고 스스로 짐을 꾸려서 그다음 근무지인 워싱턴 D. C.로 향했다. 그리고 그 즉시 그에 관한 기록은 캘리포니아에서 모두 폐기되었다. 그러나 얼마 지나지 않아, 서부 연안에서와는 다르게 행동규범이 엄격하다고 더러들 말하는 식당들과 주점들로부터, 본드의 파괴적인 행동에 대해 소문이 돌기 시작했는데, 누군가는 '눈이 분노로 이글거렸다'고 하고, 또 누군가는 '우울증 말기환자' 같았다고 했다. 여러 제보자들의 말에 따르면, 그는 옷을 벗고 입에 담기도 힘든 행동을 하려고까지 했다는 것이었다.

"세상에, 완전히 미쳤네!" 프레네시가 말했다. 그들은 새 부엌에 앉아 있었다. 냉장고의 온도 장치가 고장나긴 했지만 옅은 나무 그늘, 포마이카 바닥재, 실내 화분 등등 이전에 살았던 곳들보다는 더 나았다. 그녀는 그의 손을 잡고 눈을 마주 보려고 했다. "달아나봐야 결국에는 똑같을 거라고. 그애를, 내 아이를 데리고 달아나봐도 소용없을 거라고."

"그래." 완강하게 고개를 숙이며 끄덕였다.

"그러면 정말로 문제네. 그러니까 당신도 혼자서 판단한 걸로 말하지 마. 이건 빌어먹을 NFL 경기가 아니라고."

"당신을 도와주고 싶어서 그래." 그는 그녀의 손을 꼭 쥐었다. "나라고 쉬웠겠어. 당신도 알잖아, 라이언하고 크리스털…… 양육기간 동안 추가 급식비를 내야 했어. 그러다 알게 됐지, 애들에게 새 이름이 생겼다는 걸. 옛날 일이지만 말이야."

"알겠어. 의무감 하나는 대단해." 둘은 앉아서 그들이 만났던 브록 본드의 재교육 캠프를 떠올렸다. "꿈에 그곳이 나온 적 있어?"

"우오. 지금도 아주 생생한걸."

"당신 얘기 들었어." 그녀가 말했다. 그러고는 말을 덧붙였다. "하루인가 이틀 밤을 내내 동네를 헤집고 다녔다고."

그런 다음 그들은 서로를 천천히 마주 보았다. 그녀의 푸른 눈과 어린아이처럼 뚜렷한 눈썹은 그를 어루만지는 것 같은 마력을 늘 갖고 있었는데, 바로 지금 그의 손끝, 아랫입몸, 배꼽과 음경 사이의 기氣가 모이는 지점에서 그것이 동시에 느껴졌다. 그것은 뜨겁게 타오르는 빛, 부드럽게 돌이 되어가는 느낌, 만약 경험이 시키는 대로 한다면 그들을 난관에 빠트릴지도 모를 말의 분출을 경고하는 어떤 흥얼거림과도 같은 것이었다.

프레네시가 앉은 자리에서 보니 플래시는 햇빛을 혼자서 다 빨아들이고 있었다. 그녀는 매번 그가 다른 여자들의 뒤꽁무니를 쫓아다니는 주기에 맞춰 "동네를 헤집고 다닐" 때마다 그를 수소문하고 찾아다니느라 적잖은 에너지를 쏟아야만 했다. 그는 가죽 옷을 입은 부랑자 스타일에 홀딱 넘어가는 정장 차림의 교육받은 여성들을 찾아서, 이 썬 벨트 지역 도시들의 시내에 있는 그늘진 사무실 단지들을 기웃거리고 다니기를 좋아했다. 눈엣가시가 따로 없었다. 하지만 그녀는 풍파에 너무 시달려 별다른 대책 없이 혼자 이대로 살다 죽을 수밖에 없다고 생각했다. 너무 늦었어. 이게 우리 팔자야. 거기서 벗어날 수 없어. 그녀는 머릿속으로 그와의 대화를 상상하며 주고받을 말들을 떠올렸다. "그 모든 남자들 말인데. 플래시, 당신 마음을 상하게 했다는 거 나도 알아. 나라고 좋았겠어. 미안해." 그러면 그는 "다시는 안 그러겠다고 나한테 약속해"라고 말할 테고, 그녀는 "내가 어떻게? 당신이 그동안 같이 자던 누군가를 기꺼이 배반하리라는 걸 그들이 알아버렸는데, 그래서 특수요원 코드가 붙어버렸고, 일단 그렇게 되면 더이상 대역죄 같은 근사한 먹잇감이 아니어도 돼. 어떤 목적, 어떤 단계든 가리지 않고, 그저 단순한 경범죄에 그치더라도, 똑같은 방식으로 당신을 이용할 수 있어. 언제든 그들이 원하는 때에 아무 생각도 없는 지역판사를 동원해 뭐든 하게 할 수 있다고. 그러면 저녁식사 시간에 전화벨이 울리겠지. 냉동 라자냐는 먹지도 못하게 되는 거지" 할 것이었다. 그러면 플래시는 아무런 대꾸도 하지 않을 테고, 결국 프레네시가 불가능한 얘기들을 과감하게 꺼낼 것이었다. "플레처, 우리끼리는 이거, 그만하자고 제발 영원히…… 살 곳을 찾을까? 사버릴까?" 가끔은 그녀가 입 밖에 소리 내어 말할 때도 있었다. 그의 대답은 항상 "그렇게 하자고"가 아니라 "그래…… 그렇게 할 수도 있겠네……"였다. 그리고 곧바로 또다른 이사, 수당으로는 거의 감당이 안되는 또다른 불완전 임대가 뒤따랐다. 이제 더이상 지켜보는 사람이 있기라도 하다는 건가? 연방정부의 증인보호 약속을 그녀가 믿었던 적이 있던가? 동화에서나 나올 법한 눈에 띄지 않는 관용차 편대가 24시간 교대로 순찰을 돌고, 침대에서 자고 있는 그들을 지켜주고, 연방정부의 증인들이 영원히 보호받을 수 있게 해준다고 그녀가 믿었던 적이 있던가?

방 안에 침묵이 흘렀다. 그들 사이에서 태어난 아들 저스틴이 텔레비전 조명 밑에서 잠들어 있었다. 프레리는 이곳에 있었던 적이 없다. 필로덴드론과 소형 야자나무는 무슨 일인지 의아해하고, 고양이 유진은 아는 눈치다. 프레네시는 플래시가 쥐고 있던 손을 놓았고, 두 사람은 다시 하던 일로, 과거로, 아주 잠깐 동안만 마음을 가라앉힐 뿐 집착에 불타는 눈빛으로 아직도 한두걸음 뒤에서 계속 쫓고 있는 행방불명자 수색원의 업무로 돌아갔다. 물론, 과거와 전혀 문제없이 지내는 사람들도 있었다. 과거의 상당부분을 그들은 기억도 하지 못한다. 그들 중 많은 이들이 이런저런 식으로 그녀에게 15년 혹은 20년 전에 분명히 죽어서 사라진 것들에 아까운 정력을 쏟지 말고 실제 시간 속에서 지내다보면 어떻게든 나아지게 된다고 말했다. 그러나 프레네시에게 과거는 등에 착 달라붙은 좀비, 아무도 보고 싶어하지 않는 적수, 무덤처럼 시커멓게 쩍 벌리고 있는 입과 같이 영원히 남아 있었다.

60년대가 끝났을 때, 치마 끝이 아래로 내려오고 옷 색깔이 칙칙해지고 모두가 전혀 화장하지 않은 것처럼 보이게 화장하게 되었을 때, 누더기를 걸친 자들이 때를 만나고 닉슨 정권의 탄압이 가장 열성적인 히피 낙관론자들의 눈에도 충분히 보일 만큼 명백하게 그 윤곽을 드러냈을 때, 바로 그 무렵에 프레네시는 다가오는 가을바람을 정면으로 맞으며 생각했다. 이제 마침내 나의 우드스톡, 나의 로큰롤 황금시대, 나의 LSD 모험, 나의 혁명이 시작되는구나 하고. 마침내 그녀는 본래의 자신으로 돌아와 도로에서 적법 차량을 운전할 수 있고, 전자동 총기를 소지할 수 있는 자격을 갖고, 영장과 허가증에 상관없이 행동하고, 역사와 사자死者들을 무시하고, 어떠한 미래나 아직 태어나지 않은 자들도 전혀 마음에 두지 않고, 오직 결정적인 순간에 순전히 그것을 채우는 행동에 따라 단순하게 전진할 수 있는, 몇몇에게만 주어진 자유에의 특별한 복종을 받아들였다. 이제 그 어떤 마약 상용자도, 그 어떤 혁명적인 무정부주의자도 찾아내지 못할 단순하면서 확실한 세계, 삶과 죽음의 1과 0에 기초한 세계가 도래한 것이었다. 최소의, 아름다운 그 세계가. 삶과 죽음의 패턴들이……

그녀가 앞을 내다볼 겨를이 없을 정도로 쫓겼던 그 어린 시절에 미처 상상하지 못했던 것은 닉슨과 그의 무리들의 시대 또한 가고, 후버[79]가 죽고, 심지어 시민들이 준비하고 있다가 정부의 사건기록 편집본이 가치가 있다고 판명되면 그것을 읽는 척하고 연기하는 날이 언젠가는 오게 되리라는 사실이었다. 워터게이트와 그로 인해 파생된 수많은 사건들은 플래시와 프레네시에게는 호화롭던 황금시대의 종언을 가져왔다. 그는 몇주 동안 집에만 있으면서 마룻바닥에 앉아 텔레비전 앞에 얼굴을 바짝 처든 채, 낮에는 온종일 공청회를 보고, 밤에는 다시 공영채널을 틀었다. 계속해서 떠드는 작은 화면 앞에서 여름 내내 씩씩거리고 탄식하는 그의 모습은 그녀가 그를 지금까지 봐온 것 중에 가장 강렬했다. 그는 재정 삭감이 시작되었음을 알아차렸다. 일당은 적거나 아예 없었고, 현금대용 상환권들은 반송되거나 거절되고 회수되었다. 더이상 공항의 라마다 인 스위트룸이나 그란 투리스모[80] 유형의 자동차 대여, PX 특전, 카페테리아 무료 시식권, 피복 수당, 심지어 거의 비상시에만 사용하는 수신자 요금 부담 전화 같은 것은 없었다. 관계자들은 교체되었고, 탄압은 권력을 쥔 자들의 이름과 상관없이 더 폭넓고, 더 깊숙하고, 더 눈에 안 띄게 계속되었다. 관직 내부의 정치적 이해관계에 따라 프레네시 부부를 새로운 주소와 임무로 보내도록 결정되었고, 매번 그럴 때마다 돈이 드는 쾌락이나 규모의 대담함에서 점차 멀어졌으며, 범위와 댓가가 꾸준히 줄어들고, 갈수록 구차하며 별로 중요하지도 않은 함정수사에 무수히 엮이게 되면서, 국가적인 이익보다 덜 명료한 다른 어떤 이유가 숨어 있는 게 틀림없다는 생각이 들 정도로 그들을 이용하는 자들과 비교해 너무 힘이 없는 목표물을 상대하다보니 심지어는 무기를 소지할 명분도 그만큼 더 줄어들었다. 매번 그들이 숙지해야 할 대본이 주어졌는데 그전

79 에드거 후버(J. Edgar Hoover, 1895~1972). 1924년부터 1972년에 죽을 때까지 48년간 미국 연방수사국(FBI) 국장을 지내면서 '장막 뒤의 대통령'으로 행세한 인물.

80 장거리 및 고속 주행용 2인승 자동차.

에 받은 것보다 바보 같기 일쑤였고, 늘 함께 일하는 게 아닌데도 구체적인 세부 대사까지 서로 연습해야만 했다. 플래시는 어디로 가는지 전혀 말도 없이 오랫동안 사라지곤 했다. 물론 가끔은 다른 여자들 때문이었다. 프레네시는 중간에 느닷없이 알리지 않고 직접 알아내는 건 어떨까 마음속으로 재빨리 따져보고는, 그렇게 걱정해봐야 아무 의미 없는 일이라고 결론 내렸다. 이게 다 그들이 누구를 위한 것이든 인생에서 결국 하지 않으면 안되게 되어버린 것에 대해 그가 느끼는 감정을 나타내는 방식이겠거니 싶었다.

한번은 그녀가 그에게 슬쩍 털어놓으려 했다. “인정하기 힘든 사실이지만, 그때 처음 맡았던 대학에서의 두 일거리가 여태껏 한 것 중에 제일 좋았어.”

“또 보지 같은 소리 하네.” 플래시가 심각한 표정으로 말했다.

“플레처 — ”

“오, 미안! 물론, ‘여성의 성기’라고 말하려는 거였어!”

플래시의 커다란 슬픔 중 하나는 그리 오래지 않은 옛날에 대개 그러하듯 밤에 달이 기울면 고급 차량을 훔치고 중독성 위험약물, 소형 무기, 폭발물, 구하기 힘든 거창한 물건들을 거래하는 무법자로 살았다는 것이었다. 하지만 그 무렵 경찰에 붙잡혀 어린 10대의 아내가 그를 떠나고 법원이 아기들을 그에게서 데려가자, 플래시는 법이 그네들의 입장에서 정한 대로 따를 수밖에 없는 처지가 되었고, 이내 아무도 그를 법이 미치는 테두리 내에서는 전혀 믿지 않는다는 것을 깨달았다. 그래서 그는 법의 테두리 바깥에서 장식의 일부가 되어 완전 수직으로 된 건물 정면에 사는 괴물 석상처럼 그와 마주치는 다른 모든 사람들에게 착 달라붙어서 지내야만 했다. 그들은 그가 다시 나타나더라도 아무런 피해가 없을 곳만을 그에게 허용한다는 것을 그는 깨달았다. 그것이 의미하는 바는 붉게 타오르는 청춘기의 네온 행성 주위를 돌던 20 혹은 30년의 행로, 즉 성인으로서의 모든 삶을, '가족' 누구도 그를 믿으려 하지 않는 보호감시 중인 10대처럼 보내야만 한다는 것이었다.

교통국과 교도소에서 찍힌 사진이나 성탄절에 찍은 폴라로이드, 그리고 해상도가 너무 낮아 얼굴을 알아볼 수 없는 오래된 단체 사진에서 플래시는 늘 똑같은 모습이었다. 마른데다 어린 나이에 비해 너무 일찍 찌든 탓인지 전혀 웃지 않는 표정이었고, 약물을 복용하지 않아 초롱초롱한 상태였으며, 머리는 동네 미용사가 나름의 생각을 갖고 자른 듯했다. 그는 오래전부터 자기는 자기 자신이 무슨 일을 하고 있는지 항상 알고 있다는 환상에 사로잡혀, 처음부터 아주 순조롭게 일이 진행되었으니 윌슨 피켓의 노래대로 "아무도 주위에 없다"[81] 하더라도 계속해서 잘해낼 거라고 믿었다. 요즈음 그가 맡은 가족으로서의 의무는 늘 매력적인 것은 아니지만 그래도 매우 분명해서, 그들 세 식구가 언젠가는 헤어질지도 모른다는 것은 상상조차 하지 못하고 적극적인 금욕의 자세로 자신의 의무를 묵묵히 수행했는데, 다만 속으로는 아직도 주체할 줄 모르고 열렬히 불평하는 기질이 남아 있어서 그 점을 과감히 활용하여 세상으로부터 자신이 필요로 하는 것을 얻기 위해 협상하는 방법을 배워가는 중이었다. 그의 결정적인 무기는 분노였다. 상처를 입은 건 자기라고 믿고서 그는 당면한 사건과는 아무 관련도 없는 낯선 이들을 그 믿음의 힘으로 억지로 밀어붙여 죄를 덮어씌웠다. 특히 고속도로 위에서 그는 오토바이 경찰을 열심히 뒤쫓아가서 갓길로

81 미국의 유명한 리듬앤드블루스, 쏠 가수인 윌슨 피켓(Wilson Pickett)이 1965년에 발표한 '인 더 미드나이트 아워'(In the Midnight Hour)의 가사 중 일부.

몰고는 차에서 뛰어내려 싸움을 건다고 소문이 났었다. 그러면 그 운 없는 경관은 오토바이 좌석에 움츠리고 앉아 머뭇거리며 '이런 미친 짓이 있나' 하고 속으로 생각하지만, 무전기 버튼을 찾지 못해 더듬는다…… 이상하게도…… "게다가 세상에 이런 볼품없게 생긴 쬐그만 걸 타고 다니게 내버려두다니. 모터 달린 자전거한테도 상대가 안되겠는걸. 대체 이건 정체가 뭐래? 누가 만든 거지? 피셔프라이스? 마텔? 바비 인형의 소형 오토바이인가? 아니면 어디서 굴러먹던 거지?" 어떤 사람들의 경우 그런 시비를 일으켰다면 그건 누가 보더라도 정신이상 증세였겠지만, 권리 침해의 자경단원이나 마찬가지였던 플래시의 경우는 그렇지 않아서 자신의 대구경만 한 치명적인 입으로 문제를 직접 해결해야만 직성이 풀렸다.

밀고자 집단의 많은 이들이 인정하듯이, 그들은 족제비처럼 몰래 엿보는 기존의 제보자 이미지에 오래전부터 불만을 느꼈다. "왜 우리는 우리가 하는 일이 창피한 사람들처럼 숨어서 지내야 하지?" 플래시는 의아하게 생각했다. "모두가 다 밀고자야. 우리는 지금 정보혁명 중이라고. 신용카드를 사용할 때마다 의도한 것 이상을 가장 높은 곳에 있는 사람에게 알려주고 있다고. 크든 작든 상관없어. 마음만 먹으면 그 사람은 그걸 다 이용할 수 있어."

프레네시는 그가 혼자 주절거리게 내버려두었다. 그녀는 유년기와 사춘기 동안 내내 전화 도청, 길 건너편에 정차해 있는 차량, 학교에서의 욕지거리와 싸움들을 수없이 봐온 터였다. 엄밀히 말해서 빨갱이 집안 출신은 아니었으나, 1950년대 할리우드의 정치적 갈등의 가장자리에서 성장해서 다른 사람들에 대해서, 특히 그들의 충성심에 대해서는 절대로 말하지 않는다는 것을 제1법칙으로 여겼다. 당시에 그녀의 어머니는 대본 낭독자로, 아버지 허브 게이츠는 조명감독으로 일하면서, 항상 꿈속 장면처럼 바뀌는 블랙리스트, 그레이리스트, 지켰다가 누설되는 비밀들, 최악의 아이들처럼 연기하는 어른들, 무슨 일인지 다 아는 것처럼 연기하는 아이들 사이를 오가며 지냈다. 프레네시는 집에 오는 손님을 맞는 접수원으로서 가짜 이름의 명단을 모두 외워서 누가 누구에게 어떤 이름을 사용하는지 알고 있어야 했다. 그 정체가 무엇이든 간에, 그녀는 한 무리의 어른들이 다른 어른들과 격렬하게 다투는 것이나 도저히 이해할 수 없는 말들과 이름들이 무섭고 싫었지만, 어머니 사샤가 실직 상태이거나 아버지 허브가 영화계에서 쫓겨났을 때 두 사람 모두 서로를 그저 바라만 보며 거의 말없이 지내던 모습을 기억했다. 프레네시로서는 방해가 안되게 처신하는 법을 배우기에 딱 좋은 시절이었다.

아기 프레네시는 제2차 세계대전이 끝나고 얼마 되지 않아 태어났는데, 그녀의 이름은 허브와 사샤가 서로 사랑에 빠져 있던 전쟁의 마지막 며칠 동안 주크박스와 방송 전파를 휩쓸었던 아티 쇼의 음반을 기념하기 위해 지은 것이었다.[82] 프레네시는 그들이 어떻게 만났을지를 상상하며 나름대로 장면들을 떠올려보았다. 군데군데 핀을 꽂지 않은 업스타일 머리, 멋 부리려고 눈썹 위로 삐딱하게 걸쳐쓴 해군모자, 지르박 음악, 발 들일 틈 없이 꽉 찬 끝없는 무도장, 야자나무, 노을, 베이에 정박한 군함, 공기 중의 담배 연기, 누구라고 할 것 없이 담배를 피우고, 껌을 씹고, 커피를 마시는 사람들,

82 아티 쇼(Artie Shaw, 1910~2004). 미국의 유명 재즈 클라리넷 연주자이자 지휘자이며 작곡가. '프레네시'는 '격정'(frenzy)을 뜻하는 에스빠냐어로 원래 알베르또 도밍게스가 작곡한 연주곡인데, 1940년 아티 쇼와 그의 오케스트라가 스윙 재즈로 리메이크하여 빌보드 팝 차트 1위에까지 올랐다.

그 가운데 더러는 그 세가지를 동시에 하기도 하는. 프레네시가 상상하기에, 그날은 누구의 눈과 마주치든 상관없이 위험한 시기에 젊고 생기있게 하룻밤을 다 같이 지내고 있다는 의식이 모두에게 퍼져 있었다.

"오, 프레네시." 그녀의 어머니는 그러한 시대극을 들을 때마다 한숨을 내쉬곤 했다. "네가 거기 있었더라면, 아마 달랐을지도 몰라. 언젠가 세계대전이 한창일 때 우연히 정치에 휩싸이게 되는 여인이라고 생각해봐. 그것도 온통 흥분한 남성들 틈에서. 난 그때 혼란스러운 풋내기였어."

사샤는 낯익은 101번 도로를 타고 삼나무 숲에서 도시로 내려왔다. 나중에 프레네시가 물려받게 될 똑같은 푸른 눈과 남성들의 늑대 휘파람을 자아내는 매력적인 다리를 지닌 아름다운 10대 아가씨였으나 먹여 살려야 하는 식구들이 너무 많아 이른 나이에 홀로 나와야만 했다. 그녀의 아버지 제스 트래버스는 바인랜드, 험볼트, 델 노르트의 벌목꾼들을 모아 노동조합을 만들고 있었는데, 그가 중견수로 뛰던 동네 야구 시합에서 많은 사람들이 지켜보는 가운데 고용주 연합 측의 크로커[83] '버드' 스캔틀링이라는 자가 모두에게 경고의 메시지를 전하려고 일부러 꾸민 사고를 당하고 말았다. 울타리 바로 뒤편에 서 있던 오래된 삼나무들 중 하나를 거의 끝까지 미리 베어놓았던 것이다. 관중석에 앉은 어느 누구도 톱질 소리, 쐐기들이 헐거워지게 치는 소리를 전혀 듣지 못했다…… 나무가 아래로 구르기 시작할 때에도 그것이 주위의 생명들로부터 천천히

83 미국의 대륙횡단철도사인 유니언 퍼시픽 레일로드를 건설해 커다란 부를 쌓은 19세기 캘리포니아의 재벌 찰스 크로커(Charles Crocker, 1822~88)에서 따온 이름.

삐걱거리며 떨어져나가리라고는 그 누구도 생각하지 못했다. 제스가 나무를 피하려고 가까스로 몸을 던지고 나서야 사람들은 웅성거리며 그에게로 향했다. 그 결과 목숨은 구했지만, 삼나무가 그의 두 다리 위를 덮쳐 강하게 짓누르며 하반신을 땅속에 박아넣는 바람에 걸어다닐 수 있는 능력은 잃어버리고 말았다. 그러자 고용주 연합은 사죄 명목으로 돈—시장 가방에 현금을 담아 차에 넣어두었다—과 소액의 연금, 보험금 수표 몇장을 주었지만 세 아이를 키우기에는 충분하지 않았다. 조지 밴더비어[84] 정도는 아니더라도 억울한 처지의 사람들을 위해 일하는 현지 변호사가 그 사건을 맡기는 했지만, 그다지 열심히 일하지도 않았을뿐더러 스캔틀링에게는 거의 상대가 되지 않았다.

사샤의 어머니 율라는 몬태나 주 비버헤드 카운티 출신의 베커가家 태생으로, '조사관'이라 불리는 회사 밀고자들을 사람들이 지옥에 떨어졌다고 표현할 정도로 아주 깊은 탄광 갱도로 직접 내려보낼 뿐 아니라 총으로 쏘기까지 한다고 전해지는 가족 친지들의 슬하에서 어린 아기 때부터 자랐다. 그녀가 제스를 만난 것은 서로를 전혀 모르는 상태에서였다. 그날밤 시내에 갈 계획이 전혀 없었던 그녀가 바인랜드의 세계산업노동자동맹 집회장에 아는 사람들이 있으니 같이 가자고 부추기는 여자 친구들을 우연히 만나, 그들과 그곳에 들어서는 순간 바로 그가 있었다. 그리고 얼마 안 있어서 진정한 율라 베커로 그와 함께 살게 되었다. "제스가 내 양심을 깨워주었어." 나중에 몇년이 흐른 뒤에 그녀는 즐겨 말했다. "나의

84 조지 F. 밴더비어(George F. Vanderveer, 1875~1942). 1910년대에 흔히 '워블리'(Wobbly)라고 불리던 세계산업노동자동맹(IWW) 소속의 노동자들을 위해 헌신적으로 변호를 맡았던 씨애틀의 저명한 변호사.

남은 인생의 문지기였지." 바인랜드의 유산가나 심지어 몇몇 임차인들까지도 '나는 노동하지 않으리라'[85]라고 비꼬았던 세계산업노동자동맹의 노동자들은 가정을 꾸리거나 결혼생활에 어울리는 유형은 아닌 것으로 알려져 있었지만, 자기 자신을 발견한 율라는 자기가 진정으로 원하는 게 무엇인지 깨닫게 되었다. 그것은 가야 할 길, 그의 앞에 놓인 길, 그의 떠돌이 노동자로서의 삶, 이상에 대한 그의 위험을 무릅쓴 헌신, '하나의 대大조합'[86]을 향한 꿈, 조 힐이 '다가올 노동 공화국'[87]이라고 부르는 것들이었다. 곧바로 그녀는 그와 함께 나무를 베어낸 산비탈의 칙칙한 공장 마을에 머물면서, 페인트를 칠하지 않은 판잣집과 새까맣게 탄 삼나무 가지들만 줄지어 서 있고 녹색 풀이라고는 어디에도 없는 거리의 모퉁이에서 처음 보는 사람들을 '계급 형제' '계급 자매'라고 부르고, 언론의 자유를 외치다 체포되고, 노동절 야유회에 가서 냇가 오리나무 숲 속에서 사랑을 나누고, 어느 해이든 적어도 둘 중 하나는 감옥에 있을 수 있다는 것을 의미하는 '함께'라는 생각에 익숙해졌다. 첫 아이 사샤가 태어난 것보다 더 또렷하게 기억에 남는 것은 매드 리버 강변의 야영지에서 핑커턴 측[88] 사람들이 쏜 총에 처음으로 맞

85 세계산업노동자동맹(The Industrial Workers of the World)의 약자 IWW를 'I-Won't-Work'로 비꼬아서 조합원('워블리')들을 부르던 것을 두고 하는 말.

86 One Big Union. 산업계의 모든 노동자들이 하나의 노동조합으로 모여야 한다는 것을 강조한 세계산업노동자동맹의 주요 모토.

87 원래는 세계산업노동자동맹의 노동운동가이자 작곡가인 랠프 채플린(Ralph Chaplin)이 만든 '노동 공화국'(The Commonwealth of Toil)이라는 노래의 가사로, 스웨덴 이민자 출신의 저명한 노동운동가이자 작가 겸 작곡가인 조 힐(Joe Hill)이 다시 불러 노동자들 사이에서 커다란 인기를 끌었다.

88 미국의 탐정 앨런 핑커턴(Allan Pinkerton)이 설립한 전국 규모의 핑커턴 탐정업체. 20세기 초에는 노조운동 탄압에 자주 동원되었다.

은 날이었다. 그녀는 결국 제스가 절름발이가 되면서 그 이후로 계속 빠져들게 된 차가운 분노의 극한에 이르고 말았다. "나도 보따리를 들고 너와 함께 갈 수만 있다면 좋을 텐데." 그녀는 집을 나서는 사샤에게 말했다. "이 마을에서 더이상 할 게 없어. 우리가 지금 할 수 있는 거라곤 그냥 가만히 있는 것뿐이야. 죽이 될 때까지 버티는 것밖에 없어. 모두에게 상기시켜주려고 여기 있는 거지. 트래버스가家 사람이든, 혹은 베커가家 사람이든, 그들을 볼 때마다 하나의 가계家系를 떠올리며 누가 왜 그랬는지 기억할 수 있게 해주는 거지. 그편이 공원에 있는 동상보다 훨씬 더 나을 테니까."

사샤는 도시[89]로 가서 일자리를 구하고 자기가 할 수 있는 만큼 돌려주기 시작했다. 그녀는 1934년 총파업 승리의 열기가 아직도 남아 있는 떠들썩한 노조 마을을 찾았다. 그러고는 당시 파업 현장에서 경찰관들이 타고 다니던 말의 말발굽 밑으로 볼베어링을 굴렸던 부두 노동자들과 권양기 기사들과 어울려 지냈다. 전쟁이 시작되기 전까지 그녀는 상점, 사무실, 조선소, 비행기 공장에서 일하다가, 인랜드 마치로 알려진 캘리포니아 계곡 일대에서 농장 노동자들의 노조를 만들려고 애쓰는 중이라는 소식을 곧 접하고, 도움을 주러 잠시 그곳에 가서 멕시코와 필리핀의 이주 노동자들과 황진黃塵 지대로부터 도망쳐온 난민들과 배수로 제방에서 함께 지내며 농장주 연합이 고용한 폭력배와 자경단 경비대의 습격에 대비해 불침번을 서고, 한차례 이상 직접 총상을 입고, 그 일에 대해 편지를 써서 집으로 보냈다. "굉장하지?" 율라가 답장에서 썼다. 프레네시는 커가면서 전쟁 이전 시대의 이야기들, 스톡턴 통조림 공

89 샌프란시스코를 말한다.

장 파업, 벤투라 사탕무 농장, 베니스 양상추 농장, 쌘와킨 목화 농장 일대의 파업…… 사샤가 조심스럽게 알려준 바로는, 마리오 싸비오[90]가 태어나기도 전에 스프라울 플라자에서뿐 아니라 스프라울[91] 본인에 맞서서 시위가 계속되었던 버클리에서의 징집 반대 운동에 대해서 들었다. 또 어딘가에서 사샤가 톰 무니[92]의 석방을 위해 일하고, 피켓 시위 금지를 위해 제정된 악명 높은 제1개정안에 반대하는 투쟁을 벌이고, 1938년 컬버트 올슨[93]의 선거유세에 참여한 이야기도 들었다.

"전쟁이 모든 걸 바꿔놓았어. 전쟁 중에는 파업이 전혀 없었으니까. 우리들 대부분은 전쟁이 자본주의의 마지막 필사적인 책략이자, 히틀러나 스딸린과 전혀 다를 바 없는 지도자의 영향력하에 국가를 동원하기 위한 방법이라고 생각했지. 하지만 그와 동시에 우리들 중 상당수는 FDR[94]를 정말로 좋아했어. 주위에 엄청나게 많은 일자리가 있었는데도 나는 너무 혼란스러워서 뭐가 뭔지 충분히 생각해보기 위해 잠시 일을 그만두었어. 상상도 못할 만큼 많은 도움을 받아가면서 말이야."

"다른 여자들은 어땠는데?" 프레네시가 궁금해서 물었다.

90 마리오 싸비오(Mario Savio, 1942~96). 미국의 정치운동가이자 캘리포니아 대학에서 1964년 12월에 발생했던 '버클리 언론자유운동'의 핵심 인물.

91 로버트 고든 스프라울(Robert Gordon Sproul, 1891~1975). 1930년부터 28년 동안 캘리포니아 대학의 총장을 지낸 인물.

92 토머스 무니(Thomas Mooney, 1882~1942). 미국의 저명한 노동운동가. 쌘프란시스코에서 폭력 시위를 주동한 죄로 1916년에 무고하게 투옥되었다가 '톰 무니를 석방하라'라는 수천명의 피켓 시위 끝에 1939년에 석방되었다.

93 컬버트 올슨(Culbert Olson, 1876~1962). 톰 무니의 석방에 앞장섰던 변호사. 1938년 캘리포니아 주지사로 당선되었다.

94 미국의 제32대 대통령인 프랭클린 델러노 루스벨트를 줄여서 부르는 말.

"함께 투쟁하던 내 자매들, 오, 아냐, 아냐, 내 어리석고 불쌍한 것들은 모두들 정신이 없었어. 남편들이 해외에 있는 동안 바람을 피우고, 아이들과 시어머니를 상대하느라 정신이 없었고, 너무 열심히 일하거나 혹은 노느라 정치 얘기를 하고 싶어도 할 수가 없었어. 그러다보니 야학에 가서 동료 학생들이나 선생님들을 볼 시간조차 전혀 없었어. 그러던 중 마침내 네 아버지가 맞춤양복이 아니라 정부에서 나눠준 제복을 입고, 바짓단이 너무 짧아서 양말에 비상용 담뱃갑을 끼워넣은 게 훤히 다 보이는 차림으로 나타났지 —"

"접시 돌리기 놀이에, 부드러운 악기 소리라." 프레네시는 열심히 떠올려보았다. "너무 좋아! 더 들려줘!"

"그래. 그때는 음식점들이 밤마다 아주 떠들썩했지. 온 사방에 제복 입은 사람들투성이였어. 클라크 게이블이 주인공으로 나오는 영화처럼 거칠고 난폭했어. 술집들은 밤낮없이 하루 종일 문을 열었고, 술집에서 나는 트럼펫과 쌕소폰 소리는 출입문 밖으로까지 요란스럽게 울려퍼졌고, 수많은 군중들이 호텔 무도장들을 가득 메웠어…… 톱 오브 더 마크 술집에서는 앤슨 윅스[95]와 그의 악단이 연주를 했고…… 온 시내가 제복과 짧은 치마를 입은 인파들로 넘쳐났지. 그때 나는 기름에 튀긴 도넛과 크림을 타지 않은 커피를 주식으로 먹으며 살았는데, 결국 일자리를 찾아 다시 나가지 않으면 안되었어."

그러다가 얼마 안 있어 텐더로인의 유흥가에서 오래 활동해온 작은 밴드가, 별다른 방도가 없기는 했지만 어쨌거나 성적으로 무해한 방식으로 그녀를 고용했다. 매일밤 선원들과 병사들은 쌘프

95 앤슨 윅스(Anson Weeks, 1896~1969). 1920년대 말부터 1960년대까지 쌘프란시스코를 중심으로 한 미국 서부 연안에서 인기를 끌었던 댄스 밴드의 리더.

란시스코 아가씨들과 창밖이 훤해질 때까지 에디 엔리코와 그의 홍콩 핫샷 밴드의 음악에 맞춰 춤을 추려고 떼를 지어 몰려들었다.

"그래, 맞아. 나는 여자 보컬리스트였어. 언제나 내 노래로 아기들을 편히 재웠지. 그러면 아이들은 징징대는 법이 없었어. 물론 중학교 시절에 우승 결정전에서 국가를 불렀을 때 합창단 선생님이었던 캐피 부인이 다가와 머리를 좌우로 아주 천천히 저으며, '사샤 트래버스. 넌 절대로 케이트 스미스가 아니란다!' 하고 말했지만, 신경 쓰지 않았어. 난 빌리 홀리데이가 되고 싶었으니까. 불타는 야망이라기보다는 즐거운 공상 같은 거였어. 그러던 중에 난데없이 나타난 에디라고 하는 직업가수가 나더러 노래 부르게 해주겠다고 말하는 거 아니겠어…… 오해하지는 마. 나를 침대로 끌어들이려고 그런 건 아니었으니까. 그는 이미 전 부인들과 길에서 만난 여자 친구들이 시내에서 갑자기 나타나는 것만으로도 너무 골치를 앓고 있었거든. 나는 그의 말을 믿었어. 그는 여러해 동안 커다란 밴드에서만 잔뼈가 굵었대. 한때는 화성에서 날아온 속보로 '라 꿈빠르시따'[96]가 중단되던 밤에 동부에서 라몬 라켈로[97]와 함께 콩가 드럼을 연주했었다나. 마침내 도시 전체가 부기우기에 빠져들기 시작할 무렵 그는 지금의 밴드를 만들었어. 그가 생각하기에, 노래를 부를 수 있다면, 못 부를 것도 없겠다 싶었지. 그래서 불렀

96 La Cumparsita. 우루과이의 마또스 로드리게스가 1916년에 작곡한 탱고의 명곡.

97 「시민 케인」의 감독 오슨 웰스(Orson Welles)가 이끄는 머큐리 시어터가 제작한 라디오 드라마 중에 1938년 핼러윈 특집으로 방송된 '세계전쟁' 편에 허구로 등장하는 라몬 라켈로와 그의 오케스트라(Ramon Raquello and His Orchestra)를 말한다. 이 드라마는 H. G. 웰스의 과학소설 『세계전쟁』을 각색한 것으로 당시 음악이 연주되던 중에 화성에서의 폭파 사건을 속보로 꾸며 내보낸 것으로 유명하다.

어. 누가 그렇게 가까이에서 노래를 듣고 싶어했겠냐고? 수많은 사람들이 즐겁게 보내고 싶어했어."

나중에 보니 머리를 깨끗이 감고 제대로 된 상태인 한, 그녀는 그저 또다른 악기였을 뿐, 어쩌다 보니 사샤가 됐지만, 다른 누구여도 관계없었다. 그녀는 전날 또다른 작은 나이트클럽에서 전해들은 웨이트리스 자리를 구하러 그날 아침 풀 문 클럽에 하이힐을 신고 들어서던 참이었다. 그게 당시 그녀의 일상이었다. 시간이 낮이었을 뿐, 나이트클럽이란 나이트클럽은 다 훑고 다녔다. 풀 문은 썩 좋은 곳은 아니었지만, 그녀는 그보다 더 심한 데를 익히 봐온 터였다. 그녀가 안으로 들어갔을 때 주인은 마침 카운터 뒤에서 하수구 배관을 고치는 중이었는데, 그녀를 보자 렌치를 건네달라고 부탁했다. 그때 홍콩 핫샷의 멤버 중 한명이 클럽 안으로 들어와 지갑을 찾았다. 그녀는 그가 중국인이 아니라는 것을 알아차렸다. 하지만 밴드 중 어느 누구도 중국인이 아니었다. 그 당시에 중국인 하면 으레 아편 제품과 관련이 있는 것으로 통했다.[98] 반면에 핫샷 멤버들은 제298연대처럼 인근에 주둔한 육군 군악대 출신이나 혹은 군 복무를 하기에는 너무 어리거나 나이가 든 민간인들로 이루어져서, 그 소규모 밴드는 젊은 혈기, 연륜, 그리고 널리 정평이 나 있는 군악대의 냉소적인 프로의식의 결합체라고 할 수 있었다.

"실례지만, 카나리아[99] 자리 알아보려고 여기에 온 건가요?" 지갑을 찾던 남자가 사샤에게 물었다.

뭐라고? 사샤는 무슨 말인지 의아했지만, 바로 대답했다. "맞아

98 '핫샷'은 중독성이 강하며 과다 복용하면 사망할 수도 있는 헤로인을 뜻하기도 한다.

99 소프라노 가수나 젊은 여자 가수를 부르는 속어.

요. 저 어때요, 배관공 아저씨?"

주인은 파이프 사이로 머리를 비스듬히 내밀었다. "가수라고? 왜 진작 말하지 않았어?" 나중에 알고 보니 바로 에디 엔리코였던 그 음악가는 피아노 앞에 앉았고, 사샤는 갑자기 G장조로 '아이 윌 리멤버 에이프릴'[100]을 부르기 시작했다. 하필이면 왜 그 음조를 택했을까? 부르는 동안 음조가 수도 없이 바뀌었다. 하지만 밴드에 가수가 너무나 절실하게 필요했던 나머지, 에디는 그녀가 노래를 망치게 내버려두지 않고 그 대신에 코드가 바뀔 때마다 신호로 알리고, 멜로디를 놓치면 친절하게 계속 이끌어주었다. 노래와 연주가 모두 끝나자 에디는 그녀에게 아주 좋다는 표시를 했다. "좀더, 아, 그러니까 유행하는 옷 같은 거 없어?"

"있고말고요. 웨이트리스 자리 구하러 다니느라 이 옷을 입은 거예요. 금빛 라메와 어깨 끈 없는 밍크 중에 어떤 게 더 마음에 드세요?"

"알았어, 알았다고. 군복 입은 젊은 남자들을 생각해서 한 말이야." 마침 사샤도 똑같은 생각을 하던 중이었다. 어느새 에디와 사샤는 아주 빠른 네 마디의 도입부를 지나 '뎀 데어 아이스'[101]를 부르기 시작했다. 그녀는 단추를 하나 풀고, 모자를 벗고, 베로니카 레이크처럼 머리카락을 한쪽 눈 위에 예쁘게 드리웠다. 두 사람은 이번에도 큰 문제 없이 노래를 마쳤다. "내 아내한테 한번 물어볼게." 에디가 말했다. "어쩌면 아주 멋진 옷을 찾게 될지도 몰라."

그녀는 풀 문에서 전쟁이 끝날 때까지 노래했다. 때로는 청춘 남녀들이 춤추는 대신 연주 무대 주위에 바짝 밀착한 채 서서 손을

100 I Will Remember April. 1942년에 발표되어 여러번 리메이크된 재즈풍의 노래.
101 Them Their Eyes. 1930년에 발표되어 빌리 홀리데이가 불러 유명해진 재즈곡.

맞잡고 음악에 맞춰 몸을 좌우로 흔들었다. 그들은 정말로 귀 기울여 듣는 것 같았다. 처음에는 그런 모습 때문에 불안했다. 왜 춤을 안 추는 거지? 이렇게 넋을 잃고 말없이 몸을 흔드는 건 누구 생각이지? 그러나 얼마 후 그녀는 그 덕분에 노래를 끝까지 해낼 수 있었다는 것을 알게 되었다. 전쟁의 마지막 봄과 여름 동안에 샌프란시스코는 일렉트리션스 메이트[102]의 삼등항해사 허벨 게이츠를 비롯해, 병력이 시내를 거쳐 태평양으로 재배치되면서 제대로 들썩거리기 시작했다. 허브는 조선소에서 막 나온 선체가 긴 썸너급 구축함에 배속되었는데, 얼마 후 그 배는 태평양을 가로질러 오끼나와로 가자마자 작전 개시 15분 만에 카미까제 특공대의 공격을 받고 재정비를 위해 진주만으로 회항해야만 했다. 사샤가 다시 각오를 다질 무렵 전쟁은 거의 끝나가고 있었고, 허브는 그의 인생에 찾아온 로맨스에 가슴이 벅차 있었다.

"그 사람은 내 말을 들어주었어." 사샤가 자신있게 말했다. "정말 믿기지 않았어. 내가 생각나는 대로 말하게 해주었어. 여태껏 그랬던 사람은 그가 처음이었다고." 얼마 후 그녀의 생각은 앞뒤가 딱딱 맞아떨어지기 시작했다. 거리와 들판에서 너무나 많이 보아왔지만 왜 그런 것인지 이해를 못하고 넘긴 게 부지기수였던 부당한 일들이 좀더 분명하게, 즉 세계 역사나 혹은 지나치게 이론적인 어떤 것으로서가 아니라, 인간들, 그것도 대개는 이 지구 상의 가까운 곳에 사는 남자들이 다른 살아 있는 인간들에게 크고 작은 범죄를 저질러서 생긴 것으로 이해되기 시작했다. 그녀 생각에, 어쩌면 우리 모두 '역사'에 순종해야만 하는 것일지도 모르고, 어쩌면 그

102 Electrician's Mate. 미국 해군과 해안경비대의 시설과 장비를 평가, 감독하는 부대. 줄여서 EM이라고 한다.

렇지 않은 것일지도 몰랐다. 그러나 어떤 명시적이고 특정한 대의에서 불행을 감수하기를 거부한다면, 그렇다면 역사는 달라질지도 모를 일이었다.

"네 엄마는 내가 듣고 있었다고 생각했나봐." 허브가 이 대목에서 끼어들었다. "이런, 네 엄마가 전집 읽는 걸 귀담아들어둘 걸 그랬네. 누구의 전집이었더라? 뜨로쯔끼! 사실, 난 네 엄마랑 그냥 시간을 함께 보냈을 뿐이야. 네 엄마는 나를 대단한 정치적인 식견을 갖춘 인물로 생각했어. 당시에 내가 생각하던 것이라야 고작 자유에 관한 수병 수준의 사고 정도였는데."

"몇년이 지나서야 내가 완전히 속았다는 것을 알았어." 사샤가 고개를 끄덕이며 심각한 척 말했다. "받아들이기 가장 힘든 진실이었어. 네 아버지의 머릿속에 정치에 관한 세포는 단 한개도 들어 있지 않았거든."

허브가 웃으며 말했다. "어디 한번 들어볼 텐가? 여자하고는!"

사샤가 마치 두 배우의 리버스숏을 잘라 붙인 것처럼 두 눈을 좌우로 굴리는 모습을 프레네시가 본 것은 이번이 처음은 아니었다. 허브가 '의견 교환'이라고 부르는 것을 이미 몇차례 겪어본 터였다. 결국 그 의견 교환은 모두가 고함을 지르고, 먹는 것이든 뭐든 가리지 않고 살림살이를 집어던지고 나서야 끝이 났다. 프레네시는 그녀의 부모가 뒤로, 과거의 사건들로, 특히 1950년대로, 당시 할리우드의 반공 공포와 현재까지 이어지고 있는 침묵의 음모로 돌아가고 싶어한다는 것을 알았다. 그 시절 허브의 친구들은 사샤의 친구들을 팔아넘기고, 마찬가지로 사샤의 친구들은 허브의 친구들을 팔아넘겨서, 두 사람 다 개인적으로는 똑같은 개자식의 손에 한번 이상 농락당한 아픔을 갖고 있었다. 사샤의 눈에 먹고 먹히는 자들끼리의 복잡한 법정 공방과 배반, 파멸, 비겁함과 거짓으로 점철된 당시의 블랙리스트 시대는 지금은 단지 정치적인 형태를 취하고 있을 뿐 그동안 늘 그래왔던 것처럼 영화 산업의 연장으로밖에는 보이지 않았다. 그들이 아는 모든 사람들은 저마다 다른 이야기를 지어내, 그들을 각자 더 잘 나오게 하고 다른 사람들은 더 못 나오게 하려고 했다. "이 도시에서 역사는 평균적인 영화 대본 이상의 존경도 못 받아. 늘 똑같은 식이야. 어떤 이야기의 한 버전이 나오기가 무섭게 아무나 다 자기 건 줄 알아. 난생 들어보지도 못한 무리들이 달려들어서 바꿔놔. 인물과 행적이 죄다 바뀌고, 진심에서 우러나오는 대사는, 그나마 영원히 삭제되지 않은 경우에는 아무 맛대가리 없게 뭉개지기 일쑤야. 50년대의 할리우드 영화는 길이가 아주 길고, 수많은 사람들이 고쳐 쓰는 식으로 제작돼. 그런데 아무런 소리도 들리지 않아. 당연히 아무도 진심으로 말하지 않으니 그럴 수밖에. 무성영화와 다를 게 없어." 샤샤가 투덜대며 말했다.

필시 그녀에게는 매정하게 말할 만한 권리가 있었지만, 그녀는 베티 데이비스가 나오는 영화들을 보며 배운 세심하고 넉살 좋은 가벼움으로 그것을 가릴 줄 알았다. 그 영화들이라고 하면, 프레네시가 텔레비전에서 그 가운데 어떤 것을 우연히 볼 때마다, 정신 산만한 거인이 팔을 뻗어 그녀를 높이 치켜들고는 "이런! 요 한줌도 안되는 것이, 안 그래? 좋아!" 같은 대사를 우렁차게 외치고, 좋아서 껄껄 웃으며 그녀를 껴안는 유년기의 기억에 빠질 만큼 어려서부터 잊지 않고 있던 것들이었다. 집에 늘 울상인 아기가 있어도 아무 소용이 없었다.

프레네시는 어린 시절 내내 정치 얘기를 듣는 대로 받아들이며 자랐지만, 나중에 부모와 함께 텔레비전에서 옛날 영화를 보며 난생처음 먼 옛날의 이미지와 자신의 실제 삶의 관계를 따져보게 되면서부터는 지금까지 모든 걸 잘못 이해한 것 같았고, 그래서 있는 그대로의 감정과 흔한 갈등에 지나치게 신경 쓰게 되었다. 그때 지금까지와는 다른 것, 즉 영화에서 고상하게 다뤄진 적이 전혀 없는 좀더 세련된 드라마 같은 일이 내내 펼쳐졌던 것이다. 그녀의 정치 교육이 한걸음 나아가는 순간이었다. 심지어는 빠르게 올라가는 영화 크레디트에 나열된 이름들이 어린 프레네시의 눈에는 아무 의미도 없어 보였는데, 그녀의 부모는 그것들을 볼 때마다 금세 속이 뒤집혀 투덜거리고, 분노에 차 고함을 지르고, 경멸감에 코를 씩씩거리고, 심한 경우에는 채널을 돌려버렸다. "당신 생각에 내가 저 비조합원들이 만든 쓰레기 같은 것을 앉아서 보고만 있을 것 같아?" 혹은 "핫 세트[103] 한번 볼래? 저 여자가 문을 쾅 하고 닫을 때 잘 봐. 봤어? 완전히 흔들리는 거? 저건 국제동맹[104]이 조직한 지역 비조합원들의 목공 솜씨야. 비조합원 놈들이 생산가치를 위해서 한 짓이라고." 혹은 "저 썩을 놈이? 죽은 줄 알았는데. 저기 저 크레디트 보여?" 텔레비전 스크린 옆에 바짝 붙어서 성질나게 하는 행行을 가리키며 말했다. 혹은 "저 파시스트 잡놈이 2년 동안 일한 수당을 떼어먹었다고. 저 개자식이 나한테 빚진 돈이면 대학을 다닐 수 있었을 텐데" 하고 이름이 보이는 스크린 표면을 세게 두드

103 촬영기, 조명, 녹음기 등이 곧바로 촬영에 들어갈 수 있도록 준비 완료된 모든 무대장치.

104 IA. 국제극장무대기술자동맹(IATSE: International Alliance of Theatrical Stage Employees)의 줄임말. 원래는 무대장치 관련 노동자들의 노조로 설립되었으나 1930년대 들어서 노동쟁의로부터 극장을 지키기 위해 동원되는 조직으로 변질되었다.

리며 말했다.

그녀가 기억하기에, 거리의 이쪽지쪽에서 텔레비전 스크린들이 어둠속에서 푸른 빛을 발하며 조용히 깜빡거렸다. 근처에서 보지 못한 시끄럽게 울어대는 낯선 새들이 텔레비전에 이끌려, 몇몇은 야자나무에 편안하게 앉아 한쪽 눈으로는 수풀 속에 사는 들쥐를 찾으며 침묵을 지키고 있었고, 다른 몇몇은 창문 근처를 날며 화면을 앉아서 잘 볼 수 있는 각도의 자리를 찾고 있었다. 광고가 나오자, 새들은 다른 세상에서 온 듯한 맑은 목소리로 광고에 답례를 했고, 가끔은 광고가 나오지 않을 때에도 지저귀었다. 해가 지고 나면 한참 후에 사샤는 현관에 앉아 뜨개질을 하며 허브나 이웃과 이야기를 나누었다. 프리웨이 소리가 귀에 들리지는 않았지만, 나무 꼭대기에서 우는 흉내지빠귀들의 맑고 날카로운 소리가 주변 구역들을 가득 채워 아이들은 그 소리를 들으며 잠이 들었다.

일반인으로서의 피상적인 일상에서 벗어나고 몇년 후 프레네시는 일이 생겨 L. A.로 가게 될 때마다 정해진 습관이나 혹은 의식처럼 라 브레아의 동쪽으로 차를 몰아 평지대 주택가 구역으로 들어갔다. 그런 다음 흐릿흐릿하게 얼룩진, 지붕이 뾰족한 단층집들과 짖어대는 개들과 잔디 깎는 기계들 사이를 지나, 그때 살던 곳을 다시 찾아내 그녀의 어린 시절 내내 연방요원들이 하던 방식대로 저속으로 그 구역을 돌아다니곤 했다. 그러면서 사샤를 찾아보았지만 앞마당에서 혹은 창문 너머로 한번도 보지 못하다가, 결국 어느날 그곳을 다시 들렀을 때에는 차고에 새 자동차가 있고 앞마당 잔디밭에는 형광색 플라스틱 세발자전거와 장난감들이 흩어져 있는 것을 보고서, 원래 마음먹었던 것보다 더 많은 온정을 품고 직접 가보았다. 그러나 나중에 밝혀진 사실이지만 그녀의 어머니가 그리 멀지 않은 곳으로 이사 갔다는 사실을 알게 되었다. 왜? 프레네시가 집으로 돌아오기를 바라며 그 집에서 할 수 있는 한 오래 버텨보다가, 어느날 너무나 많은 세월의 무게에 못 이겨, 아니면 딸에게 어떤 불길한 사건이 일어났다는 것을 알고서, 결국 그녀에 대한 희망의 끈을 놓고, 그녀를 포기한 것일까?

텔레비전 스크린에서 나오는 광선이 방 안에서 모든 정령들을 깨끗이 쓸어낼 빗자루 역할을 해주리라 믿고서 프레네시는 텔레비전을 켜고 프로그램 일정표를 확인했다. 잠시 후면 여러해 동안 계속해서 방영되어온 인기 오토바이 경찰 프로 '칩스'[105]의 재방송이 시작될 시간이었다. 전조처럼 피가 돌고 몸이 저려오는 게 느껴졌다. 프레네시는 엄격한 페미니스트가 뭐라고 지껄이든, 세상에는 자기처럼 남자들의 제복 입은 모습을 미친 듯이 좋아하고, 프리웨이에서 일어나는 고속도로 순찰대와의 환상적인 만남을 마음속에 그리거나 심지어는, 자신이 지금 그럴 생각이지만, 텔레비전에서 재방송되는 폰치와 존[106]을 보며 거리낌 없이 자위를 즐기는 여자들이 살고 있다는 것을 알았다. 사샤는 이 제복에 대한 자기 딸의 물신적인 집착이 자기한테서 '물려받은' 거라고 믿었다. 자기가 그런 생각을 하는 게 이상하기는 하지만, 태어나서 처음으로 참여한 로즈 퍼레이드[107]부터 현재까지 사샤는 그 대상이 실물 혹은 텔레비전상의 운동선수이든, 시대마다 제작되는 전쟁영화의 배우들이든,

105 CHiPs. '캘리포니아 고속도로 순찰대'(California Highway Patrols)의 줄임말. 1977~83년에 미국 NBC에서 인기리에 방영된 드라마.

106 '칩스'에 주인공 콤비로 나오는 두 순찰대원, 프랜시스 '폰치' 폰체렐로(Francis 'Ponch' Poncherello)와 조너선 '존' 베이커(Jonathan 'Jon' Baker)를 말한다.

107 1890년에 처음 시작된 이래 매년 1월 1일 장미 특산지인 캘리포니아 주 패서디나에서 벌어지는 가두 축하행진.

혹은 웨이터와 그의 조수는 물론이고 레스토랑의 지배인들이든 상관없이, 권위의 이미지, 특히 제복 입은 남자에 대한 운명적인 이끌림, 자신도 어떻게 할 수 없는 어떤 성향이 자기 안에 있다고 느꼈다. 게다가 마치 어떤 우주적인 파시스트가 이러한 형식의 유혹과 사회적 통제의 어두운 환희로 들어오라고 지시하는 DNA 염기순서를 몸속에 집어넣기라도 한 것처럼, 그 성향이 자식에게 전해질 수도 있으리라고 믿었다. 어떤 친구나 적이 그런 점을 그녀에게 주지시켜야만 하는 상황이 발생하기 훨씬 전에 사샤는 그것이 아무리 공정하고 선하다 할지라도 권력의 형식에 대한 그녀의 모든 저항은 실제로는 군인들이 행군하며 지나갈 때마다 중뇌 시신경엽의 가장자리에서 스멀스멀 움직이는 바로 그 위험천만한 황홀함을, 주의력과 어쩌면 태고의 저주마저도 축축이 적시는 그 힘을, 거부하려는 행위일 수 있다는 음울한 결론에 도달하여 그것을 직시하지 않으면 안되었다.

정치적으로 올바르지 않다는 이유만으로 프레네시는 사샤의 이론에 처음에는 화를 내며 반응하다가, 얼마 후에는 성가신 것으로만 생각하게 되었고, 현재 두 모녀가 두번째 침묵의 10년에 접어들면서는 그냥 덤덤하게 콧방귀를 뀌고 마는 정도가 되었다. 그녀는 텔레비전 세트를 잘 보이게 옆으로 돌려놓고, 소파에 누워 셔츠를 벗고 바지의 지퍼를 내리고서 만반의 준비를 갖추었다. 그때 돌연 텔레비전광狂에게 찾아온 최고의 기적이라고밖에 할 수 없는 일이 부엌의 방충망 문을 두드리는 활기차고 사내다운 소리의 형태로 찾아왔다. 좀더 네모난 것 빼고는 꼭 비디오 영상의 픽셀처럼 생긴 작은 점들로 이루어진 바깥 층계참에 체구가 건장하고 잘생긴 미국 연방보안관이 위아래로 갖춰 입은 제복에 모자, 38구경 권총, 가죽 장갑을 착용하고서, 전달할 봉투를 들고 서 있는 게 방충망 문을 통해 보였다. 게다가 늦게 지는 햇빛을 받으며 차 옆에서 기다리고 있는 그의 동료는 그보다 두배는 더 미남이었다.

그녀는 봉투를 보자마자 그게 무엇인지 알았다. 늦어지는 월경인 양 지난주부터 기다려왔던 급여 수표였다. 우편함에 있었어야 할 게 이 다부지게 생긴 보안관의 가죽 장갑 낀 커다란 손에 쥐여 있었다. 그녀는 문제의 40세가 다 되어서인지 수표가 든 봉투를 받으면서 자기도 모르게 그 손을 만질 뻔했다.

그는 썬글라스를 위로 들어올리며 웃었다. "아직 사무실에 안 다녀가셨죠, 그렇죠?" 연방보안관은 증인보호 업무를 맡고 있었는데, 처음 가는 외국에 들를 때마다 본국 대사관을 찾아가듯이 보안관 사무실을 의례적으로 방문하는 게 지난 수년간 그녀에게 부여된 주된 임무였다.

"우리가 이제 막 이사를 와서요." 어떻게 되는지 보려고 일부러 '우리'에 강세를 두어 말했다.

"그래서 우리가 아직, 에……" 가죽으로 덮인 현장 수첩을 보며 말했다. "플레처 씨를 못 본 거로군요."

그는 고등학교 시절 남자애들이 그녀에게 하던 것처럼 한 손을 문설주에 대고 기댄 채 말했다. 그녀는 현관으로 나오면서 바지 지퍼는 기억이 나서 올렸지만, 셔츠 단추는 한두개만을 채운 상태였고, 브래지어는 당연히 입지 않고 있었다. 그녀는 머리를 비스듬히 숙여, 그녀의 얼굴에서 몇 인치 떨어져 있는 그의 검게 탄 팔목 위의 시계를 들여다보았다. "곧 올 거예요."

그는 썬글라스를 다시 쓰며 소리 내어 웃었다. "내일 어떠세요? 괜찮으시다면 오전 8시 바로 지나서?" 다른 방에서 전화벨이 울리기 시작했다. "아마 남편이신가보네요. 늦을 거라는 전화일지도 모르겠네요. 받아보시지 그러세요?"

"얘기 나눠서 반가웠어요. 그럼 내일 볼까요?"

"기다릴 수 있습니다."

그녀는 전화를 받으러 이미 들어가면서 어깨 너머로 그를 돌아보았지만, 그렇다고 안으로 들어오라고는 하지 않았다. 동시에 그더러 그만 가도 된다고 할 수도 없었다.

플래시가 작업 중인 현장 사무실에서 걸어온 전화였지만, 늦을 거라는 말은 없었다. 그는 여태껏 그런 말을 하는 법 없이 그냥 들어오고 싶을 때 들어오는 위인이었다. "놀라지 말고 잘 들어. 자, 오늘 누구 다녀간 사람 있어?"

"보안관이 방금 막 수표를 전달하러 직접 왔는데 뭔가 좀 이상했어."

"수표가 왔다고? 아주 잘됐네! 내 말 잘 들어. 지금 나가서 그것을 바로 현금으로 바꿀 수 있겠어? 우리에게 필요해서 그래, 여보."

"플래시, 무슨 일인데?"

"글쎄, 잘 모르겠어. 컴퓨터실에 잠깐 들렀다가 그레이스라는 여자하고 말을 하게 되었는데, 당신도 알지, 그때 내가 당신한테 저기 좀 보라고 가리켰던 그 멕시코 여자 말이야."

가슴이 큰 여자를 두고 하는 소리였다. "우오."

"그 여자가 하는 말이 우스운 게 있는데 나더러 좀 봐달래. 그런데 막상 보니까 그렇게 우스운 건 아니었어. 나중에 알게 된 거지만, 우리가 아는 많은 사람들의 이름이 컴퓨터에 더이상 없는 거야. 그냥 뿅 하고 사라져버렸어."

그가 긴급할 때 말하는 방식은 늘 그랬다. 프레네시는 그가 조니 캐시[108]처럼 중간에 목이 메거나 떨리는 음성으로 노래를 대충 부르듯이 말하는 것에 이미 익숙해져 있어서, 그것만으로도 그의 말이 100퍼센트 믿을 만하다는 것을 알아챌 수 있었다. 그건 그가 즐겨 하는 표현대로 지금 아주 심각한 상황이라는 뜻이었다. "그렇다면, 저스틴이 곧 올 거야. 짐도 싸야 해?"

"음, 먼저 할 수 있는 만큼 현금을 준비해둬, 여보. 그러면 내가 최대한 빨리 갈게."

"하여튼 정신 쏙 빼놓는 데에는 선수라니까." 그녀가 전화를 끊으며 말했다.

빌어먹을 보안관들은 떠나고 없었다. 그 대신 저스틴이 파이프 난간을 울리며 바깥 계단 위를 뛰어오고 있었고, 그 뒤를 친구 윌리스와 그의 엄마 바비가 싸움닭처럼 씩씩거리며 따라왔다. 프레네시가 저스틴을 잠시 붙잡고 팔에 입을 벌려 키스를 하자, 저스틴은 윌리스와 함께 후미진 곳으로 달아나 자리를 잡고 놀았다.

"메뚜기떼가 엄청나." 바비가 한숨을 내쉬며 말했다.

프레네시는 자동 드립 커피메이커 옆에 서 있었다. "커피 내리는데 이렇게 오래 걸리다니."

"오래 걸릴수록 좋지, 뭐." 바비는 법원에서 파트타임으로, 그녀의 남편은 연방청사 건물에서 풀타임으로, 각각 서로 다른 법의 권력을 위해 일했다. 그래서 그녀와 프레네시는 서로 마을의 반대편에 살지만 가끔씩 번갈아가며 각자의 아이들을 봐주었다. "그러면 월요일에도 근무하겠네, 그렇지?"

"오, 그럼." 오, 그렇다면. "바비, 내 말 들어봐. 이렇게 말하기 뭐

108 조니 캐시(Johnny Cash, 1932~2003). 미국의 씽어송라이터 겸 배우. 1950년대 중반 로커빌리와 로큰롤의 탄생에 기여했고, 컨트리음악의 대중화에 앞장섰다.

하지만, 내 카드가 현금인출기에서 계속 튕겨나와서. 왜 그런지 아무도 몰라. 내 은행계좌는 정상인데 말이야. 그런데 지금 은행이 문을 닫았는데 방금 막 이 수표를 받았지 뭐야. 음, 그렇다고 내가—"

"지난주였더라면 좋았을 텐데. 상품권이 뭉텅이로 들어왔었거든. 그런데 지금 사람들이 뭐라고 말하는지 알아? 컴퓨터에서 사라졌대, 갑자기 말이야."

"컴퓨터라고." 프레네시는 뭐라고 말하려다가 편집증에 걸린 사람처럼 플래시에게서 들은 얘기를 반복하지 않기로 마음먹었다. 그 대신 수표를 어떻게든 처리해야겠다고 생각했다. 아이들이 만화를 보는 동안, 두 여자는 앉아서 방충망 문을 통해 들어오는 산들바람을 쐬며 커피를 마시면서 컴퓨터 공포 이야기를 나누었다.

"꼭 구닥다리들이 날씨에 대해서 투덜거리는 것 같아." 바비가 말했다. 그녀와 바비가 밖으로 막 나가려고 하는 찰나에 플래시가 안으로 들어왔다.

"바비! 오예! 자, 한번 볼까!" 그는 바비의 왼손을 잡고 한바퀴 돌린 다음 손바닥을 보는 흉내를 냈다. "하, 아직도 유부녀로구먼."

"그래요. 게다가 J. 에드거 후버도 여전히 죽어 있고요, 플레처."

"안녕, 플레처 아저씨!" 윌리스가 큰 소리로 말했다.

"이봐, 윌리스, 어제 경기 봤어? 아저씨가 뭐라 말했더라?"

"내기 안 걸어서 천만다행이에요. 점심값 날릴 뻔했어요."

"플래시?" 두 여자가 동시에 큰 소리로 외쳤다. 플래시는 층계참에 서서 그들이 차에 올라 출발할 때까지 지켜보았다. 그리고 계속해서 손을 흔들며 말했다. "바비가 오늘따라 행동이 좀 이상한데?"

"아니. 어어, 왜?"

"남편이 지방청사에서 책임자로 있지, 그렇지?"

"플래시, 사무직이야, 행정지원을 한다고."

"음. 당신 눈에 내가 불안해 보여? 오—그래, 그 수표. 벌써 현금으로 바꿨어? 아니겠지?—내가 왜 그걸 묻는 거지? 내 남은 인생이 여기에 달려 있어. 그럼 한번 봐도 될까?" 그는 눈을 찡그리며 수표를 비스듬히 기울여 보았다. "뭔가 이상한데. 응? 당신도 그렇게 생각하지 않아?"

"이따가 볼게." 그녀가 약속했다. "밥 먹고 나서. 자, 누가 컴퓨터에서 사라졌기에 그렇게 열 받는 건지 말해봐."

그는 급하게 모은 목록을 집으로 가져왔다. 모두 그들처럼 개인계약자들이었다. 프레네시가 원래는 냉동된 것이었으나 냉장고 상태로 인해 실제로는 반쯤 녹은 페퍼로니 피자 두판을 꺼내고, 오븐을 켜서 예열에 맞춰놓고, 재빨리 샐러드를 만드는 동안, 플래시는 맥주를 따고 명단을 읽어내려갔다. 거기에는 롱빈 교도소[109] 동지회, 늙은 준전문가 대*배심들, 대출금 징수원들과 계약이 곧 만료되는 고객들을 함정에 빠뜨리기 위해 동원된 아가씨 일당들, 사진처럼 정확한 기억력을 지닌 밀고자들, 살인미수 처녀들, 수표 사기범들, 마약 상습범들, 엉덩이를 만지는 성추행범들 등등, 하나같이 연방정부의 추적을 피해 다닐 만한 충분한 이유가 있거나, 운이 좋은 경우, 차라리 연방정부의 품에 안겨 은신처를 구할 능력이 되는 자들이 포함되어 있었다.

혹은 그들도 그렇게 믿었을 게 분명했다. 하지만 지금은 컴퓨터에 더이상 이름이 없으니, 그들은 얼마나 마음이 놓일까? "확실한

109 Long Bihn Jail. 베트남전쟁 당시 미군 병사들을 감금했던 사이공에 위치한 군사감옥.

거지?" 그녀가 계속해서 물었다. "이름이 뭐라고, 아무튼 그 여자한테 사실을 확인한 거 맞지?"

"직접 확인해보고, 이름을 쳐서 넣어봤더니, '해당 자료 없음' 하고 나왔어. 됐지? 가서 다시 그 여자를 족쳐볼까? 그럼 되겠어?"

"진짜지?"

"절대 틀림없어!" 그때 저스틴이 어슬렁거리며 들어왔다. 만화영화가 끝나자, 이제는 그의 부모가 반시간 정도 같이 있어도 별로 나쁠 게 없게 바뀐 듯했다. 또 다행스럽게도 지금은 절대 부부싸움은 해서는 안될 상황이었다. 그들이 하는 부부싸움이란 것은 대개 플래시가 각기 다른 속도로 각기 다른 크기의 불평을 발사하면 프레네시가 수비력이 무너지기 전에 그것을 피하거나 무력화시키는 일종의 외계인 침공 같은 것이었다.

"자, 저스틴, 트랜스포머 어땠어? 괜찮았어?"

"윌리스네도 괜찮았고?"

저스틴은 해맑은 미소를 짓더니 귀에다 손을 대고 흔들며 레이건처럼 "뭐라고요?" "질문 몇개 받아볼까요?" 하고는 방을 둘러보는 척했다. "엄마? 손들었어?"

"네가 우리한테 물어보곤 하던 그런 질문들을 하려고 지금 널 데려온 거야." — 플래시가 거들었다. "아멘!" -- "방금 전까지 네가 하던 거 말이야."

"난 기억이 안 나는데." 그는 웃지 않으려고 했지만, 장난기가 발동해서 실제는 그러지 못했다.

"당신도 나이를 먹으니 어쩔 수 없네." 프레네시가 말했다.

"중간에 멈추지 않고 계속 물으면 아무도 대답 못해." 플래시가 저스틴에게 말했다. "그것도 '금속이 뭐야?' 같은 질문이라면."

“‘꿈일 때와 꿈이 아닐 때를 어떻게 구분해?’” 프레네시가 기억을 떠올렸다. “내가 제일 마음에 들었던 질문이야.”

프레네시는 피자를 오븐에 넣었고, 플래시는 어슬렁거리다가 눈을 동그랗게 뜨고 텔레비전을 보았다. 잠시 후 식사를 하면서 플래시가 난데없이 말했다. “내가 보기엔 두가지 가능성이 있는 것 같아.”

사라져버린 컴퓨터 명단에 대해서 하는 말이었다. 그 두가지 가능성 중의 하나는 실종자들이 죽었거나, 혹은 그들이 그렇게 되었으면 하는 사람들로부터 숨었거나 하는 거였는데, 그것은 둘 중 누구도 대그우드 범스테드[110]가 쌘드위치를 먹어치울 때처럼 물질의 법칙이 중단된 상태에서 걸신들린 듯이 먹는 아들의 식욕을 방해하고 싶지 않아서 입 밖에 내지 않고 그냥 흘려보낸 최악의 씨나리오였다. 하지만 프레네시는 또다른 가능성을 조심스럽게 내놓았다. “어쩌면 그와 반대로 그 사람들이 지상으로, 그러니까 세상으로 다시 나온 건 아닐까?”

“그래. 그런데 왜 그런 일이 일어난 거지?”

저스틴이 피자 조각을 공중으로 집어올렸다가 얼굴로 가져가며 말했다. “어쩌면 예산이 대폭 삭감되어서 그런 걸지도 몰라.”

플래시는 짓궂은 농담에 정신이 번쩍 난 사람처럼 재빨리 머리를 감싸쥐며 말했다. “아이인 줄 알았는데. 무슨 일이 있었던 거야?”

“무슨 얘기 들었구나, 저스틴?”

그는 어깨를 으쓱했다. “내가 계속 말했잖아. 맥닐과 레러[111]를 보

---

110 미국의 유명한 만화 ‘블론디’(Blondie)에 나오는 남편으로, ‘대그우드 쌘드위치’라는 말이 있을 만큼 엄청난 높이의 쌘드위치를 먹어치우는 것으로 유명하다.
111 30년 동안 진행된 미국 PBS의 대표 뉴스 프로그램인 ‘맥닐/레러 뉴스아워’

라고. 예산에 관한 얘기가 레이건 대통령과 하원 관련해서 계속 나오고 있다고. 지금도 하고 있으니까, 생각 있으면 봐. 그만 일어나도 되지?"

"그래." 플래시는 믿기지 않는다는 듯이 프레네시를 쳐다보며 말했다. "어, 좀 있다가…… 여보, 당신도 그것 때문일 거라 생각해? 먹여 살려야 할 사람들이 너무 많아서 그들을 지원 프로그램에서 삭제해버렸다고?"

"전혀 새로운 일도 아니잖아." 피보호자들과 밀고자들과 특수근로자들이, 계속 줄어드는 선급금 기금을 놓고 서로의 목을 졸라가며 경쟁하게 내버려두는 것은 예로부터 이어져온 유서 깊은 방식이었고, 법무부가 아직도 '조직범죄'라고 불리는 쪽과 정기적으로 접촉해가며 대상자 명단을 주물럭거린다는 사실을 명백하게는 아니더라도 익히 알고 있었다.

"하지만 그래도 이 정도 규모는 아니었다고." 플래시가 출력해온 것을 흔들어댔다. "이건 학살이야."

그녀는 아직 이삿짐을 완전히 풀지 않은 새집을 둘러보았다. 이사를 오긴 한 건가? 당장이라도 작별하고 떠날 것 같은 이 슬픈 감정은 왜 드는 걸까?

"7번 게이트에 가서 이 수표를 현금으로 바꿔올게. 최대한 빨리." 그녀가 말했다. 그녀는 저녁노을이 짙게 깔린 바깥으로 나가, 저 멀리 공항 근처에 밀린 차량들과 붉은빛이 드리우기 시작하는 시내를 바라보며, 플래시의 운반용 자동차인 커틀래스 슈프림[112]에 올라타 지난 수년간 저 너머의 눈에 띄지 않는 거대 기지의 가장자

(MacNeil/Lehrer Newshour)를 말한다.

112 미국 GM사에서 생산한 중형차 올즈모빌 씨리즈의 일종.

리에서 성장해온, 7번 게이트로 알려진 작은 동네로 향했다. 소리가 울리고 온통 그늘진 높은 콘크리트 홀 사이를 지나는 옛날 프리웨이 씨스템의 표시에 따르면, 다른 부류의 방문객이 들어오거나 혹은 나가게 하기 위해 설치된 게이트가 적어도 100개는 있었지만, 그것이 정확하게 몇개나 되는지 아는 사람은 한명도 없었다. 그 가운데 어떤 게이트들은 고립되어 있어서 접근하기 어려운데다 안전신호가 지나치게 많고 거의 사용되지 않았던 반면에, 7번 게이트와 같은 게이트들은 주위에 휴게소, 주택가, 쇼핑 플라자들이 즐비하게 형성되어 있었다.

고속도로 출구의 진출입 램프 사이에 쭈그리고 있는 7번 게이트 퀵 리큐어 앤드 델리는 사람들로 붐볐다. 마침 금요일인데다 근무시간이 이제 막 끝나서 주차장은 동물원 같았고, 결국 프레네시는 인접한 거리의 불이 아직 켜지지 않은 가로등 근처에 차를 세워야만 했다. 가게 안에는 제복, 사복, 정장, 파티복, 작업복을 입은 남녀들이 여섯개들이 맥주를 이빨로 물고서, 아이들과 엄청나게 큰 과자 봉지들을 양손에 잡고서, 잡지와 타블로이드 신문을 읽으면서 시끄럽게 돌아다니고 있었다. 모두 수표를 현금으로 바꾸려는 사람들처럼 보였다. 프레네시는 형광등 불빛 아래에서 자동차 배기가스로 가득 찬 에어컨 바람을 맞으며 줄 서서 기다렸다. 저 앞으로 두명의 파트타임 여고생들이, 한명은 금전등록기의 키를 눌러 물건을 계산하고, 다른 한명은 봉투에 담는 모습이 보였다. 30분 뒤에 계산대에 도착했을 때에는, 두 사람 중 어느 쪽도 그녀의 수표를 현금으로 바꿀 수 있는 권한을 갖고 있지 않았다. "매니저 어디 있어요?"

"제가 매니저 대리인데요."

"이건 정부에서 발급한 수표예요. 봐요. 늘 취급하던 거니까, 본사 통해서 현금으로 바꾸면 돼요. 알겠죠?"

"예, 하지만 이건 본사 발급 수표가 아닌데요."

"시내의 연방청사 건물에 있어요. 전화번호가 수표 뒤에 적혀 있으니까, 걸어봐요."

"근무시간 끝나고요. 예, 손님, 무엇을 도와드릴까요?" 프레네시 뒤의 줄은 점점 더 길어졌고, 사람들은 조금씩 참을성을 잃어가는 표정이었다. 그녀는 여점원을 쳐다보았다. 이 건방지고 못된 것 같으니. 그녀는 이렇게 말해주고 싶었다. 이봐, 젊은이, 그 주둥아리 조심하는 게 좋을 거야. 하지만 그 여점원은 프레리와 나이가 거의 같고…… 어쩌면 남은 인생을 계산대에서 보내게 될지도 몰랐다. 연방정부로부터 부여받은 권한을 행사하고 전화 한 통화면 문제가 해결되던 수년의 세월이 과거지사가 되기 무섭게 금세 사라져버린 처지에서 그녀는 더이상 권력을 행사할 수 있는 입장이 아니었다…… 굴욕감과 난감함을 느끼며 그녀는 매연 냄새가 진동하고, 가로등이 몇개 켜지지 않은, 회색빛으로 뒤덮인 밤 속으로 땀을 흘리며 걸어나왔다. 그러자 공중에서는 저 멀리 어딘가에 있는 군사기지의 깊숙한 곳에서 나는 정체불명의 우르릉 소리가 들려왔다.

그녀는 누군가를 해코지하고 싶은 마음이 생겨 특히 더 조심스럽게 시내로 차를 몰아, 커다란 '수표를 현금으로 바꿔줌' 간판이 붙은 주류 판매점을 발견하고는, 안에 들어가 좀 전과 똑같이 거절을 당했다. 계속해서 신경질과 화를 내며 그녀는 다음번 슈퍼마켓을 찾을 때까지 운전했는데, 이번에는 어떤 사람이 그녀에게 기다리라 하더니 뒤편으로 들어가서 전화를 걸었다.

바로 그곳에서, 계산대 너머의 긴 냉동식품 진열 통로와 앞창의 최후의 검은 불빛을 응시하며, 그녀는 삶에서 드물게 겪는 일이지만 그게 무엇인지는 알아차릴 수 있는, 분명한 예지의 순간에 자신이 들어섰음을 깨달았다. 그녀는 레이거노믹스의 도끼날이 구석구석을 휘젓고 다니고 있다는 것을, 그녀와 플래시도 더이상 예외가 아니어서 지상으로, 그게 어떤 것이든 지상에서 다시 시작될 수 있는 미완의 업무로, 쉽게 내던져질 수 있다는 것을 깨달았다. 그들은 마치 지금까지는 시간에서 벗어난 지대에서 안전하게 지냈지만, 이제는 힘을 지닌 무언가의 파악할 수 없는 변덕으로 인해 원인과 결과의 시계장치 안으로 다시 들어가야 하는 처지가 된 듯했다. 시계장치 속의 어떤 곳은 진짜 도끼이거나, 혹은 고통스럽고, 제이슨[113] 같으며, 도끼날이 살에 닿은 최종적인 무언가일지도 모를 일이었다. 그러나 지금 그녀, 플래시, 저스틴이 놓여 있는 위치에서는, 중량이 없고 눈에 안 보이는 전자電子상의 실재 혹은 부재의 사슬을 나타내는 문자와 숫자로 된 자판의 키만 누르면 모든 게 끝날 수도 있었다. 만약 0과 1의 패턴이[114] 인간의 삶과 죽음의 패턴과 '같다면', 만약 개인의 모든 것이 0과 1의 긴 행렬에 의해 컴퓨터상으로 표현될 수 있다면, 그렇다면 삶과 죽음의 긴 행렬에 의해 어떤 종류의 창조물이 나타날까? 그것은 천사, 잡신雜神, UFO의 어떤 존재처럼 적어도 한 차원 높은 곳의 존재일 수밖에 없을 것이다. 이 존재의 이름으로 된 하나의 캐릭터를 만들려면 여덟명의 인간의 삶과 죽음이 있어야 할 것이다. 그의 기록이 완성되면 그것은 세계 역사의 상당한 부분을 차지할 것이다. 우리는 신神의 컴퓨터에 들어 있는 숫자들이다. 그녀는 이렇게 생각했다기보다는 일반

113 「13일의 금요일」(Friday the 13th)에 등장하는 살인마.
114 핀천이 즐겨 사용하는 컴퓨터 이진법의 비유.

적인 복음성가 같은 것을 따라 부르듯 혼자 중얼거렸다. 죽어서든 살아서든 우리의 쓸모만이 신이 보는 유일한 것이라고. 땀과 피의 세계에서 우리가 울고 다투는 그 모든 것은 우리가 신이라고 부르는 해커의 입장에서는 고려할 가치도 없다고.

야간 매니저가 한번 쓴 일회용 기저귀 다루듯 수표를 손에 쥐고 돌아왔다. "지급이 중지된 수표예요."

"은행이 문을 닫았는데, 어떻게 그럴 수 있죠?"

그는 근무시간의 대부분을 가게에 몰려들었다 빠져나가는 수많은 컴퓨터 문맹들에게 현실을 설명하는 데 썼다. "컴퓨터는요……" 그가 한번 더 친절하게 말하기 시작했다. "절대로 자거나, 혹은 쉬는 법이 없어요. 24시간 영업하는 가게처럼요……"

웨이본가家의 사유지는 오늘은 아니지만 어떤 날에는 스모그 사이로 쌘프란시스코 베이, 쌘마테오 브리지, 앨러미다 카운티가 내려다보이는 쌘프란시스코 남부의 열두개의 언덕배기 땅으로 이루어져 있었다. 1920년대에 중세 복고 스타일로 지어진 저택은 거리에서 볼 때에는 평범한 단층집의 외관을 지니고 있지만, 건물 뒤편과 언덕 아래로는 윗부분이 둥근 창문에 빨간 기와지붕, 전망대, 두개의 베란다, 정원과 안마당을 갖춘 매끄러운 하얀 벽토로 된 거대한 빌라가 8층 높이로 펼쳐져 있었고, 언덕은 무화과나무, 올리브나무, 살구, 복숭아, 자두, 부겐빌레아, 미모사, 페리윙클로 가득했다. 특히 오늘은 신부를 축하하기 위해 옅은 색의 재스민 꽃밭이 신부 드레스의 레이스처럼 온 사방에 넘쳐나서, 마지막 하객들이 집으로 가고 난 한참 뒤에도 낙원의 향긋한 이야기들을 밤새 속삭이는 듯했다.

언뜻 보더라도 주위의 하얀 대리석 조각들과 전혀 혼동되지 않는 랠프 웨이본 씨니어는 브룩스 브라더스에서 산 격자무늬 사각 수영복 차림으로 작은 저수지 크기만 한 수영장에서 나와, 얼마 전 페어몬트 호텔에서 몰래 가져온 타월을 몸에 망토처럼 두르고 몇 계단을 올라가 아침 안개 속에서 절벽 혹은 세상의 끝처럼 보이는 옹벽 너머를 서서 바라보았다. 몇그루의 나무 그림자만 어른거릴 뿐, 주위의 프리웨이들과 엘 까미노 레알[115]은 모두 신기할 정도로 조용한 이 순간만큼은 랠프 씨니어는 일반인들처럼 평화를 맛보며 마치 타히티 같은 덧없고 소중한 시간의 섬에서의 또 한번의 아주 짧은 여행을 즐길 수 있었다.

잘 모르는 사람들의 눈에는 자신의 책상 밑에서 무릎 꿇고 있는 비서를 통해 권력을 즐기는 그런 부류의 중역처럼 보이지만, 사실 랠프는 자기 자신보다도 남을 더 배려하는 인물이었다. 그래서 오늘과 같은 가족 모임에 단골손님으로 등장하는 아이들의 무리를 보면 좋아할 뿐 아니라 진심으로 관심을 기울이는 편이었다. 아이들도 그것을 눈치채고, 한껏 즐기며 장난치는 것으로 화답했다. 그에게 주저없이 직언하는 것 때문에 그가 소중하게 생각하는 그의 친구들은, “랠프, 자네의 문제는 말이야, 자네의 위치에 맞게 좀더 권위적이어야 한다는 거야” 혹은 “자네는 자네가 하는 일이 중요하다는 환상이라도 갖고 있어야 하는데, 전혀 그럴 생각이 없는 것 같아”라고 말하곤 했다. 그의 정신과 의사도 똑같은 말을 했다. 랠프가 뭘 알겠는가? 거울을 들여다보면 자신의 나이에 비해 모습이

115 엘 까미노 레알 데 로스 떼하스 국립역사트레일(El Camino Real de los Tejas National Historic Trail)의 줄임말. 미국 루이지애나 주 나치토치스에서 시작해 텍사스 주를 거쳐 멕시코로 이어지는 트레일.

괜찮은 다른 누군가를 보는 듯했고, 정해진 시간에 스파와 테니스 코트를 찾았고, 입안에 해넣은 고가의 치과 보형물 때문에 조심스럽고 맵시있게 식사를 했다. 그의 사랑스러운 아내 숀드라에 대해서는 말이 필요 없었다. 그의 아이들로 말하자면 아직 시간이 남았고, 때가 되면 알게 될 터였다. 오늘은 아기였던 젤소미나가 지금까지 아무 문제가 없었고 심지어는 아주 훌륭하게 사업 관계를 유지해온 L. A. 명문가 출신의 대학 교수와 결혼하는 날이었다. 랠프가 평소 부르던 호칭대로, '영화이사' 도미닉은 전날밤 비행기 편으로 인도네시아에서 도착했다. 그곳에서 그는 괴물 영화의 라인 프로듀서[116]를 맡고 있었는데, 매시간 간격으로 예산을 반복해서 조정하느라 전화하는 데 너무 많은 시간을 썼다. 그편이 비용이 들긴 해도 누구든 도청하려고 드는 자들을 혼란에 빠뜨릴 수는 있었다. 그리고 언젠가 랠프 웨이본 엔터프라이즈를 이어받게 될 랠프 주니어는 바인랜드에 있는 큐컴버 라운지 로드하우스의 매니저 근무를 하루 쉬고 내려와 있었다.

"네가 너무 엮이기 전에 알아둬야 할 게 하나 있어." 랠프는 자기와 이름이 같은 아들이 열여덟살이 되던 날에 3년 일찍 성인식 파티를 열면서 그에게 털어놓았다. 그것은 당시로서는 그의 성격 속에 숨어 있던 여러 재능들이 겉으로 나타나며 말썽을 일으키자 궁리 끝에 내린 판단이었다. "그건 우리 회사가 전액 출자된 자회사란 사실이야."

"그게 뭔데요?" 랠프 주니어가 물었다. 과거 같았으면 그의 아버지는 어깨를 으쓱하며 더이상 아무 말도 하지 않고 돌아서서 혼자

116 영화 제작에서 예산과 현장 진행을 담당하는 사람.

절망을 맛보았을 터였다. 두 웨이본 부자는 포도주 저장실에 있던 중이라, 아버지 랠프는 아들을 그곳의 술병들 사이에 놔두고 나올 수도 있었다. 하지만 대신에 그는 엄격히 말해서 그들 가족은 아무것도 '소유'한 게 없다고 애써 설명해주었다. 그리고 가족의 회사를 소유한 법인으로부터 매년 영업예산을 받는 게 전부라고 말해주었다.

"영국 왕실처럼 말이에요?"

"장남아." 랠프는 눈알을 굴리며 말했다. "도움이 될까 싶어 한 말인데 — 제발 말 좀 알아들으렴."

"그럼 저는 찰스 왕자처럼 되는 거고요?"

"바보 녀석 같으니. 무슨 소리야."

그러나 어린 웨이본의 근심 어린 표정은 성인이 되는 바로 오늘 마시기 위해 그가 태어나던 해에 옆으로 빼놓았던, 먼지가 수북이 쌓인 1961년산 브루넬로 디 몬딸치노 포도주병을 보자 누그러졌다. 하지만 그의 몫은 그동안 줄기차게 퍼마셨던 싸구려 술처럼 오래 못 갈 운명을 마주하는 것일 터였다.

딸인 관계로 젤소미나는 당연히 아무 술병도 받지 못했다. 그렇다고 그녀가 불평하는 소리를 들었던가? 오늘 결혼식은 집값보다 더 많은 비용이 들었다. 성대한 결혼미사 후에 열린 피로연에서는 오븐에 구운 지티 파스타와 재주가 많은 처제 롤리밖에 못 만드는 복잡한 결혼식 수프 같은 전형적인 가정식 요리와 더불어 바닷가재, 캐비아, 뚜르네도 로시니[117]가 나왔다. 포도주는 집에서 빚은 적

117 필레(filet)의 가운데 부분을 이용한 프랑스식 스테이크 요리. 이딸리아 작곡가 조아끼노 로시니(Gioacchino Rossini)를 위해 특별히 만들어져서 이름이 그렇게 붙여졌다.

포도주부터 크리스털 샴페인까지 다양하게 제공되어서, 수백명의 화려하게 차려입은 친구, 친척, 그리고 사업상 알게 된 사람들이 언덕을 가득 메운 채 대부분 축제를 즐겼다. 문제까지는 아니지만 유일하게 불확실한 게 있었다면 음악이었다. 쌘프란시스코 씸포니는 해외 공연 중이었고, 랠프 씨니어가 원래 계약했던 소규모 밴드는 여러차례 바보 같은 내기를 하다가 카지노 측에 지게 된 빚을 다 갚을 때까지 어쩔 수 없이 일정을 연장하게 되어 애틀랜틱시티에서 옴짝달싹 못하는 신세가 되었고, 마지막 순간에 랠프 주니어가 전혀 들어보지도 않고 북쪽에서 대타로 데리고 온 지노 발리오네 앤드 더 파이잔스는 능력이 아직 미지수였다. 어쩐다. 그 친구들 솜씨가 끝내줘야 할 텐데. 랠프는 이렇게 말하거나 생각할 수밖에 없었다. 그 무렵 안개가 걷히기 시작하더니, 영원의 변두리는커녕 그가 떠났을 때와 조금도 다를 게 없는 그저 평범한 캘리포니아가 다시 모습을 드러냈다.

밴드는 이틀 동안 포도주 특산지, 해안의 마린 카운티, 버클리를 한가롭게 둘러보고 나서 한낮쯤에 도착했다. 마침내 그들은 복잡한 그물망처럼 된 구불구불한 거리들을 오르며 의상과 화장, 번들번들한 검은색의 짧은 인조 가발, 유럽대륙 스타일의 산뜻한 박하색으로 색깔을 맞춘 슈트, 금으로 된 장신구와 접착식 콧수염을 마지막으로 점검하기가 무섭게, 루가레스 알토스라는 출입 제한 주택지의 정문에 차를 멈추고 지시에 따라 모두 승합차에서 내려 각자 몸수색을 받았고, 이어서 배지만 한 작은 금속 물체들을 포함해 자주 쓰든 않든 상관없이 모든 전자기기들을 금속탐지기로 검사받아야만 했다. 아들 랠프가 웨이본가 주차장에서 초조하게 기다리고 있는 동안 모든 사람들이 다시 주차장으로 쏟아져나왔다. 프레리를 포함해 보미톤스의 여자 단원들은 그들보다 멀쩡한 친구들한테서 빌린 가발, 의상, 화장품 등을 이용해 자신들의 과도한 이미지를 누그러뜨리려고 애썼다. 이딸리아에 대해 아는 거라고는 악역 동키 콩[118]과 통조림 파스타 광고 몇개밖에 안되는 빌리 바프는 제대로 알지도 못하는 이딸리아 악센트를 섞어가며 계속 떠들어댔다. 그러자 마침내 아이재이아 투 포는 저의가 불순할 뿐 아니라 그러다가는 상대에게 모욕이 될 것 같아서 그 나이 어린 밴드 리더를 옆으로 끌어내 한두 마디 해주었다. 그렇지만 다행히 태어나서 줄곧 캘리포니아 영어만을 써온 랠프 주니어는 그의 말투를 대화하다보면 있을 수 있는 장애 정도로만 여겼다. "전에도 이런 일 해본 적 있는 거 맞죠?" 그가 계속해서 물었다. 그러는 동안 그들은 악기, 앰프, 디지털 연결기기들을 차에서 내려 작은 풀밭의 가장자리에 설치된 바람에 펄럭이는 커다란 텐트로 가지고 갔다. 그곳은 온 사방에서 제복 입은 하인들이 유리그릇과 식탁보를 꺼내고, 엄청난 양의 간 얼음과 고급스러운 전채요리, 꽃, 접이식 의자들을 나르고, 이곳에서 이미 천번은 해치웠을 잡일들을 큰 목소리로 조목조목 따지느라 정신이 없었다.

"결혼식 연주가 우리의 일상이죠." 빌리가 자신있게 말했다.

"그냥 마음 놓아도 돼요. 알겠죠?" 아이재이아가 작게 중얼거렸다.

"그럼, 당근이지." 리듬 기타를 맡은 레스터가 깔깔거리며 웃었다. "빌, 망치기만 해봐. 그럼 우리 모두 끝이야."

그들은 처음에는 귀에 거슬리지 않는 대중적인 노래와 흘러간

118 Donkey Kong. 1981년에 출시된 닌텐도 게임 씨리즈에서 이딸리아인 청소부 마리오의 적으로 나오는 고릴라.

로큰롤, 심지어는 브로드웨이의 대표적 명곡 한두개로 시작했다. 그러나 쉬는 시간에 눈에 띄는 뾰족한 장식을 머리에 달고 있는, 랠프 씨니어의 신임이 두터운 덩치 큰 전령, '투-톤' 카마인 토르피디니 중위가 빌리에게 전달할 메시지를 가지고 당도했다. "모든 젊은이들이 아주 흥겨워하는 최신풍의 음악을 들려주신 데 대해 감사의 뜻을 전해달라는 웨이본 씨의 인사 말씀이 있으셨습니다. 다만, 다음 연주에서는 나이 든 세대들이 좀더 쉽게 어울릴 수 있는, 뭐랄까 좀더…… 이딸리아적인 곡을 연주해주실 수는 없을까 궁금해하십니다."

제발 기뻐했으면 하는 간절한 마음으로 보미톤스는 평소에 연습해온, 초월을 테마로 한 잘 알려진 이딸리아 노래들을 메들리로 연주했다. 「몬도 까네」(1963)의 주제곡 '모어'를 4분의 3박자로 늦춰 「피닉스의 비상」(1966)의 주제곡 '쎈짜 피네'와 함께 쌈사로 편곡해 연주하고 나서, 마지막은 수많은 텔레비전 특집방송에서 흔히 나오는 인기곡 '알 디 라'의 영어 버전을 빌리가 비음 섞인 테너 목소리로 부르는 것으로 장식했다.

투-톤 카마인이 이번에는 자신의 봉급에 맞게 궂은일을 할 때가 되었다고 깨달은 사람처럼 빨갛게 상기된 표정에 숨을 몰아쉬며 나타나자, 어느 누구보다 더 놀란 것은 바로 빌리였다. "웨이본 씨께서 하시는 말씀이 당신과 아주 세세한 것까지 거론하고 싶지는 않지만, 다만 '체 라 루나'와 '웨이 마리', 당신도 잘 알 겁니다, 다 함께 따라 부르기 좋은 노래 말입니다. 그리고 약간의 오페라, '치엘로 에 마르', 맞죠? 그 노래들의 가사가 계속해서 생각났다고 하십니다. 아시겠지만, 웨이본 씨의 동생 빈센트가 매우 뛰어난 가수인지라……"

"알다마다요." 빌리가 어렴풋이 알 것 같다는 멍한 표정으로 천천히 말했다. "에, 그러니까. 맞아요! 그 곡들을 편곡해놓은 게 우리한테 있어요—"

"차에 있어요." 아이재이아가 작은 목소리로 말했다.

"예, 차에 있어요." 빌리 바프가 말했다. "지금 가서—" 그러면서 그는 기타를 멘 끈에서 한 팔을 막 빼려고 했다. 하지만 카마인이 다가오더니, 빌리의 손에서 기타를 뺏어 빙그르 돌려 기타 끈을 꼬고는 빌리의 목에 감아 점점 더 세게 조였다.

"방금 편곡이라고 했나." 카마인이 당황한 나머지 심술궂게 웃었다. "'웨이 마리'는 어떻게 편곡했을까? 당신들 이딸리아 사람 맞아? 아니지?"

밴드는 무기력하게 가만히 앉아 자신들의 리더가 목 졸리는 것을 지켜보았다. 그들 중에 영국계는 거의 없고, 스코틀랜드계 아일랜드인 몇명과 유대인 한명이 전부일 뿐, 실제로 이딸리아 출신은 단 한명도 없었다. "그럼, 가톨릭 신도는?" 카마인이 기타 끈을 세게 잡아당기며 힘주어 말했다. "'아베마리아' 합창 열번에 참회기도를 한다면 혹시 봐줄까 모르겠네. 안 그래? 입이 있거든 말해봐. 왜 그러는 거지? 아들 랠프가 자네들한테 아무 말도 안해줬어? 이봐! 잠깐! 이건 또 뭐래?" 머리가 앞뒤로 흔들리는 사이에 빌리의 '이딸리아식' 가발이 그만 벗겨져서 오늘 청록색으로 염색한 원래의 머리 스타일이 다 드러나고 말았다. "자네들 지노 발리오네 앤드 더 파이잔스 아니잖아!" 카마인은 좌우로 머리를 흔들며 우두둑 소리가 나게 주먹을 쥐었다. "이건 사기죄야! 그러고도 설마 무사할 거라고 생각한 건 아니겠지?"

빌리 바프가 공포에 사로잡혀 자신의 목을 조르고 있는 기타 끈의 양 끝에 있는 클립을 누르기만 하면 금방 벗을 수 있는데도 까맣게 잊고 있는 모습을 보자, 아이재이아는 그쪽으로 다가가 그 대신 벗겨주었다. 그러자 밴드 리더는 옆으로 비틀거리면서 숨을 꺽꺽 들이쉬었다. 아이재이아가 말하기 시작했다. "사실 저는 타악기 담당이라서, 제 임무는 최대한 세게 치고 사정없이 놀라게 해서, 사람들을 계속 춤출 수 있게 하는 거예요. 정말 그게 다예요. 하지만 전문가의 눈으로, 그리고 선생님께서 인생 역경을 얼마간 겪어본 자에게 얼굴 표정을 통해 친히 전하시려고 하는 이야기를 미루어 짐작해보건대, 지금 이 난리는, 앞으로 몇주는 스카프로 가리고 다니게 생긴 이 빌리라고도 불리는 지노의 목에 난 타박상은 말할 것도 없고, 심각하게 생각하시는 것만큼 감정을 쏟을 만한 가치는 없지 않을까 합니다. 목에 두른 스카프 덕에 여기 이 지노는 음악적으로는 크로스오버라는 오해를 사고, 또 수많은 나이 든 여자들과 사귀다 키스 자국을 남겼네 하는 그렇고 그런 의심을 사겠지만, 그래봤자 그건 결코 역경이랄 것도 없지요. 인생이라는 거대한 씸벌즈를 스치는 한번의 브러시 스트로크만도 못할 테니까요. 안 그렇습니까! 에!"

"아." 거구의 고릴라 같은 카마인이 최면에 걸린 듯 자기도 모르게 말했다. "그래, 젊은 친구, 자네 말이 맞아. 그리고 산전수전 다 겪다보니 스스로도 실망스럽게 그렇게 말이 나왔네."

"괜찮아요." 앰프 뒤편에 있던 빌리 바프가 차 열쇠를 미친 듯이 찾으며 말했다. "말씀하셨으니, 다 된 거죠."

운 좋게도 랠프 웨이본의 서가에는, 절대 없어서는 안될 들뢰즈와 가따리의 『이딸리아 결혼식 가요집』이 한권 있었다. 신부인 젤소미나는 피 묻은 웨딩 케이크 같은 불길한 징조가 혹시 있을 것에 대비해 마음을 가다듬고 방에 슬쩍 들어가 그것을 가지고 나왔다. 빌리 바프에게 보여주기 위해서였다. 하필이면 그 시간에 빌리는 차 열쇠를 꼭 쥐고 오직 앞만 보고 주차장을 향해 가던 중이라, 할머니의 웨딩드레스를 입은 새 신부가 이상한 머리 스타일의 비非이딸리아계 음악인을 계속해서 뒤쫓아가는 게 사람들 눈에 띄었는데, 그것은 전통을 좀더 중시하는 랠프 웨이본의 기본 성향에 따르자면 절대 넘어가서는 안될 예의에 어긋나는 행동이었다. 그래서 음악, 춤, 활기가 다시 살아나면서 젤소미나 웨이본의 결혼일이 위기에서 벗어났음에도 불구하고, 빌리는 이 보이지 않는 위협에 사로잡혀 자기를 없애라는 명령이 맨 위에서 떨어졌다고 확신하고서 남은 연주 시간 내내 하얗게 질려 있었다.

"어이, 빌, 그들은 죽이겠다면 꼭 그러고 마는 사람들이야." 음악하는 사람들 사이에서 미트훅으로 통하는 보미톤스의 베이스기타 연주자가 넌지시 말했다. "네가 할 수 있는 최상의 방법은 작은 22구경 자동소총과 전자동 삽입 탄창을 준비하는 거야. 그러면 그들이 와도 최소한 둘은 처리할 수 있을걸."

"아니." 캘리포니아 형법의 살인 조항을 따서 이름을 지은 호른 연주의 대가 187이 이의를 제기했다. "겁쟁이들이나 무기에 의존하는 법이지. 빌에게 필요한 건 근접전 기술, 칼, 쌍절곤, 절권도야—"

"재밌는 시절은 다 끝났어, 빌. 동네를 떠나거나, 아니면 힘센 경호원들을 고용해." 씬시사이저 연주자인 배드가 껴들었다.

"내 친구 아이재이아, 나 좀 여기서 구해줘." 빌리가 애원했다.

"하지만 그래도 '볼라레'[119]는 좋아했어." 아이재이아가 말했다.

119 도메니꼬 모두뇨가 작곡한 이딸리아 깐쪼네. 1958년 싼레모 가요제에서 1위에 입상하면서 세계적인 히트곡이 되었다.

이렇게 야단법석을 떠는 동안 프레리는 언덕의 일이층쯤 되는 곳에 있는 깜짝 놀랄 정도로 아무 특징 없는 화장실혹은 여성용 라운지에서 일렬로 걸려 있는 거울들 중에 테두리가 화려하고 바탕에 금빛 줄이 쳐져 있는 거울 앞에 반은 넋이 나간 채 서서 THO[120], 즉 10대의 머리카락 강박증에 사로잡혀 있었다. 다른 보미톤스 단원들은 머리 염색이나 가발이 잘 어울렸던 데 반해, 프레리가 머리카락이 스트레이트하게 보이기 위해 할 수 있는 것이라고는 계속 빗어대는 것밖에 없었다. "완벽해!" 빌리가 눈치껏 말했다. "아무도 몰라볼 거야."

그녀는 거울에 비친 자기의 모습, 조이드와 사샤가 보여주었던 엄마의 사진들에도 불구하고 늘 긴가민가했던 자기의 얼굴을 뚫어지게 바라보았다. 그녀의 얼굴에서 아빠의 얼굴을 찾는 것은 어렵지 않았다. 턱 선과 눈썹 기울기가 그 증거였다. 하지만 나머지 부분에서 엄마의 얼굴을 찾기 위해 오래전부터 그것들을 걸러내고 보았지만 쉽지 않았다. 그녀는 어떤 친구가 그녀를 위해 가게에서 슬쩍했던 긴 머리용 산호색 플라스틱 솔빗으로 다시 머리를 만지기 시작했다. 그녀는 거울들 때문에 특히 더 신경이 쓰였다. 거울들은 수도꼭지 손잡이에 인어人魚 장식이 달린 대리석 세면대 위에 하나씩 설치되어 있었는데, 그 공간은 버스정류장처럼 조명이 켜져 있었고, 벽은 핑크색과 크림색으로 강조된 문장紋章 패턴이 여기저기에 양각으로 새겨진 금빛 벨벳으로 뒤덮여 있었다. 그리고 가운데에는 로마시대의 것을 그대로 본떠서 축소해놓은 분수가 하나 있어서, 그 안에 숨겨진 스피커에서 흘러나오는, 지역의 경음악 채

120 핀천이 지어낸 것으로 보이는 'Teen Hair Obsession'의 약자.

널 주파수에 고정된 FM 라디오 음악이 벌레 우는 소리처럼 마음을 조용히 들썩이게 했다.

프레리는 앞머리를 앞으로 길게 늘어트리고 자기가 가장 잘 아는 방식대로 양쪽 어깨 앞에서 아래로 빗어보았다. 그러고는 앞머리와 그림자 사이로 너무나도 파랗게 빛나는 두 눈을 치켜뜨고서 지금이 낮 혹은 밤 몇시이든 간에 자기가 본 게 어머니의 유령이라고 상상하며 앞으로 기어갔다. 그런데 그녀가 0.5초라도 너무 오래 본 탓일까, 그 유령은 그녀가 두 눈을 뜨고 있는 동안 눈을 깜박이고 입술을 움직이기 시작하더니, 전혀 듣고 싶지 않은 뭔가를 그녀에게 말하려고 했다……

혹은 그건 어쩌면 평생 동안 그토록 간절하게 듣고 싶었으면서도 여전히 두려워하는 뭔가가 아닐까? 마치 상대편의 얼굴이 프레리가 자기 얼굴로 느낄 수 있는 것보다 조금 더 위로 한쪽 눈썹을 치켜세우며 묻는 듯했다. 그러자 갑자기 프레리는 뒤편에서 또다른 반사체를 보았다. 거기에 잠깐만 있었을 텐데, 이상하게도 거의 알고 있는 것 같은 반사체였다. 그녀는 잽싸게 돌아보았다. 눈앞에는 멀쩡하게 살아 있는 금발 머리의 키 크고 단단한 여인이 조금은 너무 가깝다 싶은 거리에서, 머리와는 어울릴지 모르지만 투사처럼 다부진 체구와는 잘 어울리지 않는 초록색 파티용 드레스를 입고서, 마치 대화를 계속 이어가려고 하는 사람처럼 어딘지 섬뜩하리만치 친숙하면서도 방어적인 태도로 그녀를 지켜보며 서 있었다.

프레리는 손에 든 빗을 거꾸로 돌려 뾰족한 손잡이가 앞을 향하게 했다. “아주머니, 무슨 문제라도 있나요?”

그때 갑자기 그 낯선 여인은 타일을 붙인 카운터 위에 있던 프레리의 흙색 캔버스 가방 바로 옆에 있는 자신의 낡은 쇠가죽 숄더백에서 가느다란 피리를 꺼내더니 '하와이 파이브-오'의 테마곡 열여섯 마디를 3부 화음으로 처음부터 끝까지, 마치 영원히 반복할 것처럼, 계속해서 불었다.

"미안하지만, 그 가방 안에 있는 것 혹시 타께시 후미모따의 옛날 명함 맞지?" 이렇게 말하면서 그 여인은 자신의 가방 속을 뒤져 작은 은빛 장치를 꺼내어 보여주었는데, 그 장치에서는 훌라 댄서가 나오는 정지 화면, 바다를 배경으로 대노는 망원경으로 보고 있고 맥개럿은 건물 위에 있는, 각기 다른 백여개의 장면들이 계속 되풀이되고 있었다.

"여기요—" 프레리는 무지개 빛깔의 직사각형 명함을 그녀에게 건넸다. "우리 아빠가 저한테 주셨어요."

"아직도 이 스캐너면 다 불러낼 수 있어. 하지만 이 구닥다리들은 지금쯤이면 다 회수되었을 거야." 그녀는 아래와 같이 가사가 이어지는 부분에서 갑자기 연주를 멈췄다.

> 호놀룰-루의 거리에서,
> 사람들을 연행하자마자 바로 출동 무전이 들어오고, 대단한
> 루-와우!…… 하와—
> 이 파이브-오!

그녀는 손을 내밀며 말했다. "난 대릴 루이즈 채스테인이라고 해. 나와 타께시는 서로 파트너야."

"저는 프레리예요."

"아주 잠깐이지만 저기에 있는 거울에서 내가 아는 누군가의 얼굴을 보는 줄 알았어. 절대 그럴 리가 없는데 말이지."

"우오, 그러게요. 저도 아줌마를 전에 본 적이 있는 것 같았어요. 워, 잠깐만요, 그럼 아줌마가 디엘[121] 채스테인이에요? 신체장애인 명부의 약어인 줄로만 알았었는데, 바로 아줌마였군요. 할머니가 보여준 사진하고 다르게 생기셨어요. 아줌마와 우리 엄마가 같이 찍은 사진 말예요."

"네 엄마라고." 프레리는 그녀가 보디 다르마 피자 템플에서 본 적이 있는 조심스럽고 침착한 방식으로 숨 쉬는 모습을 지켜보았다. "오, 이렇게 고마울 수가." 그녀는 고개를 끄덕이며 희미하게 미소를 지었다. 어쩌면 한쪽 입가가 다른 쪽보다 약간 위로 올라갔을지도 몰랐다. "네가 프레네시의 아이로구나." 그녀는 한동안 그 이름을 소리 내어 발음해본 적 없는 것처럼 힘을 들여서 말을 했다. "네 엄마하고 나는…… 우리는 옛날에 같이 뛰었어."

그들은 밖으로 나가 테라스의 조용한 구석을 찾았다. 프레리는 디엘에게 엄마가 돌아올 거라는 소문과 정신 나간 마약단속반원과 그의 영화 계획, 그리고 법무부에서 보낸 준準군사 부대가 집을 덮친 일에 대해 말해주었다.

디엘은 심각한 표정을 지었다. "그 사람 이름이 브록 본드가 확실하니?"

"그럼요. 위험한 인물이라고 아빠가 말했어요."

"위험하다마다. 나하고 브록은 아직 계산하지 않은 업보를 갖고 있어. 지금 보아하니 너도 그런 것 같은데." 그녀는 둘 사이에 놓인 테이블 위에 일본 부적을 내려놓았다. "타께시는 이것들을 기리[122]

121 DL. 대릴 루이즈(Darryl Louise)의 약어. 프레리는 '신체장애인 명부'(Disabled List)의 약어로 알고 있었다.

122 의리를 뜻하는 일본어.

전표, 일종의 업보 차용증서라고 불러. 이걸 사용하려면 속도가 아주 빨라야 하고 굉장한 기술이 필요해. 세계통화체제의 토대도 바꿔야 할지 몰라. 하지만 타께시에게 갖다주면, 그가 알아서 갚아주게 되어 있어. 이것 한번 사용해볼래?"

"마치 날개 달린 덤보[123]가 된 기분이에요. 지금 지푸라기라도 잡고 싶어요. 그럼, 아줌마 파트너가 저를 위해서 무엇을 해줄 수 있어요? 엄마를 찾아줄 수 있나요?"

이 말에 디엘은 약간 난처했다. 타께시와 여러해 동안 같이 있었지만, 아직도 그가 할 수 있는 게 무엇인지 찾고 있는 중이었다. 그리고 할 수 없는 게 무엇인지도. 프레네시가 정말로 바깥세상으로 나오는 중이라면 쉽게 발견될 수 있을 것이었다. 하지만 브록 본드도 튀어나와서 마구 설쳐댄다면 그녀의 움직임은 덜 눈에 띌지도 모를 일이었다. 그리고 디엘이 이 아이에게 무슨 이야기를 말해주든 간에 그것은 그녀가 아는 이야기와 결코 같아서는 안되고, 같을 수도 없었다. 그녀는 잠시 시간을 끌었다. "그게 얼마 동안이더라, 약 15년, 정확히 네가 살아온 시간만큼, 서로 역할놀이를 하고, 지금 같으면 정신 나간 소리처럼 들릴 것들에 대한 신념에 따라 행동하고, 거짓말하고, 서로를 밀고했었지. 그동안 너무 많은 시간이 흘러서 모두 서로 다른 이야기를 기억하고 있을 거야—"

"그러면 아줌마 얘기를 말하시기 전에 제 얘기부터 먼저 들어보세요."

"이해할 줄 알았어." 제복을 입은 웨이터가 샴페인이 담긴 유리잔들로 가득 채워진 쟁반을 들고 지나가자, 맥주를 좋아하지 않는

123 1941년에 제작된 월트 디즈니의 만화영화 「덤보」(Dumbo)에서 주인공으로 나오는 아기 코끼리.

프레리와 모든 약물에 대해 냉정하게 반대하는 디엘은 각각 한잔씩 들었다. "프레네시 게이츠." 디엘이 자신의 잔을 프레리의 잔에 부딪치자, 프레리의 어깨에 소름이 돋았다.

멀리 풀밭으로부터 보미톤스가 오페라 「또스까」의 모음곡을 연주하며 요란하게 퉁기고 쳐대는 소리가 들려왔다. "글쎄요. 아빠하고 할머니는 모두 똑같은 이야기를 들려주셨어요. 두 사람을 반대신문도 해보고 속여도 보았지만, 까다로운 소소한 것들과 약물 복용 등으로 인한 기억력 감퇴를 제외하고는 모두 같았어요. 그들의 이야기가 사실이거나, 아니면 오래전에 서로 힘을 합쳐 뭔가를 왜곡했거나, 둘 중 하나겠죠. 그렇죠?" 프레리는 디엘이 자기에게 아직 어린 나이에 비해 너무 편집증이 과한 것 같다고 말해주기를 기다렸다. 하지만 디엘은 가느다란 유리잔의 가장자리 너머로 슬쩍 미소만 지을 뿐이었다. "좋아요. 우리 엄마는 당신들이 하고자 했던 그 혁명을 위해 영화를 만들었고, 그러다 도망쳤고, 영장이 발부됐고, 우체국에 연방수사국의 수배 사진이 붙었고, 아빠 조이드는 얼마 동안 엄마의 은신처가 되어주었고, 그러고 나서 나를 낳았고…… 우리는 연방요원들이 엄마의 소재를 찾아내어 엄마가 모습을 감추기 위해 지하에 숨어야만 했을 때까지 가족이었어요." 그녀의 목소리에서 반항하는 듯한 작은 떨림이 느껴졌다.

지하. 그렇지. 어른들이 어린 프레리에게 딱 그 정도만 이야기해주었으리라는 걸 디엘은 알고 있었어야만 했다. 지하. 그렇다면 디엘은 자기가 알고 있는 것을 그녀에게 어떻게 말하면 좋을까? 어떻게 말해주지 않을 수 있을까? "브록 본드는……" 그녀는 아주 조심스럽게 말을 꺼냈다. "그 당시에 자기만의 대배심원들을 갖고 있었어. 그들을 온 사방에서 깔아놓고서 반전反戰 시위 가담자들과 좌경

학생들을 잡아들여 정식 기소를 해댔지. 적어도 그중 하나는 네 엄마를 잡아넣기 위한 것이었어. 출소기한법[124] 같은 게 없어서, 그때의 기소는 아직까지도 유효해."

프레리는 도저히 못 알아듣겠다는 표정을 지었다. "그럼 그 사람이 아직도 엄마를 쫓고 있다는 거예요? 15년 동안 내내? 납세자들이 낸 세금으로 말예요? 진짜 범죄자들이 널려 있는데도요?"

"네가 한 말로 추측해볼 때, 분명 네 엄마는 현재 심각한 위험에 처해 있고, 브록이 네 엄마를 뒤쫓고 있어. 만약 그가 직접 와서 너희 집까지 털었다면, 네 엄마를 손에 넣기 위한 교환조건으로 아마 너도 뒤쫓고 있을 거야." 하지만 이 말은 아이에게 강간을 설명하면서 섹스에 대해서는 말하지 않으려고 하는 것과 상황이 비슷했다.

"하지만 왜 그러는 거죠?" 그래. 궁금하겠지. 오후의 그늘 속에서 프레리의 눈꺼풀은 어리둥절한 와중에도 딸로서 꼭 진실을 알아야겠다는 순수한 마음이 한가득 차올라 말 하나하나, 그리고 말과 말 사이를 끝까지 물고 늘어지느라 반쯤 감겨 있었다. 그러나 디엘은 프레리 자신도 이제는 상황을 파악할 수 있어야 한다는 듯이 묵묵히 뒤를 돌아보았다. 프레리는 받아들이기는 싫지만, 지금까지의 이야기로 짐작할 때 브록 본드와 엄마 사이에 위험할 정도로 개인적인 무언가가, 디엘도 그렇게 보였듯이 자신도 함부로 발을 들여놓기가 매우 조심스러운 무언가가 있다는 생각이 들었다. 전날밤 보디 다르마 피자의 테이블 위에서 엑또르가 "조이드의 아내를 빼앗은" 브록 본드에 대해 뭐라고 소리 질렀던 게 기억났다.

124 소송 제기를 소송 발생 이후의 일정 기간 이내로 제한하는 법률. 소멸 시효와 같은 역할을 한다.

프레리는 그의 말이 체포했다거나, 엄마를 어쩔 수 없이 달아나게 했다는 그런 뜻으로만 생각했었다. 그런데 그게 아니었다면, 무슨 뜻으로 한 말이었을까?

오렌지 색깔의 햇빛이 비치는 동안, 매그닌 백화점의 위층 매장에서 산 야회용 드레스와 앞가슴에 주름 장식이 달린 셔츠, 턱시도, 연미복을 차려입은 하객들은 언덕 위로 전보다 훨씬 길게 그림자를 드리우며 어슬렁거리고 돌아다니다 서로 모였다 헤어졌다가를 반복하면서 먹고, 마시고, 담배 피우고, 춤추고, 말다툼하고, 밴드와 함께 노래를 부르려고 마이크가 있는 데로 비틀거리고 걸어갔다. 프레리는 잔이 다 비자 잠시 후 새 잔으로 바꿔 들었다. 그러던 중에 약간은 지쳐 보이는 나이 든 남자가 디엘의 손에 입을 맞추고 그녀의 엉덩이를 움켜쥐려고 했다. 하지만 그녀가 이미 눈치채고 피하는 바람에 그는 손도 대보지 못하고 그만 갑자기 프레리 뒤로 비틀거리더니, 낮은 돌담에 걸려 바로 아래층에 있는 뷔페 테이블 위로 거의 떨어질 뻔했다. "숀드라와 아이들이 아주 근사해 보이는데." 그가 다시 천천히 다가오자 디엘이 말했다. 그리고 이어서 그들을 초대한 랠프 웨이본에게 프레리를 소개했다. "당신 파티를 망치고 싶지는 않지만, 그래도 빨리 아는 편이 나을 것 같아. 지금 프레리는 당신의 옛 피너클[125] 파트너였던 브록 본드와 추격전을 벌이고 있어." 디엘이 말을 덧붙였다.

"이런 빌어먹을." 랠프는 자리에 앉았다. "이제 막 모든 걸 잊기 시작하던 참이었는데. 너도 이제는 그만 그것을 흘려보낼 거라 생각했는데. 다시 뭔가가 잘못된 거로구먼. 그렇지?"

125 카드놀이의 일종.

"어쩌면 날 놔주려고 하지 않을지도 몰라."

"과거가?" 그가 재빨리 주위를 둘러보며 말했다. "정신과 의사가 하는 말이 그것을 그만 잊어야 한대. 그가 옳아. 안 그래?"

"글쎄, 랠프." 디엘이 천천히 말했다. "사실대로 말하자면, 지금 브록은 과거 속에 있지 않아. 다시 현재의 인물로 나타나서 바인랜드 카운티를 마구 들쑤시고 다니며 점령군 행세를 하고 있어."

"이봐. 난 마리화나 경작자들과는 아무 관련이 없어. 알겠지? 너도 알잖아. 지금의 마약 히스테리가 시작되는 걸 보자마자 바로 시장에서 발을 빼고 투자 작물을 다양화했어. 게다가 상대는 공화당 법무부잖아. 난 거기 사람들하고 사이좋게 잘 지내고 있다고."

"그래. 가끔은 그들도 어떻게 하면 멈출지 모를 수 있어. 아무튼, 마리화나는 아닌 것 같아. 아직은 때가 너무 일러. 브록은 전화해도 분명 안 받을 거야. 어떤 미친놈이 중무장한 기동타격대를 캘리포니아에 풀어놓았다는 것 외에는 도대체 무슨 일이 벌어지고 있는 건지 아무도 몰라."

랠프 웨이본은 침울한 표정을 지으며 다리를 흔들었다. 그는 디엘의 팔을 가볍게 톡톡 두드렸다. "사람들 시켜서 컴퓨터로 알아보라고 할게. 전화도 몇통 해보고. 근처에 있을 거지?"

"산에서 타께시와 만나기로 되어 있어."

"안부나 전해줘." 그는 집 안으로 들어갔다. 서서히 해가 저물기 시작했다. 프레리와 디엘은 결정해야 할 일들이 아직 남아 있었다.

"제가 꼭 '필 도나휴 쇼'[126]에 나오는 아이들 같죠?" 프레리가 불쑥 말을 꺼냈다. "15년 뒤에 어떤 아줌마의 집 현관에 '엄마, 엄마!'

126 1967년부터 미국 CBS에서 방영된, 방청객 참여를 최초로 시도한 유명 토크쇼.

하며 갑자기 나타나는 아이들 말예요. 그런데요, 저도 제 사생활이라는 게 있어요. 가끔은 그것을 위해 싸워야만 할 때도 있었죠. 그래서 그게 얼마나 중요한지 알아요. 엄마 문제에 끼어들고 싶지 않아요."

"하지만 그건 이 브록이란 자로 인한 문제에 비하면 아무것도 아니야. 그는 위험한 인물이야."

"그럼 그보다 먼저 엄마를 찾을 순 없어요?" 너무 뻔뻔하다 싶을 정도로 간절히 원해서 디엘은 아마추어 탭댄서처럼 자신의 발을 빤히 내려다볼 수밖에 없었다.

"최소한 여기에다 타께시가 준 것을 넣어야 해. 나랑 같이 해보지 않을래?"

그녀는 아빠한테서 받았던 그 부적을 들고서 디엘의 스캐너 장치의 테두리 안으로 집어넣었다. 그러자 맥개릿의 테마곡이, 멜로디, 오블리가토, 반주가 다시 흘러나왔다. "아줌마를 믿는 수밖에 없네요."

"너 자신을 믿어야 할걸. 느낌이 너무 이상하다 싶으면, 믿지 말고. 그러면 돼."

"알았으니까 어서 아이재이아나 만나러 가요."

그들이 그를 찾아냈을 때 그는 미트훅과 차에서 코카인 두 줄을 코로 킁킁거리고 흡입하며 심야근무 같은 것을 위해 기운을 차리고 있었다. "어이, 저기 오네!" 아이재이아가 바보처럼 씩 웃었다. "끝내주는 소식이 있어. 방금 막 랠프 주니어가 우리더러 큐컴버 라운지에서 연주해달라고 했어. 일이 잘 풀려가고 있다고. 잘하면 하우스밴드가 되게 생겼다고."

"그래서 바인랜드로 다시 돌아가겠다는 거야, 지금?"

그는 커다란 손을 그녀의 어깨 위에 올려놓으며 얼굴을 찌푸리고는 퍼즐을 풀어보려고 애썼다. “같이 안 갈래?” 그가 디엘을 쳐다보자, 프레리는 두 사람을 소개하고 그에게 부적과 자기를 도와주기로 되어 있는 일본인에 대해서 말해주었다. “하지만 너희 아빠에게 약속했는걸—”

“아빠한테 나에게 준 명함에 무슨 일이 생겼는지 전해주기만 하면 돼. 그러면 아무 문제 없을 거야. 게다가 내가 너희들과 오래 붙어 있으면 있을수록, 너희들은 점점 더 곤란을 겪게 될 거야. 전국에 지명수배령이 떨어졌을지도 몰라……” 아이재이아는 마치 승강기를 잡아타려고 하는 새처럼 눈썹을 치켜세우며 디엘을 계속 쳐다보았다. “좋은 분이야, 정말로.” 프레리가 말했다.

“노래할 줄 아세요?” 미트혹이 궁금해서 물었다. 그는 반짝거리는 윗입술을 헤벌리고 있었다.

“너희들이 착하게 굴면 내가 살아온 이야기를 노래로 들려줄게.” 디엘이 환하게 웃었다. 그러자 때맞춰 일대의 나뭇잎들이 산들바람에 일제히 흔들리고, 전압이 낮은 번개가 레몬색이 감도는 푸르고 노란 빛을 발사하며 산책로와 나무들 위에서 번쩍였다. 여자 총잡이의 노래를 몹시 좋아하는 랠프 웨이본이 갓 결혼한 딸과 폭스트롯을 추고 있었고, 디엘은 다시 모인 보미톤스 앞에 설치된 마이크로 천천히 다가가면서, 소품으로 쓰기 위해 쿠노이찌[127]다운 능숙함으로 누군가의 총집으로부터 우지 기관총을 꺼내, “안녕하세요. 잘빠졌네요. 이것 좀 빌려도 될까요?” 하고는, 영화에서 6연발 권총을 다루는 것처럼 빙그르 돌린 다음, 몇발짝 걸어가 머리를 사방

127 여자 닌자를 말한다.

으로 흔들고 나서 밴드의 반주에 맞춰 노래를 부르기 시작했다.

그저 우지를 든 걸레 같은 여자……
그저 총을 든 아가씨……
모델이 될 수도 있었어,
수녀가 되었어야 했어……

오, 뭐에다 쓰는 거더라
이 작은 이스라엘 무기는?……
하루 종일 모래에서 뒹굴어도
절대, 고장 안 나,
알아들어…… 내 말—

그러니까 미스터, 렌즈 빼지 않아도 돼,
그러니까 씨스터, 목걸이 빼지 않아도 돼……
이래봬도 난 메르세데스 벤츠 타고 다녀,
필요한 건 내가 다 알아서 한다고……

자쿠지 욕조에서 우울한 기분 날릴 거야,
인생이란 너무 착하고 깨끗한 오락일 뿐이야,
우지를 든 걸레에게는,
총을 든 아가씨에게는……

랠프는 너무 기분이 좋아서 "한번 더!" 하고 소리 질렀다. 디엘이 넋 나간 총 주인에게 총을 가볍게 던져서 돌려주자, 아이재이

아는 리듬을 서서히 늦추더니 마지막 여덟 마디를 한 박자씩 걸러서 림 샷[128]으로 강하게 내리쳤다. 미국의 무대 공연에서 오래전부터 사용된 기법에 맞춰 청중들은 "에이전트가 누구죠?" "결혼했어요?" 하고 크게 외치며 열광적으로 박수를 쳤다.

보미톤스 단원들은 모두 연주를 계속하고 싶었지만, 유감스럽게도 디엘은 마이크를 내려놓고 프레리와 아이재이아와 함께 불빛이 희미하게 비치는, 밤을 깨우는 재스민 꽃길을 거쳐 차를 세워둔 곳으로 향했다. 그녀의 차는 검은색 '84년형 트랜스암[129]이었다. 차는 표준형에서는 볼 수 없는 특수 유선형 덮개, 측면 파이프, 스쿠프, 후미 장식이 추가로 장착된 것 외에도, 전설적인 라몬[130]이 폭발 장면과 뱀을 비롯한 여러 요소들을 이용해서 그린 라하브라[131]가 가느다란 줄무늬로 근사하게 그려져 있었다.

"정말 어마어마하네요." 아이재이아가 아주 재미있어하며 중얼거렸다. "이걸로 뭐 할 건데요?"

"그냥 돌아다니든가, 아니면 좋은 밤 보내든가 하겠지?"

"프레리, 내가 진짜 속성으로 드럼 치는 거 가르쳐줄까?"

그녀는 별이 몇개밖에 보이지 않는 옅은 스모그를 배경으로 서 있는 아이재이아를 자리에서 올려다보았다. "아빠 보거든—"

"그래. 같이 가서 너희 집도 살펴볼게."

"미안, 신축성 바지 총각."

"곧 다시 괜찮아질 거야." 그는 무릎을 꿇고 차 창문을 통해 그녀

128 드럼 연주법의 하나.

129 '트랜스아메리칸'의 줄임말로 1966년 제작된 경주용 자동차 모델.

130 라몬 아얄라(Ramón Ayala, 1945~). 멕시코 출신의 전설적인 음악인, 아코디언 연주가, 작곡가.

131 미국 캘리포니아 주의 서남부에 있는 도시.

에게 작별의 키스를 했다. “그럼 광고음악 두곡만 더 듣고 가. 잠깐이면 돼, 프레리.”

디엘은 젊은 친구들이 한번 더 연주를 하게 한 뒤 시동을 걸었다. 그러자 아이재이아 투 포가 너무 황홀해서 머리를 움켜쥘 정도로 위협적이면서 음악적인 배기음이 흘러나왔다. 트랜스암은 뒤로 물러났다 방향을 돌린 다음, 위풍당당한 신형 글래스팩[132]의 관악 연주에 맞춰 기어를 바꿀 때마다 달라지는 배기음을 내며 출발했다. 그 소리는 길게 미로처럼 나 있는 지그재그 내리막길을 따라 점점 작아지다가 입구에서 멈추더니 다시 시작되었고, 결국에는 저 아래 프리웨이를 달리는 차들의 윙윙거리는 소리들과 섞이고 말았다.

132 자동차 머플러의 일종.

『애그로 월드』에 "복수를 꿈꾸는 여자 전사들을 위한 일종의 에설런 인스티튜트[133]"로 소개된 '쿠노이찌 어텐티브[134] 수녀회' 수련원이 작은 계곡 너머 명암이 뚜렷한 캘리포니아의 푸른 나무들로 얼룩덜룩한 절벽 위에 세워져 있었다. 수련원은 해안경비로에서 두 능선밖에 떨어져 있지 않았는데, 마지막 오르막길은 비포장도로여서 진창이 되었을 때 도착하는 사람들을 짜증나게 했고, 건조한 계절에는 너무 깊이 팬 바퀴자국 때문에 많은 부주의한 구도자들을 이 유화 같은 풍경 속에서 차가 걸려 옴짝달싹 못하게 만들었다. 자동차 바퀴는 허공에서 헛돌았고, 언덕 중턱의 동물들만이 풀

133 Esalen Institute. 명상, 요가, 심리요법, 마사지 등을 통해 개인의 성장과 행복을 추구하는 캘리포니아 주에 위치한 수련원.

134 '쿠노이찌'(Kunoichi)는 여자 닌자, '어텐티브'(Attentive)는 고도의 집중력을 갖춘 정예를 가리킨다.

을 뜯어먹거나 다른 동물들을 잡아먹던 걸 멈추고 관심을 기울였다. 원래 이곳은 전도 사업이 한창이던 시절에 '라스 에르마나스 데 누에스뜨라 쎄뇨라 데 로스 뻬삐나레스'[135]의 거처로 지어진 뒤에—17세기 에스빠냐의 예수회 주변에서 계속 생겨났던 여성들을 위한 보조 단체들 중의 하나로 로마나 심지어는 예수회로부터도 전혀 인정받지 못했지만, 캘리포니아에서 수백년 동안 품위있게 꾸준히 지속되었다—증축을 하고 별채를 새로 짓고 통신과 배관 시설을 계속 고쳐오다가, 결국은 연이은 잘못된 투자로 인해 수녀회의 남은 재산을 어쩔 수 없이 모두 집세로 내놓으면서 값싼 거처로 흩어지게 되었다. 하지만 그들의 이름이 붙은 세계적으로 유명한 오이 브랜디만큼은 계속해서 시장에 내놓았다.

1960년대 무렵 쿠노이찌는 현금 자금을 직접 찾아다니던 중에 자기계발 사업에 끼어들기 시작했는데, 몇년 후에 큰 인기를 얻게 되는 것과 달리 처음에는 그다지 인기를 끌지 못하다가 결국에는 헌신적인 동양 추종자들을 위한 환상의 마라톤, 아이들을 위한 닌자 주간 단체할인, 선禪과 다른 동양 요법들로부터 퇴짜를 맞은 문하생들을 위한 도움(『오늘의 심리학』에 "죽비竹篦 절대 없음!"이라고 약속하는 광고를 실었다) 등을 제공하는 단계에까지 이르렀다. 싸파리 제복에 군인 머리를 하고 대개는 무자비한 동경심에 사로잡힌 나이가 지긋한 남자들이 이상한 생각을 마음에 품고 나타나서는 청순한 아시아 여성들이 무대 전면에 도열해 있는 것을 기대하기 일쑤였다. 그러니 첫날 오리엔테이션 모임에서 수녀들이 닌자 복장을 착용한 채 미덥지 않을 정도로 쌀쌀맞은 표정을 지으며

135 Las Hermanas de Nuestra Senõra de los Pepinares(The Sisters of Our Lady of the Cucumber Patches). 직역하면 '오이밭 성모 수녀회'라는 뜻.

한명씩 무대 위로 줄지어 들어올 때 그들이 얼마나 놀랐을지를 상상해보라. 대부분의 수녀들은 비非아시아계였을 뿐 아니라, 또 그들 중 많은 수는 실제로 흑인이거나 심지어는 멕시코 출신일 정도였다! 무슨 일이 벌어졌던 것일까?

"저기야." 디엘이 말했다. "가볼까." 그들은 커브를 돌았다. 그러자 환한 달빛 아래에서 숲이 끊기고 내리막이 개울이 초원을 거쳐 힘차게 흐르다 떨어지는 오리나무 숲까지 이어졌다. 그리고 그 너머 건너편 높은 곳에 수련원이 서 있었다. 오래된 회칠이 비바람에 얼룩진 가파른 벽들은 완만하게 이어지다 뚝 떨어지는 지형 위에 우뚝 솟아 있다기보다는, 마치 각기 다른 각도로 모든 방향을 비추는 거대하고 거친 거울들처럼 그 지형을 거의 그대로 반영하고 있었다. 그 위로 보이는 오래된 기와지붕들은 비바람에 씻겨 거무스름해지고 부식되어 있었고, 창들은 그늘 속에 잠겨 있어서 그 안에 있을지도 모를 여러 층들과는 아무 관련이 없어 보였다. 점점 더 가까워지면서 프레리의 눈에 아치 길, 종탑, 서로 뒤엉켜 있는 키가 크고 껍질이 석회처럼 하얀 삼나무, 산초나무, 과수원이 보였다…… 어떤 것도 특별히 오싹해 보이지는 않았다. 그녀는 캘리포니아 출신이어서 식물들에 대해서는 안심했다. 으스스한 무언가가, 막 기어나올 것만 같은 무언가가, 그녀의 뒤를 좇아 길 위에 도사리고 있었다. 그런데 그것은, 반드시 그렇게 국한된 것은 아니지만, 석영처럼 단단하고 거의 눈에 안 띄는 인간, 그녀를 추적하는 브록 본드의 모습을 취하고 있었다.

디엘은 프레리로서는 해석하기 어려운 긴 시선들을 받으며 바깥쪽과 안쪽의 출입구들을 통과했다. 그들이 리셉션 건물에 당도하자, 등불이 쭉 늘어서 있는 차도에서 완전히 검은색 의복으로 갖춰 입은 환영위원회가 키가 크고 몸매가 좋은 학자처럼 생긴 여인의 지휘하에 서서 기다리고 있었다. 나중에 알게 된 것이지만, 그녀는 로셸 수녀라는 이름의 수석 어텐티브, 즉 수녀원장이었다. "디엘 상." 그녀가 자신의 오랜 제자이자 경쟁자를 맞이했다. "무슨 새로운 골칫거리라도 생겼는가?" 디엘은 허리를 굽혀 인사를 한 뒤 프레리를 소개했다. 그러자 로셸 수녀는 마치 알고 있으면서도 어떤 이유에서인지 모르는 척하는 사람처럼 그녀를 계속 물끄러미 쳐다보았다. 그들은 분수가 있고 타일이 깔려 있는 작은 뜰로 들어갔다. 올빼미들이 울며 갑자기 아래로 날아들었다. 여인들이 달빛 속에 발가벗고 누워 있었다. 다른 여인들은 모두 검은 옷을 입은 채 발코니의 그늘에 무리 지어 서 있었다. "여기를 단속한다는 어떤 낌새라도?" 로셸 수녀가 물었다.

디엘은 "오, 지금 그 사람들을 위해 일하신다는 말씀이에요?" 하고 강하게 말했어야 했지만, 프레리도 나중에 배우게 될 어텐티브의 표준 자세로 두 눈을 내리깔고 입술을 꽉 다문 채로 그저 말없이 기다렸다.

"그래서 네 생각엔 보안관이 입구를 당장 부수기라도 한다는 건가? 아니면 월요일 아침까지 기다려보라는 거야? 이건 『노트르담의 꼽추』가 아니야. 아무리 저 애가 도망자가 아니라 해도, 여자 닌자 서약이란 게 있어. 너도 했지 않나. 8항 B절 기억하지? '자기 스스로 투입과 산출을 전혀 책임지지 못하는 자에게는 거주를 허용하지 않는다.'"

"먹을 걸 벌어오고, 쌀 걸 안전하게 빼내는 거라면 몇년 동안 잘 해왔어요." 프레리가 말했다. "그밖에 또 뭐가 필요하죠?" 우선 그런 말에 개의치 않는 유형이기도 하고, 그래봐야 여기서는 좋지 않을 수도 있다는 초감각적인 직감이 들자, 프레리는 허리를 바로 세우고 로셸 수녀의 중립적이면서도 강렬한 시선을 조용히 마주했다. "그럼 혹시 여기서 제공하는 직무훈련 과정이나 교과목 목록, 수강료 안내문 같은 게 있나요? 그중에 좀 싼 걸 택해서 입주학생 자격으로 일을 해서 수업료를 면제받게요." 프레리는 일손이 필요한 허드렛일을 찾기라도 하는 것처럼 그녀로부터 눈을 떼고 주위를 계속 둘러보며 원하는 걸 얻어내려고 애썼다.

그러자 여자 닌자들의 수장이 흥미를 보였다. "요리할 줄 알아?"

"조금요. 요리사가 없다는 말인가요?"

"없느니만 못해. 많은 사람들이 자기가 요리사라고 생각하지만 망상증에 불과하지. 우리는 세미나를 제공하는 공동체 중에서도 최악의 음식을 주는 것으로 악명이 높아. 다음 주말에 또 한 떼거리를 받기로 되어 있는데, 매번 스태프의 구성을 바꿔가며 시도해보아도 전혀 소용이 없어. 게다가 업보의 불변량 때문에, 수녀회의 엄격한 규율의 댓가로 주방이 동물원이 돼버린 게지. 가볼까. 보면 알 거야."

그녀는 프레리와 디엘을 데리고 해가 저문 바깥으로 나와 모퉁이를 몇개 돌고 격자 울타리가 쳐진 통로를 거쳐 본관 뒤로 향했다. 저녁시간이 끝나고 식후 비평이 격렬하게 진행되고 있었다. 사람들은 겁에 질린 듯 뒷문에 우르르 몰려 있었다. 뒷문 너머에서는 파도처럼 굽이치는 달콤한 소리를 주위로 쏟아내고 있는 지역방송국의 24시간 '뉴에이지' 음악 채널 소리를 배경으로 커다란 금속 믹싱볼이 판석 바닥에 부딪치며 울리는 소리와 사람들의 비명 소리가 뒤섞이며 굉장한 소란이 벌어지고 있었다. 안에서는 못 쓰게 된 무언가 때문에 화덕 뒤편에서 계속 연기가 났다. 사람들은 때를 벗겨내야 하는 냄비들 옆에 빙 둘러서 있었다. 어둡고 낡은 주방 전체에 썩은 동물성 지방과 소독약에서 나는 불쾌한 냄새가 배어 있었다. 오늘밤 책임을 맡은 주방장이 머리를 오븐에 밀어넣은 채 웅크리고 앉아 비통하게 울고 있었다.

"어이, 친구들." 로셸 수녀가 흥얼거리듯 말했다. "뭣들 하는 중인가?"

물론 그들은 내일도 오늘과 똑같겠지만, 그 혹은 그녀의 메뉴가 실패한 데 대해 그날의 주방장을 공개적으로 직접 비난하게 되어 있는 야간 자아비판 시간을 준수하는 중이었다.

"난 내가 해야 할 일을 했어." 주방장은 엉엉 울며 목멘 목소리로 단호하게 말했다. "난 정직하게 음식을 만들었다고."

화덕 주변에서 어슬렁거리던 사람들 중 하나가 어깨 너머로 말했다. "게하드, 대체 무엇을 보고 '음식'이라는 거야? 오늘밤 식사는 음식이 아니었어."

"주방장 위에 지방이라도 잔뜩 꼈나보구먼." 고기 자르는 식칼을 들고 있던 한 여자가 몹시 화가 나서 말을 거들며, 그 칼로 자기의 말을 강조하기 위해 가까이 있던 도마를 세게 내리쳤다.

"심지어 당신의 젤로 쌜러드엔 거품이 떠다녀요." 불럭 윌셔 백화점에서 산 디자이너가 직접 만든 주방장용 모자를 쓴 멋지게 생긴 어느 청년이 말했다.

"제발, 이제 그만." 게하드가 애원했다.

"완전히 솔직해야 해." 사람들이 그에게 한번 더 일러주었다. 이 야비한 훈련은 치료가 목적이라고들 했는데, 모든 이에게 할당된, 게하드가 "무한 요리 참회"라고 부르는 것의 일부였다.

"저 정도면 납치 아니야?" 프레리는 나중에 혼자 생각하곤 했다.

그건 아니었다. 그들은 모두 양도증서에 해당하는 고용계약서에 서명을 했고, 그러한 서명을 할 수밖에 없었던 인생의 어떤 고비에 이곳에 들어왔다. 그들은 주방에서의 의무를 먹지 않음의 개인적인 패턴들을 판독하는 것으로, 즉 그것을 통해 각기 독특하게 더러워진 접시, 냄비, 팬 너머, 개인의 성격을 형성하는 사건들 너머, 무엇을 먹느냐가 아니라 어떻게 먹느냐가 곧 자아를 결정하는 단계를 내다보기 위한 과정으로 생각했다…… 처음에 프레리는 엉덩이를 붙일 시간도 없이 쉬지 않고 쫓아다녀야만 했던 터라 이런 수많은 영적 차원의 것들을 감상할 시간이 전혀 없었다. 주방의 참회자들은 어떤 은하계 변방의 식민지에 사는 식민지인들처럼 이상하게 생긴 눈을 하고서 그녀의 도착을 커다란 행사라도 되는 듯 맞아주었다. 나중에 알게 된 사실이지만, 그들 중 아무도 설령 먹고 싶다 하더라도 어떤 것도 만들 수 없었다. 이곳에 사는 몇몇 사람들은 음식에 점차 무관심해져갔고, 다른 몇몇은 적극적으로 싫어하기까지 했다. 그럼에도 불구하고 새로운 요리법만큼은 이곳 태양계 너머에서 온 선진 과학기술을 대하듯 열심히 달려들었다. 채소밭, 과수원, 그리고 서서 드나들 수 있는 크기의 수련원 냉동실과 식료품 저장실을 둘러본 뒤에 프레리는 혹시라도 총감독의 규율을 어기는 것은 아닌가 생각하면서 그들에게 시금치 캐서롤[136]을 만드는 법을 가르쳐주었다. 그랬더니 오히려 이 사람들을 다시 하나의 팀으로 움직이게 하는 계기가 되었다.

"그걸로 무엇을 만들려고 한 거예요?" 그녀는 안 물어볼 수 없었다.

136 오븐에 넣어서 천천히 익혀 만드는 찌개 비슷한 요리.

"찍어 먹는 쏘스." 밀 밸리에서 온 부동산 중개인이 키득거리며 말했다.

"메이플 시럽을 곁들인 스모어스[137]." 밀피타스에서 온 방송국 국장이 말했다.

"뉴잉글랜드 잡탕 찜." 전前 보호시설 수감자가 몸을 부르르 떨며 말했다.

시금치 캐서롤의 비밀은 UBI[138], 혹은 어디에서나 통하는 만능 식재료, 즉 닌자들의 저장실에 거대한 크기의 깡통들이 줄지어 쌓여 있어도 전혀 놀랄 게 없는 버섯 크림수프에 있었다. 또 냉장고 깊숙한 곳을 뒤지면 좀더 전통적인 벨비타 치즈와 치즈위즈가 가득 담긴 통들은 물론이고 여러 종류의 치즈들이 나왔다. 게다가 시금치는 냉동실 한편의 별도로 마련된 자리에 다발째로 셀 수 없을 만큼 쌓여 있어서 조금도 문제 될 게 없었다. 그래서 다음날 저녁 식사에는 채소 전채요리로 전통 시금치 캐서롤을 준비했다. 고기를 좋아하는 사람들을 위해서는, 거대한 볼로냐소시지를 쇠꼬챙이에 잔뜩 꽂아서 한때 서로 말다툼을 했던 주방 스태프들더러 포도젤리를 세심하게 발라가며 통째로 굽게 했고, 다른 스태프들에게는 오래된 빵을 잘라 크루통[139]을 굽도록 했다. 그들은 시금치가 해동되는 동안 부산을 떨며, 고맙게도 누군가가 로큰롤 채널로 돌려놓은 라디오 음악에 맞춰 노래를 따라 불렀다.

디엘은 늦은 오후에 머리를 불쑥 내밀고 주위를 둘러보았다. "딱

137 크래커나 쿠키 사이에 마시멜로나 초콜릿 같은 것을 넣어서 먹는 간식용 과자.
138 필립 K. 딕의 과학소설 『유빅』(*UBIK*)에 나오는 일상의 모든 문제들을 해결해 준다는 신적인 만능 가사용품 유빅에서 익살스럽게 따온 표현. 만능 식재료로 소개되는 버섯 크림수프는 캠벨사(社)에서 만든 통조림 수프를 풍자한 것이다.
139 바싹 구운 빵조각.

내가 생각했던 대로구먼—10대의 카리스마가 통한다니까."

"나 때문이 아니에요." 프레리가 어깨를 으쓱했다. "바로 이 요리법 때문이에요."

"음, 그 꼬챙이에 꽂힌 자줏빛 나는 거 말이니?"

"그냥 텔레비전 보고 따라한 거예요. 무슨 일 있어요?"

"로셸 수녀가 잠깐 좀 보자시네."

프레리는 평소 속도대로 조심스럽게 걸어가며, 주방을 나서기 전에 볼로냐소시지 꼬챙이의 회전속도뿐 아니라 재료를 다 넣은 몇몇 캐서롤 냄비들을 꼼꼼히 점검했다. 그러자 자신이 고양이이기라도 한 것 같았다. 위층의 닌자 커피 라운지에서 대장 닌자는 눈에 안 보이다가, 그들이 대화를 나누기 시작하자 손에 머그잔을 든 채 천천히 모습을 드러냈다. 프레리의 눈에 이것은 분명 마법처럼 보였다. 나중에 알게 된 사실이지만 로셸 수녀는 이 방 안의 모든 그림자들과 그것들이 어떻게 바뀌는지를, 즉 그림자가 드리우는 것과 사물들 사이의 정확한 공간을 이미 외워놓고 있을 정도로…… 방을 너무 완벽하게 알고 있어서 방이 완전히 투명하고 텅 비어 보일 만큼 자신을 방과 일치시킬 수 있었다.

"저도 그것을 배울 수 있을까요?"

"상당한 주의 지속 시간이 필요해." 그녀가 곁눈으로 보며 말했다. "그리고 왜 그걸 배우고 싶어하는가 하는 물음도 필요할 테고." 그녀의 목소리는 차분하면서도, 술 담배 탓인지 느리고 쉬어 있었다. 또 프레리는 로셸이 또다른 무언가를 눈에 안 보이게 할 속셈으로 일부러 작게 틀고 있는 컨트리음악의 선율이 희미하게 들리는 것 같았다.

프레리는 대수롭지 않게 여겼다. "쓸모있을 것 같아서요."

"상식과 노력만 있으면 돼. 많은 쿠노이찌들이 느끼는 환멸들 중에 단연 첫번째는—맞지, 디엘?—깨달음이란 어떤 대단한 초월의 순간에 갑자기 찾아오는 게 아니라는 것을 알게 될 때야."

"하지만 제가 일하는 곳의 선禪 하는 사람들 말로는—"

"그래, 그럴 수도 있어. 하지만 여기서는 아니야. 여기서는 항상 사소한 것이더라도, 밀리미터나 10분의 1초까지도 아껴 써야 해. 우리가 갖고 있는 모든 것을 악착같이 아껴야 해. 알겠지."

"생각이 없으시면 안 가르쳐주셔도 돼요."

"이거 원. 기분 나쁘게 하려는 건 아닌데, 네 나이 또래의 얼마나 많은 정신 나간 멍청이들이 신비스러운 힘을 싸구려로 배우려고 이곳을 찾는지 알아? 걔들은 우리가 자동차 세차하듯이 영혼 세차라도 해서, 비누로 흙먼지를 싹 씻어낸 다음 새것처럼 반짝반짝 닦으면 세차가 끝나고 나왔을 때 옆에 있는 오렌지 줄리어스 가게 주위에 있던 모든 사람들이 '와우, 끝내주는데!' 하고 감탄하게 해줄 줄로 생각하나봐. 주말 내내 깨어 있게 해서 어쩌다 일요일 동틀 때쯤 정신이 몽롱해지기라도 하면, 그게 무슨 인생에 있어서 향상을 가져다주는 정신적 모험의 순간인 줄로 착각해. 하기야 누가 알겠어? 걔들이 보기에 우리가 수녀일지, 아니면 발레단일지?"

프레리는 그녀가 찬 손목시계를 조심스럽게 쳐다보았다. 바인랜드의 중고품 시장에서 파는 울긋불긋한 플라스틱 모델이었다. "저 볼로냐소시지에 파운드당 15분을 썼는데 괜찮은 거겠죠?"

디엘이 능글맞게 웃었다. "너무 그러지 마세요, 로셸 언니."

그러자 수석 어텐티브는 화제를 바꿨다. "프레리, 우리는 여기서 외부의 데이터 서비스에 등록해서 정식으로 이용하고 있지만, 자체적인 컴퓨터 파일 자료실 또한 운영하고 있어. 거기엔 네 엄마에 관한 꽤 큰 용량의 파일도 들어 있어."

프레리가 그동안 있었던 곳에서는, 그런 말투로 '네 엄마'라고 말하면 그건 대개 무슨 문제가 있다는 의미였다. 그녀가 보기에 이 중년처럼 보이는 여자는 자신의 말투가 어떻게 들리는지 잘 모르는 것 같았다. 하지만 프레리는 자기가 아는 여자아이들이 남자아이들에 대해서 전화번호부에 실린 가족 이름들을 뒤지며 뭐든 알아내려고 했던 것처럼 무엇이든 악착같이 알아내야 한다는 생각에 다시 정신을 차렸다. "그러면 혹시 제가 좀 봐도 될까요?" 그녀는 천천히 말했다. (허리도 굽혔어야 하나?)

"저녁식사 마치고 어때?"

"조명감독이었던 할아버지가 늘 말하시던 대로, '그만 일하러 가보겠습다.'" 그녀는 딱 시간에 맞춰 주방으로 돌아갔다. 들어가 보니, 수많은 캐서롤 요리들이 졸아붙기 시작했고, 볼로냐소시지의 반들반들한 표면은 녹기 시작했다. 사람들에게 모범을 보이려는 듯 프레리는 조리대들 중 한곳으로 가서 뜨거운 볼로냐소시지 한개를 쇠꼬챙이에서 간신히 빼 올려놓고는 잽싸게 칼을 갈아 김이 모락모락 나는 자줏빛 조각들로 얇게 썬 다음, 큰 써빙용 접시에 보기 좋게 담아 윤기가 흐르는 포도즙을 숟가락으로 위에 넉넉히 뿌려서, 나중에 테이블로 가져다가 차리기만 하면 사람들이 알아서 양껏 먹을 수 있게 해두었다. 물론 지정된 테이블에 앉아 접시에 미리 담아놓은 별도의 음식을 먹도록 되어 있는 적극성 훈련 프로그램 수강생들은 여기서 제외되었다.

옆방에 있는 식당에서 웅얼웅얼거리는 소리가 들려오더니 점점 더 커졌다. 배고픔과 불안이 반반씩 섞인 의미가 분명치 않은 소리였다. 프레리는 수련원용 토마토 수프 주전자를 움켜잡고 식당 안으로 들어가 계속 듣고 다녔다. 그리고 그다음 두시간 동안은 새로 씻은 컵과 접시를 담은 정리대들을 안으로 나르고 다 쓴 접시들은 밖으로 치우고, 테이블 위를 닦고 커피를 따르고, 잡일들이 생길 때마다 번갈아가며 해치우고, 비었다 싶으면 쪼르르 가서 채워놓고, 그러는 사이에 사람들이 시금치 캐서롤과 볼로냐소시지를 몇접시씩 가져가는 걸 보았다. 얼마 후 그녀는 냄비와 팬을 북북 문질러 닦고 나서, 쓰레기를 밖으로 내놓고 주방과 싱크대 주변의 돌바닥을 자루걸레로 훔치는 일을 도왔다. 위층의 닌자 터미널 센터에 올라가 컴퓨터에 접속하는 방법을 알아냈을 무렵에는, 어느새 한여름의 일몰이 지나고 저녁 코또[140] 워크숍에서 흘러나오는 소리가 안마당 새들의 밤 인사와 뒤섞여 들려왔다.

세부 항목들이 수년에 걸쳐, 때로는 우연한 기회에, 광범위하게 축적된 프레네시 게이츠의 파일을 보자 프레리는 누군가의 괴짜 히피 삼촌이 보관해온 스크랩북이 떠올랐다. 그중 몇몇은 교통국에 조회한 행정적, 법적 이력으로, 매직펜으로 강조되어 있는 연방수사국의 공무용 편지지에 작성된 것이었다. 그외에도 오래전에 폐간된 '지하' 신문들에서 오려낸 기사, 프레네시가 KPFK[141] 방송국과 한 라디오 인터뷰 대본, 그리고 24fps[142]라 불리는 무언가에 관

140 일본의 전통 현악기. 가야금과 비슷하다.

141 청취자가 후원하는 비영리 퍼시피카 라디오 네트워크(Pacifica Radio Network)의 다섯개 FM 방송국들 중 하나. 캘리포니아 주 노스할리우드에 본부를 두고 1959년 첫 방송을 시작한 이래 자원봉사자들 중심으로 전자음악, 대안 뉴스, 문학 낭독, 히피들의 평화운동 소식 등을 제공해왔다.

142 초당 프레임(frame per second)의 약자. 영화 제작 시 필름이 1초에 24프레임씩 영사된다는 사실과 1960년대에 실제로 존재했던 'sf 뉴스릴'이라는 '혁명영화 공동제작소'에서 따온 명칭으로 보인다.

한 많은 상호참조 자료들이 들어 있었는데, 프레리가 기억하기에 그것은 디엘이 프레네시와 함께 한동안 참여했었다고 말한 영화 공동제작소의 명칭이었다.

그래서 프레리는 마치 끈질기게 속삭이는 겉이 하얀 엄마의 유령에 이끌려 이 방 저 방, 이 침대 저 침대를 헤매고 다니는 유령의 집에 있는 소녀처럼 그 안으로 계속 따라 들어갔다. 그녀는 컴퓨터가 얼마나 문자에 충실한지, 그리고 심지어 문자들 사이의 공간이 얼마나 중요한지 이미 알고 있었다. 똑같은 이치로 유령은 그저 문자에 불과한 것은 아닐지 의심도 해보았다. 유령은 스스로 생각할 수 있을까? 그게 아니라면, 유령은 아직 살아 있는 자들의 필요에 정말로 응답할까? 자판을 두드려서 유령의 세계 안으로 들어가 슬픔, 상실, 거부당한 정의 같은 문구를 치면, 그런 필요들에 정말로 응답할까……? 하지만 어떻게든 쓸모있고, '진짜'이려면, 유령은 그저 공들여 속이는 것만으로는 부족할 터였다……

파일을 살펴보는 동안 프레리는 스크린을 통해 사진들도 볼 수 있었다. 어떤 것들은 개인적으로 찍은 것들이었고, 또 어떤 것들은 신문과 잡지에서 발췌한 것들이었다. 사진 속의 엄마는 데모 현장에서 거의 항상 영화 카메라를 손에 들고 다니면서, 체포되거나, 어렴풋이 알아볼 수 있는 다양한 60년대 운동권 거물들과 같이 포즈를 취하고 있거나, 굵은 철사를 다이아몬드 모양으로 엮은 울타리 옆에서 폭동 진압 장비를 갖춘 경찰을 의미심장하게 쳐다보고 있었다. 그러면서 다른 한 손으로는 (프레리는 엄마의 양손을 보면서 매번 다양하게 취하는 손동작의 의미를 점차 알게 되었고, 사진을 찍지 않을 때에는 손을 어떻게 움직였을지도 상상할 수 있었다) 마치 경찰의 돌격용 자동소총의 개머리판을 손끝으로 터는 것 같았다. 어머나, 세상에! 엄마라고? 구식 헤어스타일과 화장을 하고서, 항상 미니스커트 아니면, 그 당시에 많이들 입었던 것 같은 이상하게 생긴 나팔바지를 입은 이 소녀가? 프레리는 자기도 몇년 후에 그 나이가 되면 왠지 미니스커트가 다시 유행할 것 같은 섬뜩한 기분이 들었다.

그녀는 디엘과 프레네시가 함께 찍은 사진에서 잠시 멈추었다. 그들은 대학 캠퍼스였을지도 모르는 곳에서 함께 걸어가고 있었다. 저 멀리로는 작은 크기의 사람들이 각각 양쪽 방향으로 가고 있는 보행자용 육교가 보였다. 아주 잠깐이지만 사회적 평온함이 느껴졌다. 두 여인의 그림자가 커브길 위에서 서로 겹치더니 잔디밭을 가로질러, 자전거 타는 사람들의 바퀴살 사이로 길게 드리워져 있었다. 늦은 오후 아니면 이른 아침의 태양이 야자수, 먼발치에 있는 층계, 배구 코트, 몇개 안되는 유리창을 비추고 있었다. 프레네시의 얼굴은 옆으로, 혹은 어쩌면 친구일지도 모를 그녀의 파트너에게 돌려져 있거나 향해 있었고, 입가에는 의심쩍어하거나 머뭇거리는 듯한 웃음이 감도는 것처럼 보였다…… 디엘이 말을 하고 있었다. 그녀의 아랫니가 빛에 반짝였다. 그것은 정치에 관한 얘기가 아니었다. 프레리는 화소 하나하나가 불후의 느낌을 줄 만큼 선명도가 높은 환한 캘리포니아의 색깔, 사람들의 경쾌한 몸놀림, 권위적인 틀에서 벗어나 자유로운 일상의 공기들 덕분에 서로에게 굳이 찌푸릴 필요가 없는 주름지지 않은 편안한 얼굴들에서 그것을 직감할 수 있었다. 그래요. 프레리는 그들을 향해 마음속으로 외쳤다. 계속해요. 계속하는 거예요……

"저 남자애는 누군 것 같아?" 디엘이 물었다. "항의 집회장의 '저놈' 말이야. 장발에 러브 비즈[143]를 목에 걸고, 마리화나를 입에 물고 있는."

"꽃무늬 나팔바지와 페이즐리 셔츠를 입은 저 사람 말예요?"

"그렇지!"

"환각제 중독자인데요!" 좌우로 짝짝 박수를 쳤다. 프레리는 누가 저 사진을 찍었을까 궁금했다. 영화 공동제작소 중 한 사람, 아니면 연방수사국? 얼룩이 진 짙은 크리스털 같은 화면 앞에서 그녀는 최면에 걸린 것처럼 눈만 뜨고 멍하니 있었다. 그러자 컴퓨터가 그것을 즉시 알아차리고 깜빡거리기 시작하더니 이어서 에벌리 브라더스가 부른 '웨이크 업, 리틀 쑤지'[144]의 중독성 강한 후렴구를 싸운드 칩을 통해 반복해서 들려주었다. 프레리는 해 뜨기 전에 기상해서 아침식사 준비를 해야 한다는 생각이 문득 떠올랐다. 전원 버튼을 향해 손을 뻗으면서 그녀는 컴퓨터에게 잘 자라는 인사를 했다.

"잘 자, 상냥한 사용자 아가씨도." 컴퓨터가 대답했다. "아주 편안하게 푹 자기를 바랄게."

컴퓨터 자료실에 있는, 기억장치에 있는 수백만개의 다른 자료들 사이에 흩어져 있는 고요한 1과 0으로 돌아가면, 어떤 한정된 공간에 여전히 존재하는 두 여인이 불빛 희미한 캠퍼스를 계속 가로지르고 있었다. 그들은 이 사진을 찍을 당시 거의 1년 동안은 언제든 처음처럼 다시 가까워질 수 있는 친구 사이를 꾸준히 유지하면서, 뒤에서 은밀하게 일어나는 얽히고설킨 일들에 같이 엮이고,

143 love beads. 1960년대 말 히피들 사이에서 각광을 받은 사랑과 평화의 기원을 담은 각양각색의 염주 목걸이.

144 Wake Up, Little Susie. 1957년 미국에서 결성되어 비틀스, 싸이먼 앤드 가펑클, 밥 딜런 등에게 큰 영향을 준 2인조 그룹 에벌리 브라더스의 히트곡 중 하나.

약속을 하고 다시 조정하고, 불쾌한 일이 있어도 참아주고, 상대가 쉽게 상처받는 약점은 속으로 삼키고, 특히 서로에 대해 절대 의심을 하지 않으며 지냈다. 당시의 사회적 격변은 디엘처럼 행동에 대한 기대에 부풀어 있던 온갖 종류의 사람들을 버클리 같은 도시로 몰리게 했다. 그 무렵 디엘은 겁줄 만한 소녀 오토바이 폭력단을 찾아 101번 고속도로를 위아래로 훑고 다니고, 드러그스토어에서 파는 보드까를 병째 마시고, 스네이크라는 이름의 패거리에게 몸을 팔아 구한 십자가 표시가 된 흰색 알약[145]을 들고 바로 옆 인구 밀집 지역으로 가서 자신의 안전에 적당히 해가 될 정도로 즐기며 살았다. 프레네시를 만나기 바로 전날밤 그녀는 떼따스 이 체따스[146] 조직의 전全회원들을 쫓아 쌀리나스 일대의 어두운 농경지대를 거쳐 북쪽으로 향하고 있었다. 그곳은 엄청난 양의 채소들을 트럭으로 쏟아부으면 차량으로 온종일 으깨고 또 으깨서, 밤에는 거대한 쌜러드 같은 냄새가 코끝에서 떠나지 않았다. 마침내 그녀는 자동차 기름이 다 떨어져 그들을 보내야만 했다. 그때 그녀는 마침 버클리 근처여서 라디오를 청취하고 있었고, 그곳을 잠깐 들러보고 싶다는 생각이 들었다. 그때나 혹은 나중이 되어서나, 그녀는 자기가 무엇을 찾고 있었는지 자신의 생각을 말할 수가 없었다.

그녀가 찾은 것은 새벽부터 카메라와 불법 ECO[147] 필름이 가득 든 가방을 메고서, 텔레그래프 가街에서 폭동 진압 장비와 소형 총기, 그리고 바라건대 고무탄 소총 정도만을 갖추고 거리로 접근하

145 중추신경을 자극하는 각성제의 일종인 암페타민을 말한다.

146 Tetas y Chetas. 흔히 스트립쇼나 음란물을 암시하는 '유방과 엉덩이'란 뜻의 멕시코계 미국인들의 은어.

147 Ektachrome Commercial의 줄임말. 미국의 이스트먼 코닥사(社)에서 발매한 속도가 매우 느린 16밀리미터 필름.

고 있는 준군사 부대를 마지막으로 필름에 담고 있는 프레네시였다. 마지막으로 봤을 때 프레네시는, 캠퍼스에서 천천히 후퇴하면서 물건들을 닥치는 대로 던져놓고 가는 군중의 앞쪽 가장자리에 있었다. 필름이 다 돌아가고 뷰파인더의 안전장치에서 눈을 뗐을 때 그녀는 홀로 군중과 경찰의 중간 지점에 있었고, 재빨리 몸을 피할 수 있는 옆길도 전혀 없었다. 음. 상점 입구들은 모두 사슬로 잠겨 있었고, 창문들은 두꺼운 합판으로 셔터가 쳐져 있었다. 그녀가 취해야 할 다음 단계는 계속해서 필름을 갈아 끼워 카메라에 좀 더 담는 것이었다. 그러나 가방 속을 계속 뒤적거리는 것만으로도 카키색 군복을 입은 젊은 남자들에게는 충분히 위협적이었다. 그들은 너무 가까이 다가와 있어서, 코끝에 계속 남아 있는 최루가스 바로 너머로, 그들의 냄새를, 즉 면도 후에 바르는 로션, 태양빛을 머금은 총기의 쇳덩어리, 이미 두려움에 젖어 땀이 흥건한 겨드랑이의 냄새를 그대로 맡을 수 있었다. 그녀는 기도했다. 오, 슈퍼맨이 필요해요, 덩굴을 타고 있는 타잔이 필요해요. 아랫배에 심한 복통이 순간적으로 찾아왔다 사라졌다 하는 찰나에 헬멧과 안면 가리개까지 완전히 새까만 디엘이 전체를 빨간색과 은백색으로 과도하게 치장한 자신의 소중한 악동, 체코산 오토바이 체 제드를 타고 나타나서는, 위험에 처한 프레네시와 카메라, 미니스커트, 장비 가방 등등 모든 걸 태우고 사라져버렸다. 오토바이는 포장도로 위에 누워 있는 사람들을 어떻게든 치지 않으려고 애쓰며, 수북이 쌓인 거리의 쓰레기들과 불에 타는 종이들 사이를, 그리고 바스러진 자동차 유리조각 위를 미끄러지듯 통과하고 나서, 인도로 들어섰다가 마침내 길모퉁이를 돌아 이제 막 빠져나온 늦은 오후의 햇빛 속에서 반짝이고 있는 만灣을 향해, 긴 언덕을 속도와 냄새가 뒤섞인 꿈같은 질주를 만끽하며 으르렁대고 달렸다. 넓적다리의 맨살을 드러낸 채 프레네시는 그녀를 구해준 은인의 가죽바지 엉덩이를 꽉 쥐었다. 그리고 자신도 모르게 그녀의 향기로운 가죽재킷 등에 얼굴을 바싹 대었다. 이런 식으로 껴안게 될 것이 여자일지도 모른다는 생각을 프레네시는 전혀 하지 못했다.

확실히 오토바이족들만의 즐거움이 있었다. 그들은 언덕배기에서의 전투로부터 도망쳐온 사람들로 붐비는 부둣가 가게에 앉아 치즈버거, 프렌치프라이, 셰이크를 걸신들린 듯 먹어치우고 있었다. 가게에 있는 사람들은 아까 울었던 사람들을 포함해 모두 실내의 빛 때문에 눈이 부셨다. 그것은 머리 위의 형광등 때문인가, 아니면 바깥의 태양과 바닷물의 장난 때문인가? 아니면…… 너무 많은 과열된 램프들, 경계선 너머 어딘가에서 온 것이 아니라, 심지어 아직 정의조차 되지 않은 새로 솟아난 세계에서, 거의 모든 것을 잃어도 될 만큼의 가치가 있는 그런 세계에서 온 램프들 때문인가? 주크박스에서는 더 도어스, 지미 헨드릭스, 제퍼슨 에어플레인, 컨트리 조, 피시의 음악이 흘러나왔다. 디엘이 헬멧을 벗고 머리를 흔들자, 머리카락이 저무는 오렌지색 햇빛을 받아 혜성처럼 환하게 빛났다. 프레네시는 무섭고 배고프고 동시에 정신이 멍한 상태에서 여전히 상황을 파악하려고 노력했다. "누가 보냈지, 맞지?"

"지나가던 중이었어. 그게 다야. 편집증 환자처럼 들리는데."

프레네시는 햄버거를 든 손으로 몸짓을 하느라 케첩과 기름을 번갈아가며 흘렸고, 각각의 방울들은 낙하하며 비행하는 힘에 의해 방향이 휘면서 빨간색과 베이지색이 소용돌이치는 미세한 패턴으로 떨어졌고, 그녀가 말했다. "얘, 이건 혁명이야—느껴지지 않니?"

디엘은 눈을 가늘게 뜨며, 이건 다 뭐지 하고 생각했다. 그것은 마치 어른이 하루 중 위험한 시간에 엄마가 없는 것도 모른 채 놀고 있는 작은 아이를 우연히 맞닥뜨리는 느낌이었다. "모두들 활기 넘쳐 보이기는 했어." 몇달이 지나서이기는 하지만 그녀가 프레네시에게 말했다. "내가 놀리지 않을 수가 없는데, 넌 아주—" 하지만 적당한 단어가 떠오르지 않는 척하며 더이상 말하지 않았다. 아마도 그것은 혁명적이었어라는 말은 아닐 터였다. 당시에 그 말은 널리 그리고 때로는 간절하게 사용되었고, 폭넓은 의미를 누렸었다. 프레네시는 사람들이 신비스럽게 하나가 되어 빛의 최상의 가능성을 향해 함께 힘을 모으는 장면을, 한두번은 이루어졌고, 그녀가 그것을 거리에서, 시간을 초월한 순간의 폭발 속에서, 사방으로 오고 가는 인간들과 발사물들 속에서, 단일한 존재가 된 사람들, 마찬가지로 한자루의 움직이는 칼처럼 하나가 된 경찰들에게서 보았던 그런 장면을 꿈꾸었다. 회의 때에는 그저 다른 사람들을 지루하게 하거나 골칫거리이기만 했던 개인들이 갑자기 의지를 초월하기라도 한 듯이 경찰봉과 희생자 사이로 매끄럽게 움직여 대신 매를 맞거나, 장갑차가 밀고 들어오는 도로 위에 드러눕거나, 총구를 빤히 쳐다보며 표현의 권리를 외치던 그런 장면을. 그 당시에는 누가 혹은 언제 예기치 않게 이렇게 바뀔지는 아무도 알 수가 없었다. 사실 몇몇 사람은 바로 그러한 순간들을 만나게 될 가능성을 은밀히 좇기 위해 그곳에 와 있었다. 그러나 디엘은 자기는 그렇게 거룩하지는 않다고 고백했다. "내가 평소에 찾아다닌 건 못된 놈들 엉덩이를 걷어차는 거였어." 디엘은 프레네시를 쳐다보며, 부정해주기를 기다렸다. "하지만 누군가가 말해주었어. 만약에 내가 그들이 말하는 소위 정확한 분석을 하고, 그런 다음 그것에 따라 행동을 하지 않으면, 별 의미가 없다고. 그런 말 들어본 적 있어?"

프레네시는 어깨를 으쓱했다. "들어봤어. 어쩌면 내가 참을성이 없는지도 몰라. 나는 지금 느끼는 대로 따라야만 해. 디엘, 지금 느낌이 괜찮아. 이번에는 우리가 정말로 세상을 바꾸게 될 것 같아." 그녀는 어서-뭐라고-말-좀-해봐 하는 식으로 뒤돌아보았다. 그러나 디엘은 혼자서 씩 웃었다. 프레네시는 역광으로 비치는 오후의 마지막 햇살에 눈이 부신 상태에서, 디엘의 얼굴이 무엇에 홀린 듯이 그녀의 아버지 무디 채스테인으로 짐작되는 젊고 황홀한 남자의 얼굴로 바뀌는 것을 목격했다. 나중에, 그동안 살아오면서 찍은 사진들을 서로 보여주게 되었을 때, 은빛과 색조에 물든 그의 바로 그 사진 속 얼굴이, 전에 그 반짝이던 순간들을, 즉 용광로에서 방금 빼낸 구리 같은 후광, 그녀를 구하려고 나타난 유령 같은 젊은 영웅, 그날의 들끓는 흥분, 온 사방에서 벌어진 혁명, 세계적 수준의 햄버거, 주크박스로 맺은 우애를 확인시켜주었다. 그때 마린 뒤편으로 해가 졌고, 디엘의 땀 냄새와 흥분한 음부의 냄새가 가죽옷에서 퍼져나와 오토바이 냄새와 뒤섞였다.

무디. 그는 한때 할링전, 브라운스빌, 매캘런[148] 일대를 돌며 나쁜 행동을 일삼은 텍사스의 신참 건달이었다. 그와 그의 작은 패거리는 잠시 동안 멀리 모빌 베이[149]까지 이동해서 머츠 구역부터 매거진 구역에 이르기까지 불안을 조장했으나, 곧 자신의 원래 구역으로 돌아가 바퀴 달린 침대에서 얼음통에 맥주와 함께 꽂아두어 싱싱한 도핀 섬의 난초를 온갖 여자들에게 나눠주고, 과속운전, 부적절한 무기 발포, 운전 중인 차량에서 마개를 딴 술을 사람들에게

148 모두 텍사스 주 남부에 있는 도시들.
149 미국 앨라배마 주 서남부에 위치한 만.

건네는 행위[150] 등등 원래 하던 짓들을 다시 계속하자, 결국에는 그의 가족과 친한 보안관 부관이 군대 아니면 헌츠빌[151] 둘 중의 하나를 택하라고 제안했다. 그 무렵 서서히 다가오고 있던 전쟁에 대해서는 절대 직접적으로 언급하지 않았다. 그래도 무디는 궁금해서 묻지 않을 수 없었다. "그럼, 난 무얼 쏘게 되는 거죠?"

"어떤 무기든, 어떤 총이든 다 돼."

"제 말은, 누구를 쏴야 하느냐고요?"

"쏘라고 하는 대로 쏘면 돼. 내가 알기로 그럴 경우 흥미로운 점은 법적인 문제는 거의 발생하지 않는다는 거야."

이 말이 괜찮게 들리자, 무디는 바로 가서 입대를 했다. 그는 포트후드에 배치되어 예배를 보던 중에 놀린을 만나, 바로 그 비좁은 목조 교회에서 배로 본국을 떠나기 직전에 결혼을 했다. 그가 간 곳은 대서양 한가운데였다. 결국에 가서는 철강과 관련되지 않은 것이라고는 하나도 없는 공간에 처박혀 그는 자신이 얼마나 겁먹었는지 알아차릴 겨를도 없이 바깥의 수평선, 그 몰인정한 순수를 상상하며 며칠을 내내 토했다. 트럭에 올라타고 어떤 경계선을 향해 갈 수 없었던 것은 그때가 태어나 처음이었다. 그는 사람들이 너무 많이 들어 있는 깊은 구멍 속에서 거의 미칠 뻔했지만, 끝까지 포기하지 않고 두려움을 이겨내려고 노력한 결과 마침내 그것을 해냈을 때에는 예수를 발견한 것 같은 기분이었다. 무디는 만화책이나 성경 삽화에서처럼 그가 가야만 하는 길을 알려주는 일

150 미국 대부분의 주에서는 운전 중인 차량에서 마개를 딴 술을 소지하고 있거나 조수석에 탄 사람에게 건네는 행위가 법으로 금지되고 있다. 일명 '오픈 컨테이너 법'이라고도 한다.

151 텍사스의 주 교도소 본부가 있는 도시.

련의 장면들을 보았다. 그 장면들에서 최악을 상상하면 다음 순간 자신은 그보다 더 나쁜 처지가 되어 있었다. 그는 폭력적인 놈들을 괴롭히고, 욕심 많은 놈들의 것을 빼앗고, 술주정뱅이들에게는 놀라서 비틀거릴 만한 것을 주어야만 했다. 아무리 나쁜 놈이 되는 한이 있더라도, 건달 시절부터 배워둔 모든 것을 총동원해서 어떻게든 헌병이 되어야만 했다. 결국 그는 그렇게 되고 말았다. 그리고 헌병으로서의 첫번째 근무를 런던, 그것도 섀프츠베리 가와 그 주위에서 당시의 군대 속어로 '스노드롭'으로 알려진 순백의 제복을 빼입고 수행했다.

대릴 루이즈는 무디가 헌병 생활을 무사히 마치고 군 교도소에 배속된 뒤, 그곳 캔자스 주 레번워스에서 전쟁이 끝난 직후에 태어났다. 전쟁이 벌어진 몇년 동안 그는 수없이 사격을 하고, 종종 부상을 입히고, 더러는 살해를 하기도 했다. 그러나 무기에 대한 애정에도 불구하고 무디는 폭탄, 포, 심지어는 소총조차도 너무 추상적이고 차갑다고 느끼게 되었다. 평화로운 시기가 되자 무디는 이제 좀더 인간적이고 싶어졌다. 그는 머리를 깨뜨리고 어깨 관절을 탈구시키는 등의 목숨을 위협하는 숙련된 기술을 사용할 수 있는 자격을 이미 갖춘 상태였지만, 정신이 정말로 번쩍 든 것은 전쟁에서 패한 일본의 유도와 주짓수를 처음 알게 되고 곧이어 전후의 유행을 맛본 뒤였다. 그때부터 계속해서 무디는 어디에 배치가 되든 상관없이 할 수 있을 때마다 연습을 했고, 동부와 서부 연안에서 내로라하는 정신수련 학교를 다녔으며, 결국에는 자신이 이끄는 일군의 학생들을 가르치는 시간강사로 일하게 되었다. 디엘은 다섯살 혹은 여섯살 때부터 그를 따라서 도조[152]에 가기 시작했다.

"엄마는 아빠가 슬그머니 옆길로 샐 거라고 생각했었나봐. 그래서 아빠를 감시하라고 나를 거기에 따라가게 한 걸지도 몰라."

"음, 왜 그런지 알겠어." 프레네시가 우연히 본 스냅사진에서 군복 정장 차림에 리본, 훈장, 완장, 견장을 단 무디가 벌써 몸집이 커진 여덟달 된 디엘을 안고 햇빛 속에서 씩 웃고 있었다. 그들 뒤로 야자수들이 있는 것으로 보아 그곳은 더이상 캔자스 주일 리가 없었다.

"겉모습을 보니까, 네 아빠, 그만 손 털고 전향하신 것 같은데. 제멋대로 살던 소년에서 결국 보안관 부관으로 바뀌셨잖아." 이제 이런 얘기 정도는 서로 편안하게 나눌 수 있는 사이가 되자 프레네시가 말했다.

"우오." 디엘이 고개를 끄덕이며 눈을 반짝거렸다. "그런데 그걸 누구한테 풀었을까." 나이를 먹어가면서 디엘은 엄마가, 놀린이 정체 모를 '잡일'을 핑계로 집을 자주 들락날락한다는 것을 알아차렸다. 나중에 몇년이 지나서야 짐작하게 된 것이지만, 그 말은 엄마가 다른 어떤 것, 아마도 남자 친구들을 두고서 한 말 같았다. 당시에 무디의 문제들 중에는 일터에서의 감정적인 요소들을 집에까지 갖고 오는 버릇도 들어 있었다. 두 사람이 대판 싸우고 난 어느날 아침 디엘은 엄마에게 투덜대기 시작했다. "왜 엄마는 아빠가 하는 말도 안되는 소리를 그냥 참고만 있어?" 놀린은 그저 울먹이며 쳐다만 볼 뿐, 말이 하고 싶어도 차마 딸에게는 하지 않으려 했다. 그렇게 하면 딸을 보호할 수 있을 거라고 분명히 믿어서였다.

"잠깐." 프레네시가 불쑥 끼어들었다. "아빠가 엄마를 때렸다는 거야?"

152 카라떼나 유도 같은 일본 무술을 가르치는 도장.

그녀는 젠장-너-뭐야 하는 표정으로 빤히 쳐다보았다. "너희 집에서는 그런 일이 없다는 거니?"

"너한테도 그런 적 있어?"

그녀는 딱딱한 미소를 지었다. "아니. 진짜야." 그녀는 턱을 앞으로 내밀며 끄덕였다. "알아? 그 작자는 나하고는 연습도 하지 않았어. 도조 사람들이 있는 데서든, 나랑 체구와 급이 똑같아졌을 때든. 나하고는 절대 링에 오르려 하지 않았다고."

"그래도 어리석지는 않으셨네."

"오, 그랬더라도 그의 엉덩이를 그렇게 세게 차지는 못했을 거야……" 프레네시는 씩 웃었지만, 그녀는 내내 표정이 없었다. "정말이야. 아빠가 딱 막고 서 있을 때 드는 느낌 있잖아. 어떻게 해볼 수가 없어. 프로답지 못하게 사기를 빼앗아버려."

"네 엄마는? 왜 참고 지내셨대?"

놀린이 할 수 있는 것은 "아빠 직업상 어쩔 수 없어" 하고 말해주는 것뿐이었다. 하지만 디엘은 여전히 이해가 안되었다. "아빠는 우리를 사랑해. 하지만 가끔은 그럴 수밖에 없을 때가 있어." 그날 아침 엄마의 얼굴은 어린 디엘을 깜짝 놀라게 할 만큼 붓고 일그러져 있어서, 그녀에게 해를 입히려고 들지도 모를 어떤 이상한 동물로 천천히 변할 것만 같았다.

"엄마 말은 사람들이 아빠더러 그러라고 시키기라도 한다는 거야?"

놀린은 그 시절 디엘이 들을 때마다 무서워했던 한숨 소리, 듣는 사람을 슬프게 하는 지칠 대로 지친 포기의 숨소리를 내며 대답했다. "아니. 하지만 차라리 시키는 편이 나아. 현실이 그래. 현실을 움직이는 건 사람들이야. 그들은 우리에게 물어보지도 않아. 그건 네가 이다음에 커서도 끝나지 않을 테니 배워두는 게 좋을 거야, 대릴 루이즈."

"모두 다 그래야 한다는 거야?"

"그래, 모두 다란다, 얘야. 저기 있는 큰 숟가락 좀 건네줄래?" 그러나 몇년 후 아주 오랜만에 들렀을 때 그녀의 엄마는 이혼을 하고서 휴스턴에 살고 있었다. 마침내 놀린은 그녀에게 말했다. "왜냐고? 그때 네 아빠는 나를 입안이 바싹 마를 정도로 무서움에 떨게 했었어. 어떻게 해야 했을까? 난 그가 늘 차고 다니던 그 빌어먹을 낡아빠진 총들을 어떻게 쏘는지도 몰랐어. 진심으로 하는 말인데, 네가 최대한 멀리 달아날 수 있었던 건 운이 좋아서야. 난 알아. 무언가가—혹은 누군가가—나를 지켜주고 있었다는 걸."

그때쯤 이미 디엘은 전화 수화기 너머로 이미 한번 이상은 들어본 적이 있는 기독교 광고가 흘러나오는 동안 내내 정신 집중을 하면서 전혀 압박감 없이 편안하게 앉아 있을 수 있었다. 그녀는 마침내 엄마의 영혼을 받아들이는 중이었는데, 동양의 무예를 익히는 삶에서 얻은 또 하나의 부수적 이익이었다. 수련을 통해 그녀는 자신을 기다리고 있었던 무기력감과 자기파괴적인 증오심으로부터 일찌감치 벗어날 수 있었다. 나아가 어딘가쯤에서는, 모든 영혼은 인간이든 다른 무엇이든 간에, 동일한 더 거대한 존재가 다르게 위장한 것들이며, 놀이 중인 신이라고 이해하고는 했다. 그녀는 소녀 때부터, 심지어는 저 유명한 계몽의 대행사 국방부가 무디에게 일본 발령을 내리려 하기 전부터 자기만의 갈 길을 알고 있었지만, 그래도 놀린의 예수 사랑을 존중했다.

때는 한국전쟁과 베트남전쟁 사이의 일시적으로 고요하던 시기였지만, 정양 휴가 중인 부대들 때문에 무디는 여전히 매우 바빴다.

놀린은 자신만의 '잡일'들을 하느라 자주 집을 비웠고, 그래서 디엘은 혼자 남을 때가 많았다. 그녀는 비무장결투 기술을 가르쳐줄 강사를 찾아볼 생각에 근무요원 자녀 학교를 빼먹기 시작하다가, 거의 대부분은 파찐꼬 방 근처를 서성이는 신세가 되어 수상쩍은 사람들과 사귀고, 현지에서 사람들과 어울려 지내는 데 필요한 예절 학교 수준의 예법들을 모두 익힐 만큼의 언어를 배웠다.

어느날, 수백만개의 쇠구슬, 세밀하게 왁스칠을 한 핀, 구슬을 잡아먹는 '튤립'들이 타닥타닥 부딪치는 소리에 둘러싸여 있던 중에, 그녀는 거미줄의 빈틈이라도 발견한 듯 관심을 옆으로 돌렸다. 그녀는 주위를 둘러보았다. 평범한 옷차림에 하인 같은 느낌을 풍기는 남자가 서 있었다. 그는 깍듯이 머리를 숙여 인사를 하고 나서 물었다. "소바 먹을 줄 아니?"

답례로 머리를 숙여 인사를 하고서 그녀가 말했다. "사주시게요?"

그의 이름은 노보루였고, 자기 말로는 사람의 진정한 운명을 꿰뚫어보는 능력을 지녔다고 했다. "내 말 오해하지는 마!" 국수를 후루룩 먹으며 말했다. "너는 게임에서 초단初段 실력은 확실히 갖고 있어. 하지만 파찐꼬가 너의 운명은 아니야. 나와 같이 가서 내 스승을 만나보면 좋겠어."

"혹시 지도교사세요?"

"오랫동안 찾았어. 선생님께서 그러라고 시키셨거든."

"잠깐만요. 그동안 이 근처를 꽤 돌아다녀봐서 학생이 선생을 찾는 거라는 것 정도는 충분히 알아요. 이건 대체 어떤 종류의 말도 안되는 사기인가요?" 그러나 그녀는 혼자 어떻게 해볼 수 있는 재주가 없었다. 털사에 사는 이모가 있었더라면 '저세상에서 온 메시지'라고 불렀음직한 그런 상황이었다.

첫번째 면담 내내 이노시로 센세에[153]는 걱정했던 대로 한 손은 디엘의 다리 위에 올려놓은 채, 다른 한 손으로는 계속 줄담배를 피워댔다. 말하는 품새는 딱 잘라서 싫으면-그만두든가 하는 식이었다. 그녀가 파찐꼬 놀이를 하는 동안 그의 대행인이었던 노보루는 의심할 여지 없는 능력으로 영혼의 능숙한 냉혹함을 간파했고, 그의 스승도 은밀히 지켜보고 나서 이미 인정한 터였다. 디엘은 혹시 자기가 대부분의 일본 성인들보다 키가 큰데다 눈길을 끄는 머리를 해서 그런 것은 아닐까 생각해보았다. "내가 전수해야 할 것들이 있어. 아무도 갖고 있지 않은 기술들인데, 어떻게 해서든 계속 이어져야만 해."

"저는 일본인도 아닌데요."

"이번에 나의 중요한 숙명적 과업들 중 하나는 일본의 섬나라적인 집착에서 벗어나, 국제적인 아스끼까[154]를 키우는 거야. 알겠어?" 센세에가 큰 소리로 말했다. "자, 어서 춤을 추자고!"

"에?"

"자네 몸놀림을 봐야지!" 그들은 실눈을 뜨고 얼굴을 찡그리는 디엘과 함께 모퉁이를 돌아선 곳에 있는 '행운의 성게'라 불리는 야간 단란주점으로 가서 뒷골목 스타일의 투스텝 춤을 췄는데, 디엘은 쎄븐업 빼고는 다 거절했다. 이 우스꽝스러운 남자들이 그녀에게 접근한 때는 하필 그녀가 인생에서 그렇게 안정적이지 않은 시기였다. 기지 내에 있는 학교에서 여학생들은 순결과 사춘기에 대해서 행정부에서 제공하는 대략적인 설명만 들은 상태였다. 디

153 선생을 뜻하는 일본어.

154 영어 '애스키커'(asskicker)를 일본어로 소리 나는 대로 말한 것. 못된 사람을 혼내고 벌주는 사람을 뜻한다.

엘의 상황은 다른 별에 휴가를 갔다가 여행자수표를 분실한 경우와 비슷했다. 얼마 지나지 않아 그때는 커다란 골칫거리였던 생리가 마침내 시작되었고, 게다가 최근에는 모든 사람들이, 특히 남자아이들이 그녀를 이상하게 쳐다보는 긴, 때로는 온종일 이어질 정도로 긴 무뚝뚝한 시선의 물결에 의해 아래까지 씻기는 기분이 들었다. 그러나 센세에는 그런 데 대해 얼굴만 찌푸릴 뿐 거의 동정하지 않았다. 디엘이 나중에 일본을 떠나기 전에 몇개 듣게 된 전통적인 이야기에서 도제 생활은 혹독하고 길었고, 견습생은 산속의 경치 좋은 곳에서 집 밖의 천한 일들을 하면서 인내와 복종을 배우게끔 되어 있었는데, 디엘도 그것 말고는 달리 배운 것이 없었으며, 어떤 이야기에서는 그것만으로도 몇년이 걸렸다. 디엘이 이노시로 센세에로부터 받은 교육은 현대화된 집중 강좌 같은 것이었다. 그 강좌에서 학생은 알고 싶지도 않을 정도로 너무 힘든 시간 압박을 받게 되어 있어서, 그녀는 차라리 그것은 낭만적인 불치병, 어딘가에 있는 좀더 나이 든 여자의 이야기라고 마음먹기로 했다…… 아주 오래된 알 수 없는 이유로, 아마도 그 여자 때문에 예전에 거기서 누군가를 죽여서, 남자는 산으로 돌아가지 못하고, 이제 여자가 멀리 떨어진 곳에 누워 죽어가는 동안, 남자는 죄를 뉘우치며 이 혼돈의 도시에 발이 묶인 채 살아야 하는 신세가 되어, 그녀와 안개와 바람에 출렁이는 나무들을 그리워하며……

센세에는 디엘에게 도저히 이해할 수 없는, 혹자는 전혀 무의미하다고 할 바보 같은 심부름을 온 사방으로 시켰다. 그는 테이프와 검은 안경으로 그녀의 눈을 가리고 야마노떼선線에 태워, 몇시간 동안 지하철을 계속해서 바꿔 타다, 결국에는 눈을 가리고 있던 것을 벗긴 후 그녀에게 특정한 모양과 무게의 돌멩이 하나를 건

네고는, 해 지기 전까지 오직 그 돌멩이만을 이용하여 그의 집으로 돌아오라는 지시와 함께 그녀를 길 한가운데에 내버려두고 떠났다. 그는 그녀에게 그녀도 이해하지 못하는 메시지를 주고서 모르는 사람들에게, 혹독하게 반복해서 익힌 주소지로 가서 전달하라고 시켰다. 나중에 드러난 것이지만 그 주소지들은 존재하지 않거나, 파찐꼬 방처럼 그외의 다른 어떤 곳일 수도 있었다. 그는 또한 이전의 문하생이 운영하는 근처의 작은 도조에 그녀를 등록시켰다. 그러면 그녀는 시간의 절반을 전통예법과 무술을 익히는 데 쓰고, 그런 다음에는 슬쩍 바깥으로 나가 길모퉁이를 돌고 뒷골목으로 들어가 평범한 범법자들보다는 흉악범들을 상대했다.

한편, 디엘이 그동안 학교를 빼먹었던 게 집에서 문제가 되었다. 무단결석 단속반원들이 일상 업무처럼 그녀 앞에 나타났다. 무디는 그들이 결국은 직장에 나타나 장교들을 포함해 다른 사람들이 다 보는 앞에서 그를 성가시게 하여, 별수 없이 입가에 억지웃음을 지으며 집으로 가게 될 때까지는 그것을 무시하고 지냈다. 일주일 반 동안 그는 집 앞의 길을 걸어 들어오면서부터 세게 소리를 질러, 주위의 새들을 찍소리 못하게 만들고, 이웃집 개들과 고양이, 아이들을 집 안으로 내빼게 했다. 그가 고함치는 소리는 방충망을 넘어 조그맣고 아담한 마당을 가로질러, 황금시간대인 저녁시간과 그 이후까지 내내, 아마 센세에께서 보았다면 품위없는 행동이라고 불렀을 정도로 직설적이고 격분한 말투로 계속 이어졌다. 놀린은 늘 그렇듯이 잠자코 있으면서 끼어들지 않으려고 애썼지만, 가끔은 한창 소란스러운 중간에 충동적으로 커피를 내놓기도 했다. 그리고 늘 그렇듯이 무디는 딸에게 손끝 하나 까딱대지 않았다. 이제는 그녀가 자기에게 진짜로 해를 입힐지도 모른다는 사실을 알고 있던 터였다. 사실대로 말하자면, 그 무렵 그는 근무한 지가 20년이 되어가면서 퇴근 후 바로 귀가하기 시작했고, 최근 2년 동안은 주간 근무시간에만 정규적으로 일했고, 그동안 해왔던 것 만큼만 아드레날린과 배짱을 드러내는 선에서 대충 서류들을 처리했으며, 체육관, 트랙, 수영장, 혹은 도조에 가는 시간이 점점 더 줄어드는 대신에, 개인 전용 머그잔을 오른손 집게손가락에 거의 영구적으로 고정해놓은 채 갈수록 뚱뚱해지는 엉덩이를 의자에 쑤셔넣고 편안히 앉아, 수시로 찾아오는, 머리를 들이박으며 망나니처럼 살던 시절의 수많은 옛 친구들과 말 같지 않은 농담을 주고받았다. 그는 예전의 비무장결투에 대한 열정을 이미 잃어버린 상태였다. 그래서 디엘은 조리있게 말하든 목청을 높여 말하든, 그것을 좋아하게 된 자기 자신을 이해해달라고 아무리 이야기해도 전혀 소용이 없었다. 그녀는 두 사람 모두에게 최대한 공손하게 말하려고 노력하면서 도조에 관해서, 단 이노시로 센세에에 관한 것은 다 빼고, 이야기하고는, 잠자코 말을 듣기만 하기로 굳게 마음먹었지만 무디의 의심이 커서 기분이 벌써 침울해졌다. "그 눈꼬리가 올라간 작은 멍청이들 중 하나하고 있는 거 봤어." 그가 내키는 대로 말했다. "그는 살해당하게 될 거고, 그러면 너는 클로록스 질 세척을 받게 될 거야. 내 말 알아듣겠어?" 디엘은 진심으로 그렇게 말하고 싶지 않았지만, 알겠다고 말했다.

저건 저세상에서 보낸 또다른 메시지인 게 분명했다. 그녀가 보기에 하나의 패턴이 있었다. 그는 작심이라도 한 듯 막말을 내뱉고, 으르렁거리고, 커다랗고 부드러운 폭탄 주둥이 같은 배를 그녀에게 들이밀면서, 그녀를 쓰레기, 누런 놈들 애호자, 그리고 무슨 뜻인지 어리둥절한 공산주의자라는 말로 불러댔다. 놀린은 입술을 조금씩 물어뜯으며 눈빛으로 '왜 계속 건드려. 또 나한테 화풀이하겠지' 하고 말하는 듯한 슬픈 표정을 지었다. 몇년 뒤에 디엘은 스스로에게, 그다음에는 놀린에게 직접 고백했다. "그땐 내가 아주 가학적이었어. 속으로만 부글부글거리는 엄마 모습에 너무 화가 나서 아빠를 계속 화나게 한 거야. 그리고 엄마를 어떻게 해야 아빠와 맞서 싸우게 할 수 있을까 궁금하기도 했고."

놀린은 으쓱했다. 중앙냉방에서 나오는 바람이 어둠속에서 느릿느릿 돌았고, 프리웨이에서는 차량들이 연기를 내뿜었으며, 바깥 나무들은 습기가 많은 아열대의 대기 속에서 간신히 흔들거렸다. "너, 엄마가 러니어 대위를 만났던 거 알고 있었지……?"

"뭐라고? 엄마, 그 사람, 아빠의 지휘관이잖아?" 아니, 그녀는 방금 엄마가 말해주기 전까지는 전혀 알지 못했다. 어떻게 그럴 수가?

"그리고 이혼의 댓가로 위자료도 내줬어."

디엘은 당황한 나머지 고개를 가로저었다. "장난치지 마!"

놀린은 다시 태어나기라도 한 듯 손에 정원 호스를 든 소녀처럼 아주 다소곳하게 웃었다. "장난 아니야."

그런데 디엘 생각에는 무디도 그 사실을 알고 있었던 것 같았다. 대위가 그에게 계속 상기시켰을 테니까. 남자들이란 늘 그랬다. 그녀가 어린 시절을 보낸 곳은 음모로 가득 찬 늪지대와 같았다. 그곳에서는 물 밑으로 눈에 보이지도 않고 이름도 없는 미끌미끌한 것들이 살갗에 닿을 듯 말 듯 계속 스치고 지나가는데도, 모두들 수면으로 보이는 게 전부인 것처럼 살았다. 그러던 어느날 그녀는 드디어 순간적으로 깨달았다. 오직 그들로부터 벗어나, 싸우는 법을 배울 때가 유일하게 기분이 좋았던 때라는 확신이 그녀에게 막 흘러넘쳤던 것이다. 여자를 밝히는데다 갑자기 광분하고, 기질적으로 쉽게 화내는 것도 모자라 너그러움이라고는 찾아보기 힘든 사람이지만, 그럼에도 불구하고 센세에는 기하학적으로 어지럽게 퍼져 있는 주둔군 가족주택 구역의 마당, 울타리, 쓰레기장 어딘가에서 모습을 숨긴 채 숨만 쉬며 웅크리고 있다가 갑자기 튀어나와 그녀를 낚아채갈지도 모르는 것들로부터 벗어날 수 있는 피난처가 되어주었다. 그래서 그러다보면 너무 위험할 수도 있으므로 핑곗거리가 될 만한 극적인 어떤 것을 기다리는 대신에, 그녀는 두 사람 모두 우연히 집을 비운 어느날 작은 군용가방에 필요한 물건들을 채우고, 냉장고에 들어 있는 것들을 긁어모아 샌드위치를 만들어 커다랗게 66이라고 적힌 쇼핑백에 넣은 다음, 센세에에게 가져다줄 군납 시바스 리갈 한병을 훔치고는, 뒤도 돌아보지 않고 자기 방을 빠져나와 무단이탈을 했다.

센세에의 집에 도착했을 때, 넉넉한 몸집을 강판 도금, 레이더, 총기 지지대, 관측용 포탑 등으로 더 키운 흰색 링컨 컨티넨탈이 골목 대부분을 차지하고 있었다. 근처에는 검은색 정장과 셔츠, 흰색 넥타이, 검은 안경을 착용하고서 히죽히죽 웃고 있는 상고머리의 젊은 파견대들이 젠체하며 어슬렁거렸다. 그녀도 방해가 안되게 길에서 벗어나 쭈그리고 앉아 스카프로 머리를 가린 채, 정장 차림에 중절모를 쓴 나이 든 노인이 이노시로 센세에와 함께 문밖으로 나올 때까지 어두운 곳에서 기다려야 한다는 것쯤은 알고 있었다. 그들은 서로 허리를 굽혀 인사를 하고 나서 눈에 잘 안 띄게 굳게 악수를 했다. 방문객이 그의 코분[155]에 의해 차 안으로 거의 떠밀리다시피 들어가자, 차는 조심스럽게 후진을 해서 좁은 골목길

155 부하, 경호원을 뜻하는 일본어.

을 빠져나갔다. 인도의 통행이 한바탕 폭풍우가 지나가고 난 뒤처럼 다시 시작되었다. 그것은 마치 에도[156]의 풍경을 다시 한번 보는 듯했다.

안으로 들어가보니, 폼플라스틱을 넣은 사께 상자들이 주위에 어질러져 있었다. 하루 종일 사오라고 심부름을 보냈던 게 분명했다. 노보루는 의식이 없었지만, 디엘은 센세에가 그의 의식을 통제하고 있어서 그런 거라고 생각했다. 그녀는 공손하게 자기를 받아달라고 요청했다. 그는 반기는 눈치였다. "방금 전까지 여기에 누가 있었는지 알아?"

"야꾸자요."

"그런 일 하기에는 너는 너무 어려, 금발 아가씨!"

"'우는 아이도 야마구찌구미라는 이름을 들으면 울음을 뚝 멈춘다.'" 그녀는 일본어로 외워서 말했다.

그 말에 공감하면서도 슬쩍 곁눈질하며 그가 그녀를 향해 손을 뻗었다. 실수하셨어요, 센세에. 그녀는 즉시 '사라지기 자세'로 만반의 태세를 갖추고는, 어떤 식으로든 상대해줄 준비가 되어 있으니 할 테면 해보라는 듯이 맞섰다. "진정해! 단지 너를 시험해보려고 그런 거야!"

"우오, 센세에, 마피아하고는 그렇게 친하게 지내고, 저는 센세에를 위해 일하고, 그렇다면—"

"우리들의 관계는 아주 오래된 기리, 수많은 소소한 것들, 일본의 명사들과 엮여 있어서 너는 못 쫓아와. 전쟁도 깊은 관련이 있어. 그러나 너하고 나, 우리 둘은 오직 스승과 제자의 인연으로만 연결되

156 토오꾜오의 옛 이름.

어 있어서 언제든 쉽게 끊어질 수 있어. 게다가 네가 네 부모의 집을 그렇게 쉽게 떠날 수 있다면, 나를 떠나는 것도 쉬울 거야."

이건 뭐지? 죄책감? "제가 돌아가기를 바라세요?"

그는 깔깔대고 웃더니 알아듣기 어려운 소리로 말했다. "분명히 돌아가게 될 거야. 그럴 때까지, 여기에 머물도록 해!"

그때부터 쭉 그녀는 닌주쯔[157]와 센세에가 오래전에 익혀둔 것 같은, 정규 교본에 들어 있지 않은 금지된 기술들을 연마하는 데 온 시간을 쏟을 수 있었다. 그 기술들로 인해 본래 순수했던 닌자의 취지는 파괴가 되어 잔인하면서 좀더 세속적인 것으로 변했고, 혼을 상실했다. 그래서 한때는 영원한 기술이었던 것이 이제는 한 번 쓰고 버리는 게 되고 말았고, 한때는 좀더 숭고한 표본이었던 것이 이제는 일련의 단식 및 복식 시합 이상의 그 어떤 의미도 없는 게 되고 말았다. 센세에가 전수해야 한다고 느꼈던 것은 바로 이것이었다. 힘겹게 얻은 무사의 품위가 아니라, 값싸게 얻은 자객의 잔인함이었던 것이다. 디엘은 마지막 공중제비를 돌고 나서 센세에에게 그 점을 따져 물었다.

"그래, 맞아." 그가 그녀에게 말했다. "이것은 여기에 남아 버러지처럼 살아야 하는 우리 모두를 위한 것이야. 무사가 되기에는 어딘가 모자라고, 간발의 차이로 실패하여 남은 인생을 그렇게 살아야 하는 사람들 말이야. 이것은 우리 같은 주정뱅이들, 비겁자들, 그리고 죽여 마땅한데도 그렇게 느끼지 못하는 사람들을 위한 거라고…… 이건 우리의 무기이고, 우리의 칼이야. 모두 다 우리가 함께 공유해야 하는 것들이야. 또 우리에게는 선조들과 후손들이 있

157 닌자들이 첩보 활동과 요인 암살 등의 목적으로 주로 연마했던 일본 무술의 하나이자 정보 수집, 침투, 도피, 교란 등의 게릴라 전술.

어. 우리의 세대들, 우리의 전통들이 있다고."

"하지만 누구나 적어도 한번은 영웅이 될 수 있어요." 그녀가 그에게 말했다. "어쩌면 센세에게는 그 기회가 아직 오지 않은 것일지도 모르잖아요."

"디엘 상, 정신이 나갔군." 그가 진찰하듯이 부드럽게 말했다. "영화를 너무 많이 본 게로군. 네가 맞서 싸울 상대들, 네가 무찔러야 할 상대들은 사무라이나 닌자가 아니야. 자기는 용기 있게 행동하지 못하면서 그렇게 행동하는 사람들을 오로지 경멸하기만 하는 사라리만[158]들, 점진주의자들이라고…… 그들은 내가 너에게 가르쳐야 하는 것들만을 존중하도록 배웠어."

그는 그녀에게 중국 삼법三法에 해당하는 딤칭, 딤수엔, 딤막[159]을 아홉개의 급소뿐 아니라 단 한번도 공개된 적이 없는 열번째, 열한번째 급소와 함께 가르쳐주었다. 그녀는 손을 대지 않고도 사람들에게 심장마비를 일으키는 방법, 높은 곳에서 떨어트리는 방법, '죄의 구름' 기술로 셋뿌꾸[160]를 하게 하고 자기가 원해서 그런 거라고 생각하게 하는 방법—이외에도 격분한 참새, 숨겨진 발, 죽음의 코 파기, 그리고 정말 입에 담기도 힘든 고지라 노 친삐라[161] 등 공식 닌자 격투법에서 제외된 잡다한 전술들까지 배웠다. 빡빡하게 짜인 일정에도 불구하고 이노시로 센세에가 디엘에게 가르쳐준 몇몇 동작들은 10년쯤 지나서야 간신히 알 수 있을 것 같았고—매일같이 그렇게 혹독한 연습을 거치고 나서야 조금씩 이해되기 시

158 샐러리맨을 뜻하는 일본어.

159 중국 전통무술의 세가지 비법. 혈맥의 급소를 공격하여 사망에 이르게 하는 방법으로 원래 의술의 목적으로 사용되었다고 한다.

160 할복자살을 뜻하는 일본어.

161 '고질라의 패거리'란 뜻의 일본어.

작했다—가까스로 이해하고 나서도 그녀는 세상에서 절대 사용하지 말도록 배웠다.

몇날 몇주가 지나자 디엘은 자신이 인간 육체에 대한 초월의 경지로 접어들고 있음을 깨달았다. 몇년 뒤 『애그로 월드』와의 인터뷰에서 그녀는 이노시로 센세에와 보냈던 시간에 대해 자기 자신으로의 복귀, 육체의 회복을 경험한 시간이라고 표현했다. "사람들은, 본인들이 더 잘 알다시피, 늘 육체에 관해 세뇌시키기를 좋아하잖아요. 최대한 육체로부터 거리를 두게 하려고 하면서 말예요." 교실에서의 가르침은 항상 '육체에 대해서 책임질 수 있을 만큼 잘 모를 테니, 차라리 자격을 갖춘 의사나 실험실 전문가, 더 나아가서는 코치, 고용주, 발기가 된 소년 등등에게 그것을 맡기는 편이 더 낫다'라는 것이었다. 흥분한 나머지 디엘은 짜증이 났던 것은 말할 것도 없고, 자신의 육체는 자기 거라는 급진적인 결론에 도달했다. 당시는 그녀가 여전히 닌주쯔를 생각으로 접근하던 때였다. 몇년이 지난 뒤에 그녀는 생각을 하지 않고 매일매일 오직 운동만을 반복한 결과, 종종 큰 댓가를 치를 때가 있기는 했지만, 일생의 나날 속에서 언제든 시공간을 초월할 수 있게 되었다.

센세에가 예견한 대로, 그녀는 놀린과 무디에게 돌아가서 적어도 얼마 동안은 함께 지냈다. 야꾸자와 미군 사이에는 서로 교류하는 채널이 늘 있어서, 그녀가 어디에 있으며 안전한지 어떤지 결국은 모르는 사람이 없었다. 마침 그때 그녀의 부모는, 그들만의 이유로, 그녀가 집을 떠나 있는 것이 다행이라고 여기고 있었는데, 그럼에도 디엘이 피부양 미성년자로서의 역할을 다시 시작하지 않으면 안되었던 유일한 이유는 지휘관의 부인이 자기 남편과 놀린의 관계를 알아차리고 주위를 계속 시끄럽게 해서 급기야는 무디와 그의 가족이 본국으로 다시 돌아가게 되었기 때문이었다.

몇년 뒤, 그때만 해도 경쟁을 좋아하던 디엘은 어떤 모임에서 쿠노이찌 어텐티브 수녀회에 대해서 듣게 되었다. "늘 하던 방식 있잖아. 자갈길 끝까지 가서야 차를 얻어 타는 한이 있더라도 몇 마일이고 계속 걸었어. 그 당시에는 누구든 쫄딱 망한 모습으로 여기에 나타나면 공짜로 받아줬어. 초기에는 지금보다 이상주의적이어서 돈에 그렇게 연연하지 않았거든." 그녀와 프레리는 개울 옆에서 쉬고 있었다. 그들이 도착한 지 2주가 되면서, 어느덧 프레리는 주방에서뿐 아니라 컴퓨터실에서도 노련한 일꾼으로 자리를 잡아갔다. "이제는 단체보험, 연금제도, 우리를 위해 백방으로 뛰어다니는 L. A. 시내의 비키라는 이름의 재무 상담사, 쎈추리 씨티의 변호사에 대해서 알아요. 아쉽지만, 법무사 앰버가 고소 이후로 대부분의 일거리를 다른 사람에게 넘겨주게 되었다는 것도요." 디엘은 약간 초조해 보였다. 그녀의 파트너인 타께시 후미모따가 건강검진 같은 것을 받기로 한 날이어서 그녀와 오늘 만나기로 되어 있었는데 아직까지 나타나지 않아서였다.

"걱정돼요?" 프레리는 마음속으로는 남의 일에 참견하기를 좋아하는 사람은 아니었지만, 이렇게라도 하면 도움이라도 되지 않을까 하는 생각에 그녀에게 말할 기회를 주고 싶었다.

"아니. 그 일본 양반은 자기 앞가림 하나는 잘하거든."

"아하. 그런데 두분은 어떻게 만난 거예요?"

"어이쿠!" 누군가가 이렇게 강렬하게 비명을 지르는 모습을 보는 것은 토요일 아침에 방영되는 만화를 못 보게 된 뒤로는 처음이었다.

"와. 엄청 순진해 보이는 질문이기는 한데……"

"우리가 어떻게 만났느냐면……" 디엘의 목소리가 흥분한 소프라노로 바뀌었다. "이거 참! 실은 랠프 웨이본을 통해서였어. 나는 브록 본드에게 복수하는 꿈을 꾸면서 내 인생의 수년을 보냈어. 그를 죽이고 싶었거든. 이런저런 식으로 내가 사랑하는 사람들의 목숨을 빼앗아간 자이니, 그를 죽여도 아무 잘못이 없다고 생각했던 거지. 그 정도로 나는 균형을 잃었었어. 그런 생각이 나를 힘들게 했고, 내 판단력을 망가뜨렸어." 처음에 그녀는 랠프가 연예인을 쫓아다니는 팬인 줄 알았다. 관객들 사이에서도 항상 정장을 입고 있는 그의 모습이 그녀의 눈에 띄었다. 마침내 그는 유진의 어느 커피숍에 앉아 있는 그녀에게 다가왔다. 그녀는 새우 스캠피를 곁들인 접시를 한동안, 언뜻 봐서는 맥없이 멍하니 쳐다보고 있던 참이었는데, 토마토소스로 최대한 완벽하게 뒤덮인 채로 길 아래의 특이한 장난감 가게로부터 방금 배달된 것이었다. 그때 갑자기 랠프가 불쑥 나타나 그녀의 음식을 노려보았다.

"그걸 어떻게 먹으려고요?"

"바로 제가 묻고 싶은 거예요. 다른 볼일 있으세요?"

그는 테이블 맞은편에 앉아 철로 된 서류가방을 찰칵 하고 열고는, 그녀가 아는 얼굴의 8×10인치 크기 사진 한장과 함께 서류철을 꺼냈다. 그것은 프레송 방식[162]으로 인화한 브록 본드의 연출 사진이었다. 이제 막 면도를 한 것 같은 얼굴에 높고 부드러운 이마, 아직 젖살이 채 빠지지 않은 뺨, 매끈하고 뾰족한 귀, 작은 턱, 그리고 다친 데가 전혀 없는 가늘고 작은 코를 지니고 있었다. 사진은 연방 직인과 도장이 찍혀 있는, 스테이플러로 고정한 서류에 클립으로 끼워져 있었다. "모두 연방수사국 서류예요. 완전히 합법적인 것들이죠." 그는 아주 얇고 값비싸게 생긴 손목시계를 힐끗 쳐다보았다. "자 — 당신도 그자에게 볼일이 있죠…… 우리도 마찬가지예요…… 그렇다고 말해요. 그러면 우리 둘 다의 소원이 이루어질 테니까."

그녀는 랠프가 입은 정장의 마름질 상태와 재질을 이미 훑어본 뒤였다. "그렇다면 브록은 요즘 어떻게 지낸대요?" 그녀가 물었다.

"덩치만 커졌을 뿐 예전과 똑같이 늘 공무원으로 지내죠. 살이 아주 많이 쪘어요. 좌파와의 전쟁에서 이겼다 생각하고, 지금은 마약과의 전쟁에 자신의 미래를 걸려고 해요. 그러니 내 몇몇 친한 친구들도 불안해할 만하죠."

"그들한테는 그가 그 정도로 거물인가보죠? 나한테까지 찾아오신 걸 보니 진짜 절박한가보네요."

---

162 프랑스의 미셸 프레송이 발명한 인화 기법으로 목탄을 이용하며, 인상파 회화의 점묘법을 연상시킨다.

"아니요. 당신한테는 그럴 만한 동기가 있잖아요." 그녀가 그를 쳐다보았다. "당신의 과거를 알아요. 모두 컴퓨터에 저장되어 있어요."

그녀는 오래전에 이노시로 센세에의 집 앞에 서 있던 철갑을 두른 흰색 리무진이 떠올랐다. "그러면 이게 얼마나 실례가 되는지도 아시겠군요. 만약에 진짜 닌자를 원한다면, 이러는 게 오히려 방해가 될 수 있어요…… 여기서 감정들 따위는 관심 없고 기술만 사가려는가보죠?"

"그럼, 사가다마다. 하지만 그냥 주는 건 어때요? 당신이 진정으로 원하는 거잖아요? 안 그래요? 나쁜 사람을 제대로 한방 먹이는 거 말예요. 당신 눈에 다 쓰여 있어요."

그녀는 바로 시선을 돌리지도, 그렇다고 이런 저급한 농담에 적극적으로 반응하지도 않았다. 하지만 그건 그랬다. 그가 그녀의 속마음을 간파하고 있었던 것이다. 보아하니 연방수사국에서 그것을 빼낸 것 같았다. 그러면 랠프가 전미 범죄정보센터의 컴퓨터에 들어갔다는 건가? 만약에 브록이 랠프 친구들의 표적이라는 사실을 그들이 알았다면, 왜 자신들의 동료를 보호하지 않는 걸까? 지금 재수없이 덫에 걸린 게 디엘 자신이 아니었다면, 사람을 가지고 노는 연방교도소에서 언젠가 있었던 연방정부 직원의 암살 시도는 아마도……

사람의 마음을 들었다 놓았다 하는 데 탁월한 재주가 있는 랠프 웨이본은 도움이 되려고 애썼다. "채스테인 양, 그들은 번지르르한 이유 따위는 필요로 하지도 않아요. 그냥 들이닥쳐서 자기들이 찾는 사람이면 누구든 잡아다가, 나중에 서류작업을 하고 말 뿐이지요. 뭐라고요, 아직까지 그런 줄 몰랐다고요? 내가 바비 인형을 가져다주고 싶었을 만큼 당신이 그렇게 어리다는 것을 알긴 했어요."

"그런데 왜 나죠? 당신 같은 분들은 권총, 단검, 자동차 폭탄 같은 것들에 더 관심이 있는 줄 알았어요."

랠프의 눈이 촉촉해졌다. "내가 듣기로는, 사람들을 이렇게 아주 살짝 건드리기만 하면, 그때는 못 느끼다가도 1년 뒤에, 당신이 수백 마일 떨어진 곳에서 경찰서장과 갈비를 뜯고 있을 때쯤에는 급사한다고 하던데."

"손바닥 진동술[163], 혹은 닌자 급소 공격술[164]을 말하는 거군요." 그녀는 흥분하지 않고 조심스러운 말투로 무술의 방법과 그것이 얼마나 심각한 것인지에 대해 계속해서 설명했다. 가령, 좋아하지 않는 사람들한테 함부로 써서는 안된다든가, 혹은 무술 분야에서 오랜 기간을 미리 훈련했어야 배울 수 있으며, 숙달하는 데만 몇년이 걸리고, 사용 시에는 그것이 심오하게 도덕적인 행위임을 알고 있어야 한다는 내용의 설명이었다. 그러나 어떤 대목에서는 그에게 목청을 높이기도 했다. 그러자 그도 따라서 목청을 높였다. 그녀의 손을 가볍게 두드리며 그가 말했다. "지금 나한테 걱정하지 않아도 된다고 말하는 거죠?"

"웨이본 씨, 한창때는 나를 당할 자가 아무도 없었다고요."

"기억해요." 그는 "그들도 그렇게 말하더군요"라고 말하는 대신 그렇게 말했다. 하지만 그녀는 알아듣지 못했다. 사실 그는 몇년 전에 야끄마프[165] 비밀정보망을 통해 그녀의 초기 도조 시절의 소문들, 어느 지역 예선전에서 발생했다고 하는 기상천외한 일에 대해

163 손바닥으로 모은 기(氣) 혹은 내공으로 진동을 일으켜 상대방을 공격하는 기술.
164 각주 159 참조.
165 야꾸자, 마피아를 각각 줄여서 합친 말.

서 들은 적이 있었다. 그래서 한번은 그녀가 시합하는 모습을 보기 위해 모하비 사막을 가로질러 밤새도록 차를 몰기도 했다. 축축한 시멘트 경기장에서도 그녀의 머리카락은 장난을 잘 치는 천사의 후광처럼 그를 향해 번쩍거렸다. 인덱스 파일처럼 빈틈없는 그의 기억 속에서 어린 디엘은 그렇게 환하게 깃발을 나부끼고 있었다. 그는 당시에 그녀와 우연히 마주치는 척하며 남부와 서부를 거쳐, 험상스럽게 생긴 베트남전쟁 초기 참전용사들의 무리를 따라, 본거지에서 항상 몇 마일 떨어져 있거나 혹은 잘못 들어선 프리웨이에 있는 모텔들, 장사 이야기, 음주, 무기 소지, 해골과 뱀이 그려진 티셔츠, 위험한 교통수단을 거쳐가며 그녀를 얼마 동안 실제로 뒤쫓아다녔다. 랠프는 자기의 얼굴 표정이 세세한 부분까지 빈틈없이 관리하는 환한 표정의 매니저에 가깝지, 울타리 사이로 학교 운동장을 힘없이 바라보는 나이 든 남자 같을 거라고는 전혀 생각하지 않았다. 그리고 가끔은 그가 맞았다. 디엘의 경우, 그동안 시간을 투자한 덕분에 장차 언젠가는 이용하게 되리라 믿었던 파일을 얻게 되었고, 실제로 그럴 일이 생기고 말았다.

그러나 그는 디엘에게 위기를 안겨주었다. 그녀는 자신이 서서히 정신을 해쳐가며, 갈수록 브록 본드에 대한 집착에 빠져들고 있다는 것을 깨달았다. 그러던 중에 랠프가 나타나서 해결과 해방을 약속해준 것이다. 뭐라고 토를 달 이유가 있겠는가? 단지 매우 도덕적이며 그밖의 다른 의미가 있는 행동이기에 결과가 따른다는 점 빼고는, 업보가 작용할 거라는 점 빼고는 반대할 이유가 없었다. 만약에 본드의 신체에서 정확한 부위를 느낌 없이 한번만 가볍게 만질 수 있다면 그녀의 인생 방향이 획기적으로 바뀌게 될 것 같았다. 랠프로부터 벗어날 가능성은 없었다. 한번 급소 공격을 하자마자 사람들은 곧바로 망상을 품기 시작하겠지. 그녀가 무엇을 하기로 마음먹든 곤경에 처하게 될 터였다. 그녀는 다음날 저녁식사 자리에서 그에게 자신의 결심을 실행에 옮기겠다고 약속하고 나서, 랠프의 마지막 남은 일행들을 오리건 주 드레인 근처, 후드 밑에서 증기가 뿜어져나오는 신형 올즈모빌 옆에 내버려둔 채, 시내를 빠져나왔다.

그녀는 L. A.에 도착하기 전에 차를 다시 바꿔 타야만 했다. 그래서 이제 그녀가 예전에 다른 사람들의 신분 중에서 하나를 고르기만 하면 되는 서류 뭉치를 운 좋게도 맡겨두었던 중부 윌셔의 한 은행 지점에 버스를 타고 갔고, 웨스턴 가에서 '66년형 플리머스 퓨리의 값을 현금으로 지불한 다음, 길 건너 가게에서 가발을 사서 마약 상용자들 사이에서는 아주 유명한 올림픽대로 주유소의 여자 화장실로 들어갔다가, 눈에 덜 띄는 다른 사람이 되어 다시 나타났다. KFWB에 채널이 맞춰져 있는 자동차 라디오에서 더 도어스의 '피플 아 스트레인지(웬 유 아 어 스트레인저)'[166]가 흘러나오는 동안, 그녀는 동쪽으로 가는 프리웨이의 서행 차선으로 끼어들고는 하나라도 놓치고 싶지 않은 욕심에 배닝, 공룡, 팜스프링스 분기점, 인디오[167]를 유유히 감상해가며 모하비 사막을 가로질러 갔다. 그것은 마치 엷지만 강렬한 색깔로 다시 꿈을 꾸는 것 같았다. 이상하리만큼 고운 모래가 태양 위로 연기처럼 흩날리고, 모래언덕의 우묵한 곳에는 아주 연한 푸른빛 그림자가 드리워져 있으며, 하늘은

166 People Are Strange(When You're a Stranger). 더 도어스가 1967년에 발표해 크게 히트한 곡.

167 캘리포니아 주를 지나는 I-10 고속도로변에 있는 도시, 테마파크, 박물관 등의 이정표들.

분홍빛이었다 — 매일밤 꿈에서, 동쪽으로 가는 길에 지나쳐온 온종일 있었던 곳들을 계속 붙잡았다, 놓았다, 다시 꿈꾸었다 하다가, 서서히 떨어져나와 미국의 품으로 향하고, 감정적이지 않으려고 노력하면서도, 연인이 보내는 눈길에 매달리듯 자동차 백미러에서 뒤로 물러나는 것들과 사라지는 점들의 하나뿐인 이야기에 여전히 매달렸다.

관성에 따라 운행하다보면 자기가 무엇을 찾고 있는지 깨닫기 전에 그것을 발견하게 되리라 믿고서, 디엘은 스모그와 교통 체증이 기절할 정도로 극심한 한낮에 처음으로 보게 된 오하이오 주 콜럼버스의 외곽에 이를 때까지 차를 멈추지 않았다. 그때쯤 그녀는 차와 특이한 버튼식 변속장치에 적응이 되자, '수동변속기=남근'이라면 버튼식 자동변속장치는 적어도 음핵과 닮았다는 점에서 좀 더 여성스럽다고, 혹은 — 당연히 가능하지 않은 일이었지만 만약 옆에 말을 나눌 상대라도 있었다면, 디엘은 이렇게 표현했을지도 모른다 — 퇴행적이라고 생각했다. 그녀는 작은 아파트를 얻은 다음 진공청소기 부품 판매업자의 가게에서 타자를 치고 서류를 정리하는 일자리를 구했다.

분명 콜럼버스는 숨 막힐 듯한 어둠속 어딘가에서 잉여 자아가 늘 원했던 삶을 약속해주는 곳이었다. "슈퍼맨은 다시 클라크 켄트가 될 수 있어." 그녀가 한번은 프레네시에게 마음을 털어놓았다. "그렇다고 얕보지는 마. 데일리 플래닛[168]에서 일하는 건 그 철인에게는 하와이 휴가에 불과해. 토요일 밤마다 시내에서 즐기며, 마리화나와 아편을 피우고. 오, 나라면 뭐든 다 줄 텐데……" 석간

168 슈퍼맨의 또다른 자아인 클라크 켄트가 근무하는 신문사.

신문…… 중서부 어디에서나 볼 수 있는…… 그녀는 인쇄가 시작되는 시간쯤에 일터에서 나와, 카운터의 나무를 통해 인쇄기의 진동을 느낄 수 있을 정도로 신문사 가까이에 있는 근처 술집으로 직행할 것이다. 호밀 위스키를 마시고, 안경을 넥타이로 닦고, 모자를 실내에 걸어두고, 침침한 불빛 속에서 늘 드나드는 다른 사람들과 잡담을 나눌 것이다. 가로등이 점점 더 환해질수록, 윤을 낸 신발에서는 더욱 빛이 날 것이다…… 그녀는 누구를, 혹은 어떤 일이든 일어나기를 기다리고 있는 게 아니다. 그녀는 단지 클라크 켄트일 뿐이다. 로이스 레인은 더이상 그녀에게 말을 붙이지 않을지도 모른다. 하지만 그래도 상관없다. 그녀는 비서실의 누군가와 데이트를 하기로 되어 있을 것이다. 그들은 홍합구이가 그보다 더 맛있을 수 없는 호숫가의 아늑한 나뽈리 레스토랑에 가서 저녁식사를 할 것이다. "온 사방을 날아다니는 것보다는 아직도 내야 될 돈이 남아 있는 차에 올라타 재난, 피, 시체, 파리, 넋이 나간 채 주위를 돌아다니는 10대 전문가들, 충격에 빠진 목격자들이 나오는 옥외 영화를 보는 게 어때, 클라크 켄트…… 슈퍼맨이 그런 것에 엮이는 법은 없잖아. 왜 다들 인간이 못 돼서 안달이지? 계속 천사로 있으면 좋을 텐데 말이야." 그녀의 친구가 대답했다. 그때만 해도 마음이 좀더 너그러웠던 디엘은 친구가 잘 모르고 한 말이겠거니 생각했다.

콜럼버스에서 그녀는 상가와 닌자 스테노에 들러 투명 의상을 모으느라 며칠을 보냈다. 칙칙한 모직 옷, 흐릿한 파스텔 색상의 옷, 색깔을 맞춘 핸드백과 플랫 슈즈, 베이지색 스타킹, 하얀 속옷 등등을 구입하며 이게 얼마나 사소한 허드렛일인지 새삼 놀랐다. 상품 진열장에서는 단조롭기 짝이 없는 액세서리들이 그녀에게 데려가달라고 외치고 있었고, 젊은 여성용 저가 매장에서는 엄청나게 많은 물건들이 찾아줄 손님을 기다리고 있었다. 그새 그녀는 플리머스 자동차와 감정적 유대가 생길 만큼 친해져서, 펄리시아라고 이름 지어주고, 새 스테레오를 사주고, 주중에 적어도 두번 씻겨주는 것도 모자라 주말에는 왁스칠까지 해주었다. 그녀는 수영과 태극권을 했고 일본에서 배웠던 운동들을 계속 연마했다. 그녀는 거울을 보며 자신의 변장한 모습에 점차 익숙해져갔다. 갈색으로 염색을 한 짧게 자른 머리, 파운데이션으로 가린 주근깨, 여태껏 해본 적이 없는 눈 화장은 그녀를 서서히 또다른 모습, 즉 지극히 검소한 삶을 추구하는 소도시 노처녀, 때가 오기도 전에 이미 잡초와 들쥐 신세가 되어버린 볼품없는 아가씨의 모습으로 변화시켰다.

그래서 그들이 다가와 피자헛 주차장에서 그녀를 납치하여 일본으로 다시 데려갔을 때만 해도, 백인 노예로 팔려가는 게 나중에 경력상으로 쓸모가 있을 줄은 몰랐다. 그들은 명백히 아마추어를 다루듯이 그녀를 데리고 갔다. 그녀의 작은 차는 홀로 빈 주차장에 남아 어찌할 줄 모르는 목소리로 그녀에게 왜 돌아오지 않았느냐고 저 너머로 몇년에 걸쳐 외치고는 했다. 그녀는 맞서 싸웠지만, 상대는 젊은 여자들을 안 다치게 하는 데 특별한 재주가 있는, 정체 모를 누군가가 보낸 전문가들이었다. 그녀가 끝에 가서 들은 바로는 어떤 고객이 뛰어난 공격기술을 지닌 미국 금발 여자를 구해다 주면 엄청난 돈을 지불하기로 했다는 것이었다. "무엇이 사람들의 마음을 사로잡을지는 아무도 몰라." 같은 방을 쓰는 로벨리아가 우에노에 있는 호텔에서 경매에 붙여지기를 기다리면서 작은 목소리로 말했다. "특히 우리가 곧 만나게 될 사람들은 더 그래."

붐비는 차량과 오고 가는 사람들이 밤낮없이 시끄럽게 지나다

냈다. 거의 무너지기 직전의 낡은 호텔 건물은 야마노떼선과 1번 고속도로 사이에 끼어서 부르르 떨고 있었다. 소녀들은 쇼와의 수레에서 파는 닭 꼬치를 먹었고, 외출은 관리하에 무리를 지어 노점에서 쇼핑하는 것만 허락되었다. 그 '소녀' 중 몇몇은, 시장이 시장인 터라, 소년들이었는데, 그중에서도 디엘의 친구 로벨리아는 가장 매력적인 편에 속했다. "와우." 로벨리아가 자신을 소개하고 나서 말했다. "너 그게 뭐니. 완전 엉망이야." 그러고는 부탁하지 않았는데도 머리부터 발끝까지 화장하는 법을 말로 쏟아내기 시작했다. 그러자 디엘은 중간에 고개를 갑자기 숙이며 중얼거렸다. "이 중에 몇개는 적어놔야겠는걸."

로벨리아는 잠시 멈추더니 눈을 깜빡거렸다. "자기, 내가 지금 도와주려 하는 거야. 잘 생각해봐. 조금 있으면 저기서 경매에 붙여질 텐데, 사람들이 너를 1달러 98센트에 팔기라도 하면 기분이 어떻겠니?"

"너무 싼데."

"바로 그거야. 그래서 내가 지금 너한테 자주색 아이라이너와 적어도 세개의 서로 다른 아이섀도가 있어야 된다고 말하는 거라고. 내 말 믿어도 돼. 이 손님들이 뭘 좋아하는지 내가 잘 알거든. 그러니까 자기야, 지금 당장 서둘러. 기분 나쁘게 하려는 게 아니라, 단지—"

그래서 예정된 대망의 밤이 되자, 디엘은 자기도 거의 알아볼 수 없는 얼굴로 화장을 하고서 그녀를 사갈 사람들에게 갔다. 방은 술, 담배, 향수 냄새로 진동했다. 코또와 샤미센[169] 음악 소리가 어딘가

169 목이 길고 줄이 셋인 일본 현악기.

에 감추어진 스피커에서 흘러나왔다. 여자 접대부들이 발끝으로 걷고, 무릎을 꿇고, 음식을 나르고, 술을 따랐다. 바깥에서는 바람이 철판을 계속해서 강타하고 있었고, 도시의 차량들이 일부는 오직 토오꾜오 내에서만 볼 수 있는 네온 불빛 속에서 습기에 젖은 마찰음을 내고 순환하며 거리들을 일탈과 욕망의 고광택 전시장으로 바꿔놓았다. 그러나 빛이 안 들어오게 커튼 표면에 고무를 입힌 그곳 내부에서는 야간 아르바이트 중인 스튜디오 기사들이 남의 눈을 끄는 의상을 입은 아가씨들을 향해 연어빛과 분홍빛 조명을 아낌없이 쏘아대는 덕분에 경매 방이 제 색깔을 그대로 유지하고 있었다. 아가씨들의 의상은 지나가는 고객들 눈에 선정적으로 보일 만한 온갖 종류의 복장들로 가득한, 실제로는 드라이브인과 다름없는 아주 커다란 벽장에서 미리 골라온 것들이었는데, 오늘밤엔 여학생 교복이 가장 인기가 좋아서 그중에 어떤 것들은 안 그래도 이미 어려 보이는 사람들을 더 어려 보이게 했고, 덜 직설적인 느낌을 주는 다른 것들은 성인 여성들이 청소년 복장을 하더라도 너무너무 매력적으로 보이게 했으며, 당연히 학교 씸벌, 벨트 스타일, 속옷, 스커트 주름 같은 세부적인 것들에 상당히 민감해서 눈에 보일락 말락 한 차이가 조금만 발견이 돼도 거래는 깨지기 십상이었다. "얘, 이 일본 누드쇼를 하나라도 보기 전까지는 까다로운 걸 봤다고 할 수 없어." 로벨리아가 말했다.

여자 몇명이 경매에 오기는 했지만 청중은 거의 모두 남자들이었다. 경매인은 인기 있는 텔레비전 코미디언이었다. 손가락 끝이 없는 나이 든 신사들이[170] 다른 신호들에 주의를 기울이며 게이샤처

170 손가락 마디를 자른 야꾸자들을 말한다.

럼 조심스럽게 군중 속에서 돌아다니는 게 눈에 띄었다. 장래의 구매자들은 작은 소리로 이야기하고, 카탈로그의 책장을 넘기고, 메모지에 무언가를 끼적거렸다. 저쪽 카운터에서는 쎈트럴리그 플레이오프 야구 경기가 상영 중이었는데, 서너명의 손님들은 야구장으로부터의 중계방송이 병살 플레이 중간에 갑자기 끊겨버린 전설의 8시 56분까지 그곳을 떠나지 않았다. 혼란 속에서 불평을 하며 끝까지 뒤에 남아 있던 사람들이 정체불명의 연기가 구름처럼 자욱한 방으로 들어서자 비취를 박아 넣은 육중한 문이 휙 닫히고 잠기더니, 객석 조명이 어두워지고, 음악이 로맨틱한 디스코로 바뀐 다음, 진행을 맡은 코미디언이 마이크를 잡자, 경매가 시작되었다.

아가씨들 한명 한명의 옷에는 번호가 핀으로 고정되어 있었다. 번호가 불리면, 해당되는 아가씨는 스포트라이트 안으로 들어가 기본적인 나체 춤이나 미인선발대회식의 장기자랑을 해야만 했다. 디엘 바로 앞의 아가씨는 태국 북부의 높은 계곡지대 출신으로, 헤로인값의 일부로 팔려와 오늘밤 검은 모슬린과 밍크 속눈썹으로 인형처럼 꾸미고서 그녀가 태어나고 끌려온 곳에 대해 들어본 적이 있는 사람들을 다시는 만나지 못할 세계로 막 들어서려는 참이었다. 경매 끝에 그녀는 100만 엔에 팔려, 새 주인을 만나기 위해 좀더 온화한 극장식 조명에서 나와 어둠속으로 조용히 걸어나갔다. 패드를 두른 강철처럼 따뜻하면서도 단단한 무언가가 그녀의 목덜미와 손목을 미끄러지듯 휘감는 느낌이었다…… 아무도 그녀에게 말을 걸지 않았다. 며칠 동안 아무도 말을 걸어오려 하지 않았다.

디엘은 어렸을 때 텔레비전에서 본 미인선발대회 인터뷰를 떠올리며 그냥 침착하게 즐기는 거야 하고 생각하고는, 리듬을 타고 뜨겁게 쏟아지는 조명 속으로 나아가 사람들의 눈앞에 섰다. 그녀가 나타나는 순간 사람들의 숨소리가 바뀌고 감탄사가 여러 나라 말로 연발되는 게 귀에 들어올 법도 했지만, 그녀는 희한하게도 보조 조명 근처에서 말없이 차분하게 서 있는 전기기사에게만 관심이 갔다…… 그녀의 시야 바깥에 있는데도 연기에 자욱한 그의 흐릿한 존재는 방 안에 있는 그 어떤 입찰자, 그 어떤 미래의 스승보다도 진짜처럼 느껴졌다…… 어떻게 그런 일이 가능할 수 있을까? **침착해, 즐기자고.** 그녀는 로벨리아가 가르쳐준 대로 눈웃음까지 치며, 바로 이어서 젖꼭지와 클리토리스에 신경을 집중했다. 그러자 입찰가가 미친 듯이 치솟았다. 갑자기 새로운 목소리가 들렸다. 다른 사람들도 아마 그 목소리를 알아들은 듯했다. 더이상의 입찰가는 없었다. 망치가 내려쳐졌고, 그녀는 조명 밖으로 나왔다. 순간 앞이 안 보여 위험이 도사린 런웨이 위에서 하이힐을 신은 채 휘청거렸다. 하지만 그때 누군가의 손이 수갑처럼 그녀의 팔을 꽉 잡더니 그녀를 무대 옆으로 데리고 갔다……

눈앞이 보이자, 그녀는 차가운 건물 바깥으로 빠져나가 긴 미국 자동차가 대기하고 있는 골목 안으로 들어선 다음 돌아서서 자신을 산 사람을 쳐다보았다. 썬글라스와 흑백 의상을 착용하고 있었고, 키는 그녀보다 몇 인치 작았지만—그녀는 이미 촉감으로 감지하고 있었다—더 빠르고 뛰어나 보였다. "침착해요, 아가씨." 남자가 작은 목소리로 상냥하게 말했다. "난 그저 대리인일 뿐이니까." 그는 뒷문을 열었다. 미끄러운 망사가 깔린 뒷좌석으로 그녀는 머리를 숙이고 몸을 비틀며 혼자 올라탔다. 남자가 앞문 쪽으로 사라지자, 차 문들이 일제히 잠기더니 네온이 정신없이 켜져 있는 곳으로 그녀를 실어갔다. 좌석 위에는 신선한 꽃들이 그녀를 기다리고 있었다. 난초였다. 그녀는 턱을 치켜들었다. 학창시절에 교내 무도회를 비롯해 춤출 기회를 죄다 놓쳤던 터라, 이것은 사실 그녀가 살면서 처음 받아보는 난초 꼬르사주였다.

나중에 밝혀진 사실이지만, 오늘밤의 데이트 상대는 임페리얼 호텔의 스위트룸에서 기다리고 있는 랠프 웨이본이었다. 두 사람은 넓은 거실을 사이에 두고 서로 쳐다보았다. 그녀는 제일 먼저 신발을 벗어 던진 다음 털이 긴 카펫에 발가락을 묻고 풀어주었다. "하, 또 당신이네요." 그녀가 먼저 말을 꺼냈다.

랠프는 샴페인을 따르는 중이었다. 그는 두개의 술잔을 손에 들고 돌아섰다. 그의 차림새가 전과는 눈에 띄게 달랐다. 정장은 캐리 그랜트[171]의 느낌이 났고, 면도한 지 한시간이 채 안되어 보였으며, 옷깃에는 핑크빛 열대 꽃을 달고 있었다. 그러나 아직도 드러그스토어의 남성용 세면 화장품 코너 맨 끝에서 나는 냄새가 풍겼고, 머리는 담배를 끊으려고 무척 애를 쓴 게 틀림없는 어떤 사람이 손질한 것 같았다.

번개를 동반한 폭풍이 저 멀리 바다에서 비치더니, 이제는 도시로 다가오며 수평선을 따라 미친 듯이 번쩍하고 내려치는 게 그들 뒤편의 창밖 너머로 보였다. 방 어딘가에 있는 스테레오에서는 테너 가수가 사랑, 혹은 다른 데에서 쓰는 말로, 사춘기 남성의 감성에 젖어 노래하는 달콤하면서도 강렬한 느낌의 50년대 앨범들에 실린 곡들이 흘러나오기 시작했다.

"설마 당신일 줄은 생각 못했어." 밤인데도 습도 때문에 땀이 송골송골 맺힌 채, 그녀에게 길쭉한 샴페인 잔을 건네며 그가 멍한

171 캐리 그랜트(Cary Grant, 1904~86). 큰 키에 잘생긴 외모, 온화하고 환한 미소로 큰 인기를 끌었던 영국 태생의 미국 배우.

표정으로 천천히 말했다.

"돈 좀 썼겠네요."

"연중행사인걸. 연금에서 나가."

"오 — 그러면 나를 사는 척하기만 한 거군요."

"꼭 그렇지는 않아. 여기에 있다가 또다시 달아날 수도 있잖아."

"아직도 브록 본드를 찾고 있군요."

"어느 때보다도 더 그래." 그는 아랫입술을 내밀며 나쁜 짓이라도 한 사람처럼 표정을 지었다.

"좀 봐주세요. 인생으로부터의 휴가가 필요했다고요. 그런 말 못 들어봤어요?"

"그럼 내 정보원들을 꾸짖기라도 해야 하나? 그들이 나한테 당신에 관한 거짓 정보를 주었다는 거야? 내가 보기에 이런 말도 안 되는 짓에 그렇게까지 굶주린 것 같지는 않은데. 혹시 — " 그녀는 "겁먹기라도 한 거야" 하는 말을 들을 줄로 예상했는데, 그는 대신에 "태도가 바뀌기라도 한 거야" 하고 좀더 신중하게 말을 가려서 했다.

그녀는 그와 눈을 마주쳤다. "이곳 시내에 머물면서 재능있는 신인들을 발굴하러 다니는 사람들에게 알아보는 건 어때요? 그 특별한 동양의 묘기를 알고 있는 게 나 하나만은 아니니까요."

"하지만 그것을 실행에 옮길 수 있는 사람은 당신뿐이야." 토니 베넷이 부르는 '더 불러바드 오브 브로큰 드림스'[172]가 흘러나오고 있었다. 랠프는 아무것도 걸치지 않은 그녀의 팔을 가볍게 만졌다. "대릴 루이즈. 자기가 누군지 생각해봐. 열살이 되기도 전에 『블랙

172 The Boulevard of Broken Dreams. 토니 베넷이 1950년에 리메이크한 1933년의 히트곡.

벨트』에 소개되었고, 『쏠저 오브 포춘』과 인터뷰를 했고, 『애그로 월드』에 크게 사진이 실렸고, 1963년 무서운 10대 소녀 선발대회에서 거의 차점자가 될 뻔했던 자기 자신을 말이야……"

"고작 내가 할 수 있었던 건 '미스 원한'으로 사는 것뿐이었어요. 왜 여기서 내 전과기록을 들먹이는 거죠?"

"그 엄청난 능력을 가졌는데, 왜 그것에서 도망치고 싶어하지? 남은 일생 동안 청구서를 타이핑하고 고객 서비스 상담원들을 피해 다니려고? 나 울지도 몰라."

"그러든가요. 그런데 내가 그걸 꼭 처리해야 하나요?"

"아, 이 차가운 아가씨 같으니…… 너를 데리고 갈 수도 있어. 하지만 절대 너를 망가뜨리지는 않을 거야." 그는 술잔을 내려놓고 두 팔을 벌렸다. "어서 와, 검은 띠. 노신사와 춤을 추자고."

그녀는 느낄 수 있었다. 랠프는 50년대로 시간여행을 떠났다. 그리고 일단 그의 두 팔에 안기자 그녀는 놀랍게도 피자헛 창립[173] 이래 처음으로 자신의 상황에 대해 생각할 수 있게 되었다. 샴페인과 난초를 제쳐놓더라도, 지금 이 남자는 도망 다니며 살아온 그녀의 일생에서 아무리 장난삼아 한 행동이라 할지라도 옵션이 들어간 람보르기니 자동차의 정가를 주고 그녀를 공개적으로 샀을 뿐 아니라, 그녀를 뒤쫓기 위해 고생을 마다하지 않은 첫번째 사람이었다. 그러니 어떻게 감명받지 않을 수 있겠는가? 게다가 뜻밖의 경품으로 그 가증스러운 브록 본드를 마침내 죽일 수 있는 기회까지 얻게 되다니.

그들은 카펫 중앙을 이리저리 다니며 춤을 췄다. 그러는 동안 가

173 1958년.

수들은 작은 소리로 노래를 했고, 폭풍은 계속 휘몰아쳤다. 그는 그녀의 귀에 입을 가까이 대고 악기가 잠시 쉬는 동안에만 조심스럽게 말을 했다. "아마 우리를 위해 일하는 걸 좋아하게 될 거야. 복리후생은 이 분야에서 우리가 최고야. 주어진 임무가 싫으면 거부해도 돼. 주별로 임무를 할당하지도 않아. 그 대신 우리는 분기마다 각 요원별로 현금수지 평가를 해서……"

"그런데 이건 뭐예요? 야회복? 금목걸이랑 멸종위기종 모자는 어디 있어요?"

"**우아, 내 얼굴에 물고기를 던지다니**[174]—사랑하는 미스 채스테인, 당신처럼 생각이 제멋대로인데다 그런 위험천만한 능력을 지닌 아가씨를 누가 상대하려 들까? 내가 그렇게 멍청해 보여?"

물론 문제는 그가 그렇게까지 심하게 멍청해 보이지는 않는다는 거였다. 만약에 환한 빛이 살짝 감도는 그의 피부가 길이가 서로 안 맞는 양쪽 구레나룻을 상쇄해주지 않았다면, 게다가 엄격하게 계산된 그의 미소가 상대의 눈을 전혀 마주치지 않는 그의 두 눈을 보완해주지 않았다면, 그녀는 왜 모험에 뛰어들어 전망도 안 좋은 다른 협상들까지 하게 되었겠는가? 그러나 결국 1박 2일에 걸친 격렬한 섹스, 암페타민, 샴페인, 그리고 레 쎄종에서 주문한 샬리아핀 스테이크 공세 끝에 그녀는 정액을 스타킹에 묻히고 귀고리 한쪽을 영영 잃어버린 채, 링컨 리무진에 실려 내리는 비로 바닥이 눈부신 젖은 거리를 관통해 악명 높은 **하루 노 데빠또**, 즉 스프링 백화점으로 가서, 그녀만을 위해 준비된 방에 앉아 공식적으로 급여를 받기 전까지의 비용 명목으로 엔화 지폐가 가득 채워진 커

174 '나를 너무 기분 나쁘게 모욕하고, 세상에서 가장 못되게 대했어'라는 뜻을 지닌 씨칠리아의 관용구.

다란 클러치백을 건네받았다.

"너의 다른 고객들이 너의 보호막이 되어줄 거야. 알겠지?" 랠프는 도움이 되었으면 했다.

"와우, 랠프. 난 이미 충분해요." 실제로 그러했다. 그것은 예상보다 나쁘지는 않은 고객들 때문은 아니었다. 그녀는 마침내 도조에 다시 다니면서 스트레칭을 하고, 권법을 익히고, 쌍절곤과 악력기를 이용해 운동을 하고, 명상을 하고, 영원히 잃어버린 게 아닌지 한번 이상은 걱정했던 은신처로 돌아가는 길을 마음속으로 되새기는 시간을 갖게 되었다. 도조 밖으로 나와 거리를 걸을 때에는 느낌을 살리기 위해 자동차 충돌, 급하게 지나가는 구급차, 심지어 새우 머리들만 담긴 국수 가게의 그릇들까지도 각별히 신경 써가며 랠프 웨이본과 함께 브록의 암살 계획을 세워나갔다.

"그는 2주 동안의 국제 검찰 심포지엄 참석차 비행기를 타고 와서 힐튼 호텔에 머물 예정이야. 농땡이 치는 걸 좋아하는 못된 친구가 아니라면, 그는 우리가 확보한 일정대로 자유 시간을 갖게 될 거야. 너는 기다리면서 그의 일정에 맞춰 지내면 돼. 그는 조만간 모습을 드러내게 될 거야. 지나다닐 때마다 여기를 들르니까."

"하지만 나를 알아볼 텐데요. 나를 기억할 거라고요."

"아니. 전혀 다르게 알아보게 될 거야."

우오, 전혀 다르게라면…… 여태껏 그녀가 사람들을 골탕 먹인 것들 중에서도 이번 분장은 정말 깜짝 놀라게 할 만한 것이었다. 백화점의 미용사 직원들은 작업을 시작한 지 얼마 안되어 그녀가 쓸 가발을 바로 만들어냈다. 유행에 딱 맞게 꾸미고 염색을 한 가발이었다. 가발을 쓴 자신의 모습을 보자, 프레네시의 머리에 자기의 얼굴이 달린 것 같아서 온몸에 소름이 돋았다. "브록 본드 씨는 젊은 미국 아가씨를 좋아해요. 딱 이렇게 생긴 아가씨들을요. 늘 똑같아요." 여자 직원들이 그녀를 안심시켰다. 귀여운 60년대 의상에 당시 유행하던 야한 화장…… 그렇더라도 썬글라스를 쓰는 게 좋겠어. 그녀는 속으로 생각했다. 안 그러면 그가 나의 옅은 눈을 알아봐서 일을 망치게 될 거야. 확실히 그가 원하는 건 그녀의 눈, 프레네시의 밝고 푸른 눈일 테니까…… 그는 그럴 게 분명했지만, 그 점에 대해서도 만반의 준비를 갖춘 상태였다. 때가 되면 디엘은 색이 들어간 콘택트렌즈를 착용할 생각이었다.

"나도 알고 있었어요!" 프레리가 갑자기 소리를 질렀다. "우리 엄마하고 그 작자의 사이를요. 그러니까 나한테 얼마나 심각한 사이인지 말해줘요, 디엘."

"심각한 사이지."

"그래서 아빠와 외할머니가 줄곧 나에게 거짓말을 했던 거군요? 나한테는 엄마가 민중들 편이라고 말하더니, 어떻게 이 브록 같은 인간과 가까이 지낼 수 있었던 거죠?"

"나도 그럴 줄은 전혀 몰랐어. 그는 우리가 반대하는 그 모든 것이었으니까." 그러나 디엘이 받은 충격은 좀 달랐다. 그가 프레네시를 사랑했지만 자기 것으로 만들지 못하자, 유일한 출구로서 먼 타지에서 도착증에 빠져 지내다 결국은 헤어나오지 못하고, 차마 받아들이기는 싫지만 자기처럼 강박증에 걸렸다는 사실은 디엘로서는 충격이었다. 그 빌어먹을 랠프라는 인간은 모든 이야기를 쭉 알고 있었던 게 분명했다. 그것을 즐기기라도 했던 걸까? 대체 어떤 종류의 유머감각을 가져야 그럴 수 있는 거지? 그녀는 방에서 기다리면서, 그녀의 사랑을 저버린 사람의 형상 속에 갇혀 이렇게 앉아 있기만 하는 게 일종의 참회는 아닐지 가끔씩 생각해보곤 했다…… 그것은 그녀가 깊이 숙고하도록 계획된 코안[175]인 걸까? 그게 아니면, 거대한 망상에 사로잡혀 완전히 넋이 나간 상태에서 치과의사의 대기실에 앉아 프레네시에 관한 기록을 읽거나 계산대 앞에서 줄지어 서 있다가, 갑자기 어떤 생각이 번뜩 들어 전부 지어내기라도 한 걸까? 그런데 그때는 브록 본드를 죽이려고 일본 사창가에서 대기하고 있었던 게 아니라 미국 본토의 정신병원 내에서 그녀의 슬픈 환상에 나오는 주인공처럼 차려입게 배려해준 데에 만족해하며 안전하게 머물고 있었던 게 아니던가? 그녀는 기다리는 동안 이야기 상대 삼아 텔레비전을 소리는 죽인 채 켜두었다. 영상이 화면의 안팎에서 조용히 굴러다니며 어떤 게 현실인지 알아맞혀보라고 그녀를 가끔씩 괴롭혔지만, 그녀는 경계선 위에서 균형을 계속 유지해가며 몇시간 내내 조심스럽게 숨을 쉬었다. 그러자 음양오행의 부침과 신체기관이 다스려지고, 부부와 모자의 법칙이 춤을 추듯 조화롭게 운행되었다. 물론 오늘은 아무 드러그스토어에나 가서 추적, 계산, 그리고 눈 깜박임만큼 빠른 발사 기능이 있는 포켓용 닌자 데스 터치 계산기를 사도 돼는 날이었다. 하지만 그 무렵 디엘은 믿을 만한 게 오직 기억과 이노시로 센세에로부터 배운 것뿐이어서, 그녀의 존재와 더불어 혹은 그 바깥에서 작동하는 영원한 업보의 세계 속으로 뇌를 이용해 들어가지 않으면 안되게 진즉부터 되어 있었다. 센세에는 그것을 '암흑의 정점의 기술'이라 부르며 타이밍의 중요성에 대해 수차례 경고했다. "정확한 경보점警報點에 완벽하게 타격해야 해. 만약 타이밍을 놓치게 될 것 같으면, 그냥 집에서 쉬면서 런런쇼[176]의 영화나 보는 게 나아!" 그녀

175 koan. 일본어에서 유래한 말로 선 불교에서의 선문답을 뜻한다.
176 런런쇼(1907~2014). 홍콩의 유명 사업가이자 전설적인 영화 제작자. 쇼 브라

는 그를 만나러 가도 되는지 물어보았다. 그들은 안된다고 말했다.

한편, 타께시 후미모따는 칩코라는 잘 알려져 있지 않은 세계 거대기업의 연구단지가 원인 불명의 초토화를 당한 것과 관련한 일 때문에 토오꾜오를 드나들던 중이었다. 브록 본드가 도착하고 나서 약 일주일 뒤에 타께시는 바로 전날까지만 해도 실험실이었던 거대한 동물 발자국의 가장자리에 서 있었다. 보험의 관점에서 볼 때, 그 장소는 비록 사상자는 없었지만 완전히 파괴된 상태였고, 사건은 대피 훈련 중에 발생한 게 분명했다. 이상한 일이었다!

어둑어둑한 이른 아침의 이슬비 속을 뚫어져라 쳐다봐도 타께시는 발자국 모양의 분화구 건너편이 잘 보이지 않았다. 지금 서 있는 가장자리에서 알아볼 수 있는 거라고는 저 아래에서 사건 조사를 위해 증거가 될 만한 모든 쌤플을 하나도 빠짐없이 수집하며 다니는 기술팀들의 노란 헤드램프 불빛이 전부였다. 이곳저곳에서 발자국의 가장자리는 비에 미끌미끌해지기 시작했다.

조심하며 아래로 내려가보니, 플라스틱 깔개와 임시 신호등이 이미 촘촘히 설치되어 있었다. 교통량이 매우 심각했다. 그는 길이 갈라지는 지점에 잠시 서서 보온병의 커피를 한잔 더 따른 다음 암페타민 캡슐을 또다시 삼켰다. "진상을 밝히려면 시간이 걸릴 거야." 그는 피식 웃으며 한두차례 빤히 바라보았다. 그의 이전 멘토였던 와와즈메 라이프 앤드 논-라이프의 괴짜 최고경영자 와와즈메 교수가 어젯밤 그에게 전화로 알려준 것처럼, 또다른 이상한 점은 최근에 칩코가 '어떤 동물로부터든 입을 수 있는 피해'에 대비

더스라는 영화사를 만들어 1960~70년대 홍콩 무협영화의 황금기를 이끌었다.

해 내륙운송보험 증권에 포괄보험 계약을 명시해줄 것을 요구했다는 것이었다. 처참하게 파괴된 연구단지는 사람들이 가볍게 여행을 다니는 해안선에 위치하고 있어서, 침코 측은 무언가가 파도 밑에서 튀어나와 한쪽 발을 모래에 내딛고서 다른 발로 실험실을 있는 힘껏 짓밟았다고 자신있게 주장할 수 있었다. 그것은 썰물 동안에 벌어졌던 일이라, 다른 두번째 발자국이 모래 위에 있었다 해도 다시 들어온 바닷물에 쓸려나갔을지 모른다는 것이었다. "분명히 파충류이거나, 아니면 아마 불만을 품은 환경보호주의자의 작품일 수도 있어!" 교수가 딱 잘라 말했다. 공중에서 현장을 보고 나서 타께시는 그것이 전문가의 소행일 수도 있다는 또다른 실질적인 가능성을 배제하지 않았다. 주위에는 몇개의 복잡한 발파기, 영화사의 특수효과팀 사람들, 베트남전쟁의 백인 참전용사들이 있었다. 야꾸자는 거의 없는 것 같았다. 추적하기가 늘 쉽지만은 않았지만 그래도 타께시는 야꾸자에 속한 나이 어린 남녀들을 대부분 알고 있었다. 솜씨는 점점 더 정교해져갔다. 여기서는 20000인치 크기의 발자국도 뒤꿈치부터 발톱 끝까지 완벽하게 만들어낼 수 있었다.

도시의 진홍빛 광채 위로 우뚝 솟아 있는 와와즈메 라이프 앤드 논-라이프의 조직 내에서 능숙하게 일을 시작할 때부터, 타께시는 마루노우찌[177]의 희미한 땅거미를 내다보며 해방과 자유를 누리게 될 날을, 그래서 로닌, 즉 주군 없는 사무라이처럼 위험한 세상 속에서 자유무사로서 일하게 될 날을 꿈꿔왔다. 그의 삶이 그를 여기로, 어딘지 냄새가 나는 동물 발자국, 안개 자욱한 빨강, 초록, 노랑 신호등과 줄무늬가 그려진 바리케이드, 그리고 결국에는 탐욕처럼

177 재벌기업과 금융기관이 총집합해 있는 일본 토오꾜오의 빌딩가.

단순할지도 모를 비밀을 캐기 위한 진창과 비 속에서의 분투로 데려올 무렵, 그는 적어도 독립적인 존재가 되어 있어서, 비록 와와즈메 교수가 여전히 자기 방식대로 업무 지시를 계속 보내긴 했지만, 더이상 양복 옷깃에 회사 마크가 새겨진 핀을 달지 않아 그 자리에는 오직 아무런 장식 없는, 주인 없는 단춧구멍만 있을 뿐이었고, 현재 고정적인 주소는 우에노 외곽에 있는 방세를 나눠 내는 작은 칸막이방이었다. 방 안에는 철통같이 두꺼운 서류 캐비닛, 전화기, 그리고 그가 홀로 서기 위해 떠날 때 교수가 준, 서명을 하고 액자에 넣은 그 자신의 사진이 있었다. (파파라치가 찍은 사진을 확대한 것으로, 평소보다 훨씬 더 바보 같아 보이는 교수가 신주꾸의 어느 술집 밖에서 금빛 천으로 만든 옷에 뒤로 빗어 넘긴 머리 스타일과 2센티미터 길이의 속눈썹을 한 유명한 미녀를 쫓아 비틀비틀 걸으며 한쪽 입가에서는 반짝거리는 침을 줄줄 흘리는 모습이 담겨 있었다.) 타께시는 이미 오래전부터 하늘의 사막을 떠도는 유목민으로, 끊임없이 계속 태평양의 또다른 공항에서 또다른 인연을 찾기 위해 항공기에 몸을 싣고, 지난번에 데 뵈 로드의 얏팟 빌딩[178]에서 나오는 것을 본 사람들에게 고개를 끄덕이고, 여승무원의 신체와 비행기 동체의 창문 너머를 확인하고는, 마침내 비행기가 이륙하기 시작하면 하늘의 신들에게 자신을 맡겼다. 하지만 탑승 마일이 수백만이나 되는데도, 그는 결코 목적지의 영공에 들어선 것을 기억하지 못했고, 그 대신 고속도로 공간을 거의 공유하다시피 하는 거미줄 같은 송전선 바로 위에서 삐걱거리던 것, 흔들리던 것, 인근 비행장들 사이에서, 공장 연기와 차량 배기가스에 가려 눈

178 홍콩의 번화가에 있는 건물.

에 보이지도 않고, 푸른 하늘의 모든 약속과는 거리가 먼, 그가 전혀 들어본 적도 없는 장소들 사이에서 수없이 위아래로 덜커덩거리던 것만을 기억했다.

그는 긴 우회 끝에 시간 감각을 영원히 상실한 상태에서 해수면보다 훨씬 낮은 곳의 낯선 분화구 바닥에 착륙했다…… 기술팀 사람들은 그가 말을 걸려고 해도 지금까지는 모두들 피하는 눈치였다. 왜 그런지 알겠어! 그는 깨달았다. 술을 충분히 안 사줘서 그래! 비구름이 잔뜩 껴 있었다. 위를 올려다보아도 들어온 입구의 가장자리는 더이상 보이지 않았다. 근처에 있던 기술팀 사람들은 서로에게 화를 내며 소리치기 시작했다. 그러자 그들이 머리에 착용한 헤드램프의 빛줄기가 사방으로 정신없이 움직였다. 타께시는 평소 알고 지내던 정부의 폭탄물 처리 전문가 미노루를 알아보았다. 정확하게는 천재라기보다 엑스레이급 투시력을 지닌 백치천재 같은 자였다. 토론이 계속되는 동안, 미노루는 자신의 양손 안에 든 무언가를 쳐다보며 가만히 있었다.

"미노루 상, 오늘 참 이상하네!"

"이상하다마다. 여기, 이것 좀 봐!"

낯익은 것이었다. "동구권인데, 그렇지?"

"흠. 하지만 자, 봐!" 미노루가 그 파편을 돌렸다.

"이상한데!" 그는 미노루가 바뀐 상태를 확인하게 두었다.

"남아프리카공화국 건데!"

"더 이상한데!"

결국 미노루는 손을 흔들며 자리를 떴다. "이런 구멍은 난생처음이야. 마음에 안 들어!"

"그러지 말고 술이나 한잔해!" 타께시가 그의 뒤에 대고 말했다.

미노루가 뭐라고 대답했건 그의 말은 갑자기 퍼붓는 소음, 안개 속에서 아주 가깝게 들려오는 무시무시한 포효 소리에 묻혀버렸다. 타께시 주위의 모든 사람들은 서 있거나 쭈그린 채로 위를 올려다보며, 그렇다고 딱히 도망갈 자세를 취하지도 않은 상태로—이 진흙투성이의 죽음의 함정에서 빠져나갈 곳이 있었던가?—곧 닥쳐올 생각조차 할 수 없는 어떤 것의 하강에 속수무책으로 있었다…… 그때 무언가가 짙게 덮인 구름 사이로 나타나자, 얼어붙은 구경꾼들 입에서 '오!' 하고 탄식하는 소리가 반사적으로 튀어나왔고…… 세상에, 빛에 반짝거리는 검은 비늘로 뒤덮인 정체불명의 존재가 바닷물과 해초를 뚝뚝 떨어뜨리며, 거대한 발톱이 달린 발을 들어 땅 쪽으로 방향을 틀었다.

"다시 나타났어!" 사람들이 비명을 지르며 달아나기 시작했다. 카메라를 맡은 다른 사람들은 혼돈의 순간을 찍으려고 하거나, 혹은 다가오는 물체를 향해 방사선 계측기와 마이크로폰을 마구 휘둘렀다. 타께시가 정신을 차리고 이제 반응을 보일 정도가 되자, 처음 예상했던 것보다 크기가 작은 그 미지의 방문객이 임시 착륙장 쪽으로 몸체를 돌렸다. 알고 보니 그것은 침코의 특수 제작된 점보 여객 헬리콥터들 중 하나로, 회사 내에서 농담 삼아 승무원으로 부르는 자들이 플라스틱 시트와 적합한 재질의 유선형 구조물들을 이용해 헬리콥터의 밑바닥 면을 괴물의 발바닥 모양으로 장난스럽게 위장해놓았던 것이다. 그것도 모르고 모두 감쪽같이 속아 넘어갔던 것이다!

헬리콥터가 스피커의 안내방송에 따라 사람들을 구덩이에서 곧바로 구조했다. 이것도 혹시 속임수 아닌가? "알 게 뭐야?" 타께시가 큰 소리로 중얼거렸다. "난 됐어. 이 정도면 하루 치로 충분해!"

"아까 한 말 들었어." 미노루가 그와 함께 헬리콥터에 오르면서 말했다. "진심이야? 한잔하자는 것?"

"그럼." 그는 무언가를 마음속에 품고 있었다. 그게 뭘까?

"싱가포르 슬링[179] 어때?"

이제는 어둠속에서 굉음을 내며 무너지고 있는 진흙 절벽 위로 헬리콥터를 타고 가면서, 타께시는 타고 온 승용차가 아직 주차장에 있는 게 생각났다. 현재로서는 이유가 궁색하기는 하지만, 렌터카 회사에 가서 불가항력적인 일이 발생했다고 사정하면 어떨까? 그들은 짙은 구름 속으로 올라가더니 앞이 전혀 안 보이는 상태에서 약 한시간 동안 비행을 했다. 대부분이 기술팀 사람과 군인이었던 승객들은 타블로이드판 신문과 만화잡지를 읽거나, 이어폰으로 포켓용 라디오를 듣거나, 카드게임을 했다. 타께시와 미노루는 종류가 적은 것에 비하면 값이 너무 센 헬리콥터 뒤편의 작은 바로 향했다. 거기에는 싱가포르 슬링이 없어서, 그들은 대신 맥주를 마셨다. 빈 잔들이 쌓이더니 헬리콥터 날개의 회전으로 인해 바 전체와 함께 흔들리자, 미노루는 점점 더 아리송하고 음흉해졌다. "난 이곳이 마음에 들어…… 마치 화장실 같아. 최후의 사적인 공간이라고 할까?"

"아. 비행기를 자주 타나보지?"

"일 때문이지. 요즘은 대부분 해외에서 보내. 작년에는 하늘에 있을 때가 지상에 있을 때보다 더 많았어!"

타께시는 미노루가 수상쩍은 폭탄을 직접 분해하지 않으려고 할 때에는 어쩔 수 없이 다른 사람을 시킬 수밖에 없었다는 사실을

179 진과 체리 브랜디를 섞어 만든 싱가포르식 칵테일.

떠올렸다.

“우리가 함께 비행을 한 건 라싸[180] 국제공항에서 낡은 경輕헬리콥터를 탄 이후로 처음이야.” 미노루가 심술궂게 미소를 지으며 말을 이어갔다.

“오. 자네가 그 말 할 줄 알았어.”

“늘 생각하고 있어. 특히 오늘은! 아마 왜 그런지 잘 알 텐데.”

헬리콥터가 구름에서 나와 이른 오후의 햇빛 속으로 날아갔다. 그들은 건물들로 꽉 찬 거대한 황회색 산업보호단지 위를 비행하는 중이었다. 보호단지의 유일한 목적은 내부의 활동을 위에서 내려다보지 못하게 하는 거였다. 또 공원용지로 확보해놓은 지역들, 그리고 쇼핑 센터와 놀이시설처럼 보이는 곳들도 있었다. 스피커로 안내방송이 흘러나왔다. “우리는 세계에서 가장 눈에 안 보이는 로봇 ‘척’의 고향으로도 유명한 칩코 ‘테크놀로지 씨티’로 접근 중입니다.” 타께시와 미노루는 맥주를 두병 더 시키려고 했지만, 바가 영업을 마치는 중이었다. 방송이 계속 이어졌다. “‘척’이 도대체 얼마나 빠르기에 눈에 안 보이느냐고요? 사실, 비행 내내 여러분 사이를 걸어가고 있었답니다! 맞아요. 지금 여러분 바로 옆에 있을 수 있어요. 아니면 여러분일 수도 있고요!” 그들은 하강하기 시작했다. 신호가 켜지자, 미노루는 한숨을 내쉬었다. “하늘을 계속 날고 싶은데 아쉽네!” 열차 정보에 관한 안내방송이 시작되었다. 칩코는 토오까이도오 신깐센 상에 별도의 정거장을 갖고 있었다. 거기서부터 토오꾜오까지는 세시간이 채 안 걸렸다.

열차에서 그들은 히말라야 사건에 관한 이야기를 계속 이어갔

180 티베트의 중심 도시.

다. 유사점들이 많았다. 무생물체를 공격한 것부터 기폭장치와 폭발성 물질 모두 체코산이라는 점, 셈텍스[181]…… 그리고 가짜 범행 동기까지.

"그래서 자네는 이게 누군가의 자작극이라고 생각하지 않는 거군." 타께시가 말했다.

"보험 계약은 누가 했지?"

"와와즈메 교수 본인이." 히말라야 사건과 똑같았다. 두 사람은 늙고 지친 서로의 얼굴을 쳐다보았다. 늘 그렇듯 그 모습은 100파운드에 몇푼 안하는 놋쇠를 모으려고 포격전이 끝난 뒤에 밀림 속으로 들어가는 원주민들 같았다. 저 높은 곳에서는 규모에 있어 그들을 훨씬 능가하는 전지구적인 싸움이 수년 동안 계속되었는데, 권력이 쌓이고, 생명이 가볍게 다뤄지고, 요원들이 계속 바뀌어도, 파벌 싸움과 피비린내 나는 복수의 법칙은 여전했다. 칩코는 그 일에 깊이 연루되어 있었다. 그리고 와와즈메 교수는 그동안 몇몇 소송에 물을 타왔던 것처럼 보였다. 타께시와 미노루 둘 다 그러한 장난에 대해서는 이제 전혀 놀라지 않았다. 거기에서 하루하루는 성층권의 해적선들을 이루는 조각들이었고, 히말라야는 다른 목적을 위한 담보에 불과했다.

"히말라야 산맥이라!" 타께시는 추억에 잠겼다. "최악의 순간에 갑작스러운 눈보라가 몰아치는 바람에—"

"그리고 우리는 길을 잃었지. 주변이 온통 하얬어! 길을 찾을 수가 없었어! 온도는 계속 떨어지는데!"

"자네의 손목시계가—숫자들은 청록색이었어—눈보라 속에

181 강력한 플라스틱폭탄.

서 유일하게 눈에 보였어! 폭파범은 이미 제네바로 돌아간 후였지. 그것도 완벽한 알리바이와 함께! 그때 갑자기, 그 작은 오두막에서 우리와 우연히 만났던 사람이 누구였더라. 말 그대로…… 무한의 끝에서 말이야!"

"쿠쯔시따[182] 상이었어!" 두 사람은 웃다가 쓰러질 뻔했다. "모두들 그자가 술에 취해 죽은 줄로만 알았었는데—"

"웬걸, 그는 티베트로 떠났었지. 자기의 영혼을 구하려고."

"내가 맡은 첫번째 핵무기 과제였는데." 미노루가 실컷 웃고 난 뒤에 과거를 떠올렸다.

타께시는 고개를 끄덕였다. "우리는 자네를 더 키드라고 불렀지!" 그들은 타임머신을 타고 한바탕 멋지게 달렸지만, 도착한 곳은 토오꾜오 정거장이었고 현재의 상황도 분명해진 게 전혀 없었다. 미노루는 타께시가 기다리는 동안 공중전화가 있는 데로 달려가 메테드린[183]이 들어 있는 조지 왕조풍의 은백색 코담뱃갑을 뒤졌다. 흥분이 고조되자, 미노루는 한번 더 전화를 걸어본 다음 갑자기 전화를 끊고는, 다른 방향으로 뛰어가려고 하는 타께시의 뒤를 눈의 흰자가 다 보이게 희번덕거리며 쫓아갔다.

"만나봐야 할 사람이 있어! 지금 당장! 이미 너무 늦었을 수도 있어!" 미노루는 타께시의 넥타이를 움켜쥐고서 택시를 찾을 때까지 혼잡한 정거장 사이를 씩씩거리며 끌고 다녔다. 미노루는 운전사에게 신주꾸 서부에 있는 토오꾜오 힐튼 인터내셔널로 가자고 말했다. 시내에서는 거물급 국제경찰, 대도시 지방검사, 들뜬 세계 여행가를 포함해 전세계에서 온 검사들의 대회가 열리고 있었다.

182 양말을 뜻하는 일본어.

183 각성제의 일종.

미노루는 그중에 기폭장치에 대해 샅샅이 얘기해주고, 자신이 기다리는 동안 매상전표와 괜찮다면 구매자의 현주소까지 팩스로 구해다 줄 사람이 여섯명 정도는 족히 있을 걸로 생각했다. 타께시는 문고리에 손을 올려놓고 있었지만, 택시가 속도를 줄일 때마다 번번이 차에서 뛰어내리려는 생각을 잊어버렸다. 때는 1978년으로, 모든 내로라하는 야꾸자 파벌들 간의 피비린내 나는 시가전이 횡행하던 전설적인 시대인 터라 어떤 공공장소도 그 위험으로부터 안전하지 않았다. 보행자들이 다니는 신주꾸의 거리도 불안에 떨기는 마찬가지였다. 무도회장에서 흘러나오는 디스코 음악은 오늘 밤따라 모두 슬프게 들렸고, 박자는 평소보다 느려서 춤출 수가 없었다. 타께시는 지금까지 생계를 유지하게 해준 보험회계업의 심오한 미스터리들을 수년 동안 품위있게 파헤쳐오면서, 가치를 평가하고, 신호와 징후, 저 너머의 메시지들을 구석구석 면밀히 찾아다니고, 심지어 약물 남용의 효과를 무시하기까지 했다. 오늘밤만큼은 이 도시의 그 어떤 것도 전혀 정상적으로 보이지 않았다. 그래서 이미 힘들었던 하루가 설상가상으로 더 힘들어지려고 하는 것 같았다……

힐튼 호텔에서 미노루가 염두에 두었던 사람들은 모두 예정된 저녁 프로그램들에 하나같이 이름이 올라가 있었다. 그 프로그램들 중 하나는 액 닥[184] 워크숍이었고, 다른 하나는 양형 거래 클리닉이었으며, 또다른 하나는 '첫번째 선거 유세를 위한 기금 모금'이라고 제목이 붙은 씸포지엄이었다. 그들은 크게 실망하고서 술집으로 향했다. 앉아서 술을 마시는 동안 미노루는 누군가의 호출을

184 씨드니 스미스(Sidney Smith)의 연재만화 '올드 닥 액'(Old Doc Yak)의 주인공 닥 액에서 따왔거나, 야꾸자에 관한 기록물에서 유래한 것으로 보인다.

받고 어디론가 사라지고는 나타나지 않았다. 얼마 후 타께시는 자리에서 일어나 화장실에 갔다가, 돌아오는 길을 바로 찾지 못하고 두번을 잘못 꺾어진 끝에 건물의 뒤쪽 출구 같은 데로 빠져서 커다란 8기통 승용차가 윙윙거리며 공회전하고 있는 거리로 나가고 말았다. 갈색 개버딘 정장을 입은 두명의 미국인들이 큰 소리로 말하고 있었다.

그들 중 한명은 브록 본드였다. "대원들을 모으려면 시간이 필요해. 우리가 무엇을 찾아냈는지 그들에게 알리고 싶은 거지, 그렇지? 그 친구들은 여기와 저기 사이에 검문소를 설치할 거야. 그러니까 지금 필요한 건 머리와 어깨가 비슷하게 생긴 사람을 뒷좌석에 앉히는 거라고. 로스코, 자네가 그 안에 타고 있으리라고 누가 알겠어." 그가 말했다.

"브록, 단 2초 만에 나를 알아볼 거야. 그러니까 지금 우리에게 필요한 건," 그는 과장된 자세로 주위를 돌아보더니 정신이 나가 있는 타께시를 발견했다. "이봐, 그냥 잠시 들른 손님일 거야. 안녕, 친구, 영어 할 줄 알아?" 타께시가 브록 본드를 실제로 본 것은 바로 이때가 처음이었다. 햇빛 속으로 움직이면서 타께시는 일이초 동안 겁에 질려 그것이 자기 자신이며, 죽음과 같은 아주 심각한 무언가가 방금 막 터졌다고 생각했다. 그것은 스트레스를 심하게 받은 고약한 만화 캐릭터 같은 자신의 얼굴이었다. 면도할 때처럼 무언가를 길게 쳐다보는 표정이었다. 앞으로 미끄러지듯 계속 다가와서 그는 마치 최면에 걸리는 것 같았다. 브록은 직사각형 모양의 하얀 플라스틱을 타께시가 입은 양복 상의의 가슴주머니에 밀어넣었다. "저녁으로 향하는 통행권이니까 절대 잊으면 안돼." 브록이 속삭이듯 말했다. 이어서 로스코가 말을 덧붙였다. "당신한테 우리가 해준 게 아무것도 없다고 하면 안돼요.” 그렇게 해서 타께시는 낯선 미국 대형차의 뒷좌석에 꼼짝없이 갇힌 채 남南신주꾸의 도로를 거쳐, 고속도로를 가로질러, 폭풍같이 몰아칠 자동화기와 지뢰를 예상하며 롯뽄기[185] 시내로 들어서면서, 두명의 외국인 단역 배우들이 나오는 일본 갱 영화의 중간에 잘못 걸려들었다고 믿게 되었다.

자동차는 크기가 창고 정도 되는 어느 건물 옆에 그를 내려주었다. 조명이라고는 철문 옆에 있는 게 다여서, 그가 받았던 카드 두께만 한 틈으로 빛이 비칠 뿐이었다. 주위에는 지나다니는 사람이 아무도 없었다. 타께시는 차 창문을 두드렸지만, 차는 오히려 속도를 높여 움직이더니 곧 모퉁이를 돌아서 가버렸다. 타께시는 카드를 쳐다보았다. 도발적인 의상을 입은 호감 가게 생긴 젊은 아가씨의 로고 바로 옆에 영어로 ‘신사들을 위한 스트립쇼 클럽/회원 전용’이라고 적혀 있었다. 보아하니 타께시가 좋아할 만한 장소 같았지만, 그는 브록과 로스코가 자기를 바람잡이로 들여보낸 거라는 사실을 알고 있었다. “힘든 결정이구먼.” 그는 받아들이지 않을 수 없었다. “너 같으면 어떻게 했을 것 같아?”

“택시를 찾았을 거예요.” 프레리가 말했다. “하지만 그러고는 다시……” 그녀는 결국 타께시를 만나기로 했다. 그는 한밤중에 불쑥 전화를 걸어 속사포처럼 말을 지껄이면서, 펑큐트론 머신[186]에 접속하라고 다그쳤다. 그는 그 기계장치가 자신을 한때 되살려준 적

185 토오꾜오에 위치한 일본의 대표적인 유흥가.

186 상상의 의료기계. 동양의 침술을 뜻하는 ‘애큐펑처’(acupuncture)와 서양의 고(高)에너지 입자 가속장치 ‘싸이클로트론’(cyclotron)을 펑크 감성으로 합성한 단어로 보인다.

이 있다고 믿는 듯했다. 다음날 아침식사 자리에서 처음으로 만나게 되었을 때, 그녀가 본 것은 정말로 별난 취향의 옷을 입고 있는 생각보다 키가 작고 나이 든 남자였다. 합성섬유로 만든 옷이었지만 환한 담청색 얼룩이 들어간 트위드 옷처럼 보이게 튀는 바탕색 위에 염색이 되어 있었다. 바지는 무릎이 불룩 나와 있었다. 디엘은 그의 어깨에 살짝 기대며 약간 미안한 듯 그를 내려다보았다. "그의 발을 조심해야 해. 그럼 괜찮을 거야." 타께시는 프레리의 손을 잡으며 상냥하게 슬쩍 쳐다보았다. "자, 봐." 디엘은 앞으로 수그리더니 잽싸게 그의 앞머리를 눈썹 위로 쓸어내렸다. 그러자 그는 뭐라고 중얼거리며 그녀를 밀쳐냈다. "누구 생각나는 사람 없어?"

"모[187]!" 프레리가 소리쳤다.

그는 눈을 깜빡였다. "무슨 얘기를 하셨을까?"

"전부 다요." 디엘이 말했다.

"내가 때맞춰 왔군." 그때부터 계속해서 그는 디엘의 얘기를 중계방송하듯 스스럼없이 거들었다. 마침내 플라스틱 카드키를 들고 검은 철문 앞에 서게 된 대목에 이르러서 그는 잠시 멈추고 슬쩍 말했다. "여기서 섹스 부분은 건너뛰는 게 좋겠어……"

"맞아요. 아직 애예요." 디엘도 같은 생각이었다.

"다들 이러기예요?" 프레리가 항의했다.

"그땐 아무 생각이 없었어. 매끄러우면서 단단한 표면을 손가락으로 더듬으며, 플라스틱 카드를 꺼내 그것을 틈 안으로 밀어넣었어. 그러자 몸이 부르르 떨리는 게, 갑자기 끼이익 하는 소리가 나더니, 그것이 갑자기 내 손가락에서 빨려나갔어……" 간단한 스캔

187 1922년부터 1970년대 초까지 이어진 미국의 유명한 슬랩스틱 코미디 '바보 삼총사'(The Three Stooges)에 나오는 모지스 호위츠(Moses Horwitz)의 애칭.

뒤에 카드는 마치 혀처럼 그의 손에 다시 쥐여졌다. 안은 거의 텅 비어 있었고, 사케를 데운 냄새라든가, 몰래 마작을 덜거덕거리는 소리, 혹은 여자들이 지나다니며 힐끗 던지는 눈짓 같은 야간영업의 흔적을 거의 찾아볼 수 없었다…… 경찰 단속이라도 있었던 걸까? 브록이 벌써 그의 대원들을 찾은 걸까? 어디에선가 멀리서 사람들의 목소리가 들리는 듯했다. 갑자기 그는 접대부들이 모여 있는 파이프같이 생긴 공간의 한가운데로 걸어갔다. 그러자 보기 민망할 정도로 짧은 모슬린과 호박단으로 된 의상을 입고 있는 족히 열두명은 되는 매력적인 말괄량이 시녀들이 운명을 예언하는 빛나는 새들처럼 그의 주위에 몰려들었다. 그는 겁에 질려 땀을 흘리기 시작하면서 동시에 발기가 되었다. 그는 앞으로 떠밀리는가 싶더니, 반짝거리는 포도주색 손톱의 손들에 조심스럽게 이끌려 이 방 저 방 다니다가, 우아하게 떼를 지어 걷는 하이힐들 틈에서 발이 걸려 넘어지지 않게 간신히 버텨가며, 그래도 괜찮은 척하려고 "아가씨들, 아가씨들!" "무슨 일 때문에 이러는 거죠?" 하고 중얼거리면서 텅 빈 복도를 계속 따라갔다. 하지만 그는 짐짝에 불과했다. 하늘거리는 페티코트와 나부끼는 속눈썹에 둘러싸여 마침내 엘리베이터에 오르자, 갑자기 아래로 떨어지는 바람에 안에 있던 모든 사람이 서로 부딪쳤다. 이윽고 엘리베이터 문이 열리고 복도가 나타났다. 복도는 사향 향이 나는 검은색 향초들이 어둠을 밝히고 있었고, 저쪽 끝에 문이 하나 더 있었다. 엘리베이터 밖으로 그를 떠밀어낼 때가 돼서야, 아가씨들은 그의 이름을 처음으로 말해주었다. "즐거운 시간 보내세요, 본드 상." 그들은 큰 소리로 외쳤다. "너무 긴장하지 마시고요!" 그러고 나서 다 같이 바스락거리며 활기차게 허리를 굽혀 인사를 하고는 엘리베이터를 타고 떠났는데, 엘리베이터 문이 닫힐 때 그들은 목둘레선과 스타킹 상단 안으로 손을 넣어 담배와 성냥을 꺼내 불을 붙였다.

"본드 상이라고?" 아까 힐튼 호텔에서 보았던 자기와 꼭 닮은 남자인 게 분명했다! 그들은 그가 바로 그 미국인이라고 생각했다! 이제 어떡해야 한다? 엘리베이터를 다시 부를 수 있는 버튼이 있는지 주위를 살펴보았지만 그런 것은 전혀 보이지 않았다. 복도의 다른 한쪽 끝에 있는 문은 겉이 검은색 벨벳으로 덮여 있었고, 손잡이는 은색이었다. 최대한 조심스럽게 다가가려 했지만, 워낙 소음이 제거된 곳이라서 그의 신발이 삐거덕거리는 소리가 크게 들릴 정도였다. 어쩌면 이 모든 게 미노루의 짓궂은 장난일지도 모를 일이었다. 그는 문을 두드려보았지만, 벨벳으로 덮인 표면이 두드리는 소리를 빨아들였다. 결국은 손잡이를 직접 돌려, 문을 열고서, 안으로 들어가야만 했다…… 거기엔 디엘이 모자와 긴 귀고리에 미니스커트 차림으로 침대에 누워 있었다! 이 브록이라는 작자도 미니스커트광인 게 분명해! 그녀는 미소를 지었다. "서둘러요, 브록. 그 빌어먹을 옷부터 벗어요."

야, 이거, 아주 적극적인 여잔데! 타께시는 생각했다. 내 스타일이야! "하지만 실은 그게 아니라—" 그가 말을 시작하려고 했다.

"쉿. 입 다물고. 옷 벗어요. 이곳은 안전해요."

사창가에서와는 다르게 몸을 떨면서 타께시는 하나씩 벗을 때마다 그녀가 자신의 몸을 지켜보고 있는 듯한 분위기와 시선의 무게를 의식하며 옷을 벗었다. 어디에선가 시계가 울렸다. 고대의 책력으로 보자면 지금은 수탉의 시간이었다. "여러모로." 수년의 세월이 흐른 터라, 타께시는 디엘을 골나게 할 생각에 익살스러운 말투로 끼어드는 걸 좋아했다. 수탉은 흔히 새벽과 연관된 새로 알려져 있지만, 급소 공격술상으로는 이른 밤에 속했다. 지금쯤이면 이미 희생자의 기氣 싸이클[188]은 방광의 아내로 여겨지는 삼초三焦[189] 지대에 와 있어서, 위험할 때였다. 딤막 권법에 따르면, 디엘이 쓰려고 하는 바늘 손가락 기술은 기술을 사용할 때의 힘과 방향에 따라 실제 죽는 순간을 1년까지 늦출 수 있었다. 그래서 그녀가 브록 본드를 지금 바로 가격하더라도, 나중에 급사하는 순간까지 앞으로 몇달 동안은 알리바이가 완벽할 수 있었다.

"잠깐만 기다려봐요." 프레리가 말을 끊었다. "옷 벗고 있는 남자와 막 달라붙으려 하는 상황 아니었어요? 그 남자는 처음 보는 타께시란 사람이고요. 그런데 왜 계속 브록이라고 부르죠?"

"그건 내가 끼고 있던 콘택트렌즈 때문이야." 디엘이 말했다. "네 엄마처럼 내 눈을 파랗게 보이게 하려고 나더러 끼라고 했었어. 꼭 네 눈처럼 말이야. 옛날 백화점의 구두쇠들도 내가 처방받은 렌즈는 거들떠보지 않을 거야."

"다른 사람의 콘택트렌즈를 꼈다는 거예요? 세상에 어떻게!"

"그래서 전혀 보이지 않았어. 브록과 타께시는 키도 같고 체형도 거의 비슷해서, 내 정신을 초超개인 모드로 한번 더 전환했어."

"하려던 거에 집중하기 위해서 말이죠." 프레리가 넌지시 말했다.

실은 너무 집중한 나머지 디엘은 나중에 가서야 콘택트렌즈가 생각이 났다. 렌즈는 일이 끝나자마자 거의 바로 회수되었다. 생각하면 할수록, 갑자기 양쪽 어깨에 새가 내려앉은 듯 소름이 오싹

188 중국 전통의학에서 쓰는 24시간 인체 시간표를 말한다.

189 중국 전통의학에서 말하는 육부(六腑)의 하나. 음식의 흡수, 소화, 배설을 맡는 상초(심장 위), 중초(위경 속), 하초(방광 위)로 이루어지며, 영어로는 '트리플 워머' 혹은 '트리플 버너'라고 한다. 24시간 인체 시간표상으로 삼초 지대는 기의 흐름이 원활한 오후 9시부터 11시 사이를 가리킨다.

끼쳤다. 결코 확실하지는 않았지만, 그 렌즈는 죽은 사람의 눈에서 빼낸 것 같은 느낌이 점차 들었다. 게다가 자신의 살인 행위를 바로 그 사람의 교정시력으로 바라보게끔 미리 의도된 것 같았다. 곰곰이 생각해보니 디엘은 계속 버티다 붙잡혀, 얼마 안되는 짧은 일생을 제명당한 채 지내야 하는 처지가 되어, 직업상으로 써오던 이름까지 완전히 잊혀버린 매춘부가 된 느낌이었다. 그럴 정도로 그녀는 상실감이 컸다.

하지만 그 시각 누구의 시력으로 보고 있느냐와 상관없이 그녀는 벌거벗은 남자 위에 가랑이를 벌리고 앉아서, 그의 페니스를 찾아 안으로 밀어넣고는, 정확하게 숨을 쉬며, 깊숙한 경락經絡을 따라 아래에 무방비로 펼쳐져 있는 인체의 모혈募穴[190]에만 집중했다. 더이상 다른 누구의 눈 없이도 그녀는 다른 감지기관을 통해 바로 모혈로 들어가 그의 기의 흐름을 꺾고 자신의 기를 정확하고 날렵하게 휘감아넣었다. 타께시는 그것을 전혀 느끼지 못했다. 잠시 뒤 그가 절정에 달해 거리에서나 쓰는 일본말로 비명을 지르기 시작하고 나서야, 디엘은 무언가가 잘못되었다는 것을 깨닫고 초월 모드를 해제했다. 그녀는 침대 옆으로 몸을 빼고는 자신의 두 눈을 손으로 더듬었다. 그러는 동안 타께시는 다 죽은 페니스를 드러낸 채 멍하니 있었다. 그녀의 얼굴을 다시 보았을 때, 그는 마치 무언가가 빠져나가기라도 한 듯 갑자기 엷은 녹색을 띠고 있는 그녀의 홍채를 보고 놀랐다. 그녀는 눈꺼풀에 힘을 주고 세게 깜빡거렸다.

"오. 맙소사. 오, 말도 안돼—" 그녀는 그가 못 쫓아갈 정도로 빠르게 침대에서 빠져나와 문 옆에 바짝 붙은 채로 격투 자세를 취

190 경락의 기가 많이 모이는 곳.

했다.

"이봐, 예쁜 아가씨." 타께시는 한쪽 팔꿈치를 들어올리며 말했다. "나 때문에 그런 거면—"

"당신 누구야? 아냐. 됐어—" 그녀는 돌아서서 본격 60년대의 옷차림을 한 채 문을 열고 도망쳤다. 수없이 많은 카메라를 지나치는 동안 사람들이 복도로 돌아오는 게 보였다. 디엘이 보기에는 알려진 적들의 얼굴과 그럴듯하게 닮은 자들이 과거의 잘못, 아직 남아 있는 과거의 빚을 품고서 그녀의 어설픈 아마추어 같은 살인 시도의 현장으로 몰려들고 있었다……

예의상 임페리얼 호텔에서부터 미행하고 있었던 랠프 웨이본은 당황해하며 천천히 옷을 주워 입고 방을 나선 타께시뿐 아니라, 거리로 나온 디엘의 행적을 자신의 모니터로 뒤쫓았다. "저 일본 친구는 누구를 붙이는 게 낫겠어. 여차하면 우리가 나설 수도 있고."

"가서 저 여자를 데려올까요?" 엄청난 거구의 투-톤 카마인 토르피디니가 물었다.

랠프는 잠시 생각하는 듯했다. "내버려둬. 언제든 다시 찾아낼 수 있으니까…… 우리한테 진 빚이 얼마나 많은지 잘 알 거야."

그때 전화벨이 울렸다. 카마인이 전화를 받았다. "그놈한테 정보가 새나갔다는데요. 그래서 대역을 자기 대신에 들여보낸 거고요."

랠프는 모니터의 스크린을 통해 디엘이 길고 아름답게 뻗은 두 다리로 무술을 하듯 성큼성큼 걸어가는 모습을 계속 지켜보다가, 결국 그녀가 시야에서 점차 사라지자 보란 듯이 "쪼옥!" 소리를 내며 작별의 키스를 날렸다. "잘 가, 자기. 너밖에 없어. 네가 아니면 누가 그자를 잡겠어?"

"그놈은 운이 너무 좋아요." 카마인이 심각하게 말했다. "하지만 이미 죽은 목숨이나 마찬가지예요. 운이 영원히 가진 않을 테니까요."

"망할 놈의 본드." 랠프 웨이본이 길게 숨을 내쉬었다. "로드러너 같으니라고."

디엘은 비행기를 타고 캘리포니아로 날아가서, 아무 생각 없이 또다시 쿠노이찌 수련원으로 찾아들어갔다. 사춘기 이후에 그곳에 와서 떠났다 돌아왔다를 반복하며, 특히 관리책임자인 로셸 수녀와 오랫동안 애증의 관계를 쌓아온 터였다. 하지만 이번에 로셸은 디엘이 얼마나 안 좋아 보이는지 금세 확인하고는, 그녀에게 묵을 방을 정해주고 나서 얘기는 다음날 하자고 부드럽게 말했다.

어쩌면 그 덕에 디엘은 자신이 한 일을 차분하고 정직하게 바라볼 시간을 갖게 될지도 모를 일이었다. 하지만 아무 소용이 없었다. 그녀는 소리 내어 울다 잠이 안 와 자위를 하고, 부엌으로 몰래 내려가 먹고, 피정의 방으로 조용히 들어가 텔레비전으로 옛날 영화를 보고, 새들이 깨어날 때까지 공용 재떨이에서 담배꽁초를 주워 피웠다. 지친 몸을 이끌고 수석 어텐티브를 만나러 갈 때가 되었을 무렵 그녀는 잠을 한숨도 못 자서 거의 폐인이 되어 있었다. 수녀는 손을 뻗어, 땀 흘리는 디엘의 이마에서 머리카락을 쓸어주었다. "일을 저지르고 말았어요. 너무—" 디엘은 앉아서 부들부들 떨며 그다음 말을 이어가려 했지만 할 수가 없었다.

"왜 나한테 말하려는 거지?"

"뭐라고요? 말 들어줄 사람이 또 누가 있다고요?"

"내가 지금 원하는 게 있다면, 현금이 잘 돌아가서 사업가로서의 내 삶의 진정한 의미를 발견하게 될 때, 그때나 가서 알게 될까. 네가 불쑥 찾아오는 걸 보니, 내가 갑자기 플래너건 신부[191]라도 된 것 같아." 그녀는 머리를 좌우로 흔들고 수녀처럼 입술을 오므리고 앉아서 디엘의 고백을 끝까지 들어주었다. 그러고는 마지막으로 말했다. "오케이. 두가지 질문이 있어. 확실해, 마지막 순간에 몸을 뒤로 빼지 않았던 게?"

"그러니까, 잘 모르겠어요, 전혀요—"

"주의력이 관건이야, 디엘 상." 그녀가 심각하게 말했다. 육체관계로 하는 무술은 복잡하고 관계적이어서, 단지 기의 흐름과 그날의 그 시간뿐 아니라, 기억, 양심, 정념, 억제도 총동원되어 한번의 치명적인 순간을 위해 쓰이도록 되어 있었다. 로셸 수녀는 디엘의 수그린 목덜미와 옆으로 돌린 얼굴을 묵묵히 바라보았다. "지금까지의 네 생활 패턴으로 봤을 때 내 생각은 이래. 다른 사람들의 현실로부터 항상 일정한 거리를 두고 살다가, 너는 아래로 내려오게 된—"

"납치됐었어요!"

"—끌려간 거야. 또다시 타락한 세계로. 이번엔 정신을 집중해서 침착하게 준비하지 않은 채 무모한 매춘부가 되어 외부세계로 뛰어드는 바람에 기회를 날려버린 거야. 뭘 더 바라지?"

바로 그때 디엘은 이노시로 센세에가 결코 전사가 되어서는 안 될 사람들, 충동적으로 덤벼들었다 일을 망치고 남은 일생 동안 고생하며 살아야 했던 사람들에 대해서 해주었던 얘기가 떠올랐다. 그는 이미 알고 있었다. 결정적인 순간에 일을 완전히 망쳐놓을 여지가 그녀의 운명 속에 숨겨져 있다는 사실을 그는 이미 꿰뚫고 있

191 플래너건(Edward Joseph Flanagan, 1886~1948). 소년의 마을(Boy's Town)을 세운 아일랜드 태생의 미국 가톨릭 성직자.

었던 것이다. 하지만 어떻게 그녀에게 경고할 수 있었겠는가? 디엘은 자기가 그의 말에 잠시 진지하게 고개를 끄덕였던 것을 기억해냈다. 그녀는 마침내 작은 목소리로 말했다. "제가 지금 알고 싶은 건 그것을 되돌릴 수 있느냐는 거예요."

"네 삶을? 잊어버려. 손바닥 진동술을 썼다면, 그럴 수 있기도 하고 없기도 해. 변수가 많아서 경우마다 달라. 특히 얼마나 빨리 조처하느냐에 따라 다를 수 있어."

"하지만……" 그녀는 자기가 지금 무슨 말을 하고 있는지도 몰랐다. "하지만 그곳까지 갔었어요……"

"그래도 결국은 이곳에 우리와 함께 있잖아. 면허를 소지한 두명의 의사와 새로운 치료기구들을 포함해 우리는 지금 훌륭한 의료팀을 갖추고 있어. 닌자 급소 공격술로 인한 사건들이 그렇게 많지는 않지만, 네가 피해를 입힌 사람을 여기로 빨리 데려오면 데려올수록, 살릴 수 있는 기회는 더 많아져."

"하지만 어떻게 그 남자를 다시 찾죠? 그러고 싶은 생각은 없었는데." 말을 하면서 디엘은 곰곰이 생각해보았다.

잠시 후 로셸이 말을 꺼냈다. "말해봐."

디엘이 꺼져가는 목소리로 작게 말했다. "제가 머물 수 있는 방법이 혹시 있을까요?"

유칼립투스들이 장막처럼 쳐져 있는 창 너머로 한때는 흰색이었지만 이제는 담쟁이덩굴로 완전히 뒤덮인 벽들이 보였다. 저 멀리 프리웨이가 '저 먼 곳'을 향해 엎지른 물처럼 펼쳐져 있는 대지 안으로 완만하게 휘어져 들어갔다. 이곳은 매끄러운 초록색과 금색의 언덕들 사이로 바람이 불었다면, 저 먼 곳은 바람이 끝없이 부는 것 같았다. 지금은 모든 게 정지된 듯한 깊숙한 시각, 바로 하루의 하사점下死點에 해당하는 시각이었다. 여자들은 닌자 커피 룸에 앉아 햇빛의 광선이 커피 잔 안에서 파르르 움직이는 것을 바라보았다.

로셸이 말했다. "만약 닌주쯔 배심원단이 있다면 너는 지금 네가 말한 행동들 때문에 회원 자격을 박탈당했을 거야. 어쩌면 지금이 있는 힘을 다해 능력 이상을 보여줘야 할 마지막 기회일지 몰라. 우리는 너의 성실성을 항상 믿었지만, 더이상 발전하지 못하고 늘 제자리야. 네가 집중하는 모습을 언제쯤 보게 될까. 주의 지속이란 게 있기는 했던가? 작은 싸구려 자동차를 타고 정신 나간 사람처럼 떠났다가, 조디스에서 보조 점원들이 하는 반품 처리 세일에서 뭔가를 사 입고 다시 나타나고, 그렇게 몇년 동안 나타났다 사라졌다를 반복하며 살았으니, 연속성이 어디 있고, 끈기가 어디 있겠어. 빌어먹을 주의력은 무슨…… 우리가 본 거라고는 뛰다 멈추면 넘어질까 두려워 계속해서 뛰는 사람의 모습 그 이상도 그 이하도 아니었어."

"제가 무슨 짓을 하든지 저를 받아줄 줄로 알았어요."

"만약 네가 우리에게서 영원히 떠나주기를 내가 바란다면? 그래서 '여기서 나가줘' 하고 내가 말한다면?"

"그러면 떠날 수밖에요." 태양빛 머리카락의 디엘은 면담 중 처음으로 두 눈을 치켜뜨고서 조금의 미동도 없이 앉아 있는 로셸의 두 눈을 쳐다보았다. 그녀의 눈에는 복잡한 심정이 그대로 담겨 있었다. 애원하는 듯하다가도, 타께시를 다시 찾으러 나서야 한다는 생각을 떨쳐버리고 아예 포기하려는 듯한 표정이었다. "하지만 만약에 제가 그를 데려온다면요—"

로셸 수녀는 졌다는 듯이 두 눈을 희번덕거렸다. "그러면 그 댓가로 너를 평생 머물게 해달라고? 오, 세상에. 나이 서른살 먹은 고집불통의 냉정한 예쁜이 같으니라고."

그렇게만 된다면 디엘로서는 더할 나위 없는 축복이었다. 그녀는 정식으로 부탁을 했고 며칠의 준비 기간을 얻었다. 그러고는 사람들의 담배 연기가 나지 않는 곳으로 가서, 자신의 성기를 만지작거리는 일을 일절 삼가고, 타께시가 꿈속에서 나타나 그녀를 찾으며 모든 문제를 해결해줄 때까지 자신에게 최면을 걸었다.

물론 타께시는 타께시대로 어려움에서 벗어나는 중이었다. 하지만 앞서 토오꾜오에서 원시적인 공포에 휩싸였던 이후로 그는 대체 무슨 일이 일어난 것인지 파악하느라 고군분투했고, 그것을 알아내는 데 오랜 시간이 걸리지 않았다. 하루 노 데빠또에서 예기치 않은 사건이 있은 후 다음날 아침에 그는 테러 방지 부처 산하에 있는 미노루의 사무실로 전화 통화를 시도했지만, 그가 들은 거라고는 그런 사람은 타께시가 알고 있던 식으로는 더이상 존재하지 않는다는 암시를 포함한 장황한 변명뿐이었다. 얼마 후, 어떤 내선과 연결이 되더라도, 그는 연결 즉시 기다리라는 말 외에는 들은 게 없었다.

타께시는 그날과 그다음 날 내내 유독물 폐기장이 된 것 같은 느낌을 받으며 돌아다녔다. 온몸을 찌르는 듯한 증상이 느껴졌는데, 흉부와 복부가 특히 심했다. 음식을 보기만 해도 구역질이 나서 룸서비스로 주문하는 것을 그만두었다. 세탁소에서 옷을 찾았을 때에는 망치로 얻어맞은 것 같은 충격을 받았다. 디엘과 우연히 만나기 전후에 입었던 옷이었는데, 윗옷 앞쪽과 바지 상단에 각각 5에서 10센티미터 크기의 구멍들이 여기저기 나 있었고, 구멍의 가장자리들은 뜨거운 것에 타면서 동시에 부식이 된 듯 너덜너덜하고

꼈었다. 그는 도라이 쿠리닝구[192]에 전화를 걸었다. 그러자 그곳에서 일하는 사람이 해명은 했지만 아무 도움이 되지 않았다.

"퍼클로로에틸렌을 썼네요. 세탁할 때 늘 사용하는 거죠. 깜짝 놀랐어요. 그 구멍들이 언제 시작됐대요!"

"시작되다니요? 무슨 소리예요?"

"계속 커졌다고요! 몇초도 안 걸렸어요! 그런 건 난생처음 봐요!"

땀을 흘리고 통증을 느끼고 몹시 불안해하며 타께시는 와와즈메 라이프 앤드 논-라이프 의료진의 한 의사와 응급 예약을 잡고, 훼손된 옷을 챙겨서 갔다. 닥터 오루니는 그 옷을 진찰용 테이블 위에 펼쳐놓고 자동 스캐닝 기계를 통과하게 했다. 그러는 동안 그와 타께시는 옆방에서 데이터를 그래프와 인쇄 양식으로 보여주는 비디오 화면을 지켜보았다. "이것들은 모두 모혈들이에요." 의사가 커서로 구멍으로 표시된 것들을 가리켰다. "어떤 것들은 처음 보는 부식 에너지들이에요. 음성陰性이 아주 심해요! 싸우기라도 했나요?"

타께시는 그날 내내 안 싸우려고 애쓰던 거며, 그 미국 아가씨가 빤히 응시하던 모습, 뒤로 돌아서서 달아나기 직전에 그녀가 지었던 공포와 좌절의 표정을 떠올렸다. 의사가 약식으로 그를 검진하며 뭔가가 나올 때마다 심각하게 중얼거리는 동안, 그는 의사에게 하루 노 데빠또에서 그녀와 만나게 된 경위에 대해 들려주었다. 하지만 소변검사 전까지는 아무것도 안 나왔다. 닥터 오루니는 작은 냉장고에서 산또리 스카치위스키를 한병 꺼내 종이컵 두개에 각각 컵의 90퍼센트까지 가득 따르고 나서, 두 발을 책상 위에 올려놓고,

192 드라이클리닝을 뜻하는 일본어.

슬픈 어조로 비밀을 털어놓기 시작했다. "암이라든가, 방광염, 결석結石 같은 거 전혀 없어요. 단백질, 케톤, 모든 게 다 정상이에요! 그런데 아주 이상한 게 방광에서 지금 진행되고 있어요! 외상外傷 같은데요. 다만 속도가 그것보다 훨씬 늦어요!"

"좀더 구체적으로 말해줄 수 없어요?"

"다른 데를 찾아보면 이런 게 나올까요? 보험 통계표라든가? 일단 확률을 알고 명칭을 익히게 되면, 사라질까요?"

"자주 발생하는 일인가요?"

"한번도 본 적이 없어요. 단지 신문기사로 읽거나, 클럽하우스에서 사람들이 말하는 걸 들었을 뿐이에요. 일화 같은 거 말예요. 원하시면, 세부적인 내용을 말해줄 수 있는 사람을 소개해드릴 수 있어요……"

"무엇이든 아는 대로 말해줘요."

"혹시 손바닥 진동술에 대해서 들어본 적 있나요?"

"예, 한두번 가봤어요!"

"그게 아니고요, 후미모따 상. 내가 말하는 건 시간 지연이 미리 내장된 암살 기술이에요. 수 세기 전에 말레이계 중국인들에 의해 처음 고안되었고, 우리 일본의 닌자들과 야꾸자들에 의해 개조되었어요. 최근에 수많은 방법들을 가르치고 있는데, 효과는 다 똑같아요!"

"그 여자가 나한테 그것을 썼다고요?" 효과라니? "하지만 난 아무것도 못 느꼈는데요."

"그러면 — 천만다행이네요! 설에 의하면, 급소의 가격加擊이 가벼울수록 더 오래 살 수 있어요!"

"그래요? 얼마나 오래요?"

의사가 잠시 키득거리며 웃었다. "얼마나 가벼워야 되나가 아니고요?"

타께시는 혼자 엘리베이터를 탔다. 내려가는 동안 그는 죽음의 공포에 완전히 사로잡혔다. 이제는 통증이 깊어지는 모혈 하나하나를 느끼고, 고통에 시달리는 각기 다른 맥들을 세고, 그의 기의 흐름이 막히고, 위태롭게 뒤집히고, 혼탁해지고, 소실되는 등의 격랑을 겪으면서 몸의 내부를 서서히 파괴시키는 과정을 상상할 수 있었다. 언제든 오줌을 누게 된다면 바로 공포의 순간이 될 터였다.

"이게 다 내가 지저분하게 살아온 탓이야!" 이제 와서 어리석고 정서적으로 문제가 많은 삶을 가까스로 부지하느라 허비했던 세월을 후회하기에는 이미 너무 늦었다는 생각이 들었다. 그는 엘리베이터의 속도, 스카치위스키, 그리고 아는 사람이 하나도 없는 새로운 진정제의 기운이 서로 뒤섞인 탓에 엘리베이터에서 휘청거리며 나왔다. 진정제는 신약 담당자가 엄청난 양의 쌤플을 대기실에 놓고 갔던 것으로, 누구든지 원하는 만큼 가져가도 된다는 안내 표지가 붙어 있었다. 그의 유창한 말솜씨는 그 약 때문인 게 분명해 보였다.

호텔로 돌아온 그는 쌘프란시스코 공항행 심야 비행기 표 한장과, 최근의 불미스러운 일에 대한 유감과 함께 쌘프란시스코에 도착하는 대로 동봉한 전화번호로 연락을 주었으면 하는 내용이 적힌 투-톤 카마인의 메모를 발견했다. 그런다고 뭐가 달라지나? 타께시는 대수롭지 않게 여겼다. 그는 2주 분량의 암페타민, 갈아입을 속옷, 여분의 셔츠를 휴대용 가방에 넣고 나리따 공항으로 가는 호텔 버스를 잡아탔다.

기내에서의 시간은 여태껏 겪어본 것 중에 최악에 속했다. 그는 줄기차게 술을 마셨고, 생각이 날 때마다 덱스트로암페타민에다가 아모바비탈까지 녹색 지효성 캡슐들을 마구 삼켰다. 그리고 의사의 진료실에서 챙겨온 진정제 쌤플 안에 든 설명서를 천천히 읽었다. 오호호! 이 복용 금지 항목들 좀 보게! 이미 그의 몸 전체에 퍼지고 있는 모든 빌어먹을 증세들이 사실상 금지 항목에 들어가 있었다. "그래!" 그는 큰 소리로 중얼거렸다. "상황이 그렇다면 —" 그는 술을 한잔 더 주문하고 진정제를 또 털어넣었다. 옆자리에서 손 안에 쥐고 하는 컴퓨터게임기로 계속 신경 쓰이게 하던 심각한 표정의 가이진[193]이 타께시를 살펴보더니 한동안 뚫어지게 쳐다봤다. "자살하려는 거 아니죠, 그렇죠?"

타께시는 힘있게 씩 웃었다. "자살이라뇨? 아녜요! 우오, 그냥 편하게 쉬려는 중이에요! 비행기 타는 거 싫지 않아요? 안 그래요? 모든 사고의 가능성을 생각만 해도……"

옆자리의 젊은 탑승객은 창가에 앉았으면서도 어떻게든 옆으로 피하려고 갖은 애를 썼다. 타께시는 말을 계속 이어갔다. "자, 이거 하나 드셔보지 않을래요? 에? 정말 끝내줘요. 에보엑스[194]라고 혹시 들어본 적 있어요? 새로운 거예요!"

"어디에 몰래카메라를 숨겨놓았죠? 맞죠? 이거 광고죠?" 이 물음들이 마치 기도처럼 주변으로, 동그란 장난감 창문 밖으로 보이는 달빛 어린 아동용 그림책 속의 구름들, 얼굴과 서류 위에 나불거리는 전등 빛, 이어폰으로 흐르는 무정한 음악, 아마도 딴 세상에서 생긴 듯한 타께시의 광기 속으로 울려퍼졌다……

193 외국인을 뜻하는 일본어.

194 Evoex. 무녀가 주신(酒神) 바쿠스에게 외치는 소리 '에보에'(evoe)를 따서 지어낸 것으로 보이는 가공의 각성제 이름.

"한번 들어보시면 완전 빠져들 거예요!" 타께시는 다시 말을 시작했다. "어떻게 하면 좋을까요. 솔직히 말해서 나도 어찌해야 할지 잘 모르겠어서요." 그러고 나서 지금까지의 이야기를 의학적인 세부 내용까지 죄다 털어놓기 시작했다. 정장 차림의 젊은 탑승객은 처음에 상상한 대로 타께시가 총을 꺼내 미친 듯이 복도를 날뛰는 순간이 늦춰지기만 하면 된다는 생각에서 그의 말을 하나도 안 빠뜨리고 열심히 귀 기울여 들었다.

타께시가 마침내 이야기를 멈추자, 그 미국인은 애써 맞장구를 쳐주려고 노력했다. "당신이 뭘 기대했겠느냐고요? 여자요."

"아니, 아니! 나를 다른 누군가로 착각한 거예요."

"음. 어쩌면 당신이 그 여자를 다른 누군가로 착각한 건지도 모르죠."

순간 타께시는 편집증 환자가 된 것 같았다. 어떤 이유에서인지 이 젊은 친구가 자꾸 그의 전처인 영화배우 미찌꼬 요마마에 대해서 말하는 것 같았다. 그녀는 미국의 시청률 경쟁에서 현재 말도 안되게 승승장구하고 있는 일본 제작 텔레비전 씨리즈 '괴짜 아기들'에서 은근히 웃긴 산과의産科醫 역을 맡고 있었다. 하루 노 데빠또에서 만난 살인범 매춘부와 섬세한 미소로 사라지는 재주를 겸비한 미찌꼬 사이에 어떤 연관성이 있는지 그로서는 도저히 알 수 없었다. 사실 그들은 본격 60년대의 LSD 환각 체험 도중에 결혼을 한 사이여서, 약에 취해 있던 딴 세상에서만큼은 서로 사이좋게 지냈다는 데에는 두 사람 다 조금의 의심도 없었다. 하지만 이승에서는 그저 서로에게 불행을 주려고 만난 것 같았다. 방에서 나오다 마주치면 둘 다 배반감에 역겨워 서로를 잠시 바라보다, 말할 수 없는 깊고 아름다운 확신을 되새기면서, 어쩌다 그들은 이렇게 힐끗 쳐다만 보고 지내게 된 것인지 의아해했다. 그리고 몇년 후 그는 집에서 나왔고, 그녀는 로스앤젤레스로 이사를 했다. 그 무렵 그들의 아이들은 각기 다른 곳에서 안전하게 지냈다. 타께시와 미찌꼬는 가느다란 인연의 줄을 여전히 이어갔다. 가끔씩 L. A.를 지나는 길에 그는 잠시 들르곤 했다. "아니요." 그는 옆자리 남자의 추측에 대꾸했다. "그때 난 오직 씹하는 것만 생각했어요."

옆자리 남자는 입술을 굳게 다물고 얼굴을 찡그렸다. "음." 그는 '누키'[195]라고 하는 컴퓨터게임을 다시 시작했다. 그것은 섹스 놀이와 폭발 놀이가 혼합된 게임이었는데, 초창기의 싸구려 싸운드 칩을 쓴 탓에 오르가슴은 사람의 숨소리처럼 중간중간이 끊기는 가늘고 날카로운 신음 소리로 처리되었고, 아마도 핵폭발을 흉내 낸 것 같은 효과음은 아주 미세한 백색소음 수준의 폭발음에 불과해서 오르가슴보다도 훨씬 못했다.

쌘프란시스코 국제공항에 착륙할 때까지 타께시는 사흘을 꼬박 깨어 있었다. 그동안은 목욕도 면도도 하지 않았다. 그는 남자 화장실 거울에 비친 자신의 덥수룩한 얼굴을 보았다. 잠을 자지 않으면, 면도도 없는 거야. 그는 그렇게 마음먹었다. 그런데 곰곰이 생각해보니, 그렇게 되면 잠들자마자 면도를 시작해야 하는 거였다! 수많은 이상한 표정의 얼굴들을 쳐다보면서, 그는 실제 바닥면보다 1, 2쎈티미터가량 높은 공항 로비 쪽으로 깜빡 잊고 있던 지퍼를 올리며 슬그머니 다시 걸어갔다.

메모에 남긴 번호로 전화를 걸었더니 카마인이 직접 전화를 받았다. "헤이, 후미모따 상!"

195 Nukey. 핵무기를 뜻하는 'nuke'를 변형해서 지은 이름.

타께시는 몸이 오싹해지기 시작했다. 주름 잡힌 흰색 가운을 입은 단정한 용모의 젊은 아가씨가 공항을 메우고 있던 사람들 사이에서 나타나더니 타께시의 어깨에 팔뚝을 걸치며, 작은 목소리로 "편집증 조심하세요!"라고 말하고는 다시 사라졌다. "의사에게 갔어요. 또 해줄 말 없나요?"

디엘의 이름과 그녀가 원래 의도했던 목표물의 이름이라도. "'도나휴 쇼'에 출연했고 『보그』에 전면 광고를 낸 적이 있는 마약에 반대하는 핫한 유명인사가 있긴 하지만, 그 사람도 당신에게 아무 도움을 못 줘요. 줄 수 있다 해도 그러려고 하지 않을 거예요."

"그러면 그 여자는 어때요?"

"당신의 가능성은 점점 더 나아지고 있어요. 우리가 알기로는, 그 여자가 그 일을 했고, 그 여자만이 원래대로 돌릴 수 있어요." 카마인이 마법은 덜하지만 아주 오래된 과업에 사용하던 손가락으로 타께시와 공유하기로 한 디엘 채스테인의 최신 정보를 여자 닌자 수련원으로 가는 길과 함께 확인하기 위해 키보드를 두드리자 작은 플라스틱 타악기 소리가 들렸다. "문제가 생기면, 우리에게 알려줘요. 일이 꼬여 다시 한번 미안하게 됐어요. 잘 가요."

"잘 있어요." 일이 꼬였다고? 그는 차를 렌트해서 공항 모텔에 체크인을 하고 들어가, 에어컨과 텔레비전을 켠 다음, 리모컨의 검색 버튼을 누르고, 누워서 채널이 2초 간격으로 돌아가는 것을 지켜보다가, 마침내 번호대가 높은 독립 채널에서 유난히 매력적으로 생긴 배우가 눈에 띄자 바로 멈췄다. 그것은 전처인 미찌꼬가 나이트클럽 같은 곳에서 턱시도를 입은 한살가량의 아기를 데리고 언뜻 보기에 데이트하는 것 같은 장면이었다. 아기는 테이블 위를 이리저리 기어다니며 술잔을 뒤집고, 재떨이를 엎어트리고, 좋아서 비명을 지르고, 사람들의 관심을 모으는 중이었다. 아직까지 본 적이 없는 '괴짜 아기들' 재방송이었다. 내용은 그냥 끝까지 봐줄 만한 정도였다. 두번째 광고 시간이 되자 온몸에서 거대한 슬픔이 밀려오기 시작하더니 점차 커지면서 그를 뒤흔들어놓았다. 잠을 거의 한숨도 못 잔 탓인지, 눈물이 귓속까지 흘러들고, 콧물이 콧수염을 적시고, 콧속은 가버린 사랑처럼 아팠다. 하지만 자신이 이론상으로는 죽은 몸이라는 사실에 비하면 이 정도 고통쯤은 그야말로 아무것도 아니었다.

다음날 그는 신기하게도 기분이 나아진 채로 다시 사건으로 돌아가, 가짜 응급처방전을 들고서 널리 분포되어 있는 베이 에어리어의 약국들을 찾아다니고, 프레리가 그를 만났을 때 입고 있던 선명한 청색 옷과 우쿨렐레를 구입하고, 경마신문 보듯이 도로 지도를 꼼꼼히 조사하여 대체도로들이 여의치 않을 경우를 대비해 각각에 대한 변경 계획을 미리 세워놓고, 마침내 동쪽으로 방향을 틀어 쿠노이찌 어텐티브 수련원으로 가는 오르막길에 접어들었다. 거기서부터는 고지가 높아지고 밤이 점점 더 깊어져서, 마치 레벨이 높아질 때마다 난이도가 계속해서 바뀌는 살벌한 비디오게임을 온종일 하는 것 같았다. 이렇게 계속하다보면, 우주공간을 여행하는 것처럼, 소위 '커다란 감동'이 밀려올 수도 있을 터였다. 수련원에 당도할 무렵, 캘리포니아의 아찔한 산등성이에 취해 그는 더이상 제정신이 아니었다. 오히려 평소에 기대되던 것보다 더한 요주의 대상이었다. 안마당 일대가 점점 기울어져가는 그림자들에 가려지자 소총의 안전장치를 푸는 소리가 귀에 들리는 것 같았다. 무기를 갖고 있지 않더라도 어떤 쿠노이찌든 그를 현재 그가 서 있는 곳에서 가디나[196]로 쉽게 날려 보낼 정도는 됐다. 그는 앞으로 걸음을 내딛다가 눈부신 머리카락에 얼음처럼 차가운 초록색 눈을 한 디엘이 눈에 불을 켜고 바로 앞에 서 있는 모습에 순간 멈춰 섰다. 잊으면 안돼. 그는 자신을 다그쳤다. 바로 저 여자야. 지난번에 나를 죽이려 했던 바로 그 여자라고! 하지만 그는 대신에 발기가 되더니 아무것도 생각나지 않았다. 생각나는 거라고는 오직 하루 노데빠또에서의 그날밤, 저 차가운 긴 다리의 미국 아가씨가 두 다리를 쩍 벌리고 짐승 다루듯 그의 몸 위에 올라타, 어둠속에서 머리 뒤로 빛을 받으며, 자기만의 세계에 빠진 표정을 하고서, 짙게 칠한 손톱으로 그의 인체 모혈을 가지고 놀다…… 그를 서서히 죽이던 장면뿐이었다! 소름이 끼쳤다. 그 장면을 생각하면 발기된 게 죽어야 하는데, 희한하게 그러지 않았다.

"다들 내가 이미 죽은 걸 잊었나보네!" 그는 태연하게 외쳤다. 그러고는 위험하게도 탁 트인 전방으로 나가, 전자동 우지 기관단총들이 그를 조준하고 있다고 믿어지는 쪽, 산 중턱의 새들이 숨죽이고 있는 어딘가를 응시하며, 가방에 손을 넣어 아무 문제 없다는 듯 우쿨렐레를 달랑 꺼내, 네 마디로 된 도입부를 서투르게 튕기고서 자신은 나쁜 의도가 전혀 없다는 징표로 노래를 부르기 시작했다.

저스트 라이크 어 윌리엄 파월

오, 흙손 없이 벽돌을 쌓는 것 같아,
생선과 포이[197] 없이 하와이식 파티를 하는 것 같아,

196 로스앤젤레스 부근의 도시.
197 하와이의 전통요리.

윌리엄 파월[198]처럼 되거든,
미르나 로이[199] 같은 여자를 찾아!

젠장, 래시에겐 로디 맥도웰[200]이 있고,
트리거에겐 데일과 로이[201]가 있고,
아스타[202]에겐 윌리엄 파월이 있는데,
"대체 그 미르나 로이는 어디 있는 거야?"

타잔이 어떻게 해서 소리를 지르게 됐나 생각해봐,
혼자서 치타와 아이를 데리고 매달린 채 말이야—
난 모음이 하나도 없는 알파벳 같은 기분이야,
플로이가 하나뿐인 플랫 풋 플루지[203] 같아—

그냥 수건을 던지고 패배를 인정할까
오, 진짜 매코이를 정말 못 찾겠어,
또다른 윌리엄 파월이 된 것 같아,

198 윌리엄 파월(William Powell, 1892~1984). 상냥하고 세련된 매너로 유명한 미국 영화배우. 대표작으로 「셜록 홈스」(1922) 「위대한 개츠비」(1926) 「그림자 없는 남자」(1934) 등이 있다.

199 미르나 로이(Myrna Loy, 1905~93). 아름답고 세련된 아내 역할을 주로 맡았던 미국 영화배우. 「그림자 없는 남자」를 비롯해 열편이 넘는 영화에서 윌리엄 파월과 부부로 호흡을 맞췄다.

200 영화 「돌아온 래시」(1943)에 나오는 개와 그의 친구.

201 1940~50년대 서부영화에 자주 나온 로이 로저스(Roy Rogers), 데일 에번스(Dale Evans) 부부와 그들이 기르는 황색 말.

202 영화에 등장하는 윌리엄 파월 부부의 개.

203 Flat Foot Floogie with a Floy Floy. 슬림 갤러드(Slim Gaillard)와 슬램 스튜어트(Slam Stewart)가 1938년에 함께 부른 스윙풍의 재즈곡.

그 미르나 로이를 찾아 헤매는……

침묵이 흘렀다. 그것은 충격을 받아서라기보다는 저 풋내기와 그의 우쿨렐레를 지금 당장 없애버리는 게 나을지, 아니면 조금 있다가 그러는 게 나을지 의견이 엇갈려서 생긴 침묵이었다. 사실 타께시가 의지하는 게 있다면, 그것은 어렴풋이 감지되는 엇갈린 기운, 왠지 디엘은 무조건적으로 지원해주는 걸 좋아하진 않으리라는 막연한 느낌이었을 터였다.

그는 노래를 부르면서 재미와 역겨움이 뒤섞인 심정으로 지켜보고 있는 디엘 옆으로 슬그머니 다가가고 있었다. 서서히 다가오는 그의 얼굴이 마침내 희미한 아침 안개 사이로 모습을 드러내자 그녀는 둘이 토오꾜오에서 부딪쳤을 때부터, 심지어 그녀가 달아나는 와중에도, 그가 그녀에게 욕망을 품고 있었음을 눈치챘다. 하지만 그때 이후에도 그의 성적인 동기가 살아 있을 줄은 전혀 짐작하지 못했다. 그녀는 고개를 좌우로 흔들었다. "지금 제정신이에요?"

"내가 여기에 온 이유는 당신에게 도움을 청하기 위해서예요, 주근깨 아가씨!" 타께시가 대꾸했다.

"잠깐!" 로셸 수녀가 안마당으로 뚜벅뚜벅 걸어오더니 두 사람의 꽉 막힌 대화에 끼어들었다. "당신은 바보야." 타께시를 가리키며 말했다. "그리고 너도." 이번에는 디엘을 가리켰다. "이렇게 말해서 나도 실망인데, 저 사람과 크게 다를 게 없어. 처음부터 한눈에 알아봤어야 했는데. 두 사람은 천생연분이야. 그러므로 자네 대릴 루이즈 수녀는, 어길 시에는 엄중한 제재를 받는다는 조건으로, 이 바보 같은 자의 충직하고 작은, 아니 네 경우는 그 반대로 덩치 큰이라야 맞겠네, 조수가 되어 그에게 행한 커다란 잘못을 제거함으로

써 전생의 빚을 갚도록 명하는 바야…… 더 할 말이라도 있나?"

"섹스는 절대 안돼요." 디엘이 딱 잘라 말했다. 타께시는 뭐라고 투덜대기 시작했다. "그러면 이 형벌은 언제 끝나죠?" 그녀가 궁금해서 물었다.

로셸 수녀는 1년이면 될 거라고 말했다. 디엘의 무모한 바늘 손가락 권법이 타께시에게 허락한 수명과 똑같은 양의 시간이었다. "1년에 하루를 더하는 것으로 하지. 그렇다고 나를 그렇게 쳐다보지 마. 희생하는 삶을 좇겠다며 이곳에 왔잖아, 디엘 상. 그러고 보니 피엑스 청구서가 밀린 게 생각나는데—"

가벼운 박수 소리가 안마당의 그늘진 구석에서 들려왔다. 낯설게 생긴 여자 닌자들이 두셋씩 짝을 지어 걷고, 작은 소리로 이야기하고, 몸을 맞대고 있었다. "자, 그럼." 로셸이 타께시에게 고개를 끄덕이며 말했다. "부디 생명을 되찾기를 바라겠어요. 디엘 수녀는 잘 도와드리도록 하고."

"이 일에—" 타께시가 이의를 제기했다. "저 여자가 꼭 있어야 하나요? 이미 할 만큼 하지 않았나요?"

"예, 있어야 해요. 당신도 계속 말했잖아요." 디엘이 잘라 말했다. 그들은 티격태격하며 안으로 나란히 들어갔다. 여자 닌자들도 구경하기 위해 떼 지어 들어갔다. 새들이 우는 소리가 다시 들렸지만, 이상하게도 지상에 묶여 아프기라도 한지 우는 소리에 별로 힘이 없었다. 세 사람은 로셸 수녀의 자부심이며 환희인 저 악명 높은 펑큐트론 머신이 있는 수련원 클리닉을 향해 걸어갔다.

"이제, 기氣가 다시 정상으로 흐르도록 해볼까."

타께시는 주위를 둘러보았다. 바람이 잘 통하는 구조물이었다. 과거에 헛간으로 쓰던 건물을 여러개의 진료실로 다시 분리한 것인데, 연결된 부분의 높이가 2층 정도 되는 기계가 우뚝 솟아 있었다. 거기에 있는 많은 의료기구들 중 하나인 펑큐트론은 당시에 캘리포니아에서 쉽게 구입할 수 있었다. 많은 환자들은 쳐다보기를 꺼려했지만, 의료진들 중에는 그것을 열렬히 신봉하는 자들도 제법 있었다. 비난하는 사람들 중에 한시도 감시의 눈을 떼지 않는 FDA[204]가 있었지만, 펑큐트론 제작자들은 지금까지 그들보다 늘 한걸음 앞서갔다. 알 수 없는 양의 전기가 장식물처럼 보이는 수많은 터미널들의 일부 혹은 전체에 도달할 때까지 반짝거리는 기계 부품들 사이를 흐르도록 되어 있는 게 분명했다. 타께시에게 기계를 사용하려고 준비 중인 여자 닌자 펑큐트론 기술자는 그 터미널들에 대해 "사실 우리끼리는 전극이라고 불러요" 하고 고양이처럼 가르랑거리며 말했다. 그러면 전기회로를 끝까지 관리하는 건 무엇이지? 사람인가? "오, 맙소사." 타께시가 어이없다는 듯 말했다. "말도 안돼."

"당신이 할 수 있는 게 뭐가 있나 생각하고 어른답게 굴어요." 수석 여자 닌자가 충고했다.

여자 닌자다운 정신 집중에 능하기보다는 시선 맞추기에 더 관심이 있는 젊고 예쁜 또다른 어텐티브가 클립보드에 서류양식을 끼우고 나타났다. 그녀는 타께시에게 열 페이지 분량의 오디오테이프 목록을 보여주며 그중에서 펑큐트론 치료 동안 듣고 싶은 게 있으면 고르도록 했다. 목록에는 수백개의 노래 제목이 있었는데, 저마다의 신체반응을 일으키기에 좋은 것들이었다…… '연대 소속 백파이프 관악대가 부르는 프라임타임 인기 연주곡'을 들으면

204 Food and Drug Administration. 미국 식품의약국.

'건강에 좋은 타이완 뇌 에어로빅'보다 더 잘 버텨낼 수 있을까? 아니면 그 반대일까? 그럴듯한 선택이었다. 목록을 쭉 훑다보니, 어쩌면 종이에 적힌 오디오테이프들이 과학적으로 혹은 신중하게 선별한 게 결코 아니라, 실은 아주 외딴 지역의 스리프티마트에 진열된 싸구려 카세트 상자들에서 손에 잡히는 대로 마구 꺼내어, 익히 알려진 닌자들의 솜씨를 미뤄보건대, 계산대에서 돈도 안 내고 가져온 것들일지 모른다는 생각이 들었다. 그사이 다른 여자 닌자들은, 적어도 자유도 2 수준 이내에서 조정할 수 있는 잘 빠진 전극들이 달린, 불길해 보이는 경화고무와 금빛으로 칠해진 장치에 그를 계속 연결하여, 신체의 특정 기관과 부위에, 혹은 그 표면에, 혹은 그 안에 접속시켰다.

"조금 에로틱한데. 안 그래, 아가씨?" 탈의하고 나서 타께시는 클립보드를 들고 있는 여자 닌자와 이야기를 나누려고 시도했다. 그러면서 천천히 그리고 단단히 여기저기에 전극을 붙이고 있는 똑같이 예쁘게 생긴 여자 닌자 펑큐트론 기술자를 못 본 체했다.

"귀여우세요. 옛날 영화에 나오는 분 같아요." 여자 닌자가 눈으로 애교를 떨며 말했다. "그런데 이 서류를 작성해주셨으면 해요. 여기, 그리고 여기요."

"여기는 어때. 아, 제발, 아가씨, 어쩌면 나는 이것 때문에 죽을 수도 있어! 이것만은 당신들이 해주었으면 해. 한 남자의 마지막 소원을 들어줘—"

"어지간히 좀 움직여요!" 다른 여자 닌자가 그의 목둘레에 무언가를 맞추려고 애쓰면서 주의를 주었다. "이제부터 가만히 있어요."

"여기는 어때. 어쩌면 당신도…… 당신의 다리를 여기에 놓고 싶을지도…… 음—"

“오, 이럴 수가.” 디엘이 씩씩거리며 말했다. “우리가 자기한테 뭘 하고 있는지 알기나 하는 거야? 이봐, 쓰레기 같은 양반아, 당신 지금 —”

“그만들 재잘거려.” 수석 여자 닌자가 지겹다는 듯이 권고했다. “알겠지. 고마워. 다들 차분해졌나? 프로답게?”

“……오케이. 그러면 애커 빌크 앨범으로 할게요.” 타께시는 결정을 내리는 중이었다. “그리고, 자, 보자, ‘더 칩멍크스가 부르는 마빈 햄리시’로 갈까요?”

연결하는 작업이 다 끝나자, 로셸 수녀는 메인 스위치를 손에 들고 씩 웃으며 서 있었다. “자, 신사 양반, 이 기계가 오래된 경락들을 뚫어서 잘 돌아가게 할지 어떨지 어디 봅시다!”

음. 잘 돌아갔다. 어느정도까지는. 몇년 뒤에 디엘은 그에게 종종 투덜대고는 했다. “그때 당신을 펑큐트론에 놔두었어야 했는데.” 사실 이 말을 너무 자주해서 애정 표현처럼 들릴 정도였다. 시술이 끝나자, 여자 닌자들은 그를 기계장치에서 분리한 다음 바퀴 달린 들것에 태워 회복실로 데리고 갔다. 선반 위에 있는 꽃과 검은 철로 된 작은 부처상 외에는 아무 장식이 없는 방이었다. 이곳에서 햇살을 받으며 닌자용 실험실 코트 밑으로 손을 뻗치다가 타께시는 마치 마술에 걸린 듯 깊은 잠에 빠졌다.

그는 펑큐트론 치료, 허브 세라피, 뇌파 재교정 등의 집중 프로그램을 계속해서 받았다. 이 가운데 몇몇은 디엘도 참여했다. 두 사람은 서로가 서로에게 맞춰져가고 있었다. 그것은 뇌파일 수도, 기氣일 수도, 어쩌면 초감각적 지각일 수도 있었다. 펑큐트론이 진동하는 동안, 그들은 뇌 이식을 소재로 한 영화에 나오는 배우들처럼 서로 연결된 채 나란히 누워 있었고, 타께시는 자신이 선호하는 음악들을 은밀히 편집해놓고서 영혼을 울리는 티베트 성가를 이어폰을 통해 듣고 있었다. 그는 아직도 그녀가 누구인지 전혀 알지 못했다.

어느날 밤 침대에 누워 '쏘머즈'[205]를 시청하고 있을 때, 수석 여자 닌자가 방으로 들어오더니 볼륨을 낮추고 타께시에게 또다른 옛날이야기를 들려주었다. "이봐요! 저 여자가 이제 막—"

"제이미 쏘머즈도 이해해줄 거야. 이건 중요한 이야기야. 그러니까 잘 들어둬. 에덴동산에서 일어난 이야기이니까. 옛날 옛적 아주 오래전에 남자는 전혀 없었어. 낙원은 여자들의 공간이었어. 에덴동산에는 이브와 그녀의 언니 릴리스뿐이었어. 아담이라는 이름의 등장인물은 남자들을 좀더 당당하게 보이게 하려고 나중에 이야기에 집어넣은 거야. 사실 첫번째 남자는 아담이 아니었어. 그건 뱀이었지."

"이야기가 재미있는데요." 타께시가 베개 속으로 머리를 처박으며 말했다.

"지저분하고 교활한 남자였지." 로셸이 계속해서 말했다. "여자들이 현재에 만족해하며 살던 곳에 '선'과 '악'을 만들었으니. 그들이 당시에 여자들에게 친 사기들 중에는 우리더러 자기네들이 이제 막 만든 이 '도덕'이라는 것의 타고난 관리자라며 우리를 부추긴 것도 있어. 그들은 우리 모두를 잘게 나누고 라벨을 붙여, 천지창조로부터 만든 이 난파선 같은 곳으로 끌고 들어와, 우리에게는 교회 열쇠를 나눠주고, 자기들은 무도회장과 대폿집으로 향했어.

205 원제목은 '바이오닉 우먼'(The Bionic Woman). 1976~78년에 방영된 텔레비전 씨리즈로, 그보다 몇년 앞서 방영된 '600만불의 사나이'처럼 생체공학을 거쳐 다시 태어난 여주인공의 활약상을 다루어 커다란 인기를 끌었다.

자—번쩍거리는 오스카 골드먼[206] 스타일의 썬글라스를 쓰고 있어도 지금쯤이면 내가 말하는 게 대릴 루이즈라는 걸 충분히 알아챘겠지. 그애가 사람들과 개인적인 거리를 두고 있는데, 당신과 편안하게 지내려고 할 리가 없어. 결코 그럴 친구가 아니니까. 만약 가끔이라도 그애를 위해 생각을 해준다면 그것도 나쁘지는 않을 거야."

타께시는 썬글라스를 위로 올리고는, 그녀의 얼굴 표정에 이끌려 그녀를 빤히 쳐다보았다. 부탁이라도 할 것 같은 표정이었다. "기꺼이 그렇게 해드리죠. 혹시 다른 말씀이라도?"

수석 닌자는 오직 눈썹만 치켜세우며 어깨를 으쓱했다. "원죄를 저지르지 말고, 그녀를 지금 그대로 있게 해줘."

말이야 쉽죠. 그는 나중에 조용히 중얼거렸다. 그녀의 면전에서가 아니라, 실은 그곳을 떠나, 수련원에서 차를 몰고서 전나무 숲 너머의 저 산등성이로부터 벗어나 연안의 구름 너머로 향하면서 혼자 중얼거린 말이었다. 그는 디엘을 데리고서, 포장된 시골길로 난 진흙 바퀴자국들을 따라, 간선도로를 거쳐 고속도로 진입로를 향해 가고 있었고, 마침내 그녀는 이동성 속으로 완전히 복귀하게 되었다. 렌트한 파이어버드를 타고 프리웨이를 질주하면서, 두 사람 모두 토오꾜오의 방에서 만난 이후에 처음으로 단둘이서만 있게 된 것을 알게 되었다.

그녀는 그를 살펴보며 말했다. "그럼 이게 피해자의 보답이네요. 나에게 명령을 내리려는 건 아니겠죠?"

이 말에 대해 그는 잠시 생각해보았다. "별로 생각나는 게 없네.

---

206 제이미 쏘머즈의 상사.

섹스 불가 조항이 딱 버티고 있으니!"

"이봐요." 그녀가 잽싸게 대꾸했다. "내가 이 1년에 대해 어떻게 느낄지 생각해봐요."

그들의 첫번째 말다툼이었다. 잠시 뒤에 그가 말했다. "그럼 잘 들어봐! 당신이 원하는 정거장에 그냥 내려줄까? 표를 사줄게. 수련원으로 돌아가는!"

그녀는 쳐다보려 하지도 않고 고개를 세게 가로저었다. "안돼요."

"정말로 당신을 안 받아줄까봐?"

"정해진 1년이 끝나기 전에 얼굴을 내밀게 되면, 엄청난 벌을 받게 돼 있어요. 그게 뭔지는 제발 묻지 마요."

"계속해봐. 싸구려 스릴 좀 맛보게!"

"브로드웨이 쇼 노래 1000곡의 시련 — "

"그만, 그만, 내 생각이 짧았어 — "

"앤드루 로이드 웨버 실내악 — "

"그들이 실제로 그런다는 거야?"

"그렇고말고요. 그보다 더 심해요."

그들은 한동안 말없이 차를 몰았다. 그렇다고 완전히 조용한 건 아니고, 갈수록 대화가 끊기는 정도였다. 숲으로 뒤덮인 거무스름한 언덕들이 차창 밖으로 지나갔다. 그녀가 그를 초조하게 쳐다보자, 그가 갑자기 곁눈질로 씩 하고 웃었다. "재밌네. 그렇지?"

그녀가 콧방귀를 뀌었다. 차마 웃지는 않았다. "맞아. 섹스도 못하고."

그는 키득거리기 시작했다. "1년이라!"

아무도 집중하지 않아서인지, 몇초 동안 차가 차선 사이를 왔다갔다 했다. "배고파요?" 디엘이 물었다.

"입맛이 전혀 없어. 드러그스토어의 메테드린 때문인가봐! 잠깐, 저기 근사해 보이는 출구가 있는데! 하늘의 저 불빛 좀 봐! 엄마 밥상이라! 어떻게 안 먹고 배긴담?"

"미쳤어요?" 그들은 주차장 안으로 들어갔다. "주위를 봐요. 저 주크박스 소리를 들어보라고요. 여기에 주차된 차들 좀 봐요. 오, 이건 아니야. 난 정확하게 이런 유의 장소에 대한 안 좋은 경험이 많다고요, 후미모따 상! 온갖 문제의 소지가 널려 있어요. 지금 당장 프리웨이로 돌아가는 게 제일 좋겠어요."

"내가 걱정할 게 뭐가 있다고? 당신이 있는데. 내 보디가드잖아!"

"그게 아니고, 우오, 쿠노이찌의 첫번째 규칙이 '자신의 내면에서든, 외부 환경에서든 문제를 최대한 피하라'라는 거 몰라요? 아무리 보디가드라 하더라도, 술집 같은 데 발을 들이게 되면—"

"알았어. 알았다고." 술집 뒤로 돌아나가는 것 외에는 차를 뺄 방법이 없었다. 술집 뒤편의 주차장은 조명이 너무 어두워서 여러명의 사람들이 코 밑에 숟가락을 댄 채 아스팔트 거리를 비틀거리는 게 금방 눈에 들어오지 않았다. 게다가 그 숟가락들은 작고 우아한 금숟가락이 아니라, 근처 도로변 음식점에서 가져온 보통 크기의 스테인리스 커피스푼이었다. "우리가 사람들 눈에 띄는 거, 그거 좀 어떻게 할 수 있으면 좋을 텐데!" 타께시가 투덜거렸다. "당신네들은 원래 그런 데 능하잖아!"

"오케이. 쌘타로자에 도색 및 차체 정비소 있죠? 닌자 전담 업소니까, 가면 이 차를 변장시켜줄 거예요. 그러면 보안관 앞마당으로 가서 차 대고 마리화나를 피워도 절대 아무도 못 볼 거예요. 그러려면 마누엘의 도움이 필요해요."

"지금 이 순간만 생각하라고, 대릴 루이즈." 자동차 사이를 미로처럼 빠져나가면서 그들은 다시 모서리를 돌았다. 그가 그녀의 이름을 부른 건 이번이 처음이었다.

"어쩌면 이게 다 의도된 걸지도 몰라요. 우리가 안으로 들어가게 의도된 걸지도 모른다고요." 그녀가 조심스럽게 말했다.

"어쩌면 그게 아닐 수도 있고. 마치 예전의 히피 철학처럼 들리는데!"

"됐어요. 그냥 '내가 살게' 하는 게 어때요?"

타께시는 공터로 들어가 시동을 껐다. 막상 '엄마 밥상' 안으로 들어가 둘러보니, 너무 늦어서 출구가 어디에 있는지 머릿속에 기억해놓는 것 외에는 달리 할 게 없었다. 그들은 다 낡은 청록색 플라스틱 좌석에 앉아 서로는 물론이고 다른 사람들과 눈을 안 마주치려고 애썼다. 조금 지나서 보니 '엄마 밥상'은 일대에서 유명한 바비큐 식당이었다. 창문은 검은색으로 칠해져 있었고, 크게 움푹 파인 중앙의 둘레로 카운터가 쭉 나 있었다. 중앙에는 각기 다른 단단한 나무들이 불에 이글거리고 있었고, 요리사들이 돼지고기와 소고기 덩어리들, 뜨거운 쏘시지, 갈비를 손질하고, 버터를 바르고, 고기를 찢고, 얇게 자르는 동안, 나무 땐 연기가 이미 공기 중에 자욱한 씨가, 담배, 마리화나 연기와 뒤섞여 환기통으로 천천히 빠져나가고 있었다. 타께시는 갈비 갤럭시를 주문했고, 디엘은 매운맛 판타지를 시킬까 생각 중이었는데, 아무래도 그들에게 당장 당기는 건 커피였다.

알림장치 중 하나가 토오꾜오 시간으로 되어 있는 타께시의 손목시계가 삐익 하고 울렸다. "어이쿠! 교수와 통화할 시간이네!" 그는 화장실 옆의 공중전화로 가서 긴 전화번호를 눌렀다. 와와즈메 교수가 직접 받았다. "우선, 자네 친구인 폭탄 해체 전문가 미노루가 복귀하지 않았어. 사라져버렸다고!"

"그는 뭔가 알고 있었어요!" 타께시가 넌지시 말했다. "그게 뭔지 제가 알아냈어야 했는데!"

"괜찮아!" 와와즈메 교수가 장난기 섞인 말투로 크게 외쳤다. 그의 말투에 타께시는 불안한 마음이 들었다.

"설마 진심으로 그러시는 건 아니죠?"

"그래! 미노루가 자네에게 모든 걸 털어놨다는 말을 꺼내다니! 그가 소리 소문도 없이 자취를 감추기 직전에 말이야!"

"그러면 그들이 나를 찾으러 오겠네요!"

"그렇고말고! 전화하길 잘했어. 안 그래?"

"그 발자국에 대해선 실험실에서 뭐라도 나왔나요?"

나온 게 있었다. 와와즈메 라이프 앤드 논-라이프의 프로그래머들은 밤낮으로 매달린 끝에, 인체의 많은 경락 혹은 주요 신경들은 발바닥에서 막힌다는 전통사상에 근거하여 표준화된 반사요법 분석을 내놓게 되었고, 그것을 바탕으로 2차원 발바닥에 3차원 신체가 투사된 신체 지도를 얻기에 이르렀다. 당시 진흙 바닥에 난 발바닥 자국에는 작은 전자기 흔적들이 남아 있었는데, 비록 그 가운데 일부는 비에 지워졌지만, 발의 임자가 무엇이든 간에 땅에 발을 내디딘 순간 뇌를 포함해 모든 주요 기관들에서는 어떤 일이 벌어지고 있었는지 스냅사진으로 보여줄 정도는 되었다.

"기관이라고요! 뇌라고요! 그렇다면 말씀은 —"

"보고서에 따르면, '100미터 높이의 도마뱀류의 발자국과 일치'한다고 되어 있었어!"

"잠깐, 정리 좀 하고 갈게요. 그것은 폭발 전문가의 소행이 아니었다, 그렇다면 미노루 뒤에 누가 있든, 당신이 나를 뒤쫓게 한 거군요. 그런가요?"

"한가지 더 있어!" 교수의 목소리는 점점 작아지기 시작했다. 비용 절감을 위해 타께시는 다른 비싼 요금제들처럼 궤도상에 정지해 있지 않는, 즉 지상의 동일한 지점 위의 궤도에 항상 멈춰 서 있지 않는, 절약형 통신위성 치프샛[207] 써비스에 가입해 있었다. 치프샛은 하늘에서 계속 뒤쪽으로 이동했고, 지금처럼 사람들이 한창 통화 중일 때 지평선 저 너머로 가버렸다. "칩코의 실적!" 와와즈메 교수가 필사적으로 외치는 소리가 귀에서 서서히 멀어져갔다. "토오꾜오 증권거래소에서 말이야! 그게 갑자기 아주 이상해졌다고! 그래, 말 그대로 '이상해'졌어! 가령 —" 그 순간 싸구려 인공위성이 먹통이 됐다. 타께시는 욕을 하며 전화를 끊었다.

자리로 돌아와보니, 그가 앉았던 그늘진 청록색 의자에 잘 모르는 젊은 친구가 앉아서 방금 도착한 그을음 냄새가 나고, 향이 좋고, 또다른 부주의한 손님의 점막을 당장이라도 도발할 준비가 되어 있는 악명 높은 쏘스로 속까지 맛을 낸 갈비 갤럭시에 게걸스레 달려들더니 어느새 반을 먹어치웠다. 테이블 위는 온통 바비큐에서 떨어진 쏘스 천지였고, 목이 긴 병맥주를 여섯병이나 비워버린 상태였다. "이봐!" 10대 후반으로 보이는, 타께시보다 키가 작은 이 청년은 자리에서 벌떡 일어나더니, 마치 매운 고추와 머스터드에 취해서 정신이 나간 사람처럼 코를 훌쩍거리고 두 눈은 또렷해져서, 자기는 오소 밥 듈랭이고, 히치하이커이며, 얼마 후 드러난 사실이지만, 타나토이드라고 직접 밝혔다.

"여기 예쁜 숙녀분께서 당신 갈비를 먹어도 된다고 하셔서요. 아

207 저가 인공위성을 뜻하는 'Cheap Satellite'의 줄임말.

무 문제 없으신 거지요." 디엘은 사교적이면서, 타께시의 눈에는 완전히 가식적인 웃음을 지으며 지켜보고 있었다. "타나토이드들은 갈비 같은 진짜 음식을 자주 보지 못해요." 오소 밥이 계속 말했다. "타나토이드 공동체에서는 음식이 결코 중요한 우선 사항이 아니거든요."

"그 정도면 설명이 됐어. 한가지 물어봐도 — "

"타나토이드가 뭐냐고요. 좋아요. 사실 그건 '타나토이드 성격'을 줄인 말이에요. '타나토이드'의 뜻은 '죽은 것 같지만, 약간 다른'이에요."

"무슨 소리인지 이해돼?" 타께시가 디엘에게 물었다.

"내가 말할 수 있는 건, 그들은 모두 타나토이드 아파트 건물이나 타나토이드 마을의 타나토이드 주택에서 함께 모여 산다는 거예요. 주택 설계는 모듈식이고 가구가 거의 설치되어 있지 않아요. 스테레오, 그림, 카펫, 가구, 장신구, 도자기, 식기 같은 걸 거의 갖고 있지 않아요. 귀찮은 거죠. 맞아, 오비[208]?"

"어크 에 아크 어 아크 어 움브." 소년은 타께시의 음식을 한입 가득 씹으며 말했다.

"하지만 우리는 텔레비전을 많이 봐요." 디엘이 번역을 해주었다. 아직 살아 있는 것들 가운데에서 자신들의 필요와 목적을 찾는 데 꼭 있어야 하는 데이터를 기다리는 동안, 타나토이드들은 모든 깨어 있는 시간의 일부는 적어도 한쪽 눈을 뜨고 텔레비전을 보는 데 썼다. "절대로 타나토이드가 나오는 씨트콤 같은 건 없을 거예요." 오소 밥이 자신있게 예언했다. "왜냐하면 보여줄 수 있는 거라

208 OB. 오소 밥의 약어.

고는 오직 타나토이드들이 텔레비전을 보는 장면뿐일 테니까요." 그러나 만약에 타나토이드들이 얼마 전 24시간 이용 가능한 비디오 보물창고 앞에서, 이미 다른 영역들에서 했던 것처럼, 죽음의 조건 속으로 나아가는 데 방해가 되는 것이라면 무엇이든 바로잡는 데 도움이 되는 감정들에만 충실하도록 배우지 않았더라면, 그 타나토이드 씨트콤이란 것도 시청자가 얼마나 절박하게 느끼느냐에 따라서는 약간 흥미로울 수도 있었을 터였다. 그 감정들 중에서 가장 일반적인 것은 단연코 원한이었다. 타나토이드들은 역사에 의해, 그리고 업보와 복구의 규칙에 의해, 복수에 대한 필요 외에는 다른 어떤 것도 거의 느끼지 못하게 되어 있었다.

"저 숙녀분이 당신에게 가했다는 손바닥 진동술을 알아요." 오소 밥이 지옥처럼 되어버린 고기 접시에서 마침내 머리를 들고 말했다. 타께시는 얼마 전 비행기 옆자리 승객의 귀에 대고 똑같은 이야기를 했을 때를 떠올리며, 타나토이드라면 특히 더 듣고 싶어 할 수도 있겠다는 생각에, 막 떠벌리기 시작했다. 오소 밥은 기다렸다는 듯이 두 사람을 번갈아가며, 다른 사람들은 몰라도 타나토이드들 사이에서는 유쾌하게 여기는 '미소'를 지으며 환하게 바라보았다.

"그러니까—" 타께시는 디엘이 주문할까 생각했던 기름에 튀긴 복숭아 파이 하나를 집으려고 손을 뻗으며, 뒤로 내뺄 동선을 탐색하는 동시에 또다른 타나토이드들은 없는지 식당 구석구석을 살펴보았다. "갈비 마리화나[209]네, 하!"

"예." 오소 밥의 얼굴에 그 '미소'가 점점 더 퍼졌다. "'갈비 마리

---

209 rib joint. 오소 밥이 마리화나를 피우려 하자 타께시가 빗대어 한 말. joint는 관절, 이음매 외에도 음식점, 마리화나를 뜻하기도 한다.

화나' 맞아요. 이미 일부는 타나토이드이시잖아요. 안 그래요, 아저씨?"

이 대목에서 디엘은 보디가드로서 끼어들었다. "그러면 문제라도 있나, 오비?"

"내 생각에 차이는, 나는 반대 방향으로 가려고 한다는 거야! 다시 삶을 향해서 말이야!" 타께시가 계속 말했다.

"손바닥 진동술이 한번 가해졌다기에, 그걸로 끝인 줄 알았죠."

"이 여자는 자기가 그것에 대해 속죄를 하면 올바른 방향으로 되돌릴 수 있다고 생각해!"

"나쁜 뜻 없어요. 그런데 듣기에 마치…… 희망사항 같은데요. 안 그래요?"

타께시는 코웃음을 쳤다. "달리 무슨 대책이 있겠어?"

"엄마가 들으면 좋아하겠는걸요. 사랑이 항상 죽음을 이기게 되는 프로그램이라면 하나도 안 빼고 보거든요. 성인용 판타지류의 이야기들 말예요. 그러니까 당신들 얘기는 죽음에 대한 죄책감 같은 거죠? 봐요, 아주 타나토이드적인 거잖아요. 행운을 빌게요."

오소 밥은 바인랜드 카운티 내의 셰이드 크리크와 쎄븐스 리버가 합쳐지는 지점에 위치한 타나토이드 마을로 돌아가는 중이었다. 그들이 그를 거기까지 태워주면, 그들이 머물 곳을 알아봐줄 수도 있을 듯했다.

타께시는 디엘에게 눈짓을 하고는, 와와즈메 교수가 실험실을 강타한 재난사건으로 인해 값을 치르게 생겼다든가, 그의 영악한 전략 덕분에 그들을 쫓는 만만찮은 추격전이 시작되었다는 등의 토오꾜오 소식을 전했다.

"몸 숨길 만한 곳이 있으면 좋겠는데." 디엘이 말했다.

"경비실 얘기 들었지! 어서 가자고, 오소 밥 상!"

몇년 뒤에 프레리에게 말해주면서 생각난 거지만, 예정에 없이 셰이드 크리크에 머무는 바람에 그들은 업보 정산精算 사업에 뛰어들게 되었다. 마을 전체가 전부 타나토이드들이라니! 의뢰인 공급은 무궁무진할 터였다. 하지만 그들 대부분은 상속인과 양수인의 욕심 때문에 낼 돈이 별로 없었다. 그러나 실험실을 강타한 사건이 아직 오리무중이기는 하나 긴급함이 점점 덜해지자, 타께시와 디엘은 때로는 말도 안되게 복잡한 부동산 불법점유나 배신과 같은 다른 문제들에 서서히 얽혀들어갔다. 그들은 토지소유권과 용수用水권, 폭력단과 자경단, 지주, 변호사, 그리고 늘 유연성 용기에 든 걸쭉한 용액의 이미지로, 언젠가 하늘로부터 내려올 CAMP[210] 단속반처럼, 과거뿐 아니라 현재에도 유해하게 살아 있는 부당행위의 이미지로 묘사되는 개발업자들에 대해서 들은 적이 있었다. 얼마 후 타께시와 디엘은 주말에만 쓰기 위해 마을로부터 샛강 바로 건너편에 있는 우드바인 모텔의 회의실 하나를 빌렸다. 그외의 나머지 시간에는 누구든지 쉽게 들어와서 그날의 증언에 참여할 수 있는, 볼품없이 뻗어 있는 제로 인의 뒤편 구석진 방을 더 좋아했다.

사업을 시작하기에 앞서 디엘은 타께시를 테이블에 앉혀놓고 진지하게 말했다. "여기는 토오꾜오가 아니에요. 알잖아요. 우리는 그게 뭐든 간에 '업보 정산'을 프리랜스로 할 수는 없어요. 그러면 아무도 돈을 안 낼 거예요."

"하하! 하지만 그 점에서 당신은 틀렸어, 붉은 머리 아가씨! 그들은 쓰레기 처리장에서 온 청소부나 오수 정화조에서 일하는 배

---

210 각주 57 참조.

관공, 심지어 유독물 폐기장의 처리원에게까지 돈을 내듯이 우리에게도 돈을 낼 거야! 그들이 그러기를 원치 않는다면, 그러면 우리가 대신 내주면 돼! 바로 시작하자고! 지금 바로! 시간 낭비 하지 말고! 시간은 한번 잃어버리면 영원히 잃어버리는 거라는 걸 우린 잘 알잖아. 하지만 그 사람들은 몰라!"

"듣자 하니 계속 '우리'라고 그러네?"

"내 말 믿어. 이건 그냥 보험 같은 거야. 약간 다르기는 해도! 해본 경험이 있어. 그리고 그보다 더 좋은 건, 음, 면제도 된다고!"

그녀는 그 말이 무슨 뜻인지 슬쩍 두려웠다. "무슨 면제인데요?" 그녀는 두 눈을 파르르 떨며 채광창과 창문을 바라보더니 몸짓으로 창밖 셰이드 크리크의 눈에 안 보이는 불면증 주민들을 가리켰다. "타께시 상…… 그들은 유령들이에요."

그는 음흉하게 윙크를 했다. "말하고 싶어도 이를 악물고 참아. 아니면 내가 대신 말해줄까? 그 말은 여기서는 절대 해서는 안되는 말이야!" 그의 설명에 따르면, 그들은 전생의 업보로 인한 피해자들이었다. 보복하지 않은 구타, 구원받지 못한 고통, 죄지은 자들의 도망과 같은 일들이 그들 일상의 탐험을 헛되게 하여 죽음의 한가운데로 떨어지게 만들었고, 그로 인해 셰이드 크리크는 정신이, 말하자면, 절벽에서 뛰어내리는 마을이 되었다. 그리고 그 뒤로는, 살아 있는 게 아니라 일말의 희망에 의지해 하루하루 연명하며 계속 뒤척이는 저 잠시 머물다 갈 영혼들이 거주하는, 지도에 나와 있지 않은 지역들이 펼쳐져 있었다.

그는 그녀를 창가로 데려가 바깥을 내다보게 했다. 그들은 밤의 대부분을 안 자고 깨어 있었다. 이제는 어느덧 새벽녘이었다. 거리는 삐뚤빼뚤하고 상당히 어두웠지만, 입구와 건물 후미와 길이 갈라지는 모퉁이들, 평소에는 안 보이던 모든 각도의 구석들이 이곳 창가에서 내려다보니 웬일인지 선명하게 눈에 보였다. 순수하게, 직접 다가왔다. 그림자나 은신처 같은 것은 일절 없었다. 잠에서 깨어나는 모든 노숙자들, 텅 빈 컨테이너, 잃어버린 열쇠, 병, 어두운 시간의 역사 속에 있다가 이제 막 방출된 종잇조각이 타께시와 디엘이 맨 먼저 하품을 하고 부스럭거리는 사람들을 내려다보는 창문 쪽으로 그대로 향하더니 공적인 표면으로부터 분리되기 시작했다…… "너무 가까운 것 같아…… 그들 눈에 우리가 보일까요?"

"아침 햇살의 장난이야!" 해가 뜨는 동안 지금 서 있는 곳에서 계속 지켜보았더라면, 마을 전체가 변하고, 사물들이 위치한 구석들이 천천히 회전하고, 그림자들이 생겨 몇몇 모퉁이들은 원근법 '원칙'이 다시 적용됨에 따라 안이 바깥으로 뒤집어져 나오게 되고, 그래서 아침 9시쯤이면 대낮에 창문 밖으로 보여야 되는 풍경이 자리를 잡아가는 모습을 보았을 터였다.

"후미모따 상." 디엘이 창가에서 몸을 돌려 아침 햇살로 가득한 거리를 내려다보았다. "몇몇 사람들은 썩 좋아 보이지 않는데요."

"당연한 것 아냐? 그들에게 가해진 것, 그들이 몸에 지니고 다니는 것, 모든 사람이 볼 수 있게 씌어진 것을 생각하면 말이야!"

"그럼 몸을 고치면, 잃어버린 손발이 되살아나고, 상처가 지워지고, 생식기가 다시 힘을 쓸까요? 그래요?"

"아니. 게다가 우리는 젊음을 되찾아주지도 않아! 그렇게 죄책감을 느끼는 게 지겹지도 않아?"

"그래요. 한번의 바보 같은 실수로 남은 일생 동안 그 댓가를 치르게 됐으니까요."

"나의 남은 일생 동안만이겠지!" 저 멀리 고요하고 태양이 비치는 바다에서 첩보 잠수함 언스피커블이 살짝 잠망경을 내밀고 그들이 있는 곳을 째려보더니, 그게 '러브 보트'가 아닌 걸 확인하고는 다시 집어넣었다. 하지만 그들은 어떻게 대피를 하는지 둘이 같이 천천히 익히는 중이었다. 바로 그때는 셰이드 크리크 골목길의 까다로운 미로와 대규모 아침식사와 후일의 용도를 위해 마련된 공터를 통해서 대피했다.

오소 밥이 밤을 꼬박 새웠는지 안 좋아 보이는 얼굴로 비틀거리며 와서는 자신의 처지에 대해 더 이야기하고 싶어했다. 그는 베트남에서 몇차례 부상을 당했었는데, 미신 같은 것을 믿기라도 하는지 죽음에 관한 것은 그때의 기록에서 늘 조심스럽게 제외했다. 그의 복수 장부에는 여러건들이 적혀 있었다. 하지만 그것들 모두 정상적인 경로로는 해결이 불가능한 것들이었다. "돈은 무슨." 오소 밥은 딱 잘라 말했다. "그냥 나를 위해 복수해줘요. 알았죠?"

"돈을 걸어." 타께시가 설득했다. "그게 더 쉬워." 가령, 누구에게 복수해달라는 거지? 오소 밥은 정말 돕고 싶은 마음에 여섯명의 이름을 댔었고, 타께시는 이미 그들의 행적을 쫓고 있는 중이었다. "내 문제 좀 신경 써줘요." 그는 지구 시간으로 스물여덟은 된 예전 졸병처럼 말을 하며 앉아서 타께시 접시에 있는 와플을 먹기 시작했다. "칩의 메모리가 1년 반마다 두배씩 늘어나요! 첨단기술 덕에 그렇게 빨라질 거예요!" 그의 계속되는 말에 따르면, 전통적인 업보 정산으로는 수 세기가 걸렸던 적도 있었다. 죽음이 구동 펄스였다. 모든 게 탄생과 죽음의 주기만큼이나 천천히 움직였다. 하지만 그러다보니 아주 많은 사람들을 대상으로 하기에는 너무 느려서, 궁극적으로 틈새시장을 노릴 수가 없었다. 그래서 업보에 따른 미래에 대비해 빌리는 거치据置 씨스템이 생기기 시작했다. 현대의 업보 정산에서 죽음은 그 과정에서 제외되기에 이르렀다.

"이이 후크 응규 허 아이!"

"'당신이라면 쉬울 거예요—'"

"알았어! 걱정 마. 이 방법으로 안되면, 언제든 환생 옵션을 쓰면 돼!"

바인랜드에서 출퇴근하는 비非타나토이드 출신의 여종업원 한 명이 '미티어'라고 불리는 타블로이드 신문을 가지고 왔다. "두분, 잘돼가요? 여기에 싸인을 받아도 될까요?" 3면에 타께시와 디엘의 사진이 있었다. 밤에 야외에서 찍은 사진으로, 둘 다 평상복 차림에 평소보다 훨씬 더 편집증 환자처럼 보였다.

"이 배경이 어디더라. 맞아. 씨드니. 오스트레일리아!" 타께시가 디엘에게 작게 말했다. "거기에 간 적 있어?"

"전혀요. 당신은요?"

"아니. 어쩌면 우리 둘 다 기억상실증에 걸린 걸지도 몰라! 아니면 혹시 합성사진? '그림자 같은 타께시 후미모따, 이름을 알 수 없는 친구와 〈저 아래〉에서 휴가 중'! 내가 늘 제일로 좋아하던 곳이지." 그러고는 그루초[211]처럼 눈을 굴리며 디엘의 골반 부분을 물끄러미 쳐다보았다. 그녀는 쌀쌀맞게 웃었다.

물론 그것은 실험실과 발자국에 관한 기사였다. 누군가가 『미티어』에 의도적으로 누설한 거였다. 또 어디에 누설했을지 누가 알겠는가. 타께시는 애써 태연한 척했다. "적어도 당신 정체를 밝히지는 않았네!"

"골이 빈 거 아네요, 타께시? 우리를 찾고 있는 거잖아요. 그럼

211 그루초 막스(Groucho Marx, 1890~1977). 미국의 인기 코미디언 겸 영화배우.

내가 당신을 내주면 나한테 심하게 굴지는 않겠네. 정답이네. 이제 알겠어. 어디서 예전에나 쓰던 얄팍한 일본식 개수작이야."

그는 주위에 약이 있나 미친 듯이 찾아보았다. 최근에 혼합한 냉동 마이타이가 근처의 테이블에 방치되어 있었다. "잠깐!" 그녀는 휘청거리며 그의 팔을 잡았다. "아침식사 때 그걸 마시는 사람이 어디 있어요. 야꾸자들이 프라페용으로 남긴 걸지도 몰라요." 그녀가 걱정해주는 게 고마워, 타께시는 디엘의 다리에 손을 뻗었다. "다시 생각해보니까, 바로 마셔도 되겠어요. 계속 깜빡하고 있었네요. 자살이 당신의 오래된 생활방식이었다는 걸."

그가 제2차 세계대전 동안 '비행기와 흥미로운 작업'[212]을 했다고 한 게 떠올라서 그녀가 한 말이었다. 그녀가 계속 말했다. "하지만 솔직히 말해서 당신이 카미까제는 고사하고, 공군에 있었다는 게 상상이 안 가요. 내가 알기로는 조종사를 뽑는 데 무척 까다로웠다고 역사책에 나와 있었는데."

"기운 내! 이게 오히려 엄청난 광고가 될 거야!"

"그 멍청한 머리로는 망원경 정도밖에는 안돼요." 디엘이 넌지시 말했다.

그는 썬글라스를 추켜올리고 심각한 표정을 지었다. "당신을 곤경에 빠트리는 건 애당초 내 계획에 전혀 없었어, 디엘 상. 그러니까 이 문제에서 빠져주면 좋겠어. 어때?"

그녀는 한 손으로 머리카락 속을 헤집으며 그를 쳐다보았다. "그렇게 못해요."

"이건 블랙홀이야! 내 인생의 30년을 빼앗아갔다고! 당신을 끌

212 타께시가 제2차 세계대전 중에 카미까제였다는 사실을 두고 하는 말.

어들이고 싶지 않아!"

"내가 맡은 임무예요. 빠질 수 없어요."

"꼭 전처처럼 말하네!" 그는 사방을 둘러보며 미친 척했다. "도모코마리마시따![213] 내가 뭘 했다고? 재혼을 해서 벌써 잊었을까봐?"

"야." 그녀가 도저히 못 봐주겠다는 투로 말했다. "이 말 많고 바보 같은 양반아. 로셸 수녀와 숙달된 동양의학팀이 죽은 거나 다름없던 당신을 공짜로 살려준 줄 알아? 당신 의료비의 댓가가 바로 나라고, 이 헛똑똑이 양반아. 해가 뜨나 해가 지나 나를 평생 동안 데리고 다니는 조건으로 당신은 댓가를 지불한 거란 말이야. 나는 한때 당신을 살해했지만, 지금은 의무의 굴레에 의해 당신에게 묶여버린 신세가 되었다고. 기리라는 걸 만든 사람들에게는 치욕스러운 존재인 당신 머리로는 도저히 이해할 수 없는 굴레로 말이야."

전혀 기가 죽지 않은 타께시는 대놓고 능글능글한 태도로 우연찮게도 그의 얼굴을 바로 마주 보고 있던 디엘의 젖꼭지 사이에서 눈알을 좌우로 굴렸다.

"신났네. 재밌지, 타께시? 음, 나도 좋아. 그래. 이렇게 지내다보면, 여자 닌자들의 서약 따위는 모두 잊고 싶어질지 누가 알아?"

"맞아. 그래."

"그리고 죽이고 싶어질지도!" 근처 테이블에 앉아 있던 몇 사람들이 기다렸다는 듯이 머리를 돌렸다. 축 늘어져 있는 게 그녀의 업무 분장에 들어 있진 않았지만, 왠지 그녀는 그냥 퍼져서 쉬고 싶었다. 타께시와 이곳에 온 이후로 그녀는 조용히 앉아 먼지 하나 없는 거울 단계로 들어갈 수가 없었다. 그러기도 전에 말도 안되는

213 정말 곤란했어요!

위기 상황이 발생해 뒷방에서 머리를 식히다가 또다시 호출을 받고서 어두침침하고 악취가 나는 정체불명의 다양한 공간들로 여러 층을 내려갔는데, 그중 하나는 타께시이거나 혹은 그가 만든 상황이기 일쑤였다. 그러는 동안 타께시는 업보 정산의 도사로서 자신이 사업이라고 믿는 것을 직접 돌보고 있었고, 그녀는 눈에 안 보이는 정부情婦로서 고통을 감수했지만 그렇다고 자신의 잃어버린 순수 때문에 울고 싶지도, 울지도 않았고, 마치 불면증 환자가 달콤하고 깊은 잠을 갈망하듯이 오직 잠을 바랄 뿐이었다.

그들은 레스토랑에서 나와 포도덩굴 우거진 긴 아케이드와 그늘 속에 아직 맺혀 있는 이슬과 눈에 안 보이는 새들 사이를 지나 회의실로 향했다. 작은 이동식 간판에는 '업보술 클리닉 영업 중. 안으로 들어오시오. 예약 필요 없음'이라 적혀 있었다. 타께시는 양복과 넥타이를 착용하고 있었고, 디엘은 카오룽 반도[214] 네이선 로드의 벌링턴 아케이드에서 주문 제작한 비단옷을 입고 있었다. 그들은 다양한 색깔의 거대한 실내용 플라스틱 조화들 사이에 있는 낮은 단 위의 긴 파티용 테이블에 앉아 일했는데, 그 조화들은 어찌나 이해하기 힘들 만큼 정체불명이었던지 이국의 주형 제작자들이 만든 변덕스러운 작품 같았다. 그들의 앞에는 벽화 크기의 바인랜드 카운티 지도가 있었고, 양옆으로는 미합중국 국기와 캘리포니아 주기가 깃대에 세워져 있었다. 그리고 이동식 칠판, 커피 마시는 곳, 마이크와 앰프가 설치되어 있었다. 타께시와 디엘은 귀 기울여 듣고, 녹취하고, 질문을 하고, 메모를 하고, 격식을 차리지는 않았지만 짐짓 심각한 척했다.

214 홍콩 섬 맞은편의 반도.

오늘 아침 그들을 기다리고 있는 손님은 견인 동업자 바토와 블러드였다. 그들은 어젯밤 늦게 미 비다 로까[215]라는 이름의 커스텀 딜럭스[216]를 저속 기어로 몰며 그럴싸한 물건들을 찾으러 우드바인 모텔 주차장에 들렀다 타께시와 디엘을 만났다. 타께시와 디엘이 그들의 헤드라이트에 잡혔을 때, 그들은 마치 재목의 체적을 개산概算하는 사람들이 얼마나 많은 널빤지가 나올지 측량하기 위해 숲을 쭉 훑어보듯이 주차장의 차들을 '개산'하는 중이었다. 그들의 일은 꽤 간단해 보였다. 가장 비싼 차들을 먼저 골라내기만 하면 되는 거였다. 하지만 고가의 차량이라 하더라도 어디 제품이냐에 따라 달랐다. 그 이유는 두 사람 중 누구든 금세 댈 수 있었다. 가령, 롤스로이스 차주는 자신의 차를 되찾는 성가신 일을 기분 좋게 처리하는 방법을 잘 알아서, 때로는 그 자리에서 마음대로 청구되기도 하는 과도한 추징금을 흔쾌히 내고, 그것도 모자라 팁까지 듬뿍 주고는 했다. 반면에, 메르세데스는 어떤 차종을 견인해가도 단기적으로는 손해 보는 장사였다. 어떤 메르세데스 운전자도 브이 앤드 비 견인 회사에 새벽 3시에 기분 좋게 나타나는 법이 없었다. 바토와 블러드는 최근에 바로 이런 주제로 마린의 어느 온천장에서 열린 '대인對人 프로그래밍과 문제의 피被견인차'라는 제목의 워크숍에 다녀왔는데, 거기에서도 메르세데스 운전자는 압류된 차량을 되찾는 과정에서 평소 운전할 때 못지않게 매너가 안 좋아서, 절대 신호를 주지 않는 그 차의 명성에 맞게 아무런 예고 없이 가운데부터 걷어차고 들어온다는 지적이 여러차례 있었다.

"우오." 디엘이 그녀의 외모에 반해 자기가 무슨 말을 하는지도

215 '내 미친 인생'이라는 뜻의 에스빠냐어.

216 쉐보레 트럭.

전혀 모르고 계속 주절거리는 바토를 진정시켰다.

블러드가 대화를 이어받아 타께시에게 말했다. "그런데 때로는 있잖아, 의사 양반, 꽤 괜찮은 차들이 우리의 압류장에서 수명이 끝나. 차주들이 절대 안 찾아가거든." 그가 너무 미친 사람처럼 웃어대서 타께시의 귀에는 키아이[217], 즉 공격 직전에 상대방을 기죽이려고 내지르는 날카로운 비명처럼 들렸다. 하지만 블러드는 아랑곳하지 않고 타께시의 머리를 잡고는 마치 레몬즙 짜는 기구로 레몬을 짜듯이 장난스럽게 앞뒤로 비틀기 시작했다. "그것처럼 쓸 만한 걸 그냥 썩게 내버려두면 안되잖아." 이제는 좀더 차분하고, 이상하게도 친근한 어조로 말했다. "그래서 그걸 급매 가격으로 팔려고 해."

"'그거'라뇨." 타께시가 비틀리는 와중에 말했다. "계속해서 '그거' '그거' 하는데 그게 뭐죠?"

"으이그. 페라리 얘기를 하는 중이야, 알겠어?"

"페라리라고요?"

"이제 좀 명확해졌어?" 그는 타께시의 머리를 다 짜고 남은 레몬 껍질처럼 홱 젖혔다. "그다음엔 가격을 물어봐야지."

"나쁜 뜻은 없었어요."

"말하는 게 지난주에 본 그 팀 같은데." 바토가 중간에 끼어들었다.

"전진 앞으로!" 그들은 「2001: 스페이스 오디세이」(1968)의 노래에 맞춰 베트남 스타일의 악수를 하고서 사이좋게 "덤, 덤, 덤" "다다다!" 하며 하이파이브를 한 뒤, 다시 "덤, 덤, 덤, 다다다!" 외치며 뱅그르르 돌고는 등 뒤로 손뼉을 마주쳤다. 그러는 동안 타께시와

217 카라떼에서 상대방을 당황하게 만들 의도로 내지르는 기합 소리.

디엘은 트럭의 앞 펜더에 기대어 지켜보았다. 바토가 명함을 꺼내자, 타께시도 반사적으로 자신의 명함을 하나 꺼내어 맞교환했다. 바토의 명함에는 '브이 앤드 비 견인 회사의 우선 목록에 24시간 등록 가능. 제조사, 차종, 연식, 상태, 특수사양 즉시 업데이트됨'이라고 적혀 있었다.

"그리고 의사 양반." 블러드가 말을 덧붙였다. "밤에 이 시간쯤 되면 우리가 또 살짝 졸음이 와서 그러는데……"

"알겠어요!" 타께시는 '흰색 다이아몬드'를 한주먹 가지고 나왔다. 그러자 그들은 견인할 만한 차량들을 찾아 다시 야간순찰을 돌았다. 바로 다음날 그들은 일반적인 베트남 이야기와 특히 오소 밥 듈랭에 관한 이야기를 가지고 업보술 클리닉에 느닷없이 나타나서는, 박쥐들이 전설에 나올 법한 거대 모기들을 낚아채가는 동안 탄손누트 변소에서 누가 무엇을 샀으며, 마지막 순간에 그들도 본 듯 만 듯한데, 덥고 막힌 공간에 누가 투덜거리며 들어가서 몸이 굳은 박쥐잡이 어부처럼 어둠속으로 갈고리 모양의 줄을 던졌으며…… 그리고 그들만 아는 줄 알았던 어떤 장교들에게 누가 무엇을 제보했으며, 왜 그들은 잘못된 장소로 접어들게 되었으며, 해가 질 무렵에 그곳에는 얼마나 많은 수가 있었고 또 해가 뜰 무렵에는 얼마나 많은 수가 있었는지 들려주었는데…… 그 가운데 일부는 전쟁 이야기였고, 또 일부는 그저 허무맹랑한 실없는 소리였고, 그리고 또 일부는, 바토나 블러드 모두 거기까지는 미치지 못했지만, 혀를 놀려 말하기도 전에 어안벙벙하게 앞뒤 안 가리는 확신이었다.

그들이 서로를 좀더 알아가면서, 그리고 바토와 블러드가 딤막, 여자 닌자 수련원, 펑큐트론 머신, 정해진 1년과 하루 — 그리고 이어서 또다른 1년과 하루 동안의 동업 계약 연장 등등 — 에 대해 알게 되면서, 그들은 디엘과 타께시에게 무료 상담을 일절 요청하지 않는 거의 몇 안되는 사람들에 속하게 되었다. 하지만 그들 사이에서 디엘과 타께시에 얽힌 이야기는 중계방송처럼 생기가 넘쳤다. 바토는 그것이 씨트콤 드라마였으면 했다. 그 화제가 나오기만 하면, 그는 항상 웃으며 생방송 스튜디오 방청객의 역할을 대신하려고 했다.

“내 생각에 그건 아니야.” 블러드가 이의를 제기했다. “저 친구가 불치병을 겪게 되는 금주의 명화 같은 건 어때?”

“아니. 내가 좋아하는 방식은 저 여자가 그에게 모든 걸 말해주지만 그는 그게 진짜인지 전혀 확인하지도 않고 그냥 내버려두고서, 바늘, 전기, 그런 것들로 대충 시간을 뭉개는 거야. 그에게 얼마나 많은 시간이 남았는지 모르는 마당에 신경 쓴들 무슨 소용이 있겠어. 그래서 그녀는 그와 말하고 싶지 않아…… 그럴 기분이 아니니까. 아무도 그녀에게 10미터 이내로는 다가가지 못해. 무기로 그녀를 협박한다고? 만약 그가 그녀를 조져서 죽이기라도 한다면, 그러는 날에는 진짜로 문제에 직면하게 돼.”

타께시는 이 낙천적인 씨나리오에 분위기를 맞추려고 사실 애를 썼지만, 그것이 얼마나 부질없는 희망에 불과한 것인지 알기에 별로 흥이 나지 않았다. 만약 그녀가 무모하고 터무니없는 희망으로 그를 시종일관 현혹시킨 거였고, 이게 다 그를 가지고 놀려는 별나고 기괴한 생각에서 나온 거라면 어떻게 되는 걸까? 그는 그녀가 정말로 그것을 그에게 했으리라고는 거의 믿지 않았다. 지금 이 순간까지도 자기 자신의 죽음이 믿기지 않아서였다. 만약 그를 죽였다면, 왜 안 가고 남아 있는 걸까? 만약 죽이지 않았다면, 왜 전혀 모르는 그에게 이 모든 일들을 겪게 하는 걸까? 그는 지금 가장 그럴듯하게 말해서 그야말로 아무 생각이 없는 환희의 상태로 빠져드는 중이었다. 그러한 환희를 경험하면서 동시에 생각을 집중하는, 그가 아는 다른 방법은 전혀 없었다. 이것이 그녀의 진정한 미션은 아닐지, 그러니까 그의 삶을 통해 코안, 즉 해결 불가능한 선문답을 만들어서 그를 초월의 세계로 부르릉 하고 보내는 게 그녀의 미션은 아닐지 알 수가 없었다.

시간이 점점 흐르자, 그는 궁금해지기 시작했다. 하지만 그렇다고 물어볼 수도 없었다. 그녀는 그저 말을 얼버무리고 얼굴을 돌리며, 은근히 프로인 척하는 어린아이의 게슴츠레한 시선으로 결코 험악하지 않게 미소를 지으면서, 다리를 못 쓰게 된 참새가 아니라 폭풍우에 시달리고 사냥에 지쳐 잠깐 휴식 중인 맹금류 같은 친구들과 함께 잠시 편안하게 쉴 수 있는 수련원, 구름 낀 산등성이, 높고 어두운 성벽들을, 그리고 그곳의 산들을, 옛 스승인 이노시로 센세에에 대해 한때 낭만적으로 상상했던 것처럼, 그리워할 뿐이었다. 몇년 뒤에 그녀가 말해줘서 알게 된 사실이지만, 그것은 그녀가 어려움을 이겨내기 위해 자주 쓰던 방법이었다. 이제 그는 그녀에게 세상과 그 자신의 얽히고설킨 것들을 물려받도록 준비시켰다. 그리고 정신 나간 짓일지도 모를 자신의 업보학 활동과, 과거와, 세상의 뒤에 숨겨진 범죄들, 현재의 떠들썩한 연안으로부터 내륙으로 어둡게 뻗어 있는 시간의 배후지에 위치한 천개의 피비린내 나는 작은 협곡들과 연루된 것들을 이어받도록 준비시켰다.

바토와 블러드는 타께시와 디엘이 가게를 열려고 안으로 들어가는 동안 접이의자에 엉덩이를 쑤셔넣은 채로 생소한 자유 형식의 합창곡을, 가끔씩 소리를 멈췄다가 정확히 두 마디 반 뒤에 함께 소리를 높여 마치 벌떼처럼 은근히 위협하는 식으로 주거니 받거니 불렀다. 그 노래는 원래는 로스 바그다사리언[218]의 트리오, 앨빈, 싸이먼, 시어도어의 카리스마나 명성에 결코 미치지 못하는 어느 얼룩다람쥐 밴드가 부른 디즈니 만화의 주제곡, '나는 칩! —나는 데일!'[219]에 기초한 그 유명한 브이 앤드 비 견인 회사의 테마곡이었다. 베트남에 있었을 때, 바토와 블러드는 주로 수송부 차고에서 근무했지만 때로는 수송차를 타고 밖에 나가기도 했다. 어느날 오후는 늘 다니던 숲길 대신에 칠흑같이 어둡고 죽음으로 뒤덮인 시간 속으로 방향을 돌려, 롱빈 복합막사 내의 깊숙한 곳에 있는 시멘트로 된 휴게소로 천천히 들어가서는, 거드름을 피우며 맥주캔을 따고 앉아 텔레비전을 보았다. 먼발치에 있던 어떤 장교가 그들 수준에는 디즈니 만화가 딱 제격이겠다고 공언했는데, 그 말이 맞긴 했지만 그건 다른 이유에서였다. 근처에서 쉬고 있던 다른 사람들이 거슬린다는 듯이 그들에게서 물러서자, 갑자기 칩과 데일이 화면에 나왔다. 절대로 못 알아볼 수 없는 순간이었다. 얼룩다람쥐 2인조의 테마곡을 두차례 듣고 나서 가사와 멜로디를 적은 다음, 재입대하라는 광고가 나오는 동안 블러드는 바토에게 돌아서서 "난 블러드" 하고 노래를 불렀고, 바토는 곧바로 "난 바토!" 하며 목청을 높였다. 그러고는 둘이 함께, "우리는 후레자식 짝꿍들/나가서 —" 그러자 마음에 안 드는 듯 바토가 디즈니 가사대로 노래를 계속 이어갔다. "나가서 재밌게 놀아요." 그러나 블러드는 계속 가사에서 비껴가며, "나가서 본때를 보여줘요" 하고 부르고는,

218 로스 바그다사리언(Ross Bagdasarian, 1919~72). 미국의 유명 피아니스트, 가수, 배우 겸 프로듀서로, 만화영화 밴드 앨빈 앤드 칩멍크스(Alvin and Chipmunks)의 창립자.

219 두마리의 얼룩다람쥐 칩(Chip)과 데일(Dale)이 주인공으로 나오는 '칩 앤드 데일'의 오프닝곡을 말한다.

곧바로 바토에게 돌아서서 말했다. "빌어먹을 '재밌게 놀아요'가 뭐야?"

"오케이, 오케이. '본때를 보여줘요'로 가자고. 아무 문제 없어." 그러면서 다시 노래를 불렀다. "난 바토—"

아직 화가 안 풀린 블러드가 이어 불렀다. "흥, 난 블러드……"

"우리는 짝꿍—" 그 대목에서 바토는 짓궂게 '후레자식' 대신에 '미친 개자식'이라고 불렀다. 두 사람은 노래를 멈추고 서로를 노려보았다. 그 이후로 몇년 넘게, 그들은 같이 사업을 하면서 계속 그런 식으로 그 노래를 불렀다. 가끔은 노래의 한쪽 끝에서 다른 쪽 끝까지 완벽하게 호흡을 맞춰 부를 때도 있었지만, 대부분은 그러지 않았다. 그 노래는 동업을 위한 일종의 게시판, 그때그때 가사를 바꿔가며 당면한 문제들과 그날의 계획들에 대해 의견을 나누는 공간이 되었다. 가령, 전날밤 트럭에서 블러드는 "네 말대로 패스트푸드로 땡 치자고/맛이 좆같을 거야" 하고 노래했다. 이것은 회사에서 오지랖이 가장 넓은 블러드가 서류철에서 브이 앤드 비 견인 회사의 세번째 동업자인 티 아인 뜨란의 생일을 알아내고서, 그날 어디 가서 점심식사를 할지를 놓고 일주일 내내 티격태격했던 걸 가리켜서 부른 노래였다. 둘 다 제대로 깜짝 놀라게 해주자는 데에는 동의했지만, 어디에서 먹을지에 대해서는 의견의 일치를 보지 못했다. 블러드는 중국 음식, 일본 음식, 베트남 음식, 타이 음식, 폴리네시아 음식은 일단 제외했다. "그런 쓰레기들을 먹고 싶어하지는 않을 거야. 거기에서 다 먹어본 것들일 테니까. 쓰레기들이야. 특히 생일날에는 절대 안돼, 블러드." 블러드가 말했다.

"알았어, 바토." 바토가 말했다. "그러면 멕시코 음식은 어때? 정오에 따꼬 까라호에 데리고 가서 라이브로 연주하는 마리아치 음악을 들으며 매운 멕시칸 안또히또스를 —"

"야, 그런 쓰레기는 너나 먹어 —" 합의는 불가능해 보였다. 어떤 음식점이건 정하려고 할 때마다 상대방을 기분 상하게 할 것 같은 위험이 따랐다. 둘 중 그 누구도 요즘 자신의 우아한 양손에 국세청뿐 아니라 서슴지 않고 거의 도둑질해가다시피 하는 단체들에게 갈 이윤을 포함해 브이 앤드 비 재정의 모든 내역을 거머쥐고 있는 여자로부터 무자비한 여성의 욕설을 듣고 싶지 않았다. 바토와 블러드는 그렇지 않다고 장황하게 부인하기는 하지만, 둘 다 그녀를 무서워했다. 1975년 5월에 그들이 그녀를 발견했을 당시 그녀는 사이공 함락 후에 홍수처럼 밀려들어온 수천명의 다른 난민들과 함께 펜들턴에 수용되어 있었다. 하지만 그들의 역사는 우편환과 피아스터[220] 화폐에서 전설로 남을 작전을 수행했던 ('유령'으로 통하던) 고먼 플라프와 전쟁 중에 맺은 인연으로 거슬러올라갔다. 그들은 그 유령의 뒤얽힌 재정 설계도에 따라 딱 정확한 순간에 주식을 사서 흡사 천사의 개입을 방불케 하는 형이상학적 경지를 보여준 바 있었다. 그래서 그에 대한 보답으로 그들은 미신을 믿는 플라프의 신뢰를 얻었는데, 나중에 알게 된 사실이지만 그의 유언장에는 티 아인 뜨란에 대한 그의 책임을 그들에게 양도한다는 내용이 포함되어 있었다.

"그것에 대해서 우리가 얘기했던 기억이 없어, 바토."

"아냐, 얘기했어. 그렇지?"

"그렇다면 그런가보지."

"우리는 그 일에 대해서 플라프에게 빚을 졌어."

220 터키, 이집트, 베트남 등지의 화폐.

“플라프가 그 일에 대해서 그녀에게 빚을 진 거야.” 그는 사이공에 위치한 청소년 여학교 중 한곳의 교육비와 용돈 명목의 수표를 오직 소문으로만 알려진 이유들로 지원해왔었다. 그 가운데 하나의 설은 그가 그녀의 가족을 불에 태워 죽인 데 대한 죄책감 때문이라는 것이었는데, 그 어떤 부분도 나이 든 ‘유령’답지 않았다. 몇 달 지나지 않아, 잘못된 산기슭으로 너무 근접하는 바람에 고먼은 그만 세상을 뜨고 말았다. 베이스캠프에서 군목은 바토와 블러드 앞으로 온 편지를 들고 있었다. 그것은 티 아인 뜨란이라는 이름이 최초로 등장한 편지였다. 그들은 미지근한 콜라를 마시며 앉아 있었고, 팬텀기들이 정글 위에서 우르릉거렸으며, 헬리콥터 날개들이 축축한 대기를 가르고 있었다. 몇년 뒤에 성인이 되어 공인회계사가 된 그녀는 펜들턴의 25인용 군용텐트에서 서류 절차를 모두 마치고 기다리면서, 쿨스 담배를 피우며 AM 라디오방송의 로큰롤을 듣고 있었다. 후원의 조건으로 그들은 그녀를 회계 담당자로 고용했다. 하지만 이내 그녀의 진가를 발견하고는 사업의 동등한 지분을 준다는 조건으로 그녀를 끌어들였다. 이제 그녀는 그 둘을 벌벌 떨게 하는 존재가 되어, 그들은 그녀를 화나게 하는 일은 어떻게 해서든 피했다.

“이봐,” 블러드가 바토에게 말했다. “그 베트남 계집이 그러는데 너 좀 보재, 블러드.”

“우오.” 바토가 작은 소리로 말했다.

“잘못한 거라도 있어?”

그는 분명 회사 카드로 먹은 햄버거와 감자튀김 때문일 거라고 생각했다. 그는 그녀의 사무실에 10분 동안 있었다. 그런데 문 뒤로 어떤 소리도 들리지 않았다. 바토는 고개를 좌우로 저으며 방에서 나왔다. 마침 블러드도 그곳에 있었다. "어이구, 괜찮아, 블러드?"

"그거 알아? 저 베트남 계집 정말 물건이야." 바토가 말했다.

"모르면 간첩이지. 나도 알아."

"세상에 이번엔 총을 동원했네, 바토."

"총이라고? 무슨 종류인데?"

"중공군의 맥10이야."

"그럴 리가. 너한테 그걸 겨누었다고?"

"누가 그걸 봤을까? 너 봤어?"

"아니. 너는?"

"나야 봤지, 바토."

마침내 생일 축하 점심을 원스 어폰 어 치틀린이라고 하는 비싼 미국 남부 흑인 음식점에서 하기로 정하고 나자, 이번에는 누가 그녀에게 제안할 것인가 하는 문제에 부딪혔다. 결국 30분 동안 언쟁을 한 끝에 둘이서 같이 하기로 합의를 보았다. 하지만 그녀가 '들어와요' 하고 말하자, 누가 먼저 문을 열고 들어갈 것인지를 놓고 옥신각신했다.

"저 베트남 계집이 '들어와요' 하는데." 블러드가 작게 말했다.

"그럼 너 먼저 들어가." 바토가 속삭이듯 말했다.

"'먼저 들어가'는 또 뭐래?"

"누구세요?" 문 뒤로 여자의 목소리가 들렸다.

"우리!" 변덕스러운 바토가 외쳤다.

"쉿! 누가 너한테 물어봤어?"

"야, 재가 방금 말했잖아."

그러자 티 아인 뜨란이 문을 열더니 둘을 뚫어지게 쳐다보았다. 중공군의 맥10은, 대충 봐서는, 사무실 어디에도 보이지 않았다. 그녀는 면으로 헐겁게 짠 옅은 황갈색 점프 슈트에 빨간 색조가 각기 다르게 들어간 장신구들, 예컨대 안경테, 스카프, 벨트, 그리고 몇 백 달러는 들었을 카우걸용 스웨이드 부츠로 치장하고 있었다. 그리고 유명 브랜드의 빨간 머리핀들로 머리를, 때로는 가리개를 한 눈보다 더 잘 속일 것 같은 느낌의 깔끔한 이마와 관자놀이에서부터 뒤쪽으로 단정하게 넘겨 고정해놓았다.

"그렇게 나쁘지 않은데." 바토가 그날밤 늦게 길을 걸으며 블러드에게 말했다.

"뭔 소리야?"

"오, 그러니까, 만약 머리를 좀더 만지고, 살갗이 보이는 옷들을 입는다면 말이야. 알겠어?"

아직 그달의 웃음 총량이 많이 남은 블러드가 코를 씩씩거리며 낄낄 웃었다. "자지를 한번 더 지르게?"

"됐네. 치료원에서 하라고 말한 대로 하는 것뿐이야. 내 오랜 전우니까 완전히 솔직히 말하는 거야. 전에도 이런 적 있었잖아. 알지, 한번 더 해도 돼."

"시간 충분해." 블러드가 맞장구를 쳤다.

"무슨 뜻이야? 철들려면 아직 멀었다는 거야?"

트럭이 프리웨이 진입차선에 들어설 때까지 그들은 대판 싸웠다. "조심해, 바토. 저기 그레이하운드 버스 있어."

"봤어, 블러드."

불쑥 라디오 소리가 났다. 바토가 앞뒤 스피커에서 소리가 나오게 해서, 평소처럼 놀란 블러드는 큰 볼륨 때문에 몸을 수그리며 진저리를 쳤다. 그 바람에 트럭이 차선을 오락가락했다. "꼭 그렇게 커야 돼?"

라디오 소리가 쿵쾅거리려던 순간에 바토는 볼륨을 향해 손을 뻗었다. "여보세요, 친구들." 정상적인 볼륨이었다면 아마 매력적으로 들렸을 여자 목소리였다.

바토는 등골이 오싹했다. "그 여자애야! 그 베트남 계집이라고!"

"바토와 블러드, 바토와 블러드, 지금 어디예요? 어서 받아요."

"음, 그 여자 목소리 같은데. 네가 지금 생각 중인 그 여자. 네가 먼저 전화 받지그래?"

셰이드 크리크에서 온 비상 전화였다. 타나토이드들 때문이었다. 그 일대의 101번 도로 상에서 타나토이드들 또는, 불가피하게, 그들의 사연들과 연관된 차량들을 끌고 갈 만반의 준비가 되어 있는 건 브이 앤드 비 견인 회사뿐이었다. 오늘밤의 차량은 언덕길에서 떨어져, 바로 밑에 있는 과수원의 사과나무 꼭대기에 얹혀 있었다.

"지금 바로 출동?" 바토는 그의 파트너에게 묻는 시늉을 했다.

"당연하지. 길은 네가 찾아." 그래서 바토는 트럭의 수납 칸에서 카운티 지도를 보란 듯이 꺼내들고 바스락 소리를 내며 흔들어댔다.

얼마 후 바토가 말했다. "아무것도 안 보여. 왜 그러지?"

"왜긴, 밤이라서 그러지." 블러드가 대꾸했다. "이 꼴통아."

"야! 실내등 켤게. 그럼 되지?"

"흥. 지도 보는 건 네 담당이잖아. 지도용 손전등은 왜 안 쓰는데?"

"저 계기판 밑에서 나오는 작은 불빛이 다야. 그래서 뭐든 보려면 한번에 1인치씩 지도를 움직여야 해. 왜 안 쓰는지 이제 좀 답이 됐어? 지도용 손전등 같은 거 없다고."

"내가 정말 싫은 건 지금 있는 공간보다 빛이 적은 무질서한 공간 속에 있는 거야. 저 실내등을 켜면 그렇게 될걸. 알아듣겠어?"

"야! 회중전등이 어디 있는지만 말해. 그럼 되지? 그걸 쓸게. 어디 있어? 여기는 없는데."

"전기 장비 상자에 있어, 늘 있던 대로."

"트럭 뒤군."

"그건 전동 공구겠지, 안 그래?"

모두 다 심심풀이로 하는 말다툼이었다. 두 사람이 이 일을 한 지 어느덧 2년이 되어서, 어쩔 수 없이 하게 될 때가 종종 있는 밤 운전도 너끈히 할 수 있을 만큼 바인랜드의 길들을 훤히 꿰고 있었다. 그래서 바토와 블러드가 교외 변두리의 좁은 길, 모래와 풀로 뒤덮인 오솔길, 깊게 고랑이 파인 악몽과 같은 진흙길을 사방으로 누비고 다니는 동안 지도는 대개 소품으로만 쓰였다. 그들은 비탈길을 오르고, 나무 사이를 헤치고 가서, 지칠 줄 모르는 원숭이 같은 전천후용 초기 포르쉐부터, 네가지 색 송어 그림에 반짝이는 스티커식 글자와 숫자로 표시된 시민 밴드[221] 호출번호까지 붙여 멋을 부린 잘빠진 낚시용 밴에 이르기까지, 주차장을 가득 채우고도 남을 만큼의 차량들을 윈치로 들어올렸다. 그들은 숲 속에서, 특히 쎄븐스 리버의 상류를 따라서 이상한 것들을 보기도 하였는데, 일대의 술집에서는 누구든 그것들의 이름만 크게 말해도 주차장에서 비공식적 제재를 받는 것은 물론이고 당장 쫓겨날 정도였다.

그들은 노스 스푸너 출구에서 나와 리버 드라이브로 빠졌다. 일단 바인랜드의 신호등에서 벗어나자, 강이 이전 모습을 되찾더니 유로크족[222]이 항상 믿어왔던 그대로, 유령의 강이 되었다. 모든 것에는 저마다 이름이 있었다. 낚시터, 덫을 놓은 곳, 도토리 터, 강 위

221 CB(Citizen's Band). 사람들이 특히 운전 중에 무선으로 이야기를 나눌 수 있는 단거리 주파수대.

222 클래머스 리버 하류와 캘리포니아 연안에 사는 미국 원주민 부족.

로 솟은 바위, 강둑 위의 바위, 작은 숲과 각각 이름이 붙은 나무들, 샘물, 물웅덩이, 풀밭, 그리고 모든 살아 있는 것들은 각각 자기만의 영혼을 갖고 있었다. 이 중에 많은 것들을 유로크족은 보거[223]라고 불렀다. 인간과 비슷하지만 좀더 작은, 최초의 인간들이 이곳에 왔을 때부터 살고 있던 존재들이었다. 인류가 밀려들기 전, 보거들은 뒤로 물러났다. 몇몇은 산 너머 동쪽으로 영원히 모습을 감추거나, 혹은 거대한 삼나무 보트에 옹기종기 누워 물에 몸을 맡긴 채 저 멀리 바다로 점차 모습이 희미해지면서 새로 온 자들이 듣기에도 구슬픈 박탈과 추방의 노래를 한마음으로 부르며 사라졌다. 떠나는 게 불가능했던 다른 보거들은 눈에 띄는 풍경 속으로 물러나, 좋았던 시절을 떠올리며 슬픔을, 그리고 계절이 계속 이어지면서는 다른 감정들을, 마음에 새겨두었다. 그래서 후세의 유로크족은 그 감정의 언덕 위에 앉아, 감정을 건져올리고, 감정의 그늘에서 쉬면서, 지진, 일식, 그리고 알래스카 만에서부터 잇따라 포효하는 집채만 한 겨울 폭풍뿐 아니라 바람과 빛의 뉘앙스를 사랑하고 그 안으로 점점 더 스며드는 법을 배웠다.

이 강을 항상 특별하게 여겼던 유로크족이 바다에서 강으로 거슬러올라온다는 것은 또한 그들이 그 일대를 인접한 사물들 뒤에서 이동한다는 뜻이기도 했다. 안개의 정령들이 작은 만灣 안으로 미끄러지듯 들어오고, 협곡의 흠뻑 젖은 양치류들이 소리가 들릴 정도로 굵어지고, 보일 듯 말 듯한 새들이 인간과 거의 비슷한 말로 서로 지저귀고, 숲 속 오솔길은 아무 예고 없이 땅속으로, 사자死者의 세계 초레크[224]로 경사져 내려가기 시작했다. 도시 사람의 입장에서

223 유로크족 언어로 지능을 갖춘 인류 이전의 존재를 뜻한다. 인류가 출현한 뒤로는 정령 혹은 유령으로 존재하여 '정령 인간'(the Spirit people)으로도 불린다.

볼 때 이런 것들에 오싹해할 것 같은 바토와 블러드는 마치 자기네들이 유배에서 돌아오기라도 한 것처럼 오히려 그것들을 좋아했다. 그들이 대화를 나눈 히피들의 말에 따르면 그것은 환생일 수도 있었다. 즉 이 연안, 이 분수령은 신성한 마법에 걸려 있으며, 보거들은 실은, 그들의 세계를 자신들의 지느러미발과 똑같이 다섯 손가락 뼈 구조를 지닌 손을 가진 인류에게 남기고는, 바닷속으로 들어가 험볼트 만의 패트릭 포인트 주위에서 인간들이 세상을 어떻게 하는지 지켜보고 있는 돌고래라는 것이었다. 그래서 만약 우리가 세상을 말도 안되게 개판으로 만들기 시작하고, 지역의 정보원들까지 꼬이게 하면, 그들이 돌아와서 어떻게 사는 게 옳은 방식인지 우리에게 가르쳐주고, 우리를 구조해줄지도 모를 일이었다.

바토와 블러드가 찾고 있는 과수원은 셰이드 크리크의 건너편에 있었다. 그 말은 적어도 차선 하나는 신기하게도 항상 개방이 되어 있는 옛 WPA[225] 다리의 폐허들을 평소처럼 어렵게 뚫고 가야 한다는 뜻이었다. 가끔은 폐허들이 전부 마치 거룻배에 실려 강 하류로 모두 떠내려간 것처럼 밤사이에 사라진 적도 있었다. 그러다 보니 언제나 우회로가 필요했는데, 대개는 부서진 벽돌이나 낡은 합판 조각에 안내 표시가 갱단의 낙서처럼 정신 사나운 필체로 조잡하게 스프레이로 칠해져 있었다. 그리고 인부들이 항상 밤낮으로 일하고 있었다. 오늘밤 바토와 블러드는 부서진 콘크리트와 녹슨 철근을 산더미처럼 실은 트럭이 다져진 흙길을 앞뒤로 계속 삐걱거리며 다니는 동안 기다려야만 했다. 작업복 차림에 때로는 헬

---

224 사자의 세계를 뜻하는 유로크족어.

225 Works Projects Administration. 대공황 시대에 뉴딜 정책의 일환으로 설립된 공공사업촉진국.

멧을 착용한 사람들이 항상 작은 집단을 이루어 모여 있는 게 아마 공병인 듯싶었지만, 전혀 알 길이 없었다. 그들은 일반인들과는 말을 나누지 않았다. 심지어 신호원조차도 그랬다. 앞으로 나아가는 게 얼마나 안전한지는 운전사들이 알아서 판단할 몫이었다. 블러드는 차를 앞으로 조금씩 움직여서 삼각형 모양으로 커다랗게 갈라진 포장도로 부근을 지났다. 거칠게 엮인 철근들이 망처럼 쳐져 있는 갈라진 틈 사이로 암청색 강물이 흘러가는 게 보였다. 이 공사는 쎄븐스 리버의 최고 수위가 다리까지 닿았던 1964년의 폭풍 이후로 계속 진행되어오던 것이었다. 그때 이후로 깨진 씰루엣들이 하늘을 배경으로 한해도 안 빠지고 서 있었다.

마침내 무사히 다리를 건너자 그들은 야간 조명을 다 켜고, 버나드 허먼[226]의 카세트테이프를 밀어넣고서, 영화 「싸이코」(1960)에 나오는 심야 운전용 음악에 맞춰 셰이드 크리크 밸리를 질주한 끝에, 과수원에 도착해 스포트라이트의 도움으로 나무 끝에 걸려 있는 토요타를 찾아냈다. 그들이 지켜보는 동안, 차 앞문이 열리면서 운전자가 나오려 하자, 차가 심하게 흔들리고 사과들이 떨어졌다.

"사다리를 구해올 때까지 가만히 있어요." 바토가 위를 올려다보며 외쳤다.

"상관없어요. 난 어차피 타나토이드니까."

"보험 때문에 그래요. 차는 어때요?"

"정상이에요." 그 말은 즉 차가 딱딱하고, 삼차원적이며, 셰이드 크리크와 브이 앤드 비 압류장 사이에서 아무 이유 없이 사라지지 않는다는 뜻이었다. 반면에 도로의 업보 때문에 다시 돌아온 차량

226 버나드 허먼(Bernard Hermann, 1911~75). 알프레드 히치콕 감독의 「싸이코」 「현기증」 등의 영화음악으로 유명한 미국의 작곡가.

들과 같은 타나토이드의 장비들은 쉽게 사라져서 동료들을 몹시 난처하게 한다고 알려져 있었다. 그들은 창고에서 과수원 사다리를 발견했고, 이내 운전자는 나무에서 내려왔다. 전형적인 1960년대 말 장발 스타일에 파워포워드만 한 체격을 지녔지만 유머감각은 떨어지는 사람이었다. "저, 난 순례자예요." 그가 자신을 소개했다. "여기까지 오는 데 당신들 시간으로 10년이 걸렸어요. 셰이드크리크에서 시작된 이 업보 정산사에 관한 이야기들로 통신망이 '잠시' 시끄럽던데, 실제로 누가 효과를 봤나요? 그에게 내 사건을 부탁하려고 왔어요."

"우리가 그 사람을 알아요, 블러드. 기꺼이 당신을 마을로 데려다줄게요."

"그래서…… 당신 친구란 사람—여기에 와 있나요?" 타께시가 회의실 주위를 곁눈질로 둘러보았다.

"아니." 바토가 다소 초조한 목소리로 말했다. "먼저 말해두는 게 나을 것 같아서."

"그가 힘겹게 내뱉는 걸 들어보니 디엘 당신은 자기를 알 거래. 10년 전에 트라세로 카운티에 있는 해변의 어느 골목에서 총 맞은 적이 있다나?" 블러드가 말했다.

그녀가 아는 인물이었다. "아아." 그녀가 모를 리가 없었다. "젠장." 처음엔 하나둘씩 찾아오지만, 이러다가는 곧 하늘이 까맣게 떼를 지어, 지금쯤이면 더이상 존재하지도 않는 보금자리를 찾으려고 몰려들 판이었다.

"위드 애트먼. 세상에. 불쌍한 위드. 언제쯤 나타날지 미리 생각해두었어야 했는데."

"예전에 같이 다니던 당신 친구에 대해서도 말하던데." 블러드가 말했다.

"아직도 정말로 기분이 안 좋은 것 같았어." 바토가 거들었다. "그때 일어났던 일이 그녀 책임이라지."

이번에는 프레리가 이 이야기를 햇살 가득한 쿠노이찌 수련원의 부엌에서 디엘로부터 듣고 있었다. "우리 엄마가 남자를 죽였다고요?" 그녀는 흥분과 두려움에 떨고 있었다.

"위드는 다른 누군가가 총을 갖고 있었다고 말했어. 하지만 프레네시가 모든 걸 꾸몄다고 알고 있었지."

"엄마가 왜요? 그 남자가 누구였는데요?"

"우리 모두 트라세로에서 한동안 몰려다녔었어. 칼리지 오브 더 써프였던가? 위드는 이른바 캠퍼스 혁명가였어. 하지만 다른 편을 위해 일한다는 소문 또한 만만찮았지."

"그에게 어느 편인지 물어봤어요? 이제는 말해줄 수 있을 거예요. 그렇지 않아요? 거짓말할 이유가 전혀 없잖아요?"

타께시가 키득거리며 웃었다. 디엘이 말했다. "썩 좋은 방법 같지는 않은데…… 하지만 너한테는 중요한 문제일 거야. 그녀가 어느 편이었어야 하는지에 따라 결과가 달라지니까……"

"뭔가를 감추려고 무진장 애를 쓰고 계시군요, 디엘. 처음엔 엄마가 아빠 몰래 연방의 왕또라이랑 사귄다고 했다가, 지금은 어떤 남자를 죽이는 걸 도왔다고 말하는 거잖아요? 게다가 모든 사람이 그것에 대해 다 아는데, 나는 그들이 끝에 가서 말해주기 전에는 아무것도 모르는 멍청한 아이에 불과하고요?"

"나중에 네 아빠와 사샤한테 물어봐. 내가 말해주는 유일한 이유는 네가 그러한 사실들을 다 모아보면—"

"정답은 '엄마'라는 거죠?"

"프레리. 그녀는 브록을 위해 일하고 있었어."

그러자 아이는 1초도 안돼서 대꾸했다. "그래요? 신분증도 지니고, 위임장도 있었겠네요?"

"그녀는 청부인이었어. 그때는 모두 그랬어. 지금도…… 네가 그런 식으로 흥분하면, 그 남자가 모른다고 할 수도 있어."

"왜 나한테 말해주는 거죠? 누가 신경이나 쓴대요?"

"브록이 너를 쫓고 있어. 아주 안달이 나 있다고. 프레리? 제발."

"알았어요. 하지만 잠깐 실례해도 될까요? 정리할 시간이 필요해요. 게다가 저녁 준비할 시간이에요. 두분 중에 혹시 '버라이어티 빵'이 어디에 있는지 아는 사람 있어요?"

디엘은 그녀를 그만 봐주었다. "환경보호국에서 압수해간 줄 알았는데."

프레리로서는 오늘밤밖에는 없었다. 냉동고 뒤편에 박혀 있는 모든 버라이어티 빵들이, 한번은 그러게 돼 있듯 확실히 죽어 있는 게 아니라, 기이하게도 그저 잠들어 있거나 혹은 깍 소리 나게 잠자는 척하고 있는 나머지 냉동 음식들을 비추는 야간 등처럼 은은하게 청록색 빛을 발하기 시작했다. 부엌에 있는 다른 사람들처럼 프레리는 온도계상의 냉기보다 더한 뭔가가 귀신이 나올지 어떨지 덜 분명한 세상으로 그녀를 다시 돌려보내어 심장박동을 쿵쾅거리게 하기 전까지 이 불길한 냉동고에서 얼마나 오래 버텨낼 수 있을지 불안했다.

"좋아요. 여러분의 협조가 필요해요. 저 버라이어티 빵들을 모두 꺼내서 먹어도 안전한지 투표를 할 거예요." 그녀는 목소리를 높이며 계속 말했다. "자, 여기로, 가까이들 모이세요. 안 그러면 두려움이 뭔지 맛보게 될 거예요! 됐어요! 게하드, 메리 셔를 수녀, 로 핀토 부인, 쌍둥이 자매, 다 같이 저 청록색으로 빛나는 거 따러 갑시다!" 그러고는 때마침 라디오에서 흘러나오는 「고스트 버스터스」(1984) 주제곡에 발을 맞추며 걸어갔다. 하지만 잠시 후 냉동고의 미소微小 환경을 어지럽히는 것의 도덕성에 관한 논쟁이 시작되었다. "생물 발광체도 생명이에요." 쌍둥이가 동시에 서둘러 말했다. "그리고 모든 생명은 신성해요."

"빛이 나는 건 절대 먹으면 안돼." 로 핀토 부인이 힘주어 말했다. 그녀는 요리를 못할 뿐 아니라 또한 실제로 부엌 공포증을 앓고 있어서 치료의 일환으로 부엌에 있어야만 했던 이딸리아계 어머니였다. 그들은 버라이어티 빵으로 꽉 찬 탓에 청록색 자태를 드러내고 있는 차가운 냉동고의 있으나 마나 한 백열전구 밑에 서서 서로 동시에 말다툼을 벌이다가 결국에 가서는 쌤플 하나를 들고 부엌으로 나왔다.

"햇빛에서도 그렇게 나빠 보이지 않는데." 작업 속도가 늦어지고 모든 사람들이 문제의 수수께끼 같은 식재료 주위에 모여들자 게하드가 직접 나서서 말했다.

"빛이 나는 게 안 보여서 그런 거잖아, 이 바보야."

"중앙아시아의 부족들 중에는 영적 수행을 위해 발광 곰팡이들을 섭취하는 전통이 있어—"

"하지만 곰팡이들에게도 권리가 있다고!"

프레리는 이 말다툼이 얼마나 한심하게 길게 이어질지, 그러다 아무 결론 없이 시간만 허비하고 얼마나 무의미하게 끝이 날지 순간 감이 왔다. 그러면서 동시에 직감적으로 고개를 돌리자 제복을 차려입은 디엘이 장비를 들고 급히 다가오는 게 보였다. 마치 장엄한 종이 울리기 시작하는 듯했다. "자, 네 배낭. 더 킹스맨이 늘 말하던 대로, '가야 해.'[227] 그리고 너도."

"하지만." 프레리는 몸짓으로 부엌과 그동안 알게 된 사람들의 얼굴, 아직 계획이 세워지지 않은 모든 식사 일정들을 가리켰다. 그러나 이미 모두 다 지난 비디오테이프일 뿐이라는 디엘의 메시지는 분명했다. 그들이 밖으로 나와 포도덩굴로 뒤덮인 향기로운 가로수 길을 걷는 동안, 프레리는 한대 이상의 헬리콥터들이 바로 머리 위에 요란스럽게 떠 있는 소리를 들었다. 빌어먹을!

그들은 본관 건물로 다시 들어가 복도를 질주한 다음 쿵쾅거리는 철제 계단을 뛰어내려갔다. 타께시도 수련원의 포도주 창고 밖에서 그들과 합류했다. 적어도 네군데의 양복 주머니에 술병을 쑤셔넣은 채로.

"전리품이라도 챙기는 중이에요?" 디엘이 멈춰 서서 물었다.

"잡히는 대로 포도주를 넣었어. 시간이 너무 없어서!"

"마시지도 못하면서. 하여튼 도둑질을 하지 않고는 못 배기는 건 알아줘야 해, 타께시."

"보고 나서 얘기해, 주근깨 아가씨! 자, 1971년산 루이 마티니라고. 알겠어? 전설의 술이라고! 그리고 이건 프랑스산이야!"

"음, 당신들……"

"문들은 닫혀 있어요." 디엘이 말했다. "계산해봐요. 볼트 커터로 문 하나를 따는 데 1분 30초, 그리고 공중에 떠 있는 적어도 세대의 공격용 코브라 헬기, 전방 공중사격 로켓, 수류탄 발사기, 개틀링 기관총, 그리고 기타 장비들."

227 미국의 리처드 베리(Richard Berry)가 1955년에 작곡한 리듬앤드블루스곡 '루이 루이'(Louie Louie)에 나오는 가사. 1963년에 록밴드 더 킹스맨(The Kingsmen)이 리메이크하여 크게 히트를 쳤다.

그들은 대형 화물 엘리베이터의 입구에 도착한 다음 급히 안으로 들어가 아래로 고막이 터질 듯이 급강하하기 시작했다. 오래된 형광등이 윙윙거리고 깜빡거리더니, 너무 늦은 게 아닌가 싶은 순간에 엘리베이터의 브레이크가 걸렸다. 그들은 쿵 소리와 함께 멈춰 섰다. 그러고는 밖으로 나와 지하 깊숙한 곳에 있는 터널 안으로 들어섰다. 터널을 따라 하천 바닥에 이어 오르막 언덕을 천천히 반 마일가량 걸어가자 마침내 햇빛이 환하게 비치는 지역으로 빠져나왔다. 지상에서는 침투 중인 차량 호송대와 헬리콥터 날개 소리가 아마도 또다른 개발업자의 콘도 지역 건축 현장에서 나는 듯한 계속되는 굉음과 섞여 저 멀리서 들려왔다.

그들은 그물로 위장해놓은 트랜스암을 오리나무들 사이에서 찾아내 오래된 벌목 도로를 거쳐 I-5 고속도로를 향해 지그재그로 운전해갔다. 타께시는 지도를 들여다보았고, 디엘은 노래를 흥얼거리며 차를 몰았다.

오, 문을 걷어차버려, 이 후레자식아,
스토브께서 한번 더 납시니까—
내가 올레이스에서만 잘나가는 줄 알았지,
기다려, 포트웨인에서 날 다시 만날 때까지……

그리고 프레리는 뒷좌석에 웅크리고 앉아 숨죽이고 기다리면서, 부디 자고 일어나면 그들이 좀더 인자해져서 새로운 사람들이 되어 있기를, 그래서 30분 정도의 말장난과 선전이면 해결 안될 문제가 없는, 가족용 승용차에 탄 가족처럼 해변에서 신나는 주말을 보내러 떠날 수 있기를 바랄 뿐이었다.

그들은 굉음을 내며 L. A.로 향했다. 사람들 눈에 잘 안 띄어서 못 본 채 지나칠 수 있는 허름한 곳으로 돌아가는 중이었다. 쌘타 로자의 제로 프로파일 페인트 앤드 보디에서 일하는 마누엘과 그의 자동차 도금팀이 개발한, 굴절률을 변조할 수 있는 특허 미세 투명 래커 덕택에 그들이 탄 트랜스암은 설사 도로 감시가 있었다 하더라도 가장자리가 살짝 번뜩이는 것 빼고는 감쪽같이 눈에 안 보였을 정도였다.

만약 프레리가 옛날 영화에 나오는 초라하면서도 고풍스러운 사설 탐정 사무소 같은 걸 예상했다면, 아마 그것은 지금도 어려웠을 것이다. 후미모따 사무실은 예전에 영화제작소가 있던 자리에 세워진 L. A.의 평범한 고층 비즈니스-쇼핑 복합건물에 위치해 있었다. 한때 가상세계에 바쳐졌던 공간은 다시 활발하게 돌아가는 현실세계의 차지가 되었다. 수많은 옛날 서부영화들이 이곳에서 촬영되었었다. 그녀는 그 가운데 몇편을 토요일 아침마다 텔레비전에서 보았다. 하지만 역마차가 굴러다니고 범인 추적대가 큰 소리를 내며 이동하던 곳에서 지금은 증권 중개인들이 크기가 딱 엠앤엠즈 초콜릿만 한 조그만 통화용 마이크에 대고 마치 연애하듯 이슈와 전망에 대해 속삭이며 다녔고, 눈길 끄는 옷을 입은 사람들이 걷고 쇼핑하고 타일로 된 파티오에 앉아 점심을 먹었으며, 항상 합법적인 것만은 아닌 저 높은 건물의 법률사무소에서는 도시의 매들이 아래로 펼쳐지는 태양과 그림자의 눈부신 프리즘 속에서 비둘기들을 사냥하는 동안 거래가 이루어졌다.

프레리는 '업보 정산'이라는 게 뭔지 아직도 이해되지 않았지만, 타께시가 본인 입으로 자기 자신에 대해 말하지는 않더라도 겉보기처럼 코를 비틀고 눈을 찌르는 해결사일 것 같지는 않겠다는 생각이 처음으로 들기 시작했다. 그의 사무실은 컴퓨터 단말기, 팩스기계, 광대역 송수신기, 온 사방에 펼쳐져 있는 부품들, 프린트 배선, 레이저 장치, 이중 인라인 패키지, 디스크 드라이브, 전원 장치, 시험 장비 등으로 꽉 차 있었다.

"하이테크 천국이네요." 그녀의 눈이 휘둥그레졌다.

"처음부터 헛짚었어." 디엘이 말했다. "대부분 다 이 추잡한 위인을 그럴듯하게 보이게 하기 위한 소품들이야."

"그만해." 타께시는 손바닥 크기만 한 리모컨을 흔들었다. "무엇을 드릴까요?" 작은 로봇 냉장고가 천천히 다가왔다. 냉장고는 두 개의 둥근 비디오 화면이 나란히 장착되어 있었고, 각각에는 만화에서 보는 눈의 형상이 가끔씩 움직이며 깜박거렸다. 그리고 미소 모양의 스피커 입에서는 '윈터 원더랜드' '렛 잇 스노우' '콜드, 콜드 하트'를 비롯한 냉장고 가요의 합성 메들리가 흘러나왔다. 로봇 냉장고는 프레리 앞에 멈춰 서더니 작은 전동모터를 윙윙거리면서 준비된 내용들을 죽 말했다.

"방금 '디자이너 이름이 붙은 탄산수'라고 하던데, 그게 뭐지?"

"1980년대 중반의 마케팅 철학의 또다른 단계." 움직이는 냉장고가 응답했다. "지금은 빌 블래스, 아제딘 알라이아, 이브 쌩로랑이 있음."

"끝내주는데!" 프레리가 약간 높은 어조로 말했다. "그거 아주, 음—" 그러자 레이건 시대의 대표 패션 컬러인 금색과 은색으로 된 YSL 로고 용기에 담긴 아주 차가운 현대식 탄산수가 푸 하고 나왔다. 한쪽 비디오 화면이 그녀에게 눈을 깜빡이더니, 입에서 말랑말랑하게 움직이는 플라스틱으로 된 반들반들한 핑크색 혀가 나타났다. "그밖에 또다른 질문?" 프레리가 말을 붙이기 전부터 의심이 갔던 목소리로 냉장고가 물었다.

"고마워, 라울." 디엘이 말했다. "필요하면 부를게."

그러자 두 비디오 눈이 닫히고, 라울은 충전소로 다시 미끄러져 가면서 '아일 씨 유 어게인'과 '드링크, 드링크, 드링크'를 연주했다.

"타임머신은 지금 정비소에 있어." 타께시가 환하게 웃었다. "안 그러면 다 같이 한번 타는 건데!"

"또다른 타키온[228]실室을 교체해야 해서." 디엘이 거들었다. "보증기간이 끝나고 정확하게 0.1초 지나서 그게 고장났지 뭐야. 그래서 그걸 '타임'머신이라고 부르나보지?"

그러나 프레리는 계속 자리에 앉아 스크린 중 하나를 흐릿한 눈으로 바라보며 컴퓨터 키를 만지고 있었다. "엄마가 어디에 있는지

228 빛보다 빠르다고 여겨지는 가상의 소립자.

알고 싶으니, 지금 당장 말해줘요."

디엘이 고개를 가로저었다. "정말 이해할 수가 없네. 그녀는—"

"디엘 상." 타께시가 눈썹을 치켜세웠다.

"계속 말해봐요." 프레리는 자리에서 일어났다. "엄마는 나를 버리고 갔어요. 브록 본드와 같이 있기 위해서요. 아무래도 그런 것 같아요. 엄마가 가장 만나기 싫어할 사람은 나예요. 내가 뭐 빠트린 거라도 있나요?"

"아주 많이. 지금 당장은 전체의 일부처럼 보이는 저 코브라 헬리콥터들에 탄 친구들과 똑같아. 엄마를 찾겠다고? 저들과도 만나게 될 텐데?"

"그런데—" 타께시가 창가로 달려가서 걱정스럽게 하늘을 확인하는 척했다. "왜 이 아이와 같이 다니는 거지? 너무 위험해!"

디엘이 프레리에게 다가가서 머리카락 한가닥을 귀 뒤로 넘겨주었다. "엄마를 만나게 될 때까지…… 편안하게 시청하지 않을래? 이게 내가 해줄 수 있는 최선이야."

"그래야 한다면 그럴 수밖에요." 프레리는 디엘이 지켜보고 있어서 눈이 마주치기라도 하면 바로 울음보가 터질까봐, 두 눈을 내리깔고 작은 목소리로 말했다.

디차 피스크 펠드먼은 벤투라 불러바드의 세가 비싼 지역의 쾌적한 막다른 골목 위편에 위치한, 부분별로 높이가 다른 에스빠냐풍 집에 살고 있었다. 집 앞마당에는 후추나무와 자카란다나무가 있었고, 차고에는 낡은 티-버드[229]가 한대 있었다. 그녀는 이혼한 상태였고 경제적 능력이 있었다. 직장까지 통근 거리는 30분밖에

229 포드사 선더버드의 약자.

되지 않았다. 딸들은 여름 동안 아빠와 함께 지내고 있었다. 디엘이 디차를 버클리에서 처음 알았을 당시에 그녀는 여동생 지피와 함께 전투복 차림에 유대계 흑인들의 지나치게 부풀린 헤어스타일을 한 채, 공공장소의 담벼락에 '정부를 박살 내라'라는 구절을 스프레이로 칠하고 터퍼웨어 용기에 담은 플라스틱폭탄을 아이스박스에 넣고 돌아다녔다. "영화 편집자인 척했지만 사실 우리는 무정부주의 폭파범들이었어." 그녀가 프레리에게 말했다. 오늘밤만큼은 그녀는 교외의 평범한 엄마 같았다. 하지만 그것도 어쩌면 또다른 위장일지도 몰랐다. 디차는 유행하는 안경테로 된 안경을 쓰고 온통 앵무새투성이의 무무[230]를 입고서 상그리아를 마시고 있었다.

황금시간대가 시작되기 직전이었다. 야외의 햇빛은 아직 사라지지 않았고, 나무 위의 새들은 저 멀리서 밀려오는 프리웨이의 콘크리트 파도 소리 위로 시끄럽게 울어댔다. 디차는 그들을 파티오를 가로질러 뒤편에 있는 작업실로 안내했다. 무비올라 편집기와 16밀리미터 필름들이 사방에 흩어져 있었다. 몇몇은 릴 혹은 심지에 감겨 있었고, 다른 몇몇은 주변에 조각조각 헝클어져 있었으며, 또다른 몇몇은 깡통째로 강철 트렁크 안에 담겨 있었다. 나중에 알고 보니 보관 중인 24fps 영화필름과 옛날 게릴라 영화 장비들이었다.

그 당시에 그들은 눈에 띌 듯 말 듯 무리를 지어 오래된 중형 세단, 안팎으로 캠프용 자동차 장식을 댄 픽업트럭, 기기 적재용 이코노라인 밴, 움푹 파이고 크롬 도색은 없지만 고속 정찰차로는 끝내주는 스팅 레이를 몰면서 시민 밴드로 서로 무선 연락을 취하며

230 헐겁고 화려한 하와이 스타일의 원피스.

함께 전국을 누비고 다녔다. 당시로서는 도로의 진풍경이었다. 그들은 문제가 있는 곳을 찾아다녔고, 찾으면 찍어서 그들이 목격한 기록을 바로 안전한 장소에 보관했다. 그들은 근접촬영이 갖고 있는 폭로와 엄청난 충격의 효과를 특히 신뢰했다. 권력이 부패하면 그렇게 된 과정이 가장 민감한 기억장치인 인간의 얼굴에 일지처럼 적히기 마련이었다. 누가 빛에 저항할 수 있겠는가? 돈에 팔려간 자들의 얼굴 사진들을 들여다본다면, 어떤 시청자가 전쟁, 체제, 미국의 자유에 관한 무수한 거짓말들을 믿을 수 있겠는가? 그들의 합성된 목소리들이 절대 수령하지 않겠다고 했던 약속들을 저버린 채, 똑같은 표현들을 얼렁뚱땅 둘러대고 아무 감정 없이 되풀이하는 것을 듣게 된다면 과연 누가 믿을 수 있겠는가?

"절대로요?" 지역의 어떤 텔레비전 기자가 쎈와킨 어딘가에서 물었다.

프레네시 게이츠의 리버스숏이 나왔다. 프레리가 느끼기에 두 여자가 서로 자리를 바꾼 것 같았다. 프레네시의 두 눈은 오래된 ECO 필름상으로도 프레임을 다 차지해서 저항의 푸른빛은 전혀 색깔이 바래지 않았다. "예, 절대로요." 그녀의 대답이었다. "우리들 중 너무나도 많은 사람들이 주의 깊게 지켜보고 있으니까요." 프레리는 말없이 쳐다봤다.

"그래요. 꼭 우리 액션 뉴스팀처럼 말하네요."

"지킬 게 별로 없어서, 서로 다른 목표물들을 쫓아다닐 수 있다는 것 빼고는요."

"하지만…… 그러다 위험해지지 않을까요?"

"음, 단기적으로는 그럴지도 모르죠." 프레네시가 조심스럽게 말했다. "그러나 당신네 뉴스팀이 조합을 만들려고 했던 이 카운티의 농업 노동자들에 대한 탄압을 무시한 것처럼, 부당한 일들이 일어나는 걸 보고도 무시하면, 장기적으로는 그게 더 '위험'한 거겠죠. 안 그런가요?" 그녀는 매 순간 카메라 렌즈가 자신을 잡고 있다는 것을 의식했다.

한편 24fps로 실물에 냉정하게 접근해야만 했던 디엘은 카메라 렌즈로부터 가능한 한 멀리 떨어져 있었다. 그녀가 말할 때는 작전과 일정표에 대한 것일 때였고, 정치에 대해서는 거의 말하지 않았으며, 하더라도 꼭 해야 할 만큼만 말했다. 그녀는 언제든 찍을 수 있게 필름이 준비되었는지 확인을 했고, 약속 지점으로 적합한 새로운 장소와 시내에서 빠져나가는 다양한 동선을 매번 물색하고 다녔다. 경찰과 경찰 동조자 주변으로 동선을 짜는 것을 선호하지만, 그렇더라도 쇠지레를 그녀가 앉은 운전석 바로 밑에 놔두는 것을 잊지 않았다. 만약에 그들이 붙잡히게 된다면, 뒤에 처져서 추격을 지연시켜야 하는 건 안전 책임자인 디엘의 몫이었다.

"그날밤은 슬레지가 마약 불시 단속 한복판으로 차를 몰고 갔지." 디차가 깔깔대고 웃었다. "나하고 지피는 누군가 환각제에 담가두었던 걸 피우는 바람에 머릿속이 하얘져서 길을 잃고 다녔고, 너희들은 우리들을 찾으러 다녔어 —"

"핫퍼지선디에 담근 마리화나 같았어."

"아냐, 갤럽이었어. 그 핫퍼지는……"

"음." 프레리가 스크린을 가리켰다. "이 사람들은 다 누구예요?"

그것은 며칠이었는지 두 여자도 이제는 서로 다르게 기억하는 오래전 어느날 찍은 느린 파노라마숏이었다. 얼핏 보아도 공통점이 전혀 없는 사람들이 모여 있었다. 그 가운데 일정 숫자는 성급한 견습생, 옛날 만화영화에 나오던 10대 슈퍼히어로 분장을 한 사람, 정치적인 성향이 단일하지 않은 잠입자와 선동가로, 계속 안팎으로 들락날락했다. 그러나 핵심 집단은 결코 바뀌지 않아서, 뉴욕시에서 커서 지리적으로가 아니면 절대 그곳을 떠난 적이 없는 천재 영화 편집자 디차와 지피 자매가 거기에 속했다. 그들에게 캘리포니아는 오직 뉴욕과 같지 않은 오만가지 점에서만 실재할 따름이었다. "매그닌 백화점은?" 지피가 심각하게 웃었다. "롱아일랜드 근처에 있는 쇼핑센터에 비하면 괜찮아. 여자 화장실도 아주 근사하고. 하지만 대형 백화점은 아니야." 디차는 음식 투덜이였다. "여기 어디든 가서 덴마크 음식을 먹어봐!" 그들 기억에 빅애플에 있는 아파트는 모두 '따뜻하고 친절한' 것처럼 서부 연안의 사람들은 한결같이 '차갑고 멀게' 느껴졌다.

이런 점이 다른 사람들을 웃겼다. "지금 장난해?" 서류 작업을 맡은 하위가 코웃음을 쳤다. "난 거기 사는 여동생한테 눈 한번 마주치려고 갔다 왔거든?"

"차 안에 잠자코 있어야 하는 건 우리만이 아냐." 지피가 지적했다. "안 그래? 그리고 우리 개와 고양이는 결코 정신과 의사에게 보낼 필요가 없어. 게다가 우리는 정말로 바다에서 나와서 바로 물가에서 누군가와 섹스하고 나서 전화번호도 안 남기고 가버리지는 않아." 이것은 두 자매가 서부 연안에서 입문하듯 처음으로 주말을 보낼 때 실제 일어났던 일로, 이 사건은 뭔가 초자연적인 분위기에도 불구하고 두 자매에게 써핑 공동체에 대한 선입견을 갖게 했다. 그리고 그들은 하위를 그의 황백인종[231] 외모 때문에 그 부류의 전형으로 지목했다.

231 피부색이 희고 금발인 코카서스인종.

그들이 일하는 모습은 생각지도 않은 우아함이 드러나서 보기에 즐거웠다. 지피는 손톱과 스카치테이프로 편집을 했고, 디차는 치아와 종이 집게를 더 좋아했다. 그리고 무비올라 단계에 이르러서는, 두 자매 모두 거의 한 프레임의 오차도 허용하지 않았다. 그들은 일하는 동안에는 줄담배를 피우며 두개 혹은 세개의 텔레비전을 가져다가 서로 다른 채널들을 동시에 틀어놓고서, 그것도 모자라 라디오로 '애시드'할수록[232] 더 좋은 로큰롤을 들으며, 그렇듯 리드미컬한 환경에서 필름을 능숙하게 자르고 있었다. 팀의 점쟁이인 미라지는 그들이 모두 쌍둥이자리라는 걸 알고는, 그들에게 그날그날의 점을 알려주기 시작했다. 그 덕에 그들은 낯선 시간에 일어나게 되었고, 달이 하늘에 떠 있지 않을 때에는, 전혀 일하지 않게 되었다.

프레네시와 피스크 자매는 버클리에 근거를 둔 데스 투 더 피그 니힐리스트 필름 컬렉티브[233]의 남은 것들을 가져갔다. 무기로서의 영화 카메라의 은유를 끝까지 실행하기 위한 어쩔 수 없는 시도였다. 컬렉티브 측의 자산으로는 카메라 몸체, 렌즈, 조명 및 조명 스탠드, 무비올라, 유압식 카메라 받침대, 냉장고 하나 분량의 ECO 필름, 그리고 어찌 되었든 좀더 강성에 속하는 컬렉티브의 남은 간부들이 있었다. 이들은 자신들의 오래된 선언문의 일부를 새 24fps 필름에 미리 담아놓은 터였다. "카메라는 총이다. 카메라로 찍은 영상은 죽음의 실천이다. 모아놓은 영상들은 저승과 심판의 하부구조이다. 우리들은 파시스트 돼지들에게 합당한 지옥의 설계자들이다. 꿀꿀거리는 모든 것에게 죽음을!" 미라지를 비롯한 많은 이

232 각주 69 참조.

233 Death to the Pig Nihilist Film Kollective.

들에게 이 선언문은 너무 과하게 들려서, 그녀는 돼지들이 사실은 그렇게 불리는 어떤 인간들보다도 훨씬 더 멋있다고 즉석에서 주장하지 않을 수 없었다.

"그럼 '바퀴벌레'는 어때?" 슬레지 포티트가 넌지시 말했다.

"바퀴벌레 끝내주지." 마침 입에 마리화나를 물고 있던 하위가 단호하게 말했다.[234] 사고가 건전한 크리슈나는 모든 생명은, 심지어 바퀴벌레까지도, 신성하다는 전제를 들먹이며 끼어들었다. "잠깐만." '돼지에게 죽음을'의 원래 팀원들 중 한명이 외쳤다. "그런 유의 말은 우리의 개념 기반 전체를 무시하는 소리야. 이건 사람들을 총으로 쏘는 것에 관한 얘기라고. 안 그래?"

"아, 그래? 넌 별자리가 뭔데?" 하위가 궁금해했다.

"처녀자리."

"그럴 줄 알았어."

"별자리주의야!" 미라지가 소리쳤다. "하위, 그건 인종차별주의보다 더 나빠."

"성차별주의보다도 더 나쁘고." 피스크 자매가 함께 거들었다.

"숙녀 여러분." 슬레지가 흑인용 빗으로 의사를 표시하며 우렁차게 말했다. 그러는 동안에 눈이 벌겋게 충혈된 하위는 연기가 모락모락 나는 콜롬비아산 금빛 마리화나 한개비를 화해의 징표로 내밀었다.

"다들 진정해." 프레네시가 한마디 했다. 그녀는 모임의 좌장 역할을 맡아서가 아니라 평소처럼 말다툼에 끼지 않으려고 애쓰는 것뿐이었다. 이 팀은 그 누구의 무정부주의 판타지가 아니었다. 디

234 바퀴벌레를 뜻하는 'roach'에는 마리화나라는 뜻도 있다.

엘이 새로 합류하면서, 저돌적으로 맞서서 계몽하는 걸 좋아한다는 공통점을 지닌 그녀와 슬레지는 24fps팀의 현실주의 쪽을 맡았고, 그럼으로써 가끔은 딴 데 정신이 팔려 있어서 위험할 때가 있는 미라지와 하위하고 균형을 맞췄다. 언제나 중심은 프레네시와 피스크 자매가 맡았고, 모든 이들을 '행복하게' 해주는 일은 크리슈나 담당이었다. 프레네시가 어떤 집회에서 춤을 추고 있던 율동 장애가 있는 여섯명의 젊은 캘리포니아 여자들을 데리고 돌아오면, 지피와 디차는 그 히피 아가씨들 중 누구도 전혀 리듬에 맞게 추지 못하는 것에 격분을 하게 되고, 그러면 항상 크리슈나가 나서서 적합한 음악을 찾아 전문가답게 테이프의 속도를 조절하여 피스크 자매들이 원하는 게 뭔지 미리 알고 있던 사람처럼 손을 써서, 팀 내에서는 대단한 초감각적 지각능력이 있는 사람으로 금세 통하게 되었다. 몸에 아무것도 안 걸친 채 집안일을 그대로 방치하고 있을 때, 또는 오고 가는 말들이 너무 애매모호할 때, 그들을 모두 목욕실로 데려가 시간이 얼마나 오래 걸리든 상관없이 상담사 역할을 하는 것도 바로 크리슈나였다. 만약 그녀가 없었더라면 팀은 벌써 산산조각이 나고도 남았다. 이것은 디차가 생각하기에 불 보듯 뻔했다. 그녀가 디엘과 눈짓을 교환하는 게 프레리의 눈에 들어왔다.

밤새 영화가 윙윙거리고 필름 릴이 잇달아 돌아가는 동안, 프레리는 그 시대를 알리기 위한 짧은 텔레비전 영상물, 즉 '아내는 요술쟁이'나 '더 브래디 번치' 같은 재방송 프로그램들에 어렴풋이 배어 있는 것 외에는 거의 본 적이 없는 옛날 미국을 그 영화들이 안내하는 대로 여행했다. 보통의 미니스커트, 금속테 안경, 염주식 목걸이, 그리고 자신의 페니스를 흔들어대는 히피 청년들, LSD에 취한 개, 장면이 바뀔 때마다 계속 등장하는 로큰롤 밴드들. 이들 중 몇몇은 정말 끔찍했다. 파업 참가자들이 새파란 깃털 같은 아티초크 꽃밭 가장자리의 울타리 옆에서 파업 파괴자들 및 경찰과 싸우는 동안 먹구름이 화면 안으로 흘러들어왔다 빠져나갔다. 기동경찰들은 텍사스의 한 자치단체의 조직원들을 내쫓더니 청년들을 채찍으로 내리치고, 수갑 찬 젊은 아가씨들의 음부를 움켜쥐고, 작은 아이들을 손바닥으로 세게 때리고, 가축들을 죽였다. 이 모든 장면을 프레리는 숨죽이고 지켜보았다. 매 장면마다 태양이 농장 밭과 환한 셔츠를 입은 수확하는 일꾼들 위에 떠 있었고, 그 뒤로 트레일러에 실린 간이 화장실들과 버스들의 정지된 듯한 윤곽이 저 멀리 보였다. 태양이 미국산 마리화나의 대량 소각 현장을 무자비하게 내리쬐면, 불꽃은 대낮의 일광으로 인해 연한 오렌지색으로 뒤틀려 타올랐다. 또 태양은 군용차량 정류장으로 바뀌어버린 대학교와 고등학교 캠퍼스를 독차지하여, 기름투성이의 그림자가 드리우게 했다. 우연에 의해서가 아니라면 이 장면들에 자비라고는 거의 없었다. 어느 연방방위군이 시위자를 향해 소총을 흔들 때 역광으로 찍힌 그의 팔뚝에 난 땀, 피고용자들은 말하지 않으려고 하는 모든 것을 말해주는 농장 고용주의 근접촬영한 얼굴, 가끔씩 보이는 저 풀밭과 석양. 이 모든 장면들은 아무리 그러려고 해도 사람들의 눈과 귀를 막기엔 역부족임을 필름이 암시하는 듯했다.

어떤 지점에서 프레리는 실제로 카메라 뒤에 늘 있는 사람이 바로 엄마라는 것을, 그리고 자신이 마음을 비우면 프레네시를 빨아들여 잠시 그녀가 되어, 그녀의 두 눈으로 바라보고, 피곤, 두려움, 혹은 메스꺼움으로 프레임이 흔들릴 때는 구도를 정하는 그녀의 마음뿐 아니라 그녀의 온몸, 직접 나가서 필름을 끼우고 촬영을 하겠다는 그녀의 의지까지도 느낄 수 있겠다는 것을 알게 되었다. 프레리는 머리만 환하게 빛나는 유령처럼 둥둥 떠다녔다. 그것은 마치 프레네시가 특별한 방식으로 죽어 있는 것 같았다. 프로젝터와 스크린의 중재하에 제한적인 방문은 가능한 최소경비구역 같은 곳에 죽어 있는 것 같았다. 그래서 필름이 차례대로 하나씩 돌아갈 때마다, 프레리는 그녀에게 말할 수 있는 방법을 찾아다녔다.

그러다 갑자기 두 여자 모두 "에이, 젠장!" 하며 전혀 웃겨 보이지 않는 것을 보고 웃었다. 어딘가에 있는 법원 로비였고, 정장 차림의 체구가 작은 어떤 남자가 경마 기수 같은 걸음으로 왼편에서 오른편으로 로비를 가로질러 가고 있었다. 디차는 필름을 다시 감았다. "누구게, 프레리?"

"브록 본드? 잠깐 멈출 수 있어요? 정지화면으로요?"

"미안. 그것들을 모두 비디오테이프로 옮겨서, 주위에 복사본들이 많아. 하지만 원래 취지는 기록물들을 분산시켜서 좀더 안전하게 하자는 거였어. 그러다가 나는 모든 필름들을 이고 사는 신세가 되었지. 저기, 저기 조그만 비非유대인 남자 놈 또 나온다." 브록은 오리건에 있는 자신의 순회 대배심원들을 모아서 지역 전문대학의 캠퍼스에서 일어난 전복 시위를 조사하는 중이었고, 24fps팀은 그곳에 가서 일련의 사건들, 혹은 브록이 항상 마지막 순간에 장소와 시간을 바꾸는 와중에도 최대한 찾아낼 수 있는 것들을 필름에 담으려고 하는 중이었다. 그들은 법원에서부터 비를 맞으며 그의 뒤를 쫓아 모텔, 박람회 전시 홀, 대학교와 고등학교 강당, 드라이브인 영화관 주차장을 옮겨 다니다가 결국에는 다시 법원으로 돌아오고 말았다. 그곳에서 프레네시는 그때까지만 해도 그를 보게 되리라고는 예상하지 못한 채 정의와 진보에 관한 WPA의 오래된 벽화를 둥근 천장을 따라 느린 파노라마숏에 담으려고 애쓰다가, 뉴딜 정책 이후에 세월이 흐르면서 거뭇해진 색상을 보완할 방법이 없을까 하고 궁리하던 중에, 곁으로 뜬 베이지색 니트를 입은 다부진 남자가 층계를 향해 뚜벅뚜벅 걸어가는 모습을 우연히 그녀의 카메라 파인더로 보게 되었다. 아마 같은 팀의 또다른 카메라 촬영 멤버가 보았더라면 작은 체구의 거만한 공무원이 또 나타난 걸로 그냥 넘어갔을 터였다. 카메라 렌즈로 그의 얼굴을 조금씩 확대하면서 그녀는 그를 뒤쫓았다. 그가 누구인지 그녀는 알지 못했다. 혹은 어쩌면 알았을 수도 있었다.

그녀는 샌프란시스코 시내의 브룩스 카메라에서 새로 구입한 듬직한 16밀리미터 캐논 스쿠픽을 사용했다. 그것은 사샤가 준 선물로, 줌 렌즈가 내장되어 있었고, 손잡이 끝에 엄지손가락으로 누를 수 있는 제어단추가 있었다. 그리고 파인더 내에 텔레비전 스크린 모양의 틀이 설정되어 있어서 저녁뉴스에 적합한 숏을 찍을 수 있었다. 그러나 브록이 나오는 이번 숏은 결국 아열대 태양빛을 막기 위해 차광 커튼을 친 어느 모텔 방의 벽에 고정된 침대 시트 스크린에서 끝이 났다. 24fps 소속의 멤버들 대부분은 서로 끼어 앉아 편집 전의 오리건 필름을 함께 보았다.

"음, 그러니까 저게 그 검사지?" 지피 피스크의 목소리가 약간 환상에 잠긴 듯했다.

"검사였지." 크리슈나가 차분하게 꼭 집어서 말했다.

"그래, 이 자식, 화면은 아주 잘 나왔네." 디엘이 슬쩍 놀려댔다. "그런데 무슨 일 있어?"

브록은 잘생겼다기보다는 사진발이 좋은 편이었다. 그의 높고 훤한 앞이마, 최신 유행의 팔각형 안경테, 보비 케네디[235]식의 헤어스타일, 야외에서 부드럽게 그을린 살갗 등이 그것을 말해주었다. 그는 자기 앞에서 스쿠픽 카메라를 들고 있는 프레네시의 얼굴을 제대로 보지 못했지만, 법원의 웅성거리는 소리 속에서도 그녀의 길고, 날씬하고, 매끄럽게 근육이 잡히고, 어두운 불빛에 색이 어슴푸레한 두 다리는 결코 놓칠 수가 없었다. 그리고 그녀가 그에게 초점을 맞추며 그만을 찍는 것을, 그 힘의 역선力線[236]을 느낄 수 있었다. 필름이 다 돌아가자, 그녀는 엄지손가락을 빼고 얼굴을 드러냈다. "나도 잘 모르겠는데." 브록 본드가 효과적이긴 하지만 그렇다고 아주 끝내주는 정도는 아니라고 들어온 소년 같은 미소를 지으며 말했다. "어쩌면 내가 당신을 찍게 될 날이 올지도 몰라."

"설마 연방수사국이 벌써 찍어놓지 않은 게 있을라고요…… 가서 확인해보세요."

"맞아. 그들의 관심은 오직 얼굴의 정체를 확인하는 데 있으니까. 하지만 나는 좀더 즐거운 걸 원해." 그는 눈을 뗄 수가 없는 그녀의 두 다리를 너무 뚫어지게 보지 않으려 애쓰며 말했다. "당신 생각은 어때?"

"짧은…… 법정 드라마 같은 거겠죠."

"바로 그거야. 당신을 스타로 만들어줄 거야. 우리 둘 다 진짜 즐거운 시간을 갖게 될 거고."

"정부의 더러운 부패 관례를 또다시 듣는 것 같군요. 고맙지만 사양하겠어요."

"저런. 다른 선택의 여지가 없을 텐데. 나한테 오게 되어 있는

235 로버트 F. '보비' 케네디(Robert F. Kennedy, 1925~68). 저격으로 사망한 미국의 저명한 정치인이자 존 F. 케네디 대통령의 동생.

236 전기장 혹은 자기장으로 인해 생기는 힘의 곡선.

걸.” 그는 웃고 있었다.

그녀는 작은 턱을 앞으로 살짝 내밀었다. “그러고 싶지 않은걸요.”

“그러면 제복을 입고 커다란 권총을 찬 남자가 당신을 오게 만들 거야.”

프레네시는 그때 그에게 한방 먹이고 그 일대를 떠나 잠시 빠져 있었어야 했다. 그게 올바른 순서였을지도 몰랐다. 하지만 그 대신에 그녀는 바지를 입는 편이 더 나았을 그날에 하필이면 왜 그 작은 미니스커트를 입었는지 의아해했다.

침침한 모텔 방에서의 그녀의 침묵은 붉게 달아오르는 홍조처럼 점점 더 깊어졌다. “그저 영화일 뿐이야.” 마침내 그녀는 말했다. “조명은 괜찮았겠지?”

“그 자식은 흐린 밤에 켜는 지포 라이터 불만 한 가치도 없어.” 슬레지 포티트가 불쑥 말을 꺼냈다. 24fps의 모든 멤버들은 빛에 관한 각자의 생각을 갖고 있었는데, 그들이 서로 공유하는 게 있다면 그것은 빛에 대한 강박이었다. 사업을 위해 소집된 회의는 빛을 둘러싼 논쟁으로 바뀌기 일쑤여서 그 논쟁이 마치 24fps의 본질인 듯했다. 좀더 싸다는 이유로 자연광을 옹호하는 하위에 맞서, 프레네시는 지역의 전력회사로부터 최대한 빼낼 수 있을 만큼 전력을 가져와서 에너지를 열심히 쓰고 싶었다. 장비를 싣고 다니는 밴에는 석영 램프, PAR 전구, 색온도 계량기, 블루 필터, 각종 치수의 케이블, 램프 스탠드, 사다리 외에도, 허브 게이츠가 고안하고 그녀에게 가르쳐준 배전반 출입 장치가 있었는데, 게이츠가 “젊은 조명감독”이라고 부르기 좋아하던 자신의 딸이 요청할 때마다 개조했던 것으로, 파시스트 괴물의 원동력, 즉 센트럴 파워 자체를 되는대로 빼낼 목적으로 만들어졌다. 센트럴 파워는 일면 토네이도나 폭탄처럼 무자비하면서면도, 그녀가 그 당시 꿈에서 이미 알아채고 몸소 의식하기 시작했듯, 생명과 의지를 지니고 있었다. 가끔은 번개가 강렬하게 내리치는 밤의 전율 사이로 그녀는 그것의 얼굴을 거의 볼 뻔했다. 그때 그녀의 깨어나 있는 정신이 박차고 들어와, 새롭게 구성되고 심지어는 순수하기까지 했어야 할 세계 속으로 그녀를 깨어나고 스며들게 했다. 그러나 나중에 밝혀지다시피, 그 생명체는 그 세계에서 완전히 사라진 게 아니라, 그저 잠시, 눈에 덜 띄게 되었을 뿐이었다.

"그들도 우리가 언제 계량기로 들어와서 전기를 빼가는지 알고 있다고 생각하지 않아? 언젠가는 우리를 기다리고 있을걸." 슬레지가 예고했다.

"다 일의 일부야, 슬레지." 디엘이 말했다.

"우오, 그렇게 되는 날엔 난 너희들을 이곳에서 모두 쫓아내고 말거야." 팀 내에서 벌어지고 있는 다른 커다란 논쟁은 '실제의 삶'이 우선이냐 영화가 우선이냐 하는 것이었다. 언젠가 그들 중의 한 명은 영화를 위해 죽어야 하지 않을까? 그것에 전혀 익숙하지 않은 사람이라 할지라도? 그럴 경우 위험 수준은 어떻게 될까? 디엘은 당황한 듯 살짝 얼굴을 돌려 씩 웃었다.

"영화는 곧 희생이야." 디차 피스크가 선언했다.

"그렇다고 빌어먹을 환영들 때문에 죽지는 마." 슬레지가 대꾸했다.

"조명이 있는 한, 전기가 돌아가는 한, 우리는 문제없어!" 프레네시의 목소리는 확신에 차 있었다.

"오, 그래? 그러다 네 엉덩이에 있는 플러그를 뽑아버리면 어쩌려고."

"얼굴에 있는 깜빡이가 나가는 거지, 뭐." 하위가 킥킥 웃었다.

프레네시는 어깨를 으쓱했다. "그만큼 가벼워지면 좋겠네." 그들이 이미 숱하게 겪어왔고, 대부분의 영화계 사람들이 그 분야에서 일생 동안 봐온 것 이상의 위험들을 감안할 때 참으로 태평한 대화였다. 그녀는 자신이 선택했다고 생각하는 삶 속으로 그렇게 깊숙이 들어와서는 스스로 보안을 자신할 만큼 정말로 미신을 믿었던 걸까? 아니면 그만큼 순진했던 걸까? 그녀는 정말로 텔레비전 화면 모양의 프레임 안에 세상을 담고 전기를 훔쳐다 할로겐 광선을 비추기만 하면 바깥세상의 그 어떤 것도 자신을 해칠 수 없으리라고 믿었던 걸까?

24fps팀의 비공식 구호는 체 게바라의 구절 '죽음이 우리를 놀라게 하는 곳이면 그 어디라도'였다. 시가전처럼 꼭 거창하고 극적일 필요는 없었다. 증언을 듣기로 한 곳이면 어디든 상관없었다. 어둠 속에서라도 방송사들이 결코 다루려 하지 않는 것들을 조명할 수만 있으면 되었다. 경찰관 한명, 백인 시골 노동자 한명, 멍청한 실수 한건만 있으면 그것으로 충분했다. 그러면 팀원들이 모두 달라붙어서 파헤칠 수 있었다. 일반적인 방법으로는 그들 대부분에게 믿기지 않을 만큼 너무 힘든 일이었지만, 그럴 때조차 그들은 경찰봉, 고압 호스, CZ 최루탄 가스의 언어들을 몸으로 직접 배우기 시작했다. 그러는 동안 팀의 의료품 보관함은 서부 연안 일대의 오토바이 운전자들과 음반 제작자들이 부러워할 만큼의 각종 진통제들로 갈수록 넘쳐났다. 그들은 아직 젊고 자유로웠으며, 안전을 책임진 디엘의 경우처럼, 가끔은 짜증날 정도로 부주의했다. 그녀가 생각하기에 그들이 학습해온 성과가 나타나기 시작한 바로 그 무렵 트라세로 카운티의 칼리지 오브 더 써프에서 드디어 사건이 발생

했다. 그들은 근처 싯스 크리크의 상류를 따라 걸어가던 중이었고, 캠퍼스에서 나오는 모든 퇴로는 차단된 상태였다. 확성기로 안전 통행에 관한 마지막 안내가 나갔을 즈음에는 모든 도로, 수로, 빗물 배수관, 자전거 도로의 통행이 금지되었다. 모든 전화기는 통화가 끊겼고, 늘 그렇듯이 뉴스 매체들은 시키는 대로 전혀 해가 되지 않게 아주 멀리 떨어져 있었다. 바로 그 마지막 밤에 24fps팀은 누구든 살아남아서 발표했더라면 대박이 났을 사건을 독점 취재했다.

파도가 너무 높아 해변에 누우면 파도 사이로 태양을 볼 수 있는 트라세로 카운티 연안의 짧지만 전설적인 형태는 고만고만한 크기의 곡선을 반복하다가, 캠프 펜들턴처럼 광범위하게 바다에서부터 내륙의 사막으로까지 뻗어 있는 군사보호구역이 자리 잡고 있는 쌘디에이고와 터미널 아일랜드 사이에서 좀더 크게 휘었다. 철책선과 바다 사이에 끼어 있는 기지의 한쪽 끝에서는, 절벽 꼭대기에 위치한 칼리지 오브 더 써프 캠퍼스의 마드론[237]과 바람결 모양의 싸이프러스, 아치 길과 기둥들이 희미하게 가물거렸다. 뒤편에 있는 거무스름하고 단조로운 군사기지를 배경으로 그곳에서는 마약, 섹스, 로큰롤의 생생한 해안 교두보답게 탬버린과 하모니카가 함께 어우러진 전복적인 음악들이 밤낮으로 흘러나와, 마치 안개

237 캘리포니아에서 주로 자라는 진달랫과의 교목.

처럼 철책을 뚫고, 메마른 협곡들과 경계용 안테나, 하얀 송신용 접시와 안테나 기둥, 철강 기계 창고 너머로까지 울려퍼져, 야만족들과 싸우는 백인 남자들에 관한 영화 속의 적의에 찬 원주민들이 내는 소리처럼 초병들의 귀를 멍하면서도 불안하게 만들었다.

어떻게 해서 그렇게까지 되었는지는 양쪽 다 극우적인 오렌지 카운티와 샌디에이고 카운티에 둘러싸인 이곳의 모든 지도급 인사들에게도 하나의 수수께끼였다. 두 카운티는 마치 국경도시처럼 서로가 극단적으로 결합된 형태로 발전하여 많은 부자들을 끌어들였다. 그들은 바닥면적은 방대하지만 해발고도는 딱 좋은, 주변 지대와 똑같은 색으로 칠한 주택의 골프장과 보트 정박장 주위에 모였고, 개인 비행장으로 드나들었으며, 샌클레멘테의 카운티 경계선 바로 너머 딕 닉슨[238]의 집에 미리 전화도 하지 않고 바로 들르곤 했다. 그들 대부분은 탄탄한 남부 캘리포니아 자본이나 원유, 건설, 영화 산업 등으로 돈을 모은 자들이었다. 표면상으로 칼리지 오브 더 써프는 그들을 위해 일해줄 사람들을 길러내기 위한 사립 과학기술학교였던 터라, 법 집행, 사업 경영, 그리고 신설 분야인 컴퓨터 공학의 교과과정을 제공했고, 유순할 것 같은 학생들만 받았으며, 닉슨 스스로도 약간 촌스럽다고 인정한 두발과 복장 규정을 요구했다. 그 정도로 이곳은 반대의 목소리가 공식적으로 나오리라고 전혀 예상되지 않는 곳이었다. 하지만 갑자기 아무런 조짐도 없이 반대의 목소리가 나오기 시작하더니 무서운 질병처럼 그 일대의 캠퍼스 전체를 감염시켜버려서, 처음 며칠 동안은 캠퍼스 경비원들이 감당할 수 없을 정도로 너무나 많은 사건들이 발생했다.

238 미국의 37대 대통령 리처드 닉슨. 캘리포니아 출신인 닉슨은 북동부에 있는 휘티어 칼리지를 다녔으며, 소설의 배경이 되는 1969년에 부통령으로 선출되었다.

그러나 지역을 옮겨 다니는 운동 조직원들이 나타나기 시작하면서, 그들은 꿈에서 깨어나려는 사람처럼 그저 고개를 좌우로 저으며 눈을 깜빡거릴 수밖에 없었다. 학생들 중 누구도 분석 같은 것을 하지 않았다. 실제 상황에 대해 생각하는 사람도 없었지만, 아무 생각 없이 상황에 반응하는 사람 또한 없었다. 그 대신에 그들은 시대에 역행하는 전형적인 인물 숭배의 자세로, 카리스마가 있거나 매력적인 것도 아닌데도 서서히 유명인사의 반열에 오른 워드 애트먼이라는 이름의 어떤 수학 교수의 주위를 둘러싸느라 바빴다.

날씨가 좋아서 모두들 듀이 웨버[239] 플라자에 나와 햇볕을 즐기고 있었다. 남학생들은 타이를 풀고 심지어 상의까지도 벗은 채였고, 여학생들은 머리핀을 뽑고 스커트를 무릎까지 걷어올렸다. 점심시간에 밖으로 나온 1000명가량의 학생들이 우유를 마시고, 흰 밀가루로 만든 볼로냐 샌드위치를 먹고, 라디오에서 나오는 마이크 커브 콩그리게이션[240]의 음악을 들으며, 스포츠, 취미 활동, 수업, 그리고 새로 생긴 닉슨 기념비의 공사 소식에 대해 이야기를 나누었다. 닉슨 기념비는 절벽 끝에 세워진 흑백 대리석으로 된 100피트 높이의 거상巨像으로, 어리둥절해하는 표정을 지은 채 바다가 아니라 내륙 쪽을 응시하며 캠퍼스 건물 위, 가장 높은 곳의 짙고 옅은 나무 꼭대기들 위에 우뚝 솟아 있었다. 동상을 마법에 빠트리고도 남을 만큼 평온한 정오의 풍경 한가운데에서 갑자기 향이 짙은 마리화나 연기가 피어올랐다. 그 향기를 나중에 멀리서도 즉시 알

239 1960년대의 전설적인 써퍼이자 세계에서 가장 큰 써프보드 제작사 사장이었던 데이비드 얼 '듀이' 웨버를 말한다.

240 미국의 씽어송라이터이자 사업가, 정치인이었던 마이크 커브가 결성한 밴드.

아차렸다는 사실로 인해 당시의 사건들을 연구하는 역사가들은 이 학교의 학생들이 마약으로부터 깨끗한지에 대해 의심을 품었다. 학생들 대부분은 마리화나를 태우는 냄새가 나는 곳에 있을 경우에 적용되는 캘리포니아의 경범죄 법령을 이미 위반한 상태였다. 아무도 모르는 바이지만, 그날의 치명적인 마리화나는 얼마 전 절벽 쪽 길을 타고 건전한 대학생들 사이로 잠입한 달갑지 않은 써퍼 무리들 중 누군가가 가지고 온 '은닉물'에서 나온 것일 수도 있었다. 그렇게 은닉해온 마리화나들은 그때까지만 해도 주로 대마의 줄기와 씨앗으로 이루어졌는데, 희한하게도 뇌 구조가 남들과 달라서인지 써퍼들은 그것을 피우고 흠뻑 취했다면, 정작 그들이 '맛들이게' 하려고 했던 사람들은 오직 두통, 상기도上氣道 통증, 무기력증, 우울증 정도만을 보였다. 그들은 아직까지는 나이 어린 대학생들이었던 터라, 남에게 무례해 보이고 싶지 않은 마음에 그것이 기분이 좋아서 나타나는 증세인 척했다. 그러나 그날은 다른 정신 상태의 사람들도 멀리서 광장으로 불어오는 미세한 바람에 실린 마리화나 냄새만으로도 즉시 동하는 것 같았다. 손으로 만 담배들이 마치 빵과 물고기이기라도 한 것처럼 순식간에 퍼져나가기 시작하더니, 모락모락 피어나는 담배 연기가 눈에 보이기 시작했다. 그것은 모두 마약단속반 보고서에서 '매우 효력 높음'으로 분류되는 베트남산 새싹이 담긴 같은 자루에서 나온 것으로, 나중에 나온 주장처럼, 군 복무 중인 어느 누군가의 형이 가지고 들어온 것일지도 몰랐다. 확실한 건 써퍼들에게서 나온 건 아니라는 사실이었다.

나중에 당시의 사건들이 재구성된 것에 따르면, 어떤 젊은 여자가 갑자기 무릎을 꿇고서 사탄의 물건으로부터 그들을 모두 구원해달라며 예수의 이름을 부르짖자, 머리가 헝클어진 베이지색 양복 차림의 어떤 젊은 남자가 두 눈은 카운티 지도처럼 하고서 아마 태어나서 처음 지어봤을, 스스로도 제어할 수 없는 정신 나간 미소를 띤 채, 딴 데 넋이 나가 있는 그 젊은 여자에게 다가가 불붙은 마리화나 담배를 자선 치료의 정신에서 그녀의 입안으로 넣으려 했고, 그녀의 남자 친구는 그것을 냉담하게 쳐다보았다. 다른 사람들은 끼리끼리 앉아 있거나, 혹은 마리화나에 취해 비명을 지르며 사방으로 뛰어다니기 시작했는가 하면, 다른 많은 사람들은 경찰에 전화를 걸려고 자리를 떴다. 얼마 후 라구나에서 에스꼰디도에 이르는 지역의 경찰 부대들이 출동하여, 부대끼리 협조가 잘 안될 때에는 그것을 만회하기 위해서라도 대학생 또래 젊은이들의 몸에 아주 잠깐이라도 손대보려고 기를 썼다. 이어서 긴 군중의 물결이 뒤섞이면서 폭력이 써펴의 담배에 들어 있는 마리화나 씨앗처럼 다발적으로 터지자, 이제 막 읽고 있던 군론群論에 관한 논문의 보다 깊숙한 함의에 몰두해 있던 위드 애트먼은 공상에 잠긴 채 아무것도 모르고서 한가운데로 들어섰다. "무슨 일이지?" 그가 물었다.

"그쪽이 말해줘봐요. 키가 크시잖아요."

"그래, 고도가 높긴 하지. 저쪽에 무슨 일이라도 났나?"

위드는, 만약 '근처'라는 것을 그의 6피트 3.5인치 신장과 똑같거나 혹은 좀더 큰 바로 옆 사람까지의 일련의 점들로 둘러싸인 공간으로 정의할 수 있다면, 자기가 이 '근처'에서 가장 키 큰 사람이라고 생각했다. 그런데 그 거리라는 것은 신장에 따라 직선상으로 변하는 것이므로…… 그의 생각은 바로 가까이에서 싸우는 소리에 끊기고 말았다. 세명의 경찰들이 무기를 가지지 않은 한 학생에게 달려들더니 폭동 진압용 막대기로 내려치고 있었다. 아무도 그들을 막지 않았다. 내려치는 소리는 맑고 소름이 끼쳤다. "도대체 무슨 일이지?" 위드 애트먼은 말했다. 공포의 전율이 엉덩이 끝까지 느껴졌다. 경찰의 실체가 그의 눈앞에서 드러나는 계몽의 순간이었다. "사람들 머리를 부수고 있잖아?"

"다른 쪽은 어때요?"

"헬멧과 작업복을 착용한 경찰들의 행렬이 무기 같은 것을 들고 있어……" 졸지에 위드는 관측병이 되었다.

"다들, 해산해요!"

"누가 우리를 여기서 좀 벗어나게 해줘요!"

"이 덩치 큰 남자를 따라가요!"

"난 키만 커. 그게 다야." 위드는 바로잡아주고 싶었지만, 그가 이미 지목되는 바람에 너무나도 많은 사람들이 정확히 그가 가는 방향으로 움직였다. 그는 아직도 법 집행 장면에서 드러난 진실의 충격으로 어지러웠다. 그는 요세미티에서 작년 어느날 해 뜰 무렵에 암벽을 올랐던 이후 처음으로 아무 생각이 없는 순수한 행동 자체가 되어, 사람들을 뒷길로 데리고 나와 그레그 놀[241] 랩과 올림픽 강당을 거쳐 안전한 곳으로 인도했다. 그들 대부분은 계속해서 걸어갔지만, 몇몇은 위드와 함께 남았다가 결국에는 동남아시아학과의 대학원생 렉스 스너블의 라스 날가스 비치 아파트로 향했다. 스너블은 베트남전쟁에 대한 정부 측 주장을 주입당하고 있으면서도, 전쟁의 진실을 알고 나자 최선의 노력에도 불구하고 그것을 말하지도, 그렇다고 회피하지도 못하는 처지가 되고 말았다. 그것은 그 스스로도 인정하는 보복에 대한 두려움이었다. 그의 공부가 점차 진지해져가면 진지해져갈수록, 그는 베트남 볼셰비끼 레닌주의 그

241 듀이 웨버와 함께 이름을 날린 미국의 전설적인 써퍼.

룹의 운명에 점점 더 사로잡혔다. 그 그룹은 1953년까지 약 500명의 뜨로쯔끼주의 핵심 당원들을 프랑스에서 훈련시켜 베트남으로 보냈던 제4인터내셔널의 분파였는데, 호찌민의 좌파 진영에 합류한 이후로 그들 중 누구도 소식이 들려오지 않았다. 그 그룹에서 살아남은 자들은 몇 안되는 빠리의 망명자들뿐이었다. 렉스는 편집증 환자처럼 비밀스럽게 그들과 서신 왕래를 하기 시작하면서, BLGVN[242]이 오로지 진정한 베트남 혁명만을 위해 싸웠으나 결국은 제4인터내셔널을 포함한 모든 당들에 의해 배신당한 것으로 믿게 되었다. 그 그룹이 주장하는 게 무엇인지는 그의 머릿속에서 그렇게 분명하지 않았다. 이름을 잘 알지 못하는 그룹의 남자들과 여자들은 그에게는 대의를 잃어버린 공상 속의 사라진 부족과 같은 존재가 되어서, 세속의 형태로는 쉽게 발견되지 않지만 예수가 자신을 '발견'한 자들에게 그랬듯이, 마치 예언자의 목소리처럼, 다른 어딘가에서 온 구조대처럼, 실제 역사 속으로 잠시 들어와 역사를 바꾸고, 그런 다음 역사에 기록되어, 계획이 되고, 세속에서의 원인과 결과의 연속적인 사건들을 이끌어낼지도 모를 구체적인 희망들을 고양시켜줄 것만 같았다. 만약 그러한 추상적인 바람이 이 유한한 세상에 잠시라도 머물 수 있다면, 그렇다면 렉스가 가장 중요하다고 믿어온 대로 다시……

그래서 그는 위드 애트먼에게 조언하고 그를 가르치는 상상을 했다. 그것은 낮게 드리워진 동양풍 램프의 불빛 속에서 미국의 현실을 함께 탐구했으면 하는 대화였다. 그러나 알고 보니 위드는 매우 실망스럽게도 거의 아무 말이 없었다. 그날밤 새로 구성된 올

242 베트남 볼셰비끼 레닌주의 그룹(Bolshevik Leninist Group of Vietnam)의 약자.

댐드 히트 오프 캠퍼스, 즉 ADHOC[243]의 운영위원회에서 위드는 그냥 서성거리기만 했다. "'말을 하고서 아무 행동을 하지 않는 것도 커다란 능력이다.'" 렉스는 딸레랑[244]을 인용했다. "'하지만 그것을 남용해서는 안된다.'" 위드는 울타리를 넘어 메가와트로 울려퍼지는 악명 높은 XERB[245]의 로큰롤 음악 장단에 넋이 나가 멍하니 웃고 있었다. 여학생들은 마치 마술에 걸린 것처럼 사방에서 짙은 속눈썹과 허벅지를 온통 드러내고 있었고, 남학생들은 요정의 시끄러운 장난에 놀아난 것일 수도 있을 그 시대정신이란 것에 사로잡혀, 수염이 자랄 때까지 기다리기에는 너무 조급한 나머지 실제로 머리카락을 잘라 그것을 접착제로 얼굴에 붙였다. 버클리나 컬럼비아[246]의 기준에서 보자면 그렇게 대단한 것은 아닐지 몰라도, 순수한 축제의 열기가 한밤중까지 이어졌고, 그사이에 렉스는 위드를 신설되는 간부회의 같은 것에 배치시켰다.

폭동 관련법을 모두 동원해서라도 이 모임을 군사기지에 있는 보이지 않는 병력으로 몇시간 내에 진압했어야 했다. 놀랍게도 몇 주가 계속 지나가는 동안 모임은 번창하여, 암울해져가는 시대 속에서도 의기양양해하던 작은 초승달 모양의 그 지역은 절망이나 심지어 반항에서가 아니라 이미 지나가버린 것들에 대한 단순한 안도감에서 들떠 있었다. 하지만 어떻게 하면 멈춰질 수 있을지는 전혀 알 수 없었다. 어쩌면 교과서적인 취약함이 구해줄 터였다. 테

243 All Damned Heat Off Campus의 약자. 'ad hoc'은 '즉석에서'라는 뜻의 라틴어.

244 샤를모리스 드 딸레랑뻬리고르(Charles-Maurice de Talleyrand-Périgord, 1754~1838). 프랑스혁명 당시 대영 교섭을 맡았던 프랑스 정치가.

245 1960년대에 미국 전역에 걸쳐 큰 인기를 끌었던 남부 캘리포니아의 라디오 음악 채널.

246 1960년대 미국 학생운동의 중심지였던 UC 버클리와 뉴욕의 컬럼비아 대학.

이블 위의 빵 부스러기처럼 바닷속으로 쉽게 쓸어버릴 수 있는 것을 왜 걱정하겠는가? 동시에, 그곳은 쌘클레멘테와 그밖의 다른 민감한 장소들에 불안할 정도로 가깝기도 했다.

그사이 불길하게도, 그들이 미처 배우지 못한 교육이 진행되어서, 그들 중 상당수는 자신들의 무지가 얼마나 심각하고 허탈한지 여실히 깨달았다. 정보에 대한 갑작스러운 열풍이 캠퍼스를 휩쓸자, 곧바로 어느 누군가 혹은 어떤 것에 대한 조사가 하루 24시간 내내 이루어졌다. 칼리지 오프 더 써프는 학문의 전당은커녕, 처음부터 토지 개발자들끼리 치밀하게 담합하고서는 마치 인민을 위한 선물인 것처럼 위장했을 뿐이라는 게 만천하에 드러났다. 5년을 감가상각하고 세운 계획은 그곳에 절벽 휴양지 시설을 들이는 것이었다. 그래서 인민의 이름으로 청년들이 그곳을 되찾기로 결정했는데, 주정부가 법원을 포함한 모든 단계마다 책략을 꾸며놓아서 공정한 처사를 결코 끌어낼 수 없다는 것을 알아차리고는, 캘리포니아 주에서 탈퇴하여 자기들만의 국가를 세우기로 하였고, 떠들썩한 철야집회 끝에 결코 죽지 않으리라고 믿어 의심치 않는 단 하나의 불변의 것을 따라 그 이름을 더 피플스 리퍼블릭 오브 록 앤드 롤[247]로 짓기로 결정했다.

공식 선언이 있고 난 다음날 24fps 수송대가 우르르 들어왔다. 까페, 맥줏집, 피자가게 들은 은밀한 이야기들로 웅성거렸다. 도발적인 헤어스타일의 젊은 청년들은 거리를 뛰어다니며 포스터를 붙이고 담벼락에 'PR³'[248] '꾸바 웨스트' '우리가 그들의 엉덩이 바로 밑에 있는데도 그들은 전혀 알지 못한다!'라고 스프레이로 칠했다.

247 The People's Republic of Rock and Roll. 로큰롤 인민공화국.
248 The People's Republic of Rock and Roll의 약자.

낮이건 밤이건 헬리콥터 취재에서 벗어날 수 있는 시간은 전혀 없었지만, 그때만 해도 상공 감시가 아직 초기 단계여서 타일러 미니 마운트에 얹은 16밀리미터 아리 'M'[249] 카메라만으로도, 프레네시가 알기에는, 최첨단이었다. 나중에 알게 된 사실이지만, 지상에는 그녀와 16밀리미터 카메라 스쿠픽뿐이었다. 딱히 그것은 그녀가 브록을 위해 일한다고 혹시라도 말했기 때문은 아니었다. 그녀가 찍은 필름의 복사본을 받아들고도 그는 연구실 비용에나 관심을 둘 뿐이었다. 그녀는 자기가 반사면이 있는 곳이면 어디서든 자유롭게 볼 수 있게 모든 사람을 위해 영화를 만들고 있으며…… 그렇다고 그것이 비밀스러운 필름인 것도 아니고, 다른 사람들과 마찬가지로 브록에게도 권리가 있으므로…… 하는 식으로 혼자 생각했다. 하지만 그러고 나서 얼마 후 그는 편집 과정에서 삭제한 부분을 보았을 뿐 아니라, 또한 무엇부터 찍기 시작해야 하는지 제안하기까지 했다. 그녀가 그렇게 깊숙이 빠져들면 빠져들수록, 브록은 그녀의 삶 속으로 더욱더 깊이 파고들어갔다.

한편, 24fps의 대부분 팀원들은 그 당시에 부르던 말로, 그녀가 위드 애트먼과 '한패'가 되었다고 생각했다. 프레리 역시 프레네시가 전체 정책 회의가 예정된 야간 파티에서 그를 촬영하는 방식을 보자마자 그런 의심을 품었다. 레드 제플린의 음악이 확성기에서 터져나왔고, 술병과 마리화나가 차례로 돌았으며, 눈에 잘 띄지는 않았지만 한두 커플은 빈 공간을 찾아 섹스를 하기 시작했다. 강단 위에서는 여러명의 사람들이 청중의 지속적인 호응 속에 정치 구호들을 동시에 외치고 있었다. 그 가운데 몇몇은 닉슨 정권에

249 타일러 미니 마운트는 충격 흡수용 장치가 되어 있는 카메라 받침대. '아리'(Arri)는 '아리플렉스'(Arriflex)의 약자.

전쟁을 선포하기를 원했고, 다른 몇몇은 여타 지방자치단체처럼 연방 세입교부 원칙에 근거해 문제에 접근하고자 했다. 낡고 거친 색상과 고르지 못한 음향에도 불구하고 프레리는 해방의 기운이, 즉 모든 게 가능하고 아무것도 그들의 환희에 찬 확신을 막지 못하리라는 믿음이 그날밤 그곳에 펴져 있는 것을 느낄 수 있었다. 여태껏 그와 같은 것을 전혀 본 적이 없었다. 얼마 후 군중 전체를 찍은 숏에서 이리저리 움직이던 카메라는 누군가가 걸어나오자 그에게 초점이 맞추어졌고, 마침내 키 큰 사람의 모습이 시야에 들어왔다. "위드!" 마치 다른 나라의 스포츠 관중들처럼 사람들이 소리쳤다. 메아리가 가라앉기가 무섭게 그들은 바로 이어서 "위드!"를 연발했다. 그 무렵 위드는 당시의 부모들이 그들의 아들들은 말할 것도 없고 딸들도 유혹할까봐 걱정하던 바로 그러한 부류의 대학교수 같았다. 그에 관한 코인텔프로[250] 파일에 기록된 의견들 중에 '색다른 매력 있음'이 있을 정도였다. 그 파일의 서류철은 이미 너무 많아서, 나중에 연방수사국이 그것을 옮기려고 했을 때 '몹시 무거움'이라는 표시를 뒤에 달아야만 했다. 그의 머리카락은 어깨에 닿았고, 그날밤 입고 있던 의상은 조가비로 만든 목걸이에 흰색 네루 셔츠, 네가지 색 이미지의 대피 덕[251]으로 뒤덮인 나팔바지였다. 프레네시의 흔들거리는 눈은 그에게서 떠날 줄을 몰랐고, 바로 음악이 시작되자 렌즈를 당겼다 밀었다 하면서 기회가 있을 때마다 위드의 사타구니에 머물렀다.

"솜씨가 좋네." 디엘이 말했다.

---

250 COINTELPRO. Counter Intelligence Program의 약자. 미국 연방수사국이 미국 내 저항 정치조직을 조사하여 파괴하려는 목적으로 만든 프로그램.

251 루니 툰 만화에 나오는 수컷 오리.

“미묘해.” 디차가 거들었다. “난 대만족이야.”

위드는 대부분의 사람들은 평생 들어보지도 못하고 살 정도로 너무 추상적인 것들에 꽤 많은 시간을 쏟는 사람치고는 개인적인 삶이 매우 난잡한 편이었다. 엄밀히 말하면 아내인 징크스와 별거한 상태에서 모와 페니의 양육권을 나눠 갖고 있었던 그는 몇명인지 정확하지 않은 옛 여자 친구들과 그들의 친척 및 아이들이 늘 주변에 맴돌아서 시도 때도 없이 개인적으로, 혹은 영장 송달관이 건네는 배달증명우편을 통해, 혹은 그게 아니면 위드의 악명 높은 주말 가족모임 자리에 떼거리로 나타나기 일쑤였다. 특히 주말이면 우연찮게 가장 최근에 여자 친구가 된 여자를 당연히 제외하고, 모두들 보살핌과 따뜻함을 강조하는 복고적인 가족 분위기에 빠져들었고, 홀로 내버려진 그 여자 친구는 얼마 후 그 광경에 대개는 멍해지기 마련이었다. 아이들은 사방을 쿵쾅거리고 뛰어다니며 끊임없이 먹어댔고, 어른들은 술을 마시고, 마약을 하고, 껴안고, 울고, 속을 뚫어보며, 밤부터 아침식사 시간까지 마라톤을 하다시피 했지만, 아무것도 해결되지 않았고, 거짓 화해만 그득했다. 당연히 위드는 이 모든 게 매우 즐거웠다. 화려한 여흥을 준비하고 감독한 당사자로서, 그는 가끔은 도발적인 의상을 입고서 적극적으로 몸매를 과시하는 두서너명의 호감 가게 생긴 여자들이 그의 시선을 끌려고 경쟁하는 모습을 흐뭇하게 내려다보았다. 신기하게도 다양한 여자들이 기회가 있을 때마다 이 모임을 계속 찾았고, 아이들도 그것을 좋아했다. 만약 그것이 어른에게 허용되는 행동양식이라면, 그들 자신의 전망도 그렇게 나쁘지는 않을 터였다.

사실 프레네시는 그렇게 밤새 진행된 사랑의 축제 동안 씽크대에 가득 쌓인 접시들을 보고 있다가, 곧바로 새벽 비행기를 타고 오클라호마 시로 날아갔다. 지금쯤이면 공항 근처의 싸우스머리디언 외곽에 있는 어느 모텔의 물침대 방에서 브록 본드와 정기적인 밀회를 나누고 있을 시간이었다. 그녀는 징크스와 함께 차를 히치하이크하여 L. A. 국제공항으로 향했다. 그녀에게는 쌘프란시스코베이 에어리어로 가야 한다고 둘러댔다. "당신들이 패거리를 지어 나를 괴롭히지 않아서 고마웠어요."

"우리 모두 똑같은 처지에 있어봤으니까요." 징크스의 웃음에 아직 긴장이 배어 있었다.

"제가 보기에는 그 남자가…… 그렇게 멋있는 남편감 같지는 않은데요?"

"저런. 하지만 그는 자기가 그렇다고 생각해요. 결혼을 하면 현실에 정착하게 될 거고, 그러면 다른 데로 방황하지 않을 거라고 생각하죠."

"그가 하는 수학놀이가 이해는 되세요?" 잠시 후 두 사람은 슬쩍 웃었다. "그가 한때 시도한 적이 있는데, 얼마 지나자 내가 있는 줄도 모르고 방정식 같은 걸 계속 써대기만 했어요."

"'앞에 나온 것으로 보건대, 직감으로 명확하게 알 수 있는 게……'" 징크스가 그의 목소리를 흉내 내며 말했다. "그것으로 끝이라는 걸 바로 알았죠. 하지만 이미 알아챘겠지만, 그의 말을 막기라도 하면, 그땐 그를 도저히 말릴 수가 없죠. 결국엔, 알잖아요, 옆에 그냥 잠자코 있게 되죠."

"징크스, 이게 다 정치여서 그렇기도 해요. 제 말 아시죠?"

"설마 사랑에 빠진 건 아니겠죠, 그렇죠?"

"언니, 근처에도 안 갔네요."

아이들이 뒤에서 킥킥거리며 웃었다. "그렇게 재밌어?"

계속 킥킥거렸다. "우리는 기다리는 중이야." 모가 말했다.

"뭘 말이야?"

"두 사람 중 누군가가 '멍청한 자식' 하고 말하기를." 페니가 말했다.

오클라호마로 날아가는 건 마치 셔틀을 타고 또다른 행성으로 가는 것 같았다. 점심시간 동안 섹스를 한 뒤에, 그들은 다 먹고 난 룸서비스 식사의 플라스틱 그릇들 사이에 누워 텔레비전을 보고 있었다. 레이크 오버홀저의 댐 옆에서 열리는 모터보트경주가 연기되었다는 뉴스가 이제 막 발표되던 참이었다. 일기도를 설명하는 목소리들이 외곽에서 움직이며 도시를 에워싸고 있는 수많은 폭풍의 핵들에 관한 최신 정보들을 긴급뉴스로 계속 전하고 있었다. 화면에 디지털 전前 단계의 유령 같은 레이더 이미지들이 나타나더니, 어미가 아이를 낳듯 진원지로 보이는 회색빛 폭풍들의 오른편에서 갈고리 모양의 작은 메아리 같은 것들이 태어나고 자라서 떨어졌다가, 혼자 힘으로 미끄러져 나와 살인적인 토네이도가 되었다. 기상 해설자들은 직업 특유의 익살 떠는 전통을 고수하려고 애를 썼지만, 일련의 행동들에서 체념의 기색을 감출 수는 없었던 게, 마치 황홀을 불러일으킬 어떤 힘의 도래를 알리는 최초의 확실한 정보를 미리 접하기라도 한 것 같았다. 원격 카메라로 찍은 바깥 하늘은 어떤 짐승의 아래쪽을 빼닮아서, 셀 수 없이 많은 짙은 회색의 젖통 모양의 것들이 스콜 전선 앞에서 기어가는 모습이었고, 그 뒤로는 저 멀리서 무언가가 포효하며 번개 치고 쓸어버리고 파괴하는 거대한 독침들을 흔들어대고 있었다…… 그녀는 감전된 듯 찌릿한 흥분을 느꼈다. 그럴 때 그녀가 필요로 하는 건 그의 성기보다 그가 안아주는 거였다. 하지만 그럴 가능성은 거의 없었다. 그는 그저 광고를 보듯이, 마치 도시에 맞서는 그 짐승 같은 것이 너무도 낯익은 개봉을 앞둔 영화라도 되는 것처럼, 그것을 바라보고 있었다.

그가 원하는 건 일 얘기인 것 같았다. 그는 이미 요원들을 선발해 보내놓은 상태에서, 국무부의 뒷선으로부터 조달받은 기금으로 PR[3]를 흔들어 와해시키기 위한 계획을 막 재가하려던 참이었다. “그건 실험용 기구야.” 브록이 목소리를 높였다. “맑스주의 극소極小국가에다, 대중 봉기의 산물이라고. 거기에 그런 게 있는 걸 원치 않는데, 그렇다고 쳐들어가고 싶지는 않단 말이지. 그러면 어떻게 진행한다?” 그의 생각은 충분히 많은 돈을 풀어서 그들끼리 서로 싸우게 하는 거였다. 그의 주장대로라면, 그것은 국가 전체를 무너뜨리는 데 얼마나 많은 비용이 드는지 알아보는 축소모형으로서도 가치가 있어 보였다.

그녀는 머리가 온통 헝클어진 채, 팔다리를 아무렇게나 벌리고 누워 있었다. 립스틱은 문대져 있었고, 유두는 발기가 된 채 적외선 감도가 높은 조명 때문에 내내 빨갛게 달아올라 있었다. 바깥의 천둥소리에 온몸의 살갗이 부르르 떨리고 아파왔다. 그녀는 그를 너무나도 껴안고 싶었다. 지금은 경기를 하다가 잠시 중간 휴식에 들어간 상태였다. 그사이, 그녀가 원한다면, 이것 때문에 무엇을 잃어버리게 될지 거의 끝까지 생각해볼 수 있을 것 같았다. 오케이, 그는 다리를 쭉 뻗고 덩그러니 누워 있었다. 그런데 무엇 때문에 이러는 거지? 섹스? 그게 아니면 무엇 때문에?

텔레비전 화면의 기상 해설자들은 이상하게도 계속 아무 말이 없었다. 처음에 프레네시는 음향이 나갔는지 의심했다. 그때 그들 가운데 한명이 신경질적으로 웃자 다른 사람들도 따라 웃었다. 갑자기 아무 예고 없이, 빛을 발하는 커다란 십자가 앞에서 핸드 마이크를 든 어떤 목사가 멋지게 손질한 긴 구레나룻에 벽돌색 합성섬유로 만든 레저 슈트를 입고서 다시 화면에 등장한 것이었다. "우리는 다시 예수님의 손에 들어간 것 같습니다." 목사가 큰 소리로 말했다. "훗날 백악관에 있는 의인과 함께 예수부, 암 그렇고말고요, 예수장관이 있게 될 겁니다. 그러면 소나무 숲에서 온 이 무지한 사람 대신에 그분께서 당신들 모두에게 전국 중계방송으로 말하실 겁니다. 나는 전문가는 아니지만, 모든 걸 빨아들이는 소용돌이가 다가와 '형제여 신의 축복을' 하고 말하게 될지 아무도 모릅니다. 아, 하지만 나는 과학자들이 어떻게 토네이도를 측정하는지 분명히 알고 있습니다. 그것은 그들이 후지따 스케일[252]이라고 부르는 것에 근거합니다. 그러나 여러분, 아마도 오늘 그 명칭은 후-지저스여야 마땅할 것입니다……"

"꺼도 상관없겠죠." 프레네시가 손을 뻗어서 텔레비전을 껐다.

"너의 수학자 양반은 저런 것에는 관심이 없겠지?"

프레네시가 머리카락을 귀 뒤로 넘기자, 양쪽 안구 끄트머리의 삼각형 흰자위가 모습을 드러냈다.

"아니면 있을지도 모르겠네. 어쩌면 주님을 섬기는 종의 하나로서, 카이사르에 저항하는 성스러운 사명을 갖고 있을 수도 있겠지?"

"그거라면 당신이 가져다준 서류 중에서 이미 확인했어요."

"나도 읽어봤어." 그가 소년 같은 모습으로 숨을 헐떡이며 말했다. "그를 찍은 필름도 모두 다 봤는데, 그의 영혼에 대해서는 아무것도 보지 못했어. 언젠가는 꼭 알고 싶어. 난 그의 영혼을 원해.

252 토네이도의 강도를 매기는 척도.

응? 너에게 그의 몸을 맡기길 잘했어."

"오, 글쎄요, 브록. 그는 어쩌면 당신 타입일지도 몰라요."

그는 안경을 벗더니, 그녀가 경계하게 된 표정으로 미소를 지었다. "실제로 그래. 이렇게 알아냈다니 유감인데. 지난번에 내가 목욕하지 말라고 말했을 때 기억해? 응? 난 네가 그날밤 그자를 만날 줄을, 그래서 그가 무릎을 꿇고 너에게 달려들 줄을 알았거든. 그러지 않았나? 네 보지를 빨아줬잖아, 응? 나야 당연히 알지. 그가 나에게 말했거든. 네가 그의 얼굴에 빠져 있을 때 그는 내내 내 걸 맛보고 있었거든."

브록의 동성애 혐오적인 유머인가? 그녀는 어떻게 해서 일어난 일인지 기억해내려고 애를 썼지만, 기억이 나지 않았다. 그리고 그가 위드의 영혼을 '원한다'는 건 무슨 뜻이람?

"너는 위드와 내가 서로 소통하기 위해 이용하는 매개물일 뿐이야. 이 보기 좋게 배열된 구멍들, 작고 은밀한 곳에 향기로운 메시지를 숨긴 채 앞뒤로 날쌔게 움직이는 이 작은 여자의 구멍들 모두."

그때 그녀는 너무 어려서 그가 자기에게 주고 있다고 생각하는 게 무엇인지, 세상에 감추어진 힘에 관한 비밀이란 게 무엇인지 이해할 수가 없었다. 그건 그의 생각이었다. 브록 역시 어리기는 마찬가지였다. 그녀는 그것을 자기에 대한 그의 감정의 우화 정도로만 받아들였다. 정확하게 이해하지는 못했지만, 많은 60년대 아이들이 실제로 했던 것처럼, 무지를 포함해 거의 모든 걸 전달할 수 있어서 여러모로 유용했던, 아무도 대들지 못하게 눈을 동그랗게 뜨고 쳐다보는 행위로 대충 넘어가던 그런 우화 정도로만 여겼다.

누군가 놓고 간, 아칸소에서 가져온, 콩코드 품종으로 만든 판촉용 그랑 크뤼 드 뮈스꼬지 드미세끄 포도주 한병이 얼음으로 가득 채워진 휴지통에 담겨 있었다. 술은 자외선에 가까운 거의 불투명한 짙은 자줏빛을 띠었고, 농도는 메이플 시럽과 비슷해 그 안에서 수없이 많은 기포들이 천천히, 그리고 아쉽게도 눈에 안 보이게 위로 떠올랐다. 그러나 야심 찬 신사였던 브록은 호탕하게 자신의 몫을 그럭저럭 삼키고, 심지어 위드를 위해 한두차례 건배를 하기도 했다. 그녀는 그를 사진 촬영용 주광색 투광조명 같은 어린 소녀의 눈으로 바라보며 나지막이 말했다. "그래서 서로 죽이려고 드는 거군요. 안 그래요?"

"누가?"

"남자들 말예요. 서로 사랑할 수 없으니까."

그는 머리를 천천히 좌우로 흔들었다. "또 요점을 놓쳤어. 그 되지도 않는 히피적인 사고를 절대 못 넘어선다니까. 안 그래?"

"난 요점을 놓치지 않았어요." 그녀가 자신의 생각을 마저 말했다. "당신들은 서로의 몸속으로 물건들을 억지로 집어넣고서 하는 걸 더 좋아한다는 거예요."

"장난치려는 표정으로 받아들일게."

"너무 많이 넣지는 마요. 알았죠?"

"이런 '장난'을 가르친 게 애트먼이지. 그렇게 혼자 똑똑한 척할 나이는 이제 지났을 텐데."

그녀는 웃음을 지으며 잔을 들었다. "당신 말이 맞아요. 난 그저 '매개물'에 불과하다는 말. 네개의 구멍으로 들어가서 이쪽으로 나오죠. 여봐요, 그래도 콧구멍을 잊으면 안돼요. 알겠죠?"

그들은 방을 어슬렁어슬렁 걷다가 가끔씩 물침대에 누웠다 일어났다 하면서, 술에 취했다기보다는 점점 더 포도주에 젖어들었다. 브록은 위드 사태로부터 잠시도 벗어나려 하지 않았다. 검은색 단색의 직사각형처럼 보이는 고무 처리가 된 두꺼운 커튼의 테두리로 차단되고 남은 아주 소량의 햇빛이 스며들었다. 그 너머로, 바깥에서는 폭풍으로 인한 사태가 벌어지고 있었다. 그녀가 자신들은 미국의 한복판에서 편안하게 드러누워 있다고 생각할 바로 그 무렵, 그들이 도저히 상상조차 할 수 없을 소리, 이제 막 출동한 공군 제트기라고 하기에는 너무나도 우렁찬 포효 소리, 역병을 알리는 곤충들의 짓일 수밖에 없는, 지붕 위에서 덜커덕거리는 비非액체 소리가 대기 중에서 들려왔다. 그녀는 지구 상에서 하늘이 그랬던 것을, 심지어 LSD의 도움을 받는 동안에도, 전혀 본 적이 없었다. 아무 예고도 없이 모든 것들이 빛으로 어마어마하게 고동치고, 거대한 구름들의 아래쪽과 가장자리들은 푸른빛으로 감전됐다가 가끔씩 사방으로 검게 갈라지더니, 종국에는 무시무시한 빨간색으로 변했다. 방금 막 창밖으로 비친 빛줄기 사이로 깔때기 모양의 구름이 지면에 끝부분이 아직 닿지 않은 채로, 아래에서 적절한 목표물을 고르려고 심사숙고라도 하는 양, 천천히 흘러가는 게 보였다. 그녀가 커튼을 걷어젖히자, 방금 켜진 칼 모양의 옥외 파티오 조명이 침대 위에 드리워졌는데, 거기에는 브록이 팔뚝으로 두 눈을 가리고 양말을 신은 채 누워 있었다. "너도 상황 파악을 할 수 있잖아. 안 그래?" 죽음을 예고하는 바깥의 쿵쾅거리는 소리 때문에 그가 크게 외쳤다. "다른 것들에 대해서는 똑똑한 척하면서, 왜 이건 이해를 못하는 거지? 네 남자 친구가 가로막고 있다고. 우리 앞을 말이야." 순간 존경스럽고 진실되게 들릴 만큼 정적이 감돌았다.

"정말 쉽네. 그냥 나를 이 일에서 빼줘요. 그럼 그가 알아차리지도 못할 테니까."

"그의 몸뚱이를 가져다줄 사람은 쌔고 쌨어." 브록이 방이 터져나갈 듯 큰 소리로 말했다. "내가 그러기로 마음먹었다면, 넌 오래 전에 빠졌을 거야."

이 대목에서 그는 그녀의 엄마가 노래 부르듯 하던 말들을 다시 하고 있었다.

"당신 사무실에서 나한테 그 말도 안되는 것들을 하도 건네기에, 결국은 서면으로 보고하기로 동의했던 거 기억해요? 그때 더이상은 없을 거라고 분명히 얘기했잖아요."

"하지만 넌 이미 그자하고 말 그대로 침대를 같이 썼잖아. 완벽한 배치였지. 그는 모든 것의 열쇠야. 문제의 핵심 통나무[253]라고. 그를 빼내면 모든 게 무너지게 돼 있어." 그의 말대로라면, 통나무들은 하나씩 그리고 떼 지어 흩어져, 강을 따라 계속 떠다니다 제재소에 이르러서는, 톱에 잘려 목재가 되고, 더 많은 미국을 건설하는 데에 쓰일 터였다. 위드는 오직 그만이 순진하게 아무것도 모르는 신세가 되어, 숨겨놓은 계획이나 그날그날 닥친 일들을 해결하는 것 외에는 아무런 야심도 없이, 그저 행동가로서의 새로운 정체성에 흠뻑 빠져, 관념적인 사상가가 아니랄까봐 그것을 새로운 환각제를 발견한 애송이 마약 상용자의 경솔한 열정으로 덥석 껴안고, 자신의 반경 안에 들어온 모든 이들의 무조건적인 신뢰를 누렸다. 그가 사라지면 남은 사람들은 브록의 금고에 든 녹색 지폐를 차지하려고 서로 다툴 것이고, PR^3는 산산조각이 날 게 뻔했다.

"브록, 나한테 이렇게까지 막 대할 줄은 전혀 몰랐어요."

"나도 네가 애트먼과 그렇게까지 될 줄은 전혀 몰랐어." 아주 잠깐 동안이지만 그의 목소리에는 긴장이나 방어막 같은 게 전혀 느

253 the key log. 강으로 떠내려가다 어느 한곳에 몰린 통나무 더미 중에 그것만 빼내면 막힌 게 풀려 문제가 해결되는 통나무를 말한다.

껴지지 않았다. "계획은 바뀌게 마련이야. 내 생각엔……"

그녀는 브록이 자기가 무엇을 해줬으면 하는지 분명하게 이해했고, 게다가 자신이 그것을 하게 될지도 모른다는 것을 서글픈 마음으로 이해하기에 이르렀다. 한다고 하더라도 그것은 저 재수없는 놈 때문이 아니라, 그녀가 통제력을 너무 많이 상실한 상태에서 시간은 사방으로 세차게 밀려들어오고 주위는 급물살뿐인데다, 최대한 멀리 내다보니 브록이 인도하는 인생의 강줄기, 즉 섹스, 아이들, 수술과 같은 인생의 또다른 단계가 위험하고 현실적인 성년기로, 즉 인생은 군인 생활과 같고, 군인 생활의 일부는 죽음이며, 그 비밀을 아직 모르거나 더러는 결코 모른 채 그러한 생활을 위해 헌신하는 자들은 어느 시대이건 늘 아이들이었다는 비밀로 접어드는 게 보이기 때문이었다. 그녀는 침대로 다가와 그의 바로 옆에, 그러나 살갗은 닿지 않은 채로 누웠다. 폭풍이 도시를 먹잇감 다루듯 제압하더니, 매섭게 공격을 퍼부으며 마비시키려고 들었다. 그녀는 한쪽 팔을 괴고 누워서 브록을 쳐다보지 않을 수 없었다. 그러는 동안 그녀는 스스로에게 자기가 위드와 섹스를 할지 말지가 그에게는 중요한 문제인 척했다…… 브록이 '실제로는' 다른 사람들의 눈에 비치는 대로, 자기강박적인 대학의 얼간이들 중 최악이 어른 형태로 투사된 그런 사람은 아니라고, 그녀 스스로에게 그런 척해야 했던 것과 꼭 마찬가지로, '진짜' 브록, 즉 중간에 비틀거리더라도 그녀가 85필터[254]를 끼고서 태양과 하늘이라고 상상하는 빛 속으로 그를 이끌어서, 진즉 그렇게 자랐어야 하는 남자로 되돌아가기를 원하는, 사랑스러운 사춘기 소년 브록이 어딘가에서 길을 잃

254 일광(日光)을 텅스텐으로 변환시키기 위한 용도의 오렌지 필터를 가리키는 영화 용어.

고, 정신을 놓은 채, 그녀의 손길을 기다리고 있다고…… 그것은 그녀가 사랑이라는 단어를 쓸 수 있는 유일한 상황이었다. 그 단어는 이미 그 시절에 하찮게 여겨지기 시작했고, 그 마법은 사그라졌지만, 모든 로큰롤의 주제였으며, 우리가 한때 우리를 구원해줄 거라고 생각했던 순수한 원천이었다. 만약 믿을 만한 게 아직 남아 있다면, 그것은 브록마저, 사랑하고 싶을 만큼 바보같이 난폭한 파시스트 브록마저 구원할 수 있는, 저 무게가 없고, 햇빛이 비치는, 60년대의 필수품[255]의 힘에 있을 것이었다.

그녀가 미처 알아차리지 못한 사이에 그는 잠이 든 게 분명했다. 그녀는 그를, 자신의 것인 그를 한동안 지켜보았다. 그러자 그의 육체의 자태, 그의 아름다움에 대한 갈망에 저절로 몸을 부르르 떨며 굴복하고 말았다. 척추 밑에서는 두려움이, 두 손에서는 욕정의 아픔이 느껴졌다. 마침내 그녀는 너무 벅찬 나머지 도저히 참지 못하고 그에게 몸을 기울여 자신의 넘쳐흐르는 마음을 작게 속삭였다. 그때 감긴 줄로만 알았던 그의 눈꺼풀이 줄곧 열려 있는 게 어슴푸레 보였다. 그는 그녀를 지켜보고 있었던 것이다. 그녀는 깜짝 놀라 외마디 비명을 질렀다. 브록이 웃기 시작했다.

255 프레네시의 푸른 눈을 말한다.

위드 애트먼은 속세의 거주자로서는 나름의 강점을 가지고 있을지 모르지만, 타나토이드로서는 헌신도와 공동체 의식을 포함한 대부분의 영역에서 항상 낮은 등급의 평가를 받았다. 심지어 타께시 및 디엘과 몇년 동안 불규칙적으로 가졌던 여러 인터뷰들 중 첫번째 인터뷰에서부터 그의 무관심한 태도가 확실히 드러났는데, 그것은 두 사람 모두 없앨 수 없다고 결론 내린 일련의 장애였다. 『바르도 퇴돌』, 즉 『티베트 사자死者의 서書』가 확실하게 밝히고 있듯이, 이제 막 저승길에 오른 영혼은 자기가 정말로 죽었다는 것을 — 실제로는 아주 격렬하게 부인할 테지만 — 가끔은 인정하고 싶지 않은 나머지, 새로운 특권에 너무 쉽게 빠져들어 삶의 기이함과 죽음의 기이함 사이의 차이를 전혀 구별하지 못한다. 타께시의 의견에 따르면, 그러한 문제를 촉발하는 요인은 의학 프로그램, 전쟁 프로그램, 경찰 프로그램, 살인 프로그램 등을 통해 그 주제를 오랫동안 들쑤셔서 대문자 D[256] 자체를 대단치 않은 것으로 만든 텔레비전이었다. 삶이 중계되는데, 죽음이 중계된들 뭐가 어떠랴?

처음에 위드는 스스로를 정치적인 망명자로 느끼며 다녔다. 60년대 풋내기 학생인 척하는 사람들이 수시로 다가와 정보를 구하거나 초보자 수준의 잡담으로 그를 성가시게 했다. 종종 그는 흔히 있는 신용상의 복잡한 문제 때문에 취향에 맞지 않는 행사에 참석하기 위해 보통의 타나토이드들은 빌리는 게 불가능한 턱시도를 입어야만 할 때도 있었다. 머지않아 그는 할리우드와 남부 일대의 턱시도 대리점들로부터 자신이 거절당한 걸 알고는, 방향을 바꿔 저 멀리 국도와 긴 사막 간선도로를 거쳐, 종자와 사료를 파는 가게와 컨트리음악 술집과 해피 아워 시간에는 마르가리타를 한잔에 99센트씩 받고 호스로 따라주는 멕시코 음식점들을 지나, 스모그와 뚝뚝 떨어지는 빗방울과 유독성 렌즈 같은 하늘을 견디며, 바라건대 복장에 대해서 덜 까다로운 대신 사람들을 더 믿어주고, 어떤 비밀스러운 패션 코드에 따르면 사실 정장이 훨씬 덜 관습적인 것으로 밝혀지는 곳으로 향했다. 이내 그는 밝은 연두색, 청록색, 혹은 자홍색으로 앙상블을 맞춘 의상에 열대과일, 벌거벗은 여인, 농어 미끼같이 서로 어울리는 무늬들로 핸드 프린트 장식을 한 타이와 허리띠를 매고서 타나토이드 봉사기구 모임에 참석하기 시작했다. 오늘밤의 제10회 연례모임, 타나토이드 로스트 '84를 위해 위드는 옥색과 금색 하운드투스 체크가 아주 큼직큼직하게 들어간 턱시도와 연초록색 운동화로 멋을 냈다. 매년 타나토이드 회원들은, 범행 사실들이 더욱 복잡해지고 원래의 잘못들은 잊히거나 불

256 death(죽음)의 머리글자.

완전하게 기억되며, 어디에서든 눈에 띄는 사소한 문제조차 해결할 방법이 전혀 없음에도 불구하고, 그들의 업보 덕에 죄와 그것을 상쇄하는 역逆죄의 적당하게 꾸준한 리듬을 여러 세대 동안 잘 유지해온 선배들에게 경의를 표하기로 했다. 타나토이드들은 야구장에서 반복해서 틀어주는 오르간 연주처럼 부정不正이 또다른 부정으로 변조되는 그 장황하고 분노에 찬 이야기들을 딱히 '즐거워'하지는 않았지만, 그래도 선배들에 대해서는 존경을 표했다. 오늘밤의 파티에 초대된 선배들은 그들만의 에미상 수상자들이었고, 명예의 전당에 헌액된 인물들이었으며, 롤 모델들이었다.

실로 대단한 저녁이었다. 그들은 알쏭달쏭하면서도 우스꽝스러운 타나토이드식 농담을 주고받았다. 그러면서 들이는 시간에 비하면 아주 소액에 불과한 업보를 정리하기 위해 터무니없이 많은 속세의 시간을 써가며 서로를 놀려댔다. 타나토이드 부인들은 안 그래도 이미 복잡한 자신들의 결혼 경력을 웨이터, 빈 그릇 치우는 종업원, 심지어는 다른 타나토이드에게 추파를 던져서 더 복잡하게 하려고 용을 썼다. 모두들 격렬하게 마시고 담배를 피웠다. 메뉴는 흔히 먹는 값싼 음식들답게 설탕, 전분, 소금이 과하게 들어갔고, 엄청난 양의 감자튀김과 셰이크와 함께 나오는 육류는 종류가 어떤 것이고 어디에서 온 건지 분명치 않았다. 디저트는 보기에 불쾌한 창백하고 두툼한 푸딩이었다. 스파클링 와인이 틀림없이 있었지만, 원산지의 단서가 될 만한 부분들은 아마도 합법적이지만은 않을 유통 경로의 알려지지 않은 단계에서 펠트 매직펜으로 모두 까맣게 칠해져 있었다. 술이 어느정도 들어가자, 타나토이드들은 별 부끄럼 없이 마이크 있는 데로 비틀거리며 걸어가 선배들에게 무례한 축하의 말을 전하거나 재담을 떨었다.

"이름에 '경'[257]이 붙은 타나토이드를 뭐라고 부르는지 아세요? 살아 있는 시체들의 기사騎士[258]죠! 백열전구를 끼워넣는 데 몇명의 타나토이드들이 필요하게요? 한명도 필요 없어요. 너무 뜨거워서요! 핼러윈에 타나토이드들은 뭐 할까요? 과일 그릇을 머리에 얹고, 빨대 두개를 코에 끼우고서, 좀비처럼 하고 다녀요!"

1984년도 타나토이드 로스트는 북쪽 어딘가의 오랜 타나토이드 아지트인 블랙스트림 호텔에서 열리고 있었다. 호텔 건물은 초기의 목재업 부호들이 군림하던 시대에 지은 것으로, 고속도로에서 아주 멀리 떨어져 사람들의 눈에 띄지 않는 곳, 그림자가 일찍 내려앉아 또다른 존재들이 곧 출몰할 것처럼 길게 뻗은…… 그래서 보이지는 않지만 효력이 강한 기하학적 배열에 의해 두 세계가 해질 녘의 무선 신호처럼 뒤틀려 거의 하나가 될 만큼 서로 가까워져 가장 옅은 그림자만 드리워도 분간이 안된다고 믿어지는, 산비탈의 삼나무 숲 속에 자리 잡고 있었다. 호텔이 세워지고 나서 같은 세기에 불가사의한 사건들의 소문이 계속해서 쌓이자, 호텔 방, 복도, 별관은 귀신 관찰하는 곳, 귀신 쫓는 곳, 귀신이 다시 출몰하는 곳으로 유명해졌다. 널리 정통성을 인정받은 순례자들이 주위로 퍼져나가면서, 레너드 니모이의 「스팍을 찾아서」[259], 잭 팰런스의 '믿거나 말거나'[260], 그리고 이름만 들어도 알 수 있을 작업들이

257 존칭인 'Sir'를 말한다.

258 조지 로메로 감독의 1968년 영화 「살아 있는 시체들의 밤」(Night of the Living Dead)의 제목을 이용한 농담으로, '밤'을 뜻하는 '나이트'(night)와 '기사'를 뜻하는 '나이트'(knight)는 동음이의어다.

259 레너드 니모이(Leonard Nimoy, 1931~2015). '스타 트렉' 씨리즈의 스팍 역으로 유명한 미국의 배우 겸 영화감독. 「스팍을 찾아서」는 1984년에 발표된 세번째 극장판 작품.

논의되던 중이었다.

마이크를 잡고서 농담을 하던 자가 말했다. “이러다 언젠가는 타나토이드 로스트가 텔레비전에서 방영될지도 몰라요. 매년 방송되는 코미디 스페셜로 말예요. 거물급들이 출연하는 전국 프로그램이 될 거고요. 물론 우리는 그것을 살아생전엔 못 보겠지만요……” 드럼 연주자가 베이스드럼을 두번 울리고 나서 풋 심벌즈를 자글자글 소리가 나게 천천히 밟아댔다. 오늘밤의 음악은 베이스를 맡은 반 미터를 포함해 근처에서 데려온 그룹이 담당했다. 반 미터는 그 얘기를 로스트 너깃에서 들었는데, 평소 같으면 단짝 파트너인 조이드더러 와서 키보드를 연주하라고 말했을 테지만, 한주 내내 근처에서 조이드를 봤다는 사람이 하나도 없는 상황이라, 그를 걱정해야 하는 건지 아닌지도 잘 몰랐다. 조이드는 해안산맥과 1년 내내 안개가 끼는 지역 너머의, 경작 조건이 이상적이어서 북부 캘리포니아의 마리화나 경작자들에게는 최후의 은신처나 다름없는 홀리테일의 어느 계곡에서 평소에 알고 지내던 경작자들과 함께 머물고 있었다. 그곳은 적어도 도로상으로는 접근하기가 쉽지 않았다. 1964년의 대규모 산사태 때문에 양쪽 강가를 따라 이리저리 돌아가다가, 항상 다니는 것은 아닌 나룻배를 타고, 게다가 귀신이 나온다고 하는 다리를 건너야 거기에 닿을 수가 있었다. 그곳에서 만난 공동체 부락의 사람들은 시간을 빌려서 살고 있었다. 철이 바뀔 때마다 CAMP의 마리화나 작물 파괴 사업의 범위가 한없이 확대되고, 더 많은 주정부와 연방정부의 기관들이 힘을 합하고, 유리카[261]의 대배심들이 점점 더 많은 시민들을 소환하고, 우호적인 대

260 불가사의한 사건들을 소재로 한 방송 프로그램.
261 미국 캘리포니아 주 북서부에 있는 에메랄드 트라이앵글에서 가장 큰 도시.

의원들과 안전한 마을들마저 정부의 통제에 못 이겨 하나둘씩 중립적인 자세를 취하거나 입장을 철회하는 것을 지켜보면서, 모두들 홀리테일의 차례는 언제가 될지 걱정했다.

바인랜드 카운티의 보안관인 윌리스 청코는 한쪽 눈은 사팔눈에 성질이 급한 나이 든 미디어통으로, 매해 가을이면 장시간 진행되는 제리 루이스[262]의 자선모금 텔레비전 쇼처럼 계절의 시작을 알리는 확실한 선도자가 되기를 마다하지 않고 텔레비전에 출연해, 높이 쌓은 마리화나 작물 더미 바로 옆에서 포즈를 취하거나 혹은 허리춤에서 화염방사기를 쏘며 들판 위를 진격하는 모습을 저녁뉴스에 내보냈던 자로, 홀리테일을 자신의 블랙리스트에 몇년 동안 포함시켰지만 그 지역만큼은 뚫고 들어가기가 유독 힘들었다. "저 위 셔우드 포레스트에 있어." 그는 텔레비전 카메라 앞에서 투덜거리곤 했다. "숲 속에 숨어서 절대 안 보인다고." 윌리스가 어떻게 침투해 들어오든, 홀리테일 주민들은 사전경고를 해주는 데가 늘 많았다. 감시자들의 네트워크가 바인랜드까지 뻗어 있어서 그 중에 몇몇은 25센트 동전 몇묶음을 들고서 보안관 사무소 바로 바깥에 숨어 있다가 여차하면 즉시 전화를 걸었고, 다른 몇몇은 시민밴드 무선장치를 달고 모든 도로들을 순찰하며 다니거나, 혹은 산등성과 산꼭대기에서 망원경과 개조한 어선 레이더를 이용해 하늘을 탐지했다.

햇빛을 받으며 작물들이 통통해지고, 꽃이 피고, 짙은 향을 풍길 무렵, 그리고 협곡에서 불어오는 산들바람이 마을을 온종일 송진향으로 가득 채울 무렵, 생명의 소생을 허락했던 바인랜드 카운티

262 제리 루이스(Jerry Lewis, 1926~). 미국 슬랩스틱코미디의 전설 같은 배우.

의 창공은 그것을 파괴하기 위해 다가오는 힘의 모습을 서서히 드러내기 시작했다. 아무 표지가 없는 연푸른색의 작은 비행기들이 나타났던 것이다. 무제한 VFR[263] 방식으로 눈에 거의 안 보이게 며칠을 날아온 비행기들이었다. 반反마약 학생운동가, 퇴역 공군 조종사, 사복을 입은 정부 자문위원, 근무가 없는 부보안관과 주 경관으로 구성된 민간 자경 비행대대였다. 그들은 모두 CAMP와의 계약하에 일했고, 과거에는 악명 높은 전직 나치 독일 공군 장교였지만 그후에 유능한 미국 시민으로 인정받은 카를 보프의 지휘를 받고 있었다. 최근 몇주의 정찰 기간 동안 헬리콥터와 비행기 조종사들은 공항 근처에 위치한 바인랜드 이남의 아파트에 있는 석고보드 상황실에 매일 아침 모여, 예전의 훈장들을 빼곡히 달고 나타난 보프 사령관이 출격 일자를 공표하기만을 기다렸다.

한편 홀리테일에서 경작자들은 피기스 태번 앤드 레스토랑에 모여 점점 불안감이 높아져가는 분위기에서 언제 추수하는 게 나을지를 놓고 머리를 맞대고 있었다. 오래 기다릴수록 수확이 더 좋아지기는 하지만, 그럴수록 CAMP 침입자들로부터 공격당할 가능성도 커지는 게 사실이었다. 또 폭풍과 서리의 확률, 그리고 개인에 따라 나타날 수 있는 편집증의 위험도 감안해야 했다. 조만간 홀리테일은 전면적인 조치를 당하게 될 테고, 옛 에메랄드 트라이앵글[264]의 대부분 지역이 그리되었듯, 마약에서 깨끗한 무관용 미국인들이라는 잘못 상상된 미래, 공식 경제, 불쾌감을 안 주는 음악, 텔레

263 VFR(visual flight rule). 계기에 의하지 않고 조종사가 직접 눈으로 보면서 조종하는 방식. 유시계비행이라고도 한다.

264 북부 캘리포니아의 멘도시노 카운티, 험볼트 카운티, 트리니티 카운티로 이루어진 삼각형 모양의 지역. 미국 최대의 마리화나 생산지이자 세계적으로 유명한 삼나무 숲이 있다.

비전에서 끝없이 방영되는 가족 특집, 한주 내내 살다시피 하고 특별한 날에는 아마도 쿠키 만들기 같은 특별히 더 착한 행동을 위해 나가는 교회에 모두 갇혀 지내면서 있는 힘을 다 바치는 미래를 위해, 적들에 의해 평화구역으로 접수될 것이었다.

감시망이 분수령과 능선 너머로 빠르게 좁혀오자, 바인랜드 주민들의 분위기는 날카로워지고, 시내와 몰 주차장의 차량들도 분에 못 이겨 서로 시끄럽게 경적을 눌러댔으며, 보트 소유주들은 하루에도 몇차례씩 초조하게 들락거리며, 가끔은 나치 복장을 하고서 자신의 '자원' 공군을 언제든 출동 가능하게 대기시키는 모습을 비롯해, 지역신문을 모두 뒤덮다시피 한 보프 사령관의 유럽적인 마력은 말할 것도 없고, 해군의 움직임, 패트릭 포인트 인근에서 대기 중인 것으로 목격된 최소한 한대의 항공기, 그리고 24시간 비행 중인 공중조기경보 관제기들에 관한 보도들을 모으고 다녔다. 시계視界 너머에 미래의 참가자들도 설명할 수 없는 무언가가 기다리고 있었다. 한때는 걱정 없이 지내던 마약 상용자들도 한밤중에 일어나, 쿵쾅거리는 심장을 조이며, 감춰둔 마리화나를 변기에 넣고 물을 내렸다. 결혼한 지 몇년이 된 부부들은 상대방의 이름을 까먹었고, 전국의 정신병원들은 대기자 명단을 작성했다. 올해는 누가 CAMP에 은밀하게 고용될지를 놓고 주기적인 추측이 나돌기 시작했다. 이제는 그 괴물 같은 프로그램이 나쁜 날씨나 식물의 병 같은 또다른 골칫거리가 된 듯했다. 까페의 요리들은 맛이 형편없어졌고, 고속도로 경찰은 생긴 게 마음에 안 드는 자들의 차를 한 대도 놓치지 않고 세우기 시작했다. 그러자 멀리 101번 고속도로와 I-5 고속도로까지 차량들이 마구 뒤얽히고 말았다. 앵무새 밀매꾼이 레이더에 거의 안 잡히는데다 UFO처럼 '날-건드리지-마'라는 식으로 법의 단속을 단숨에 피한다는 '스텔스 장비'로 알려진, 전체를 크롬으로 도금한 켄워스와 프뤼하우프를 조합한 트럭을 타고, 토요일 오후 늦게 나타나 아직 카운티로 편입되지 않은 지역의 다리 바로 건너편 101번 도로 옆에 차를 대고는, 보안관이 소식을 접하기도 전에 싣고 온 것을 모두 팔아버렸다. 안 그래도 이미 예민해져 있던 사람들은 앵무새를 보는 순간 바로 흥분해서, 며칠을 떼낄라에 취해 쥐 죽은 듯 지내다, 유령 같은 거대한 18륜 트레일러트럭 앞에 늘어서서 아직 술이 덜 깬 채 원색의 무리들을 쳐다보았고, 그들의 그림자가 트레일러 옆면을 따라 길게 늘어졌다. 머지않아 바인랜드에서 앵무새를 한마리씩 장만하지 않은 집은 거의 없게 되었다. 그 새들은 하나같이 아무도 알 수 없는 이상한 사투리로 영어를 말하는 게, 아마도 미지의 새 조련사 한 사람이 어딘가에서 그들을 모아놓고, "자, 앵무새들아, 잘 들어!" 하고 말을 가르친 듯했다. 짧고, 가끔은 서로 관련 없는 구절 같은 흔한 레퍼토리 대신에 앵무새들은 긴 이야기들을 말할 수 있었다. 재미없는 재규어와 장난꾸러기 원숭이, 짝짓기 경쟁과 자기과시, 인류의 도래와 숲의 소멸 등에 관한 이야기들이었다. 그러다보니 앵무새들은 집집마다 꼭 있어야 하는 구성원들이 되어서, 몇년 동안 잠들기 전에 아이들에게 이야기를 들려주어, 비록 잠시 후에는 아이들이 앵무새들도 깜짝 놀랄 만한 풍경을 꿈꾸게 되더라도, 아늑하고 기분 좋게 꿈나라로 가게 해주었다. 큐컴버 라운지 뒤편에 있는 반 미터의 작은 집에서 아이들은 그들의 애완용 앵무새 루이스의 영향 탓인지 자각몽自覺夢을 통해 커다란 남쪽 숲의 동일한 지점에서 서로 만날 수 있는 방법을 생각해냈다. 혹은 반 미터에게 그렇게 얘기했다. 그들은 그에게 어떻게 해야 그럴 수 있는지 가르쳐주려고 시도

했지만, 그는 숲 근처에도 가지 못했다. 말하자면 그런 것이 있다면. 사람이 얼마나 냉소적이기에, 밤새 하늘 높이 날다 막 내려와 환한 눈빛으로, 마음을 열고, 기쁘게 그것을 그와 함께 나누려고 하는 그 빛나는 영혼들을 믿지 못할까? 아이들은 너무나 당연하게 여기는 바로 그러한 초월의 가능성을 반 미터는 일생 내내 찾아다녔지만, 막상 근처에 다가가기만 하면, 변도 안 나오고, 발기도 되지 않았으며, 오히려 걱정하면 걱정할수록, 성공할 가능성도 희박해졌다…… 그것 때문에 그는 미쳐버릴 것 같았지만, 그래도 다른 사람들에게 분풀이하는 일은 되도록 자제했다. 뭐라고 투덜거려봐야 늘 그렇듯 그날의 주변 소음에 묻힐 뿐이었다. 게다가 지금처럼 차에 실려 집 밖으로 내몰릴 만큼 소음은 숨 막히기 일쑤였다. 하지만 밖으로 나오면 빽빽하게 늘어선 키 큰 나무들 사이로, 위험한 지그재그 길, 산허리를 따라 난 1차선 길, 중간에 자주 끊기는 포장도로를 위험을 무릅쓰고 오래 운전해야 했다. 그러다가 너무 일찍 해가 저물자, 일식 혹은 그보다 더한 무언가가 일어난 게 틀림없다는 생각이 먼저 들었다. 그는 어둠속에서 거의 길을 잃을 뻔했지만 지는 해의 연보라색 빛줄기의 안내를 받으며, 마침내 하늘의 상당 부분을 덮고 있는 흐릿한 둥근 조명 장식들 사이로 어렴풋이 보이는 블랙스트림 호텔에 이르렀다. 평소에 들어본 적이 있는 곳이지만, 이렇게까지 클 줄은 전혀 몰랐다.

오늘밤 그가 가져온 거라고는 1975년 무렵, 자코 패스토리어스[265]가 프렛[266]을 뗀 재즈 베이스를 쓴다는 소리를 듣고, 그와 똑같이 하려고 직접 프렛을 떼어낸 오래된 펜더 프리시전 베이스기타가 전

265 자코 패스토리어스(Jaco Pastorius, 1951~87). 미국의 유명한 재즈 베이스 연주자.
266 기타 같은 현악기의 지판 위에 붙여놓은 가늘고 긴 금속.

부였다. 반 미터는 그보다 더한 차원의 시도들, 주어진 음계를 버리고, 우주의 모든 선율을 표현할 수 있는 음악적 규칙 이전의 순수함을 되찾는 것과 같은 시도들을 현장에서 봐왔었다. 그는 보트용 강력 접착체로 홈을 메우고 음계 전환이 용이하도록 프렛이 있던 자리에 선을 그렸다. 여러해가 지난 지금, 그때의 깨달음이 언저리부터 거의 가물가물해져서 오래전에 이미 흐릿해졌지만, 그는 프렛이 없는 것도 관중들을 위해서는 괜찮은 선택일 거라고 생각했다. 그들은 비록 대단한 반응을 보이지는 않았지만, 반 미터가 기타로 길게 우-우-우 하고 떠는 연결음을 낼 때마다 크게 활기를 띠었는데, 타나토이드들에 대해서 그렇게 많은 걸 알지는 못하지만, 그가 생각하기에 무언가와 연관이 있는 것 같았다.

그들은 어디든……
네가 가는 곳마다,
어디든
네가 괭이질하는 줄마다,
어떻든, 넌
절대 몰라. 아니라고 말해봐,
타나토이드 월드!

그들은 벨을 달아
가게는 영업 중,
그들은 세워둬
문 앞에 보초,
그들은 신나게

마루에서 섹스를, 그보다 더한 것도,
타나토이드 월드!

그들에겐 있어,
타나토이드의 시선,
그들에겐 있어,
타나토이드의 머리,
그들, 에겐, 있어, — 그건 바로
타나토이드, 그건 바로
타나토이드 (어디?)
바로 거기!

그러니까 네가
밤에 못 견디겠거든,
너는 절대
알지 못하지만 그래도
한번 발을 내밀어봐
빛 속으로, 바로 눈에서 사라질 거야,
타나토이드 월드!

노래라기보다는 일종의 광고음악에 가깝고, 오늘밤 이곳의 분위기처럼 빠른 템포의 음악이었지만, 평소 타나토이드들은 단조와 예배가 끝날 때 나오는 축축 처지는 리듬을 선호하는 편이었다. 그래서 로큰롤에 가까운 동작들은 되도록 삼가게 하고, 그 대신에 블루스 곡조는 허용했다. 밴드는 트위스트 시대의 혼성팀으로 두

대의 쌕소폰, 두대의 기타, 피아노, 리듬 파트로 이루어졌다. 아무도 안 찾는 곰팡내 나는 어딘가에서 가져왔는지 호텔 종업원이 옛날 캄보 오케스트라가 편곡한 스탠더드 팝 음악 더미를 들고 왔다. 타나토이드들이 좋아하는 '후즈 쏘리 나우?' '아이 가타 라이트 투 씽 더 블루스' '돈 겟 어라운드 머치 애니모어' 그리고 영원한 신청곡 '애즈 타임 고스 바이' 같은 노래들이었다. 반 미터는 속도를 늦춰야 했다. 그것은 눈의 총기와 입술의 젖은 정도, 그리고 남자 화장실에 자주 들락거리는 것으로 보아 성격이 급하고 가끔씩 귓전을 때리는 자기과시적인 쏠로 연주를 터뜨리기 좋아하며 "좋습니까!" "파티 타임!" 하고 외쳐대는 드럼 연주자도 마찬가지였다. 저녁시간이 깊어지자, 그의 열기에도 불구하고 박자는 점점 더 느려졌다. 그러다 결국엔 밤새 이어지는 랄렌딴도[267]로 바뀔 것이었다. 반 미터는 심야의 파티 음악을 연주했다. 그러자 수많은 남녀 오토바이족들이 방으로 들어와 바르비투르 신경안정제를 먹고 꾸벅꾸벅 졸았다. 이 정도면 기본적으로는 지금 나오는 음악과 비교했을 때 생기와 환희로 가득 찬 저녁 파티였다. 얼마 후 서른두 마디를 다 마치자 모든 연주가 끝났다. 가장 기본적인 것으로 시작된 춤은 연주의 종료와 함께 서서히 멈춰갔고, 대화는 실수로 들어온 몇 안 되는 외부인들에게는 점점 더 의미없는 것이 되어갔다. 그들은 유료고속도로를 피해 다니는 관광객들로 오늘밤은 고속도로에서 얼마나 멀리 떨어진 곳에 와 있는지 명확하지가 않았다. "치키타, 저 사람들 다 왜 저러는 거지?"

"어쩌면 저렇게 느리게 움직일 수 있죠, 닥터 엘라스모!"

267 '점점 느리게'를 뜻하는 리따르단도와 같은 말.

"래리라고 부르라고 했잖아, 기억 안 나?"

"아, 맞다……"

"우오, 저 중에 한명이 다가오는데. 자, 기억하라고, 여긴 진료실이 아니야, 알겠어?"

"안녕…… 친구들…… 당신들…… 보니까…… 시내…… 에서…… 온 것…… 같은데……" 말을 잇는 데 시간이 걸렸다. 치과의사 닥터 래리 엘라스모와 그의 접수원 치키타 모두 그의 말 사이의 정적을 말이 끝난 것으로 착각하고 몇번이나 끼어들었다. 타나토이드들은 시간과 관계를 맺는 방식이 다르기 때문에 문장의 끝으로 가면서 말을 줄이는 법이 전혀 없었다. 그래서 늘 깜짝 놀라며 말을 맺기 일쑤였다. "잠깐, 이제 당신을 알 것 같아요." 타나토이드가 계속해서 천천히 말을 이어갔다. 나중에 보니 그는 눈길을 끄는 스판덱스 턱시도 차림의 위드 애트먼이었다. "약속을 정했다가…… 계속 다시 잡았죠…… 몇년 전에요. 남부 쪽에 계시죠?"

"어쩌면 광고에서 보셨을 수도 있어요." 치키타가 넌지시 말했다. 그러는 동안 당황한 닥터 엘라스모는 입가로 "래리! 래리!" 하고 중얼거렸다. 요즘 그는 49.95달러 오케이 코랄 패밀리 스페셜로 유명한 닥 홀리데이스라는 상호의 할인 치과 가맹점 사업을 운영하면서 서부 전역의 모든 주요 상권에 광고를 내보내고 있었다. 하지만 예전에 위드와 우연히 마주쳤던 때에는 최면을 걸듯 귀에 거슬리게 떠들어대고 가끔은 앞뒤가 맞지도 않는 라디오와 텔레비전 광고를 통해 샌디에이고 주변에서나 알려진 싸구려 치과의사로 활동했었다. 어쨌든 뭔가에 홀린 듯한 위드의 아찔한 기억 속에서 닥터 엘라스모의 영상 이미지가 워낙 강렬하게 요동을 쳐서, 칼리지 오브 더 써프에서의 파국 직전의 며칠 동안 그에게 일어난 일들 중에서, 그도 어떻게 할 수가 없는 얼굴들, 그에게 가해진 일들을 빼고, 중요한 부분을 그나마 다른 무언가로 덮을 수 있었다……

그때는 프레네시와의 무책임한 관계, 혹은 당시에 그가 내린 정의대로라면, 프레네시와의 사랑에 급격하게 빠져들던 무렵이었다. 그는 징크스를 그냥 골려주기 위해 프리웨이에서 꽤 많은 시간을 보내던 중이었다. 징크스는 화병이 도져 사설탐정들을 고용해 모든 사람을 감시하고 다녔던 것이다. 어느날 위드는 약 70마일의 속도로 차를 몰면서 애너하임의 모텔가로 향했다. 손바닥은 따끔따끔하고 부석부석했고, 목구멍은 심하게 맥박이 뛰었으며, 머릿속은 프레네시를 다시 보게 된다는 도저히 믿기지 않는 생각으로 꽉 차 있었다. 그러던 찰나에 그녀였으면 싶은 사람이 백미러로 보이더니, 그다음에는 그의 왼쪽 옆으로 천천히 다가왔다. 알고 보니 그것은 텔레비전 광고에 잘 나오던 그 치과의사였다. 누군가와 밀회를 나눌 생각에 몸이 달아오른 채, 길게 뻗은 초콜릿색 플리트우드를 타고 가는 중이었다. 옆을 보던 치과의사의 반짝거리는 깊은 눈빛이 도로를 확인하기 위해 앞쪽을 내다봤다가 다시 위드에게로 향했다. 두 사람은 위험한 속도로 언덕을 오르내리고, 커브길을 돌고, 트럭들과 자동차들 사이를 누비며 질주했다. 위드는 처음에는 못 본 척했지만, 이내 고개를 끄덕였다. 하지만 오직 그 눈빛, 위드가 누구인지 안다는 확신에 찬 서늘한 눈빛만 있을 뿐이었다. 해변 마을의 바와 시골 술집, 뱀과 LSD 실험실로 가득한 계곡 너머의 은밀한 로큰롤 술집, 위드와 프레네시가 잠시 사라지곤 했던 반경 100마일 이내의 어떤 곳을 가더라도 근처 테이블에는 말없이 쳐다보는 닥터 엘라스모, 혹은 흐릿하고 가장자리가 깜박이며 편재하는 그의 스크린 이미지를 마치 전신 작업복과 복면처럼 착용한 사람이 있었고…… 대개는 지난번과 같을 수도 있고, 아닐 수도 있는, 햇볕에 그을린 금발의 예쁜 젊은 여자와 함께 있었다.

나중에 가서 밝혀진 사실이지만, 여자를 밝히는 이 치과의사는 자기가 알지도 못하는 사람들의 삶에 참견하고 그들의 귀중한 시간을 빼앗는 일을 즐겼다. 지난 몇년을 죽음의 바다 옆에 정박해서 살아온 위드로서는 여전히 이해가 안되는 점이었다. 어쨌든 그 시절 닥터 엘라스모는 위드를 포함해 사람들에게 서류를 발송해서 특정한 시간에 그의 진료실로 오게 할 수 있는 권한을 갖고 있었다. 나타나지 않는 데 따르는 벌칙은 절대로 정확하게 명시되는 법 없이 그저 넌지시 암시되기만 했다. 그의 진료실은 오래전에 벽돌로 지은 호텔 건물, 뱃사람들이 찾는 술집, 가로등 위로 솟은 오래된 야자수들이 늘어선 시내 한가운데 줄곧 있었다. 예전에는 아마 연방정부 건물이었을지도 모르지만 이제는 다 쓰러져가다시피 하는 낡고 황폐한 건물의 내부에는 싸구려 칸막이들이 미로처럼 정신없이 뻗어 있었고, 낡은 건물 기둥들의 거리 쪽을 향한 반쪽 면들은 세로로 파인 홈 장식과, 기둥 위쪽 프리즈에 길게 새긴 더이상 알아볼 수 없는 글자들을 제외하고는 마치 에어브러시로 칠한 듯이 새까맣게 때가 끼어 있었다. 건물을 향해 나 있는, 쓰레기로 어질러진 폭이 넓은 계단들은 약속이나 소규모의 사업 거래 때문에 찾은 방문객들로 들끓었다. 그들은 각 층을 오르내리고, 소리가 울리는 커다란 시멘트 로비로 들어갔다. 로비에는 머리 위에서 어렴풋이 모습을 드러내고, 건물이 섬겨온 신조의 성인들처럼 아래를 굽어보는 기하학적 조각상들이 줄지어 서 있었다.

위드는 우편으로 온 서류를 무시할 수도 있었지만, 아직도 생생한 프리웨이에서의 악몽이 머리에서 떠나지를 않아 재킷에 타이까지 매고 정각에 찾아갔다. 하지만 결국에는 하루 종일 로비 바로 바깥의 대기실에서 허름한 접이의자에 앉아, 지난 지가 몇달은 된 선전용 전단지와 색 바랜 시사주간지들이나 읽으며, 나가서 점심을 먹고 와도 될지 걱정하는 신세가 되었다. 이것은 앞으로도 몇번이고 반복될 일이었다. 닥터 엘라스모는 늦게 나타나기 일쑤였고, 가끔은 며칠씩 늦기도 했다. 그러면서도 그는 매번 위드더러, 그렇게 된 게 위드의 잘못 때문인 양, '사유(충분히 설명하시오)'란을 포함해 연기 신청서를 작성하라고 했다. 위드는 대기실의 단골손님, 즉 단순히 치과 환자였어야 하는데 알고 보면 반드시 그렇지는 않았던 무리 가운데 한명이 되어갈수록, 점점 더 죄책감을 느꼈다. 그들은 하나같이 전혀 웃는 기색 없이, 법정이나 교회 제단에서처럼 난간으로 이어진 문들을 통해 진료실 밖과 수수께끼 같은 자들로 꽉 찬 내부 양쪽을 초조하게 지나다녔다. 종종 닥터 엘라스모는 번쩍이는 치과용 의료기기함이 놓인 테이블을 굴리고는 했는데, 그것이 왜 번쩍이는지, 혹시 와트수가 낮은 조명 때문인 건지, 위드는 확실히 알 수가 없었다. "닥터 래리의 불안의 세계에 온 것을 환영합니다." 서류를 작성하면서 그는 혼자 소곤거리곤 했다. 서류에는 위드에게는 너무 어려운 반복적인 메시지가 늘 있었다. "난 이 서류를 받아들일 수 없어. 모든 걸 다시 협상해야 해. 다시 작성해야 한다고. 두고 보면 알게 될 거야." 그것은 치과 진료처럼 고통 시작, 고통 억제, 고통 마취, 고통 망각의 흐름을 거치며 자주, 심하게, 오랫동안 계속 이어지는 작업이었다. 가끔은 치과위생사인 일제가 복도로 연결되는 문 옆에 서 있었다. 위드는 알고 있었다. 그 복도를 따라가면 지붕에 조그만 창문이 나 있는 천장이 높은 환한 방이 나오고, 저 멀리 터무니없이 높은 곳에, 잎사귀 같은 하늘이 보이고…… 그녀는 무언가를…… 하얀 무언가를…… 도저히 기억나지 않는 무언가를 들고 있다는 것을.

위드는 그 문제의 평일이 끝날 때면 다 부서져서 무너져버릴 것 같은 계단으로 다시 걸어내려와, 눈에는 안 보이지만 건너는 순간 느껴지는 세계들 사이의 경계선을 다시 건넜다. 그렇게밖에는 달리 말할 방법이 없었다. 더이상 기억이 나지 않는 그 잘 알려진 주소, 그 내부에는 전혀 다른 질서의 세계가 있었다. 필수 방문이 반복되는 동안에 그는 그 세계에 점차 노출되고 있었다. 그래서 매번 거기에서 나와 PR[3]로 복귀할 때마다 모든 것에 대한 확신이 줄어들었다. 특히 사랑은 했지만 완전히 믿지는 못했던 프레네시에 대해서는 몹시 혼란스러웠다. 그것은 그녀의 이력의 간극, 그녀뿐 아니라 24fps에 속한 다른 누구도 설명하지 못했던, 그녀의 이력 중에 비어 있는 부분들 때문이었다. 게다가 그는 날이 거듭되면서 위기감이 커질수록 자기 주위에 점점 더 두껍게, 그리고 광적으로 몰려드는 신봉자들의 무리 때문에 더욱 미칠 지경이 되어가고 있었다. 모두들 혁명에 관한 기본적인 실수를 저지르며 바보처럼 들뜨고 또 헌신할수록, 그는 그들에게 더욱더 목청을 높여 욕을 했다. "예, 우리의 지도자시여! 무엇이든, 계집아이든, 마약이든, 절벽에서 뛰어내리는 것이든, 무엇이든 말씀만 하소서!" 귀가 솔깃해지는 말이었다. 특히 절벽 운운하는 부분이 그랬다. 하지만 무료 상담을 요청하는 자들은 훨씬 더 매력적이었다. "위드, 총을 꺼내드는 건 어때요? 그게 잘못이라고들 말하는 건 알지만, 왜 잘못인지는 모르겠어요."

이에 대해 그는 한번은 이렇게 선언했을 터였다. "왜냐하면 이 나라에서는 권력을 가진 어느 누구도 자기 외의 다른 인간의 목숨을 해쳐서는 안되기 때문이지. 그래서 우리는 인도적이어야만 해. 즉 정권과 그 정권이 섬기는 자들에게 목숨 이상으로 중요한 것, 그들의 돈과 재산을 공격해야만 한다고." 그러나 그 당시에 그는 다음과 같이 말을 했다. "그것이 잘못인 이유는 만약 네가 소총을 꺼내들면, 맨 꼭대기에 있는 인간은 기관총을 꺼내들 테고, 만약 네가 기관총을 찾으면, 그는 바로 로켓을 쏘려고 들 것이기 때문이야. 이제 패턴이 보이기 시작하나?" 이 두개의 응답들 사이에서 그에게 무슨 일이 일어난 게 분명했다. 그는 인도적인 혁명을 계속해서 설파하기는 했지만, 몹시 지치고, 희망을 잃은 탓인지, 모든 사람들을 꾸짖고는 이내 사과했다. 만약 누군가가 이러한 변화를 눈치챘다 하더라도, 이미 너무 늦어서 별 소용이 없을 정도였다. 그들은 엄마를 쫓는 오리 새끼들처럼 라스 날가스에 있는 렉스의 거처로 가는 골목에 계속 떼 지어 모였다. 안개 속에 가려진 써프는 와르르 무너졌다기보다는 끊임없이 반복되는 습기에 젖어 저절로 주저앉았다. 렉스는 거기에 살기는 했지만, 모임에는 더이상 모습을 드러내지 않은 채, 빠리로 날아가서 제4인터내셔널의 베트남 당파의 남은 당원들과 합류하기로 한 자신의 계획을 마무리 지었다. "아무 소용 없을 거야." 위드가 그에게 말했다. "영국계 미국인인 너를 누가 믿겠어?"

"그런 인종차별적인 헛소리를 넘어설 수 있는 자라면 가능할 거야." 한때는 경의를 표했지만, 그 무렵 렉스는 자신이 바라던 대로 되지 않은 그의 제자를 냉정하게 대했다. 차마 순수함까지는 아니더라도, 그는 위드가 일상에 그만 빠져들고, 그 대신에 더 많은 사고를 하기를 여전히 기대했다. 렉스에게 혁명은 일종의 점진적인 금욕이었다. 시작은 우선 환각제와 마리화나를 끊는 것이었다. 그다음으로는 담배, 술, 쾌락, 즉 몇시간 안 자도 되게 잠을 줄이고, 연인과 절교하고, 섹스를 피하고, 이어서 자위행위마저 끊어야 했다. 적의 주의가 점점 더 집중될수록, 사생활, 이동의 자유, 돈과의 접촉을 끊고, 서서히 다가오는 투옥의 가능성과 고통에서 벗어난 일체의 삶으로부터의 최종적인 단절에 대비하는 게 옳았다.

"꽤 비관적인데?" 위드가 넌지시 말했다.

"당신은 아무것도 끊지 않았어." 렉스가 대답했다. 두 사람 모두에게 이 대답은 그들의 운명이 엇갈리고 있다는 명확한 신호처럼 보였다. 렉스는 칵테일 잔에 든 체리만큼이나 새빨간 포르쉐 911을 한때 소유하고 있었다. 그것은 그가 가장 좋아하는 장난감이자, 최고의 변장, 가장 막역한 친구, 여기에서 더 나아가, 차가 인간을 위해 할 수 있는 그 모든 것이어서, 렉스가 그것에 현금뿐 아니라 상당한 감정까지 투자했다고 말하는 게 오히려 타당했다. 실로, 그는 '관계'라는 단어를 피하지 않았다. 그는 자신의 차를 브루노라고 불렀다. 그는 네 카운티에 있는 24시간 세차장의 위치를 모두 꿰고 있었고, 플라스틱 도구상자를 베개 삼아 차의 서늘한 배 밑에 누워 밤새도록 잠을 잤으며, 심지어는 엔진이 헛도는 동안 고동치는 진공펌프를 점점 더 빨라지는 자신의 리듬에 맞게 세심하게 조정해가면서 그의 꿈틀거리는 성기를 희미하게 피어오르는 석유 냄새를 맡으며 나팔 모양의 크롬 카뷰레터 배럴 안으로 넣은 적이 한두번이 아니었다. 그러면 인간과 기계는 지금까지 전혀 상상할 수 없었던 환희의 절정으로 함께 솟아올랐다.

만약 PR[3]의 대외사무국이 일반인 중에서 지지자를 물색하는 과정에서 블랙 아프로-아메리칸 분과 회원들과 회담을 개시하지 않았더라면, 렉스의 자동차 전원곡은 오래 지속되었을지도 모를 일이었다. 그들은 번쩍이는 검은색 베트남 장화에 상하의가 모두 검정인 위장용 전투복과 중국 공산당원 스타일의 큼지막한 오프블랙 별 장식을 단 검정 벨벳 베레모를 착용하고서 이제 막 어슬렁거리며 등장해서는, 초청을 받고 절벽 꼭대기 공화국에 나타난 자들답게 평소에 써핑반 애송이들이라고 불러대던 그곳의 토박이들과 하루 종일 논쟁을 벌였다. 그들은 트라세로 카운티에 발을 내디딘 최초의 흑인들이었거나, 적어도 많은 PR[3] 거주자들에게는 태어나서 처음 접하는 최초의 흑인들인 것만은 확실해서, 현안에 대한 토의에 앞서 상당량의 기본적인 자료 조사가 필요했다. 이 작업이 계속 이어질수록, 렉스는 조바심이 났다. 그가 원하는 건 혁명에 관한 이야기였다. 그러나 BAAD[268] 형제들은 모인 사람들을 살피고는 그저 설렁설렁 몇 마디 던지며 쓰레기 황백인종 놀이나 하는 것에 흡족해하는 듯싶었다.

"하지만 우리는 지금 공동의 적과 싸우고 있다고." 렉스가 힘주어 말했다. "그들은 너희들뿐 아니라 우리도 곧 죽이려고 해."

BAAD 대표들은 그 말이 재미있었는지 껄껄거리며 웃었다. "맨 꼭대기 인간의 총에는 금발을 택하는 옵션 같은 건 없고, 자동, 반자동, 그리고 흑인 옵션만 있지." BAAD의 우두머리인 엘리엇 X가 대답했다.

"아냐! 거리에 바리케이드가 쳐지면, 우리도 너희들과 똑같은 쪽에 있게 될 거야!"

"하지만 우리한테는 아무런 선택권도 없어. 거기에 가 있어야 하는 것 외에는."

268 블랙 아프로-아메리칸 분과(Black Afro-American Division)의 약자.

"바로 그거야. 바로 그거라고! 우리는 너희들과 함께 서 있을 거야."

"우오."

"내가 어떻게 해야 너희들이 믿을까." 렉스가 눈물을 흘렸다. "정말로 끝까지 함께할게. 그러다 너희들의 자유를 위해 죽을게!"

목소리가 고요해졌다. 그러자 엘리엇 X가 말했다. "어떤 차를 몰더라?"

"포르쉐." 그는 거의 "브루노"라고 말할 뻔했다. "911. 왜?"

"그걸 우리한테 줘."

"그러니까 네 말은, 어……"

"그래, 어서, 혁명의 형제여!"

"네 입으로 방금 파시[269]라고 했잖아."

지금과 같은 탐욕과 위선의 시대에는 상상하기 힘들겠지만, 오래전 그때 렉스는 얼굴에 미소를 지으며 자연스럽고 우아한 자태로 프린지 백의 깊숙한 곳에서 분홍색 줄이 달린 포르쉐 911의 열쇠를 순순히 꺼내들고 교단으로 올라가 건넸다. 그러자 엘리엇 X는 능수능란하게 마이크를 손에 든 채, 가수가 팬에게 하듯 한쪽 무릎을 꿇고 그것을 받았다. PR^{3}의 시민들이 환호성을 지르고 노래를 부르며 포르쉐를 공동체 전체의 선물로 받아들이기로 뜻을 모으는 동안, 흑인 형제들은 그들 중 누가 그것을 몰고 갈지를 놓고 내부 회의에 들어갔다. 해가 질 무렵 흑인과 백인의 두 대표는 공식적인 양도를 위해 주차장으로 걸어갔다. 벌써 숙고에 잠긴 렉스는 끓어오르는 눈물을 삼키며 그의 옛 친구에게, 그와 함께 다녔던 사막

269 포르쉐를 '파시'(parsh)로 잘못 들었을 수도 있지만, 'parsh'는 속어로 '매우 좋다'라는 뜻이 있어서 반어적으로 쓴 표현으로 보인다.

분지와 개울 바닥과 산악 도로, 그와 함께 보았던 쇼핑 플라자와 초록빛 교외 거리에게 말없이 작별을 고했다. 포르쉐는 태평양의 마지막 빛줄기 속에 서서, 헤드라이트로 렉스를 원망하듯 쳐다보았다. 그것은 더이상 브루노가 아니었다. 그 이름은 울트라 하이스피드 어번 리커니선스 유닛의 줄임말 우후루[270]로 개명될 터였다.

"괜찮아." 프레네시가 거들었다. "올바른 일을 했으니까."

"기분이 더러워." 그런들 그게 그녀와 무슨 상관이란 말인가? 그는 흑인 혁명과 마찬가지로 갑자기 들이닥친 그 흑인들에 대해서도 아무 환상을 갖고 있지 않았다. 그건 PR³도 예외가 아니었다. 하지만 위드와 프레네시의 관계를 보아하니 주의를 줘봤자 아무 소용이 없다는 것을 알았다. 한번은 이렇게 말하기도 했다. "당신은 이곳의 진정한 믿음에 맞서고 있어. 아주 멍청한 바보들, 떠벌리기 좋아하는 십자군들, 벌받아 마땅한 것들, 배타적인 이데올로기적 사고의 인간들이 기독교 자본주의적 믿음을 털끝 하나 건드리지 않은 채 그들의 영향력 내에 있는 제자와 세대에게 그대로 전수하면서, 나머지 우리는 필히 겪게 되어 있는 그 모든 역사로부터 자신들은 안전하다고 확신해. 그들은 나빠. 정말 나빠. 하지만 그것 때문에 우리는 좋으냐면 안 그래. 절대 그렇지 않아, 위드."

"무슨 소리 하는 거야?" 위드는 듣는 동안 내내 서 있었다.

5월 대사건의 나라[271]로 향해 있는 렉스는 말 안할 이유가 없었다. "위드, 구해봐."

"그래. 그런데 뭘 말이야?"

270 초고속 도시 정찰대(Ultra High-speed Urban Reconnaissance Unit)의 약자. '우후루'(UHURU)는 스와힐리어로 자유를 뜻한다.

271 1968년 5월에 대대적인 시위가 일어났던 프랑스를 말한다.

"수학. 정리定理를 찾아보라고."

위드는 얼굴을 찡그렸다. "음. 그런데 정리는 그런 식으로 찾는 게 아니야."

"난 정리들이 행성처럼 빙 둘러 있어서…… 누군가가 이따금씩 하나를 그냥 찾아오기만 하면 된다고 생각했어."

"난 그렇게 생각하지 않는데." 그러고 나서 두 사람은 다시는 그러지 못할 만큼 오랫동안 서로를 정면으로 쳐다보았다. 둘 중 누구도 (과연 어느 쪽이) 그때로부터 여러해 뒤에 친구들과 만나 웃으며, 현실에서는 거의 있을 수 없는 어느 양지바른 산비탈 위에 홀로 서 있는 작은 참나무 아래서 쉬면서, "실제로 우리는 우리가 교리의 항목대로 실천하고 있었다고 생각했어" 하고 말하는 목소리를 들을 수 있는 그 드물고도 운 좋은 기회를 갖게 될지 전혀 알지 못했다. 그때 어느 잘생긴 10대 아이가 피크닉 음식을 갖고 불쑥 나타나면, 그들은 모두 둘러앉아 손질한 게와 싸워도우 빵을 먹고, 시원한 골드그린 색깔의 캘리포니아 슈냉 블랑 포도주를 마시고, 웃다가 또 술을 부으며, "정말 어려운 논쟁들이었어. 달가닥거리는 타자기 소리가 창문을 넘어 온 캠퍼스에 울려퍼지고, 밤새 전화통은 불이 나고, 어마어마하게 많은 수의 힘이 넘치는 청년들이 사방을 뛰어다녔어. 그런데 다들 무엇 때문에 그랬던 거지?" 하고 말할 것이었다.

즐겁게 음식을 먹던 일행들은 먼 곳을 바라본다. "나도 궁금하던 참이었는데."

"뭐랄까, 나중에 가서 밝혀진 사실이지만, 우리는 내내 속고 있던 거였어. 연방수사국이 마치 술집에서 너와 다른 사람을 서로 싸움 붙이는 어떤 사람처럼 학교 안에 들어와 있었다고. 익명의 편지와 전화 통화, 야간의 복면 기마 폭력단원, 누군가 펑크를 낸 자동차 타이어, 작업상의 문제나 집주인과의 불화, 이 모든 것들이 여기 있는 이 친구와 BLGVN[272]의 US 지부 때문인 것처럼 보이게 꾸민 거였어."

그녀는 위험에서 벗어나 그곳에, 그늘 밑에, 무사하게 앉아 있는 자신의 중요성을 잘 알고 있다. 동의할 만한 사건 해석에 도달하기 위한 하나의 방법으로서 그들 둘 다 당시 상황을 모르는 척하고 들어줄 상대가 필요했던 것이다.

"맞아. 여기 있는 렉스가 장본인이야. 이자가 거의 '나를 날려버릴' 뻔했어."

"렉스가!"

"유감스럽지만 맞아."

"렉스가 계속 말을 해댔어. '이제는 알겠지? 어? 알겠느냐고?' 그래서 내가 말했지. '뭘 말이야?' 그러자 렉스가 말했어. '오, 이런, 지금쯤은 알고 있어야 하는데. 어? 지금이 그럴 때라고 생각하지 않아?' 렉스가 가방 안에 뭔가를 넣고 다닌다는 걸 알아챘어. 남자들이 한동안 메고 다니던 술이 잔뜩 달리고 표면이 울퉁불퉁한 어깨 가방이었어. 견고하고 묵직한 거였는데, 그게 뭔지는 확실히 알 수 없었어. 그가 타고 다니는 자동차 부품 같기도 하고."

"암석 표본이었어." 두 사람은 먼 기억을 떠올리며 낄낄 웃는다. "한패의 순진한 히피들이었지. 그중 한명은 38구경 권총을 지녔고. 둘 중에 누가 더 바보인지는 가리기가 어려워."

위드는 알고 보니 아주 잘 속는 사람이었다. 그에게는 렉스가 막

---

272 각주 242 참조.

고 서 있는 출구 외에는 다른 출구가 없었고, 좁은 공간 뒤편의 상자 어딘가에 들어 있는 칼집에 든 칼 외에는 달리 의지할 게 없었다. 그는 마치 지금과는 다른 상황에서 바지 안에 있는 물건을 쳐다보고 싶어하는 사람처럼, 렉스의 가방 안에 든 그 물건을 쳐다보며, 그가 움직일 때마다 미묘하게 바뀌는 주름과 흔들림의 변화에 주목하면서 길이, 지름 등등을 추측하려고 애썼다.

"뭘 그렇게 보고 있어?" 렉스는 화난 게 분명한데다 갈수록 더 그랬다.

"아무것도."

"내 가방을 보고 있었잖아. 내 가방이 아무것도 아니라고 생각해?"

"오늘밤따라 예민해 보여, 렉스. 왜 그래?"

그들 모두 그게 프레네시 때문이라는 걸 잘 알았다. 그녀는 갈수록 더 많은 시간을 렉스의 집을 들락날락하며 보냈고, 24fps와 함께 하는 시간은 얼마 되지 않았다. 팀의 다른 동료들과 연달아 의논을 거친 끝에 디엘은 트라세로에서 고조된 피스크 자매의 써퍼공포증에서 벗어나 잠시 쉬기로 한 하위에게 프레네시를 감시할 방법을 찾아보라고 일렀다. 그는 오래된 써프보드를 핑계 삼아 적어도 하루에 한번은 렉스의 집에 들렀다. 프레네시는 눈치를 챘다 해도, 반응을 보이지 않았다. 어느날 밤 하위는 침실에서 텔레비전으로 '더 인베이더스'[273] 재방송을 보며 꾸벅꾸벅 졸다가, 거실에서 들려오는 묘하게 떨리는 대화 소리에 잠이 깼다. 거실에서는 다른 소리들을 덮을 만큼 크지 않은 XERB의 라디오방송 소리가 함께 들렸다. 그는 눈을 껌뻑이며 거실로 갔다. 렉스와 프레네시가 소파에 서로 붙

273 The Invaders. ABC 방송국에서 1967~68년에 방송된 외계인 침공을 다룬 SF 드라마.

어 앉아 있었다. 두 사람 모두 눈은 어둡고 촉촉했으며, 얼굴은 불그스레했다. 약이 덜 깨 비몽사몽 하던 하위는 그들이 웃는 소리에 잠에서 깼다. "안녕, 친구들."

그녀는 전에도 똑같은 표정을 지은 적이 있었다. 하지만 그는 그 표정의 의미를 알 수가 없었다. "위드 소식 들었어?"

하위는 부엌으로 가서 냉장고 문을 열고 안을 들여다보며 서 있었다. "아니. 무슨 일 있어?"

두 사람은 다시 웃음을 터트렸다. 그것은 마치 그들이 발산하는 힘이 자신들이 보기에도 새로워서 그 이상 조절할 수 없을 것 같은, 초보자의 어색한 소리였다. "이봐!" 렉스가 소리쳤다. "지금 그 친구 어디 있을 것 같아?"

"바로 침대에 있지." 프레네시가 중간에 끊기는 날카롭고 불분명한 목소리로 말했다.

"아주 좋아! 지금 당장 가서 그걸 할까? 어때?"

"계획을 세워서 그에 맞춰 하자고. 충동은 금물이야."

그거? 하위는 궁금했다. 그는 냉장고 구석에서 겉이 초콜릿색으로 변했지만 냉장고 서리를 제거하지 않아서 눈으로 덮인 것처럼 온통 하얀 허모사 비치의 바나나를 찾아내고는, 다시 어슬렁거리며 거실로 돌아왔다. "너희들 위드 때문에 열 받기라도 한 거야 뭐야?"

소파에 앉아 있던 두 사람은 서로 눈짓을 교환하더니, 프레네시가 먼저 입을 열었다. "재한테 말해도 될까?"

"그럼." 렉스가 화가 섞인 웃음을 지었다. "우리의 하위가 누구에게 말하겠어."

"한번 더 생각해보고 —" 하위가 말을 꺼내려 했다.

하지만 너무 늦었다. "위드는 연방수사국이 심은 첩자야." 프레레네시가 그에게 말했다. "그의 임무는 우리를 모두 잘못된 길로 이끌어서 누가 기다리고 있는지 보여주려고 하는 거였어."

"오, 이런. 누가 그래?"

"그가 제 입으로 말했어."

"뭐라고?" 하위는 순간 입이 말랐고, 들고 있던 언 바나나는 물컹물컹해졌다. 눈에 띄게 없던 거실의 웃음기는 그나마 완전히 사라졌고, 그들이 장난삼아 말한 게 아니라는 냉정한 사실이 그의 움츠러든 마음을 짓눌렀다. "그럼, 이봐, 만약에 위드가 실제로 자기가 연방수사국 첩자라고 말했다면, 모든 회원들을 불러들여서 회의를 소집해 그 사실을 밝히라고."

"오, 젠장, 하위." 그녀가 갑자기 몹시 화를 냈다. "애들 장난인 줄 알아?"

"그러면 우리를 죽이려고 할걸." 렉스가 얼굴을 마주 보고 심각하게 말했다. "우리를 정상인과 정신병 환자로 나눠서 연방교도소에 처넣을 거라고. 그게 그 녀석이 지금까지 도와왔던 자들의 정체라고. 겉으로는 동지인 척하면서, 우리들에 대해 몰래 보고했단 말이야."

"하지만……" 하위는 말하면서도 자신감이 떨어졌다. "그들이 누군가를 심어놓을 만큼 교활하다면, 위드에 관해 거짓말을 할 만큼 비열하기도 할 거야. 안 그래?"

"원하는 게 뭐야, 하위." 프레네시는 마이크를 든 록 가수처럼 앞뒤로 힘차게 걸었다. 못된 짓을 시작하기 위해 에너지를 다시 모으려는 사람 같았다. "그가 직접 나에게 자기 입으로 크게 말했다고."

"그런데 왜 너에게 말한 거지?"

오. 그러자 그녀는 그를 힐끗 쳐다보았다. "곰곰이 생각해봐" 하고 최대한 정중하게 말하려는 듯한 표정이었다.

계속 이러다가는 울게 될지도 모를 것 같아 하위가 입을 열고 말했다. "그래, 모든 게 다 한바탕 게임이라고 해. 이제 그가 자신의 정체를 폭로했으니, 게임은 끝났어."

"우오." 렉스가 곁눈질하는 시늉을 했다. "이제부터는 단판승부 연장전이야."

프레네시가 다가오더니 하위의 얼굴을 한 손으로 부드럽게 감쌌다. 방금 전보다는 단호한 의지가 배어 있었다. "너와 우리는 모두 똑같은 세상에서 살아왔어. 매일밤 그들이 우리를 체포하고, 두들겨 패고, 몸을 망가트리는 세상 말이야. 그러다 더러는 죽기도 했지. 아직도 어린애들처럼 이해 못하겠어? 장난으로가 아닌 100퍼센트 완벽한 결속력을 갖추지 않으면 절대 안된다는 것을? 위드는 바로 그것을 어겼어. 비겁하게도 그게 쉬워 보였던 거야. 우리가 아무도 못 쫓아낼 거라는 걸 그는 알았던 거야. 결국 길의 맨 끝에는 빌어먹을 파시즘이 있으니까. 그래서 우리는 어중이떠중이 다 받았어. 위선자, 이중첩자, 여름철의 무법자, 그리고 아무도 근처에 안 가는 그 모든 변두리의 잉여 인간들까지. 그렇게 PR[3]가 출범한 거야. 그건 우리도 마찬가지야. 기억나? 밤샘 쉼터. 아무도 거절당하지 않는, 파쇼 미국의 암흑 속에 나 있는 그 불 켜진 출입구 말이야. 위드는 기억할 거야."

그녀는 하위같이 단순한 자물쇠를 어떻게 따는지 잘 알았다. 당황한 하위는 텔레비전에 손을 뻗어 전원을 켜고는 화면에 바싹 달라붙어서 보기 시작했다. "내가 뭐랬어?" 렉스가 큰 소리로 말했다. "하위는 괜찮다니까."

"하위, 여기에 투광조명을 놓으면 어떨까?"

"뭐라고? 그러면 스테레오 플러그부터 뽑아야 해. 무슨 생각을 하는 거야?"[274]

"내 스쿠픽 카메라로 그를 꼼짝 못하게 하고, 얼굴에 무선마이크를 가차없이 들이대는 거야."

"그러다 그의 영혼을 빼앗겠어." 하워가 주의를 주듯이 말했다.

"이미 빼앗겼는걸." 렉스가 말했다.

프레네시는 이 지점에서 혼자 즉흥적인 생각에 빠져들었다. 그녀는 렉스와 관계가 불편해지자 위드를 잡기 위해 그를 이용하면서, 이건 자기가 원해서라기보다는 브록이 원해서 하는 일이며, 그것이 토네이도가 몰아치던 날부터 분명한 사실이라는 걸 알고 있었다. 하지만 어떻게 편안하게 앉아서, 심지어는 누워서, 그런 얘기를 조금이라도 나눌 수 있단 말인가? 도대체 누구와? 신기하게도 그녀를 용서해주는 디엘에게, 몇년 전만 해도 무엇이든지 말하면 다 들어주었던 사샤에게 조용히 말한다면 가능할지도 몰랐다. 가상의 대화 상대, 인형의 집의 인형들처럼. 프레네시는 털어놓고 싶은 마음이 걷잡을 수 없게 되어서, 어떻게든 자제하려고 하지만 결국에는 버스 좌석에 앉은 미친 여자 신세가 되어, 끝없이 펼쳐지는 평평한 대로를 따라, 혹시 누군가가 귀를 기울여줄지도 모른다는 일말의 그럴듯한 희망을 품고, 우주 공간에서 생명을 찾는 천문학자처럼, 쉴 새 없이 큰 소리로 얘기할 수도 있겠다는 생각이 잠시 들었다. 하지만 실제로는 매일 아침 일어날 때마다 자기가 앞으로의 자기 자신에 충분히 잘 적응하고 있다고 마음을 다독였다. 그녀가 현재 불시착해 있는 쿨리토 캐니언의 집에는 테이블과 의자가

274 프레네시가 사진 촬영용 투광조명을 뜻하는 'flood lamp'를 줄여서 'flood'라고 하자, 이를 홍수를 뜻하는 'flood'로 잘못 알아듣고 한 대답.

딸린 삼나무 바닥 테라스가 설치되어 있었다. 그녀는 이른 아침 그곳에 나와 앉아, 허브티를 마시며, 자기는 이제 아무런 법률상의 전과나 정치적 이력이 없는 홀가분한 존재로서, 사람들 눈에 안 띄게 도시 외곽에 웅크리고 있지만, 아직은 무엇이든 가능한 평균적인 캘리포니아 아가씨일 뿐이라고 스스로에게 최면을 걸었다. 그것은 그녀가 갖고 있는 위험하고도 나쁜 습관이었다. 그때 그녀는 스물다섯이 채 안됐는데도, 평생 몸단장하고, 빚지고, 풍파를 이미 겪을 대로 겪은 노련한 블루스 가수 같은 느낌이 있었다. 그래서 선선한 이른 아침에 테라스에서, 나무 위로 떠오르는 태양, 눈에 보이지 않는 황홀한 새소리, 라디오 음악, 장작 땐 연기, 계곡 전체에 울려퍼지는 아이 울음소리를 접하며 보내는 시간은 그녀가 소중하게 여겨온 것이자, 때로는 삶의 목적이기도 했다. 그것은 그녀가 자신의 삶에서 찾은 유일한 평화였다. 그전까지 브록은 갈수록 어이없는 지시를 보내는 것도 모자라, 한밤중에 전화를 걸어 한집에 사는 동거인들을 놀라게 하고, 오클라호마에서 또 만나자고 요구했고, 위드는 매번 만날 때마다 성행위가 과감해지고 제어가 안되어서, 운만 따랐다면 언젠가는 기네스북에도 오를 정도였지만, 아직 정서적인 성숙에는 많이 못 미쳐서 밤새 그녀를 괴롭히고, 아무한테나 소리치기 일쑤였다. 그가 점점 더 신경질적으로 변할수록, 징크스는 매일, 프레네시 앞에서는 말할 것도 없고, 그의 면전에서 더욱더 무섭게 집요해졌다. 다른 사람들은 결코 보지 못하는 단서들을 면밀하게 간파해내는 능력이 있었던 징크스는 길에서 마주칠 때마다 프레네시가 항상 시선을 딴 데 두는 것에서 그녀가 성적인 것 외의 다른 이유로 자기 남편과 가깝게 지내며, 그럴 만한 이유는 오직 몇가지뿐이라는 사실을 알아차렸다. 그녀는 디엘에게 자신의 걱정을 털어놓았다. 그녀는 디엘의 차를 타고 일주일에 한두번 레돈도 비치에서의 모임에 함께 가고는 했었다. 둘은 계층은 서로 달랐지만, 몇시간을 같이 운동해도 시간 가는 줄 모르는 사이였다. 그들의 소통은 대부분 몸을 통해 이루어졌다. 그들이 말을 할 때 대화는 이상하게도 빙빙 돌거나 껄끄러웠다. 그러나 둘 다 접근이 금지된 프레네시와 닮은 사람을 보기만 해도, 희한하게 몸이 먼저 거부하고 움츠러들었다. 물론 더 괴로운 쪽은 디엘이었다. 그녀는 연인에게 기대할 법한 것을 프레네시에게 기대했겠지만, 아쉽게도 그들은 동료였던 것이다.

렉스와 함께 위드에게 공개적으로 밀고자 딱지를 붙인 날이 서서히 저물자, 프레네시는 자신이 인생의 옆길로 적어도 한발짝 돌이킬 수 없는 발걸음을 내디뎠다는 사실을 깨달았다. 그것은 마치 잘 모르는 약에 취해 혼자 주위를 헤매며 영화를 보러 가는 느낌이었다. 어차피 그 발걸음이 돌이킬 수 없는 거라면, 가는 방법을 아는 사람이 많지 않은 다음 세상에서만큼은 무사하고 괜찮아야 했다. 그곳에서라면 지금 진행되는 드라마를 발 뻗고 편하게 볼 수 있을 것 같았다. 위드 애트먼을 '제거'하는 얘기는 더이상 문제 될 게 없었다. 그는 이미 영화 속 등장인물이 되어, 덤으로 얻은 섹스에 포르노 스타처럼 탐닉해 있었다. 하지만 섹스를 하는 것까지 중계를 해서, 그녀는 웬만하면 끼지 않으려 했다.

언젠가 애너하임에 있는 어느 모텔에서 위드와 드물게 외박을 하던 한밤중에 그녀는 잠자는 위드의 얼굴에서 나는 것 같은 아주 작은 목소리를 들었다. 동부 해안지역의 하류층 말투가 섞인 고음의 목소리였다. "어이, 그건 다른 카드야. 점수 못 나." "그거로는 패가 안돼, 윌버, 넌 묻었잖아." "두배로 걸어. 카드 좀 볼까." 적어도 그렇게 들렸다. 이따금씩 작은 목소리들이 어렴풋이 들렸다. 그건 위드의 목소리가 아니었다. 그 목소리들이 뭐라고 말하든, 위드는 천천히 규칙적으로 숨을 쉬고 있었다. "어이, 완다! 씩스 팩 하나 더 부탁해. 어?" "어서, 웨슬리, 판돈을 늘리자고!" 무슨 일이지? 냉방이 나오는 시각에 그녀는 그의 얼굴 위로 몸을 기울여, 복화술하듯 움직이는 입술을 보려고 시도했다…… 그녀는 킁킁 냄새를 맡았다. 씨가 연기와 엎질러진 맥주의 아주 미세한 흔적들이 보였다. 그러자 갑자기 말소리가 끊기더니 두서없이 짹짹거리며 허둥대는 소리로 바뀌었다. 그들의 눈에 그녀가 어렴풋이 보였던 것이다. 이내 그녀의 눈에도 그들이 보였다. 얼음처럼 굳어 있던 그들은 슬슬 꽁무니를 빼더니, 잠깐 위드의 코 옆에 앉아 웅크리고 콧구멍에서 나오는 바람을 쐬다가, 곧이어 겁에 잔뜩 질린 채 그의 얼굴을 타고 내려와 침구 쪽으로 모습을 감췄다. 엄마야! 그 가운데 하나를 그녀가 만진 걸까? 그녀는 침대에서 구르듯이 내려온 뒤 씩씩거리며 불을 켜고는, 가방에서 우연히 발견한 둥근머리 해머를 들고 침대를 샅샅이 뒤졌다. 아무것도 모르는 위드는 계속 잠자고 있었다. 찾아낸 거라고는 크기가 8분의 1인치밖에 안되고 모양이 엉성한 베개의 조그만 사각형 무늬들 사이에 깊이 배어 있는 알록달록한 얼룩이 전부였다. 최대한 숨을 죽였지만 그들 대부분이 뿔뿔이 흩어져서 보이지 않았다. 아침이 되자 그들은 모두 사라졌다. 그러고 나서 몇년 뒤 어느날 점심시간에, 사실 브록 본드의 고향에서 그리 멀지 않은 전원풍의 웅장한 인디애나 법원에 평소처럼 연금 수표에 대해 알아보러 갔다가, 인간끼리의 주파수가 맞았는지 그날밤 들었던 것과 똑같은 말씨를 듣고는 그 목소리들이 들리는 데로 걸어갔더니 판사실이 나왔다. 햇빛이 잘 들고 먼지 하나 없는 목재로 된 방이었다. 그녀가 머리를 디밀어도 아무도 고개를 들지 않았다. 나중에 알고 보니 그 게임은 피노클 카드게임이었다. 그제야 그녀는 몇해 전 애너하임에서 본 게 동요에 나오는 그 유명한 벌레들이었고, 그것들이 일찌감치 위드 애트먼의 삐죽한 코 위에서 전주 몇 소절을 연주하고 있었다는 것을 깨달았다.[275]

*

최후의 날을 하루 앞둔 아침 일찍, 프레네시와 브록은 안개 낀 아열대 햇빛이 높은 창문을 통해 내리쬐는 절벽 위 호텔 스위트룸에서 만났다. 캘리포니아답지 않은 빛이었다. 그곳은 지하수면이 지면보다 높고 밤에는 파충류들이 수영장으로 슬그머니 들어오는 게 마치 다른 세상 같았다. 그들이 머물고 있는 곳은 두서없이 아르데코 양식으로 거의 도배를 한 낡은 객실용 건물들 중 한동이었다. 둥근 벽들은 부식이 심했고 바닷가 쪽은 페인트가 벗겨져 있었으며, 반달 모양의 창문들은 녹이 슬어 움푹 파인 얇은 창살들이 쳐져 있고 접근이 불가능한 공간에 기이하고 쓸모없는 각기둥들이 서 있었다. 전체적인 색깔은 파란색이었다. 하지만 칙칙한 군청색 건물들은 온통 비바람에 벗겨지고, 마치 집단 구타라도 당한 듯 흐릿한 낙서로 뒤덮여 있었다. 나무들을 지나면 그다음에는 바로 모래 해안과 바다였다.

브록은 색이 옅은 정장을 입고 있었고, 프레네시는 색이 밝고 헐

275 영국과 미국에서 인기를 끌었던 동요 '영구차 노래'(The Hearse Song)를 말한다. 제1차 세계대전 당시 지어진 작자 미상의 노래로, 시체를 "벌레들이 기어들어간다. 벌레들이 기어나온다" 등의 후렴으로 우스꽝스럽게 묘사한다.

렁한 바지와 셔츠에 렌즈용 ND1 필터[276]가 부착된 둥근 금속테 안경을 쓰고 있었다. 이 방은 비업무용으로 빌린 것이었다. 두 사람 모두 서로에게 액체 같은 건 일절 건네지 않았다. 그것은 브록의 직업 내에서는 절대 어겨서는 안될 규율들 가운데 가장 기본적인 것에 속했다. 당시는 닉슨 정권의 반동적인 움직임이 민중의 기적, 사랑하는 동지들로 이루어진 조직과 같이 몇몇 흐릿해져가는 기억 속에나 남아 있는 것에까지 계속 침투하여 위태롭게 하던 때였다. 배반은 갈수록 흔한 일이 되어갔고, 배반에 따르는 정부의 절차는 너무 간단하고, 기름을 친 듯 일사천리로 진행되어서, 프레네시도 곧 알게 되겠지만, 어느 누구도 이제껏 자신의 삶이 얼마나 훌륭했든 간에 그것을 안전하게 넘어설 수 없었다. 그것을 '넘어서려는' 곳마다, 중앙정보국, 연방수사국, 그리고 다른 데로부터 나온 돈이 세상 구석구석을 돌아다녔고, 무자비한 편집증의 씨앗들을 곰팡이 같은 상기물想起物처럼 남길 터였다. 어쨌거나, 그자들은 그들의 자식들을 한명도 빠짐없이 완벽하게 알고 있었다.

"결국 원하는 대로 되었네요." 그녀가 보고를 마쳤다. "축하해요. 당신이 말한 핵심 통나무가 이제 막 떨어져나와 혼자 떠내려가는 신세가 되었다고요. 그는 더이상 신뢰를 못 얻고 있어요. 변두리 인간들만 근처에 남을 거예요."

브록은 슬쩍 뒤돌아보며 환한 미소에 우쭐한 표정을 지었다. 나중에 그녀가 상대방을 부추기는 얼굴이라고 부른 표정이었다. "아니야. 그거로는 충분치 않아." 바다를 뒤에 두고 햇빛이 육지 쪽으로, 높고 경사진 창문을 통해 비쳤다. "말해줘, 응? 캠퍼스 분위기

276 색에 대해 중립적 성질을 갖는 무채색 차광 필터의 일종.

는 어땠어?"

"모든 게 다 무너지고 있어요. 갑자기 모두들 결말이 어떻게 될지 궁금해해요. 완전히 편집증에 빠져 있어요. 운영위원회가 오늘 밤 렉스의 집에서 열리기로 되어 있어요. 우리는 그걸 찍을 예정이에요. 일단 그를 필름에 담으면, 그는 그걸로 끝이에요. 거짓말을 하건, 자백을 하건, 그건 별로 중요하지 않아요."

"필름에 담는 대로." 사랑이 넘칠 것 같은 말투였다.

"보게 될 거예요."

"아니." 그러고 나서 그는 그녀에게 위드가 소위 '면담 요법'을 위해 쌘디에이고 시내에 방문했던 일에 대해 조심스럽게, 자세하면서도 가끔은 그것에 대해 두려움을 느끼도록 투박하게 말해주었다. "그가 너무 많은 수학과 너무 많은 추상적 개념에 사로잡혀 있어서, 그것들을 딱 중화할 만큼의 현실 요법을 그에게 해주었지. 더도 말고 치과의사를 찾아가게 해서 말이야. 그랬더니 얼마 안돼서 그가 우리 쪽을 이해하기 시작했다고."

"그러면 그게 사실이었네요. 그가 당신을 위해 일하고 있었다는 게."

"네 반대편에서 말이지, 응? 네가 그자에 대해 했던 거짓말들이 진실이었던 거네?" 그가 원하는 만큼 그렇게까지 놀라지는 않았지만, 프레네시는 위드가 그동안 자기를 속여온 게 사실이라면, 브록 역시 그 사실을 그녀에게 감춤으로써 자기를 속여왔다는 걸 깨닫게 되었다. 두 남자에게 감쪽같이 당하다니. 이런 생각에 빠져서 그녀는 브록이 무엇을 꺼내는지 미처 보지 못했다. 그러다가 갑자기 뭔가가 눈에 들어왔다. 그것은 요란하게 반짝거리고 비현실적이며, 뭔가를 숨기고 있는 것 같으면서 동시에 견고했다. 바로 지금과 같은 임무를 위해 폐기장이나 징수원에게 보내지 않은, 완전히 칙칙한 소품실용 스미스 권총, 치프스 스페셜이었다.

"브록—"

"그냥 소품일 뿐이야."

그녀는 조심스럽게 앞부분을 둘러보았다. "장전이 되어 있네."

"이런 좌익 아이들의 장난질이 산산조각 나다보면, 사태가 종종 위험해질 수도 있어서."

"그러면 내 안전을 생각한다는 거네요. 이렇게 사랑스러울 수가. 하지만 괜찮아요. 한바탕 로큰롤일 뿐인데요, 뭐."

그의 두 눈은 젤리 같은 눈물이 넘치고, 그의 목소리는 더 고조되었다. "조만간 총이 등장하게 될 거야."

"말도 안돼."

"그건 네가 한번도 총을 가져본 적이 없어서 그래…… 난 늘 갖고 다녀."

"어떻게 사용하는지 알고 싶지도 않은걸요."

그는 웃었다. 옛날 대학생처럼 기분 나쁘게 힝힝거리며 내는 웃음이었다. "아무 문제 없어. 그냥 그걸 렉스에게 전해주기만 하면 돼."

"렉스에게?"

"그게 나한테서 나온 건지 그는 모를 거야. 걱정 마. 그는 아직 '깨끗하니까'. 그런 점들을 네가 민감하게 생각하는 거 알아. 그냥 거기에다 두면 돼. 가정용품의 일부처럼 말이야, 응?"

"집 안으로 총을 가지고 들어갈 순 없어요."

"카메라는 가지고 들어가도 되고? 두개의 세계가 전혀 다르다는 걸 모르겠어? 한쪽 세계에는 어딘가에 늘 카메라가 있고, 다른 한쪽 세계에는 늘 권총이 있는데, 그중 한쪽은 가짜고, 다른 한쪽은 진짜라는 걸 말이야. 이게 네 삶의 분기점이라면 어떻게 할 거야? 그래서 두 세계 중에서 선택을 해야 한다면?"

"그러니까 나더러 가랑이를 벌리거나 아니면 죽음의 밀사가 되라는 거잖아요. 와우, 정말 끝내주는 선택을 하라는 거네." 이 정도로 미친놈이었어?

"만져보고 싶지도 않은 거야? 느낌이 어떤지 안 궁금해?"

"딱딱하고 아마 약간 매끄럽겠지. 겉보기에 그래요."

"하지만 진짜로는 아직 모르잖아, 응? 너는 지금 놀랐어. 그러면서 동시에…… 조금은 궁금해. 얼마나 무거울지, 여기, 아니면 여기를 만지면 어떻게 될지……"

"나에게서 손 떼요, 브록." 그가 그녀의 손을 가져다 총에 얹는 동안 그녀는 뿌연 햇빛에 반짝이는 맨다리를 허우적거렸다. 그런 다음 그가 그녀의 손에서 암묵적인 승인 같은 걸 느끼고서 그의 손을 뺄 때까지 그녀는 기다렸다. 그녀의 손은 계속 총에 남아 있었다. 그녀는 두 눈을 떨구었다. "그러면 렉스에게 가기만 하면 돼요? 함께 전달할 메시지 같은 건 없어요?"

"물리적으로 그게 그의 것이기만 하면 돼."

남자들이란 그렇게 단순했다. '그걸 꽂는 것'이 여의치 않으면, '총을 가지고 다니는 것'으로 충분했다. 그것은 멀리서 '꽂을' 수 있는 변화된 형식이었다. 일하는 날마다 그 행동들을 구체적으로 언제 어떻게 할지의 세부항목들이 곧 그들의 실제 세계였다. 황량한 게 틀림없지만, 훨씬 더 심하게 단순화될 수도 있었다. 누구에게나 가능한 그러한 단순화가 탐구자들을 사막으로, 낚시꾼들을 개천으로, 남자들을 전쟁터로 가게 했다. 유혹하는 미래를 좇아서. 프레네시로서는 인정하기 싫었지만, 이러한 흐름의 상당부분이 브록의 페니스로 흘러들어, 거침없이 발기하고, 닥치는 대로 상대를 고르게 했던 것이었다.

그녀는 충동적으로 그의 단순한 방식을 거부하고, 집 안에 있는 총과 더불어, 그녀가 여전히 믿는 초당-24-프레임의 진실이 좀더 강렬하고 새로운 수준의 진실을 찾아내게 될 거라고 상상했다. 그녀는 속으로 되뇌었다. 이 작은 체구의 바보 자식에게 8 대 1로 조명을 비추고, 거울에 반사되는 지나치게 밝은 부분들은 누그러뜨리고, 바싹 붙어서 근접촬영에 들어간다…… 그런 다음 뒤로 빼서, 그 사랑스럽고 치명적인 물건을 오늘밤 모임의 대표 솟에 넣고, 프레임을 변경하고, 마침내 그녀가 여태껏 조명을 비추고 눈에 보이게 했던 모든 것들, 그저 유령에 불과했던 그 보이지 않는 존재들과 피할 수 없는 협상 조건들로 돌아가……

모든 게 돌고 돌았다. 바다 쪽에서 들어오는 햇빛, 허브와 사샤로부터 배운 옳고 그른 사례들, 브록이 변덕스러운 달처럼 밀려들어오게 했다 빠져나가게 하는 욕구의 조수潮水까지. 그는 모든 걸 차지하려 했다. 그 썩을 놈은 언제나 자기 방식대로 하려고 했다. 그때부터, 이따금씩 아닌 척하기는 했지만, 두 사람 다 그녀에게 더 이상 협상할 게 남아 있지 않다는 사실을 알고 있었다. 그는 심지어 그녀가 무슨 일이 있어도 절대 안하기로 맹세했던 것에 대해서도 자비를 베풀지 않았다. 훗날 어느 순간에 그녀는 노면전차들이 사방으로 뻗어 있는 검고 때 묻은 전선 아래에서 달리다 사막처럼 누런 시내 광장으로 모두 모이고, 포장도로보다 약간 더 밝은 노란색 바탕에 가장자리는 옅은 초록색으로 칠한 자동차들이 다니는 어느 도시에서 그의 대배심원단 앞에 서야 했던 것이다. 눈부신 태양 때문에 불꽃들이 눈에 거의 안 보이게 튀면, 보조 케이블, 갈고리, 그리고 나무 전봇대의 받침대에 달려 있는 전차 전선들은 부르르 떨고 윙윙거리며, 복잡한 매듭처럼 생긴 그림자를 드리웠다. 그녀는 안내에 따라 건물 안으로 들어가, 천장이 낮은 석고판 복도를 걸어갔다. 작게 나뉜 건물을 누가 같이 쓰는지 알 길이 없었다. 대배심원들은 이미 그녀의 이야기를 알고 있었다. 증언에 며칠이 걸렸지만 모두 다 형식에 불과했다. 그녀는 남자들의 하얀 얼굴을, 너무 불손해 보이지는 않게, 쳐다보려고 했다—그들은 영화에서처럼 위대하고 선한 시민들일 거라고 생각했다. 매일 아침 그녀는 약에 몹시 취한 상태에서 그들을 보러 들어갔다. 기상시간이 되어도 채 가시지 않은 전날밤의 약 외에, 아침식사는 시한폭탄과 같은 정신안정제와 인스턴트커피가 전부였다. 그녀는 침대 시트의 식초 냄새를 맡으며 잠에서 깼다. 첫 아침 햇살이 비치는 모텔의 시트 같았다. 냉기가 금속제 문 밑의 좁은 공간을 통해 스며들었다. 다른 편 침대 옆의 어둠속에 사람 모습이 보였고, 담배 냄새가 났다. 자기가 그곳에 있는 건 알지만 자신이 누구인지는 모르겠는 몇분의 시간이 길게 흘렀다.

미스터 본드 마지막 순간에 환자의 행동은 어떠했는지 설명해보시오.

미스 게이츠 마지막이라면.

미스터 본드 그의 인생의 마지막 며칠 말이오.

미스 게이츠 점점 더…… 불안정해졌어요. 그때는 이미 그가 필요로 하는 건 다 사라졌죠. 그는 자기가 함정에 빠졌다고 느꼈어요.

미스터 본드 당신이 보기에 그는 다른 누군가의 통제를 받고 있던가요? 지시에 따라 행동을 한다든가, 그런 건 없었나요?

미스 게이츠 그는 누군가에 의해 강요당하고 있다고 생각했어요. 그들이 자기를 '억지로 하게 한다'고 계속 말했거든요.

미스터 본드 그러면 당신은 '그들'이 누구라고 생각했나요?

미스 게이츠 내 생각에 그가 말한 건…… 잘 모르겠어요. 그냥 사람들이었어요.

그것은 배심원들이 원하는 답은 아니었지만, 그들은 브록 때문에 그냥 넘어갔다. 프레네시에게도 그것은 중요한 질문이 아니었다. 그녀는 그들이 무엇을 원하는지 잘 이해가 되지 않았다. 어쩌면 자기들 앞에 출석하는 것으로 충분한 듯 보였다. 아무도 총의 경로를 추적하려고 하지 않았다. 그건 거의 이야기상의 초자연적인 조건에 불과했다. 오로지 행위가 이루어질 수 있게 나타났다가 바로 사라지는 물건이었다. 퇴실 서명이 들어간 서류나, 행동일지, 탄도학 조사나 일련번호 조회 같은 것은 일절 없었다. 하지만 분명히 최후의 결전을 하루 앞둔 날의 저녁식사 시간에 그 물건은 렉스의 술 달린 쇠가죽 가방 안에 들어 있었다. 렉스는 집 밖으로 잠시 나와야 했다. 사람들이 기억하기에 그가 가방을 몸에 지니지 않은 건 그때가 처음이었다. 그러는 동안 그의 가방은 보란 듯이 가운데를 불쑥 내밀고 마치 그대로 머무르려고 하는 손님처럼 인도사라사 무늬가 들어간 소파 위에 덩그러니 누워 있었다.

위드는 히피에서 벗어나고 있다는 징표이자 프레네시가 이제 막 사랑스럽게 느끼기 시작한 아가일 무늬의 양말에 쌘들을 신고서, 나이트 트레인이나 애니 그린 스프링스[277]와 유사하지만 히스패

277 질이 낮은 저가 와인들.

닉 지역을 겨냥해서 나온, 판초 반디도로 알려진 와인으로 만든 스프리처[278]를 연거푸 마시고 있었다. 그는 절대 성공하지 못할 연화좌蓮華坐 자세로 마루에 어색하게 앉아, 팔꿈치를 무릎에 댄 채 두 손으로 머리를 잡고 있었다. "아주 조금씩 화나는 것만 아니면 괜찮겠는데." 그가 프레네시에게 인사를 건넸다. "왜 그러는 걸까?"

"글쎄, 그만 긴장을 푸는 건 어때." 그녀는 감시용 테이프의 대본에 나온 대로 말했다. "골치 썩이던 것들도 다 끝났는데. 이제는 해방이잖아."

그는 천천히 머리를 들어 그녀를 바라보았다. 전혀 본 적이 없는 눈빛이었다. "그들이 나에게 뭔가를 전하라고 너를 보낸 거지? 그게 뭐지?" 그녀는 이 '그들'을 누구로 이해했을까?

24fps의 모든 회원이 모습을 나타내지는 않았다. 캠퍼스에서 집회든 대회든 심상치 않은 일이 벌어지고 있어서였다. 디엘은 현상할 만한 것을 얻기 위해 태엽장치가 되어 있는 볼렉스에 아리와 지피[279]를 들고 현장에 나가 있었다. 포스터나 안내방송은 전혀 없었고, 사실상 어디에도 의사소통을 위해 남겨진 공간은 없었다. 점점 짙어져가는 어둠과 끝 모를 혼란 속에서 오직 몇몇 사람들만이 PR[3] 회원들이 어린 시절 마리화나에 취해 벌거벗고 장난을 치던 플라자의 분수 근처에 모여 있을 뿐이었다. 이제 닉슨 기념비의 검은 그림자가 지는 해를 배경으로 길게 드리우고, 배터리가 얼마 안 남은 휴대용 확성기가 어딘가에서 꽥꽥거렸다. 갑자기 서로의 얼굴을 알아보지 못할 만큼 어두워지자, 모두가 낯선 이들의 바다에 갇혔다. 나중에 인터뷰를 통해 보도된 바에 따르면, 그들이 느꼈던

278 백포도주에 소다수를 혼합한 칵테일.

279 볼렉스, 아리, 지피 모두 휴대용 16밀리미터 카메라의 일종.

공통의 감정은 그동안 알고 지내던 모든 것들과 얼마 안 있으면 완전히 단절된다는 것이었다. 몇몇은 '종말'이라고, 다른 몇몇은 '과도기'라고 말을 했지만, 그들은 모두 그것이 임박했음을, 스모그가 하늘로부터 밀려오듯이, 일식 전 불안정한 기상 상태 속에서의 기다림처럼 의심의 여지가 없는 무언가가 다가오고 있음을 느낄 수 있었다.

바닷가 집에서 꽉 끼는 썬글라스에, 머리는 검고 둥근 수풀 모양으로 세운 슬레지 포티트가 크리슈나를 위해 마이크 봉과 케이블을 들고 있는 동안, 들이마신 것 때문에 눈꺼풀이 위아래로 형광 장미색 라이너로 칠한 것처럼 된 하위는 프레네시를 위해 조명을 설치하고 카메라에 필름을 갈아끼우고 있었고, 디차는 그밖의 다른 모든 일들을 돌보고 있었다. 프레네시는 위드 옆에 쭈그리고 앉았다. "이건 당신에게 더없이 중요한 기회예요. 가장 호의적인 토론회가 될 테니까, 그 일이 어떻게 일어난 것인지, 당신 생각에 그것이 어찌해서 일어날 수밖에 없었는지 다 말해줘야 해요. 아무도 당신을 판단하지 않을 거예요, 위드. 카메라는 단지 기계에 불과해요……" 그녀는 이런 식으로 영화의 진정성에 대해 말했다. 하위가 조명을 켜면, 프레네시는 촬영을 시작하고, 위드가 마음을 바꿔 뒤로 빼면, 하위는 다시 조명을 껐다. 이게 몇번은 반복되었다. 어느 순간 징크스가 모와 페니와 함께 나타나 프레네시를 살피는 듯한 눈초리로 쳐다보았다. 모는 텔레비전 있는 데로 향했고, 페니는 부엌으로 걸음을 옮기다가 인도 무늬의 소파 옆에 잠시 멈춰 섰다.

"렉스 아저씨가 가방을 깜빡했나?" 그녀는 근심 어린 표정을 지었다. 다른 사람들을 정말로 걱정하는 꼬마 아이의 표정이었다. 그녀의 작고 포동포동한 손이 가죽 가방의 딱딱한 물건을 천천히 꼼지락거리며 만지기 직전이었다.

"오, 와우." 순식간에 프레네시가 끼어들더니 바로 가방끈을 쥐었다. "내가 전해줄게, 페니. 고마워." 그러고는 한번에 부드럽게 어깨에 둘러메면서 페니의 앞머리를 매만져 바로잡아주려고 손을 뻗었다. 하지만 페니는 그게 그렇게 다정하게 느껴지지만은 않았는지 예의상 잠시 머뭇거리다 앞이마의 머리카락을 뒤로 넘기며 모에게로 뛰어갔다.

가방에 뭐가 들었는지 알고 있었을지도 모를 위드는 그녀를 계속 지켜보고 있었다. 페니에게 갑자기 달려드는 행위를 통해 그녀는 자기도 그걸 알고 있음을 시인한 셈이었다. 그렇다고 달라질 건 없었다. 다만 문제라면 머리가 몽롱하다는 것이었다. 부엌에서 판초 반디도 술병을 들고 오는 징크스가 긴장한 표정을 지었다.

"음…… 얘들아, 이게 와인이래. 자동차 관련 코너에서라면 모를까, 내가 쇼핑하는 곳에서는 이걸 본 적도 없어……" 나중에 징크스가 한 말에 따르면, 그들은 그녀가 보기에 약에 취해 팽창된 눈으로 그녀를 뚫어지게 쳐다보고 있었다. 몇초 동안을 프레네시는 두 발로 선 채 조금씩 휘청거렸고, 위드는 망가진 연화좌 자세로 앉아 있었다. 이윽고 프레네시가 고개를 끄덕이며 슬쩍 웃었다. "어이, 징크스."

그때 전화벨이 울렸다. 디엘이 프레네시에게 보고하기 위해 캠퍼스에서 걸어온 전화였다. 해안고속도로는 봉쇄되었고, 펜들턴에서 온 해병부대가 유리한 위치를 차지하기 위해 절벽 위로 접근하고 있었으며, 무장병력을 실은 수송차량과 탱크 두대가 캠퍼스 바로 너머의 기지로부터 밀고 들어오는 중이었다. 캘리포니아 고속도로 순찰대와 트라세로 카운티 보안관도 대기하고 있었다. "발전기를 구해볼 순 있을 것 같은데, 여기서 빠져나갈 길이 있을지 모르겠어. 오래 못 버틸 것 같아. 이리로 올 수 있어?"

"이쪽 일이 끝나는 대로 갈게…… 디엘, 괜찮아?"

"네 남자 친구 위드의 이름이 입에 자주 오르내리고 있어. 아직도 시내에 있다면, 피하는 게 좋을 거야."

"맞아, 그는—" 그때 다른 방에서 고함 소리가 들렸다. 렉스가 돌아온 것이었다. 렉스와 위드, 그리고 그 사이에 징크스가 있었다.

"오, 젠장." 디엘이 프레네시로부터 들은 마지막 말이었다. (그 뒤로 얼마 동안은 듣지 못했다.) 프레네시는 전화를 끊고 방으로 뛰어갔다. 징크스가 두 남자를 문밖으로 세게 밀어내고 있었다. 위드는 그들 사이에 버티고 서 있었고, 렉스는 어깨에 가방을 메고 한 손은 안에 든 묵직한 덩어리 위에 얹은 채 부들부들 떨며 하얗게 질려 있었다. 촬영 조명은 켜져 있었고, 디차가 들고 있는 낡은 오리콘 카메라와 하위의 스쿠픽 카메라 양쪽 다 돌아가고 있었다.

두 사람은 일제히 그녀를 향해 몸을 돌렸다. "그에게 말해!" 렉스는 거의 울 지경이었다. "저 망할 녀석에게 우리는 모든 걸 알고 있다고 말하라고."

그녀가 평생을 마음에 품고 살게 될 것, 어디에 있든 잠 못 이루는 짧은 순간 동안만 간신히 부인하거나 모른 척할 수 있게 될 것. 그것은 단지 그의 얼굴 표정만이 아니었다. 그가 서서히 깨닫기 시작한 게 그의 몸으로 퍼지자 오랫동안 넋을 잃고서 움츠러들어 있던 그의 모습, 영상으로도 거의 확연하게 눈에 띄던, 영혼이 빠져나가는 그의 모습 또한 그녀를 평생 따라다녔다. 하위가 계속해서 뒤로 물러서는 동안 디차는 그들 세 사람을 한 화면에 넣어 근접촬영했다. 그때로부터 여러해가 지난 뒤에 계곡에 있는 디차의 집에서 다시 틀어봐도 그것은 눈에 보였다. 어떤 은빛 유출물이 스크린에 비친 그의 모습에서 빠져나갔다. 그가 사라지는 실제 순간이었던 것이다. 그는 화면이 뒤틀리고 얼굴이 화면에서 사라지기 직전에 가까스로 프레네시의 이름을 불렀다. "한꺼번에 너무 몰려들었어." 디차가 그때를 떠올렸다. "마침 하위는 필름을 갈고 있었는데, 다행히 크리슈나가 오디오 전담이어서…… 이 부분이야."

렉스가 비명을 지르는 소리가 들렸다. "나한테서 도망치지 마!" 방충망 문이 삐걱거리고, 사람들의 발과 가구가 쿵 부딪치고, 다시 문이 삐걱거리더니, 시동 모터의 날카로운 비명에 이어 엔진이 걸리는 소리가 들렸다. 그때 슬레지가 그들을 뒤쫓아 좁은 골목 안으로 이동했고, 프레네시가 투광조명들 중 하나로 그들을 비출 수 있게 케이블을 연결하려 하자 하위는 새 필름을 넣고 바깥으로 나가면서 프레네시에게 자기와 자리를 바꾸자고 제안했다. 하지만 카메라 챙기랴 촬영하랴 머뭇거렸을 프레네시는 하위에게 먼저 가라고 한 게 분명했다. 하위는 아무것도 모른 채 천천히 움직이며, 암흑 속으로 들어간 다음, 카메라 조리개를 여는 고리를 찾느라 정작 가장 중요한 순간은 놓치고 말았던 것이다. 그러나 화면의 어딘가에서 어떤 형상들이, 검은 바탕 위에 검은색을 띠고서, 육신의 모습을 되찾으려고 애쓰는 유령들처럼 움직였을 터였다. 마침 슬레지가 그들 바로 옆에 있었다. 그리고 크리슈나의 테이프에 총소리가 잡혔다. 귀를 세우고 있던 프레리는 그 너머로 파도가 해안에 부딪치며 내는 느릿느릿한 소리를 들을 수 있었다. 마침내 하위가 그곳에 도착하고 프레네시가 조명을 비췄을 때에는, 위드는 이미 피가 시멘트 바닥에 낭자한 채로 엎어져 있었다. 총알이 옅은 불꽃을 뿜으며 검게 뚫고 나간 자리 주위에서는 셔츠의 천이 아직도 타고 있었고, 렉스는 카메라를 응시하고 서서 38구경 권총의 총구에서 나오는 연기를 불어서 날리는 시늉을 했다. 결국 1980년대의 미래 세계에, 꿈에서나 나올 법한 산비탈 위의 그 참나무 밑에, 기적적으로 목숨을 건진 위드와 어느날 함께 앉아 있게 되는 행운은 그에게 주어지지 않을 것이었다. 카메라가 그의 얼굴을 정면으로 끌어당겼다. "하워가 줌을 찾았어." 디차가 보충 설명을 했다. "그제야 우리는 장전된 권총을 들고 있는 미친 사람과 좁은 통로에서 정면으로 마주 보고 있었다는 걸 알게 되었어."

화면에서 렉스는 울고 있었다. "널 쐈어야 해, 프레네시. 이 빌어먹을 년, 어디 있어?" 프레네시는 그의 얼굴을 조금의 흔들림도 없이 눈이 부시게 비추고 있는 조명 바로 뒤에서 아무 말이 없었다. 프레리는 오직 조명만이 그녀와 렉스와 그의 증오심 사이에 비치는 가운데 그녀가 서 있는 모습을 상상했다. 렉스는 고통에 온몸을 떨며 총을 들고 흐느적거렸지만, 총에서는 이미 마음이 떠나 있었다. 그는 쓰러져 있는 위드에게 걸어오더니 한쪽 무릎을 꿇고 총을 그의 옆에 내려놓았다. 그때 프레네시는 조명을 껐다. 그렇게 촬영은 끝이 났다. 마지막으로, 렉스의 빛나는 안구 중 하나를 클로즈업한 장면에서 그녀가 들고 있는 조명이 그의 안구에 동그랗고 환하게 비쳤다. 구석진 뒤편으로는, 만약 프레리가 자세히 보기만 했더라면 분명히 보았을 텐데, 프레네시가 어두운 바탕에 어두운 모습으로, 얼굴이 심하게 일그러진 채, 아마 프레리도 인정했을, 참을 수 없는 표정을 짓고 있었다.

그다음 장면은 캠퍼스에서 찍은 로큰롤 인민공화국의 마지막 몇시간에 관한 것이었다. 한번에 이루어지는 아티카[280]식 공격 같은 것은 전혀 찾아볼 수 없었다. 그 대신에 인간들의 아비규환, 무차별 사격, 위에서 쏘는 최루가스, 화염에 휩싸인 건물과 자동차 등이 밤새 산발적으로 계속 늘어났고, 급수와 함께 전력이 끊긴 후로는 너무 많은 사람들이 암흑에 갇혀 모두가 적이 될 수 있었다. 스모그만이 자욱할 뿐 달이나 별빛은 전혀 없었다. 그러나 영화예술학과 건물 뒤편에 주차된 트레일러에 아직 쓸 만한 몰-리처드슨 씨리즈 700 발전기가 있었다. 슬레지는 사용할 만한 조명기기가 그런대로 있기는 했지만, 그래도 발전기가 있는 데로 가서 한동안 안 쓰던 걸 시동을 걸어보고 타이밍을 맞춰야 했다. 낯선 이들이 조심스럽게 어둠 밖으로 모습을 드러내기 시작했다. 거리상으로 몇 마일 떨어진, 멀리 애너하임 스타디움에서 블루 치어[281]의 공연 소리가 들려왔다. 기금이 풍족하게 들어오는 영화예술학과로부터 무엇을 건질까 생각하고 있으려니, 그날이 24fps의 팀원들에게는 마치 세계의 종말 바로 다음날 같았다. 전설의 에끌레어 카메라 장비는 시간당 대여비만도 몇주에 걸친 발품과 밀러 헤드[282], 초고속 카메라, 노우드 바이너리 노출계, 끝으로 그들의 꿈을 제작하는 데 드는 고가의 비용과 맞먹을 정도였다. 그런데 그 장비를 쓸 수 있는 건 덫에 걸려 더이상 미래가 없는 그날밤뿐이었다.

그들은 램프와 조명기구를 이용해 불을 밝히고, 그들이 갖고 있는 것 중에 가장 빠른, 영화예술학과의 냉장실에서 가져온 7242 필름을 쓰고, 조리개를 활짝 열었다. 그래서 디차가 원하던 만큼의 심도는 아니었지만, 그래도 그녀와 디엘과 프레리는 최면에 걸린 듯

280 고대 그리스의 남동부 지역으로 아테네가 중심이며, 스파르타와 전쟁을 벌였다.

281 쌘프란시스코에 기반을 두고 1960년대 말과 1970년대 초에 인기를 끌었던 미국의 싸이키델릭록 밴드. 블루 치어는 환각제의 일종이기도 하다.

282 내부에 움직임을 부드럽게 하는 장치가 있어 정확하고 부드러운 카메라 움직임이 가능한 삼각대.

앉아, 하강하는 헬리콥터들, 똑같은 라디오 채널에 맞춰 다 같이 춤추는 청년들, 하위의 예언대로 그들이 계속 비추는 아크등에 갑자기 잡힌 쥐처럼 떼 지어 다가오는 검게 칠한 얼굴과 위장복 차림의 군인들이 나오는 장면들을 지켜보았다. 카메라는 절대 뒤로 물러서는 일 없이, 앞이 가로막히더라도 맞부딪쳤고, 가끔은 그 안으로 뚫고 들어갔다. "저러다 엄마가 죽을 수도 있겠어요." 프레리가 큰 소리로 말했다.

"그러게." 디차와 디엘이 동시에 말했다.

아침까지 수십명이 다쳤고, 수백명이 끌려갔다. 사망자는 보도되지 않았지만, 몇명이 행방불명되었다. 그 당시만 해도 북미의 정부기관이 자국의 민간인을 살해하고 그것에 대해 거짓말을 하는 건 아직 상상할 수 없었다. 따라서 그에 관한 비밀은, 분명 일시적일 수밖에 없으며, 그렇다고 계획된 잔학 행위라고 하기는 어려운 청년들의 실종 너머 어딘가에, 시간 속에 얼어붙은 채 존재했다. 결국 하나씩 보자면, 당시에 유행하던 대학 중퇴자 데이터와 방랑벽을 감안할 때, 군이 안전을 위한 욕망보다 더 불길한 어떤 것에 의거하지 않더라도 각각의 사건들은 설명이 가능했다. 기자회견에서 브록 본드는 그런 상황을 가리켜 농담 삼아 '휴거携擧'[283]라고 표현했다. 그러자 참석한 미디어 아첨꾼들은 그의 바지 지퍼를 올려다보며 알랑거리는 목소리로, 본드 씨, 물어봐도 실례가 안된다면, 귀하의 생각에 실종된 학생들은 어디로 갔을 것 같으냐고 대놓고 물어보았다. 이에 대해 브록이 대답했다. "그거야, 물론 지하겠지

283 영어 단어 'rapture'에는 '황홀'이라는 뜻뿐만 아니라 '유괴' '납치' 그리고 종교적인 의미로 '휴거'라는 뜻이 있다. 여기서 본드는 후자의 의미들을 중의적으로 사용하고 있다.

요. 그들에 대해 갖고 있는 정보들을 종합해볼 때, 그게 이 건에 있어서의 우리의 생각입니다. 그들은 지하로 갔어요." 급진적 성향의 언론사에서 온 누군가가 몰래 잠입한 게 분명했다. "그들이 현재 도주 중이라는 건가요? 영장은 발부되었나요? 어떻게 아무도 연방 정부의 탈주범 목록에 올라 있지를 않죠?" 기자가 평상복을 입은 두명의 건달들에 의해 끌려나가는 동안 브록 본드가 상냥하게 말을 반복했다. 불빛이 그의 안경알과 안경테 위에서 신나게 춤추고 있었다. "지하가 어때서요? 밑에서 휴거 중인가보죠. 자, 다음은 정장에 타이를 맨 신사분?"

앞서, 신문기자들이 캠퍼스 정문에서 미니스커트를 입은 예쁜 여대생들이 가죽 장식이 반복해서 쓰인 완전군장 차림의 군인들 손에 끌려가는 장면을 찍느라 정신이 팔려 있는 동안, 아무도 암회색 트럭 수송대가 모든 문을 단단히 잠근 채, 아무런 표시도 달지 않고 캠퍼스 안으로 들어왔다가, 검문소에서 보안을 위한 정차도 하지 않고 뒷길로 빠져나가는 걸 알아차리지 못했다. 트럭들은 복잡하게 얽힌 경사로와 전환 차선, 대충 정돈된 시골길을 거친 끝에 세상에는 거의 알려져 있지 않고 오직 내부자들 사이에서만 FEER[284], 즉 연방 비상 소개 도로로 통하는 곳에 이르렀다. 그다음에는 어둡고 서늘한 빛이 감도는 코스트 산맥의 북쪽 능선을 따라가다, 위장망과 전천후용 플라스틱 시트 아래로 들어갔다. 그곳은 길이가 수백 마일 되는 어두침침한 터널로서, 60년대 초에 터널의 수용 능력을 최대한 활용하여 단 한번만 사용되도록 만들어진 일회용 고속도로였다.

284 Federal Emergency Evacuation Route의 약자. 공포를 뜻하는 'fear'와 발음이 같다.

수송대의 목적지는 북으로 몇시간 거리에 있는 비가 자주 내리는 외딴 계곡에 있었다. 원래는 공군이 보유한 안개 소산消散 실험 지역이었지만, 나중에 케네디 시대의 전략적 '사고'의 묵시록적 장엄함이 베트남이라는 일상적인 공포의 늪에 빠져 힘을 잃기 전에, 피난민을 최대 50만명까지 받을 수 있는 수용 지역으로, 이를테면, 도시를 소개疏開해야 하는 경우 따위를 대비해 용도가 바뀐 곳이었다. 수십채의 주택들이 새로 구획된 대지의 가장자리에 세워진 모델하우스들처럼 들어서 있어서 방문객들에게 전체 구도가 대략 뭔지 느끼게 해주었다. 그것은 모두 일반 공병대를 위한 주택이었는데, 그중에 일부는 당시에 통용되던 의미에서의 가족들을 위한 아파트였고, 다른 일부는 아직도 '일시적 행방불명' 상태일지 모를 격리된 남자, 여자, 아들, 딸 들을 위한 막사였다. 그외에 식당, 화장실, 샤워시설, 수영장, 탁구대, 영사기, 소프트볼 구장, 농구 코트가 있었다. 물은 온 사방에서 흘렀고, 삼나무와 가문비나무가 하늘 높이 자라 들쭉날쭉한 그림자를 산꼭대기 너머로까지 드리웠다. 그리고 그 뒤로는 커다란 회색빛 구름들이 거의 1년 내내 해안으로부터 밀려들어왔다.

그러는 사이에 일행에서 뒤떨어졌던 디엘은 버클리의 쌘파블로 외곽의 작업실로 터덜터덜 돌아왔다. 끝까지 의리를 지켰거나, 혹은 아직도 충격에서 벗어나지 못한 하위와 슬레지는 그녀에게 느릿느릿 걸어가, 24fps 중에 남은 사람은 자신들밖에 없다는 사실을 알게 되었다. 그 무렵 디엘은 너무 정신이 나가 있어서 누가 있고 누가 없는지를 거의 내내 알아차리지 못했다. 그러는 와중에 그녀의 귓속에서 벨소리 같은 게 들리고, 모든 만물의 가장자리에서 빛이 났다. 두개 다 메시지가 올 테니 기다리라는 신호가 확실했다.

그들이 프레네시가 사라졌다는 사실을 깨달은 건 얼마가 지나서였다. 그녀가 트럭 수송대에 끌려가는 걸 봤다는 사람들로부터 보고가 들어왔다. 그들 중 몇 사람이 뒤쫓으려고 했지만, 매번 특이한 변경 도로망에 다가갈 때마다 어떻게 순서를 짜도 도저히 그 안으로 진입할 수가 없었다. 하지만 그들은 위편 어딘가에 옛날 FEER 프리웨이가 있다고 들어왔으며, 위장 처리를 한 여기저기의 결함들, 회색 기둥과 가드레일, 카멜롯[285]의 잔해들을 언뜻언뜻 보기도 했던 터였다. 도로 위아래가 지도들에 나와 있기는 하지만 지도마다 달랐다. 게다가 '국가안보보호구역'이라는 명칭만 달랑 붙어 있는, 기밀 프리웨이의 끝에 있는 울퉁불퉁한 다각형 안에 무엇이 있는지에 대해서는 어디에도 세부적으로 명시되어 있지 않았다.

디엘과 남은 남성들은 24fps 수송대의 기함이라 할 수 있는 '57년형 사륜구동 쉐비 노마드를 가져다가, 차체를 2피트 정도 들어서 커다란 부양 타이어, 금속 완충 바, 전후방 윈치를 장착했다. 리치몬드-쌘라파엘 브리지에 들어설 무렵이 되자 비가 내리기 시작했고, 쌘라파엘에 도착했을 때에는 벌써 어둑어둑하고 매연이 많이 끼는 러시아워여서 여덟개 혹은 열개 차선 모두 힘없는 가축 떼의 후미처럼 축 늘어진 배기가스로 꽉 찼다. 디엘은 그녀의 밝은색 머리를 느슨하게 짠 올리브색 머리그물에 싸매고서, 운전석에 꼿꼿이 앉아 분노를 침착하게 다스리며, 적인 브록 본드의 얼굴과 그가 납치한 여자의 얼굴을 마음 한가운데 새긴 채 비 내리는 땅거미 속을 힘겹게 운전해나갔다. 프레네시가 자진해서 갔을 리는 만무했다. 그 망할 놈의 경찰이 그녀를 탐해서, 그래서 그녀를 데려가도

285 케네디 행정부를 말한다.

아무도 어쩌지 못할 거라 믿고, 그렇게 한 게 틀림없었다. 자, 브록. 이런 실례가, 대장이셨던가. 두고 보라지.

산속 수용소의 수감자 수에 대해 버클리 내 거리에서 추정한 바로는 대략 열명에서 백명에 이르렀다. 그 수치는 닉슨 정권에 대한 그들의 악몽이 현실화되는 데 대해 각각의 정보원들이 어떻게 느끼느냐에 따라 달랐다. 하위와 슬레지는 이런 식으로 다른 사람들의 어림짐작에 따라 일을 하는 것에 회의적이었다. 그들은 지도들을 쳐다보았다. 각 지도마다 한가운데에 문제의 정체 모를 텅 빈 공백이, 지리 시험에 나오는, '미합중국'이라 불리는 것에 속해 있지만 그들은 잘 모르는 어느 주州의 윤곽처럼 표시되어 있었다. "이 일대의 100마일이야, 디엘. 만약 우리가 잠입하는 게 발각되면, 그들은 곧바로 그녀를 다른 곳으로 데려가 숨겨버리고 말 거야."

"그들은 나를 볼 수가 없어." 만약 프레네시의 영역이 빛이라면, 디엘의 영역은 어둠이었다. 24fps의 팀원들 대부분은 그녀가 경찰과 경찰장비가 쫙 깔린 지역들을 아무 문제 없이 통과하고, 도중에 형제자매들과 그들이 탔던 차량들을 구조하고는 다른 쪽으로 나와서, 맨 꼭대기의 남자도 결코 볼 수 없는 불타는 횃불 같은 머리카락이 그녀가 방에 틀어박혀 있을 때만큼 헝클어진 채로, 오늘 점심 메뉴는 뭐냐고 묻는 것을 본 적이 있기도 하고 없기도 했다. 슬레지와 하위 둘 다, 당시에 환각제, 혹은 혁명의 절박함, 혹은 수동적이면서 능동적인 동양의 수련법을 믿었던 것과 똑같이, 사람들 눈에 띄지 않는 그녀의 능력 또한 믿었다.

성능이 향상된 노마드가 힘을 받기 시작하면서 빗속을 질주해 나가는 동안, 그들은 길을 찾아 작은 휴대용 플래시를 켰다 껐다 하면서, 동쪽과 서쪽의 저지대로 방향이 나 있는 다른 두개의 프리웨이에 근거하여 제3의, 즉 메소포타미아 같은 의문의 프리웨이로 향하는 오르막 도로를 찾아다녔다. 그들은 빠른 속도로 교외 지역과 목초지와 숲을 관통했다. 그러는 동안 길은 콘크리트에서 아스팔트를 거쳐 쇄석도로로 바뀌고, 결국에는 움푹 파이고 돌로 뒤덮인 비탈길 혹은 방어용 경사로로 이어졌다. 그 뒤로는 철책이 쳐져 있어서 그것을 통과하기 위해 윈치를 충분히 감아올렸다. 바퀴 회전을 멈추고 사륜구동으로 전환한 뒤에 디엘이 "꽉 붙잡아" 하고 말했다. 그러자 차가 으르렁거리고 연기를 내뿜으며 오르기 시작했다. 울퉁불퉁한 지형 때문에 모두 자리에서 튀어오르고 천장에 머리를 박았으며, 차창 밖의 풍경도 사방으로 거세게 요동쳤다. 한두번은 거의 뒤집어질 뻔도 했지만, 마침내 노마드는 가드레일의 갈라진 부분을 뚫고서 버려진 옛 고속도로에 도달했다.

100피트마다 갓길 바로 옆에 파티용 피자만 한 메달이 달려 있는 가느다란 기둥이 하나씩 세워져 있었다. 메달 표면에는 보통의 미국인이라고 일반화하기 어려운, 막 말하려고 하는 사람처럼 희한하게 보는 이를 친근한 표정으로 똑바로 쳐다보는 특별한 인간의 얼굴이 새겨져 있었다. 각각의 기둥마다 밑동에는 전시戰時의 1페니짜리 아연 주화처럼 비바람에 씻긴 회색빛 금속 위에 얼굴 주인공에 관한 이야기가 적혀 있었다.

"버질 ('스파키') 플로시, 1923~1959, 반공산주의 운동의 미국 순교자. 플로시 중령은 우리가 사는 반구의 표면으로부터 피델 까스뜨로라는 이름의 저 처치 곤란한 뾰루지를 없애려고 했던 수많은 사람들 중 첫번째 미국인이었다. 극도로 열광적인 꾸바 공산주의자로 가장하고 스파이로 암약하던 '스파키'는 곧 수염 난 독재자의 총애를 받았다. 그의 계획은 '스파키'가 플라스틱폭탄, 기폭

장치, 긴 도폭선을 이용해 직접 만든 정교한 폭탄이 실제 내장되어 있는 커다란 꾸바 씨가를 까스뜨로에게 건네고 불을 켜는 것이었다. 자유를 사랑하는 세계 곳곳의 사람들에게는 유감스럽게도, 제작상의 누적된 실수로 인해 씨가의 머리와 끝 부분을 사실상 똑같아 보이게 만들어서, 그 털북숭이 얼굴의 라틴계 폭군이 반대쪽 끝을 치아로 물고 도폭선을 떼어내는 일이 발생했다. 그러자 경호원들이 곧바로 알아차렸다. 전형적인 붉은 노예 국가의 관리자들답게 그들은 플로시 중령을 현장에서 체포하여 사형에 처했다." 이러한 설명이 붙은 얼굴은 젊고, 수염을 깨끗이 밀었으며, 짧게 자른 머리에 능글맞게 웃고 있는 것 같았다.

차를 움직이기 시작하자, 돌 색깔의 메달들이 빗속에서 헤드라이트 광선을 받으며 하나씩 나타났다. 운전하면서 발견한 것이지만, 메달에 새겨진 각 인물들의 눈은 차를 몰고 지나가는 사람을 좇는 것처럼 고안되어 있었다. 그래서 수 마일 되는 도로에 일반 승용차의 차체보다 약간 높게 세워져 있는 대형 얼굴들이 노마드의 운행을 말없이 관측하고, 평가까지 하는 것 같았다. 그것은 몇시간의 체증과 지연 끝에 대도시에서 비행기를 타고 날아온 사람들을 위해 뭔가 영감이 될 만한 볼거리를 주려고, 그들에게 당장 명확하게 다가오지는 않지만 끝난 게 아니며, 즉 아직 희망이 있다는 확신을 주려고 의도된 것이었을까? 그게 아니라면 아이들을 집중시키기 위해, 뒤에서 갑작스러운 불빛이, 또는 거울에서 참을 수 없는 광경이 나올 때까지 시간을 보내기 위해 마련된 여행용 놀이에 불과한 것이었을까?

그들은 지도가 가리키는 대로 방벽에 도착했다. 시간은 동트기 훨씬 전, 쥐의 시간[286], 몸이 가장 깊이 잠들어 있는 때였다. 설사 깨어 있더라도 신체주기는 그대로이기 때문에 몸이 가장 취약한 시간이었다. 디엘은 검은색 점프슈트로 갈아입고 스키 마스크를 썼다. 차가운 바람이 나무 냄새를 싣고 산마루 어딘가에서 불어왔다. 하워와 슬레지는 그녀에게 24fps만의 오래된 작별인사를 건넸다. "잘해, 안 그러면 B급 영화야." 일순간 그녀의 옅은 눈동자에서 강렬한 빛이 나는 걸 보는가 싶더니, 그다음에는 어디로 가버렸는지 알 수가 없었다.

물론 나중에 이렇게 벗어나는 행동을 한 데 대해 장부책에 정리하고, 사실에 입각해 일지를 작성하는 과정에서 자신이 센세에의 가르침을 얼마나 버릇없이 어겼는지를 알게 될 터였다. 그녀는 다른 누군가의 의지를 자아 없이 대행하느니, 차라리 그녀 자신의 이기적인 열정으로부터 행동하려는 참이었다. 동기 자체가 오염되었다면, 아무리 행위를 성공적으로 혹은 아름답게 수행한다 해도 그것은 그녀의 소임과 그녀 자신에게 어긋나고 부합하지 않는 것이어서, 언젠가는 그에 따른 댓가가 있게 마련이었다. 그런 일이 있기 한참 전에 그녀는 프레네시를 원래 있던 곳에 있게 하는 것이 현재로서는 가장 좋은 방법일 거라고 생각했다.

그녀는 불빛이 보이는 데까지 방벽을 따라갔다. 사방을 가득히 적시는 흐릿한 청록색 조명이 입구와 인근 막사들 사이의 약 100야드 정도 되는 사정권 내의 탁 트인 뜰을 비추고 있었다. 그녀는 잽싸게 초병이 있는 쪽으로 움직이면서, 아래로 향해 있는 그의 눈을 계속 노려보며, 자기가 더이상 문제 되지 않게 아주 가까이 다가갈 때까지 야간 경계를 통과하게 하라고 계속 주문을 걸었다. 그

286 자시(子時). 밤 11시에서 1시 사이.

것은 이노시로 센세에의 전매특허 주문들 중 하나로, 카스미, 즉 안개라고 불리는 잘 알려진 닌자 투명술에서 유래한 것이었다. 그녀는 손가락을 정확하게 그의 얼굴에다 대고 흔드는 방법을 이용해 그가 그녀의 존재에 대해서만 눈이 멀게 만들었다. 그는 디엘만 못 볼 뿐 계속해서 삶을 살아갈 수 있었다. 그녀는 이미 구역 안에 들어와, 짙게 드리운 방벽 그림자의 일부가 되어, 순찰대가 오는지 살피고, 멀리 떨어진 막사들을 세밀히 관찰하고서, 시위에 화살을 건 채 청록색 불빛 속을 시간과 사념에 얽매이지 않고 유유히 통과했다. 숨조차 세게 쉬지 못하는 어둑어둑한 건물 안에서 그녀는 억지로가 아니라 너무도 우아하게, 예전에 센세에가 그녀에게 주었던 아주 오래된 상아 바늘로 마치 제임스 본드처럼 열문 자물쇠를 따고 안으로, 밤의 최후의 막 속으로, 슬그머니 들어갔다. 그곳에는 수십명의 사람들이 혼자 혹은 짝을 지어, 얇은 관용 매트리스를 깔고 마룻바닥 위에서 코를 골고, 훌쩍거리고, 잠꼬대를 하고, 팔다리를 허우적거리며 자고 있었다. 디엘이 찾던 사람은 안 자고 깨어 있었다. 마루에 굴절된 빛이 그 얼굴을 비추고 있었다. 버클리에서부터, 옛날의 데스 투 더 피그 니힐리스트 필름 컬렉티브 시절부터 알고 있던 얼굴이었다. "우연히 지나가던 길이었어. 프레네시를 찾아서."

그는 길지 않은 듯 길게 머뭇거렸다. "그녀를 데리고 나가려고 여기에 왔단 말이야?"

"같이 갈래? 당연히 환영이야."

"오, 고맙지만, 여기도 내가 있던 데보다 그렇게 못하지 않아."

"하지만 넌 정치범이잖아."

그는 입 한쪽으로 씩 웃었다. "연방수사국 요원들이 탄 차를 화염병으로 날려버렸지. 그들 모두 무사히 차 밖으로 나왔어. 그땐 죽여줬지. 차를 완전히 골로 보내버렸거든. 그놈들은 무사히 살아남아서, 폭력 없는 인생을 맛보고 있을 거야. 그래도 분명 남다른 경험이었을걸."

"제대로 본때를 보여줬어."

"지금 너하고 여기서 나가면, 그놈들은 나를 '일급 수배자 10인' 목록에 올려서 하루 만에 다시 잡아들이고 말 거야. 그럴 만한 가치가 없어."

"다시 봐서 반가웠어, 친구. 이제 잠시 필름을 감고 지울 시간이야. 다른 유감은 전혀 없어……" 청록색 그림자 속에서 그녀는 정문 초병에게 썼던 주문을 반복했다. 그러고 나서 어쩌면 잠든 사람들의 침상 사이에서 깨어 있는 사람들로부터 나는 목소리가 아닐지도 모를 작은 속삭임에 이끌려, 그녀는 마침내 양손을 밑에 깔고 바싹 엎드린 채 꼼지락거리며, 한숨 쉬고 있고, 입은 거라고는 단추가 절반은 떨어져나가고 땀으로 검게 줄무늬가 밴 파란 샴브레이 워크셔츠뿐인 희미한 형체의 사람에게 다가갔다. 이미 그게 프레네시가 아니라는 걸 알고 있던 디엘은 그녀 옆으로 가서 한쪽 무릎을 꿇고 앉았다. 그러자 젊은 여자는 비명을 지르며, 두 손으로 가슴을 가린 채 검은 유령으로부터 뒷걸음쳤다. "나도 그러고 싶지만, 지금 좀 급해서." 디엘이 스키 마스크 뒤에서 웃었다. "혹시 그녀가 어디에 있는지 말해줄 수 있을까?"

여자는 입술이 벌어진 채로 그녀를 바라봤다. 젖은 손가락들이 목구멍에 들어가 있었다. "그들이 사무실로 데려갔어요." 그곳은 바로 근처의 수용소 행정본부에 있었다. 안으로 들어가기 어렵냐면? 물론이었다. 디엘의 달콤한 주문에 걸려 젊은 여자는 그녀에게 어떻게 하면 좋을지 말하고, 편하게 몸을 젖히고 자신의 두 손을 무릎에 늘어뜨리고 있었다.

다시 디엘은 절차를 어기고 말았다. 그녀는 여자의 조그만 얼굴을 손에 쥐고서 말했다. "네가 그녀의 침대에서 혼자 손가락으로 자위하는 건 네가 그녀를 사랑하기 때문이야. 내 말이 맞지?"

그녀의 손목과 팔이 점점 더 조여왔고, 옆으로 돌린 그녀의 얼굴은 점점 더 검게 핏발이 섰다. "그녀 없이는 견딜 수가 없어요. 죽을 것 같아요." 그녀는 군청색 어둠속에서 디엘의 눈을 찾아 헤맸다.

디엘은 그녀가 반응을 하기도 전에 먼저 나서서 몸을 수그린 다음, 스키 마스크를 벗고 그녀의 벌린 입에 입을 맞췄다. 그러자 곧 움츠리고 있던 작은 혀가 앞을 향해 퍼덕이는 게 느껴졌다. 디엘은 그녀에게 치명적이지는 않은 쿠노이찌 데스 키스를 즉석에서 맛보게 해줬다. 보통 그것은 키스 받는 사람의 뇌간腦幹에 순식간에 바늘을 찔러넣기 위한 설정으로 쓰이지만, 이번 경우는 단지 짓궂게 장난삼아 하는 거여서 그녀의 제물을 잠시 혼절시켜 자신이 처했던 상황을 달리 생각해보게 하려는 것이었다…… 에스빠냐 기타의 선율이 그녀의 마음속에 울려퍼지는 동안, 디엘은 젊은 여자의 셔츠를 벗기고 검은 장갑을 낀 손가락으로 대문자 Z를 큼지막하게 그려넣었다. 그녀의 젖가슴 위, 사이, 밑에. "다음에 만날 때까지, 안녕, 내 사랑." 그러고 나서 그녀는 젊은 아가씨의 발코니 너머로 사라졌다가, 사실인즉 순찰 중인 두 초병들 사이에 눈에 안 보이게, 귀에 안 들리게 나타났다. 하지만 냄새도 안 났을지는 장담할 수 없었다.

행정본부 건물은 전체가 콘크리트와 지역 하천의 암석 덩어리로 되어 있었고, 기발함과는 거리가 먼 공병대 양식이었다. 건물은 길게 뻗은 계단 위에 높이 세워져 있었는데, 국립 건축물과 불멸의 사원 느낌을 풍기는 쭉 늘어선 흰색 기둥들과 마찬가지로, 안심시키고, 너무 많은 질문을 삼가게 하고, 엄청난 충격을 받은 수만명의 핵 이재민들에게 아직 남아 있는 애국심을 발휘하도록 하려는 의도에서 그런 것 같았다. 애초에 건물은 그들에게 깊은 인상을 주기 위해 설계된 것이었다. 디엘은 경비 중인 보안관을 발견할 때까지 그 주위를 조심스럽게 돌아다니다가, 그가 그녀를 보기도 전에 무기를 빼앗고 그의 발통점發痛點 속에 유까이나, 즉 유쾌한 써브루틴을, 다시 말해 얌전히 굴기만 하면 계속 반복되는 대뇌변연계 하부의 쾌락 싸이클을 찔러넣었다. 그들은 대피와 벅스[287]처럼 기지 안으로 어슬렁거리며 들어가 엘리베이터를 타고 사무실로 불리는 지하 복합단지로 내려갔다. 얼마나 빨리 하강하는지 알 길이 없었지만, 그야말로 그 '설치류의 시간' 속으로 내려가는 것 같았다. 디엘은 양쪽 귀를 가리고, 완전히 똥 씹은 표정을 짓고 있는 보안관을 쿡 찌르며 똑같이 따라하라고 일렀다.

그들은 냉전시대의 꿈속에 있는 것 같았다. 라디오에서 희미하게 흘러나오는 목소리들, 볼륨을 점점 더 작게 만드는 창공에서 벌어지는 눈에 보이지 않는 사건들, 비행, 긴 하강, 지하 깊숙한 피난소로의 대피, 연이은 바닥 출입구들. 잠자는 방, 급수, 음식, 전기, 사라진 가능성, 형광등과 환풍기의 결코 끊이지 않는 웅웅거리는 소리 속에서의 연명. 게다가 이 상상 밖의 세계는 지휘권이 있는 자들에게 그들이 이곳으로 끌고 온 사람들에게 무엇이든 하고 싶은 걸 할 수 있는 은밀한 자유를 주었다. 이렇게 구축된 공간 속에서 모습을 갖추게 된 공포의 거대함이 그들에게 통제 불능에 정신

287 루니 툰 만화의 유명 캐릭터인 대피 덕(Daffy Duck)과 벅스 버니(Bugs Bunny).

나간 방식으로 그것을 휘두르도록 할까? 어느정도는 그럴 수 있는 권한을 부여받았다고 생각하면서?

그곳에서는 사무실용 용해제, 종이, 플라스틱 가구, 카펫과 커튼에 밴 담배 연기 냄새가 났다. 디엘의 가이드는 직각으로 몇번 꺾더니 마침내 어떤 문 앞으로 그녀를 안내했다. 거기서 그녀는 닌자 스타일로 날렵하게 움직여 바깥 조명을 차단하고, 이어서 보안관을 기분이 좋아 해롱거리며 꼼짝 못하게 만들었다.

나중에 프레네시는 디엘에게 그때 꾸고 있던 꿈은 전에 언젠가 친구에게 말한 적 있는 것으로, 거의 음력에 따라 그녀에게 반복되는, 그녀가 '부드러운 밀물의 꿈'이라고 이름 붙였던 꿈이라고 말했다. 어느 캘리포니아 해안 마을이, 집들이 다닥다닥 붙어 있고, 거의 모두 유리이고, 커다란 창문이 실제로 유리벽처럼 되어 있어서, 바다로부터 불어오는 바람에 일제히 흔들리는 해안 마을이 오래전부터 예고된, 태양에 속이 비치는 녹색 해일에 일부가 잠기면, 바닷물은 사람들이 충분한 시간을 갖고 더 높은 곳으로 옮길 수 있을 정도로 부드럽게 흘러들어오고, 정확히 프레네시가 안에서 지켜보고 있는 언덕 중턱의 집까지 차오른다. 마을의 모든 이들은 안전하지만, 해변은 사라지고, 인명구조대 망루와 배구 네트, 온갖 값비싼 해변 주택과 주차장, 부두는 서늘한 녹색 밀물에 모두 잠긴다. 그녀는 그 아름다움, 그 투명함에 취해…… '며칠' 동안은 다른 아무것도 눈에 안 들어오고, 반면 주위의 마을 사람들이 새로 바뀐 해안선에 적응을 하면서 삶도 계속 흘러간다. '밤'늦게 그녀는 부두로 나와 파도 바로 위에 서서 보이지 않는 수평선을, 실제로 그녀만의 항로일지도 모를 바람 쪽을, 미지의 목적지를 바라보며, 밀물을 뚫고 나오는 노랫소리를 듣는다. 그 아름다운 노래는, 이를테면 어느날 밤 어떤 낯선 이의 집에서 약에 취해 들었지만 그후로 다시는 듣지 못하는 그런 노래들, 지금은 아니지만 곧, 나타나서 밀물 밑으로 내려가 '빼앗긴 모든 것'을, '잃어버린 모든 것'을 우리에게 다시 가져다주겠노라고 약속하는, 바로 그 잠수부들에 관한 노래였다.

중간 과정 없이 그녀는 눈을 활짝 떴다. 디엘이 마스크를 벗고 머리카락을 흔들고 있었다. 디엘의 얼굴이 실내 천장을 배경으로 보이더니, 위드가 죽은 이후로 불꽃이 난무하던 그날밤에 잃어버린 그녀의 이름과 기억이 서서히 떠올랐다.

"안녕." 디엘이 웃으며 말했다. "일어났어? 이런 시간상의 문제는 있게 마련이야. 신발은 어디에 있어? 바지는?"

프레네시는 주위를 손으로 더듬었다. "그는 여기에 없어." 그녀는 계속 중얼거렸다. "몇시간 전에 여기를 떠났어."

"안타깝군. 마지막엔 재밋거리가 있었으면 했는데. 언제 다시 한번 기회가 있겠지. 준비됐어?"

"확실한 거야?"

"나가게 해줄게. 걱정 마."

"아니, 내 말은……" 디엘은 팔을 둘러 그녀를 부축하고 방에서 나갔다. 그러고는 보안관을 다시 가동시킨 뒤 함께 앞으로 걸어서 수송차량이 주차된 지역으로 나갔다. 거기에서 디엘은 송수신 양용 무전기가 달린 일반 지프를 골라 즉시 몰고 나갔다. 구내 조명이 능선 너머로 별처럼 흐릿하게 보이는 지점에 이르자, 그녀는 차를 세우고 보안관에게서 대뇌변연계 써브루틴을 빼주었다. 그는 어둠속에 앉아 좌우로 흔들거리며, 흰자위를 다 드러낸 채 무슨 일이 일어난 건지 정신을 차려보려고 애썼다.

"이봐, 보안관 양반." 그녀가 두 손으로 그의 얼굴을 철썩 때렸다. "말해봐. 젠장, 하부에 맞혔다고 생각했는데."

그는 목을 꼴깍거린 뒤 잠시 침을 삼키고 나서 말했다. "어이, 언제 밖에 나가서 술이나 한잔할까? 난 백포도주를 좋아하지만, 뭐든 상관없어."

"음." 디엘은 눈을 부라리며 지도를 소리 나게 펼치고 펜라이트를 켰다. "여기 이 길 맞아? 보호구역의 북쪽 끝에서 나와 개울 근처로 가는?"

그는 잔뜩 졸린 듯한 눈을 하고서 그들을 외부로 나가는 길과 연결된 갈림길로 안내했다. 라디오 방송은 평소와 다름없었다. 그들은 이내 무인 출입구를 통과하고 지도상의 구역으로 다시 돌아왔다. 디엘은 브레이크를 밟고 차 문을 고갯짓으로 가리켰다. "보안관 양반, 아무래도 당신의 닷지까지는 다른 사람의 차를 빌려 타고 가야 할 것 같은데."

"나한테 혹시 가르쳐줄 수는 없을까? 어떻게 어……"

디엘은 진심에서 우러난 유감의 뜻으로 어깨를 슬쩍 으쓱였다. "배우려면 수년이 걸릴걸. 다 배울 때쯤엔 더이상 재미도 없고."

그들은 그를 길옆에 떨어뜨리고 물끄러미 바라보았다. "이걸 진작 생각했더라면 국방부를 비둘기 집으로 만들어놨을 텐데." 디엘이 중얼거렸다. 아무 대꾸가 없었다. 프레네시는 좌석에 몸을 비틀고 앉아 울고 있었다. 보안관보다는 그들이 왔던 길을 돌아보지 않으려는 것 같았다. 디엘은 환영의 인사를 기대할 만도 했지만, 나중에 말할 수 있을 때까지 기다리기로 마음먹었다. 그러는 편이 더 나을 것 같아서였다.

하위와 슬레지를 다시 만난 후 그녀는 급히 차를 몰고 I-5 고속도로로 빠져나가 I-80 남쪽 방면으로 질주하다, 유니버시티 애버뉴 출구에 두 남자를 떨어뜨리고 나서, 결국에는 외마디 대꾸만 할 뿐 넋이 나가 있는 프레네시와 함께 해안고속도로에서 몇 마일 안 떨어졌지만 운전하기 만만치 않은 비포장도로를 타고서, 아직 유행을 타지 않은 뀔바사조스의 어촌에 다다랐다. 그러고 나서 그들은 연식과 색상이 분명치 않은 카마로로 차를 바꾼 뒤, 신분증을 현지인들의 것으로 바꾸고 머리에 스카프를 두른 다음, 규정 속도보다 약간 느리게 차를 몰아 휴가 차량처럼 옛 멕시코 안으로 들어갔다. 그들은 해 질 무렵 시내 외곽의 황폐한 호텔에서, 길 건너편 술집에서 나는 마림바 소리와 구운 마늘, 구운 고기, 옥수수빵 냄새에 둘 다 갑자기 허기를 느끼며 깨어났다. 순간이지만 희미한 웃음이 프레네시의 얼굴에 다시 감돌았다. 그들은 불이 켜지고 유령들이 빠져나갈 바로 그 시각에, 매달린 꽃과 새장에 갇힌 새들로 가득한 안마당에서 나와, 쎄이지색, 살구색, 벽돌색, 포도주색이 밤에 스며들자 그들이 묵은 유령의 집이 노을에 흠뻑 젖은 마을의 표면에 그림자를 뻣기는 광경을 보았다. 그들은 마음이 내키는 대로 구불구불한 거리들을 위아래로 걷다가 마침내 선창가에서, 가로등 불빛이 관청에서 설치해놓은 녹색 철 기둥 위의 전구들에서 희뿌옇게 빛나고, 라디오, 아코디언, 무반주 가수, 주크박스, 기타 등 온 사방에서 음악 소리가 들리는 곳에서 발길을 멈췄다. 수도에서 온 석간신문을 든 신문팔이들이 술집과 까페를 분주하게 들락거리면서 새 울음소리처럼 규칙적으로 "뉴스요" 하는 말을 반복하면, 파도는 다른 리듬으로 계속 철썩 소리를 내며 밀려왔다. 디엘과 프레네시는 작은 레스토랑 바깥에 나무의자가 딸린 식탁에 앉아, 그날의 특별 메뉴인 해산물 스튜, 즉 그날 잡은 각종 해산물을 잔뜩 집어넣고서 마늘, 커민, 오레가노를 듬뿍 뿌리고 칠리로 매운맛을 낸, 두말할 필요 없이 보기만 해도 기분 좋은 요리를 시켜놓고, 양손 또는 또르띠야를 써가며 허겁지겁 먹어치웠다. 두 젊은 여자가 걸신들린 듯 먹는 동안, 병맥주, 쌀과 콩, 망고, 계피 가루를 뿌린 파인애플 조각들 또한 식탁 위에 올랐고, 마침내 프레네시가 "후위!" 하고 탄성을 지르며 가방에서 쿨 담뱃갑을 찾으려 할 즈음이 되자, 식당 주인이 바깥으로 나와 다른 식탁들 위에 플라스틱 시트를 치기 시작했다. "아 요베르."[288] 그가 하늘을 가리키며 알려주었다. 그들은 저녁 폭풍우가 막 몰아치려던 찰나에 안으로 들어와 구석에 앉아 커피를 마셨다. 얼마 만에 이렇게 실내에서 일정표, 특수경찰, 현장 탈주범, 영화 촬영에 구애받지 않고 편하게 앉아 이야기를 나누는지 기억조차 나지 않았다. 대부분 시간 내에 가능한 일들이었지만, 일정대로 끝내기 위해서는 거의 모든 힘을 쏟아야만 했던 것이다.

그들은 조심스럽게 최신 정보를 주고받으며 다른 동료들의 근황을 맞춰봤다. 크리슈나는 배터리가 거의 다 돼서 빨간 경고등이 들어온 고장난 폭스바겐에서 내려 정체불명의 어둠속으로, 그녀의 이름을 부르는 것 같은 목소리를 향해 걸어갔고…… 충격에 말을 잃은 미라지는 그녀의 하루살이 같은 일과들, 참고서, 작업 계획표, 심지어 자외선 형광 그림으로 된 12궁도 포스터까지 다 버리고 아칸소로 돌아갔고…… 지피와 디차는 오리건 중부의 폭탄 제조 꼬뮌으로, "거짓 세상이여, 안녕!" 소리치고, "현실이 지배하는 시간!" "인민에게 힘을!" 하고 외치며, 요란스럽게 떠났다.

288 비가 온다는 뜻의 에스빠냐어.

듣는 동안 내내 프레네시는 친구의 눈을 조심스럽게 올려다보았다. "피스크 자매 말이 옳았던 것 같아." 그녀의 목소리가 너무 슬퍼서 디엘은 대꾸할 수가 없었다. "우리는 장난감 무기를 든 꼬마들처럼 헤집고 다녔어. 실제로 카메라는 마치 권총처럼 우리에게 그런 힘을 주었어. 빌어먹을. 어떻게 그렇게 놓칠 수 있었지? 무엇이 진실인지를? 그때 우리는 마약에서 억지로 손을 끊으려 했었지? 퍼플 오슬리[289]를 완전히 끊었으면 좋았을 텐데." 그녀는 머리를 내저으며 무릎을 내려다보았다. "그런데 위드만 제거된 게 아니었어. 다른 사람들이 더 있다는 얘기가 캠퍼스 전체에 돌았어. 연방수사국이 그것을 감추고 있다나? 그런들 그게 우리에게 무슨 대수겠어? 우리가 누구를 구한다고? 총이 등장한 순간 모든 '영화 예술' 작업도 다 끝이 났어."

"버클리 거리에는 렉스가 우리를 갈라놓았다는 뉴스가 쫙 퍼졌어."

프레네시는 그녀의 목소리에서 무언가를 감지했다. "다른 소식은?"

"듣고 싶지 않을 텐데." 태평양 폭풍이 그녀에게 실어다 준 고뇌에 찬 목소리는 저 멀리 일본에서 또 한번 야단치는 이노시로 센세에의 것이었다. "안돼, 안돼, 바보야, 도대체 무엇을 배운 거냐?" 하지만 그녀는 계속 말했다. "네가 그를 함정에 빠트렸다는 소문이 있던데? 사실 두군데에서 그 얘기를 우연히 들었어."

"맞아. 그들 말이 옳아. 그 일이 일어나지 않게 막았어야 했는데." 죄책감을 느끼는 목소리였던 건 맞지만, 조금은 너무 쉽게 나

289 1960년대에 샌프란시스코 만 일대에서 중추적인 LSD 제작자로 활동한 오슬리 스탠리(Owsley Stanley)의 이름에서 따온 고순도 LSD.

온 말이었다. 디엘의 허튼소리 감지기가 빈틈없이 돌아가고 있었다. 맙소사, 그녀의 입은 좀더 정교하게 장치를 해놓았어야 했다.

그녀가 말했다. "기소 검사의 이름도 나왔어."

프레네시는 마시던 커피 컵을 다시 내려놓았다. "모종의 음모 혐의겠지. 틀림없어."

"그럼 그게 뭔지도 알겠네, 프레네시?"

"네가 무슨 상관인데?" 여기서부터 두 사람의 목소리가 점점 더 커졌다. 그들은 식탁 위로 손을 휘저어대며 말해서 계속 거의 닿을 뻔하다가 말다가를 반복했다. 프레네시는 줄담배를 피웠고, 아무 반격이 없는 또다른 일격처럼 매번 드러나는 새로운 사실들이 그들을 더이상 의심하기 힘든 진실에 점점 더 다가가게 할수록, 디엘은 너무 상처받거나 숨 가빠하지 않으려고 애썼다. 얼마 안 있어 자신들이 어디에 있는지 정신을 차렸을 때에는 그들의 목소리가 너무 커져서 계속 있기가 곤란했다. 그래서 그들은 대화를 잠시 접고 비를 쫄딱 맞으며 호텔 지붕의 얼룩덜룩한 네온사인을 길잡이 삼아 빗물이 줄줄 흐르는 가로등 없는 좁은 길로 돌아갔다. 그들은 밤새도록 따로 혹은 같이 울고, 따지고, 변명하고, 서로 욕하고, 상투적인 말을 반복하고, 일부러 일을 망가트리고, 그러다 상황이 엉망이 되면 더욱더 심하게 망가트렸다.

"나는 순수한 인간이 아니야." 프레네시가 울먹거렸다. "영화의 여왕, 촬영을 위해 모든 걸 바치는, 감정 따위는 없는 기계가 아니라고. 날 이해해줘, 디엘…… 제발…… 내 아랫도리에 힘이 뻗치면 무슨 일이 일어나는지 넌 알잖아. 그는 절대로 보지 못할 짓을 하는 나를 넌 본 적 있잖아." 그때만 해도 그렇게 화나지 않았던 디엘은 이렇게 대꾸할 수도 있었다. "너더러 그 짓을 하게 한 건 바로 나였어,

이년아"라고. 그랬다면 프레네시는 달콤한 고통의 예고편처럼, 이미 옛 파트너가 되어버린 디엘을 향한 명백한 욕망으로 온몸에 통증을 느꼈을 것이고…… 디엘의 몸, 그녀가 사랑했던 그 길고 매끄러운 팔다리의 달콤함은 지금은 그녀를 시험하고, 상처 입히고, 심지어 불구로 만들었을 터였다. 그리고 그녀가 그런 대접을 받을 만한지 누가 알겠는가…… 그녀가 디엘을 밀어붙여서 그것을, 그들 둘 다 당연하게 여겼던 그 섬세하고 순수한 자기절제를 잃어버리게 하고 있음을 알았다면, 또 동시에, 늘 고르게 박동하는 집단의 심장과도 같은 디엘, 결코 프레네시처럼 본드와 거래할 리가 없는 그녀를 성자 같은 통제에서 벗어나도록 도발하는 데서 천한 만족을 느꼈다면, 더 나빴을 터였다. 그래, 비난받아야 할 게 하나 더 생긴 거겠지만…… 그러나 프레네시가 아무 힘 없는 사람 흉내를 내며, 자신의 실패, 공모, 굴복이 모두 바깥에서 들어온 마약 가루 때문이라고 탓하며 애원해온 것은 결국 자비였다. 정말로 중앙정부가 자신들의 앞을 가로막는 사람들에게 이미 참담한 충격을 가한 것으로도 모자라 심지어 그렇게까지 한 거라고 그녀는 말했다. "그가 나를 소라진[290]의 장막 뒤로 데려갔다고." 프레네시는 코가 막힌 여자아이가 울먹이는 듯한 목소리로 기억력에 안 좋기로 유명한 약물의 시간 장막 너머의 세계에서 벌어진 모험담을 털어놓았다. 그들은 처음에는 스텔라진[291] 5밀리그램에 소라진 50밀리그램으로 시작했다가, 그녀가 입으로 복용할 수 있을 만큼 진정이 될 때까지 주사량을 점차 늘려갔다. 그녀는 몰래 침을 흘리는 식으로 천천히 내뱉는 방법을 익혔다. "그들이 그걸 내 음식 안에 숨겨서 억지로

290 정신안정제의 일종.
291 정신안정제의 일종.

토했더니, 다시 주사와 좌약으로 바꾸었어. 결국 나를 만성 약물 기피자로 분류했지만, 난 그냥 장난하는 것 같았어. 이미 일어난 일이니…… 즐길 수밖에. 딱 이틀이 걸렸어. 약이 기다려지기 시작하는데. 그들이 와서 나를 제압하고, 주삿바늘을 찔러넣고, 내 엉덩이에 집어넣어주기를 바랐어. 그 의식儀式을 원했어…… 마치 마지막 순간까지 두개의 약을 안 보이게 숨겼다가 진짜 빠르게 섞어서 나한테 주는 것 같았어. 정신과 의사들은 절대 몰라. 하지만 그 일을 실제로 맡아서 내 몸에 손을 대고, 꼼짝 못하게 붙잡고, 엉덩이의 양쪽 볼기를 벌리는 병원 잡역부와 실무자는 다 알아. 그들도 나만큼이나 그걸 아주 좋아했으니까……" 그녀는 어렴풋한 반항심에 몸을 부르르 떨며 창가에 서서 기다렸다. 높은 각도에서 비치는 달빛이 그녀의 벌거벗은 등 위로 쏟아지자, 어깨뼈 그림자가 그 위로 드리웠는데, 그 모습이 마치 오래전 천사의 규율을 어긴 죄로 의식에 따라 한번 절단되었다 회복이 된 양쪽 날개의 남은 부분 같았다.

"또 하루 밤낮이 지났지." 디엘이 그때를 떠올리며 말했다. "하지만 슬프고 비참하기는 마찬가지였어. 우리는 노갈레스에서 국경을 넘어 돌아왔어. 그녀를 라스 쑤에그라스라는 고속도로 출구에 내려줬는데, 그게 그녀를 본 마지막이었어."

"아빠 말에 의하면 거기서 엄마를 만났대요. 라스 쑤에그라스에서요. 마침 코베어스가 필스 코튼우드 오아시스에서 2주간 공연 계획이 있었고, 첫눈에 반한 사랑이었대요." 프레리가 말했다.

"대개가 그렇지." 디엘은 비난보다는 아쉬움이 밴 말투였다.

그들은 디차의 주방에서 전자레인지에 데운 냉동 데니시 페이스트리에 커피를 마시고 있었다. 그때 전화벨이 울리자 디차는 전화를 받으러 갔다. 영화 밖 세상으로 다시 돌아온 프레리는 마치 레이커스 팀 경기에 이어서 농구 경기를 보는 것 같은 느낌이었다. 생생하고, 힘이 남아 있고, 여전히 전운이 감돌면서도, 몇시간 동안 능수능란하게 공을 튀기던 모습이 아직까지 선명한 그런 느낌이었다. 눈앞에 엄마가 자기를 사랑했던 남자의 시체, 그를 막 쏴 죽인 남자, 그리고 그렇게 하도록 그녀가 그에게 가져다준 총을 1000와트짜리 미키-몰 조명으로 비추며 서 있었다. 그 행위를 감추기보다는 비추는 게 계약의 일부이기라도 한 양, 그녀는 빛의 전달자인 자유의 여신상처럼 거기에 서 있었다. 프레리가 본 프레네시의 모든 장면들, 그녀의 눈과 몸을 거쳐서 나온 다른 모든 장면들 중에서도, 이 하얀 분출의 장면이 엄마의 진짜 얼굴을 매정하기는 해도 가장 정확하게 보여주었다.

디엘은 프레리와 서로 눈이 마주치기를 기다렸지만 디차가 심각한 표정으로 다시 돌아오는 바람에 그럴 수가 없었다.

“우, 화장실이 어디죠?” 프레리가 자리를 피하려고 했다.

“아냐, 너도 듣는 게 낫겠어. 롱아일랜드에 있는 여동생 지피가 걸어온 전화야.” 프레리의 어림짐작에 그곳은 자정이 훨씬 넘은 시간이었다. 지난주에 두 자매가 마지막으로 통화했을 때, 지피는 포트스미스로 돌아간 뒤로 한번도 그곳을 떠난 적이 없는 미라지와 연락을 계속 해왔다고 언급했다. 하늘의 별들을 통해 배워온 모든 걸 버리고, 속세로 돌아가, 늘 사랑보다는 분노의 감정이 앞서게 하는 숨 막힐 것 같은 평범한 가정생활 속에 다시 묻혀 지내기로 결심하고 나니 — 그녀는 실제로 엄마가 자기의 옷 색깔이 안 맞는다고 하늘에다 대고 욕을 퍼붓는 걸 들은 적이 있었다 — 미라지는 그제야 그녀가 별들을 택한 게 아니라 별들이 그녀를 택했고, 그 별들을 다른 사람들에게 읽어주는 게 자신의 운명임을 깨닫게 되었다. 그런데 이번 여름은 은밀하고 중대한 무언가가 눈에 보이는 매일매일의 일상 밑에서 움직이고 있었다…… 역행하던 명왕성이 위치를 정하더니, 다시 직진하기 전에 멈춰 서는 것처럼 보였다. 대부분의 행성들에 있어 이것은 좀더 나아지기 위한 변화의 단계였지만, 죽음의 세계를 지배하는 행성의 경우는 역행이 할 수 있는 최선이었다. 그러면 명왕성이 별들을 밑에 두고 뒤로 솟아오르는 동안, 힘을 가진 사람들은 단기에 곧 이룰 수 있는 해로운 목적을 위해 힘을 사용하는 대신에, 힘을 행사하는 데 있어 자비와 지혜를 배울 수 있는 기회를 얻게 된다. 과대망상증 환자들은 안부를 물으며 처음 보는 이들에게 갑자기 손을 내밀었고, 거리의 개들은 배를 드러내고 구르며 우편배달원들에게 미소 지었고, 개발자들은 시골 구석을 약탈하려던 계획을 접었고, 교각에 스프레이로 '차라리 죽음을 택하라'라고 적던 아이들은 가끔씩 의상을 서로 맞춰 입고 예배시간에 돕는 게 목격되었다. 하지만 미라지에 따르면, 그 모든 것은 이번 여름으로 끝이었다. 이제 곧 명왕성이 '평상시의 업무'라고도 불리는, 원래의 아주 오래된 하계下界의 허무주의적 방식으로 복귀할 것이기 때문이었다.

"레이건이 재선된다는 뜻이야." 지피가 넌지시 말했다.

"그럼 우리 모두 또다시 편집증 환자가 되어야 한다는 거네." 그녀가 지난 몇년 동안 내왔던 가냘픈 목관악기 같은 목소리로 말했다. "다른 방식으로 우리를 옥죌 테니까." 컴퓨터를 구비해 데이터베이스를 구축한 이후로, 그녀는 옛 생각에 이따금씩 과거 24fps 무리의 일원이었던 모든 사람의 차트를 만들어, 그들의 삶이 어떻게 흘러가는지 보고, 정말로 위급한 경우에는 연락을 취해보는 것도 전혀 나쁘지 않겠다는 생각이 들었다. 사실 그녀가 제일 먼저 연락을 한 건 지피였다. 3년 전 그녀는 드라이브인에서 사랑스러운 10대의 다-베어버려 싸운드트랙과 헤어지느라 최악의 시간을 보내고 있었다. 미라지는 셸던의 차트를 즉시 펼쳐보았다. 그랬더니 그가 자신의 사업 운세와 어떻게든 연관된 처녀자리의 사람을 만나고 있다는 걸 알게 되었고, 아니나 다를까 그게 사실로 확인이 됐다. "이건 기적이야!" 감명을 받은 지피가 크게 소리쳤다. "그건 실제로는 그의 중천中天에서 보면 금성의 자리야." 미라지가 설명했다. 그때부터 그녀는 지피의 예언자가 되었다. 심지어는 그녀가 로마 수도교에서의 경주에 관해 건네준 조언 덕택에 적어도 주위를 돌아다닐 만한 비용을 건지기도 했으며, 지금은 그 기이한 명왕성에 바짝 긴장하고 있었다. 유배라고는 할 수 없지만 2세기 반을 12궁도 내에서 방황한 끝에 그 엄한 군주는 자신의 본거지인 전갈자리로 돌아가려는 중이었고, 그렇다면 그것은 화성과 공동으로 다스린다는 뜻이었다. 게다가 디엘이 재빨리 지적했듯이, 전갈자리는 브록 본드의 탄생궁誕生宮이기도 했다. 1980년대 초부터, 마치 변경에서 연거푸 곤경에 처하다가 자신을 거의 알아보지도 못하는 임시정부와 협상이라도 하는 사람처럼, 명왕성은 바로 역행하다 다시 돌아서다를 반복하다가 각도가 몇도 안되는 별자리 사이에 끼이고, 천칭자리에서 벗어나려고 시도하는 과정에서, 미라지에 의하면, 영향력이 몹시 증대되는 결과를 낳았는데, 그 영향력은 처음부터 거의 인정사정이 없었다.

그러나 지피가 이 시각에 전화를 건 것은 신문판매대에서 쉽게 구할 수 있는 그런 정보를 전하기 위해서가 아니었다. 그외에도 미라지는 환락의 다섯번째 하우스에서 괴로움을 겪던 하위가 여태껏 한번도 손댄 적이 없었던 코카인에 빠지고 말았다는 소식을 전해주었다. 연락이 되는 모든 24fps 사람들에게 전화를 걸다가 미라지는 두 사람, 혹은 어쩌면 세 사람이 돌연 아무 설명도 남기지 않고 눈앞에서 사라졌다는 것을 알게 되었다. 그녀는 겁이 나기 시작했고, 이어서 지피도 그랬다. 그래서 두 사람은 어떻게 하면 좋을지 몰랐다.

"그래서 뭐라고 얘기했어, 디차?"

"너한테 말해보겠다고 했어. 사람들이 모르는 우리들만의 암호로 말했어. 뭐랄까, 쌍둥이끼리만 쓰는 특수 조어 같은 거야. 혹시 우리를 도청하는 자가 있다면 알아듣지 못하게 하려고."

"제일 먼저, 여기서 도망쳐야 해." 디엘의 생각이었다. "혹시 당장 쓸 수 있는 소형 FM 라디오 있어?"

"여기. 전화기 나사를 빼봤더니 아무것도 안 나왔어. 타이틀 III 도청기를 설치해놓은 줄 알았는데."

디엘은 포켓형 라디오를 켜고, 태극권 걸음으로 집 구석구석을 천천히 걸으면서, 다이얼을 앞뒤로 조절했다. 혹시라도 똑같은 주파수를 쓸지 모르는 좀더 저렴하고 덜 전문적인 도청기를 찾아서 제거하기 위한 방법이었다. 뒤편 작업실에 다다른 순간 프레리가 듣고 있던 마돈나 씽글을 잠재우는 끼익 하는 끔찍한 소리가 났다. 그들은 마침내 장치를 찾았다. 1984년 기준으로 봐도 투박하고, 싸구려였으며, 전선줄이 다 보였다. "이 정도면 거의 모욕적인데, 안 그래?" 디차가 한마디 했다.

"전형적으로 브록 본드다운 짓이야. 순전한 경멸의 표시지. 하마터면 너무 쉬워서 못 찾을 뻔했어. 457이나 467메가헤르츠를 더 많이 쓰는 편인데. 어쩌면 우리더러 이걸 찾게 한 거였든가, 아니면, 이렇게 말하고 싶지는 않지만, 너무 많은 도청기들을 설치한 나머지 물량이 떨어져서 이렇게 싸구려를 쓸 수밖에 없었던 건지도 몰라."

"우리는 이미 편집증 환자가 되어가고 있는 것 같아." 디차가 조금은 너무 밝게 말했다. "이제는 전국적으로 확산되는 일만 남았어. 안 그래? 내가 오늘밤 그때의 영상을 너무 많이 봐서 그런 건가. 실제로는 보이는 것과 다르다고 말해줘." 프레리는 그들이 숨쉬는 모습을 지켜보았다. 그들은 크게 놀라는 표정을 짓고 싶은데 어쩔 수 없이 하라는 대로 해야만 하는 사람들처럼 조심스럽게 숨을 쉬었다.

"옛날에는 그걸 마지막 몰이[292]라고 불렀지." 디엘이 설명했다. "그렇게 해서 서로를 겁주게 하는 식인데, 항상 리얼했어. 그날 그들은 집에 들이닥쳐서 사람들을 모두 수용소에 처넣었어. 오락물이나 씨트콤에 나오는 수용소 말고, 모든 사람이 공식적으로 인간이 아닌 가축류가 되는 사육장 같은 데였어."

"그런 수용소를 본 적이 있어요?" 갑자기 명랑하던 분위기 속으로 침묵이 불빛 속의 먼지처럼 스며들었다. 삐걱거리는 편집용 테이블에 앉아 있던 디차는 디엘에게서 몸을 돌려 슬쩍 물러섰다. 그러자 디엘이 담담하게 대답했다.

"그래, 본 적 있어. 네 엄마가 그런 곳에 있었어. 언젠가 보게 될 거야. 하지만 우리가 옛날을 떠올리며 너를 지겹게 만드는 것보다는, 언제 도서관에 가서 그것에 대해 읽어보는 게 더 나을 거야. 닉슨이 대량 구금을 위한 시설을 다 갖추고 모든 채비를 해놓았는데, 레이건 행정부가 니까라과를 침략하면서 그걸 가져다 썼어. 직접

292 가축을 몰아서 한데 모으는 방법. 일제 검거라는 뜻으로도 쓰인다.

보고 확인해봐."

프레리가 조심스럽게 말했다. "제 말은 그게 아니라—"

"디엘." 디차가 필요한 걸 재빠르게 그러모으며 말했다. "우리 어떻게 하지?"

"무슨 일인지 알아낼 때까지 피해 있어. 오늘밤 안전하게 가 있을 만한 곳 있어?"

"넌 도로를 벗어나 있을 거지? 내가 전화할게. 내가 작업하던 것들도 그렇고 이 필름들은 다 어떡하지?"

"타께시가 내일 트럭으로 가져가면 돼."

디차는 자기의 짐 꾸러미를 들었다. 그들은 거기에서 나와 암흑의 횡단열차 같은 밤을 향해 걸어갔다. "더이상 이런 고생 안할 줄 알았는데." 그녀의 목소리가 서글프게 들렸다.

"안 끝난 것 같아."

"그자는 왜 우리를 뒤쫓는 거지? 시간을 뒤로 돌리려는 건가? 그를 그렇게 견디기 힘들게 한 게 대체 뭐지?"

"잘 모르겠어, 디차. 그렇게 과거에 매여 있다니, 브록 자신이 들어도 아주 끔찍하겠는걸."

"어찌 보면 이게 다 레이건의 작품인 게지. 안 그래? 뉴딜정책을 폐기하고, 제2차 세계대전의 결과를 뒤집고, 국내와 세계 전체에 파시즘을 다시 부활시키고, 과거로 달아나고 있잖아. 못 느꼈어, 모든 것이 어린애같이 위험하고 어리석다는 걸? '일이 되어가는 방식이 맘에 안 들어요. 내 방식대로 하면 좋겠어요.' 대통령이 그렇게 행동하는데, 브록이라고 못할 게 뭐 있겠어?"

"너는 항상 세상을 좀더 역사적으로 봤어. 내 생각엔 한마디로 그는 더러운 후레자식이야. 전문적인 용어로 그래. 우리가 대개 후레자식이라고 부르는 그런 놈들은 자기들이 가지지 못하는 게 있거나 이미 잃어버렸다고 생각하는 게 있으면, 닥치는 대로 가서 끝까지 부숴야 직성이 풀리는 망나니들인 경우가 많아."

"그러다 계속 그러면 어떡해요?" 프레리가 물었다. "'잃어버린' 게 아니면요?"

"오, 프레리, 내가 네 엄마 얘기 하는 걸로 생각했구나…… 그래, 연인에게 버림받은 경찰이라고 해둘게. 적치고는 최악의 상대야. 규칙도 없고, 행동 강령도 없고, 모든 계획이 다 물거품이 되었으니까. 꼴에 신사랍시고 함부로 힘을 휘두르며 그게 다 사랑의 이름으로 그러는 거라고 믿고 다녀. 앞에 병맥주를 놓고 윌리 넬슨[293]의 노래를 들으며 눈물을 삼키려고 애쓰는 부보안관 같아. 이해해. 하지만 이건 남자들 사이에서는 좀 다른 문제야. 누가 브록의 생각을 움직이느냐 하는 거야. 그가 나에게 관심을 갖게 하려면 어떻게 해야 할까? 그의 한계는 뭐지? 나는 그를 위해 이런 행동을 했어. 그렇게 나쁘지는 않았어. 그는 내가 다음에 뭘 하기를 바랄까? 어쩌면 단지 네 엄마가 있어서 정상적이고 인간적으로 보이는 걸지도 몰라. 그 덕에 남자아이들은 계속 점잖게 서로 떡칠 수 있으니까."

"디엘." 디차가 목소리를 높였다. "말 좀 가려서 해."

"아니에요. 저답지 않게 조금은 너무 낭만적으로 생각했어요." 프레리가 말했다.

"내 말 믿지 말고, 타께시한테 물어봐. 그의 말에 따르면, 만약 연대 병력과 그들과 함께 올 군사장비를 동원할 자신이 없으면, 브록과 상대할 생각도 하지 말아야 한대. 단지 그가 미치광이에 살인자

293 윌리 넬슨(Willie Nelson, 1933~). 미국의 유명한 컨트리음악 가수 겸 작곡가.

여서가 아니라, 그를 저지할 게 아무것도 없어서야. 그는 네가 상상할 수 있는 것 그 이상도 할 수 있어. 내가 보기에는 프레드와 진저[294] 못지않아. 그가 프레네시를 뒤좇는 건 어떤 일에 그녀를 이용할 생각에서인 것 같아. 마치 오래전에 위드를 함정에 빠트리기 위해서 그녀를 이용했던 것처럼 말이야. 그녀는 쿠노이찌의 다섯 등급 중에서도 가장 낮은 유젠, 즉 바보 등급에 속해. 자기가 누구를 위해 일했는지 알게 되면 항상 놀라고 마는."

"엄마가 그렇게 놀랐다고 생각하세요?" 프레리가 침울한 표정으로 말했다.

"나는 절대로 네 엄마가 가만히 앉아서 의도적으로 뭔가를 선택했다고 믿지 않았어. 또 동시에 난 늘 그녀의 양심을 믿었고, 내 몸뚱이가 바로 그 양심에 의지해 살던 시절이 있었어. 그건 '일시정지'를 시켜놓고 가버리면 되는 게 아니야. 그건 예상치 않을 때에, 다시 켜져서 너에게 고함치며 야단을 친다고."

"그 당시에 어떤 사람들이 그를 매력적으로 보지 않았을 거라는 말은 아니에요." 프레리가 말했다. "다만 아줌마들 모두가 걸려 있다는 걸 아는 상태에서 엄마는 어떻게 그럴 수 있었을까 하는 거예요."

디차가 깔깔대고 웃었다. "매력적이라고!"

"엄마가 그랬다는 걸 순순히 받아들이는 게 너무 어려워요. 왜 그랬는지 전혀 이해가 되지 않아요. 그것 때문에 내 인생이 다 잡아먹힐 수도 있어요. 오히려 그편이 더 나을지 몰라요. 어쩌면 이미

294 1930년대에 할리우드에서 명성을 떨친 전문 댄서 겸 가수이자 배우였던 프레드 애스테어(Fred Astaire, 1899~1987)와 그의 파트너인 진저 로저스(Ginger Rogers, 1911~95)를 말한다.

그랬을 수도 있고요." 그렇게 해서 그들이 탄 불량한 닌자 자동차는 광대한 벤투라[295] 지역을 따라, 차가 밀리는 한낮부터 밤늦게까지 프리웨이 일대에 바글거리는 세계 곳곳에서 온 올림픽 방문객들과, 높은 공직을 좇는 이들을 여럿 태운 듯한 광이 번쩍이고 빽빽거리는 검은색 자동차 행렬들, 길가에 나무들이 늘어서 있고 조금은 서서히 열기가 고조되기 시작하는 대로를 향해 가는 순찰차들, 폭스바겐 승용차들이 낑낑거리며 경사로들을 오를 때 그 옆을 보란 듯이 유유히 아무 일도 아닌 것처럼 미끄러져 가는, 트레일러를 두개, 세개 연결한 거대한 대형 트럭들, 그리고 추파꾼들, 도망자들, 겁쟁이들과 뚜쟁이들 사이를 뚫고서, 총알처럼 빠르게, 침팬지처럼 씩 웃으며, 텔레비전 시청자들의 머리, 고가도로 밑의 연인들, 이제 막 영화가 끝난 쇼핑몰의 영화관들, 순수한 형광 유출물이 흐르는 오아시스 같은 환한 주유소 위를 지나, 야자나무들을 지붕 삼아, 그러다 곧 야간 스모그, 점토 벽돌 냄새, 멀리서 풍겨오는 불꽃놀이 냄새에 휩싸인 채, 좁고 긴 평면 가로를 따라, 엎질러지고 부서진 세계로 질주했다.

295 캘리포니아 주 남부의 카운티.

브록은 언제 프레네시를 손에 넣은 걸까? 칼리지 오브 더 써프에서의 사건, 위드의 죽음, PR3의 몰락 직후의 약 1분 30초 동안이었을지 모른다. 하지만 브록도 더이상 확신할 수 없었다. 그가 기억하는 건 동틀 무렵 아침 이슬비가 북쪽 수용소에 내릴 때, 동료 로스코가 운전하는 수송부의 메르세데스 차량에 올라 구름이 잔뜩 낀 막사들을 한바퀴 돈 다음, 아스팔트 도로에 멈춰 서서 녹색 보안등 앞에서 기다리던 일들이었다. 공식적으로 그는 체육시설을 둘러보고 그의 정치 재교육 프로그램, 즉 PREP[296]을 점검하기로 되어 있었다. 그것은 브록이 낳은 아이이자 경력상 큰 업적을 따내기 위한 도박, 특별히 더 아슬아슬한 과제로, 그렇게 '네오'하지는 않은 파시스트인 트라세로 카운티의 하원의원에 의해 1970년 범죄단속법

296 정치 재교육 프로그램을 뜻하는 Political Re-Education Program의 약자.

부칙으로 곧 들어갈 예정이었다. 그 의원이란 자는 친구들한테 여러번 진 신세를 갚으려고 철사 울타리가 쳐진 펜실베이니아 주의 앨런우드 교도소 영내로 몰래 두어차례나 기어들어간 전적이 있는 자였다. 만약 도박이 성공한다면. 브록은 생각만으로도 그냥 흥분이 됐다. 그 법안, 그의 것인 그 법안이 통과되면 시민소요를 일으키다 억류된 자들은 규정에 따라 법무부 보호시설로 데려가 거기서 밀고자 적격심사를 할 수가 있었다. 그중에 적격 판정을 받은 자들은 연방정부에 의해 기소당할지, 아니면 벗어나지 않는다는 조건에서 법무부의 정치정보실을 위해 비밀첩보원으로 일하는 청부인으로 고용될지, 둘 중 하나를 택해야만 했다. 다양한 무기들의 사용법을 포함해 정규 훈련 과정을 거치고 나면, 그들은 원래의 매도계약에 따라 연방수사국에 넘겨져, 그쪽의 지시하에 대학 캠퍼스, 좌경단체, 다른 국내 소요 진원지 등으로, 때로는 중복해서 침투시킬 수 있었다. 나중에 밝혀진 사실이지만, 기소면제를 제외하고도 모두들 선망하는 '학사 후 가을 복학의 꿈'에 은연중 담겨 있는 소원대로, 학교로 다시 돌아가 한 학기, 한 학점 더 들을 수 있는 기회를 준다는 또다른 매력이 있었다. 그들에게 유용한 도움을 줘서 그 값만 제대로 치른다면, 연방수사국은 원한다면 타임머신이라도 태워줄 태세였다. 그만큼 그 당시에도 밀고자들의 부담은 매우 컸다.

브록 본드의 비범함은 60년대 좌파의 활동들 속에서 질서에 대한 위협이 아니라 미처 의식하지 못한 질서에 대한 욕망을 간파했다는 것이다. 텔레비전에서 모든 부모들에 맞서는 청년세대의 혁명을 선포하고 대부분의 시청자들이 그 이야기를 그대로 받아들이는 동안, 브록은 국가라는 이름의 확대가족 속에 영원히 어린아이로, 안전하게 남기만을 바라는, 만약 그 자신도 느껴봤더라면 가끔은 감동적이었을, 숨겨진 욕구를 보았다. 그러면서 문득 든 예감은 이 어린 반항아들은 이미 절반쯤 넘어온 상태여서 되돌리기가 쉽고, 교육하는 데 비용이 적게 들리라는 것이었다. 그들은 그저 잘못된 음악을 듣고, 잘못된 연기를 마시고, 잘못된 인물들을 찬양하고 있는 것일 뿐이었다. 그래서 그들에게 필요한 것은 재정비였다.

그날 아침 PREP에서는 아무런 아침식사 안내가 없었다. 식당은 아직 만족할 만한 수준이 아니어서, 오직 직원들만 정기적으로 식사를 했으며, 끊임없는 협상 끝에 '손님들'은 그들이 먹을 수 있을 때 먹는 것으로 했고…… 실제 그렇게 했다. 브록은 그것을 보기 위해 들른 게 아니었다. 그가 온 이유는 조회朝會, 즉 오전보고 때문이었다. 배가 고파서 깼든, 북태평양 전선으로 인해 더워서 깼든, 확성기의 기상 신호가 들리면 그들은 바깥으로 나오도록 되어 있었고, 그러고 나면 그가 볼 수 있을 것이었다. 자신도 알고 있는 그의 실제 방문 목적은 프레네시가 그들, 즉 장발을 한 육체들, 여자 같아진 남자들, 작은 어린아이처럼 된 여자들, 팔다리가 길고 벌거벗은 채 허둥거리는 무리들, 남자 친구의 술 장식이 달린 재킷만을 걸친 채 두 눈을 밑으로 깔거나 다른 데로 돌려 질문자의 시선과 절대 마주치지 않는 벌거벗은 작은 아가씨들, 머리카락이 어깨까지 자라고 계속해서 눈을 가리는 청년들…… 교도소의 울타리 뒤에 함께 있으면서, 피하지 못할 바에는 훨씬 더 편안하게 느끼려는 그 유순한 무리들, 그 속에 그녀가 서 있는 모습을 보기 위해서였다. 그들은 규율을 갈망하는 어린아이들이었다. 고초를 덜 겪어서인지, 그녀는 그가 설마 자기를 감옥에 넣을 수 있으리라고는 생각도 못했다. 그는 그녀가 자신의 내적 자유라고 믿는 것을 계속 지키고, 또 스스로를 안전하고 여전히 건강하다고 계속 생각하리라는 걸 알았다. 하지만 그동안 그녀가 벗어날 수 없었던 목격자, 브록은 그녀 자신도 부인할 수 없는 정황 속에 놓인 그녀의 모습을 지켜볼 것이다. 남은 것들, 그녀가 인간 동료들을 위해 한 그 모든 것들을, 있는 그대로. 브록 본드에게는 별 위안이 되지 못하겠지만. 하지만 가죽 소파에 다시 깊숙이 앉아, 한쪽 눈은 '투데이' 쇼에 두고, 한쪽 귀는 앞뒤 스피커에 연결한 전술 주파수에 기울인 채, 디카페인 커피 향을 들이마시며, 자기도 모르게 발기가 된 것에 그리 놀라지 않았다.

로스코는 이번의 오전 방문이 기밀이라는 것을 알았다. 권한을 부여하는 재정법안은 아직도 국회를 거쳐야 하기 때문에, 공식적으로 이곳은 존재하지도 않았다. 그는 브록이 얼마나 긴장하고 있는지 알 수 있었다. 자동차 룸미러로 브록이 남몰래 하는 동작들이 계속 잡혔다. 바로 이제부터, 로스코와 아주 잘나가는 이 인물은 법무부 차량을 타고, 법무부 시간에 맞춰, 젊은 본드의 혼란스러운 '권력과 섹스' 게임을 하러 가는 중이었다. 만약 로스코가 그것에 대해 바보같이 발설했다면, 그는 부인했을 것이다. 로스코는 만약 자기였더라면 절대 이 시간에 여기에 오지 않았을 거라고 장담했다. 그 운명의 새벽 4시에 케블라 방탄복과 플렉시 방탄유리, 검게 도금한 총기로 무장한 감찰부 요원들이 나타난 뒤로는 그건 생각할 수도 없는 일이었다. "친구들!" 한동안 자주 가던 가게에서 공짜 L. A. 치즈버거 디럭스의 마지막 한입을 씹으며 그는 거칠게 항변하려고 했다. "그래. 나도 내가 나쁘다는 걸 알아." 그는 샹그리-라스[297]의 가사를 인용해 꼭 집어 말해주고 싶었다. "하지만 나는 사악

297 1960년대에 활동한 미국의 유명한 록 밴드.

하지는 않아." 그러나 대신에 그는 남은 햄버거 조각을 삼키다 사레들렸을 뿐이다.

브록과 함께 일을 하고 나서부터 로스코는 자신을 동료보다는 경험 많은 프로로 생각하게 되었다. 그래서 풋내기에 불과한 브록이 듣겠다고만 하면 유용한 지식을 모두 모조리 전해주고 싶었다. 가령, 이 시설물에 잡혀와 있는 죄수들에 대해서 그렇게 해주고 싶었다. 그는 중얼거렸다. "거기에 있으면서 그애들을 가까이서 봤는지 모르겠지만, 그 가운데 몇몇은 진짜로 거친 녀석들이죠. 머리도 장발이고. 절대 걔들을 설득하거나 믿지 마세요."

"다른 곳으로 다시 이송될 거야. 그 친구들을 어떻게 다뤄야 하는지 잘 알고 있어. 난 나머지 90퍼센트를 믿어. 스릴을 좇는 아마추어들, 소비자들, 집중력이 짧은 애들. 어린 계집애를 하나 골라 마약을 쥐여주면 돼. 정치적인 이유 같은 건 전혀 없어. 큰 물가로 가면 돼, 로스코. 거기가 우리가 낚시할 곳이야."

브록이 로스코에게 평생 갚아야 할 신세를 졌다고 다짐하듯 말하며 그의 입을 늘 막을 때에는 그도 도저히 어쩔 도리가 없었다. 게다가 로스코 자신도, 어떤 대목은 말로 했더라면 멋진 강연이 되었을 그의 침묵을 젊은 본드가 알아서 해석할 만큼 생각이 깊다고 믿어온 터였다. 브록으로서는 로스코의 침묵을 높이 샀고, 그래, 그러면 그럴수록 더 좋았다. 또 그것은 이상적인 아랫사람으로 덜 수다스러운 톤토[298]를 떠올리던 그의 지론에도 일부 부합했다. 그리고 자신이 어떻게 일들을 처리했는지, 때로는 기적에 가까운 솜씨로, 자세히 말해서 브록을 귀찮게 하지 않으려고 최대한 노력하기도

298 미국의 유명한 텔레비전 서부극 '론 레인저'(1949~57)에서 주인공 론 레인저의 원주민 동료로 나오는 인물.

했는데, 그것은 스스로의 생각이기도 했다. 인디언의 비법을 다 가르쳐준 것은 물론이고, 결국 론 레인저의 목숨을 구했던 것은 누구였던가?

그러나 그런 최고의 호의로도 로스코는 가장 위중한 순간에 그를 위해 중간에서 나서준 브록의 빚을 갚을 수 없었다. 그것을 갚는 방법은, 자신의 연금 문제가 여전히 오리무중이고 양쪽에서 변호사들이 들여다보고 있다 하더라도, 인명구조에 한하지 않는 무조건적인 충성의 단계를 은퇴할 때까지 하나하나 밟아가는 것뿐이었다. 그는 말 그대로 브록의 목숨을 구했을 뿐 아니라, 현재의 직책을 행운으로 여긴 게 한두번이 아니어서, 지금이 인생에서 불행한 단계라 할지라도 브록의 후방을 막아주는 일을 마다하지 않았다. 저 잊을 수 없는 마리화나 농장의 총격전에서 브록은 병장을 따르는 신병처럼 겁에 질려 아무 말도 못하고 진한 송진 냄새를 견디며 로스코 뒤를 쫓아다녔다. 당시는 국가 전체가 마리화나와의 전쟁을 치르던 때라, 수없이 순찰을 돌며 윙윙거리는 기계로 그늘 잎들을 맹렬하게 밀어버리고, 가지들을 부러트리고, 콜라 열매에서 씨앗을 털어냈다. 브록은 로스코가 움직일 때마다 그림자처럼 쫓아다니다, 마침내 헬리콥터가 와 있는 곳에 도착하자 마치 신에게 기도를 하듯, 비둘기가 하늘로 날아오르듯, 너무나도 잽싸게 일어나더니 떠듬거리며 말했다. "로스코, 당신한테 큰 신세를 졌어. 정말이야. 세상에서 가장 큰 신세를 졌어. 평소 같으면 잘 모를 때가 많지만, 이번에는 달라. 맹세할게." 로스코는 아직도 숨이 너무 차서 그것을 글로 적어달라고 부탁할 수도 없었다. 간신히 쌕쌕거리며 말을 하게 되었을 때에는, 헬리콥터 돌아가는 소리 때문에 크게 소리를 질러야 했다. "꼭 '금주의 영화'에 나온 것 같네요!"

적어도 그때의 위기는 명백했기에 브록은 그 빚을 확실히 할 수 있었다. 그는 누구에게 얼마나, 심지어 언제 빚을 졌는지조차 정말로 모를 때가 많았다. 그와 함께 일하던 처음 며칠 동안 로스코는 몹시 불쾌한 나머지, 그렇게 염치없는 배은망덕한 태도라면 자기도 알 바 아니라는 마음이 되어 서류들을 제출하고, 안보 컨설턴트에게 야단법석을 부리기도 했다. 수도에서 한참이나 떨어진 곳에서. 대체 누구에게 그런 게 필요하다고? 좀더 면밀히 조사해보고 나서야 그는, 자신의 상관이 그 자신도 모르게 세상의 실질적인 조치들이 취해지고 있는 데 상당히 많은 경우에 정말로 무지하다는 걸 깨닫게 되었다. 그것은 본드가 자기만의 도덕적인 기준을 따라서가 아니었다. 어쩌면 그가 그렇게 보이고 싶어했을 수는 있었다. 그러나 로스코는 순수하고 매우 방어적인 자기고립이라고 생각했다. 인생의 어떤 것들은 브록이라는 사람에 아예 닿지도 않았기에, 그는 그것들에 대해 전혀 생각할 필요가 없었다. 그런 것들은 그저 젊은 브록에게 자극만 줄 수 있을 뿐, 그의 초자연적인 운, 즉 승자와 패자 모두 발견하게 되어 있는, 브록 주위를 완전히 감싸고 있는 순수하고 하얀 빛의 그 아우라, 맹세컨대 로스코가 그 마리화나 농장 총격전 동안에 목격했으며, 그리고 그때도 그랬고 그 이후로도 브록을 총격으로부터 늘 지켜줄 것으로 믿어 의심치 않는 그 아우라에 대해서는 어떤 설명도 해주지 못했다. 오래전 그 향기롭던 아침에 도대체 누가 누구에게 달라붙어 있었던 것일까?

벗겨진 전나무 기둥 위에 높게 설치된 철제 스피커에서 국가가 요란하게 울려퍼졌다. 브록은 차에서 내려, 차려자세로 서 있는 게 아니라 한쪽 팔꿈치로 차 지붕에 기댄 채, 조회 운동장에 한명씩 모습을 드러내기 시작하는 억류자들을 지켜보았다. 그들은 조금씩 다가가더니 브록이 먹을 것을 주지 않으리라는 걸 알고는, 삼삼오오 무리를 지어 아스팔트 주변으로 멀찌감치 물러나 서로 웅성거렸다.

브록은 그들의 얼굴을 하나하나 면밀히 살피면서, 성흔聖痕과 같은 흔적들, 예컨대 벗어진 이마, 하등동물처럼 생긴 귀, 놀랄 만큼 경사진 프랑크푸르트 이안면耳眼面의 행렬을 유심히 관찰했다. 그는 범죄학의 선구자 체사레 롬브로소(1836~1909)[299]의 열렬한 추종자였다. 롬브로소는 범인의 뇌는 도덕과 법에 대한 존중 같은 문명화된 가치를 관장하는 뇌엽들이 모자라서 인간보다는 동물의 뇌와 좀더 유사한 경향이 있으며, 그래서 뇌가 들어 있는 두개골이 각각 다르게 발달하게 되고, 얼굴이 바깥으로 향해 있는 방식에도 영향을 준다고 믿었다. 롬브로소가 근거로서 제시하는 예는 비정상적으로 큰 눈구멍, 주걱턱, 정면 소두증, 다윈처럼 쫑긋 선 귀 등등 다양했고 두개골 데이터도 있었다. 브록의 시대에는 그 이론이 방법상으로 조야하고 오래전에 폐기된, 기이하고 명백하게 파시스트적인 19세기 골상학의 부산물로 전락했지만, 브록에게는 이치에 맞아 보였다. 실제로 그의 관심을 끈 것은 롬브로소의 '미소니즘'[300] 개념이었다. 급진주의자, 투사, 혁명가는 모두, 그들이 자신들을 어떻게 칭하더라도, 롬브로소가 '새로운 모든 것에 대한 혐오'라는 뜻의 그리스어를 따서 명명한 인간의 심오한 유기체적 원칙에 대해 죄를 범하는 자들이었다. 그 원칙은 사회가 안전하고 질서있게 돌아가도록 하기 위한 피드백 장치였다. 만약에 누구든 세상을 갑자기 바꾸려고 시도한다면, 국가로부터뿐 아니라 국민들로부터

299 이딸리아의 법의학자이자 범죄인류학의 창시자.

300 misoneism. 일체의 새로운 믿음, 사상에 대한 '새것 혐오주의'.

'새것 혐오주의'의 즉각적인 반발을 받게 될 것이다. 1968년의 닉슨 당선은 브록이 보기에 그 완벽한 예였다.

롬브로소는 모든 혁명가들을 천재, 광신자, 바보, 악한, 추종자의 다섯가지 부류로 나눴는데, 브록의 경험상 그것은 예측하지 못한 여섯번째 부류를 제외하고 타당해 보였다. 아직 명칭이 없는 이 여섯번째를 브록은 기다리는 중이었다. 마침내 그녀는 살이 몇 파운드 빠지고, 온통 헝클어진 머리에 맨다리를 드러낸 채, 카메라를 뺏겨 두 눈 외에는 현장을 찍을 만한 아무 무기도 없이, 아침 이슬비를 맞으며 그를 향해 성큼성큼 걸어오고 있었다. 그녀가 그로부터 몇 피트 앞에 멈춰 서자, 그는 그녀의 반짝이는 허벅지를 쳐다봤다. 그가 가까이 다가가자, 그녀는 몸을 부르르 떨더니 두 팔을 가로질러 가슴을 가리며 눈에 안 보이는 숄, 혹은 과거에 걸쳤던 숄의 기억 속으로 움츠러들었다…… 그러나 이미 그는 너무 가까이 다가와 있었다. 그는 한 손가락으로 그녀의 턱을 들어올려 자신을 쳐다보게 했다. 그들은 완전히 노란 햇빛 속에서 서로 마주 보았다. 그녀는 그의 눈을 쳐다보고 나서, 옅은 색 연방 제복 바지 앞부분을 불룩하게 한 그의 빳빳이 선 페니스를 쳐다보았다.

"나도 당신 생각을 했어." 교도소 담배를 하루에 한갑 반 태운 탓에 그녀의 목소리는 너덜너덜했다.

건방진 건 여전하군. 언젠가는 아리송한 표정으로 쳐다보는 이 모든 아이들 앞에 그녀를 무릎 꿇게 한 뒤 머리에 권총을 겨누고, 그 건방진 입을 어떻게 해주면 좋을까 물어보고 싶었다. 매번 이런 꿈을 꿀 때마다 가장 중요한 물건으로 권총이 계속해서 등장했다. 하지만 지금은 심장박동이 조금씩 빨라져서, 실질적인 충고를 주었다. "우리 학교 마음에 들어?" 그는 '내 거야, 다 내 거'라는 듯이 두 손을 펼치며 말했다. "완벽한 운동 프로그램, 목사, 신부, 게다가 랍비까지 있는 교목실에, 어쩌면 록 콘서트도 몇번 있을 거야."

그녀는 웃음을 터트리다가 잠시 기침을 했다. "그게 당신 음악 취향인가보지? 제네바협정에 의해 금지된 걸로 아는데. 별로 매력적이지 않은걸, 대장."

"우리가 협상 중이라고 생각했어?"

"아니. 불장난하는 중이라고 생각했어, 브록. 내가 평생 감수하고 살아야 할 또다른 실망거리겠지." 그녀는 자기도 모르게 그의 사타구니를 다시 쳐다보고는, 그가 자기를 보며 씩 웃는 것을 알아차렸다. 야한 생각을 하는 게 분명했다. "이곳 사령관이 내 전화번호를 갖고 있어. 지체하지 마. 교환원들이 대기하고 있으니까." 그는 항상 한 손가락을 가볍게 튀겨 그녀의 얼굴을 반 인치가량 들어 올렸다.

그녀는 코로 숨을 내쉬며 그를 노려보았다. 정치적으로 올바른 대답을 하자면 "네 엄마가 길 잃은 개들을 입으로 빨아주는 걸 멈췄을 때"라고 말해줬을 것이다. 나중에 그녀는 자기가 이용했을지도 모를 다른 사람들에 대해서 생각해보았다. 그러나 그때는 아직 어떻게 될지 몰라서, 아무 말도 하지 않은 채, 그냥 머리를 세우고 서서 예전에 자신의 마음을 아프게 했던 그 못된 녀석이 독일 쎄단 속으로 모습을 감출 때까지 지켜보았다. 그녀에게는 폭풍 번개가 몰아치던 오클라호마에서의 브록, 푸른빛에 물든 그의 단단한 몸, 부서지는 파도의 힘은 느껴지지만 그 위에 올라탔는지는 전혀 알지 못하는데도 끊임없이 밀려오는 가혹한 바다의 생생하고 찰나 같은 환영이 여전히 남아 있었다.

로스코가 차의 시동을 걸었다. 얼룩진 미니스커트 차림의 후줄

근한 아가씨를 보며 가속페달을 밟자, 엔진이 흥분한 사람처럼 점점 더 소리를 냈다. "기분 잡치게 하지 마." 브록 본드가 적잖이 화가 난 듯 뒷좌석에서 앞으로 몸을 내밀며 말했다. "알겠지? 지금 당장 필요한 건 당신의 빤한 구식 코미디면 돼. 내가 방금 거기서 한 걸 모두 없던 일로 하게. 그녀에게 구애하려고 그런 게 아니라, 그녀를 흔들어놓으려고 한 거라고."

"우리가 여기 이렇게 왔었다는 걸 알렸으면 됐죠, 뭐." 로스코가 중얼거렸다. 그러고는 갈고리 모양으로 유턴을 하고 힘껏 속력을 내다가, 입구까지 반 정도가 남은 부분에서 바퀴가 미끄러지는 바람에 젖은 아스팔트에 한동안 남아 있게 될 커다란 S 자들을 새기고 떠났다.

지방의 어린 수재는, 금관합주가 싸운드트랙으로 흐르는 가운데, 백인의 모母도시에서 일찌감치 권력의 부름을 받았다. 그곳에서 그는 전부터 꿈꿔왔던 대로 그보다 나이 든 남자들의 세심한 작품, 즉 중간 키에 호리호리하고 머리가 금발이며, 주의 깊고, 결코 완전히 신뢰할 만한 동료의 성품을 갖추지는 않았으며, 여성적이고, 덜 발달한, 그래서 만약 그와 반대되는 남성적인 자아가 주도권을 쥐려 한다면 똑같이 경계해야 하는 브록이 될 터였다. 중간에 확실하게 끊는 게 불가능하고, 약이나 알코올로도 성질이 바뀌지 않는, 그가 제어할 수 없는 꿈들에서 그의 불안한 아니마[301]들이 수많은 모습으로 등장했는데, 그중에 대표적인 것이 '다락방의 미친 여자'[302]였다. 브록은 너무 부유하고 막강해서 여태껏 한번도 본 적

301 융 심리학에서 남성의 무의식 속에 있는 여성적 특성을 말한다.
302 19세기 영국소설을 페미니즘 관점에서 분석한 샌드라 길버트와 쑤전 구바의

이 없는 사람들의 화려한 대저택에 있는 방들을 돌아다니고 있었다. 그들의 허락하에 거기에 머무는 동안, 그의 임무는 집 전체에 수십개나 되는 모든 방문과 창이 안전한지 확인하고, 아무도, 어떤 것도 들어오지 못하게 단속하는 것이었다. 이 일은 매일 해야 하는 것으로, 해 질 녘이 되기 전까지 마쳐야 했다. 모든 벽장과 구석, 모든 뒤쪽 계단과 멀리 떨어진 창고 방까지 다 확인을 하고 나면, 끝으로 남는 게 다락방이었다. 그 시각이 되면 하루가 벌써 저물어, 햇빛도 거의 사라지고 없었다. 불안으로 가득 채워진 바로 그 늦은 황혼 무렵이면, 이 세계와 다른 세계의 자비가 움직이기 시작할 때였다. 정기精氣가 자유롭게 흐르고, 많은 것들이 형체를 갖추었다. 그는 어두컴컴한 다락방 계단으로 올라가 문 앞에 멈춰 섰다. 그녀가 숨을 내쉬며 그를 기다리는 소리가 들렸다. 그는 어쩔 수 없이 문을 열고 들어갔다. 그러자 그녀는 조명이 어두워서 흐릿한 형체로 그에게 다가오더니 그의 위로 있는 힘껏 뛰어올랐다. 보이는 건 이글거리는 두 눈이었고, 들리는 건 동물이 내는 잔인한 웃음뿐이었다. 갑자기 공격해온 그녀의 밑에서 그는 죽어갔다. 정신을 차리고 일어나 그는 푸줏간에서 산 고깃덩어리를 싼 푸주한의 종이 포장지처럼 하얀 이불이 반듯하게 접혀 있는 자기 방으로 갔다. 몸이 굳은 채 얼굴을 쳐들고, 땀을 흘리며, 제 심장 소리에 매번 놀라면서.

물론 잠에서 깨어났을 때에는 그는 완전히 다른 사람이었다. 너무 완벽하게 매력적이어서 사실 브록 검사를 계속 증오한다 해도 전혀 별일이 아니었다. 그건 그가 감옥에 집어넣은 범인들에게도

비평서 제목.

마찬가지였다. 그는 정치를 초월한 듯한 매력을 발산했다. 그래서 벨트웨이[303] 내에서와 그쪽 업계에서는 음식, 와인, 음악에 조예가 깊은 인기 좋은 이야기꾼에 미식가로 소문이 나 있었다. 여자들은 나중에 뭐라고 꼭 집어 말하기 어려운, 혹은 그러고 싶지 않은 이유 때문에 그가 몹시 매력적이라고 생각했다. 황량한 시내 거리의 모퉁이에서 꽃가게를 하는, 체구가 작고 쾌활한 제3세계 할머니들은 그에게 달려가 그를 안아주고, 이어서 상체를 굽혀 절을 하면서 언제나 반해 있는 브록의 데이트 상대, 그날 거리에 그저 나타나준 것만으로도 수많은 남자들이 어느새 은밀한 공간으로 가능한 한 빨리 달려가 몇 마디 묻기도 전에 자위를 하고 싶게 만드는, 대개는 최신 유행으로 아름답게 멋을 부린 작고 귀여운 아가씨들에게 제비꽃 꽃다발을 건네곤 했다.

흔히 하는 말로, 인생이 뭐라고. 그러나 브록은 더 많은 것을 갈망했다. 모든 사람이 다른 모든 사람을 알고, 저 아래에서 정치적인 운세가 아무리 피고 죽고 하더라도, 똑같은 사람들, 진짜배기들이 해마다 여전히 남아 있고, 바라던 것이 그들이 있는 데서 계속 흐르도록 하는, 그런 수준의 세계를 치명적이게도 힐끗 보고 말았던 것이다. 브록 검사는 그곳의 삶을 원했다. 하지만 자기 같은 배경의 사람에게는 자신을 비하하고, 아첨하고, 시중들고, 팁을 받기 위해 안간힘을 쓰고, 삶의 전쟁터에서 복무 조건상 자격보다 더 높은 계급으로 진급하고 싶은 간절함을 보이는 것 말고는 그곳으로 갈 수 있는 길이 전혀 없음을 서서히 깨닫기 시작했다. 성격상의 결함이 많기는 하지만, 신사가 되고 싶은 이 감출 수 없는 욕망만큼 그

303 워싱턴 D. C. 주위의 순환도로.

를 괴롭히는 것은 없었다. 그것은 다른 모든 사람들은 다 아는 것, 즉 그가 아무리 많이 돈을 벌어도, 아무리 많이 정치 관직에 오르고 아무리 많이 예절 학교에서 학점을 따더라도, 그가 속하고 싶은 부류의 사람들 중 어느 누구도 그를 일 때문에 고용된 폭력배로밖에는 보지 않을 거라는 도저히 인정하고 싶지 않은 사실 때문에 계속 불타올랐다.

그러나 브록은 폭력배가 되고 싶지 않았다. 더 중요하게는, 조금이라도 그렇게 보이고 싶지 않았다. 윙윙거리는 작고 단단한 생명체 같은 것을 손에 쥐고 면도할 때마다 그가 거울에서 본 것은, 롬브로소의 관점에서 보자면, 그의 생각과 믿음을 어느 수준의 사람이든 누구에게나 거뜬히 잘 팔아서 출세할 것 같은 얼굴이었다. 거울에 비친 몸도 마찬가지였다. 그 시절 브록은 스포츠와 섹스가 자연스럽게 연상되는 휴양지의 돈 후안 같은 인물로 통했다. 그는 시간을 들여 롬브로소적인 분석을 얼굴에서 몸으로 확대한 끝에 '범인의 신체' 같은 것이 있다는 발견에 이르렀다. 그는 그러한 예들을 자신이 일하는 분야에서 종종 보았다. 덜 의식적이었긴 하지만, 그가 만나고 심지어는 탐했던 여자들에게서 죄지은 것처럼 아래로 수그린 머리, 짐승처럼 튀어나온 엉덩이, 은근히 과하게 굽은 척추 등과 같은 위반자 신분의 흔적들을 찾아내기도 했다. 나중에 가서 드러난 것이지만, 이 여자들 중 몇몇은 브록의 표현을 빌리자면 '대단한 요부'로 밝혀졌다. 그것은 주로 브록의 평판 때문이었다. 그는 중독에 가까울 정도로 섹스를 즐겼지만, 속으로는 죽을 만큼 무서워하기도 했다. 악몽 속에서 그는 바닥이나 땅이 아니라, 저 머리 위에서 급경사로, 마치 지구 표면이 아닌 어딘가로부터 오듯, 다가오는 여자들과 억지로 번식을 하면서, 섹스가 끝날 때마다 성적인 감흥은 고사하고 오직 극심한 슬픔과 폭력…… 뭔가를 빼앗긴 듯한 박탈감만을 느꼈다. 받아들이기 불가능한 노릇이지만, 매번 이렇게 낳은 각각의 아이가, 각각의 출생이 그에게는 또다른 죽음일 뿐이었다.

프레네시가 PREP에서 도망쳤다는 소식이 거대한 대리석 복합건물에 있던 그에게 닿았을 때, 브록은 완전히 꼭지가 돌아서, L. A.로 날아가 웨스트우드에 있는 요새 안으로 뛰어들어갔다. 도저히 분통이 수그러들지 않아서, 그는 잠시 동안이지만 그곳을 점령한 테러리스트처럼 굴었다. 어떻게 도망쳤는지에 대해서는 아무도 아는 사람이 없었다. 그 시각에 그들은 칼리지 오브 더 써프에서 그가 이룬 '성공'에서 시작된 홍보전략을 세우기 위해 야근을 하느라 정신이 없었다. 프레네시의 파일을 포함해 24fps 필름 컬렉티브에 관한 모든 파일은 임시로 건물 바깥에 둔 것 같았다. 그래서 더이상 그 사건은 브록의 담당이 아니었고, 누가 맡고 있는지 알아낼 수도 없었다. 알아낼 수 있다 해도, 이미 그땐 아주 녹초가 되어, 쭈글쭈글한 정장 차림의 남자들이 시차가 안 맞아 복도를 멍하니 왔다 갔다 하고, 하늘에서는 비행기 소리가 한번도 쉬는 법이 없는 공항 근처의 호텔을 잠 한숨 못 자고 밤낮없이 전전하고 다닐 게 분명했다. 그는 크게 소리치며, 옛날에 그랬듯이 두 주먹으로 자기의 머리와 몸을 내리쳤다. 마치 익숙지 않은 고난이도 슬로프에서 중력에 이끌려 내려오며, 조절을 하다가 못하다가 하는 스키 선수가 된 느낌이었다…… 이 하강은 밤새 그를 끌고 다니다 결국엔 지쳐 잠들게 했다. 워싱턴으로 돌아가는 비행기에서 옆에 앉은 작은 여자아이는 그의 얼굴을 한번 보더니 비명을 질렀다. "엄마, 이 아저씨가 괴롭히려 그래! 이러다 다 죽겠어!" 브록은 쉰 목소리로 미연방검사에 관해서 뭐라고 중얼거리며 신분증을 찾기 위해 더듬거렸다. 그러자 지켜보던 몇몇 사람들이 무기를 찾는 줄 알고 소리를 지르며 난리를 쳤다. 비행기는 아직 움직이기도 전이었다. 너무 우울해서 더이상 잃을 게 없다고 판단한 브록은 비행 안내원들과 승무원들더러 당장 그 여자아이와 애 엄마를 비행기에서 끌어내라고 끈질기게 위협했다. "코흘리개 주제에!" 그는 부르르 떨며 작은 소리로 말했다. 아이는 자리에서 일어나 허벅지 뒷부분으로 그의 무릎을 스치며 미끄러지듯 빠져나갔다.

워싱턴으로 돌아와 자신의 행동을 해명하고 가까스로 뒤를 감추느라, 브록은 나중에 가서 말했듯이 프레네시를 뒤쫓을 시간이 없었다. 하지만 그렇다고 그녀에 대한 환상까지 멈춘 것은 아니었다. 그는 곧 매일밤 기억 속 그녀의 모습들을 떠올리며 자위했다. 침대에 누워 있거나, 화장실에 앉아 있거나, 거리를 걸어가는 그녀의 모습을, 옷을 입었든 벗었든, 머리부터 발끝까지 떠올리며, 그는 위스콘신 새 아파트의 싸이키델릭한 무늬가 들어간 임대 소파에 혼자 누워, 침침한 형광등 불빛 아래에서 에어컨 바람을 쐬었다. 그의 과거 속으로 빠져들자, 절대 그럴 리 없다고 자신했건만 눈물이 나올 것만 같았다. 직장 생활에 문제가 있어서가 아니었다. 아무리 일을 해도 그의 뇌 속은 온통 프레네시로 꽉 차 있었다. 그러나 대개는 달이 꽉 찰 무렵, 꾸벅꾸벅 조는 욕망의 경비원이 가끔씩 빗장을 열어놓은 사이에, 그는 자기도 모르게 듀폰 써클이나 생각이 없는 청춘 남녀들이 자주 모이는 다른 장소로 가서 히피, 흑인, 마약 남용자와 섞여, 그들의 음악과 친교를 최대한 용기있게 참아가면서, 튼튼하고 날씬한 다리, 가랑비 같은 머리카락, 치명적이어도 운이 따라준다면, 푸른빛의 태평양 바다를 닮은 눈을 찾으며, 프레네시의 환영이 투사될 수 있는 아가씨, 그에게 꽃 한송이를 건네고, 마리화나 한개비를 권하며 — 이 얼마나 멋진가! — 이곳으로, 이 얼룩진 소파로 흔쾌히 따라와주겠다고 할 아가씨를, 빛의 도움을 받아 찾고 싶었다.

브록, 브록, 정신 차려! 그러나 아주 오래된 그림자 속에 똬리를 틀고 있던 다른 조언자가 놔버려 하고 귀에 소곤거렸다. 브록은 자기가 얼마나 원하는지 잘 알기에, 만약 충동을 자제하지 못한다면 무슨 일이 일어날지 두려웠다. 한번은 그리 오래되지 않은 과거에, 멀쩡하고 완전히 깨어 있는 상태에서, 그는 텔레비전에 나오는 뭔가를 보고 웃기 시작한 적이 있었다. 한번 절정에 달하고 나서 곧 잦아드는 대신에, 웃음은 숨 쉴 때마다 점점 더 강렬해지더니, 상상도 못할 어떤 뇌 상태로 그를 몰아가 가득 넘치게 한 끝에, 그의 머리가 일상적인 3차원으로는 설명될 수 없는 어떤 과정에 따라 초자연적인 가벼움에 압도되고 말았다. 그는 무서웠다. 벗어놓은 양말처럼 안이 바깥으로 막 뒤집히려고 하는 자신의 뇌를 힐끗 보았지만, 그런 다음에 어떻게 될지는 알지 못했다. 그러던 어느 순간에 그는 다 토했고, 안 좋은 습관을 끊었다. 나중에 알게 되었지만, 그를 '구한' 것은 바로 그것이었다. 성격에서 구토를 책임지는 어떤 요소가 그를 구한 것이었다. 브록은 그것을 중요한 회복, 그의 웃음이 그에게서 어떻게 넘쳐흐르든 간에 이제는 자신을 안전하게 지켜주리라고 믿을 수 있는 전혀 의심의 여지가 없는 절제로 기꺼이 받아들였다. 그는 그때부터 너무 쉽게 웃지 않으려고 조심했다. 그 시절 그의 주변에서 자기 또래의 사람들이 웃음의 위험한 맛에 한번 빠진 뒤에 다시는 정규적인 직업과 일상으로 돌아가지 않기로 결심하는 사례를 자주 봐왔다. 그런 친구들은 머리를 기르고 동성의 사춘기 아이들과 저 먼 해안의 환각제 버섯 농장에서 일하려고 달아났다. 법무부만 해도 유리블록 사무실과 트래버틴으로 된 화장실에서 핑크 플로이드와 지미 헨드릭스 음악이 시끄럽게 울려퍼졌다. 주위의 모든 곳에서 브록은 절제의 결손을 보았다. 반면에 다른 사람들은 그들 나름대로 브록이 썩 납득이 되지 않았다.

법무부 내의 감찰위원회는 적어도 그가 지역 텔레비전 뉴스와 전화로 참여하는 라디오 쇼에 나와 건방지게 카리스마를 뽐내고, 붉은 고기 요리로 유명한 교외 음식점의 연회실에 모인 '사적인' 단체들 앞에서 초청강연을 하고 다니던 초기의 뜨내기 배심원 시절부터 그를 감시해왔다. 그러다 프레네시가 등장하면서 관심이 커졌다. 재밋거리가 생긴 것이다. 할 수 있다면 자유의 여신상을 폭파할 만한 제3세대 좌익 여성에게 연정戀情의 횃불을 불태우는 연방검사라. 그가 자기 자리에서 얼마나 버틸지를 놓고 몇주 치 봉급이 내기로 오고 갈 정도였다. 그의 수명에 대한 상하한선은 대개 며칠 사이였다. 마침내 그는 기초 면담을 위해 소환된 자리에서 감찰위원회를 안심시키고 싶다는 의사를 명확하게 밝혔다. 그 이상의 말은 하지 않았다. 일정 반경 내에서는 모든 게 위장되어 있고 중무장되어 있더라도, 그래도 그는 그녀에 대해서 부인하고, 조사자들과 함께 그녀의 젖꼭지와 음부에 대해 농담을 나누면서, 어떤 반응을 보이거나 그녀를 방어하는 것 같은 태도는 삼갔다. "브록, 다음에는 그냥 와서 말만 해. 자네가 원하는 건 뭐든 다 찾아줄 수 있으니까. 그러고 보니 센 여자를 좋아하는구먼. 어이, 친구, 아무 문제 없어." 그는 종종 못 견디는 척하며 그들의 제안을 받아들였다. 그들이 보여주는 여자들은 비非롬브로소적인 얼굴과 체형은 물론이고 크기, 피부색, 연령에서 선택의 폭이 넓었다. 그러나 그는 그들이 준 파일에서 프레네시와 우연히 만났을 확률이 가장 높을 것 같은 여자들을 골라, 그들과 술 마시며 잡담을 하다 그녀의 이름이 자연스럽게 튀어나올 일말의 가능성을 위해 살았다. 그는 싫지만 인내심을 갖고 상냥하게, 그들과의 대화가 항상 그 하나의 희미한 별을 향하도록 조정했다.

아직도 그를 감시하는 눈들이 많았다. 그래서 오랫동안 요주의 인물로 지목되어온, L. A.에 있는 그녀의 엄마를 통해서 알아볼 수도 있었지만, 만약 게이츠 성姓을 가진 그녀의 소재를 적극적으로 찾아나서는 날에는, 감시자들이 그 사실을 즉시 알게 될 테고, 그러면 상황 끝이라고 적힌 메모가 당연히 붙을 것이었다. 그는 그것이 사랑 대對 출세라는 오래된 불행한 이야기라고 믿고 싶었다. 그는 둘 중에 어느 하나를 고르고 싶지 않았다. 그래서 미봉책으로 자신이 세운 PREP의 기본 계획을 실천하고, 숲을 개간하여 공터를 판판히 고르기로 했다. 일이 확실하게 자리를 잡고, 못된 짓을 한 철 더 하기 위해 캘리포니아로 마침내 돌아갈 수 있을 무렵이 되자, 예전에 느꼈던 고통은 벨트웨이에서의 코감기보다 심하지 않았고, 히피들 사이에서 미친 사람처럼 배회하던 짓도 거의 그만두었으며, 가끔이기는 해도 일주일 정도는 페니스를 쥐고 딸딸이 치는 것으로 버틸 수가 있었다.

지나간 그해에, 프레네시는 조이드와 만나 결혼해서 프레리를 낳았다. 그 사실을 브록은 전혀 몰랐고, 마침내 그들이 다시 마주보게 되었을 때에도 그녀는 자진해서 말하지 않았다. 전해에 라스 쑤에그라스에서, 주유소 출구의 끝에 서서 카마로 승용차에 탄 디엘이 고속도로로 사라지는 모습을 지켜보며, 아무것도 안 보이는 자신의 미래로 발을 내디디면서, 프레네시는 브록에게 전화를 걸고 PREP으로 다시 돌아갈까 생각해보았다. 24fps나 과거의 자기, 협조적인 인간이었던 과거의 자기로 다시 돌아가는 것은 이제 불가능했다. 자신이 위드의 죽음을 계획했고, 연방정부의 법률 집행 기록철에 지금부터 영원히, 이 세상의 모든 아마추어 경찰 팬들도 다 아는, 그녀의 부모가 경멸하라고 가르친 종자, 즉 '협조자'로 자신의 이름이 오르게 된 덫을 지워버릴 방법은 전혀 없었다.

"이게 네가 원하는 거지, 안 그래?" 브록의 어두운 환영이 아주 먼 곳에서 그녀에게 물었다. "'영원히', 최대한 로맨틱해야 되는 거 아니야? 그래. '영원히'로 해줄게. 그 정도쯤이야. 법무부의 약속, 우리가 지켜줄게." 그는 그녀가 원하는 게 뭔지 알고 있었을까? 안다고 말할 권리가 있기는 했던 것일까? 단지 그녀가 모른다는 이유로? 밤이 되자, 그녀는 필스 코튼우드 오아시스로 천천히 걸어내려갔다. 그것은 뒤편의 모텔이 딸린 술집으로, 프리몬트 사시나무들로 빽빽하게 녹음이 짙어져가는 하굿둑 옆에 있었다. 시냇물 위로는 댄스용 간이바닥이 설치되어 있었다. 그녀가 병맥주와 술잔을 앞에 두고 멍하니 앉아 있는 동안, 엄밀히 말하면 집으로 가는 중이었던 해 질 녘, 술꾼들이 하나둘씩 모여들었고, 저녁거리를 찾는 모텔 투숙객들 몇몇은 배고파 쓰러지려 했으며, 몇몇은 서로 말다툼을 했다. 잠시 후 코베어스가 자신들을 써파델릭스로 소개하며 등장했다.

흔히 하는 절차로 밴드는 서둘러 '루이 루이'와 '울리 불리'[304]로 무대를 시작했다. 그들은 사람들이 전통 인기가요들을 듣고 싶어하건 말건 개의치 않았다. 그러던 중에 당시에 흔했던 장발에 자파

304 Wooly Bully. 미국의 로큰롤 밴드 '쌤 더 샘 앤드 더 파라오스'가 부른 1965년 히트곡.

의 콧수염과 노란 사격용 금속테 안경을 한 조이드가 방을 살피다가 프레네시를 발견하고는, 자기가 직접 작곡한 노래 가운데 하나를 골라 마이크를 잡고 노래를 불렀다.

와우! 이게 싸구려 로맨스의
시작인가요,
별 상관 없어요.
거액 융자,
이제 시작인가요,
또 한번의 싸구려 로맨스?

(똑같은 연주를 수천번 해왔던 스콧 우프는 이 부분에서 미키 베이커[305]의 '러브 이즈 스트레인지'(1956) 한 구절을 훔쳐다 썼다.)

이 뜨거운 토마토가
엄청 달콤해 보여요,
우, 난 그거면 돼요,
난 꼼짝 못하겠어요,
오, 이런, 시작됐어요,
또 한번의 싸구려 로-오-맨스!

예—시작되었나봐요
또 한번의 싸구려 로-오-

305 미키 베이커(Mickey Baker, 1925~2012). 미국의 유명한 기타리스트 겸 가수.

매-애-애-애-앤스……
생각나세요,
나예요, 아니면 내
바-아-아-아-지예요?

어쩌지요, 싸구려 로맨스가
내 스타일인걸요,
우, 만약 그대가
궁금해 물으신다면,
"이게 시작이냐고,
또 한번의 싸구려 로맨스?"

"그렇게 해서 엄마가 첫눈에 반한 거예요?" 프레리가 몇년 뒤에 물었다. 그러자 조이드가 말했다.

"그럼. 그거랑 내 잘생긴 외모 때문이지." 그러나 모든 게 무너지자, 그는 프레네시에게 고함을 질렀다. "다른 누구였어도 됐었어. 스콧이든, 다른 두명의 마약에 찌든 색소폰 연주가든, 당신은 당장 숨을 곳이 필요했던 거라고."

아기가 다른 방에서 조용히 잠자고 있었다. 프레네시는 이야기 조각들을 서툴게 짜맞추는 조이드를 몇주 동안 계속 지켜보았다. 도와줄 수도 있었겠지만, 그녀에게는 그가 이야기를 맞추다 방향을 잘못 잡아서 자신이 좀더 나아 보이는 결론에 이르고, 그렇게 되면 최종적으로는 그보다도 그녀 엄마의 생각을 더 신경 쓰면 되겠지 하는 순진한 바람이 있었던 것이다. 어쨌든 조이드는 쉽게 넘어가지 않았다. 계속 헛소리를 하고, 으름장을 놓고, 자세한 내용도 모르면서 원론적인 얘기만 늘어놓고, 잔인하게도 브록, 위드, 브록의 귀환을 한꺼번에 언급하며 그녀에게 피할 길을 전혀 허락하지 않았다.

낭만적인 성향의 관찰자들이 보기에, 브록이 그녀를 찾아나서면서 적어도 그녀를 찾는 일을 서부 해안 방문 중에 해야 할 일에 포함시켰을 것 같다면, 프레네시는 그를 가능한 한 마음 편하게 여기며, 평소보다 많은 시간을 사샤의 집에서 보냈다. 그것은 그녀가 기억하기에 어려서부터 몸에 밴 감시의 눈, 소름 끼치게 흔들거리는 카메라 렌즈의 불빛, 한밤의 위협적인 물체와 소리, 이 모든 것들이 다시 원위치했다는 생각, 그래서 그녀가 발각될 거고, 그의 눈에 띌 것이며, 조만간 그가 와서 그녀를 데려갈 거라는 생각에 근거했었다.

그녀는 고디타 비치에 있는 집으로 옮겼다. 처음에는 '조이드의 아가씨'였다가, 나중에는 '조이드의 마누라'가 되었다. 프레리를 임신하고서 그녀는 밴드의 사교 범위 내에 있는 몇명의 다른 젊은 여자들과 방충망을 친 간이마루에 나와 앉아, 바다 앞에서 가끔은 며칠씩 하루 종일 어울리며, 심신의 상태를 증진시켜준다는 허브 차를 토기 머그잔째로 마시고, KHJ와 KFWB 라디오 채널을 들었다. 채송화가 백사장까지 만발하고, 바닷바람이 방충망으로 불어왔다. 한쪽을 응시하는 여자들의 시선은 수평선에 고정되어 있었다…… 두번째 학기에 그녀는 UFO 공상에 잠겨, 미확인비행물체들이 마치 완벽한 탄성판 속으로 사라지듯 하늘색 롤리파波[306] 속을 수없이 들락날락하는 것을 분명히 보았다. 그것은 어떤 다른 힘, 어떤 무자

306 영국의 물리학자 롤리 경(Lord Raleigh)에 의해 그 존재가 밝혀진 표면파의 일종.

비한 것의 도래를 알리는 선발대 같았다. 한편, 육지 쪽으로, 길게 쌓인 모래언덕 뒤편의 해안고속도로 너머에 있으며, 항상 취해 있고, 차량이 득실거리고, 그늘에 사로잡혀 있고, 지나치게 물이 많고 환한 거대 분지는 조이드를 그가 음악적으로 대변해야 하는 해변들로부터 끌어내어, 낮에는 지붕과 배수구 일을 하고, 밤에는 라구나와 라 푸엔테 사이의 작은 클럽과 술집에서 코베어스와 연주하기 위해, 짙은 스모그의 두꺼운 파도 속으로 긴 근무시간 내내 쉴새 없이 통근하도록 했다. 우연하게도 당시는 L. A.와 로큰롤의 관계가 무르익던 바로크 단계였다. 써퍼의 눈으로 판단할 때 20년 주기에 해당하는 것이 조이드에게 밀려왔다. 과거의 20년대에는 영화가, 40년대에는 라디오가, 지금 60년대에는 음반이 밀려들어온 것이다. 정신이 나가 있던 한 씨즌 동안 도시는 듣는 귀를 잃어버렸다. 그래서 다른 때 같았으면 사막에서 헤매고 다녔을, 그리고 다른 휴양지였더라면 화장이나 하고 있었을 재능있는 친구들을 데려다 계약을 했다. 청년세대가 자기들만의 시장을 이해한다는 전제에서, 어제만 해도 우편물실에서 소량의 마리화나 봉지 거래 일이나 하던 초보자들이 갑자기 집행부로 승진해, 엄청난 예산을 가지고서, 나중에 알려진 사실이지만, 음정만 맞고 어떻게 문으로 걸어들어올지 알기만 하면 닥치는 대로 계약을 했다. 청년들에게로 향하는 거대한 물결에 넋이 나간 나머지, 비평적 능력은 사라져버린 것이다. 누가 결과물의 가치를 알았겠으며, 혹은 누가 그다음 슈퍼스타를 놓친 책임을 질 수 있었겠는가? 정신이 나가 분별력을 잃은 상태에서 음반 산업은 완전히 무책임하게 운영되고 있었다. 100만 달러의 거래들이 꿈, 분위기, 혹은 코베어스의 경우, 가벼운 환각을 근거로 이루어졌다. 스콧 우프는 밴드를 닦달하여 전도유망하지만 종잡을 수 없이 절충적인 할리우드의 음반사인 인돌런트 레코드와 음반 계약을 맺게 했다. 서류에 서명하기 위해서 온 날, 고등학교도 아직 안 나온 듯한 에이 앤드 아르의 대표가 겉에 박쥐 모양이 새겨진 자줏빛 환각제를 내심 알아보고는 그들을 유별나게 뜨겁게 맞이했다. 그가 보기에, 갈수록 이야기가 그렇게 흘러갔는데, 그 몇년 동안 그를 지켜본 끝에 알게 된바, 그들이 부유하고 유명하게 만들어주려고 로큰롤 밴드로 형체를 바꿔 또다른 세상에서 찾아온 방문객들인 줄로 믿었던 것이다. 그들이 떠날 무렵에는 코베어스도 그렇게 믿고 있었다. 당시의 방식대로 표준계약서를 작성하려 했지만, 추가 약정들은 진척시킬 수가 없었다. 그것들을 인간의 언어로 작성해야 했지만 그때쯤에 이미 귀로 다 들릴 정도로 떨고 있던 부서 대표에게는 접근 불가능한 매체였던 것이다. (“부서 우두머리라고!” 그가 비명을 질렀다. “여기에 있는 모든 사람이 다 부서…… 우두머리라고! 하! 하! 하!)

그로부터 몇주가 매끄러운 파도 같지 않게 흘러가고, 인돌런트로부터 앨범 제작에 대한 아무 소식도 없이 매주 선택의 여지들이 하나씩 구겨져나가자, 정확하게는 우울함이라기보단 일종의 축 처진 적막감이 덮쳐왔다. 결국, 코베어스는 꾸준하게 일한 결과, ‘써파델릭’으로는 아니지만, 술집 밴드로 명성을 얻기 시작했다. 그들은 싸우스랜드 일대의 무대를 주야로 달굴 때에는 따로 시간을 내어 다 같이 꼬박꼬박 환각제를 복용했다. 그런데도 별 효과가 없었고, 하나도 안 맞았다. 서부 주州만 한 크기의 평원에서 떼 지어 돌아다니는 예전의 버펄로 같은 삶을 다시 살리려는 반 미터의 연주는 손끝으로 형형색색의 만화 인물들을 불러내는 재미에 흠뻑 빠져 있는 스콧과 거의 공통되는 게 없어 보였다. 왼손잡이 드러머는

뱀, 썩어가는 육체, 듣기 편한 음악들로 뒤범벅이 된 악몽 같은 연주를 했고, 모두 헤로인을 좋아하는 쌕소폰 연주자들은, 그들이 즐기는 마약 주사를 맞기 위해서인지 아니면 다른 일 때문인지, 종종 다른 곳으로 자취를 감추었다. 그러는 동안에 조이드는 먼 곳에서 빛을 발하고 있는 프레네시, 그에게는 무기징역과 같은 프레네시, 눈길을 사로잡는 LSD의 생산가치도 잊게 만들 수 있는 프레네시와 어떻게 지낼지 그 끝없이 뒤엉켜 있는 씨나리오를 따져보느라 정신이 없었다.

한편 그녀는 기다리는 동안 외계인들이 나타날지도 모를 수평선을 지켜보거나, 사람들의 차를 빌려 드라이브인을 통해 음식을 사와서 사샤와 함께 뒤편의 작은 파티오로 나가 다이어트 탄산음료를 마시고 쌜러드를 께지럭거리며 먹었다. 처음부터 프레네시는 엄마에게 대답하면서 크게 상처를 줄 질문을 던지도록 할 생각이었다. 디엘의 이름이 바로 나왔다. 프레네시가 말했다. “그애는 갔어. 나도 몰라……” 사샤는 그녀를 한번 쳐다보고 나서 말했다. “너희 둘이 너무 가까워서……” 그러나 곧 두 사람은 피할 수 없는 주제로 돌아갔다. 곧 태어날 아기에 관한 거였다.

“넌 언제든 이곳에 있어도 돼. 알잖니. 여긴 남는 게 방이야.” 이런 대화가 처음이라서, 프레네시는 반쯤 사양했다. “오, 조이드는 내켜하지 않을걸.” 이 말에 사샤가 고개를 끄덕였다. “잘됐네. 그 사람더러 와 있으라는 건 아니니까.” 잠시 뒤 말을 덧붙였다. “시간이 금세 갈 텐데, 아기를 해변에 놔둘 생각은 안하면 좋겠구나.”

“아기가 파도 소리를 들었으면 해서.”

“몸에 좋은 환경을 원한다면, 네가 쓰던 침실은 어떻겠니? 연속성도 약간 있고, 당연히 편안할 거야.”

프레네시는 엄마 말에 일리가 있다는 걸 인정하기가 싫었다. 조이드에게 이 얘기를 꺼내자, 그는 고개를 끄덕이며 시무룩하게 말했다. "당신 엄마는 날 미워하셔."

"아니야, 조이드, 진짜로 당신이 미워서 그러는 게 아니야……"

"'히피 싸이코패스'라고 하셨어. 안 그래?"

"맞아. 하지만 그날밤엔 당신이 우리를 차로 치려 했잖아."

"그땐 그 망할 놈의 차를 주차 기어로 바꾸려다가, 갑자기 저절로 드라이브 기어로 바뀌는 바람에 그렇게 된 거였어. 당연히 리콜감이었지. 기억나지? 서류 보여줬던 거."

"그런데 당신이 하도 소리 지르고 난리를 쳐서, 엄마는 당신이 일부러 그런 줄 알고 있다고. 어쩌면 당신한테 그것보다 더 심한 말을 할 수도 있었어."

조이드는 골이 났다. "그래? 그러면 다시는 우리를 차 있는 데까지 바래다주지 말라 그래." 하지만 시간이 좀더 남았다 해도, 조이드는 이미 게임은 끝났고 결국에는 여자들이 이길 거라는 걸 알았다. 남은 유일한 문제는 그들이 그에게 사샤의 집에 머물면서 자기 아이가 태어나는 모습을 보게 허락할지 하는 거였다.

물론 그들은 그러고 싶어했고, 그래서 그렇게 했다. 흉내지빠귀들이 거리 위아래에서 지저귀는 어느 상쾌한 5월 저녁, 프레리의 반질반질한 머리가 이 세상으로 힘겹게 나오자, 사샤는 프레네시의 두 손을 꽉 쥐었고, 산파 레너드는 아기를 끝까지 잘 돌보았다. 마지막 순간에 조이드는 갓 태어난 프레리를 넋을 잃고 쳐다보다가, 그가 죽진 않을 거라고 말해줄 우주적인 무언가로 잠깐이라도 눈을 돌리고 싶은 마음에 마지막 순간에 환각제 알 4분의 1쪽을 입에 털어넣었다. 한쪽 눈은 꽉 감겨 있고, 다른 한쪽 눈은 심하게 움직이는 게, 자기에게 일부러 윙크를 하는 거라고 생각했다. 나불거리는 여자들의 얼굴, 레너드가 입고 있는 네루 셔츠의 페이즐리 무늬, 탯줄의 색깔, 이제는 두 눈을 다 뜨고서 누군지 확실히 안다는 표정으로 그를 빤히 바라보는 아기. 나중에 사람들이 아기가 그에게 일부러 그러는 게 아니고, 신생아는 아직 잘 못 본다고 말해줘도, 오 하나님 맙소사, 바로 지금 아기가 자기를 알아봤다며, 어딘가 다른 곳에서 보내준 거라고, 그는 외쳤다. 이런 환각제 모험가들은 그 당시에 나타났고, 그리고 사라졌는데, 몇몇은 기억의 저편으로 잊혔고, 슬프게도 다른 몇몇은 도망자나 사기꾼 신세가 되었다. 그러나 운 좋게도 한둘은 구제되어 나중에 인생의 어떤 순간에 일상으로 복귀했다. 갓 태어난 프레리가 '오, 아빠? 음?' 하고 말하는 듯하던 그 표정으로 조이드를 앞으로 여러해 동안 몇번이든 바라봐주며, 클링곤[307]족이 공격해오고, 조종석 키가 말을 안 듣고, 시간이동 엔진이 제대로 작동하지 않을 때마다 그를 도와줄 것이었다.

아버지가 된 기쁨에 들떠 있는 조이드는 확실히 말할 것도 없고, 그보다 조금 덜 확실한 사샤도, 프레네시가 그날의 견딜 수 없는 하루와 주말 동안 얼마나 깊이 우울했는지는 전혀 몰랐다. 어떤 기억상실증도, 시간을 걸러주는 어떤 고마운 장치도, 몇달 내내 그녀를 지치게 하고 지금도 여전히 꼼짝 못하게 하는, 이제 막 태어나 혼자서는 있을 수 없는 그 조그만 생명에 대한 차가운 증오심에 빠져 있던 기억을 그녀에게서 없애주지 못했다. 그 시절에는 토크쇼나, 무엇이든 배울 수 있고 도움을 청할 수 있는 자기계발 방송 혹은 무료 전화상담 같은 게 없었다. 그녀는 자기가 도움을 필요로

307 영화「스타 트렉」에 나오는 호전적인 외계인.

한다는 것도 모른 채 깊은 절망감에 그렇게 빠져 있었다. 아기는 그녀에게서 모유와 잠을 빼앗고, 그녀를 숙주宿主로만 여기며, 저대로 잘 자랐다. 새로 시작하는 깨끗한 영혼, 진정한 사랑, 그녀 자신에게 약속된 성인 세계로의 도약은 어디에 있단 말인가? 그녀는 배신감과 허탈감을 느끼며, 두들겨 맞은 동물 같은 자신의 모습을 지켜보았다. 그러면서 모든 게 다 끝나기만을 기다렸다. 그러던 어느 날 새벽 3시에 심야영화를 보며 사샤는 아기를 흔들어 재우고 있었고, 서서히 몸이 욱신거리고 젖이 아파오던 프레네시는 텔레비전 조명에 흠뻑 젖은 채 작은 소리로 말했다. "엄마, 방해 안되게 걔를 내 인생에서 치워줘."

"뭐라고, 프레네시?"

"진심이야." 오, 젠장, 왜 저러는 거지? 프레네시가 북받쳐오르는 신음에 못 이겨 결국은 심하게 울음을 터트리며 욕실로 비틀거리고 걸어가자, 사샤는 꼼짝도 못하고, 잠자는 프레리를 안고 있을 수밖에 없었다. 그녀의 딸이 고통스럽게 흐느껴 우는 소리가 욕실 밖으로까지 그대로 울려퍼졌다. 사샤는 궁금했다. 아기는 저 원초적으로 불행한 메시지를 초능력적 연결을 통해 받고 있는 걸까? 어떻게 그들 사이에 몸을 던져 그 공격을 받아낸다지? 그녀는 울먹였다. "오, 바보…… 제발, 안돼. 괜찮아질 거야. 두고 보면 알아……" 프레네시가 대답하기를, 무엇이든 대답해주기를 그녀는 기다렸다. 욕실 안에 도구가 될 만한 것들에 대해, 프레네시가 그 안에서 혹시라도 자해할 수 있는 모든 방법에 대해, 생각해보았다. 아기를 내려놓고 안으로 들어가려고 하자, 프레네시는 욕실에서 나오더니, 사샤의 한쪽 팔목을 잡고 지금껏 한번도 들어본 적 없는 목소리로 명령하듯 말했다. "당장 저 애를 여기서 끌어내라고." 그녀의 파란

두 눈은 꼭 실내등을 가져다 놓은 것처럼 거의 모든 불빛을 반사하고 있었다. 오랫동안 사랑을 받아온 두 눈이었으나, 지금은 운명, 혹은 그림자 없는 최후의 어떤 것으로의 돌진을 예견한 듯한 잔인한 빛으로 불타고 있었다.

프레네시에게는 환각과 좌절감에 젖게 하는 시간이었다. 그래서인지 브록이 어느 때보다도 가깝고 절실하게 느껴졌다. 그만의 은밀한 공포를, 죽을 수밖에 없는 단절된 자아의 관념으로까지 펼치면서, 브록은 프레네시에게 찾아와서는, 어슴푸레한 밤의 한중간에 희한하게도 그녀를 위로하며, 파시스트 건축물의 장식으로 쓰이는 날렵한 맹금류처럼 험악하게 그녀 위로 몸을 구부렸다. 그러고는 작게 속삭였다. "이게 바로 사람들이 너에게서 바라는 거야. 한마리의 동물, 젖통이 퉁퉁 불은 채 흙 위에 누워 있는 암캐 말이야. 멍한 표정에 모든 걸 다 포기하고서 이 냄새나는 고깃덩어리 신세로 전락한 게 바로 너라고." 지금 그녀는 자신이 알고 있던 모든 은과 빛, 또 그녀 자신이었던 모든 은과 빛으로부터 아래로 끌어내려져서 이 세계로 다시 소환된 느낌이었다. 그래서 마치 시간이 지나면 낡거나 없어지거나 부서지거나 오염될 것들의 형상을 만들기 위해 은을 보이지 않는 세계로부터 야금야금 회수하는 것 같았다. 그녀에게는 시간 밖에서 살면서 마음대로 들어갔다 나왔다 하며, 훔치고 조작하고, 무중력으로 눈에 안 보이게 다닐 수 있는 특권이 있었다. 그런데 지금은 시간이 그녀를 다시 불러들여 가택연금을 하고, 그녀의 여권을 빼앗아버렸던 것이다. 그 결과 그녀는 온몸에 통증수용기[308]가 퍼진 한낱 동물 신세가 되고 말았다.

308 강한 압력, 열기, 냉기, 화학물질에 의해 흥분하고 통증이 생기는 수용기 혹은 종막을 말한다.

아침식사를 하기 얼마 전이라 사람들이 들르기에는 좀 뭣한 시간이지만, 다른 누구보다도 허벨 게이츠라면 매점 트럭처럼 불을 켠 택시를 타고 도착할 충분한 자격이 있었다. 쌔크라멘토 외곽의 할인 가구매장의 개업식에서 조이드로부터 전화로 손녀가 태어났다는 소식을 들었던 것이다. 마침 그는 탄소봉에 하얀 불꽃이 튀게 해서 하늘로 높이 뻗어나가는 순백의 아크등 광선[309]을 만들던 중이었다. 행사를 위해 부른 밴드가 거슈윈 형제의 '오브 디 아이 씽(베이비)'을 연주했다. 허브는 그렇게 할아버지가 되었다. 반짝거리는 회전 장식과 만국기 사이로 경쾌한 음악이 흐르고, 주차장은 스노콘과 핫도그 가판대에 늘어선 사람들과 킹사이즈 물침대 위에서 펄쩍펄쩍 뛰는 아이들로 가득했다. 그리고 그가 조정하는 여러대의 탄소아크등은 자줏빛 하늘을 향해 빛을 쏘며, 수 마일 되는 커다란 계곡 너머, 편하게 식사 중인 임금노동자 가족들과 옛 99번 도로 위를 쉬지 않고 달리는 운전자들에게, '자, 여기입니다. 밤이 깊어가더라도 어서 와서 한번 보십시오. 텔레비전, 스테레오, 가전제품 전부 다 있습니다. 연대보증이나 신용조회 같은 건 전혀 필요 없습니다. 그저 당신의 정직한 얼굴 하나면 되니까요' 하고 외치고 있었다…… 모든 것이 화기애애하고 편안하게 느껴지는 저녁이었다. 그랬던 게 얼마 만이었던가? 그래서 허브는 결심했다. "뭐, 어때. 역사도 얼마 동안은 '멈춤'에 있어도 되잖아." 그러고는 조명등과 트레일러트럭을 동료인 드미트리와 에이스에게 맡기고, 노선이 복잡한 지역버스와 도시간 버스에 올라타서는, 결국에는 자정이

309 탄소봉 두개를 마주 보게 해놓고 전압을 가하여 아크, 즉 가스나 전극 물질의 증기 속 방전을 일으키는 탄소아크등을 말한다. 초기에 영화 촬영이나 영사에 자주 쓰였다.

훨씬 넘은 시각에 멀리 아시엔다 하이츠의 공중전화 박스에서 전화로 법률조회를 거친 뒤에 택시 운전사에게 거금을 주기로 하고 나서야, 그곳에 늦은, 아니, 아주 이른 시각에 도착하게 되었다.

"딱 맞춰 잘 왔어요" 혹은 "오, 당신이네요" 하고 말하는 대신, 사샤는 평소와 다르게 그를 포옹으로 맞이하고 나서 어색한 듯 한숨을 내쉬었다. "왔어요? 문제가 좀 생겼어요."

"뭐라고? 아기는 아닐 테고—"

"프레네시예요." 사샤는 자기가 본 것을 그에게 말했다. "할 수 있는 건 그애 옆에 있어주는 것밖에 없어요. 그래도 누군가의 도움이 필요해요."

"그놈의 조이드는 어디에 있고?"

"아기가 태어나자마자 나갔어요. 아마 지금쯤 잘 모르는 데에 나가 있을 거예요."

"내가 스폭 박사[310]라도 되는지는 모르겠지만." 그는 그녀에게 신사다운 윙크를 했다. 그런 다음 뒤로 바싹 다가가, 그녀가 아기를 프레네시로부터 안전하게 데리고 나오려고 아픈 다리로 몰래 들어가려 하자 그녀의 엉덩이를 살짝 쳤다.

"내가 한번 애를 봐도 될까?" 그는 방에 다가서면서 희미한 미소를 지었다. "오, 제발." 그가 작게 말했다. "내가 그렇게 모르진 않아. 이건 웃는 게 아니야. 아냐. 웃는 게 아니라고."

프레네시는 낡은 침대에 몸을 웅크린 채 누워 있었고, 커튼이 밤거리를 가리고 있었다. "안녕. 아빠." 세상에 이럴 수가. 얼굴이 말이 아니었다…… 거의 딴사람 같았다…… 그동안 그가 다른 사람

310 벤저민 스폭(Benjamin Spock, 1903~98). 미국의 저명한 소아과 의사 겸 교육자.

들한테 써봤던 치료법은 옆에 가만히 앉아 자신의 인생에 대해 불평을 털어놓는 거였다. 자기 딸이 이렇게까지 무방비인데다 이 정도로 상처받았을 줄은 꿈에도 몰랐지만, 단단히 마음먹고 아주 흔한 넋두리부터 시작했다. 별 기대를 하지 않았는데도, 확실히 프레네시가 진정하기 시작하는 게 느껴졌다. 그는 크든 작든 어떤 반응도 하게 하지 않고, 단조로운 목소리로 꾸준히 말을 이어가려고 노력했다. 그러자 말은 어느새 독백이 되었다. 첫번째 별거 이후 버스의 옆 사람, 마당의 개, 밤에 텔레비전을 보고 있는 스스로에게 이미 몇번은 털어놓았던 이야기였다. "사실 네 엄마는 나에 대한 존경심을 잃어버렸어. 너무 잘나서 그렇게 말을 안할 뿐이지, 사실은 그래. 네 엄마는 시종일관 만사를 정치적으로 생각해. 난 그저 하루하루를 무사히 지내려고만 하는데 말이야. 난 절대로 네 외할아버지처럼 용감한 노조원이 아니었거든. 네 외할아버지 제스는 정정당당하게 맞서다가 그것 때문에 돌아가셨지. 네 엄마한테는 그게 미국 역사의 기본 중의 기본이야. 그걸 내가 무슨 재주로 따라가겠니? 난 내 아내와 아이에게 필요한 걸 했다고 생각해. 자유는 네 엄마한테처럼 중요하지는 않았어. 네 외할아버지는 '자유'를 최대한 외치다보면 '죽음'에 이를 수도 있다고 생각했어. 그런데도 그걸 두려워하지 않았지. 그런데 난 두려웠어. 나무를 쓰러트리듯이 쉽게 브루트 450[311]을 나한테 떨어트릴까봐……" 사실 그는 한두번 맞은 게 아니었다. 워너 스튜디오에 이름을 올린 첫날, 파업이 진행 중이었고, 자신은 파업을 깨기 위해 IATSE[312]에 의해 고용된 천

311 미국 몰-리처드슨사(社)의 대형 탄소아크등. 벌목꾼이었던 그의 장인이 노조활동에 대한 보복으로 사고당한 것을 빗대어 말한 것이다.

312 각주 104 참조.

명의 깡패 중 한명이라는 사실을 깨닫게 되었다. 알고 보니 그들은 좀더 덩치가 크고 비열한 유형을 찾고 있었다. 그래서 허브는 그곳에 서서 잠시 어리둥절해하다가 머리를 내저었다. 그의 생각에 제2차 세계대전에 나가 싸웠던 건 그런 일이 발생하지 않도록 하기 위해서였다. 망할 것들. 그렇게 결론을 내리고서 그는 모퉁이를 돌아 길을 건넌 후, 피켓 시위대들에게 거기서 일을 안하는데도 시위에 참여해도 되는지 물어보았다. 그러자 뭔지 깨닫기도 전에 하늘에서 날아온 나사못, 스틸기타 연주자가 쓰는 카포만 한 크기와 무게의 굵은 나사못에 그대로 얻어맞았다. 방음무대 지붕 위에 배치된 IATSE 측 깡패들 중 한명이 던진 것이었다. 이제는 그도 목표물이었던 것이다. 그는 맞자마자 기절하긴 했지만, 자기가 올바른 선택을 했다는 걸 깨닫게 해주는 순간이었다. 물론 정작 그 무렵에 시내에서 벌어지는 정치의 세세한 세부에 연루되어 있던 것은 사샤였다. 무대제작자들과 결탁한 조직범죄의 산물인 IATSE와, 노골적으로 진보, 혁신, 뉴딜, 사회주의를 표방하고, 과열된 정치 상황에서는 '공산주의' 성향을 띠는 허브 쏘렐의 CSU[313] 사이의 싸움은 제2차 세계대전 내내 계속되다가, 당시는 무대제작자들에 맞선 일련의 격렬한 파업 행위를 통해 세상에 알려지게 된 상태였다. 모든 신문은 그 상황을 두 노조 간의 조직상 다툼으로만 치부했다. 사실 영화 산업이 제일 먼저 캘리포니아로 오게 된 이유는 그 고질적인 반反노조 전통이 암암리에 되살아났기 때문으로, 그후로 승승장구하다가 최근에는 값싼 노동력으로 인해 무임승차에 가까운 호황을 누리는 중이었다. 그러던 차에 무임승차가 위협을 받게 되

313 Conference of Studio Unions(무대노조협회)의 약자.

자, 무대제작자들에 의해 동원된 IATSE의 노조 비非가입 지부들과, 가끔은 대대 병력 규모에 이르는 군인들이 가세하게 된 것이다. 결과는 블랙리스트 때문에 이미 나와 있는 거나 다름없었다. 미국의 '미소니즘'이 맹위를 떨치던 그 무렵, 민주당원으로 유권자 등록을 하여 한발짝 왼편으로 움직인 영화 산업계의 모든 사람들의 노동자로서의 삶은 IATSE의 로이 브루어와 연기자협회의 로널드 레이건[314] 같은 인물들이 이끄는 고소, 판결, 처분의 복잡한 절차에 의해 통제당해야 했다. 기술직 종사자들에게 복직의 길은 단 하나였다. IATSE에 가입하고, CSU를 탈퇴하는 것이었다. 그러나 고집 세고, 전시戰時의 애국심에서 아직 못 벗어난 허브는 끝까지 패자들과 함께했다. 따져볼 것도 없이, 하지만 그렇다고 눈감아줄 정도로 순진하지는 않게, 그는 다른 모든 사람들도 자기처럼 세상을 분명하게 본다고 여기고서, 그들이 문제 삼을 말들, 아니면, 이견이 없는 것처럼 가만히 있다가 나중에 글로 적어서 어딘가의 서류철에 보관해둘 그런 말들을 서슴지 않고 했다. 전화를 해도 안 받거나, 누군가가 그를 또다른 불법 배심원단에 고발했다는 이야기가 귀에 들어올 때마다, 얼핏 기분 상한 표정을 짓지 않을 수 없었다. 그럴 때면 갑자기 어린아이 같은 얼굴을 하고는 생각했다. 아냐, 이런 식으로 되면 곤란한데……

그리고 그들은 마냥 즐겁고 태평한 아이들처럼 할리우드로 차를 몰고 나가기 시작했다. 사샤가 운전하는 동안, 허브는 하와이에서 가져온 우쿨렐레를 연주하며 그들 사이에 앉은 아기 프레네시

314 나중에 미국 대통령으로 당선된 로널드 레이건은 할리우드 배우 시절인 1947년에 연기자협회 회장을 맡아, 좌파 성향의 무대노조협회를 미국을 저해하는 공산주의 단체로 지목해 노조 탄압에 앞장섰다.

에게 '다운 어몽 더 셸터링 팜스'를 불러주었다. 프레네시는 허브가 진주만에서 올 때 상자에 가득 담아 다시 갖고 온 셔츠들 중 하나를 입고 있었다. 소매 길이는 딱 화려한 아기 옷만 했고, 빨아서 말리기도 쉬운 옷이었다. 할리우드 프리웨이는 새것이었고, 종종 드라이브하러 나가는 저녁이면, 도시의 불빛이 크롬으로 도금한 줄무늬와 왁스로 광을 낸 자동차 표면을 따라 스쳐 지나가는 동안, 그들은 벤제드린 흡입기를 코에서 코로 주거니 받거니 하고 '크레이즈올로지'와 '클랙토비드세드스틴'[315] 같은 비밥 멜로디들을 색소폰과 트럼펫 파트만 빼고 서로 번갈아가며 불렀다. 그들이 사는 곳은 웨이드와 도티의 자동차 정비소였다. 당시의 L. A.는 주택 공급이 부족해서 트레일러와 텐트, 혹은 해변과 같은 옥외에서도 많이들 살았다. 허브와 사샤는 거주민들이 억류자 수용소로 모두 이송되기 전만 해도 리틀 토오꾜오였던 지역에 위치한 싸우스 쌘페드로의 피날레 클럽에 밤마다 들러, 비밥 팬, 리퍼 재킷, 염소수염, 돼지고기 파이같이 생긴 중절모 차림의 사람들 틈에 섞여서는, 낮은 금속제 천장 밑에서 버드, 마일스, 디지,[316] 그리고 당시에 서부 연안에서 인기를 끌었던 그외의 재즈 뮤지션들 음악을 들었다. 세계가 다시 태어나는 중이었다. 전쟁의 결과였다. 그렇지 않은가? 심지어 사샤도 허브가 그동안 했던 일들에 저도 모르게 살짝 반해서 그를 쳐다보았다. 매일매일 나가서 소방 호스와 최루탄, 곤봉, 쇠사슬, 철제 밧줄에 당하고, 얻어맞고, 구속당하고, 그러면 사샤는 그를 보석으로 빼내느라 밤을 꼬박 새웠다. 할 수 있을 땐 일하고,

315 찰리 파커가 1947년에 발표한 비밥 재즈곡들.

316 당대의 유명한 재즈 작곡가 겸 연주자였던 찰리 '버드' 파커, 마일스 데이비스, 디지 길레스피를 말한다.

여전히 조명감독이 되려고 노력하고, 부업으로 테이블 램프와 토스터를 고치고, 반反공산주의 기구의 손길이 미치지 않는 변두리에서 일자리를 찾고, 제명당한 사람들끼리 호의를 주고받고, 경험 많은 전기기사들, 특히 엄지손가락 부분은 수년간 가선전류를 측정하며 전력량 비율을 무시하다가 심하게 데어 깊숙이 상처가 나 있고, 감전되지 않게 한 손은 주머니에 넣고 일하는 법을 가르쳐주어 여러차례 그의 목숨을 구해준 숙련공들 밑에서 배웠다. "그러나 그건 내 문제일 뿐이라고, 네 엄마 말에 따르면, 내 안에 조금 깊이 밴 어떤 정치적인 방식으로 늘 한 손을 주머니에 넣은 채 바깥의 세상일은 신경 쓰지 않는 사람이랬어. 물론 그 말은 내가 탐욕스레 거스름돈을 세고 또 세보는 게 아니라면, 주머니 속에서 이기적으로 주머니 당구[317]나 몰래 즐기고 있다는 거였지. 무슨 뜻인지는 남편한테 물어봐. 약간 전문적인 말이라서…… 내가 실제의 나보다 더 순수하길 바란 건 네 엄마 잘못이 아니야. 그러던 차에 다른 삶이 나타나고 있었어. 일터에서…… 브루트 아크등이 처음으로 들어왔지. 세상에나, 그 모든 앰프들과 함께. 또 그 모든 조명들도. 규모가 얼마나 되는지는 아무도 말해주지 않았어. 잠시 후에는 그렇게 많이 보지는 못했어. 난 그 조명을 가지고 일해야 했지. 어쩌면 그건 정신이상의 한 형태였을지도 몰라. 날 너무 쉽게 해방시켜주기는 했지만. 그 무렵 웨이드라는 친구가 있었어. 카나스타 카드놀이도 같이 하고 그 시절에 서로 어깨를 맞대고 피켓 시위를 하던 오랜 친구야. 그러던 어느날 그는 넘어갔고, 그래도 우리는 계속 친구로 지냈지. 그러다 결국에는 알게 됐지. 봉급에서 회비를 떼어가는

317 바지 주머니에 손을 넣어 자기 불알을 만지작거린다는 뜻.

게 IATSE의 알 스피드 사람들이건 누구건 아무 상관 없다는 걸. 아무튼 오래전에 끝난 거였어. 우리가 모르는 척해왔을 뿐이지. 바로 우리가 조명을 켠 그 모든 세트들, 이국적인 나이트클럽 세트들, 바깥에 네온사인이 켜져 있는 호텔 방, 창밖에 비가 내리는 객차들이 다 뭐 때문이었을까. 사실은 모두 그림자들에 불과한데. 온도가 조절되는 지하창고에 안전하게 보관되어 있다 해도 말이야. 난 세상이 그냥 흘러가게 내버려두고, 부끄러운 화해를 하고, IATSE에 가입하고, 가능한 한 빨리 은퇴해서, 나의 유일한 실제 재산, 나의 소중한 분노를 수많은 빌어먹을 그림자들을 위해 팔아치웠어."

얼굴을 위로 하고서 눈을 감은 채 누워 있는 프레네시를 그가 쳐다보았다. 언뜻 봐서는 이목구비가 고운 긴 머리의 미인이었지만, 자세히 보면 눈보다는 입과 턱 주위에 어두움이, 그에게 함께해달라고 청하지 않으리란 걸 그도 잘 아는 꽉 다문 비밀이 어른거렸다. "어이, 젊은 기사 아가씨?" 그녀가 자는지 보려고 작게 말했다. 아무 답이 없었다. "널 세상에서 가장 예쁜 딸이라고 불러줄 걸 그랬지." 그가 말을 이었다. "하지만 늘 그렇게 말해준 건 네 엄마였구나."

프레네시의 눈물이 서서히 마르기 시작하면서, 죽고 싶다는 산후의 충동도 가라앉았다. 그녀는 어색하기는 하지만 실은 마음에서 크게 벗어나지는 않는 유머감각으로 아기를 대할 수 있었고, 사샤와도 이전만큼은 아니지만 그보다 더 나쁘지는 않게 지낼 수 있었다. 그러나 아직 비밀이, 트라세로 카운티와 오클라호마에서의 비밀이 남아 있었다. 그녀가 너무나 원하던 그 어떤 사람보다 더, 그녀가 했던 일들에 대해 익명의 어떤 요원으로부터 내려질 일반사면보다 더, 두 팔로 끌어안은 디엘, 결국 산산조각이 난 국가, 조용해진 총성, 모두 녹아버린 탱크와 폭탄보다 더, 어린 시절 내내 다양한 싼타들에게 기도하며 갈구했던 그 어떤 것보다 더, 그녀는 남은 모든 걸 포기하는 한이 있더라도 사샤와 시간 가는 줄 모르고 여러 밤을 아무 거리낌 없이 남자 성기에 관한 야담부터 엄마에 관한 이야기까지, 그리고 사람이 죽으면 어디로 가게 되는지에 대해서까지 함께 이야기 나누던 때로 돌아갈 수 있기만을 간절히 바랐다. 그녀가 겪어온 모든 불화 중에서도 그녀와 한때 연결된 자아였던 사샤와의 이번 불화는 결코 쉽게 풀지 못할 수수께끼, 어떤 분석으로도 설명하기 어려운 신비로 남을 것이었다. 운이 따른다 해도, 그녀는 결코 알지 못할 터였다. 아기는 완벽한 은신처였다. 아기 덕에 그녀는 다른 무언가가, 엄마가 되었고, 그게 다였다. 엄마들의 국가에서 그저 또다른 엄마로 사는 거였다. 안전하게 살고 싶으면 그 특정한 운명 속에 거하며 아이를 기르고, 자라서 또다른 사샤가 되고, 조이드와 제멋대로인 그의 밴드와 그들의 모든 결점과 타협하고, 브록, 그때의 포위 작전, 위드 애트먼의 피, 24fps와 과거의 즐겁게 지내던 무리들을 잊고, 자기가 과거에 누구였든 다 잊고, 이따금씩 해가 되지 않는 고만고만한 가족영화를 찍고, 알맞은 대사를 하고, 예산 범위 내에서 지내고, 해가 지기 전에 하루하루를 마치기만 하면 됐다. 프레리는 그녀에게 보장된 구세주가 될 수 있었다. 최악의 거짓말, 가장 치사한 배신이기는 해도 프레리의 엄마인 척하기만 하면 되는 것이었다. 브록이 다시 등장한 것은 그럼에도 불구하고 어떻게든 견뎌낼 수도 있겠다는 생각이 들던 무렵이었다. 그는 아무 표지도 없는 뷰익 자동차 몇대를 뒤에 끌고 나타나, 그녀를 피코와 페어팩스 근처로 강제로 끌고 가 그녀의 차에 기대게 한 뒤, 발로 두 다리를 차서 벌리게 하여 직접 몸수색을 하고 나서는, 그녀도 모르는 사이에 또다른 모텔 방으로 데리고 갔다. 잠시 후 사샤 집에 들렀던 일은 까맣게 잊히고, 다시 들렀을 때에는 본드의 땀 냄새, 본드의 정액 냄새가 몸에서 진동을 했다. 사샤는 무슨 일이 있었는지 냄새로 알아차릴 수 있을까? 그의 발기된 페니스는 그녀가 미래로 돌진하는 중에 위험과 장애를 헤쳐나가려고 애쓸 때 잡는 조종간이 되었고, 그녀가 매년 그 앞에 서게 되는 게임에서 매번 불시에 나타나는 괴물과 외계의 발사체가 되었다. 또다시 통금 시간이 한참 지난 뒤에 그만 집으로 오라는 소리도 까맣게 잊고, 남은 동전은 계속 줄어드는데도, 출입이 금지된 오락실의 뒤편 통로 사이의 환한 게임기 화면 위로 몸을 구부리고 있으면, 몇줄씩 늘어선 다른 선수들은 있는지도 모르게 쥐 죽은 듯 있고, 아무도 문 닫는 시간을 알려주지 않는 가운데 오직 점수만을, 숫자들의 행렬만을, 그녀 이름의 머리글자가 다른 낯선 이들 사이에 짧은 시간 동안만이라도 들어갈 수 있는 기회만을 위해 하는 게임, 그리고 더이상 세상이 지키는 시간이 아니라 게임의 시간, 지하의 시간, 그녀를 시간만의 엄격한 거짓 불멸의 경계 바깥 그 어디로도 데려갈 리 없는 게임의 시간 속에서.

프레리에 대해서 알게 된 브록은 프레네시에게 아기의 이름은 언급하지 않고 단지 능글맞게 웃으며 "그래, 번식을 하셨다"라고 말했을 뿐이지만, 다른 무언가가, 꿈에서 억지로 출산을 겪은 악몽의 기억이 그를 덮친 게 틀림없었다. 왜냐하면 나중에 브록은 판단력이 제대로 작동되지 않는 와중에도 돌아서서 바로 아기의 행방을 쫓기 시작했고, 그러던 도중에 조이드의 존재를 알아차리자 그마저도 제거하려 들었기 때문이었다. 프레네시가 집을 떠나고 나서 거의 1년이 지난 어느 온화하고 구름이 뒤덮인 토요일 한낮에 조이드가 프레리와 함께 골목을 따라 고디타 피어까지 산책을 갔다 돌아와보니 다름 아닌 엑또르가 집 안에 들어와 있었다. 그는 조이드가 여태껏 본 것 중에 가장 커다랗고 네모나게 압축된 마리화나 덩어리 옆에 영화배우처럼 자세를 잡고 서 있었는데, 덩어리가 얼마나 컸던지 문으로는 못 들어가서 거기에 우뚝 세워져 있는 모습이 마치 천장에 거의 닿을락 말락 하는 우툴두툴한 암석 덩어리 같았다. "잠깐만 기다려요." 조이드는 손가락을 입술에 댔다. 그는 밖에서 소금기가 어린 바람을 맞으며 꾸벅꾸벅 졸던 딸을 데리고 집 안으로 들어가 다른 방의 침대에 눕힌 뒤에 젖병과 오리 인형을 옆에 놔두고는, 다시 거실로 나와 거대한 크기의 벽돌 모양 덩어리를 눈을 동그랗게 뜨고 쳐다보며 슬슬 신경을 곤두세우기 시작했다.

"내가 맞혀보죠. 「2001: 스페이스 오디세이」(1968)."

"「씽싱 교도소에서의 20000년」(1933)은 어때."

조이드는 기댈 데가 필요한 사람처럼 그 거대한 돌덩어리 같은 것에 천천히 다가섰다.

"당신이 그런 거 아니죠, 그렇죠?"

"저기 웨스트우드에 자네를 정말로 싫어하는 사람이 있나봐, 친구."

조이드는 프레리가 자고 있는 방을 향해 천천히 눈길을 돌리고 잠시 뜸을 들였다가, 다시 그를 쳐다보았다. "혹시 법무부의 브록 본드라고 하는 녀석 알아요?"

그러자 그가 어깨를 으쓱하며 말했다. "DEA[318] 6에서 그 이름을 본 것도 같아."

"그자와 내 전처에 대해서 아는 게 있어요, 엑또르. 그러니까 당황하지는 마요."

"내가 상관할 일이 아닌데. 그런 일에는 절대 발을 들여놓지 않는 게 내 방침이야. 특히 내가 맡은 사람하고는, 조이드."

318 마약단속국(Drug Enforcement Administration)의 약자.

"대단하세요. 늘 그래야 해요. 그런데 그 키 작은 친구는 어디에 있는 거예요? 그리고 왜 당신을 이 구질구질한 일로 보낸 거죠? 증거를 심고, 갑자기 신문을 하고, 아기를 빼앗으려고? 지금 우리 둘을 기다리고 있는 것처럼 말이에요. 아니면 뭐죠?"

"우아, 깜짝이야, 이 친구 사람 잡겠네. 나는 아기를 빼앗고 다니는 사람이 아니야. 뭐 잘못 먹었어?"

"어서 말해봐요. 우리 애를 데려가려는 속셈이 아니라고요?"

"이봐, 그건 나답지도 않다고. 지금 나는 호의를 베풀려는 거라고. 친구에게 말이야." 그러고는 상처 입은 그 단어에 특별히 힘을 준 억양으로 말하면서, 친구의 의미를 열어놓으려는 듯했다.

"우오, 그저 상부의 명령을 따르는 거면서."

"자네가 최근 소식까지 알고 있는지 모르겠네만, 닉슨과 그 떨거지들이 들어서고 나서 2년 동안 내가 일하는 부서에 조직 개편이 있었어. 그 통에 오래된 FBN 보병들이 칼을 맞았지. 다 내 동료들이었는데. 아직까지 일하는 것만으로도 나는 운이 좋아. 아무렴. 이런 결혼 상담사의 시답잖은 잔일이라도 좋아."

"잠깐. 입술에 거품 자국이 있어요, 엑또르. 이제 됐어요. 아, 알 것 같아요. 당신이 무얼 하고 다니는지, 친구."

"이해할 줄 알았어." 그는 크롬으로 도금한 심판의 호루라기를 꺼내서 불었다. "됐어, 친구들!"

"안녕, 자기." 검은색 챙 모자에, BNDD라는 라벨이 붙은 바람막이를 입은 여섯명의 사람들이 스틸 카메라와 영화 카메라는 물론이고 녹음기, 현장조사 도구 세트, 송수신 겸용 라디오, 다양한 특수제작 및 기성 휴대용 장비 등을 들고 나타났다. 그들은 들고 온 카메라로 풀잎 모양의 다면체 밑에 서서 서로 사진을 찍고는 그것을 거무스름한 플라스틱 시트로 싸기 시작했다.

"오, 대장, 제발 부탁인데, 장모한테 아기를 봐달라고 전화만이라도 할 수 있을까요?"

"그걸 호의라고 하지." 괴기스럽게 아양을 떠는 목소리였다. "그리고 호의란 마땅히 갚아야 하는 법."

"친구들을 밀고하라고요? 그러면 내가 곤경에 빠질 게 분명한데요."

"아이의 안전이냐, 아니면 밀고자로서의 무고함이냐. 오, 이런. 이거 꽤 어려운 결정인데." 바로 그때 사샤가 문을 열고 뛰어들어왔다. 엑또르의 눈은 그곳에 처음 온 사람이 보았더라면 순수한 장난기라고 불렀을 눈빛으로 반짝거렸다.

"아니, 이런 개구쟁이 같으니. 자네가 전화했지, 그렇지?"

"조이드, 무슨 일이라도 터졌나? 오, 이런." 거대한 마리화나 더미가 불쑥 눈에 들어오는 순간 사샤가 소리쳤다. "세상에! 집에 어린애가 있는데. 어디 아픈가?"

때맞추어 프레리가 잠에서 깨어나 한바탕 소동을 피우며 소리지르기 시작했다. 아파서라기보다는 궁금해서 그러는 것 같았다. 조이드와 사샤는 동시에 문으로 뛰어가다 여지없이 부딪치자 뒤로 비틀거리며 서로에게 "이 멍청한 마약쟁이가!" 그리고 "이 참견쟁이 할망구야!" 하고 맞고함을 쳤다. 그러고는 서로를 노려보다가 마침내 조이드가 제안했다. "보세요, 할리우드 시내에서도 두어번 살아보고 거기서 잔뼈가 굵으셨잖아요." 그가 욕실 벽장에서 천 기저귀 하나를 꺼내며 말했다. 어느새 두 사람은 엑또르가 가져다 놓은 어마어마한 마리화나 더미를 집 밖으로 치워버리기 위한 묘책을 짜내느라 마지못해 좀더 가까워졌다. "그런데도 이게 함정이라는 걸 모르겠어요?" 조이드는 바로 침실로 갔고, 그 뒤를 사샤가 조심스럽게 쫓아들어갔다. "지금 나한테서 아기를 빼앗아가려고 그러는 거라고요. 안녕, 우리 이쁜이, 할머니 기억나?" 사샤가 말을 걸고 놀아주는 동안, 조이드는 프레리의 기저귀를 벗기고 똥을 닦아낸 뒤에, 붕사를 뿌려놓은 다른 기저귀들과 함께 언덕길 너머의 세탁소에 싸가지고 가도 될 만큼 꽉 찬 플라스틱 쓰레기통에 화장실에서 빤 기저귀를 던져넣고는, 따뜻한 기저귀와 유아용 데시틴 크림을 가지고 와서, 자기가 올바른 방향으로 닦아주고 있다는 걸 전前 장모가 확실히 지켜보도록 했다. 그런 다음 새 기저귀를 핀으로 꽂던 중에, 당연한 것으로 받아들이고는 있지만 그래도 이 사소하고 가끔은 성스럽기까지 한, 판에 박힌 일과들에 좀더 주의를 기울이고 더 많은 애정을 쏟았어야 하지 않았나 싶은 데까지 생각이 미쳤다. 게다가 지금은 무장한 패거리들이 현관에 진을 치고 있어서 너무 늦은 감이 있지만 그래도 갑자기 소중하게 느껴졌다.

사샤는 아이를 안고 햇빛이 들어오는 창가에 서 있었다. 프레리는 팔목, 손, 손가락들을 아기 동작으로 꼬물거리며, 쿵쾅대고 쨍그랑거리는 방 쪽을 향해 팔로 가리키면서 어리둥절한 표정을 지었다.

"소리 지를 생각은 없었네." 사샤가 작은 소리로 말했다.

"저도요. 별일 아닐 거예요."

"애는 내가 볼게. 어쨌든 그런 지도 좀 됐으니까. 적어도 그 부분은 마음에 들어."

"물론 제가 교도소 간 건 제외하고겠지요." 조이드가 갑자기 깔깔대고 웃었다. 그러자 프레리는 그게 재밌는지 사샤의 팔에서 흔들거리기 시작하더니, 입을 주체하지 못할 만큼 크게 벌리고 웃으며 가끔씩 크게 꽥꽥 소리를 냈다. "오, 그게 좋은가보네, 그렇지?

자, 뺑이오!" 그는 손가락 하나를 입안의 뺨 있는 데까지 집어넣고 뺀 다음에 프레리를 향해 손가락을 뺑 소리를 내며 뺐다. 프레리는 혀를 내밀고 웃으며 쳐다보았다. "우아, 자, 여기 이분을 많이 보게 될 거야. 할머니야."

"할미!"

"그리고 아빠는 자주 못 보게 될지도 몰라." 시간의 지혜가 이끄는 대로, 조이드는 무너진 결혼생활의 폐허 속에서 허우적거리며, 울고 싶으면 그때가 언제든, 홀로 있든 주위에 사람들이 있든, 그것이 구경꾼들, 그들만의 문제, 그들의 인생관, 그들의 점심식사에 무슨 영향을 주건 개의치 않고, 자신의 감정을 목청껏 끌어냈다. "마누라가 집 나갈 만해" "그만 코 풀고 남자답게 굴어" "그럴 힘이 있으면 머리나 잘라" 같은 말을 충분히 듣고 나니, 부적절한 시간과 장소에서 곤경에 빠져 있다 오줌 싸는 것과 우는 게 다를 바 없다는 생각이 들었다. 그는 가끔은 문이 계속 닫히려 하고 비상 브레이크가 단단하게 채워져 있는 어떤 곳에서, 결국 소금기 많은 오줌을 지려 안도감을 느끼게 될 때까지 얼마 동안은 잘 참아내는 편이었다. 이번에는 실제로 남은 하루 동안을 모질게 이를 악물고 견뎌야만 했다. 그러다 결국 그는 수갑이 채워진 채로, 기둥처럼 높은 마리화나 더미가 기적적으로 바깥으로 나온 뒤 평판 트레일러 위에 단단히 묶여서 그것이 원래 있었던 넓은 약물 남용 박물관으로 다시 실려가는 광경을 대개는 경이감 혹은 두려움과 같은 또다른 정신적 고통 속에서 바라보는 이웃들 사이를 뚫고 나왔다. 마리화나가 차에 실리는 동안 조이드는 정부차량 번호판이 붙은 짙은 회색의 카프리스 승용차 뒷좌석에 구겨넣어져서 고디타 비치를 지나 언덕 너머로 끌려갔다. 그를 태운 차량은 남쪽과 동쪽으로 뻗은 평면도로들을 비스듬히 따라 돌아서, 유정油井과 굴착 펌프, 미개발 녹지, 말, 송전선, 철도 가대로 가득한, 덜 개발된 주거지역으로 들어간 뒤에, 마침내 중학교 교정이었을지도 모르는, 높이가 낮은 모래색 건축물 단지 같은 곳에 멈춰 섰다. 건물 안은 노란 타일 벽으로 되어 있었고, 연방보안관들이 여럿 있었다. 조이드는 알몸 수색, 지문 채취, 사진 촬영, 서류 작성을 거치고 난 뒤, 일찍 늘어선 저녁 식사 줄을 따라 잡다한 돼지고기 요리, 인스턴트 매시트포테이토, 빨간 젤리로 배를 채웠다. 그런 다음 거주구역의 독방으로 들어가서 시끄럽고 불빛이 차가운, 텔레비전 없는 시간을 모든 조명이 꺼질 때까지 견뎌야만 했다. 그때가 되니 긴장을 풀고 밀려오는 상념에 몸을 맡길 수 있었다. 그가 끌려갈 때 이미 고개를 돌리고 있던, 우습게 생긴 작은 얼굴에 마음이 아팠다…… 그를 보고 싶어할까. 내일이면 사샤의 집에서 아장아장 걸으며 어리둥절한 듯 찡그린 표정으로 기웃거리고 다니겠지. "아빠?" 조이드, 이 멍청한 바보. 그는 북받치는 슬픔을 누르며 혼자 중얼거렸다. 지금 뭐 하는 짓이야? 울다 잠들려고? 그러고도 남겠어. 정신을 차려보니, 머리 위의 전등이 다시 켜지고, 하늘색 더블니트 차림에 말쑥하고 체구가 작은 사내가 접이식 철제 의자에 앉아서 마치 밤에 개울 건너편에서 짖는 도베르만처럼 "휠러" 하고 반복해서 부르고 있었다. 조이드는 환한 불빛에 눈이 적응되고, 불침번에 맞게 맥박이 돌아오고 나서야, 그자가 브록 본드라는 걸 알게 되었다.

"자." 브록은 친한 척 고개를 끄덕이며 조이드의 얼굴을 쳐다보았다. 조이드가 보기엔 계속 고개를 끄덕이면서 시간을 끌며 자세히 쳐다보려는 것 같았다. "그래. 괜찮다면 머리를 옆으로 돌려볼 텐가? 아니, 반대편으로? 옆모습이 필요해서. 아. 하. 좋아. 그럼 이번에는 천장의 저쪽 구석을 올려다볼 수 있겠나? 고맙네. 그리고 윗입술을 조금만 위로 당겨볼까?"

"이게 다 뭐요?"

"자네의 턱 지수가 궁금해서. 그런데 저 콧수염이 방해가 되는데."

"오, 저런. 진작 그렇게 말하시지." 조이드는 브록을 위해 입술을 접어올렸다. "어떻게, 사팔눈을 하고서 침을 질질 흘리기라도 할깝쇼?"

"남은 일생을 감옥에서 보낼 사람치고는 기분이 너무 명랑하군. 진지하고 어른다운 대화를 기대했었는데, 내가 틀렸네. 아무래도 유년세계에서 너무 많은 시간을 보냈어, 그렇지? 거기에 있을 때가 더 편했을 거야. 자네를 위해서도 이 일을 단순하게 처리하는 게 좋겠군."

"내 전처와 관련이 있는 거군. 그거라면 절대 단순할 수 없을 텐데."

브록 본드의 두 콧구멍이 커지고, 한쪽 눈 옆의 혈관이 뛰기 시작했다. "그 여자는 더이상 네 소관이 아니야. 프레네시는 내가 알아서 할 거라고. 병신 같은 자식. 알아들어?"

조이드는 뒤를 돌아보았다. 두 눈은 퉁퉁 부어 있었고, 입을 다문 채 땀을 흘리고 있었다. 머릿속은 말할 것도 없고, 머리카락이 온통 헝클어져 있었다. 60년대의 평균적인 마약중독자이자, 마약단속반의 당연한 먹잇감답게, 그는 어떤 경찰을 만나든 포식자의 반사적인 행동을 예상했지만, 이번에는 그 예상을 넘어섰다. 개인적이고, 악의적이며, 무서울 정도로 너무나 당당했다. 왜 그런 거지? 조이드가 프레네시의 애인을 본 것은 이번이 처음이었다. 잠깐 동안이지만 그녀가 도망쳐서 조이드에게로 왔다가 이제 다시 돌아가기로 마음먹은 것 같은 그 거대한 미지의 존재가 그의 눈앞에 있었다. 연방검사를 가능한 한 자극하지 않으려는 생각에 조이드가 검사대 끝에서 머리를 세우고 기다리는 동안, 브록은 생각에 빠진 듯 삐걱거리는 철제 의자에서 일어나 방을 천천히 걷기 시작했다. 프레네시에 따르면, 브록은 자신의 꼬리로 자기 몸을 찔러서 죽을 수 있는 자연계의 유일한 생명체인 전갈자리 태생이었다. 조이드는 옛날 자동차 클럽 시절에 함께 차를 타고 다니던 자기파괴적인 미치광이들, 제한속도보다 훨씬 빠르게 속력을 내며 낭만적인 죽음의 환상에 젖어 있던 맥주에 취한 폭주족들, 그렇게 환상에 젖어 있다보면 대개 발기가 되어 밤새 그것에 대해 농담을 하면서 반짝이는 눈으로 '나 가지고 놀면 진짜 죽어' 하는 표정을 짓던, 핏방울이 떨어지는 하트 모양 안에 '죽음과 나'라고 문신을 새겨넣은 시골 청년들, 자동변속장치가 떨어져나가기 전까지는 두려운 걸 모르던 친구들, 그러다가 결국엔 경찰관이 되거나 상담원 신세가 되어 보험을 팔면서 최대한 부드러운 목소리로 "전문가시라 세상물정 잘 아실 텐데" 하면서도, 항상 속으로는 질주하고 싶게 쭉 뻗어 있는 밤길, 노란 선과 점선, 금방이라도 터질 것 같은, 바로 코앞에 숨겨져 있는 무서운 물건, 발기를 떠올리던 친구들 생각이 났다. 여기 이 브록이라는 작자는 그들과 똑같이 꿈같은 죽음에 취해 있는 시골 청년의 대도시판 같았다.

브록은 갑자기 담뱃갑을 꺼내 한대 피워물더니 신사다운 행동의 수칙이라도 떠올랐는지 담뱃갑을 조이드에게 내밀었다. 진정한 신사들이 하는 동정심의 표현을 완벽하게 흉내 냈다고 하기에는 조금은 느닷없는 행동이었다. 어쨌든 조이드는 담배 한개비와 성냥을 받아들었다.

"아기는 괜찮고? 응?"

이 부분에서 마침내 두려움으로 인한 직장 경련이 갑자기 한차례씩 찾아왔다. 그래, 이 미친 후레자식은 그의 아이를 노리고 있는 게 틀림없었다. 그외에 다른 무엇이 있을 수 있겠는가?

"감옥에 간다는 건 많은 걸 의미하지." 브록이 힘주어 말했다. "무엇보다 양육권을 잃게 돼. 교도소 당국이 그렇게까지 냉정하지는 않으니까, 아주 오랜만에 한번쯤은 아이가 찾아올 수도 있을 거야. 그리고 만약 자네가 멀쩡하다면, 아이 결혼식 때 경찰 감시하에 잠깐 내보내줄 수도 있을 거고, 응? 피로연에서 샴페인 한모금 정도는 마실 수 있을 테고. 물론 엄밀히 말하자면 약물 사용에 해당되겠지만 말이야." 그는 조이드를 조금 더 겁을 집어먹게 하고는 연극배우처럼 숨을 내쉬었다. "하지만 한번 자네의 됨됨이를 믿어볼까 해."

"프레리를 입양하고 싶은가보지." 조이드가 겁없이 말을 뱉었다. "나한테 왜 이래? 판사에게 가봐."

브록은 못 참겠다는 듯 담배 연기를 내뱉었다. "자네 같은 인간들은 어떻게 얘기해줘야 알아들을까? 어떤 별나라가 있다고 할까? 응? 모두 다 아이들을 낳고 기르지 않아도 되는? 그런데 몇몇이 그것에 반기를 들고 도망치는? 응? 그러다 최대한 빠르게 집안일에 갇혀 지내게 되고 말이지. 어떤 여자라고 해둘까? 평균적이고, 눈에 안 띄는 트랙트하우스[319] 엄마로 지내려고 순진한 남편과 함께 정착을 해서 얼마 뒤 아이를 낳게 되고, 그러는 바람에 본래의 자기 자신, 본연의 책임으로 돌아가지 못한 채 자신의 운명과 싸우는

319 한 지역에 같은 형태로 여러채 들어서 있는 주택 유형.

여자가 있다고 할까?"

"그러면 우주선을 찾아서, 우리 지구별로 도망치면 되겠네." 조이드가 계속해서 말했다. "거기에 사는 사람들은 원하는 방식대로 행동하고, 심지어는 집을 살 능력이 안되는 수준 낮은 놈팡이하고 아기를 가져도 돼. 설사 그게 환각 체험이라 해도, 경찰이 꼭 껴들거나 그러지는 않아."

그건 브록이 아는 지구가 아니었다. 그는 흐트러지지 않고 말했다. "그러나 그녀가 사는 별의 경찰은 모든 사람을 보호하기로 이미 맹세한 상태여서, 다른 모든 사람도 반드시 따라야만 하는 걸 그녀가 피해가게 내버려두려 하지 않을걸. 응? 그래서 지구 끝까지 쫓아가, 그녀를 데려오고 말 거야. 그러면 아기를 다시는 절대 못 보게 될 거야."

"그래, 그러면 아빠가 있잖아."

"그럴 자신이 있다면야."

그들은 곰이라도 잡는 사람들처럼 너무나 담배를 피워대서, 머리 위 조명이 강한데도 서로의 모습이 니코틴 연기 사이로 보일락 말락 했다. 이 연방건물로부터 저 아래 길에 있는, 너클헤드 잭스라고 불리는 오토바이족들의 술집에서 시끄러운 로큰롤 음악 소리가 한밤중의 바람에 실려 흘러나오고 있었다. 그것은 그 어떤 규칙도 거부하는 음악, 또한 갇혀 있는 조이드의 피를 끓게 하고 그의 영혼을 다시 일깨우는, 계속해서 끽끽 날카로운 소리가 이어지는 기타 쏠로 연주였다. 조이드는 협박의 성격을 속으로 곰곰이 따지면서도, 브록이 실질적인 거래 조건을 아직 말하지 않고 있다는 생각이 들었다. 지금 양형거래를 하고 있는 건가? 브록이 정말로 프레리를 원하는 게 아니었던가?

"사샤는 걱정이 안돼. 프레네시가 아기 근처에 절대로 가지 못하게 할 테니까. 더는 얼씬거리지도 못하게 할 거야…… 하지만 자네에게서 걱정이 되는 게 뭔지 알려주지. 미덥지 않지만 자네에게 다시 이 아이를 양육하도록 허용한다고 쳐. 열악한 환경, 약물 남용, 불규칙한 근무시간. 응? 이건 다 우리가 서로를 잘 이해한다는 전제에서 하는 말이야. 그러다보면, 누가 알아? 그녀가 어느날 밤, 달이 꽉 찼을 때 찾아오면, 자네는 점점 더 부드럽게 속삭이다 추억의 옛 노래를 함께 부르게 될지. 응? 그다음은 자네도 알지. 셋이서 밤새 문을 여는 버거킹에 가서 음식을 흘리며 아주 즐거운 시간을 갖게 될 거야. 누구 하나 없어서는 안되는 삼인조, 신성한 가족. 다 함께 모이면 마음이 따스해지는. 응? 광고를 찍을 수도 있겠네. 자네가 거기에 들어가 있겠지. 그러면 유명해질 테고, 결국엔 그때가 되면 내가 알게 될 거야. 그렇겠지? 요점은 어떻게든 난 반드시 찾아내고 말 거라는 거야."

"만약 내가 내 딸을 데리고 그냥—"

브록은 어깨를 으쓱했다. "사라져버린다면? 얼마 동안은 자네를 못 찾게 될지도 모르지. 꽤 오랫동안일지도 몰라. 자네가 다시 결혼해서 새살림을 차릴 수도 있으니까."

"이게 프레네시가 원하는 거야?"

"내가 자네에게 하는 말이야. 나는 그녀로부터 위임을 받았어. 그녀는 나에게 몸을 주기도 전에 위임장을 주었다고. 그러니까 여기서 시간 낭비하게 하지 말고, 질문에나 대답해. 안에서 영원히 있고 싶어? D동 감방 꼭대기 층의 빈 침대 하나가 자네를 기다리고 있어. 감방 동료의 이름은 르로이고, 유죄판결을 받은 살인범이야. 수박 먹는 것 다음으로 좋아하는 취미는 어마어마하게 큰 자지를 가장 가까운 데 있는 백인 남자의 항문에 쑤셔넣는 거고. 이번에는 자네가 되겠네. 이제 좀 확실히 알아듣겠어? 여기서 어떤 선택을 하는 게 좋은지?"

조이드는 그의 얼굴을 정면으로 마주 보고 싶지 않았다. 그 개자식은 큰 소리로 답을 듣기를 원했다. "알았어."

"나를 믿어." 브록은 고객의 구매 결정을 축하하는 쎄일즈맨 같았다. "그녀였더라도 자네에게 나와 똑같이 했을 거야."

"덕분에 큰 도움이 됐어."

"자…… 그러면 이 서류부터 작성해볼까? 그전에 자네 목소리 톤부터 좀 어떻게 해야 할 것 같은데." 브록은 문으로 가서 크게 소리쳤다. "론?" 장화 발소리가 서서히 다가오더니, 덩치가 크고 탄탄한 연방보안관 론이 문을 열었다. "론, 자네 비사법적 자극 허가증을 갖고 있지?"

"그럼요, 본드 씨."

"저놈을 쳐버려." 브록이 문을 열고 나가면서 명령했다.

"예. 몇대나—"

"오, 한대로 충분하네." 철문 울리는 소리가 서서히 작아졌다.

론은 지체 없이 조이드를 감방 구석까지 쫓아가 주먹으로 명치끝을 눈앞이 안 보일 정도로 세게 때렸다. 바닥에 쓰러진 조이드는 마비와 통증에 숨을 쉴 수가 없었다. 론은 자신이 한 일을 감상이라도 하듯 잠시 서 있었다. 가만히 서 있는 그의 장화가 이내 어렴풋이 보였다. 조이드는 여전히 너무도 비참한 마음에 소리 내어 울지도 못하고 그가 걷어차기만을 기다리고 있었다. 그러나 론은 돌아서서 방을 나서며 문을 잠갔고, 곧바로 조명이 꺼졌다. 조이드는 분노로 몸을 웅크리고 숨을 고르기 시작했다. 그리고 오전 5시 반의 인원 점검 직전까지 움직이지 않고 그대로 있었다.

아침식사 시간이 끝나자 엑또르가 나타나, 당시로서는 세밀하게 가꾸는 데 귀중한 시간을 매일 20분은 족히 들이고도 남았을 콧수염 너머로 그를 보며 환히 웃었다. “행정관청에서 자네는 이제 필요 없대. 사람들이 고집쟁이라고 불러도 자네는 불확실한 우편번호만을 보고서 자네 집에 있던 그 500킬로그램짜리 물건을 찾아다니겠지? 내가 도움이 될지 모른다고 누가 그러던데…… 그나저나 꼴이 말이 아니군.”

“와이엇 어프[320]한테 직접 당해봐야 이 기분 알걸요.” 조이드가 대놓고 요란하게 코를 풀었다. 눈은 충혈되어 있었다. “정말 뒤늦게 한건 했네요. 요 몇년 동안 당신이 날 존중해준다고 생각했는데, 이렇게 억지로 밀고시키다니. 그래, 뭐가 그렇게 중요하기에 내게 이 짓을 시키는 거예요?”

빛의 이상한 장난인지, 아니면 조이드가 때아니게 환각을 일으킨 탓인지, 엑또르의 양쪽 안구에 비치던 강한 조명이 자취를 감추더니, 모든 빛을 흡수하는 무광택 표면들로 햇빛이 서서히 스며들었다. “그런데 있잖아, 갑자기 점심 생각이 나네. 이 일로 계속 생고생해야 돼? 젠장, 제대로 된 감정사를 구해서, 파봐! 채소를 심을 수 있는 근사한 공동구역이나 농장이 될지 어떻게 알아? 꽃이 더 나을까? 자네들 꽃 좋아하잖아. 안 그래? 조이드, 내가 진짜로 알고 싶은 건 그 양반에 관한 얘기야. 서로 연락하고 지내는 거 다 알아. 그 땅딸보…… 이름이 뭐더라?”

“빌어먹을, 엑또르.” 조이드가 머리를 세게 흔들며 목쉰 소리로

---

320 19세기 후반과 20세기 초에 명성을 떨쳤던 미국의 보안관 겸 명사수.

말했다. “내가 아는 유일한 땅딸보는 지금 헤멧에 살아요. 베트남 시절 이후로는 아무 희망도 없이 지내고 있죠. 당신한텐 별로 안 좋은 얘기겠지만, 그는 마누라를 통해서 몰래 구한 작은 다본[321] 알약 없이는 비행기에 오르려고 들지 않을 거예요. 내가 보기에는 3등급 쇠고기만도 못해요.”

“바로 그자야!” 엑또르가 크게 외쳤다. “바로 그놈이라고. 됐어. EPT[322]에서는 나쁜 놈 땅딸보로 통해. 이런 사건을 파헤치는 데에는 역시 자네처럼 능력이 뛰어난 밀고자가 있어야 해! 그것도 많이. 상관한테 보고할 때까지 기다리게. 자네, 이쪽으로 오면 가능성이 있겠어, 응!”

평소보다 뒤늦게 떠오른 생각이지만, 엑또르는 마약단속반들끼리 하는 유머를 혼자 재미 삼아 쉬지 않고 해대는 습관이 있었다. 조이드는 작정하고 말했다. “엑또르, 왜 자꾸 얌전하게 지내는 사람을 이렇게 건드리는 건데요? 돌봐야 하는 애가 있는 거 몰라요? 그래서 어쩔 수 없이 정직한 시민으로 마약에 손을 끊고 살기로 했다고요. 과거에 어울려 다니던 상습적인 마약사범들을 만날 틈이 전혀 없어요. 난 완전히 다른 사람이 됐단 말이에요.”

“그래. 어련하겠어. 마리화나를 줄담배로 피우고 주말이면 환각제를 먹으면서 말이야. 머리는 언제 자를 건데? 그 약에 전 음악을 끊고, 아구스띤 라라[323]의 근사한 노래라도 몇곡 배워둔 겐가? 스몰밴드로? 그리고 조이드, 재혼에 대해서 진지하게 생각해봐. 데비와 나는 둘 다 두번째 결혼인데, 이보다 더 행복할 수가 없어. 진짜야.”

321 금지약물로 분류되어 있는 진통제용 알약.

322 텍사스 주 엘패소로 추정된다.

323 아구스띤 라라(Agustín Lara, 1897~1970). 멕시코의 대중적인 볼레로 작곡가.

"또 처제 얘기 하려는 거죠. 사람들만 만나면, 심지어 체포한 자들까지도 어떻게든 엮어보려고 하는 그 처제 말예요."

"아냐. 처제는 지금 어떤 멕시코계 미국인 놈하고 결혼해서 옥스나드에 살고 있어. 데비 말이 피는 못 속인다나. 처가의 모든 여자가 상냥하고 낭만적인 라틴계 남자라면 사족을 못 쓴대."

"그런 친구들하고 어울리지 않게 하는 게 좋을 거예요."

"아이고, 그만 좀 해." 그는 머리를 좌우로 흔들며 조이드의 감방 문을 활짝 열어젖혔다. "어서, 여기서 나가."

그렇게 해서 그날 저녁 해 질 무렵에 그는 사샤의 집에 들렀다. 향기가 그윽한 거리는 오래된 야자수들이 줄지어 서 있었고, 가벼운 사막 바람이 윌셔에서 위로 몇 마일 떨어진 상습 정체구역을 통과하는 늦은 퇴근 차량들의 소리를 타고 불어와서는 저녁식사 시간 내내 긴 블록을 따라 위아래로 늘어선 차들의 측면 창 속으로 가득 스며들었다. 프레리는 할머니가 베벌리힐스에서 사온 게 틀림없는 신발과 모자에 새로 나온 아기 옷을 입고서 한껏 뽐내고 있었다. 프레리는 조이드를 보자 딱히 환영하는 말투라고 할 수 없을 목소리로 소리 질렀다. "아빠, 안돼!"

"'좋아', 해봐." 그는 한쪽 무릎을 꿇고 두 팔을 벌렸다.

프레리는 사샤 뒤로 급히 뛰어가더니 턱을 앞으로 내밀고 말똥말똥한 두 눈으로 그를 쳐다보았다. "안돼!"

"오, 프레리."

"히피 놈팡이!"

"할머니가 그렇게 가르쳤구나. 알겠어. 할머니가 너를 하루 동안 구워삶았어." 그러나 브록 본드와 그의 패거리들이 나선 뒤부터 그 말은 과거에 평화로웠을 때처럼 굴욕적이지 않았다.

"조이드, 무슨 일이야. 꼴이 말이 아닌데."

"오……" 그는 삐걱거리며 일어섰다. "망할 놈의 브록 본드 녀석. 프레네시가 그자들을 건드린 걸 수 있어요." 그는 브록이 겪게 한 마지막의 의례적 절차에 대해 말해줘야 할지 어떨지 알 수 없었다. 조이드는 풀려나기 전에 두명의 연방보안관들 사이에 서 있어야만 했다. 그중 하나는 그를 가격한 론이었는데 오후의 그늘 때문에 눈에 잘 띄지 않았다. 반면 조금의 흔들림도 없이 입가에 미소를 짓고 있는 프레네시를, 브록의 보호하에 그동안 내부 어딘가에 줄곧 있었던 프레네시를 브록이 건물 바깥의 주차장으로 데려가는 동안 지켜봐야 했는데, 머리카락과 얼굴, 매끄럽게 잘 빠진 맨다리에 햇살을 머금은 채…… 그녀가 떠나는 모습을, 한걸음씩 내디딜 때마다 짓던 그녀의 미소를, 맞춤 썬글라스를 쓴 말쑥한 파스텔색 옷차림의 브록이 그녀를 위해 차의 뒷문을 열어주고는 그녀의 머리카락, 조이드가 얼마나 사랑했는지 모를 그 머리카락을 쥐고서 머리가 부딪히지 않게 차 천장 밑, 패드가 깔린 그늘진 곳 속으로 안내하는 모습을, 그녀의 구부러진 목선이 정확하게 보이지는 않지만, 욕망을 자극하는 길고 하얀 목덜미가 마치 기다렸다는 듯이 최신 유행의 가죽의자에 닿는 것을 상상하며 지켜봐야만 했다……

"이제 막 피자를 해동시켰어. 어서 오게."

결국 프레리는 그에게 "안녕" 하고 입맞춤을 했다. 그리고 나중에는 잘 자라고 입맞춤을 했다. 프레리가 예비 침실에서 자는 동안, 조이드는 사샤에게 자기가 한 거래에 대해서 털어놓았다.

"하지만 그렇다고 진짜로 사라질 수는 없잖아." 사샤가 말했다.

맞는 말이었다. 바로 그 지점에서 정신장애 계획이 등장했다. "자네가 어디에 있는지 알기 위한 방법일 뿐이야." 엑또르가 설명을 했다. "자네가 수표들을 찾아가기만 하면, 아무도 괴롭히지 않을 걸세. 하지만 한번이라도 안 찾아가면, 경보기가 울리고 자네가 도망치려 한다는 걸 알게 되겠지."

사샤가 옆으로 다가가 누가 봐도 친구처럼 어깨를 내주며 말을 건넬 만큼 조이드는 애처로워 보였다. "그 파시스트 녀석이 원하는 건 프레네시가 다시는 자기 아이를 못 보게 하는 거야. 여자의 운명을 놓고 남자들끼리 협의를 하는 흔한 방식이지. 그래서 자네는 진짜로 아이와 아이 엄마를 갈라놓으려는 걸 도와줄 생각인가?"

"어떻게 그럴 수가 있겠어요? 장모님은요? 브록 말로는 장모님은 아무 문제가 없다고 하던데. 프레네시가 프레리 근처에 절대 얼씬도 못하게 할 거라면서."

"왜냐하면 난 누르기만 하면 자동으로 반사하는 옛날 좌파거든. 그가 어떻게 생각하든, 가족보다 이념이 훨씬 더 숨통을 트이게 해주니까. 내 말 들어봐, 이건 어때?" 그러면서 그녀는 바인랜드에 관해서 들려주었다. 프레네시가 어렸을 때 여름만 되면 가족 모두 그곳을 들렀고, 그녀가 탐험을 너무 좋아한 나머지 연안으로 흐르는 시내들을 하나도 안 빠트리고 더듬어 올라가다가 매번 바인랜드 속으로 최대한 깊숙이 들어갔으며, 그러다 쿨에이드가 든 물통과 피넛버터와 마시멜로를 넣은 샌드위치로 가득 채운 배낭을 메고 며칠 동안 사라지곤 했던 얘기를 들려주었다.

"요즘엔 많은 사람들이 그러는 것 같은데요." 조이드가 고개를 끄덕였다.

"그러게. 지금도 1년에 한번은 다 같이 거기에 가서, 야외 요리를 해 먹고 포커를 하고 지내다 와. 트래버스 가족과 베커 가족, 그러니까 내 부모와 양쪽 친척 모두 같이. 그때가 프레네시의 유년기

중에 가장 좋았던 때였어. 그러다가 프레네시는 고등학교 이후부터는 오지 않았지. 자네도 알겠지만, 옛 친구들끼리 가정과 아름다운 전원을 꾸리며 살기에 안 좋은 곳들이 있잖아. 위로든 아래로든 101번 도로를 따라 조금만 가다보면 없는 게 없잖아. 투 스트리트 싸구려 술집부터 아카타[324] 음식점들, 그리고 셸터 코브[325]에서의 써핑까지. 거기서는 사교생활을 할 수 있어. 자네도 말한 적이 있네만, 요즘 L. A. 북부로부터 대량으로 이주해오는 히피족들이, 다른 뜻으로 말하는 거 절대 아닐세, 바인랜드 안으로 마구 퍼지고 있잖은가. 그 덕에 무료로 아이를 맡길 수도 있고, 마약 밀매조직과 기타 연주자들도 무궁무진하고 말일세."

"듣기에는 분명 그럴싸하네요. 하지만 가능한 일거리는 오직 낚시하고 벌목뿐이에요. 맞아요, 피아노 연주도 하기는 해요."

"그러다보면 일정한 직업 없이 요령껏 살아야 할지도."

"은신처는 어때요?"

"내부의 반도 아직 측량이 안됐네. 삼나무가 너무 많아 길을 잃기 십상이고, 여러 세대 전에 생긴 비탈길 뒤로는 아주 오래되었거나 새로 가세한 유령 마을들이 틀어박혀 있어서 어떤 공병대도 정리할 엄두를 못 내. 게다가 벌목도로, 소방도로, 인디언이 다니던 길들이 거미줄처럼 얽혀 있어서 다 익혀두어야 하고. 물론 거기에 숨을 수는 있어. 프레네시 역시 과거에 그랬듯이 지금도 그럴 수 있을 테고. 그러다보면 어느해에, 혹시 알아, 베커 가족과 트래버스 가족이 다시 모이게 될 때, 그애가 나타날지도 몰라. 애인의 마력도 언젠가는 사라지게 되어 있어."

324 미국 캘리포니아 주의 험볼트 카운티에 있는 대학 도시.
325 미국 캘리포니아 주의 험볼트 카운티에 있는 해변 마을.

"그런 건 거의 알아채지 못했는데요."

"파시스트를 끝까지 버티게 하는 건 오직 그의 마력뿐이야. 신문사 사람들도 그걸 아주 좋아하지."

"그러니까 프레네시가 바인랜드로 분명히 올 거라고 생각하는 거죠? 그리고 프레리와 나도 거기에 가 있게 될 거고요……" 하기야 나쁜 순간들이 찾아왔을 때 그렇게 아무런 환상 없이 그 순간들을 벗어나게 도와준 곳이 한군데라도 있었던가. 그날밤 그는 사샤의 집 전화로 반 미터와 통화했다. 조이드의 체포 소식에 풀이 죽어 있던 그는 북으로의 이주 행렬에 합류하려는 중이었다. 그러던 차에 전화를 받고는 기뻐서 조이드의 차, 스테레오, 앨범, 그외 잡동사니를 챙겨오기로 했다. 그들은 반 미터가 조이드에게 알려준 전화번호들 중 하나로 곧 다시 연락하기로 했다.

나무에 매달린 원숭이처럼 딱 달라붙은 프레리를 안고서, 조이드는 가장 가까운 쌘타모니카 프리웨이 출구에서 사샤와 손을 흔들며 작별 인사를 했다. 그런 다음 곧바로 외관을 꽃, 둥근 고리가 달린 행성, R. 크럼[326] 스타일의 얼굴과 다리, 알아보기 쉽지 않은 형상으로 잔뜩 칠한 폭스바겐 버스에 몸을 싣고 쌔크라멘토 델타 카운티로 향했다. 그곳에서는 수심이 매우 얕은 강 너머의 안쪽 깊숙한 곳에서 자치공동체가 번성하고 있었는데, 위험수위가 높은 법 집행은 물론이고 법원명령, 영장집행관, 행방불명 채무자 추심단으로부터 도망 중인 사람들의 은신처였다. 우연하게도 이 정부로부터의 피신처는 핵무기 창고와 폐기물 처리장, 예비함대, 잠수함 기지, 병기창, 공군전략사령부부터 해병대에 이르기까지 모든 병

326 로버트 데니스 크럼(Robert Dennis Crumb, 1943~). 주류 만화에 맞서 언더그라운드 만화 운동을 주도한 미국의 저명한 만화가, 작가, 음악가.

과를 위한 비행장으로 이루어진, 전역에 걸쳐 구축된 군사 시설망의 한가운데에 틀어박혀 있어서, 소음 방지 장치를 하나도 장착하지 않은 비행 부대가 머리 위를 밤낮으로 으르렁거리며 끊임없이 날아다녔다.

프레리가 하늘에서 나는 굉음을 안 좋아하기는 하지만, 그래도 하루나 이틀 밤 정도 머물기로 했다. 한동안 프레리는 소리를 지르다가 결국에는 아빠 곁이 안전하다고 여겼는지 바짝 붙어다녔다. 사람들은 예기치 않은 시각에 문을 두드리며 환상 속에서나 있을 법한 파티를 찾아다녔다. 게다가 수없이 많은 개와 고양이가 제 맘대로 돌아다니는 모습은 텔레비전에서 흔히 보는 가족 드라마들과는 거리가 멀었다. 유황이 섞인 연무가 끼기 시작하더니 하루 종일 걷히지 않아서, 모든 것에서 디젤과 화학물 냄새가 났다. 그 바람에 조이드는 셔츠를 벗어서 털고, 다시 입어야만 했다. 비행기들이 출격하는 사이사이에 오리들이 왔다 갔다 하면서 꽥꽥거리는 소리에 프레리가 반색할 만도 했지만, 덧대어 만든 지붕들 위로 너무 시끄럽고 갑작스럽게 국가안보의 합창이 또다시 계속 울려퍼지는 바람에 다시 울기 시작했다. 머리를 뒤흔드는 소음보다도 프레리의 울음이 끝에 가서는 조이드를 더욱 비참하게 했다. 모기들이 윙윙거리고, 땀은 계속 흐르고, 프레리는 갓난아기였을 때처럼 두시간마다 잠에서 깼다. 또 파티에 온 사람들은 고함에 비명을 질렀고, 멀리서 들리는 둔탁한 폭발음이 밤하늘을 흔들었으며, 라디오에 켜져 있는 최악의 음악방송에서는 배경음악이 흘러나왔고, 이미 두어마리가 다녀가고 얼마 남지 않은, 차에 치여 죽은 동물들의 잔해를 놓고 개들이 어두운 진흙 구덩이에서 서로 으르렁거리며 싸웠다. 아침이 되자 조이드는 밤새 마신 맥주와 담배로 인한 두통에 괴로워하며 꼬뮌 엘더 거주구역으로 비틀거리고 걷다가 주위 사람들에게 알렸다. "여기요?" F4 팬텀이 늪지대 안개에 모습을 감춘 채 쌩 하고 날아가는 소리에 그는 귀를 막았다.

"우리는 이제 —" 나머지 말은 B52가 내는 푸가 같은 소리가 삼켜버렸다.

"F4 팬텀이 맞아!" 확성기처럼 두 손을 모아 크게 소리쳤다.

"아무튼 고마워요. 그만 갈게요." 조이드는 목청껏은 아니지만 큰 소리로 말하고 나서 웃으며 손을 흔들다가 슬쩍 모자를 들어 인사를 했다. 아이와 함께여서인지 길을 나선 뒤 채 15분도 되지 않아 차를 얻어탔다. 어디로든 이동하는 걸 좋아하는 프레리는 차에 오르자마자 잠이 들었다. 그들은 쌘프란시스코로 향해 가다가, 조이드가 인돌런트 레코드를 통해 알았던 음악 사업계의 거물 웬델('무초') 마스의 호화로운 텔레그래프 힐 타운하우스에 잠시 쉬러 들렀는데, 검은 철문을 열고 들어서자 꽃무늬 타일, 커다란 잎사귀가 달린 나무, 분수로 꾸며진 에스빠냐풍의 안마당이 나왔다. 프레리는 물 튀는 소리에 어리둥절한 표정으로 잠에서 깼다. 이국적인 나무들이 그늘 속에서 활짝 피어 있었고 아주 먼 곳의 향취를 풍겼다. 그들은 둘 다 주위를 둘러보았다. 프레리의 두 눈이 반짝거렸다. "오케이, 좋아, 월세를 열심히 내고 있는 게 분명해." 안마당은 채광창 아래에 놓인 실내용 화초들로 꽉 찬 입구로 이어졌다. 그쪽으로 가자 그 시대의 젊은 캘리포니아 여성의 순수한 표본이 될 만한 여인이 찰랑거리며 다가왔다. 머리카락은 늘어뜨려서 잘록한 허리까지 왔고, 살갗은 비키니에 가장 어울리게 그을려 있었으며, 영원히 열여덟살일 것 같았다. 그녀는 파출리 향이 나는 연무에 둘러싸인 채 달콤하게 취해 있었다. 1, 2분 뒤에 그녀가 자신을 소개했다. "안녕하세요. 트릴리엄이에요." 그녀가 머리를 한쪽으로 돌리며 속삭이듯 말했다. "무초의 친구죠. 어머나, 정말 귀여운 아기네요. 황소자리가 분명해요, 맞죠?"

"음." 조이드는 너무 놀라 날짜를 잊어버렸다. "어떻게 그걸 알았죠?"

"저는 무초의 롤로덱스[327]예요. 모든 사람을 조사하는 게 의무죠." 그녀는 프레리를 안아들었다. 프레리는 이미 그녀의 긴 머리카락에 반해서 두 손 가득 움켜쥐고 있었다. "무초는 주말 동안은 마린에서 쉴 예정이에요. 오늘밤 여기는 다 당신 차지예요. 난 필모어에서 열리는 패러노이드 콘서트에 갈 거니까요." 그녀는 가장 잘나가는 60년대 음반회사 내부로 그를 안내했다. 안으로 들어서자 프레리는 인정한다는 듯이 "꺄……" 하고 길게 탄성을 질렀다. 다음주, 다음해가 되면 그 모든 게 사라지고, 바람, 염무, 갑자기 들이닥치는 방문객들, 맨바닥에서 울려대는 전화기, 대기 중에 도망 다니는 메아리들이 그곳을 차지할 수도 있을 터였다. 그만큼 이쪽 일들은 혁명이 돈 버는 장사와 뒤섞이듯이 당시에는 변동이 매우 심했다. 그럼에도 오디오 장비를 통해 그 오래전 해의, 머지않아 디지털 과학기술에 빛이 모두 가려질 최상의 아날로그 예술을 표현한 시대의 로큰롤이 들려오자, 트릴리엄은 그것에 맞추어 춤을 추었고, 프레리도 그녀의 팔에 안겨 깡충거리며 흔들어댔다. 조이드는 색안경을 쓰고, 머리를 뒤로 젖히고, 손가락을 튕기고, 가볍게 몇발짝 스텝을 밟으며 주위를 돌아보았다. 사물들이 깜빡거리고, 빙빙 돌고, 형태가 바뀌고, 온 사방으로 왔다 갔다 했다. 기분 전환거리

327 미국의 롤로덱스사에서 만든 회전식 명함 정리기. 개인 비서를 빗대어 말한 것이다.

들. 핀볼 기계, 당시에 알려진 모든 채널이 나오고 절대 꺼지지 않는, 각종 회사의 크기도 다양한 텔레비전 세트들, 모든 방과 공간에 유선으로 연결된 스테레오, 타오르고 있는 향로, 짙은 자줏빛 유출물을 쏟아내는 자외선 형광 특수효과 장치들, 흔들리거나 반짝거릴 때가 아니면 눈에 안 보이는 요상한 색깔의 천으로 만든, 메인룸에 설치된 자그마치 20피트 높이의 커다란 천막. 특히 밤이 되면 그곳으로부터 훤히 내다보이는 시내와 베이 지역의 정경은 마약에 손을 끊은 사람에게도 충분히 환각적이었다. 그들은 트릴리엄의 안내에 정신을 차리고, 버스에 가득 탄 유별난 복장 차림의 젊은이들과 함께 이내 문밖으로 향했다. 그들은 다 같이 모여 프레리를 즐겁게 맞았다. "아이고, 예쁜 것!" "진짜네!"

프레리는 아빠의 팔에 쏙 파묻혀서 노래를 불렀다. 기분이 좋은지 물이 똑똑 떨어지는 소리를 내며 금세 고개를 끄덕였다. 주방을 발견하자, 조이드는 프레리를 식탁 위에 앉힌 뒤, 초대형 냉장고를 뒤져 보이즌베리 요구르트를 먹이다가 결국에는 셔츠를 더럽히고 말았다. 이어서 그는 몇개의 병에 주스와 우유를 채운 뒤 부엌에서 나와, 파티오 건너편의 손님용 침실로 가서, 접대용으로 숨겨놓은 마리화나가 혹시라도 있는지 샅샅이 찾아보다가, 하는 수 없이 자기 것으로 한개비를 말아서 불을 붙인 다음, 프레리를 침대에 눕히고 절대 실패할 리 없는 오리지널 자장가를 불러주었다.

아라비아의 로런스

오— 로런스,

아라비아의, 그가 쓴

가발, 씰룩, 쌜룩, 오글디 두!
보-험,
아라비아에서,
포함 안된다고, 그는 돼……
아니! 낙타와 거기에 있으니까,
낮이든 밤이든,
사막을 누비고 다니지, 그냥
싸우고 싶어서 — 그는 걱정 안해
로런스니까,
아라비아의, 그가 쓴
가발, 씰룩, 쌜룩, 오글디 두!

볼륨을 아래로 쭉 내리고 나서 조이드는 텔레비전 앞에 자리를 잡고 앉았다. 「젊은 키신저」의 우디 앨런이 화면에 보였다. 방에 마리화나가 없다는 게 믿기지 않았지만, 천천히 발을 뻗었다. 원래 디스크자키 출신이었던 무초 마스는 시대에 훨씬 앞서 환각제에 빠져 있었는데, 너무 다정해 보여서 그 당시 좀더 순진무구했던 시절에도 눈길을 끌었던 이혼을 하고 난 뒤인 1967년 무렵에 음반 제작에 뛰어들기로 결심했다. 음반 산업의 성장 여부는 전혀 예측할 수가 없던 때라, 그의 결정은 뜻밖이었다. 무초는 드러귤라[328] 백작으로 자칭하고서, 장난감 가게의 가짜 송곳니와 제트 앤드 제트에서 파는 검정 벨벳 망토를 착용한 채, 운전사가 모는 벤틀리를 타고, 썬셋 남쪽과 바인 동쪽에 위치한 할리우드 뒷골목의 저층 건물에

328 Drugula. 약물을 뜻하는 '드러그'와 드라큘라를 합성한 단어.

있는 인돌런트 레코드에 나타나, 매일 그가 도착하기를 기다리며 모여 있는, 노소를 막론한 팬들에게 인기가 좋은 고급 환각제를 뿌렸다. 그들은 외쳤다. "백작, 백작! 저희에게 약을 내려주소서!" 그러자 인돌런트 레코드는 유별난 아티스트와 레퍼토리 때문에 순식간에 유명해졌다. 무초는 풋내기였던 찰스 맨슨[329]을 맨 먼저 테스트한 사람에 속했지만, 나중에 황급하게 덧붙여 말하기를, 그를 다시 부르지는 않았다고 했다. 그는 또한 와일드 맨 피셔와 티니 팀과도 거의 계약할 뻔했지만, 다른 사람들이 먼저 접근하는 바람에 하지 못했다.

의기양양한 '영원한 젊음의 시대'의 기준으로 봤을 때, 드러큘라 백작, 즉 '아낌없이 주는 무초'는 책임감 있고, 심지어 건전하기까지 한 환각성 약물 사용자였지만, 코카인만큼은 이야기가 전혀 달랐다. 그것은 그를 난데없이 후려쳤다. 그가 나중에 불행에 빠졌을 때 어떤 여인과의 비밀스러운 관계에 비유하곤 했던 그런 뜻하지 않은 열정을 그에게 안겨주었던 것이다. 그 결과 코와 불법 크리스털[330]의 은밀한 만남, 갑작스러운 황홀의 절정, 놀랄 만큼 음성적인 현금 입출, 끝내주는 성적인 돌발 사건 등이 일어났다. 그가 격렬한 도취와 장기長期 투여 사이에서 바로 그 위기의 지점에 다다르자, 그의 코도 피, 콧물, 누가 봐도 푸른 액체를 흘리며 망가지고 말았다. 아직까지는 몇년 뒤의 국가적인 마약 히스테리로 명성을 얻기 전인 재활시설에 들어가는 대신, 그는 셔먼 오크스의 방진防塵 부속실들이 딸린 사무실에서 근무하는 헌신적이고 도덕적인 비과鼻科

329 찰스 맨슨(Charles Manson, 1934~). 1960년대에 촉망받는 씽어송라이터였으나 그의 추종자들이 저지른 범죄로 유명해졌다.

330 필로폰(메스암페타민)의 은어.

전문의 닥터 휴고 스플랜크닉에게 도움을 청했다.

"작은 부탁을 하나 해도 되겠소? 혈액 채취를 해야 하오."

"에?"

"—이 펜을 담가서 이 짧은 서약서에 서명할 수 있을 정도면 되오—"

"살아 있는 동안 절대 코카인은 하지 않는다? 만약 할 경우에는—"

"그러면 벌칙 조항에 저촉을 받게 될 거요. 기본적으로 벌칙은 전통적인 제재 조치들, 즉 벌금, 감금, 사형을 따르게 될 테고."

"사형? 왜죠? 코카인 흡입한 것 때문에?"

"어차피 자살하려고 한 거나 마찬가지인데, 그게 무슨 대수겠소?"

욱신거리는 고통이 무초의 코에 느껴졌다. "노보카인[331]을 얻을 수 있을까요?" 실제로는 '도보카이드'라고 들리게 발음했다.

"서명하는 즉시 주리다."

"의사 선생! 음반 제작자의 대여 합의서보다 더 심하네."

의사는 짜증 섞인 한숨을 내쉬었다. "그렇다면 유감스럽소만." 진료실들 안쪽으로 나 있는 또다른 문을 열어젖혔다. "다음 단계인 '병에 담긴 표본 보관실'로 가야 하오." 파산한 슈퍼마켓에서 싸게 구한 고기 진열창에서나 볼 수 있는 선정적인 분홍빛 조명이 쏟아졌다.

이 방도 신통해 보이지 않았다. "음. 그래요, 어쨌든 서명할게요. 그 '도보카이드'를 줄 거라고 적으면요. 됐죠?"

"아, 그런데 너무 늦은 것 같소. 여기 이 1번 항아리를 이미 보았

331 국소마취제. 코카인 대용으로 쓰인다.

겠지만. 그—" 그러면서 의사는 라벨을 읽는 척했다. "'재즈 뮤지션 두개골의 횡단면'? 어허? 여기 아주 재미있게 생긴 농양膿瘍의 구조가 보이오? 와서 한번 보시오. 내가 약속하리다." 껄껄 웃었다. "이건 안 먹어도 되오."

마약으로 흐트러진 무초의 뇌가 보기에는 어딘가에 있을 어떤 생명체들은 병 속에 든 표본을 식용으로뿐 아니라 식욕을 돋우는 것으로 대하지 않으리란 법이 없을 것 같았다. 그래서 그는 비과 의사의 흥에 장단을 맞추고 싶지 않았다.

"알았소, 알았소. 자, 이제 괴저성 부비강으로 넘어갑시다." 의사의 흥은 밀랍 박물관, 응급실 화면, 냉장고에 보관된 견본을 따라 계속 이어졌다. 비틀거리는 동안, 무초의 두 눈은 쉬지 않고 돌아갔고, 코는 욱신욱신 쑤셨다. 그러다 마침내 고통과 탈진에 이어 새로 코감기에 걸릴 지경이 되어서야 비과 전문의의 수상쩍은 합의서에 쓸 잉크, 아니 혈액을 찾게 되었다. 결국 그는 피부밑 주사로 냉각치료를 받은 뒤, 환하게 웃으며 코 너머로 서류를 쳐다볼 수 있었다. 이 얼마나 재미있는 읽을거리인가. 하, 하, 하! 그런 서류에 서명할 바보가 있을 거라고 생각했겠는가?

그러나 나중에 그가 자신을 잘 모르는 사람들에게까지 더러 설명한 것처럼, 그때의 일은 결국 인생의 전환점이 되었다. 벤투라 불러바드를 힘없이 휘청거리며 걷다가, 그는 나를-세워서-수색해봐라 하는 듯이 환하게 다시 페인트칠을 하고 장발의 젊은 무법자들을 한가득 태운 채 누비고 다니다, 그를 발견하자 환각제를 달라며 아우성치기 시작하는 폭스바겐 버스에 거의 치일 뻔했던 것이다. 그러자 무초는 정신이 나갔다 다시 돌아온 표정을 지으며, 로봇이 내는 예언자 같은 목소리로 짧게 말했다. "형제들이여, 새로운 체험, 유일하게 진정한 체험은 '더 내치'[332], 약에서 손을 끊는 것이네."

"에이." 마약중독자들은 배기관으로 말풍선을 뿜어대며 차를 몰고 가버렸다.

그 이후 애시드 록 캐피털로 이사를 하고 나서도, 더 내치에 대한 무초의 헌신은 오직 깊어지기만 하여, 일대에서는 그 주제로 사람들을 아주 집요하게 괴롭히는 존재로 알려지기 시작했으며, 로큰롤 동지인 조이드에게까지 마약 남용의 해악에 관한 생각을 주저없이 쏟아냈다. 전도본부에 와서 먹고, 가만히 앉아 설교를 들어보게. 그러나 조이드도 그 나름대로 들려줄 말이 있었다.

"무초, 무슨 일이야? 너는 얼마 전까지만 해도 우두머리 중의 우두머리였어. 그런 네가 그렇게 말할 리가 없어. 그건 빌어먹을 정부 놈들이나 하는 소리라고. 체험은 개뿔. 다 그놈들이 짠 거야. 개들이 원하는 건 사람들을 감옥에 처넣는 거라고. 그게 아니면 뭐겠어? 좆도 아냐. 이건 텔레비전 프로그램에나 나올 만한 얘기야. 마약금지법이 철회되기 전까지 그놈들은 마약중독자들을 뒤쫓을 생각도 안했어. 그러다 갑자기 연방경찰들이 실업률을 들여다보더니 뭔가를 급조하게 된 거야. 그렇게 해서 해리 J. 앤슬린저[333]가 마리화나 공포를 혼자 꾸며낸 거고. 내 말이 믿기지 않거든 엑또르에게 물어봐. 그자 기억하지? 듣기 싫은 소리를 네게 해줄 거야."

---

332 The Natch. natch는 naturally의 줄임말이면서 관용어로 on the natch라고 할 때는 '마약에서 손을 끊다'라는 뜻으로 쓰인다. 그 뜻을 염두에 두고 무초가 지어낸 말이다.

333 해리 J. 앤슬린저(Harry J. Anslinger, 1892~1975). 최초의 미국 연방마약국 국장. 마리화나 퇴치 운동(1930~37)을 비롯해 32년의 재직 기간 동안 마약류에 관한 범국가적인 반감이 퍼지도록 주도했다.

무초는 몸을 부르르 떨었다. "우오, 그 작자. 이제 네게서 손을 뗀 줄 알았는데." 예전에 남쪽의 인돌런트 스튜디오에서 엑또르는 강한 인상을 남긴 적이 있었다. 코베어스의 운이 바뀌는 것 같아, 실제로 숙달된 연주자 한둘을 자르고, 무초가 직접 제작을 맡아 충실한 열혈 팬처럼 갑자기 밴드와 아주 많은 시간을 보내던 바로 그 무렵, 엑또르는 처음에는 마약단속반으로서 말없이 말똥말똥 쳐다만 보다가 갑자기 더이상 안되겠다는 듯이 끼어들더니, 가사에 대해 이러쿵저러쿵하며 기분 나쁘게 할 뿐 아니라, 음표에도 시비를 걸어 꼭지를 돌게 했다. "이봐, 그건 쏠이잖아! 써퍼들이 그렇게 연주하면 안되지. 그렇게 유럽의 백인처럼, 그러니까 줄리 앤드루스처럼 도레미 하고 연주하면 안되는 거 아냐? 알프스산맥에서 백인 아이들하고 노래하던 여자 말이야." 그가 이런 식으로 계속 떠들어대자, 스콧 우프가 언짢아하며 말했다. "깐깐하기로 유명한 자네의 록 평론가 친구가 또 납시었구먼. 비트가 마음에 드시나 모르겠네? 현악기 파트는 괜찮아요?"

"현악기라." 엑또르는 눈을 가늘게 뜨고, 왠지 불길하게 가만히 있었다. "현악기 소리는 전혀 못 들었는데."

"자자, 친구들, 다들 차분하게 있어봐." 드러큘라 백작 차림의 무초가 사회를 보려고 나섰다. "무대 뒤에서 로큰롤 세계를 보고 즐겼다니 다행이야. 멋진 리버스 신발을 신은 내 친구들 말이야. 하지만 최근에 해변에서는, 심지어 써퍼 그룹들도 더이상 백인 음악은 하지 않아."

"우선 신발 하면, 내가 오래전부터 신어온 스테이시 애덤스지." 엑또르가 몸을 돌리고 그에게 말했다. "내 말 이해하지?"

"어이쿠……" 무초는 신비로운 기운을 눈치채고는, 그럼 그렇지

하고 곧바로 용서를 구했다.

“에, 뭐 그거 가지고. 괜찮아.” 엑또르는 마리화나에 취해 붕 떠 있던 옛날 멕시코계 청년들처럼 바보스러우면서도 험악한 표정을 지었다. 1940년대의 멋쟁이처럼 보이려고 다시 재단한 양복에 어울리는 그만의 협박용 기술이었다. “하지만 해줄 말이 있어. 바깥에서, 자네들도 알다시피, 순찰을 돌 때 자네 회사의 음반들을 가끔씩 듣거든. 그래서 내 차의 라디오에 대해서 자네에게 진짜로 말해주고 싶어. 알겠어?” 그는 무초에게 좀더 가까이 다가갔다. 무초는 이미 엑또르가 무슨 이야기를 하려는지 간파하고 바로 옆으로 물러서려고 했다. “하나밖에 없어. 왜냐하면 이 방송만 나오거든. KQAS! 킥애스 460 AM! 방송국 로고를 차 창문에 붙여놓았으니까, 보고 싶으면 나중에 봐. 방송국 티셔츠도 있어. 그런데 오늘은 안 입고 왔어. 유감이야. 티셔츠에 근사한 사진이 붙어 있는데. 발로 엉덩이를 걷어차는 걸 클로즈업한 사진이야. 알겠어? 마치 정지화면처럼 발이 딱 멈춰 있어…… 엉덩이에 막 닿으려는 순간에 말이야. 알겠어?”

“이러다 늦겠어.” 무초가 말했다. “조이드, 친구들, 든든한 친구가 생겼어. 만나서 반가웠어요. 기장 번호가 어떻게 되시는지는 모르겠지만.”

“저 나이 든 흡혈귀 친구한테 아주 즐거웠다고 전해줘.” 예민한 연방요원이 험상궂게 말을 건넸다.

“알았어요. 양복의 휘장이나 확인해봐요.” 그러고서 조이드는 충고를 했다. “그리고 조심 좀 해요.”

“그 연방 친구들은 비과 전문의들처럼 네 인생에 늘 따라다니는군.” 무초가 현재로 다시 돌아와서 조이드에게 말했다. “더이상 거래 안하는 줄 알았는데."

"나도 그런 줄 알았어. 그러다 지난주에 무슨 일이 있었게? 그가 나를 함정에 빠뜨리려고 했어." 그는 무초에게 연방구치소에서 겪은 짧지만 교육적인 시간을 말해주었다.

무초는 공감한다는 듯이 조금은 애처롭게 눈을 깜빡거렸다. "내가 보기에는 다 끝났어. 우리는 이제 새로운 세계로 접어들고 있다고. 지금은 닉슨 시대이지만, 그다음은 레이건 시대가 될 거고—"

"레이건? 그는 절대 대통령이 못돼."

"제발 좀 정신 차려, 조이드. 얼마 안 있으면 모든 것을 단속할 테니까. 마약뿐 아니라, 맥주, 담배, 설탕, 소금, 지방脂肪까지, 뭐든지 간에 우리 감각을 약간이라도 즐겁게 해줄 수 있는 거면 다 뒤쫓고 다닐 거야. 모두 다 통제하려고 들 거라고. 그놈들은 반드시 그러고 말 거야."

"지방 단속 경찰?"

"향수 단속 경찰. 텔레비전 단속 경찰. 음악 단속 경찰. 건강 단속 경찰. 지금이라도 모든 걸 끊고, 남보다 조금이라도 먼저 시작하는 게 최선일 거야."

"아직도 난 그때였으면 해. 자네가 백작이던 때 말이야. 환각제가 어땠는지 기억해? 혀 위에서 녹여 먹던 그 창유리처럼 투명한 환각제 기억해? 그때 라구나에서? 하느님 맙소사, 그때 난 알았어. 알았다고……"

그들은 서로 힐끗 쳐다보았다. "우오, 나도. 결코 죽지 않으리라는 걸 알았어. 하! 정부가 두려움을 느꼈을 만해. 절대 죽지 않는다는 걸 알고 있는 자들을 어떻게 통제하겠어? 그때는 그게 늘 그들에게는 커다란 위협이었어. 생사 권한을 자기들이 갖고 있다고 생각했으니까. 그러나 환각제는 우리에게 그것을 꿰뚫어볼 수 있는 엑스레이 같은 투시력을 주었어. 그래서 그들이 우리에게서 그것을 빼앗아가기는 했지만 말이야."

"맞아. 그렇다고 그들이 그때 일어났던 일을, 우리가 깨달았던 것을 가져갈 수는 없어."

"진정해. 그들은 그냥 우리가 잊게 하려는 거야. 우리에게 도저히 처리할 수 없을 정도로 많은 것을 주고, 매 순간을 꽉꽉 채우고, 계속해서 정신을 산만하게 해. 그게 바로 텔레비전이 존재하는 이유야. 이렇게 말하기가 죽기보다 싫지만, 로큰롤도 점점 그렇게 되어가고 있어. 우리의 주의를 끌기 위한 또다른 방법인 셈이지. 그래서 우리가 갖고 있던 아름다운 확신도 사라지기 시작한 거야. 그리고 얼마 안 있어 정말로 죽을 거라는 생각을 우리에게 다시 심어주었어. 그렇게 해서 그들은 우리를 다시 손에 넣게 되었지." 사람들은 늘 그렇게 말했다.

"나는 안 잊을 거야." 조이드가 맹세했다. "빌어먹을 놈들. 그게 있었을 때 진짜로 재미있었는데."

"그들은 우리를 절대 용서하지 않았어." 무초는 스테레오로 가서 「쌤 쿡의 베스트 앨범」[334] 1, 2부를 틀었다. 그러고 나서 그들은 함께 앉아 이번에는 둘이 같이 '말씀'을 들었다. 듣고 있으면 위로가 되는 잘 아는 곡이었다. 하지만 바깥은, 그들이 어렸을 때만 해도 푸르고 자유로웠으나 이제는 단호한 군국주의 국가로 변한 미

334 쌤 쿡(Sam Cooke, 1931~64). 쏠 음악의 개척자이자 왕으로 알려진 미국의 가수 겸 작곡가. 1964년 로스앤젤레스에서 총에 맞아 사망한 직후에 발표된, 흔히 '말씀'으로 알려져 있는 '어 체인지 이즈 고나 컴'(A Change Is Gonna Come)은 흑인 인권 운동의 성가로 불린다.

국의 암흑 같은 폐허, 눈에 보이지 않는 보복, 잔인한 공권력이 펼쳐져 있었다.

시내의 그레이하운드 버스 정류장에서 조이드는 환각 상태를 연상시키는, 힙 트립이라는 핀볼 기계 위에 프레리를 앉혀놓고, L. A.에서 오는 바인랜드행 버스가 들어올 때까지 계속 이겨서 무료로 게임을 할 수 있었다. 프레리는 핀볼 게임이 너무 좋아서, 아예 유리 위에 얼굴을 대고 누워 발을 구를 정도였다. 특히 볼이 범퍼들 사이에서 오랫동안 돌거나 아빠가 정신없이 플리퍼를 조작할 때, 혹은 소리와 조명과 색상이 한꺼번에 터지기만 하면, 온몸이 터질 듯 깔깔거렸다. "놀 수 있을 때 실컷 놀아라." 그는 아무것도 모르는 아이를 보고 혼자 중얼거렸다. "유리 위에 올라가도 될 만큼 몸이 가벼울 동안이라도."

조이드처럼 부주의한 여행객들이 느끼기에도 금문교를 건너는 것은 그 지역의 이치상 어딘가로의 전이를 의미했다. 안개가 자욱이 깔리기 시작하는 해 질 녘, 버스에 한가득 탄 채 북쪽으로 향하던 히피들의 눈에 금문교, 다른 세상에서 온 것 같은 연한 황금빛 연무로 향해 있는 다리의 탑과 케이블이 처음 들어왔을 때, 그들은 "와우" "아름다워"를 연발했다. 하지만 조이드의 눈에 그것은 그 안에 웅크리고 있는 악몽, 이 경우에는 높이의 거친 단순함, 저 밑에서 바다로 가차없이 휩쓸려가는 것의 단호함 때문에, 화기火器로서 아름다울 뿐이었다. 그들은 시계視界가 자동차의 반 정도 거리밖에 안되는 기이한 황금빛 농무 속으로 진입했다. 프레리는 자리에서 일어나 차창 밖을 바라봤다. "여기서부터는 나무, 물고기, 안개밖에는 안 나와." 코를 훌쩍거리며, 엄마가 집에 올 때까지 하고 말해주고 싶었지만, 그렇게 하지 않았다. 프레리는 그를 보고 활짝 웃었다. "물고기!"

"그래. 그리고 안개!"

나무들. 조이드가 깜빡 졸았던 게 분명했다. 잠에서 깨보니 비가 세게 내리고 있었다. 비 내리는 삼나무 숲의 향기가 열린 버스 창문으로 전해졌다. 믿기 힘들 만큼 키가 커서 꼭대기가 보이지 않는, 곧게 뻗은 붉은색 나무들이 터널처럼 양쪽으로 빽빽하게 늘어서 있었다. 프레리는 나무들을 내내 지켜보고 있다가 하나씩 지나칠 때마다 아주 조용한 목소리로 나무들에게 말을 걸었다. 마치 귀에 들리는 무언가에 가끔씩 응답하는 것 같았다. 그것도 아기치고는 꽤 사무적인 투로, 마치 지금까지 알고 있던 세계 뒤에 있는 어떤 세계로 돌아가는 중인 것처럼 말했다. 폭풍이 밤을 강타했고, 느릿느릿 달리는 통나무 운반 트럭들에 고목들이 엉기정기 실려가는 게 상향등 불빛에 보였다. 고속도로는 버스를 몇번이나 아슬아슬하게 했던 작은 산사태와 범람한 개천 때문에 자주 차단되었다. 옆좌석의 승객들끼리 대화가 시작되더니, 마리화나가 등장하고 이내 성냥불이 그어졌으며, 머리 위 선반에 있던 기타가 밑으로 내려오고 술 달린 가방에서는 하모니카가 나왔다. 곧이어 콘서트가 밤새 이어졌다. 그들은 같은 세대로서 끝까지 견뎌왔던 시간들을 회고하며 로큰롤, 포크, 모타운[335], 50년대의 옛 노래들을 함께 불렀다. 마지막으로, 연푸른 일출이 시작되기 직전의 약 한시간 동안은, 기타와 하모니카 한대씩으로만 이루어진 블루스 연주가 계속 이어졌다.

335 1950년대부터 미국 디트로이트의 흑인들을 중심으로 생긴 강한 비트의 리듬 앤드블루스.

조이드는 유리카의 4번 도로와 H가 만나는 길모퉁이에서 반 미터를 만났다. 갑자기 방향을 잃었지만, 자신의 것이 분명한 '64년형 닷지 다트를 보고 찾을 수 있었다. 환각제 느낌의 페인트칠이 된 그의 차는 눈이 달린 형광색 휠캡에, 후드 끝에 유선형 가슴의 누드 장신구가 붙어 있고, 운전대 뒤에는 딱 그처럼 생긴 표준형 히피족이 앉아 있었다. 우오! 누가 봐도 믿기지 않는 순간이었다. 그래서인지 운전석에 앉아 있던 사람이 조이드를 두번이나 괴상하다는 듯이 보고 또 보았다. 반 미터는 조이드가 왜 손을 흔들어 인사하지 않는지 의아했다. 그는 조이드가 화가 나서 정신이 나간 줄 알고 그냥 지나쳐가기로 마음먹었다. 그러나 그때 조이드가 정신을 차리고 점심시간 차량들 사이로 반 미터를 쫓아가기 시작했다. 얼마나 손을 흔들고 소리를 질렀는지 베이스기타 연주자인 반 미터의 눈에는 더 걱정스러워 보였다. 조이드는 빨간불에 서 있는 자기 차를 쫓아가 조수석에 올라탔다.

"화내지 마!" 반 미터가 바짝 겁먹은 말투로 말했다. "아주 잘 나가는걸. 이제 막 기름을 가득 채웠거든—"

"잠시 육체 이탈 체험이라도 하는 줄 알았어. 무슨 일이야, 네 얼굴이, 오……"

"이봐, 난 괜찮아. 프레리는 어디 있어?"

조이드는 근처의 친구들에게 프레리를 맡겨놓고, 일주일 내내 집을 알아보았지만 아무 소득이 없어서, 이제 막 프레리를 찾아 바인랜드로 돌아가려던 참이었다.

"그러면 네 자동차 열쇠를 찾는 즉시 너를 태워다줄게. 그런 다음에 나를 거기로 다시 데려다주면 돼."

"꽂혀 있는 것 같은데."

"이런……"

그들은 프레리를 찾으러 남쪽에서 온 친구들의 친구들이 하는 생활협동 탁아소에 갔다. 프레리는 파란 코르덴 멜빵바지 차림이었다. 아이는 대부代父인 반 미터를 보자 반갑게 깔깔거리고 웃으며 꼬질꼬질한 두 손으로 그와 하이파이브를 했다. 그러고는 바로 자리를 틀어잡고 앉는 게 해변은 전혀 생각나지 않는 것 같았다. 이미 티격태격하고 노는 친구들을 둘이나 사귄 뒤였다. 바로 그들은 101번 고속도로를 다시 탔다. 아이는 뒷좌석에 올라타 잠이 들었다.

"5월부터 10월까지 이 연안 일대에 자주 불어오는 강한 역풍 때문에 북으로 항해하다가 어려움을 겪을지도 모를 선박들을 위한 난파선 항구가 있던 곳." 1851년 측량도에 그렇게 나와 있었다. 쎄븐스 리버 어귀의 바인랜드 베이가 바다와 다른 많은 미해결 사건들로부터 안전한 것은 두개의 모래톱, 즉 섬과 올드 섬, 그리고 만灣 외곽의 폴스 섬이라 불리는 섬 때문이었다. 두 모래톱 중에 안쪽에 있는 올드 섬이 바인랜드 시와 다리로 연결되어 있었다. 다리는 항구의 해안선을 따라 길게 휘어져 있었는데, 교각들을 잇는 다리의 선은 경제대공황 시대에 WPA가 북서부 전역에 지었던 콘크리트 아르데코 다리들 중에서도 가장 우아한 편에 속했다. 조이드는 차를 몰고 숲이 늘어선 긴 비탈길을 넘어 마침내 꼭대기에 이르렀다. 그러자 나무들이 사라지고 밑으로 바인랜드의 정경이 아찔하게 눈에 들어왔다. 폭풍 직전의 구름들이 드리워진 만灣 일대의 지형은 온통 회색빛이었다. 희미한 다리의 투명한 투조透彫식 아치, 곧 비가 오려고 그러는지 연기가 바로 북쪽으로 부는 높은 발전소 굴뚝, 시내 남쪽의 바인랜드 공항에서 이륙 중인 제트기, 연어잡이 배, 고속 순양함, 소형선들이 모두 들어와 있는 공병대 정박지, 그리고 빅토리아 시대 양식의 주택들과 반원형 격납고, 전후戰後의 조립식 목장과 바닥의 높이가 서로 다르게 되어 있는 임시 주택, 작은 트레일러 주차장, 목재 왕다운 호화로움, 뉴딜의 열성으로 꽉 찬, 해안선에서부터 펴져 있는 2제곱마일의 오르막 언덕까지. 그리고 겉면이 톱니바퀴처럼 되어 있는 시꺼먼 흑요석색 연방건물이 울타리 위에 가시철조망을 두른 거대한 주차장 내부에 덩그러니 서 있었다. "모르겠네. 어느날 밤에 갑자기 착륙이라도 했나." 반 미터가 말했다. "사람들이 아침에 깨어나서 봐도 그 자리에 계속 있으니까, 이제 다들 익숙해지는 것 같아……"

훗날 이곳은 유리카-크레센트 씨티-바인랜드 거대도시의 일부가 될 터였지만, 주요 연안, 숲, 강둑, 만은 에스빠냐와 러시아 배에 탄 초기 방문자들이 보았던 것과 크게 다르지 않았다. 엄청나게 크고 힘이 센 연어, 짙은 안개 때문에 속이기 좋은 연안, 유로크족과 톨로와족의 어촌에 주목한, 그러나 그들의 영적인 재능에 대해서는 몰랐던 벌목 관리인들은 바다로부터 접근할 때 거무스름한 상록수가 우거진 곳들에서 너무 키가 크고 붉어서 진짜 나무가 맞나 싶을 정도로 줄기가 완벽하고 잎사귀가 짙은, 빽빽이 들어선 삼나무들을 지나면 만나게 되는 예감, 어쩌면 인디언들이 알고 있으면서 알려주지 않았을 수도 있을 다른 어떤 의미가 담겨 있는, 눈에 안 보이는 어떤 경계선에 대한 예감을 적어도 한번 이상은 잊지 않고 기록으로 남겼다. 그들의 모습은 세기가 바뀔 무렵의 사진들 속에서, 작업 중인 사진작가를 지켜보는 마을 사람들로 등장하곤 했다. 그들은 종종 원주민 복장을 한 채 뿌연 은백색 풍경, 무정하리만치 순수한 포말이 하얗게 부서지는 회색빛 바다에서 모습을 드러낸 해저산의 검은 정상, 폐허가 된 성곽 같은 현무암 절벽, 영원히 살아 숨 쉬는 울창한 삼나무 숲 앞에서 포즈를 취하고 있었다. 반면에 그 사진들 속의 빛은 심지어 지금 바인랜드의 빛 속에서도 보였다. 빛이 표면에 떨어질 때의 비에 젖은 무심함, 정령의 세계에 주의를 기울이라는 외침…… 다른 무엇을 그 오래된 사진들이 계시할 수 있었을까?

그들은 쌔크라멘토나 워싱턴에서는 전혀 돈을 구할 수가 없어 바인랜드 근처에서 101번 고속도로를 빠져나왔다. 시내로 일단 들어서자, 프리웨이는 두개의 차선으로 줄어들었고 두번의 급커브로 싸우스 스푸너에 진입했다 다시 나왔다. 동시에 작동되지 않는 교통 신호등들 때문에 반 미터는 돌아버릴 지경이었지만, 그 김에 조이드는 시내를 찬찬히 볼 수 있었다. 로스트 너깃, 컨트리 캔토니즈, 보디 다르마 피자, 스팀 동키. 이 상가들을 지나 다시 노스 스푸너로 들어서서, 오르막 경사를 타고 조이드와 프레리의 물품보관함이 있는 버스정류장으로 향했다. 반 미터는 자기가 머물고 있는 인템퍼릿 힐 너머의 공동부락에 물건들을 쑤셔넣자고 제안했다. 정류장의 모든 보관함에 사람들이 줄 서 기다리고 있는 것을 보고, 조이드는 다른 사람이 자기 보관함을 쓰게 하는 편이 더 낫겠다는 생각이 들었다. 북쪽으로의 대량 이주 때문에 바인랜드는 사람들로 붐벼서 땅바닥이 평평해질 정도였다. 도시 전체를 담당하는 버스정류장은 머물 데가 없는 사람들에게는 임시 거처의 역할을 했고, 그 수많은 남부 지방의 이주자들은 사방으로 돌아다녔다. 조이드는 아이들을 서로 돌봐줘왔던, 버스에서 만난 사람들에게 프레리를 맡겨놓고, 느릿느릿 걷는 반 미터와 함께 남색 분위기를 풍기는 패스트 레인 라운지를 향해 비틀비틀 걸어갔다. 그곳은 항상 바 술잔의 테두리에 '무해 액체'를 발라놓아서, 실내가 자외선 주파로 환하게 빛났다. 액체의 일부는 술 마시는 사람의 입에 묻을 게 분명했다. 남자들은 대개 쓱 문질렀고, 여자들은 희한하게도 성분이 비슷한 립스틱에 스며들게 해서 입술 전체가 벌겋게 되도록 내버려두거나, 빨대로 마셔서 아예 접촉 자체를 피한 채 마치 천사 없는 후광에 경탄하듯 술잔 테두리 효과를 마음 놓고 즐겼다. 그들은 차가운 병맥주 앞에 앉았다. 조이드는 반 미터에게 그간의 얘기를 들려주었다.

"음." 반 미터가 멍하니 웃었다. "부랑자들이 숨기에 더 어려운 곳들도 있어. 이제 알겠지? 여기에 있는 친구들은 모두 너하고 똑같이 생겼어. 그래서 너는 거의 눈에 안 띄어. 이봐! 어디로 갈 건데?" 그는 조이드의 머리 주위를 쳐다보았다.

"알고 보니, 장모네 가족이 이 근처에 살더라고. 가서 만나봐야 할지 어떨지 잘 모르겠어."

"한편으로는 장모하고 엮이고 싶지 않은데, 다른 한편으로는 장모네 식구가 숨을 만한 곳을 알고 있을지도 모른다? 설마 네 오랜 친구를 잊은 건 아니겠지? 차고, 장작 헛간, 별채, 뭐든 상관없어. 나하고 클로이 딱 둘뿐이니까."

"클로이라면 너희 개? 그러고 보니 개도 데리고 온 거야?"

"임신한 것 같아. 그렇게 된 게 여기에서인지, 아니면 원래 있던 아랫녘에서인지 잘 모르겠지만." 나중에 태어나서 보니, 새끼들은 모두 엄마와 생긴 게 비슷했다. 그리고 새끼들 또한 저마다 바인랜드에서 일가를 이루기 시작했다. 그 가운데 흐릿한 눈빛 때문에 간택을 당한 수컷 한마리는 조이드와 프레리가 키우는 데즈먼드가 되었다. 그 무렵 조이드는 베지터블 로드에서 좀 떨어진 곳에서 우물이 있는 땅 한덩어리를 찾아내고는, L. A.로 돌아가는 어느 부부에게서 트레일러를 사서, 하루 분량의 일거리를 조금씩 모아가기 시작했다. 연안에 끊임없이 비가 내리는 날에는 남에게 빌린 사다리와 두루마리 알루미늄포일을 들고서, 하수구가 막혔거나 새는 집을 찾아 중산층 거주지들을 돌아다녔고, 그런 곳이 나오면 즉석에서 바로 수리를 해주었다. 그리고 나중에 폭풍이 불어닥치기 전에 다시 들러 좀더 안정적인 일자리로 만들어갔다. 그는 타이완에서 수입한 플라스틱 우비를 자동차용 왁스와 해적판 오즈먼드 테이프들과 함께 밴에 한가득 싣고서 빅풋 드라이브인의 주말 중고품 시장에 내다 팔았고, 2월이 되면 그가 아는 다른 모든 사람과 함께 허벅지까지 오는 긴 장화를 신고 험볼트 수선화밭을 돌아다니며 새파란 잎사귀를 따다 독 발진이 돋기도 했고, 케이블 텔레비전 회사가 카운티에 나타났을 때에는, 장거리 주축상품 고객을 어떻게든 유치하려고 케이블 경쟁회사 무리들끼리 총격전을 주고받는 작은 충돌에 연루되어 한집 한집을 놓고 끝까지 싸우기도 했다. 그러다 결국에는 관리위원회가 나서서 카운티를 여러 케이블 지역으로 나눌 수밖에 없게 되었고, 그것들은 머지않아 자신들만의 정치적인 단위가 되었다. 텔레비전 사업가들이 1마일당 거주자 수가 설치비용을 지불할 만큼 되지 않는 지역으로까지 방송망을 확장하자, 그들은 마을별로 그러한 포부를 세웠고, 캘리포니아 부동산의 미래를 확신하기에 이르렀다. 바인랜드에 눈길을 준 건 대지와 조화롭게 살기를 기대했던 젊고 이상주의적인 히피들만이 아니었다. 주州를 드나드는 개발업자들도 평온한 지역과 잘못된 길들을 숨긴 채 바람을 막고 있는 저 해안선, 일상의 연안 속에 감춰져 있는 저 놀라운 물고기의 보고寶庫를 알아차렸던 것이다. 모두 교외 출신이었던 그들이 생각하기에는 빠를수록 좋았다. 그만큼 품이 든다는 뜻이었지만, 대부분은 노동조합에 속하지 않았고 염치없으리만큼 싸게 살 수 있었다. 조이드가 먼저 연락을 취한 트래버스 가문과 그의 관계는, 조이드 자신은 '독립 청부업자'라는 말을 더 선호했지만 '파업에 불참한 배신자'라는 그의 이력 때문에 다소 복잡했다. 트래버스 집안사람들은 유서 깊고, 자부심이 강하며, 강인한 노조 출신들로서, 세상에서 가장 혹독한 반反노조 환경에서도 살아남은 자들이었다. 릴 감기, 나무 베기, 물 대기, 내려치기 등의 벌목 일을 하던 몇몇은 에버렛 제재소 전쟁터에서 싸웠고, 베커 집안 출신의 다른 몇몇은 개인적으로 조 힐을 알고 있던 자들로, 그의 당부대로 슬퍼하는 대신에 노조를 조직했다. 만약 그들이 노조에 속하지도 않은 임시직의 조이드를 이따금씩 문지방을 넘어 들어오게 했다면, 그것은 단지 정신적 장애 때문으로 여겨지는 조이드의 머리모양과 생활방식을 동정하고, 먼 친척인 프레리를 사랑해서였다. 프레리는 아빠의 결함에도 불구하고 진정한 트래버스 가족의 일원으로서 아무 문제 될 게 없었다. 조이드는 이혼 때문에라도 좋은 점수를 받지 못했다. 반면에, 양육권은 조이드에게 있고 지난 몇 년 동안 프레네시를 봤다는 사람이 전혀 없는데도, 그녀에게는 그렇게 후할 수가 없었다. 프레네시의 가족 중에서 엄청난 재능을 타고난 사샤의 사촌 클레어는 조이드의 마음을 재빠르게 읽고, 그가 든 횃불이 펄럭거리며 타오르지 않는 것을 알아차리고는, 저녁식사 동안 그의 옆에 앉아 가족끼리 찍은 옛날 스냅사진들을 보여주며, 탐험가나 다름없었던 프레네시의 어린 시절에 대한 기억과 발견하게 될 줄 몰랐던 곳에서 강을 발견한 이야기, 먼 강기슭 위에서 빛나는 불빛들을 보았던 이야기, 정확하게 파티를 하고 있는 것도, 그렇다고 딱히 싸우고 있는 것도 아닌, 수백개는 되는 것 같은 목소리들을 수없이 들었던 이야기를 들려주었다. 너무 무거워서 빅풋이 아니고서는 도저히 들 수 없는 바위들이 한밤중에 쿵 하고 그녀의 주위에 떨어진 이야기, 개만 한 크기의 여름철 무지개송어들이 반짝거리다 못해 붉은 빛을 내뿜으며 억수같이 쏟아진 이야기, 버려진 벌목지대, 검은딸기 너머로 어렴풋이 보이는 보일러와 굴뚝과 플랜지 장치…… 소문으로는 오래전의 홍수로 사람들이 다 떠났는데, 희한하게도 지금은 전혀 잠을 자는 것 같지 않은 마을 사람들이 다시 살게 된 셰이드 크리크의 이상한 '사라진' 마을.

"당연히 타나토이드들이었지." 클레어가 말했다. "그들이 그 무렵에 카운티 안으로 막 이동하기 시작했던 거야. 거기에, 그 많은 인간의 불행 한가운데에 있는 게 무서웠는지 어땠는지 프레네시는 절대 말하지 않았어." 베트남전쟁이 끝난 뒤부터 타나토이드의 인구수는 급격하게 늘기 시작했다. 그래서 셰이드 크리크로부터 몇 마일 위의 언덕에 위치한 주상복합단지인 타나토이드 빌리지에서는 주간근무가 끊이지 않았다. 바인랜드 법원은 동트기 전에 일할 사람들을 소집했다. 어슴푸레한 갈색 버스들이 어둠속에 대기중이었고, 일자리와 임금이 차창에 소리없이 게시되어 있었다. 어떤 날 아침에는 조이드도 집에서 나와 버스에 올라, 인력시장에 전혀 가본 적 없는 다른 새로운 사람들과 함께 길을 나섰다. 모두 전직 예술가나 영적 순례자였던 자들로서, 지금은 목걸이 세공사, 남녀 웨이터, 슈퍼마켓에서 물건을 담아주거나 계산대에서 일하는 직원, 벌목 관리인, 트럭 운전사, 액자 세공사로 일하거나, 건물을 짓고, 팔고, 사고, 투기하는 사람들을 위한 일들을 그때그때 닥치는 대로 하며 살았다. 처음 고용되는 사람들이 하나같이 맨 처음 깨닫게 되는 것은 머리모양이 일에 방해가 된다는 사실이었다. 그래서 몇몇은 머리를 짧게 자르고, 몇몇은 뒤로 묶거나 일종의 물음표 모양으로 귀 뒤로 넘겼다. 한때 공기만 마시고 살 것 같았던 여자 친구들은 접시를 나르거나 칵테일 시중을 들거나, 바인랜드 카운티에서 제일 좋은 샹그리라 사우나에서 지친 벌목꾼들의 근육을 풀어주었다. 그중 몇몇은 정오가 되면 집으로 가는 남행선 버스를 탔고, 몇몇은 야간학교나 바인랜드 커뮤니티 칼리지 혹은 험볼트 주립대학에 다니거나, 다양한 연방, 주, 카운티, 교회의 자선단체들, 그리고 일대에서 목재회사들 다음으로 가장 많은 인력을 고용하고 있는 사설 자선단체들에서 일을 했다. 이 가운데 많은 이들은 전에는 함께 여행을 가거나 연인으로 지내던 사이였으나 앞으로 몇년 동안은, 마치 은밀한 선택을 거쳐 반대팀으로 분류된 사람들처럼 데스크톱이나 컴퓨터 터미널을 통해 서로 상대하게 될 터였다.

얼마 후 조이드는 프레리를 데려온다는 조건하에 트래버스-베커 집안의 연례 회동에 낄 수 있게 되었다. 바인랜드의 어느 겨울, 당시 서너살의 나이였던 프레리는 심한 감기에 걸려, 콧물이 얼굴에 들러붙고, 머리는 헝클어진 채, 흐리멍덩하고 충혈된 눈으로 아빠를 쳐다보며 쉰 소리로 말했다. “아빠? 나을 수 있을까?” 스팍 같은 말투였다. 늦었지만 지구라는 행성에게 그가 환영을 받는 순간이었다. 그는 이 작고 사랑스러운 생명을, 별로 같이 있고 싶지 않은 브록 본드를 포함해 위험으로부터 지키기 위해서라면 어떤 일이든 하고야 말리라는 걸 알았고, 그렇게 생각한 자신이 놀라웠다. 하지만 매년 가족들이 다시 모이는 자리에서 점점 더 얼굴이 친척들과 닮아가는 프레리의 모습을 보고, 달이면 달마다 어김없이 도착하는 정신장애인 생활보조 수표를 대할 때마다 저 너머로부터 전해지는 정부조직의 흔들림 없는 전조前兆를 계속 느끼게 되자, 마침내 그는 밖에서는 매일매일 바동거리며 살더라도, 잠시 긴장을 풀고서, 이곳이야말로 그녀와 그가 결국 있어야 할 곳임을, 어쨌든 지난 몇년 중에 이번에는 여느 때와 다르게 틀림없이 올바른 선택을 했음을, 언젠가는 눈보라와 폭풍을 뚫고 이곳에 배를 대어, 이 바인랜드, 행운의 바인랜드에 무사히 정박하게 될 것임을 깨달았다.

동트기 직전, 초원은 이미 맨발로 제일 먼저 이슬을 밟은 성질 급한 아이들, 토끼 생각뿐인 사냥개들, 뛰어다니는 것밖에 모르는 집 지키는 개들, 밤 근무를 마치고 돌아와 찾은 그늘 속에서 옆으로 살살 걷다가 납작 웅크리고 누운 고양이들 차지였다. 숲 속 동물들은 포식자든 사냥감이든 상관없이, 침입자들을 쳐다보는 아기 사슴 밤비처럼은 꼭 아니더라도 평소에 늘 그랬던 대로, 수많은 트래버스 집안사람들과 베커 집안사람들이 근처에 있다는 것만큼은 잘 알고 있었다.

그들 중 일부는 캠핑용 차량 안에서 잠을 잤고, 일부는 픽업트럭의 침대 매트리스에 드러누웠다. 그리고 몇 안되는 사람들은 짐을 꾸려 숲 속으로 깊숙이 들어갔고, 많은 수의 사람들은 풀밭에 텐트를 쳤다. 이내 햇빛이 비치고 새소리가 들리기 시작하자, 시계 달린 라디오에서 둔중한 로큰롤 음악 알람이 동틀 녘까지 울려퍼졌고, 성경 말씀, 어제 뉴스에 대해서 아직도 뭐라고 하는 전화 음성 등이 이어졌다. 이곳 내륙으로부터 오르막이 시작되는 산들 뒤로 나팔꽃을 닮은 파란빛이 하늘에 퍼졌다. 그러자 곧 토스터와 오븐 토스터, 장작불, 캠핑용 차량의 전자레인지, 프로판가스 불꽃 위에 놓인 징만 한 크기의 프라이팬, 이 모든 주방도구들에서 나는 베이컨, 줄줄이 쏘시지, 달걀, 핫케이크, 와플, 해시브라운, 프렌치토스트, 허시퍼피 냄새가 눈에 안 보이는 프랙털처럼 진한 연기, 숯내가 밴 양념, 구운 빵, 방금 만든 커피 냄새와 섞여 온 사방으로 퍼져나갔다. 밤새 숲에서 잠을 잔 사람들이 어슬렁거리며 몰려들었다. 어치들이 나타나 먹이를 찾아다니면서 날카롭게 소리를 지르며 겁을 주고, 쓰레기 더미를 뒤지는 모습이 삼나무 숲의 갈매기들 같았다. 라디오의 일기예보에 따르면 안개가 다 걷힌 뒤에는 바인랜드 내륙도 엄청나게 더운 하루가 될 것으로 예상되었다. 나이가 어린 축에 속하는 사촌들은 하늘을 쳐다보더니 각자의 배낭 속을 들여다보았다. 낚시에 나선 낚시꾼들은 개울가를 따라 걸으며 오늘은 무엇이 낚싯대를 물지 살펴보았고, 골프 치는 사람들은 안개 낀 바인랜드 연안 옆의 명품 코스인 라스 쏨브라스에서 잽싸게 18홀을 돌 수 있는 방법을 세우느라 바빴다. 낡기는 했지만 반질반질한 베커에어스트림에서의 장시간에 걸친 크레이지 에이트 카드게임이 세대가 계속 바뀌어도 전혀 지칠 줄 모르고, 마치 니켈, 다임, 칩, 달러 지폐, 그리고 골드러시 시절부터 계속 이곳에서 부글부글 끓고 있었을지 모를 금괴들을 함께 넣어서 만든 뽀또푀[336]처럼 이어져 내려왔다. 캠프의 다른 곳에서는 포커, 피너클, 도미노, 주사위 등의

336 고기와 여러 채소를 넣어서 끓인 프랑스의 수프 요리.

다른 게임들이 벌어졌다. 그중에서도 눈길을 끈 것은 한 무리처럼 서로 겉모습이 일치했던 자칭 '옥토마니아들'[337]이었다. 그들은 약속이라도 한 듯 비슷한 티셔츠를 입고 있었다. 반면에 다른 게임들에 들락거리는 아직은 반쯤 생소한 사람들은 중요도와 지연 유발, 놀람, 혈연을 당황케 하는 일화의 정도에 따라 재능과 판단력이 달랐다.

어떤 사람들은 일어나자마자 배고파 죽을 것 같다며 어떻게 아직까지 상을 안 차렸느냐는 식으로 투덜대는가 하면, 다른 어떤 사람들은 달걀 프라이를 생각하는 것만으로도 오전 내내 메스꺼워했다. 어떤 사람들은 그곳에 없는 조간신문 칼럼을 찾았고, 또 어떤 사람들은 커피를 담은 용기가 적어도 너무 빨리 새지는 않았으면 하고 바랐다. 배보다는 눈의 허기를 더 느끼며 잠에서 깬 많은 이들은 침낭이나 캠핑용 차 안에 최대한 있으면서, 전봇대에 잘 오르는 영리한 10대들이 고속도로 상의 케이블과 몰래 연결해놓은 휴대용 TV를 보았다. 소리가 미치지 않는 저 너머 어딘가에서는 그들이 탔던 프리웨이를 따라 아침 차량 행렬이 길게 이어졌다. 어느새 한주가 다시 막바지로 접어들기 시작했던 것이다. 하지만 이곳 사람들은 모두 서둘러, 더러는 몇주나 일찍 빠져나간 후였다. 덩치 큰 아이들이 크기가 서로 다른 냉장고들을 수레로 실어와 가장 가까운 콘센트에 전선을 꽂는 동안, 운 좋게 뽑힌 아이들은 차를 타고 타나토이드 빌리지 안으로 들어가, 복수를 하지 못해 잠 못 이루는 이 마을에서 쇼핑몰의 짜릿함에 방해되는 게 있다면 뭔지 한번 둘러본 뒤에, 저장된 물품들을 마지막까지 쓸어담았다.

337 Octomaniacs. 8을 뜻하는 접두사 'octo-'를 따서 지은 크레이지 에이트 게임 마니아들의 별칭.

사실, 오랫동안 기억에 남는 낯선 새벽들 중에서도, 셰이드 크리크-타나토이드 빌리지 지역에서의 이날 아침만큼은 예외로 남을 터였다. 주민 전체가 전날밤 실제로 잠을 잤을 뿐 아니라, 손목시계, 타이머, 개인 컴퓨터에서 동시에 흘러나오는 (세간에는 알려지지 않은 씰리콘 마켓 전쟁의 북새통 속에서 한때 헐값에 처분되었던 싸운드 칩에 마치 이 순간을 위한 것처럼 오래전에 입력해놓은) 날카로운 차임 음악 소리에 모두 잠이 깼던 것이다. 사실 그것들은 타께시 후미모따가 늘 문제였던 토까따 앤드 후지 무역회사와의 지불 관계를 청산하면서 가져왔었는데, 거기에서 J. S. 바흐의 '눈뜨라고 부르는 소리 있어'의 서막이 4성부 화성으로 일제히 흘러나왔던 것이다. 그 음악 소리는 흔히 듣는 일렉트로닉 버전과 달리 쏠soul을, 그곳의 불안해하는 사람들이 알아들을 수 있는 만큼을 담고 있었다. 그들은 눈을 깜빡이며 고개를 돌리기 시작했다. 그들의 눈은, 대개는 난생처음, 다른 타나토이드들의 눈과 마주치려고 했다. 전례없는 일이었다. 법정에서 몇 세대 만에 갑자기 해결된 집단소송 같았다. 기억한 자 누구인가? 기억 못한 자는 또 누구인가? 길고 무서운 시간의 끝에서, 결국 타나토이드는 기억이 아니면 무엇이란 말인가? 그렇게 하여, 유럽 최고의 곡들 중 하나에, 심지어 가장 우울한 타나토이드라도 아주 잠깐이나마 부활을 믿게 할 수 있는, 냉정한 디스코 타악기 연주에 맞게 박자를 편곡한 그 곡에, 그들 타나토이드들은 잠에서 깨어났다.

이번에는 계속해서 윙윙거리고, 어두운 계곡에서 쌩쌩 불고, 스콜 선線을 몰아내고, 아랫녘 시골 지역의 생명 감지기에 지장을 주는 것은 보통의 '타나토이드들의 외침'이 아니었다. 그것은 저 남쪽의 최첨단 둥지에 있는 타께시와 디엘도 도저히 모른 척할 수 없을 정도로 계속 반복되는 길고 황량한 울부짖음이었다. 그들은 6200과 7000킬로헤르츠 사이의 특이한 주파수대의 타나토이드 라디오를 찾아서 프레리에게 들려주었다. 그러자 잠시 후 프레리는 슬픈 표정으로 고개를 저었다. "어떻게 할 건데요?"

"응답해줘야지." 디엘이 말했다. "문제는 너도 우리랑 같이 가고 싶으냐는 거야."

프레리는 L. A.에서 별 재미를 못 보고 지내다가, 우연히 옛 친구 체와 다시 만나 어울리던 참이었다. 체의 조부모 도티와 웨이드는 프레리의 조부모와 옛날 할리우드 시절부터 알고 지내던 사이였다. 할머니 사샤는 프레리가 전화를 걸기 시작한 뒤부터 도시를 떠나 있었다. 자동응답기에 남긴 메시지에 따르면, 전화도 도청당하고 있을 확률이 매우 높았다.

원래 셔먼 오크스 갤러리아가 있던 폭스 힐스 지역의 쇼핑몰에 가장 먼저 살다시피 하던 아이들 사이에서, 프레리와 체는 지나가는 차를 며칠 얻어타고 나중에 전통적인 거짓 황금도시로 밝혀지게 된 몰에 드나드는 아이들로 알려져 있었다. 그러나 그래도 괜찮았다. 둘이 같이 다닐 수 있어서였다. 둘은 이번에는 남부 할리우드에 새로 생긴 누아르 센터에서 만나기로 약속했다. 그곳은 제2차 세계대전 무렵과 그 이후의 범죄영화들을 기초로, 그중 몇편의 촬영장소이기도 한 시내의 브래드버리 빌딩 철제 건축양식이 떠오르도록 설계된, 한마디로 여피풍의 건물이었다. 그런데 그 시도가 너무 필사적이어서 프레리는 이제 그만 그 유행의 흐름이 끝났으면 하고 바랐다. 프레리는 할아버지를 비롯해 조부모 세대가 만들었던, 기이한 넥타이들이 나오는 옛날 흑백영화들을 좋아한 적이 있었다. 그런데 개인적으로는 그 특별했던 옛날의 사이비 낭만적인 신비로 이곳에서 돈을 벌려고 하는, 갈수록 어처구니없어 보이는 시도들에 화가 났다. 이미 허브와 사샤, 도티와 웨이드로부터 충분한 이야기를 들어서, 모든 게 위부터 아래까지 얼마나 제대로 썩었는지 잘 알고 있던 참이었다. 마치 도시 전체가 과거의 훌륭한 영화들이 남긴 모든 것들을 처리하는 유독성 쓰레기장 같았다. 누아르 센터에는 버블 인뎀니티라고 불리는 매상이 높은 탄산수 매장 외에도 테라스용 가구 아웃렛 매장 라운지 굿 바이, 향수와 화장품을 파는 몰 티즈 플래컨, 뉴욕 스타일의 델리 레이디 앤 더 록스가 있었다. 보안경찰들이 옷깃이 뾰족하고 반들반들한 갈색 제복에 스냅브림[338] 페도라를 쓰고서 비디오카메라와 컴퓨터로 모든 일을 다 했다. 프레리가 어렸을 적 놀았던 쇼핑몰들과는 전혀 달랐다. 그때만 해도 경비원들은 그렇게 비열하거나 차갑지 않았고 폴리에스테르로 된 평범한 싸파리랜드 제복을 입고 근무했다. 분수들은 진짜였고 화초들은 플라스틱이 아니었으며, 푸드코트에서 일하는 프레리 또래의 아이들을 항상 볼 수 있었다. 그리고 심지어 아이스링크도 늘 있었고, 당시에는 보험도 들어 있었다. 프레리는 체와 함께 그 옛날 몰에서, 아이들이 스케이트 타는 모습을 몇시간 내내 지켜보던 때를 기억했다. 스피커에서 나오는 이상한 음악이 얼음 위로 메아리처럼 울려퍼졌다. 스케이트는 대부분 여자아이들이 탔고, 그중 몇몇은 엄청나게 비싼 옷에 스케이트를 신고 있었다. 아이들은 차가운 냉기 속에 쾅쾅 울리는 미리 녹음된 텔레비전 주제가의 박자에 맞춰 급강하했다가 돌았다가, 다시 위로 점프했다. 얼음은 반짝거렸고, 빙판 위로는 흰 줄기의 광선들이 녹색과 회색 조명

338 챙을 자유롭게 올리고 내리도록 된 모자.

을 비추었다. 체가 스케이트 타던 여자아이 한명을 턱으로 가리켰다. "저기 봐봐." 그들 또래의 아이로, 창백하면서 가냘프고 진지했다. 머리카락은 리본으로 뒤를 묶었고, 짧은 흰색 쌔틴 의상에 흰색 청소년용 스케이트를 신고 있었다. "저 애는 하얀 아이인 거야?" 체가 물었다. "아니면 하얀 아이인 거야?"[339] 눈과 다리가 완전히 새끼 사슴 같던 그 아이는 잠시 까불거리다, 프레리와 체가 있는 데까지 스케이트를 지치며 왔다. 그런 다음 돌아서서 조그만 스커트를 엉덩이 위로 뒤집고는, 작고 우아하게 생긴 코를 치켜세운 채 유유히 미끄러져 나갔다.

"음." 프레리가 중얼거렸다. "완벽해, 안 그래?"

"왠지 잠깐 손봐주고 싶게 만드는데, 안 그래?"

"체, 너 정말 못됐구나?" 하지만 속으로는 달랐다. 프레리는 이 환상과 무관한 세계에서 아무리 머리, 여드름, 몸무게 문제가 계속 생기더라도, 자기도 그렇게 운과 우아함을 타고났으면 하고 바랐다. 텔레비전을 틀면 언제든 그러한 아이들을 볼 수 있었다. 타이츠를 입은 중학교 체조선수들, 씨트콤의 10대들, 엄마한테서 요리와 옷 입는 법과 아빠 다루는 법을 배우는 광고 속 여자아이들, "음! 이거 진짜로 맛있어!" 혹은 늘 믿음직하게 "고마워, 엄마" 하고 말하는, 현실과 거리가 먼 잘사는 집 아이들을 볼 때마다, 프레리는 짜증과 친숙함이 뒤섞이는 느낌이 들었다. 사실은 그게 자기여야 한다는 것을, 심지어는 한때 분명하게 알고 있었지만 이 우주 벽지의 별에 유배되어 힘든 시절을 겪느라 더이상 기억이 잘 안 나는 그런 평범한 마술만 있었더라면 자기도 그렇게 될 수 있다는 것

339 영어로 'white kid'는 응석받이로 자란 아이를 말한다. 두 단어 중에 강세를 어디에 두느냐에 따라 의미가 달라진다.

을 알고 있는 추방당한 왕족 같았다. 모든 것을 털어놓는 친구답게 체에게 그런 얘기를 하자, 체는 걱정된다는 듯 눈썹을 치켜세웠다.

"잊는 게 최고야, 프레리. 모두 겉만 근사한 거야. 저렇게 응석받이로 자란 애들 중에 소년원에서 하룻밤이라도 버틸 애는 없어."

"바로 그거야." 프레리가 힘주어 말했다. "아무도 걔들을 소년원 따위에 보내려고 하지 않을 테니까. 일생을 그 바깥에서 살게 될 거라고."

"누구나 환상은 가질 수 있잖아, 안 그래?"

"우오! 꿈도 꾸지 마!" 이것은 둘이 어렸을 때부터 쏘머즈 같은 초능력 인간, 경찰, 혹은 원더우먼 놀이를 하며, 주인공과 조수 사이처럼 주고받는 일상적인 대화였다. 옛날에 한 선생님이 프레리의 같은 반 친구들에게 어떤 스포츠 스타가 되고 싶은지 한 단락씩 써오게 한 적이 있었다. 대부분의 여자아이들이 크리스 에버트 같은 선수를 적을 때, 프레리는 브렌트 머스버거[340]를 적었다. 둘이 함께 있을 때마다, 프레리는 체가 사람들과 대판 붙었던 일을 떠올리며 해설하기를 좋아했다. 체는 힘쓰는 데에 종종 불려다녔는데, 가장 유명한 것은 그레이트 싸우스 코스트 플라자 아이섀도 습격 사건이었다. 아직도 그때의 사건은 전국적인 보안 세미나에서 자존심 상하고 당혹스러운 어조로 거론될 정도였다. 당시 그곳에서는 건물 구석구석을 손바닥 보듯 훤히 알고 있는, 검정 티셔츠와 진 차림에 빈 배낭을 멘 채 롤러스케이트를 신은 열두명의 여자아이들이 폐점 시간 직전에 대형 플라자 안으로 들어와 정해진 시간에 맞추어 씽씽 다니면서, 단 몇분 만에 아이섀도, 마스카라, 립스틱,

340 브렌트 머스버거(Brent Musburger, 1939~). 1970~80년대에 미국 CBS 방송국을 대표한 유명한 스포츠 캐스터.

귀고리, 머리핀, 팔찌, 팬티스타킹, 패션 썬글라스 등을 배낭에 한가득 챙겨나온 적이 있었다. 아이들은 그 물건들을 나이가 약간 더 많은 오티스라는 사람에게 현금을 받고 즉시 넘겼다. 그는 멀리 떨어진 중고시장으로 향하는 소형 밴을 대기해놓은 상태였다. 프레리는 선명한 고밀도 액션 장면에서처럼, 친구인 체가 몰 경찰과 비닐 작업복을 입은 또래 남자아이 사이에서 궁지에 몰리는 모습을 지켜보았다. 막 달려온 그 남자아이는 자기 물건을 도난당한 사람처럼 크게 소리를 질렀고, 경찰은 선명한 클로즈업 장면처럼 허리띠에 찬 권총집을 끄르고 있었다. "체!" 프레리가 조심하라고 외쳤다. 그러고는 전속력으로 다가가 거의 미친 듯이 소리를 지르며, 추격을 따돌릴 때까지 체와 함께 나란히 뛰다가, 바로 여기다 싶은 곳에서 체의 팔목을 잡고 방향을 틀어 완전히 벗어났다. 마치 제이미 쏘머즈처럼 슬로모션의 적진을 초인적인 스피드로 쏜살같이 질주하는 기분이었다. 그러는 동안 쾌활하고 빠른 템포의 쇼핑 음악이 배경음악처럼 계속 흘러나왔다. 그것은 원래는 로큰롤이었으나 위협적이지 않게 순화된 방송 유출물로 다시 편곡이 되어, 청소년들의 날치기가 보이는 것과 다를 수 있으니 폐점 시간까지 마음 놓고 다녀도 된다고 구경꾼들을 진정시켰다. 여자아이들이 모두 저녁 속으로 유유히 사라지는 동안 스피커에서 나온 음악은 우연하게도 오보에와 현악기 중심으로 경쾌하게 편곡된 척 베리의 '메이블린'[341]이었다.

체와 프레리는 만날 때마다, 몰래 사랑을 나누는 사람들처럼 지그재그 길과 속임수 길을 이용해 다녔다. 경찰이나 사회복지사들

341 Maybellene. 척 베리가 1955년에 발표한 씽글. 로큰롤 음악의 선구적인 노래 중 하나로 꼽힌다.

로부터 도망치거나, FBI는 물론이고 아동보호 써비스의 빈틈없는 경계를 미리 피하기 위해서였다. 체는 숨을 헐떡거리며 누아르 센터에 도착했다. 가죽, 데님, 금속, 캘리코로 된 옷에, 바주카포처럼 생긴 긴 가방을 한쪽 어깨에 보란 듯이 메고 있었고, 머리는 오렌지색이 감도는 금발에 기가 막히는 닭 볏 모양이었다.

"계집애, 쫙 차려입었네."

"다 널 위한 거야, 내 귀여운 프레리 플라워."

프레리는 두 손을 친구의 겨드랑이에 끼고 부르르 떨었다. 균일한 상업용 불빛에 물든 황혼 녘이 되자, 온 사방에서 플라스틱 신용카드가 입력되고, 0과 1이 들끓고, 쇼핑에 미친 광장 마니아들의 전설이 계속 이어졌다. 그들은 하우스 오브 콘스에 들러, 콘에 든 아이스크림을 짐짓 조심스럽게 빨아 먹으며 복부지방에 변화를 줄 만한 게 있는지 얌전하면서도 냉정하게 서로를 지그시 쳐다보았다. 당시 여자아이였던 시절에는 눈만 마주쳐도 하루 종일 웃겨서 어쩔 줄 몰랐다. 하지만 그날 체의 웃음 중에 봐줄 만한 것은 그들의 폴라로이드 사진에서 보이는 딱딱하고 성마른 웃음뿐이었다.

또다시 엄마의 남자 친구에 관한 얘기였다. "적어도 넌 부모 둘 다 있잖아. 한쪽만 있는 게 아니라." 프레리가 중얼거렸다.

"온종일 MTV만 보는 엄마와 10대만 보면 환장을 하는 엄마 남자 친구? 그래, 올해의 가족감이지. 좋으면 네가 가져. 엄마 남자 친구 러키를 줄 테니까. 아무 문제 없어. 단, 짧은 옷 입어야 하니까 명심하고." 당시에 그는 체를 건드리다가 하마터면 관계까지 할 뻔했다. 그 사실에 대해 알게 되자 체의 엄마는 러키한테는 전혀 뭐라 안하고, 대신 체를 다그치며 모든 게 그녀 탓이라고 나무랐다. "나에게 온갖 욕을 퍼붓더니, 나를 낳지 말았어야 한다는 거야……" 일이 어떻게 될지 조심스럽게 지켜보면서도 프레리는 내내 공감하고 위로해주었다. 몇년 동안 둘은, 비록 체의 엄마 드웨이나가 그렇게 자랑할 만한 엄마는 아니었지만, 그래도 엄마라는 주제를 놓고 토론을 이어갔다. 체네 집안의 긴장은 도저히 참지 못한 체가 엄마를 열 받게 하려고 엄마가 보는 앞에서 러키에게 대들면서 폭발할 지경까지 올랐다. 그러다 고함이 밤새 오갔고, 체는 매번 발을 구르며 이젠 끝이라고 선언한 뒤, 몇주 동안 가출해서 지내다, 돈 때문에 점점 더 무모한 것에 빠지고 기이한 젊은 남자들, 콧물을 줄줄 흘리는 남자, 손에 돈을 쥔 남자, 학교를 갓 졸업한 남자, 밴드에서 연주하는 남자 등과 어울렸다. 그러다 가끔은 건강에 위험한 상황을 겪게 되고, 마침내 유일하게 남은 선택이 교도소에 갇히는 데까지 오게 되었다. 결국 드웨이나는 또 교도소로 가서 체를 꺼냈다. 반드시 그럴 필요는 없었지만, 늘 하는 일이었다. 경사의 책상 앞에서 포옹과 눈물을 주고받았고, 서로 울먹이며 "내 새끼" "사랑해, 엄마" 하고 말했다. 체는 다시 집으로 들어갔고, 러키는 인사를 하며 음흉하게 쳐다보았다. 그렇게 해서 원래의 순환이 다시 시작되었고, 그럴 때마다 체의 전과기록도 점점 더 늘어났다.

"그래도 한가지 분명한 건 넌 예쁘다는 거야." 존경의 눈초리로 바라보던 프레리가 멍하니 말했다.

"그때 우리 할머니 도티 집에서 있었던 일 기억해? 우리가 여섯살이던가 했을 때 말이야…… 중요한 월요일을 앞두고 일요일마다 비가 오던 어느날이었어…… 텔레비전 광고가 나오는 동안 너를 바라보며 생각하던 게 기억나. 영원히 친구로 지내고 싶다고."

"여섯살이라고? 알아내는 데 그렇게 오래 걸리다니."

그들은 뉴에이지 음악이 확성기에서 느릿느릿 흘러나오는 동안 사이좋게 천천히 걸었다. "엄마들이란 좋기도 하고 나쁘기도 해." 체가 딱 잘라 말했다.

"맞아. 그래도 엄마로 사는 건 안하고 싶어."

"프레리, 감방에 있다보면 좋아하게 돼. 여자는 바로 그렇게 되게 되어 있어. 셋이 하나가 되어서 살게 된다고. 엄마, 아빠, 아이 이렇게. 단단하고, 따스하고, 없으면 안되는 사이로. 여기서 가족과 있든, 아니면 감방에 있든, 무슨 상관이냐고? 왜 이렇게 늘, 특히 지금, 도망가려고 하느냐고?…… 러키가 모으는 엘비스 술병들 기억나? 그중에 러키가 가장 좋아하는, 싸워매시[342]주酒가 든 술병 말이야. 슈퍼볼과 자기 생일 때에만 꺼내놓는 거. 매끄러운 총천연색 금속 조각 같은 게 겉에 붙어 있고."

"설마 —"

"이렇게 말해볼게. 팻시 클라인[343]의 옛날 노래 '아이 폴 투 피시스'[344] 알지? 가왕歌王 엘비스가 다시 불렀고."

"잠잘 때 그걸 장난감처럼 침대에 갖고 간다는 얘기를 너한테 들은 적이 있어."

"큰일날 뻔했다고. 그는 내 뒤를 쫓으랴 그 버번위스키를 안전하게 지키랴 정신이 없었어. 지난번에 밖으로 도망치면서 봤거든. 결국은 마룻바닥에 술병을 떨어트리고서, 흘린 게 아까워 최대한 빨아마시다 엘비스 술병 머리 부분의 작은 조각들을 계속 뱉어내는 신세가 되었어. 그러다 나를 올려다보았는데, 얼굴에 살기가 가득

342 위스키 증류에 쓰는 산성 맥아즙.

343 팻시 클라인(Patsy Cline, 1932~63). 미국의 유명한 컨트리음악 가수.

344 I Fall to Pieces. 팻시 클라인이 부른 1961년 노래. '난 산산조각이 나요'라는 뜻이다.

했어. 너도 그 표정 알지?"

프레리는 잘 알지 못했다. 하지만 체는 그것을 쓰라리게 기억하고 있었다. "빌어먹을, 이제 난 어떻게 하면 되지?" 체가 조용히 물었다. "어마어마하게 긴 리무진을 탄 남자들이 계속 사업 제안을 하고 있어. 그중에 일부는 나도 진지하게 생각 중이야."

두 여자아이는 메이시 백화점으로 함께 이동했다. 거기서 체는 거미처럼 가벼운 손놀림으로 유연하고 능숙하게 란제리 매장을 훑었고, 그러는 동안 프레리는 미리 위치를 파악해놓은 감시카메라에 체가 안 잡히게 앞에 서서 남자아이들, 음악계 스타들, 여자 친구들, 사이가 나쁜 여자아이들 등등 철없는 10대의 독백을 늘어놓으며, 닥치는 대로 물건들을 집어들고 "나 어때?"를 연발하고, 더 이상 안 나오는 스타일들에 대해 판매원들과 길게 대화를 나눴다. 그러면 체는 싸이즈가 맞는 검정이나 빨강, 또는 두 색이 다 들어간 물건이다 싶으면 슬쩍 빼서 모두 숨겼다. 얼마나 감쪽같았는지 몇년이 지나고 나서도 프레리는 정확한 범죄 순간이 언제였는지 알 수가 없었다. 한편 체는 또다른 가게에서 몰래 훔친 특수공구로 의류제품에 부착된 작은 플라스틱 경보장치를 능숙하게 떼어낸 뒤에, 그 의류들을 다른 상품들 속에 깊숙이 감춰두었다. 브렌트 머스버거가 보았더라면 수준 높은 플레이라고 칭찬했을 것을, 체는 식은 죽 먹듯이 해치웠다. 그녀에게는 오랫동안 습관처럼 해온 일이라 몸 푸는 정도에 지나지 않았다. 하지만 오늘은 가을에 맞게 각자의 길을 갈 생각에 두 사람 모두 벌써부터 향수와 전율을 느꼈다. 그래서 둘은 각각 일종의 이별 선물처럼 서로를 돕기로 했다. 두 노련한 프로들에게는 더 나이 먹기 전에 하는, 옛 시절을 위한 마지막 범행이었다.

자동차 앞유리 바깥을 내다볼 수 있는 나이가 되자마자, 체는 운전을 배웠다. 하지만 교통법규 따위는 아랑곳하지 않았다. 설사 나이가 더 든다 해도, 그럴 리는 없을 터였다. 그것은 체의 못되고 어린 이미지와는 맞지 않았다. 치근대고 싶은 때가 있는가 하면, 상처를 주는 때도 있는 법이었다. 그것은 그때그때 달랐다. 프리웨이에서 그녀는 속도를 시간당 80마일 정도에 맞춰놓고, 차를 이리저리 몰았다 앞차에 바짝 붙였다 하기를 좋아했다. "우리는 프리웨이의 아이들." 손끝은 운전대에, 한쪽 부츠는 액셀에 올려놓고서, 그녀가 노래했다.

우리는 거리의 딸,
아직 몇 마일은 더 남았어,
마지막에 사정射精을 하려면 —
우리가 거울에 보이면,
차선 두개는 비워두는 게 좋아.
우리는 프리웨이의 딸이니까,
우리 몸에 스피드광의 피가 흘러……

지금까지 몰았던 차들 중에 그녀 것은 하나도 없었다. 대개는 알고 지내던 남자아이들에게서 훔치거나, 때로는 길쭉한 도구와 철사를 이용해 모르는 사람들한테서 빌린 것들이었다. 차를 구하지 못하면, 지나가는 차를 얻어타고서 자기가 핸들을 잡게 해달라고 운전사에게 조르곤 했다. 그녀는 차가 낼 수 있는 가장 빠른 속도로 남부 캘리포니아의 어디든 갈 수 있었다. 그런 그녀를 보고 사샤는 옛날 도시간 전철 노선의 이름을 따서 레드 카라고 불렀다.

안전한 장소에 도착하자, 체는 바주카포 모양의 가방과 셔츠 밑에서 보송보송한 속옷들을 엄청나게 많이 꺼냈다. 나중에 알고 보니 그곳은 라 브레아 동편의 저층 아파트 단지에 있는 체의 친구 플러의 아파트였다.

"뭐야, 옥색은 없어?" 프레리가 말했다.

"옥색은 아내한테나 주는 거고." 체가 그녀에게 말했다. "검정과 빨강." 그러면서 두 색으로 된 레이스 비키니 한벌을 손톱이 짧은 손가락으로 빙빙 돌렸다. "나쁜 아가씨가 입은 걸 보았으면 하는 색이야."

"밤과 피." 플러가 거들었다. 플러는 최근에 자신의 아파트에서 직업적으로 일하기 시작하면서 체더러 같이 하자고 설득하는 중이었다. "남자들이 뿅 가게 되어 있어. 오, 근사한데. 체, 이거 가져도 돼?"

"되고말고." 체는 짧은 씨스루 속옷을 직접 입어보는 중이었다.

프레리는 그들이 누드 잡지에 들어가는 모델 놀이를 하는 모습을 지켜보며, 희한하게도, 아빠 조이드가 보았더라면 얼마나 신나 했을까 하는 생각이 들었다. "순수한 10대 느낌이 나는 패션은 딱히 없네." 프레리가 한마디 했다.

"그런 걸 입고 체가 제대로 된 적이 없어." 플러가 말했다. "핑크색이든 흰색이든 아무거나 입혀봐." 그러고는 손가락으로 목을 베는 시늉을 했다. "그길로 체의 거리 인생은 완전 끝이야."

"하지만 내 귀여운 자기는 이게 제격이야." 체가 그런 색들이 들어간, 거의 중량이 없는 뭔가를 프레리에게 휙 던졌다. "특별히 너를 위해 훔친 거야." 확인해보니 그것은 레이스, 리본, 주름, 매듭이 잔뜩 들어간 복잡한 실크 테디[345]였다. 프레리는 얼굴을 붉히고 손

사래를 치던 끝에 얼마가 지나서야 그것을 입어보았다. 체는 이럴 때마다 늘 속눈썹으로 교태를 떨며, 그녀를 묘한 기분에 사로잡혀 화끈거리게 했다. 이런 기분은 한번에 몇분씩 지속되었다. 그것이 가시자 프레리는 평소 입던 거리의 의상, 즉 두껍고 헐거운 스웨터, 청바지에 운동화를 신고 밖에 나가 계단에 서서, 문간에 있는 체를 올려다보았다. 땅거미가 크고 흐릿한 얼룩을 남기며 지고 있었다. 그리고 선명한 레몬 빛깔의 조명이 체 뒤편의 방을 비추고 있었다…… 프레리는 선착장 계단에 서 있는 느낌이었다. 둘 중 한명은 어두워지는 바다로 위험한 항해를 막 시작하려는 중이었다. 이번에는 다시 볼 때까지 오랜 시간이 걸릴 것만 같았다.

"엄마를 찾길 바랄게." 그녀는 코카인 때문에 코를 훌쩍거리는 척했다. "그리고 머리 좀 어떻게 해봐."

프레리가 타께시의 사무실로 다시 갔을 때 그곳은 뒤집어져 있었다. 그들이 디차 피스크의 집에 남은 것들을 막 헤집고 간 뒤였다. 24fps 자료들의 안전에 대한 디차의 우려가 결국은 적중하고 말았다. 디엘과 타께시는 멀리 고속도로 출구 쪽에 뭔가가 있다고 느꼈다. 그때 중간색 계통의 깨끗하고 흠집 하나 없는 중형 쉐보레 승용차들의 행렬이 눈에 들어왔다. 각각의 차에는 거의 비슷하게 생긴, 정확하게 네명의 백인 남성들이 앉아 있었고, '면세'를 뜻하는 작은 팔각형 모양의 'E' 글자가 자동차 번호판에 새겨져 있었다. 디차의 거주구역 내로 진입해 들어가자, 언덕을 뒤덮고 있는 법무부 주파수대의 차량들이 송수신용 스캐너로 감지되기 시작했다.

345 슈미즈와 팬티를 이은 여성용 속옷.

오래지 않아 경찰 바리케이드가 보였다. 그러자 타께시는 멀리 비탈 아래쪽에 차를 댔고, 디엘은 인뽀오[346] 모드로 바꿔서 풍경 속으로 사라졌다. 반대편에서, 그녀의 반경 안으로 창에 쇠창살이 쳐진 청소년 기관 버스가 마주 오는 게 보였다. 버스는 평소에 머리를 짧게 깎은 노무자들이나 소방캠프 잡역부들을 실어 날랐지만, 지금은 경기에서 이긴 뒤의 학교 운동부 버스처럼 난리를 치고 소리 지르며 정신없이 씩씩거리는 소년원 문제아들로 꽉 차 있었다. 정확하지는 않지만 플라스틱 타는 냄새 같은 게 났다. 가까이 다가가자, 냄새가 점점 더 맵고 강해졌다. 그것은 휘발유 타는 냄새였다.

훨씬 더 적은 수의 요원으로도 충분했을 일이었다. 디엘도 짐작이 가는 누군가가 이웃들에게 쇼를 보여주기로 작정한 게 분명했다. 디차의 차고 앞 시멘트 위에 원뿔 모양으로 쌓아올린 검은 더미에서 연기와 불길이 피어오르더니 빨간 불꽃이 여기저기로 선명하게 타올랐다. 금속 릴과 플라스틱 심이 사방에 흩어져 있었고, 릴에서 풀린 필름들 외에도 대부분 타자로 친 수많은 서류들이 불타고 있었다. 순간적으로 빠져나온 조각들은 위로 솟는 뜨거운 바람을 타고 회오리처럼 돌다가 빗자루를 든 사람에 의해 불꽃 속으로 다시 휩쓸려갔다. 불을 지켜보는 어느 누구도 민간인처럼 보이지 않았다. 근처 사람들은 모두 집 안에서 겁을 먹고 있는 게 분명했다. 주위를 둘러보니, 집의 모든 창문들이 깨져 있고, 차는 엉망으로 부서졌고, 마당에 있는 나무들은 힘 좀 쓰는 젊은이들의 체인톱에 의해 쓰러져 있었다. 버스에 탔던 소년원생들의 짓이 확실해 보였다.

"디차는 어때요?"

346 닌주쯔의 둔갑술.

“아직 친구들하고 밖에 숨어 있어. 디차는 무사해. 겁을 먹기는 했지만.”

프레리도 그랬다. 이 두 사람 옆에 붙어 있는 것 외에는 별도리가 없었다. 그나마 안심이라면 그들이 바인랜드로 갈 때 태워준 차가 생산자 예상 중고가 135000달러에, 450마력의 V12 엔진이 특수 장착되고 타이어 휠캡에 마력을 높이는 장치가 연결된, 최고의 사륜구동 람보르기니 LM002라는 점이었다. 마치 UFO에 실려 떠나는 것 같았다. 프레리가 체에게 말한 적이 있었다. “가끔씩 기분이 오싹해질 때면, 이런 대체우주 생각에 빠져서, 엄마가 나를 없애려고 낙태를 결심한 평행세계가 있는 건 아닌지 묻곤 해. 만약 그렇게 되면 내가 엄마를 찾아서 유령처럼 쫓아다닐 수 있을 테니까.” 그들이 셰이드 크리크에 가까워질수록, 느낌은 점점 더 강렬해졌다. WPA 다리에 도착해서 마을 안으로 향하는 복잡한 장애물 코스를 시작할 무렵, 스피커에서는 불만과 갈망이 서로 어우러진 장중한 화음이 흘러나왔다.

타께시와 디엘은 골드러시 시절에 여관 겸 갈봇집으로 처음 세워진 것을 다시 복원한 빅토리아풍의 집에 오래전부터 들어와 살았다. 그들이 거기에 도착했을 때 타나토이드의 무리들이 현관에 나와 있어서, 내란의 분위기가 감돌았다. 그때는 CAMP의 수색-즉시-섬멸 작전이 매일 불어닥치던 때였다. 바인랜드 공항을 야영지로 정하고, 브록 본드와 그의 부대는 쎄븐스 리버 상류와 셰이드 크리크를 비롯한 시내 계곡 안으로 원거리 순찰대를 보냈다. 바인랜드 외곽에 근거를 두고 있지만 어떤 곳이든 나타날 수 있는, 본격적인 영화 제작진까지 가세했다. 그중에 가장 나대고, 이미 타나토이드들에게 충분한 고통을 유발하고 있는 자는 누가 봐도 정신이 나간 멕시코계 마약단속원이었다. 그는 그냥 왔다 가는 게 아니라, 프레네시 게이츠의 이름을 갖고 공을 잡아 드리블을 하고 3점 슛까지 넣고 다녔다.

"보여?" 디엘이 프레리를 팔꿈치로 슬쩍 찔렀다. 그러자 프레리는 입을 쩍 벌리며 두려워서 어쩔 줄 몰랐다. "우리 말이 맞지?"

그들은 20분 차이로 아깝게 엑또르를 놓쳤다. 그는 자신의 프로젝트에 누구를 또 끌어들일 수 있을까 기대하며, 싸우스패서디나에 사는 처남 펠리뻬에게서 빌린, 아니, 그래, 강제로 뺏은 힘이 아주 좋은 '62년형 보너빌을 몰고 바인랜드의 밤 문화를 향해 가고 있었다. 뒷좌석에는 휴대용 텔레비전이 크고 환하게 켜져 있었다. 엑또르는 텔레비전이 잘 보이게 룸미러의 각도를 미리 맞춰놓았다. 고속도로는 외로운 곳인데다, 사람에게는 동료가 필요한 법이었다. 텔레비전은 지난번 튜벌디톡스에서 도망쳤을 때, 이번이 마지막이라고 맹세하며 훔친 것이었다. 과학자들이란. 도대체 그들이 제대로 아는 게 무엇인가? 그가 처음 입원했을 때, 이론상으로는 동종요법을 썼다. 즉 전체를 다 보게 되면 정신건강을 해칠지 모르므로 과학적으로 계산된 짧은 비디오 클립을 망막에 제공함으로써, 정신의 방어기제를 불러내어 강화한다는 것이었다. 그러나 그게 평소 성격인 줄 의사들도 미처 몰랐던 그의 위험한 행실 때문에, 그들은 전체적인 정밀검사도 없이 그에게 성급하게 치료법을 적용했고, 투여량을 잘못 판단했던 것이다. 엑또르가 그렇게 비정상적으로 민감한 정신력의 소유자일 줄을, 하루 한시간씩의 저독성低毒性 프로그래밍이 도리어 더 많은 양을 필사적으로 갈망하도록 부추길 줄을 누가 예측할 수 있었겠는가. 그는 밤에 병동에서 몰래 나와 텔레비전이 환하게 켜져 있을 만한 곳이면 어디든지 숨어 광선을 쬐고, 넘쳐흐르는 이미지들을 핥고 빨았다. 그의 인생에서 과거 어느 때보다도 제어가 되지 않았다. 그리고 한적한 휴게소와 창틀의 그늘 속에서 남의 눈을 잘 속이는 튜벌디톡스 조무원들을 은밀히 만나 그들이 갈색 제복 속에 숨겨 들어온 소형 불법 LCD 세트들을 받았다. 그것은 바깥에서 몰래 가져온 것들로 대여료가 엄청난데다 새벽녘에는 다시 돌려줘야 했다. 조명이 모두 꺼지고 나면, 능력이 되는 모든 해독 환자들은 이불 밑에서 황금시간대의 공중파 프로그램을 비롯해 모든 방송망과 L. A.의 네개 독립방송사에서 보내는 프로그램들을 편하게 즐겼다. 엑또르가 돈이 다 떨어질 무렵이 되자, 동종요법 지지자들이 자리에서 물러나고, 아무도 꺾지 못하는 그들만의 자부심으로 모두 무장한 뉴에이지 선봉자 집단의 수장인 젊은 닥터 디플리가 환한 얼굴로 전원을 켜더니 누구든 보고 싶은 프로그램을 원하는 만큼 보게 하라는 새로운 지침을 선포했다. 그 목표는 '포화에 의한 초월'이었다. 몇주 동안은 마치 궁궐을 휩쓰는 폭도 같았다. 모든 일정들은 취소되고, 구내식당은 24시간 내내 영업을 했으며, 과다 섭취한 입원환자들은 영화에 나오는 좀비들처럼 사방을 헤매며 좋아하는 프로그램의 주제곡을 흥얼거리고, 그중 몇몇은 완전히 무명인 텔레비전 스타들을 흉내 내고, 사소한 텔레비전 정보들에 대해 격렬하게 말다툼을 했다. "세상에." 데니스 디플리는 자기도 모르게 놀라서 생각나는 대로 말했다. "정신병원이 따로 없구먼."

평생 남들을 함부로 대하며 살아온 엑또르는 갑자기 이곳에서 관리대상자 신세가 되어, 마약 때문에 망가지고, 병들고, 그래서 어쨌든 보존가치가 없는 존재쯤으로 여겨졌다. 과거 같으면 이보다 덜한 일로도 사람들을 날려버렸을 그였다. 그런 그에게 무슨 일이 일어난 걸까? 더디게 가는 시간이 채 몇달 안되었는데도, 그는 자신이 달라졌다고 믿었다. 그래서 퇴원 조치가 실제로 진행 중이며, 남은 일생을 이 안에서 썩게 되는 일은 없을 거라고 믿었다. 병원 복도는 계속해서 길어지고, 새로 확장되는 중이었고, 벽에는 더 이상 쓸모없는 교통체계 지도들이, 매번 와트 수가 더 낮은 전구들로, 직원들은 절대 아니라고 하지만, 교체되는 조명들 사이에 붙여져 있었다. 예정대로 치료가 계속되고 비디오 이미지들에 대한 의존도가 점점 더 심해지자, 어느날 그는 불안이 밀려들었는데, 거울을 들여다보면서, 거울 앞에 선 사람과 거울에 비친 이미지 둘 다 퇴원의 수송관에 오직 엑또르만이 있음을 깨닫는, 초시간적인 순수한 에피소드를 보는 것 같아서였다. 그것도 단 1에 불과한, 1보다 적다고도 할 자유도自由度[347]로, 꼼짝없이, 어디론가 직행하는 중이었다. 하지만 어디로 간다는 거지? 어떤 종류의 '바깥 세계'로 그를 되돌려놓을 수 있다는 거지? "마음에 들어할 거예요, 엑또르." 묻지 않았는데도, 그들이 계속해서 그를 안심시켰다. 매일 아침 앉아서 식사하기 전에, 한 사람도 빠짐없이 음식 쟁반을 들고 노래를 불러야 했다.

더 튜브

오…… 더…… 튜브!

당신 뇌를 망가뜨려요!

---

347 degree of freedom. 평형 상태에 있는 물질계에서 상(相)의 수에 변화를 주는 일이 없이 서로가 독립적으로 변화시킬 수 있는 상태 변수의 개수를 나타내는 물리학 개념.

오, 예……

당신을 미치게 해요!

당신에게 광선을 쏴요!

당신이 하는 모든 일에,

침실에 있는 당신을 지켜봐요,

그리고 변기에 앉아 있을 때에도!

유 후! 더

튜브……

알고 있어요, 당신의 생각 하나하나를,

이런, 바보, 당신 생각에는

안 잡힐 것 같죠—

거기 앉아서, '더

브래디 번치'를 보고 있는 동안,

커다랗고 뚱뚱한 컴퓨터가 방금

당신을 점심으로 먹어치웠어요, 더

튜브—

플러그가 꽂혀 있어요, 바로 당신에게!

그가 희망을 거는 것은 오직 엑또르 자신, 어니 트리거먼, 동업자 씨드 리프토프가 타자로 작성해서 서명한 영화 거래의, 혹은 어니의 표현으로는 영화 프로젝트의 합의서 사본이었다. 그는 마치 '기적의 메달'처럼 그 서류를 얼마나 강박적으로 만지작거렸는지 모른다. 이제 그것은 커피와 햄버거 기름 자국이 밴데다 자꾸 만져서 너덜너덜해져 있었다. 튜벌디톡스에 있는 어느 누구도 손대는 것은 고사하고 용인해줄 생각도 안했던 사나운 성격에도 불구하고, 엑또르는 이 쇼 비즈니스 분야에선 치명적으로 순진한 인물, 즉 영화계와 전혀 관련없는 곳에서 와서는 어니, 씨드, 그들의 친구들에게, 자신도 알지 못하는 백만개의 단서들, 오용된 용어들, 종잡을 수 없는 참고사항들을, 뇌에 결함이 있는 사람처럼 도저히 구제가 안될 정도로 관객 입장에서만 보고 헤어스타일이나 넥타이의 세세한 부분들을 지껄여대는 친구로 알려져 있었다. 그가 정통한 텔레비전 프로그램들을 다 동원하면 혼자 해낼 수 있을까? 벽에 걸린 화분들과 야자수 사이로 비치는 조명들로 장식된 로럴 캐니언의 시원하고 한가로운 사무실에 앉아, 모두들 히죽거리는 가운데 가죽 미니스커트를 입은, 다리가 늘씬하고 귀여운 아가씨들이 커피와 맥주와 알아서 불을 붙여주는 마리화나와 숟가락으로 떠서 대주는 코카인을 들고 왔다 갔다 하는 동안, 그는 플로셰임 신발을 신은 마약 전담 수사관처럼 메모장에 이름만 적고 있어야 하는 건가? 그도 함께 즐기면 안되는 건가?

거래는 이렇게 이루어졌다. 최근 어느날 밤 낡은 티-버드를 타고 가던 씨드 리프토프는 도헤니 서부의 썬셋 도로에서 검문을 당했다. 그곳은 경찰들이 협곡 도로의 오르막에 잠복해 있다가 규정 속도를 초과하여 달리는 근사한 차량들 중에 목표물들을 골라 단숨에 내려가 잡는 곳이었다. 검문 당시 씨드가 몰던 차의 조수석 밑에서 코로 흡입하는 물건들로 가득한 작은 도마뱀 가죽 상자가 발견되었다. 지금 생각해도 전처들 중 한명의 대리인이 미리 숨겨놓았을 것으로 짐작되는 물건들이었다. 씨드의 변호사들은 사회봉사를 통해 피해가기로 계획을 세웠다. 되도록이면 장편 분량의 마약 방지 극장 개봉 영화를 만드는 데 그의 커다란 재능과 영향력을 이용하자는 것이었다. 그때 로스앤젤레스의 DEA 지역정보부에 소속되어 있던 엑또르는 연락원의 임무를 맡았다. 지역정보부 근무는 얼룩진 역사의 1811 규정[348]에 대한 벌칙으로 이해되던 때라, 엑또르로서는 할리우드로의 전보 발령이 적어도 하룻밤 정도는 불특정한 방식으로 보답해야 하는 호의로서 고맙게 여겨졌다.

그러나 곧바로 엑또르는 생각이 바뀌었다. 모종의 거래에서 자기가 갑의 위치에 있다고 믿기 시작한 것이다. 그래서 DEA의 명령대로 행동을 할지 안할지, 만약 한다면 언제 그렇게 하고 언제 안 할지 점점 더 말하고 싶지 않아졌다. 그러자 어니와 씨드 모두 어떻게 물어야 할지 몰랐다. "저 바보 자식은 80년대의 뽀빠이 도일[349]이 되고 싶은가봐." 씨드가 어니에게 풀장가에서 몰래 말했다. "그냥 영화가 아니라, '엑또르 2세' 정도 되는 거 말이야. 텔레비전 씨리즈물로 이어지는."

"누구? 엑또르? 무슨. 그냥 비디오게임방에서 사는 어린애에 불과해." 그들은 영화계의 기준을 토대로 엑또르의 순수한 정도에 대해 함께 이야기를 나눈 뒤에 끝으로 마 메종에서의 저녁식사를 걸고 작은 내기를 했다. 진 쪽은 어니였다. 씨드는 오리 간 빠떼 요리로 식사를 시작했다.

엑또르가 생각하기에 발 쓰는 기술 쪽의 오랜 동료이자, 지금은 지역이사직을 꿈꾸는 GS-16급의 로이 이블의 도움을 받는다면 승산이 있어 보였다. 마침 그는 프레네시와 플래시가 마을에 나타났다는 소식을 듣고 라스베이거스에서 잠시 들어와 있었다. 생각할 겨를도 없이 엑또르는 압류된 토로나도 차량을 입수해 밤새 맹렬

348 범죄수사관들이 지켜야 하는 연방공무규정.

349 Popeye Doyle. 실제 뉴욕 마약강력반 형사를 소재로 1980년대에 큰 인기를 끌었던 텔레비전 영화.

한 속도로 모하비 사막을 가로질러, 사막을 거부한 풍요의 세계, 천상의 도시로 향했다. 영화로 나온다면 차는 페라리, 의상은 정성 들여 오래된 티를 낸 니노 체루티 정장에 하이퍼 체리 색상의 스테이시 애덤스 자포스 신발일 것이었다. 그것은 리프토프와 트리거먼이 알아서 신경 써주게 되어 있었다. 안 그래도 요즘 그 친구들은 그에게 뭐든 가져다주려 했다. 그는 껄껄 웃었다. 최근에 전화를 안 받는 쪽은 바로 엑또르였던 것이다.

그들이 쩔쩔매는 이유는, 영화계를 휩쓸고 있는 소문에 따르면, 연방대배심이 영화 산업의 마약 남용을 조사하기 위해 소집되고 있기 때문이었다. 갑작스럽게 늘어난 수세식 변기의 물 사용량이 도시 하수도 본관의 수압을 위협했고, 사람들이 냉장고로 달려가 거의 동시에 문을 여는 바람에 냉기가 엄청나게 새어나와 할리우드 전역에 퍼졌다. 그로 인해 생긴 거대한 짙은 안개 때문에 차들은 겁을 먹고 설설 기었고, 보행자들은 건물 옆길로 다녔다. 엑또르의 생각에 지금의 상황은, HUAC[350]가 등장하면서 몇년에 걸쳐 블랙리스트가 돌고 길고 긴 정신적 모노폴리 게임이 이어졌던 1951년 당시와 매우 흡사했다. 하지만 그가 알 바 아니었다. 그때의 공산주의자들은 지금은 마약중독자로, 내일은 어쩌면 동성애자로 살지 모를 일이었다. 뭐가 된들, 그들은 늘 똑같은 불평불만을 품었다. 겉으로는 표준적인 미국인처럼 생겼지만, 은밀한 삶을 사는 자라면 지루할 때 마약에 손대게 마련이었다. 그것은 단속하기 쉽고 비용도 덜 드는, 법 집행의 가장 단순한 기본항목이었다. 그런데 왜 지금이어야 한다는 건가? 지금처럼 바인랜드를 헤집고 다니는 브록

350 House Un-American Activities Committee. 미국 하원의 비미(非美)활동 조사위원회.

본드와는 또 무슨 관련이 있다는 것인가? 최근에 감지되는 다른 모든 이상한 움직임들과는? 즉, 작은 십자가와 빨간 기독교도 핀을 옷깃에 달고 나타나 활동하는, 거듭난 것 같지 않은 자들, 총기 상점에 길게 줄을 선 민간인들, 전당포에 줄 선 사람들, 그리고 한낮에도 헤드라이트를 켠 채 완전무장을 한 병력을 태운, 엑또르가 태어나서 본 것 중에 가장 많은, 프리웨이 상의 모든 군대 차량들과는? 그 순간이 얼마나 이상했는지, 엑또르는 전날밤 서너시경에 숀 코너리가 나오는 'G. 고든 리디 스토리'를 한창 보던 중에 갑자기 스크린이 나가면서 환해지고 눈이 아프더니, 잠시 후 거칠고 단조롭고 윙윙 울리는 목소리들이 들리던 게 생각났다.

"하지만 아직 명령을 받지 못했어." 누군가가 말했다.

"사소한 절차만 남았어." 다른 누군가가 피로에 지친 써비스 직원의 익숙한 말투로 말했다. "수색영장 같은 거 말이야." 텔레비전 스크린 속으로 작업복을 입은 엑또르 연배의 백인 남자가 들어와, 형광등이 비치는 연녹색 벽 앞의 의자에 앉았다. 그는 카메라에 잡히지 않는 옆쪽을 계속 바라보았다.

"내 이름은—뭐가 좋을까? 그냥 이름하고 계급이면 될까?"

"이름은 필요없어요." 상대방이 말했다.

남자는 클립으로 철한 서류 두장을 받자 카메라 쪽을 보고 읽었다. "이 작전구역의 주방위군 사령관으로서, 개정된 1984년 4월 6일자 대통령 NSDD[351] 52조에 따라, 나는—무슨 권한이라고?" 그는 자리에서 펄쩍 뛰었다 의자에 다시 앉고는 흥분해서 책상 서랍을 찾았다. 서랍은 꽉 끼어 있거나, 잠겨 있었다. 그때 영화가 다시 시

351 National Security Defense Directive. 국가안보정책 결정지침.

작되었고, 더이상 군의 방해 없이 계속 이어졌다.

엑또르는 이곳이 어딘지 수상쩍었다. 지금의 느낌은 대규모 마약 단속 직전과 비슷하면서도, 1961년의 피그스 만 사건[352] 직전의 몇주 동안과 훨씬 더 흡사했다. 레이건이 결국 니까라과를 침략해서, 국내 전선에 못을 박고, 수천명의 사람들을 구금 조치하고, 지역 '방위군들'을 무장시켜서 군대에 있는 모든 사람을 자른 다음에 그들을 내세워 민병대 법안을 처리하려는 건가? 이러한 비상 계획이 담긴 복사본들이 여름 내내 돌아다녀서, 그것은 더이상 비밀이랄 것도 없었다. 엑또르는 그때의 한기, 계속해서 윙윙거리며 정보를 모으던 특수 수신기들, 갑자기 불통이 된 채널들, 서로 뒤엉켜서 꼼짝도 못하던 차량들, 전화기 고장, 알아서는 안된다고 경고하는 것 같은, 로비에 있던 얼굴들이 떠올랐다. 바보 같은 국가비상훈련이 드디어 현실이 되기라도 한 걸까? 그것은 마치 텔레비전이 영화 상영을 갑자기 멈추고 "지금부터는 당신을 지켜보겠어" 하고 알리는 듯했다.

그는 신중하게 천천히 대처하기로 마음먹고, 결국에는 어니와 씨드에게 한번 만나자고 청했다. 홈비 힐스의 분위기도 지난번 다녀갔을 때보다는 좀더 처져 있었고, 파티 구역은 이제 신인 여배우들도 떠나고 없었다. 수영장에는 낙엽이 쌓이고 이끼가 끼고, 흔한 K-텔 파티 앨범 대신에 가을 현악사중주가 흘러나왔으며, 구역 내의 유일한 휴양용 마약이라 할 버드 라이트 맥주 상자는 너무 빨리 없어지는 바람에, 어니와 씨드가 파티오에 있는 소형 냉장고에 넣어 차갑게 해서 마실 겨를도 없었다. 두 사람 모두 가장 뜨거운 최

352 Bay of Pigs. 꾸바 남서부해의 만. 미국의 지원을 받는 군대가 1961년에 침공했다 실패했다.

신 유행으로 갑자기 떠오른 마약 방지 히스테리의 정치에 어떻게든 영합하려고 안간힘을 쓰느라 거의 신경쇠약에 걸릴 지경이었다. 그동안의 친근하고 생기 넘치는 대중적 이미지가 때로는 매시간 간격으로 공급된 화학물질 덕분이기도 했던 씨드 리프토프는 이제 불법 미세물질이 몸에서 대부분 빠져나간 상태라 마치 래리 탤벗[353]처럼 변하여, 그의 성격의 밑바닥에 남아 있던 고독하고 사람을 싫어하는 야생동물이 된 채 필사적이고 초개인적인 목소리로 목청이 터져라 고함을 질렀다. 반면에 어니는 정신이 멍한 표정으로 말없이 앉아 있어서 이 위기의 순간에 그의 어린 시절 종교였던 소또젠[354]으로 돌아간 것 같은 느낌을 주었다. 다만 차이가 있다면 어떻게 할 줄 몰라서 계속 머리를 매만지는 사람처럼 부산한 동작으로 코를 정신없이 만지작거린다는 점이었다.

둘이 떨면서 긴장하며 이야기를 주고받는 동안, 엑또르가 다가와 불렀다. "안녕, 친구들." 그의 신발이 햇빛에 반짝거렸다. 씨드는 매우 전문가다운 솜씨로 과격하게 뛰어오르는가 싶더니, 특수제작한 접이의자에 걸리는 바람에 엑또르에게 뛰어가다 무릎으로 넘어지며 소리쳤다. "제작자 몫의 50퍼센트! 우리 이윤에서 주는 거야. 안 그래, 어니?"

"우오." 어니가 정신이 몽롱한 상태에서 느릿느릿 대꾸했다. 그러자 씨드가 그 틈을 이용해 말을 계속했다. "물론 그러려면 손익분기점에는 도달해야 할 거고—"

"무슨 소리야!" 엑또르가 귀찮게 졸라대는 씨드에게서 벗어나려

353 1941년 영화 「울프 맨」(The Wolf Man)에서 늑대 인간으로 변하는 주인공의 애칭.

354 일본 선불교의 대표 종파 중 하나.

고 애쓰며, 한번에 한걸음씩 수영장 쪽으로 천천히 발을 뗐다. "그리고 제발 내 옷 좀 놔줘. 제작자 몫은 가져다가, 내가 여기서 아무런 역할도 못하고 주저앉을 거라 생각하는 사람들을 상대하는 기관의 나비들을 쫓는 데 써. 내가 하는 말 알아듣겠어?"

씨드는 앞으로 넙죽 엎드려 눈물을 터트리며, 두 발을 위아래로 굴렀다. "엑또르! 역시 내 친구야!" 그가 얼마나 아무 생각 없이 굴러댔는지 엑또르의 신발까지 건드릴 뻔했다. 엑또르가 오래전부터 신발의 광을 지키기 위해서라면 살인까지도 생각했다는 것은 온 세상이 아는, 혹은 알아야 하는 사실이었다. 그러나 이번에 엑또르는 뒤로 슬쩍 물러나, 상대가 정신 나간 상태여서 그런 것이라 여기고, 정중하게 말을 건넸다. "씨드, 음, 알잖나, 사람들이 보겠어. 꼴이 이게 뭔가?"

씨드는 입을 다물고 바로 일어나, 팔뚝에 코를 문지르고, 머리와 목뼈를 매만졌다. "자네 말이 맞아, 엑또르, 내가 너무 미숙했어. 사과하겠네. 갑자기 눈물을 터트리고 주인답지 않게 군 데 대해서…… 자, 여기, 버드 라이트 한잔해. 아주 차가운 건 아니지만, 그래도 미지근한 온도 때문에 향이 더 잘 나거든. 안 그래?"

그는 품위있게 고개를 끄덕이며 맥주 캔을 받았다. "손익분기점에 대해서는 더이상 듣고 싶지 않군. 개구쟁이 스머프와 케어 베어[355] 들과 함께하는 토요일 아침이 아니라면 말일세, 괜찮겠지?"

두 영화쟁이들은 한목소리로 외쳤다. "돌림노래를 부르는 건 어때?"

"라, 라, 라-랄라 라." 엑또르가 개구쟁이 스머프 주제가를 콕콕

355 1980년대에 인기를 끌었던 만화들.

찍어서 불러주었다. "라, 라-랄라 라아……"

"그냥 말만 해." 씨드가 애원하듯 말했다. "무엇이든!"

그는 이 순간을 얼마나 꿈꿔왔던가. 그의 콧수염은 완벽했고, 머리카락 하나하나가 어디에 있는지도 느낄 수 있었다. "좋아, 우선 100만에, 총수입 더하기 총수입의 절반은 2.71828[356] 곱하기 제작비용."

씨드의 피부색이 깨지기 쉬운 황갈색 비스크 도자기처럼 변했다. "이상한 곱셈이네." 그는 목이 메었다.

"내가 듣기에는 진짜 자연수 같은데." 어니가 코를 앞뒤로 비틀며 말했다. 그들은 평생 먹고살 수 있는 서류를 손에 넣을 때까지 남은 하루 동안 비명과 고함을 질렀다. 반면에 엑또르는 두 친구들보다 훨씬 더 여유로워서 프로젝트에 임시 제목을 직접 만들어 붙이기까지 했는데, 그것은 '마약—60년대의 성찬, 80년대의 악'이었다. 그 이야기는 대배심 공포가 극에 이르던 시점에 크게 히트를 쳐서, 배너가 제작되고 '엔터테인먼트 투나잇'에서 10초 동안 소개되었다. 그리고 확실히, 제일 먼저 마약 반대 무대에 뛰어든 어니와 씨드 덕분에 마을 전체가 근사해 보이기 시작했다. 공중空中광고를 전하는 비행사들은 빨간색, 흰색, 파란색으로 된 '어니와 씨드, 그리고 마약 없는 아메리카에 신의 축복을'이라고 적힌 광고를 매일같이 셔먼 오크스 상공에서 나부끼고 다녔다. 그러자 얼마 안 있어 게릴라 대원들이 S 자 모양으로 폭발하게 되어 있는 폭죽을 '마약' 글자 바로 오른편 공간을 향해 발사하여,[357] 광고의 메시지를 약간 바꿨다.

---

356 흔히 e로 표시하는 자연로그의 근삿값.

357 '마약 없는'(drug free)에서 '없는'이라는 글자를 로켓 형태의 폭죽으로 쏴 맞혀 '어니와 씨드, 그리고 마약에 신의 축복을'로 의미를 바꾼다는 뜻.

어니와 씨드는 과거에 출입 거절까지는 아니지만 적어도 그 절반쯤의 무시를 당했었던 폴로 라운지 같은 장소에 다시 드나들게 되었다. 얼마 후 레이건 집행부의 사람들은 그 소식을 접하게 되었고, 두 사람은 자신들의 이름이 마약 반대 운동 연설에서 오르내리는 것을 듣기 시작했다. "음…… 단언하건대……" 영원한 수망아지의 억지스러운 수줍음으로 머리를 흔들며 누군가가 말한다. "씨드 리프토프와 어니 트리거먼 같은 친구들이 할리우드에 더 많았더라면, 내가 거기서 일할 때…… 그렇게 많은 공산주의자들이 노조에 있지는 않았을 텐데…… 내가 하던 일도 훨씬 더 쉬웠을 테고……" 그러고는 눈을 깜빡인다. 영화 산업계의 완강한 좌파들은 잡지들에 편지를 보내 씨드와 어니는 배반자, 나치 협력자, 네오매카시즘 앞잡이라고 규탄했다. 이 말들은 모두 사실이었지만 그들이 영화를 만드는 것을 막지는 못했다. 심지어 마약에 정신이 나간 바보들도 알았어야 했는데, 긴 암흑의 시대가 번히 앞에 놓여 있고 그 바보들이 그들에게 면책권을 쥐여줄 것이었다. 도시는 그날의 뉴스가 얼마나 신경질적이냐에 따라 어떨 때는 아쉬워하고, 또 어떨 때는 잔인하게도 재미있어하며, 나머지 사람들을 위해 앞장서 달리는 친구들을 응원했다. 뛰어, 친구들, 뛰라고.

경상수지를 초과하는 수표들이 은행에서 현금으로 바뀌어나가기 시작하고, 모텔 방들이 예약되고, 기상도가 검토되고, 팀원들이 모였다. 그런데 실제로 어떤 영화가 제작되는지에 대해서는 아무도 몰랐다. 그 무렵 씨드와 어니는 엑또르가 너무 무서워 감히 묻지도 못하면서, 스타가 될 사람은 프레네시 게이츠일 거라고 막연히 확신했다. 프레네시는 주간州間 고속도로 상의 못사는 지역에 있는, 라스베이거스의 어느 작은 상가의 '척스 슈퍼슬래브 오브 러브 모터 인 앤드 카지노'에서 하루씩 교대로 칵테일 웨이트리스로 일하고 있었는데, 엑또르가 나타나기 전까지는 자신의 이름을 둘러싸고 어떤 미친 짓이 진행되고 있는지 전혀 알아차리지 못하고 있었다. 그의 전화가 걸려오기 직전에 그녀는 곁눈질로 뒤엉킨 전화선을 바라보다가, 잠이 든 뱀처럼 덩그러니 혼자 있는 그 모습에 저도 모르게 몸이 오싹해졌다.

거기에 도착했을 무렵, 그들은 아무도 왜 클럽 라 아바네라를 골랐는지 기억이 나지 않았다. 도박꾼들에게는 꿈같은 천국이었던, 까스뜨로 이전의 아바나를 본떠서 지은 라 아바네라는 공항에 지나치게 가깝고 방이 수천개인 리조트형 카지노 깊숙한 곳에 자리 잡고 있었다. 실내는 오랜 수출 금지 조치 이후에 밀수입된 부엘따아바호산 진품 씨가의 연기와 싼띠아고 럼주의 향기가 수십가지 종류의 향수 냄새와 뒤섞여 있었고, 팔목에 주름장식을 한 밴드에 맞춰 금박 장식 의상의 가수가 노래를 부르고 있었다.

말해줘…… 〔봉고 치는 소리〕 나에게, 〔느린 열대풍의 박자〕
"불가능하지 않아."
리플레이 안해도 돼,
나의 밤을 가져……

그래, 그게 다야,
말도 안돼,
정말 그렇-게-까지
더 원하다니?

불가능하지 않아?
결국 당신이라고?
말도 안돼,
수백만 중에서,
신난다,

만약 당신이 〔다시 봉고 치는 소리〕,
"불가능하지 않아"라고 말한다면,
저 오랜 까리브해가
달빛 아래서 흐를 때,
불가능하지 않아,
말도 안돼,
그것은 사랑이야…… 〔B-C-E-C-B 플랫 소악절〕
그것은 사랑이야…… 〔기타 등등, 천천히 소리가 멀어진다〕

흐릿한 흰색 열대 양복 차림에 피부가 까맣게 탄 손님들이 밀짚 모자를 머리 뒤로 쓴 채, 몸에 꼭 끼는 환한 꽃무늬 드레스에 스파이크 힐을 신고 화끈하게 달아오른 작고 귀여운 아가씨들과 야하게 춤을 췄다. 제대로 안 보일 정도로 타오르는 불꽃과 앵무새 색깔 너머로는, 수상쩍게 생긴 사람들이 어두운 곳에서 이상한 모양의 포장된 물건들을 나눠주며 팔고 있었다. 그들은 모두 토런스와 레세다 같은 곳에서 테마 관광을 하러 온 여피족들이었다.

본 지 몇년이 지났는데도 그녀는 엑또르를 한눈에 알아보았다. 그러나 모습을 보니 기분이 안 좋았다. 그의 꼴이 말이 아니었다. 몹시 지치고, 순환계가 모두 막힌 사람 같았다. 그녀의 눈에는, 빛의 원반圓盤 가장자리에서 얼어붙은 어둠의 세월을 복무하면서 협상하고 깨고, 그러다 본인이 배신과 고문을 당하고 그것을 되갚아주고 장기간의 파괴를 일삼느라 그렇게 된 듯 보였다. 이제는 완전히 고장난 게 분명했다. 그동안 어떻게 버텼던 것일까? 사랑하는 사람, 습관적인 마약 상용, 아니면 단순하고 확고한 자제력? 그의 몸에 밴 담배 기운이 코끝으로 전해졌다. 그녀는 지기 위해 태어난 사람처럼 웃는 그의 냉소적이고 쾌활한 웃음을 간신히 참아냈다. 결국 이렇게 될 거였어. 그것은 그를 보고 놀라지도, 혹은 보자마자 안타까워하지도 않는, 이제는 별 볼 일 없는 처지가 된 그녀 자신의 모습이기도 했다.

바로 끝장을 볼 생각에 그녀가 물었다. "이거 공무예요? DEA나 법무부의 지원을 받고 이러는 거예요? 아니면 어떤 사적인 이유라도 있어서?"

엑또르가 휘둥그레 뜬 눈을 굴리기 시작했다. 제대로 약에 취한 사람 흉내를 내려는 것 같았다. 튜벌디톡스에 있을 때 그에게 항상 이런 식으로 말하는 여자들이 있었다. 그가 도망치게 된 또다른 이유였다. 그들에게는 절대 고함지르지 않도록 되어 있어서 그는 벌점을 받을 수밖에 없었고, 그 덕에 퇴원일자도 훨씬 뒤로 미뤄지고 말았었다. 그는 격렬한 신체 접촉, 충격, 무기의 반동, 폭력적인 외침, 뒤꿈치로 툭툭 치는 맛을 훨씬 더 선호하는 편이었지만, 요즘에는 이를 가는 것조차 선택사항에 들어가 있지 않았다. 한때만 해도 상냥하고 자제력이 뛰어난 연방요원이었지만, 이제는 마티 로빈스[358]가 다른 맥락에서 노래한 적이 있듯이 "말 위에서 안 떨어지

358 마틴 데이비드 로빈슨(Martin David Robinson, 1925~82). 미국의 유명한 컨트리가수.

고 버티느라" 애를 먹고 있었다.

프레네시는 그가 약간 걱정이 됐다. "엑또르, 광선이라도 쏘고, 여기서 빠져나갈 생각이에요?"

"너와 브록 본드가 웃으며 투샷을 찍기 전까지는 안 가."

"오, 맙소사. 안돼. 엑또르, 이건 '디스 이즈 유어 라이프'[359]가 아니에요. 사실 정반대일 수도 있어요…… 브록이 어떤 자인지 몰라서 그래요? 튜벌디톡스의 돌팔이 의사들이 당신을 텔레비전에 정신 팔리게 하더니, 결국에는 똑바로 생각하는 법도 잊게 한 거예요?"

"내 말 들어봐!" 그가 커크 더글러스같이 생긴 휴게실 만화의 인물처럼 아랫니를 드러내보이며 소리를 질렀다. 예상대로 그가 자신의 옷깃을 붙잡으려 하자, 그녀는 반사신경이 전에 비해 확실히 떨어진 그보다 빠르게 몸을 돌려 피한 다음, 똑바로 서서 이제 준비됐어 하고 혼잣말을 했다. 지금 그녀의 상대는 오늘밤 돈지갑 크기의 헤어스프레이 말고는 위협이 될 만한 물건을 바보같이 깜빡하고 챙겨오지 못했을 정도로 심각하게 중년의 위기를 겪고 있는, 살인도 가능한 마약단속원이었다. 힘이 다 빠진 엑또르는 등나무 의자에 털썩 주저앉아 울부짖다시피 했다.

"프레네시, 너는 믿음직한 용사야. 그동안 똑같은 방식으로 출동을 수도 없이 나갔는데……" 이렇게 말하면서 그는 무표정한 얼굴이지만 감상적인 어조로 경찰들의 의리, 수사국 내에서의 인종차별 문제, 남녀 직원 간의 임금 격차에 대해 말하다가, 중간에 불쑥 '힐 스트리트 블루스'와 뭐가 뭔지 모르겠는 텔레비전 프로그

359 This Is Your Life. 미국 NBC에서 1948년에 처음 방영되고 나서 여러차례 리메이크된 리얼리티 다큐멘터리 씨리즈.

램들을 훑어내려갔다. 그중에서 레이먼드 버의 '로버트 아이언사이드'[360] 캐릭터와 '모드 스쿼드'[361]의 '캡틴'은 프레네시도 알고 있었다. 그녀는 엑또르가 얼마나 자기 직업에 관한 텔레비전 판타지들에 의지하는지 보게 되어 실망스러웠다. 텔레비전은 경찰은-단지-맡은-일을-해야-하는-인간일-뿐이라는 선동적인 메시지를 가차없이 전파하고, 정부의 탄압을 수행하는 요원들을 호감 가는 영웅들로 바꿔놓았다. 더이상 아무도 등장인물들이 매주 연기하는, 이제는 미국의 장래를 말하는 언어 속에 스며든, 헌법상 권리의 일상적인 침해가 이상하다고 생각하지 않았다. 장르상으로 경찰드라마는 우파 성향의 주간 『TV 가이드』에서는 범죄 드라마로 불렸다. 그리고 열광적인 팬들 가운데는 좀더 현명했으면 좋았을 엑또르 같은 현역 경찰들도 여럿 있었다. 이제 그는 프레네시더러 감독을 맡아달라고 부탁하는 중이었다. 어쩌면 완전히 새로운 것을 아예 써달라고 부탁하려는 것일지도 몰랐다. 심각한 마약 반대 연설이 들어간 그녀의 '지하에서의' 삶을. 굉장하네.

"네 이야기는 다른 사람들에게 귀감이 될 수 있어." 엑또르가 마치 라틴 팝계의 우상을 대하듯이 아양을 떨며 말했다. "영감을 줄 수 있다고."

"마약에서 손 떼게 말이죠, 그렇죠? 엑또르, 엑또르. 난 똑같은 말을 너무 많이 듣고 자랐어요. 영화의 절정 부분에서 늘 듣던 말이에요. 엄마는 대본 검토자였어요. 그때는 플롯 편집자에 작가까지 겸했죠. 처음엔 그게 모두 진짜인 줄 알았어요. 그리고 조금만

360 '페리 메이슨'으로 유명한 배우 레이먼드 버가 주인공 형사 로버트 아이언사이드로 나오는 1967년 텔레비전 드라마 '아이언사이드'를 말한다.

361 1968년부터 5년 동안 ABC에서 방영된 범죄 드라마 씨리즈.

기다리고 있으면 언젠가는 스크린으로 다 보게 되리라 생각했죠." 결국에는 사샤가 그녀에게 진실을 알려주었다. 사샤는 그것을 수백만개 중에 단 하나의 정자만이 난자와 만나 수정되는 것에 비유했다. 그것은 프레네시에게도 해당되는 비유였지만, 그녀에게는 아기가 천상에서가 아니라 지상에서 생긴다는 사실을 깨달았을 때와 같은 충격과 실망감을 안겨주었다. 두 사람의 대화가 잠시 공허해졌다. 그녀는 엑또르가 어쩌면 안 미쳤을지도 모른다는 2, 3퍼센트 정도밖에 안되는 희미한 기대를 이 만남에 걸었던 터였다. 그와 브록 모두 명목상으로는 미즈[362]가 이끄는 경찰조직을 위해 일했지만, 각자의 개성을 감안하고 확률을 따져봤을 때, DEA 사람, 즉 엑또르의 도움을 받는 쪽에 내기를 걸고 싶어졌다. 그러나 외지에서 다시 여러해를 보내고 난 뒤에, 이미 본격적으로 시작된 엄연한 고난 속에서 곧 드러날 게 분명한, 아직 남은 미국인다운 연약함을 헤아려보니, 엑또르에게 어떻게든 도와달라고 애원하는 것보다 차라리 변화를 자제하는 게 더 낫겠다는 생각이 들었다. 그는 그녀가 24fps에 속해 있던 때의 자신을 떠올리게 했다. 당시 그녀는 예술의 제단에 자기 자신을 제물로 바치고 있다는 환상에 빠져, 더욱 심각하게는 예술이 모든 걸 보살펴줄 거라고 믿었던 것이다. 똑같은 망상에 겹겹이 사로잡혀 있는 지금의 엑또르가 바로 그랬다. 그때의 자신처럼 세상과 돌이킬 수 없이 고립되어, 보기에 이미 너무 많은 것들을 값싸고 쓸모없는 어떤 것을 위해 포기하는 그의 모습이 바로 그랬다.

그는 멍한 표정으로 고개를 까딱이고 있었다. 로컬 369 밴드가

362 레이건 행정부에서 법무부 장관을 지낸 에드윈 미즈(Edwin Meese)를 말한다.

데시 아르나스[363]가 '왈가닥 루시'에서 실제로 불렀던 노래들, '바발루' '아카풀코' '꾸바' '위 아 해빙 어 베이비(마이 베이비 앤드 미)'를 메들리로 묶은, '어 썰루트 투 리키 리카르도'를 연주했다. 이 노래들은 나중에 리틀 리키로 밝혀지게 되는 인물이 처음 언급되는 에피소드에서 나왔던 것들로, 엑또르는 리틀 리키를 유별나게 좋아했다. "그렇지. 게다가 작은 타악기 연주자라니. 그의 아빠를 빼닮았어."

프레네시가 조심스럽게 쳐다보았다. 무언가가 이상했다. 그의 두 눈이 촉촉하게 빛나는가 싶더니, 이내 점점 더 빛이 났다. 그녀는 거의 거꾸러졌다. "오, 설마. 몇해 전에 이미 끝난 일이잖아요. 나한테 제발 이러지 마요."

"제발, 세계 최고의 귀를 좀 열어줘. 뉴스를 몇가지 들려줄 테니 안 듣겠다는 말은 하지 말고."

"엑또르, 당신한테 미리 경고하는데, 나 열 받게 하지 마요."

그녀의 말이 채 끝나기도 전에 엑또르는 테이블 위에 북부 연안 색깔인 녹색과 파란색으로 대부분 채워진 폴라로이드 사진 한장을 마치 게임판의 패처럼 내놓았다. 그것은 청바지와 블랙워치 체크무늬 펜들턴 셔츠를 입고서, 혀를 내놓고 있는 커다란 개와 함께 비바람에 변색한 나무 현관에 앉아 있는 여자아이의 사진이었다. 해는 없었지만, 둘 다 눈을 찡그리고 있었다. "이 망할 자식." 프레네시가 말했다.

"조이드가 찍은 거야. 각도가 이상한 거 보면 알잖아. 개 보여?

363 데시 아르나스(Desi Arnaz, 1917~86). 유명 텔레비전 씨트콤 '왈가닥 루시'(I Love Lucy)에서 루시의 남편 리키 리카르도 역을 맡았던 꾸바 태생의 미국 가수 겸 배우.

이름은 데즈먼드야. 브록이 쫓아냈어. 거기 그 집? 조이드가 몇년 동안 지은 거야. 브록이 RICO[364]법에 의거해 빼앗아버렸어. 아마 더이상은 거기에서 살지 못할걸. 우리가 모두 동의했다고 생각한 그 합의, 우리가 그동안 지켜왔던 그 합의는 '미친개' 본드 때문에 이제 완전히 날아가버렸다고. 내 말 듣고 있어?"

"아니요. 지금 내 딸의 얼굴을 보려고 하잖아요. 안돼요?" 그녀가 그를 노려보았다. "남자들끼리만 주고받는 작고 사적인 거래가 깨진 게 그렇게 걱정되면, 레이건한테 가져가봐요. 돈을 빼앗아간 건 그자니까."

"맞아. 그런데 그자가 브록한테서도 빼앗아간 거 알아? 그가 얼마나 화가 났을까! 그래, PREP 말이야, 그 재교육 프로그램 캠프를 비롯해 모든 걸 조사한 결과, 그들은 1981년 이후로는 젊은이들이 다들 각자 알아서 경력을 쌓아나가서, 더이상 별도 시설 같은 게 필요 없다는 결론을 얻었어. 그래서 브록의 예산선은 커다란 인티머스 파쇄기 속으로 영영 들어가버리고 말았고, 예전의 막사 건물들은 베트남, 쌀바도르 등에서 온 난민들로 채워지고 있어. 어떻게 그곳을 찾았는지도 신기하긴 해."

"엑또르—" 프레네시는 좌우로 머리를 흔들었다. 도저히 폴라로이드 사진에서 눈을 뗄 수 없었다.

그는 글썽이는 눈물을 참으며 환하게 웃었다. "엄마를 보고 싶어 해."

그녀는 숨을 들이쉬고 조심스럽게 말했다. "이봐요, 사진을 어떻게든 찍으려고 하는 저급한 행동들을 봐왔어요. 당신 이력으로 볼

364 각주 58 참조.

때, 누군가의 아이를 이용하는 건 당신한텐 경범죄도 안되겠죠. 하지만 요원 신분으로 아이를 정신적으로 학대한 데 대해 그 아이의 엄마가 심각한 이의를 제기한 것이 엑또르 쑤니가 요원의 기록에 남을 수 있다는 걸 명심해요."

엑또르는 얼굴을 찡그리고 그녀의 말을 곱씹었다. "그런 건 기록되지 않아. 네 생각은 어때? 가족들은 같이 있어야 해. 그게 다야. 내가 내 결혼을 못 지켰다고 해서, 어떤 도움도 주려고 해서는 안 되는 건 아니잖아, 그렇지?" 그쯤 되자, 엑또르는 '바티스타의 복수'로 알려진 특선 음료를 몇 쿼트 마신 김에 전처 데비에 대해서 투덜거렸다. 그녀는 이혼소송 동안 마약을 복용하는 장발 괴짜 변호사의 충고에 따라, 프랑스 전원풍 모델의 19인치 거실형 텔레비전 세트를 내통자로 고발했다. 텔레비전도 가족의 일원으로 자기만의 공간을 누리고 있으며, 필요한 전기세는 가계예산으로 충당하고, 다른 가족 구성원들과 말을 나누고 길게 수다를 떨며, 엑또르가 일하면서 만났을지 모르는 값싼 매춘부들처럼 마음을 쉽게 훔칠 수 있다는 이유였다. 그러다가 엑또르가 정말로 손꼽아 기다렸던 '그린 에이커스'[365] 재방송이 한창 방영되던 도중에, 그녀가 꽁꽁 언 고기찜으로 그 각별한 텔레비전 세트를 못 쓰게 만드는 사건이 발생하고, 그로 인해 그녀의 소송을 다시 논의해야 할 가능성이 커지자, 그는 너무 격분한 나머지 시민체포권을 적용해 데비를 체포하기로 결심했다. 혐의는 텔레비전 살인죄였다. 그녀가 진작부터 텔레비전을 인간으로 인정했으므로 살인죄가 적용된다고 판단했던 것이다. 만약 자신의 일대기를 소재로 하여 마리 오즈먼드가 데

365 미국 CBS에서 방영된 1960년대의 유명 씨트콤.

비로, 그리고 다른 누구도 아닌 리까르도 몬딸반이 엑또르로 등장하는 영화를 제작한다면, 심오한 철학적 이슈들을 둘러싼 웅장한 법정 다툼 영화가 완성될 수 있을 것 같았다. 텔레비전은 인간인가? 반半인간인가? 만약 그렇다면, 얼마나 인간인가? 텔레비전은 방송신호를 받으면, 창조주의 사랑의 영기에 의해 살아 움직이는 남녀의 진흙 육체처럼 살아 움직이는가? 전문가 증인, 교수, 랍비, 과학자 들이 줄줄이 등장하고, 에미상 후보에 오른 에디 앨버트가 교황으로 카메오 출연을 할 것이었다…… 이 모든 것들은 있을 법한 세계에 대한 꿈에 불과했다. 텔레비전이 아닌 '현실'에서, 엑또르가 취한 조처들은 터무니없는 것으로 기각되었고, 엑또르를 텔레비전 해독 프로그램에 즉시 보낸다는 조건하에 단순 무과실 이혼으로 판결을 받았다.

아무도 그에게 말을 건네는 사람이 없어서 그녀가 말을 꺼냈다. "텔레비전 세트와 디톡스 병원의 뉴에이지 심리학자들의 중간 지점에서 최대한 친절하게 말해보자면, 기본 업무에 필요한 최소한의 것 외에는 당신 뇌에 남은 게 거의 없어요."

"그래, 좋아. 네 아이가 어떻게 되든 신경 안 쓴다는 거지. 마약과의 전쟁도. 난 그것도 받아들일 수 있어. 하지만 영화로 다시 돌아갈 수 있는 기회를 네가 차버릴 거라고는 보지 않아."

"오, '영화', '영화' 말이죠. 트리거먼과 리프토프를 언급했던 것 같은데. 그들이 하는 걸 '영화' 혹은 대단한 뭔가로 착각하지 않았으면 해요."

"이봐, 네가 있든 없든, 이 일은 되게 돼 있어. 돈도 확보되었고, 서류에 서명도 다 마쳤어. 감독만 빼고. 그게 바로 너야…… 너만 원한다면. 촬영은 다음주부터 시작돼. 여기를 떠나는 즉시, 난 그곳으로 바로 향할 거야."

그는 그녀가 묻기를 기다렸다.

"어딘데요?"

"바인랜드."

"엑또르, 아마 당신한테는 익숙한 곳일지 몰라요. 나는 숨어 지낸 이후로 미국 전역을 떠돌아다녔어요. 웨이코, 포트스미스, 머스코지도 가봤고요. 안 타본 주간州間 고속도로가 없었죠. 어떤 데는 고속도로 번호도 없었어요. 코퍼스 크리스티에서는 엉덩이에 땀띠가 날 정도였고, 록 스프링스와 빌어먹을 뷰트에서는 얼어붙는 줄 알았어요. 그래도 내 처지를 감사히 여겼고, 보내지는 곳으로 항상 갔어요. 하지만 단 한번이라도, 절대, 바인랜드 근처에 가서는 안됐어요. 그게 조건이었으니까. 내가 내 아이에게 어떻게든 못 가게 하는 게 무엇이든 자기 뜻대로 해야만 하는 브록의 바람이었어요. 찔러도 피 한방울 안 나는 냉정한 년으로 살라는 거였죠. 그런데 나도 나쁘지 않았어요."

두 사람 다 울기 직전이었다. 엑또르는 너무 안타까운 마음에 더 그랬다. "내가 너에게 하려고 한 말이 그거야." 그가 목소리를 낮춰 억지스러운 어조로 투덜거리며 말했다. "더이상 조건 같은 건 없다는 말을 해주려고 한 거라고. 알아듣겠어? 브록은 망할 놈의 군부대를 모두 끌고 와서 바인랜드에 있는 공항을 점거했어. 그러고는 무언가를 기다리고 있는 것 같아. 자, 그게 과연 뭘까? 누군가는 마약성 작물이라고 생각해. 왜냐하면 브록은 CAMP와 그들의 자경단원들과 함께 움직이니까. 반면에 또다른 누군가는 그가 기다리는 게 그보다는 더 낭만적인 걸 거라고 생각해."

"당신의 영화 대본이란 게 이런 식이군요, 엑또르?"

"프레네시. 네가 떨어져 있어야 할 이유가 더이상 없어. 네가 원하면 아이를 다시 봐도 된다고. 게임은 중지됐어. 바인랜드로 돌아가. 얼마나 오래되었는지 생각해봐. 너희 외가 식구들은 모두 쎄븐스 리버 캠프장으로 모일 거야."

그러자 그녀가 엑또르에게 목청껏 퍼부었다. "도대체 당신 뭐야? 내 가족들이 드나드는 걸 다 뒤쫓고 다니고?"

그는 만약 두 사람의 대화가 순결에 관한 것이었다면, 그녀가 추파라고 했을 법한 표정을 지으며 어깨를 으쓱했다.

"브록 때문이에요? 그가 두려워요?"

"너는 안 두려워?"

"'고기는 어디 있어요? 고기는 어디 있느냐고요?'[366]로 유명한 햄버거 광고에 나오는 클래라 펠러 알아요? 당신과 브록을 보면 바로 그 질문이 생각나요. 얼마나 심각한 사이인데요? 얼마나 가까운데요? 그의 자지가 너무 짧기라도 한 거예요?"

그녀가 말없이 깔깔대고 웃었다.

"오늘밤은 궁금한 게 많군. 그러니까 네 말은, 브록과 내가 자격을 갖춘 제삼자를 데려다 놓고 앉아서, 서로 터놓고 얘기하며 감정을 주고받아야 한다는 거야?"

"바로 그거예요!"

"'미친개 본드'하고!"

엑또르는 얼굴이 빨개지더니 크게 웃으며, 손을 밴드 쪽으로 향했다. "저런! 그 말을 들으니 박자에 맞춰 피가 끓는군! 당신은 어떠

366 'Where is the Beef?'. 미국의 웬디스 버거 광고에 나오는 유명한 문구. 배우 클래라 펠러가 광고에 출연했으며, '알맹이가 뭔데?' '요지가 뭐야?' 하는 뜻으로 흔히 쓰인다.

신가, 플레처 부인?"

"뭐라고요?"

"한번 추실까요?" 북부 스타일의 뻬레스 쁘라도[367] 명곡들, 맘보, 차차차, 그녀가 소녀 시절 이후로 한번도 춘 적 없는 스텝의 음악들이 연주되고 있었다. 엑또르가 힘없는 노인티를 내보려고 했지만, 그녀는 그의 발걸음에서 우아함과 힘, 특유의 리듬을 느꼈다. 엑또르도 흥이 붙자 자기도 모르게 발기가 되었다. 그것은 같이 춤추는 프레네시 때문이 아니라, 지금 옆에 없는 데비, 그의 가슴에 늘 상처를 준, 모르몬식 화장을 한 소녀 데비, 불을 끈 채 라디오 음악에 맞춰 부엌에서 함께 마지막 춤을 추던 기억, 이상하게도 늘 사랑과 섹스로 뒤얽히던 밤의 기억 때문이었다…… 벽 사이사이에 마련된 방들에서는 도박판 딜러들의 외침, 돈을 딴 사람들의 환호성, 취객들의 깔깔거리는 웃음소리가 들렸다. 모텔 방 커튼만한 크기와 무게의 플라스틱 잎사귀가 인간이 참고 보기 힘들 정도로 천천히 일렁이며, 실내조명을 배경으로 높이 활 모양으로 휘면서 잎과 톱니 모양의 그림자를 드리웠다. 그러는 동안에 천여명의 방문객들은 내부로 들어와서 그곳의 운영방식과 일반적인 준수사항, 그리고 일상적인 통계와 심리 코스들에 대해서 계속 안내를 받았다. 어쨌든 프레네시와 엑또르는 프레리의 사진을 테이블에 올려둔 채, 마치 세계의 화려한 수수께끼처럼 신명나게 춤을 췄다. 사진 속의 프레리와 데즈먼드는 그들을 싫어하는 사악한 마법의 위험을 무릅쓰고서, 정체 모를 뭔가를 눈을 가늘게 뜨고 함께 올려다보고 있었다. 그 둘은 필시 불과 얼음일 터였다. 다행히 그 폴라로

367 다마소 뻬레스 쁘라도(Dámaso Pérez Prado, 1916~89). 맘보의 왕으로 불리는 꾸바의 밴드 지휘자.

이드 사진은 테이블에 그대로 놓여 있다가, 프레리의 얼굴을 보고 어린 여동생이 생각난 외강내유의 라스베이거스 쇼걸의 구조로 다음날 다시 들른 프레네시의 품으로 무사히 돌아갔다. 사진이 아직 그곳에 있기를 간절히 바라는 마음에 프레네시의 가슴은 쿵쾅거렸고, 살갗은 에여왔다. 사진을 다시 찾자 그녀는 자기 거라고 외쳤다.

공항으로 떠나기 직전, 저스틴은 다시 신이 나서 그녀 옆에 달라붙었다. "뭐가 우리를 쫓아와, 엄마?" 저스틴의 꿈이 전하는 야간 뉴스 보도에 따르면 쫓아오는 것은 크고 눈에 보이지 않았다. 이미 알고 있었다는 말을 그녀가 과연 털어놓고 싶어하겠는가? "걱정하지 마." 그녀가 말했다. "애들은 안 잡아먹어." 하지만 그녀의 말은 그다지 자신있게 들리지 않았다. 그들은 저스틴이 여태껏 본 것 중에 가장 섬뜩하게 행동했다. 그들은 서로에게, 저스틴에게 버럭 화를 냈고, 너무 심하게 술을 마시고 담배를 피웠으며, 아무 때나 나타났다가는 사라졌다. 저스틴이 유치원에서 만난 아이들 중에 가장 똑똑한 아이가 그에게 부모를 텔레비전 씨트콤의 등장인물로 생각하라고 말해준 적이 있었다. "엄마 아빠 둘레에 텔레비전 화면 같은 네모난 테두리가 있는 척해. 그리고 엄마 아빠가 네가 보고 있는 쇼인 척해. 원하면 그 안으로 들어갈 수 있어. 아니면 그냥 보기만 하고, 안 들어가도 돼." 이 충고는 그들이 매캐런 국제공항에 도착해서 몇몇 직원들이 피켓을 들고 시위하는 모습을 보게 되었을 때 특히 유용했다. "우오." 프레네시가 말했다. "우오." 저스틴도 혼잣말로 중얼거렸다. 엄마는 피켓 라인을 넘어가지 않았다. 그 대신에 언젠가는 저스틴도 이해하게 될 거라고 말해주었다.

"자기," 플래시가 그녀에게 알려주었다. "비행기는 운항을 안한대. 터미널 관리만 한대. 그러니까 화장실이나 다른 어떤 것도 쓰면 안돼, 알겠지?"

"화장실도?" 저스틴이 물었다.

"플레처, 버스로 가면 돼. 비행기는 다른 데에서도 탈 수 있잖아?"

"자기, 그런데 짐 가방을 이미 가져갔어."

"안돼. 가서 다시 찾아와."

그는 갑자기 머리와 목을 그가 쩨쩨하게 굴 때마다 취하는 각도로 앞으로 쭉 내밀었다. "나보고 지금 뭘 하라고?" 그의 말투와 목소리 크기는 피켓을 들고 있던 사람들과 대합실의 몇몇 승객들을 불러모으기에 충분했다. 승객들은 동전 넣는 텔레비전에서 방송중인 주간 드라마를 마다하고 이 공짜 드라마를 보기 위해 모여들었다. "이게 다 뭔지 당신도 알지. 빌어먹을 당신 가족 때문이라고. 당신 아버지를 위해 순진한 노조 초짜들을 동원하고 있는 거라고."

"여기에 우리 아버지를 끌어들이지 마, 이 자식아. 당신이 이럴 걸 엄마가 알았더라면 — "

"장모하고는 아무 상관 없어." 플래시가 큰 소리로 말했다. "알겠어? 독하기는."

프레네시가 웃으면서 코로 숨을 들이마셨다. "있잖아," 바짝 힘이 들어간 목소리로 말했다. "당신이 직접 피켓을 들고서 몸을 던지겠다면, 나도 기꺼이 당신을 따라갈 거야. 알겠어? 그러고 난 다음에야 우리는 체포된 노조원들에 대해 얘기할 수 있어. 물론 당신이 나에게 말하지 않은 게 있으면 절대 안될 거야……"

마침내 시위 중재자가 다가왔다. "투표를 했어요." 그녀가 프레네시에게 말했다. "딱 이번 한번만 허락하기로 했어요. 피켓 라인을 넘어가도 돼요."

"투표 결과는 어땠나요?"

"만장일치였어요. 당신은 착한 아이니까. 즐거운 비행이 되기를 바랄게요."

저스틴은 평소처럼 두 사람 사이에 앉았다. 머리는 이미 사발을 엎어놓은 모양으로 깎았으니, 단숨에 사이로 비집고 들어가서, 래리와 컬리를 갈라놓는 모[368]처럼 "벌려, 벌려!" 하며 그들을 떼어놓았다. 비행기가 순항고도에 들어서자, 말다툼은 이미 땅에 두고 온 듯했다. 그 대신에, 너무 늦기는 했지만, 브록의 일당들이 진을 치고 있는 바인랜드 공항으로 가고 있는 것인지 의아해지기 시작했다. 그들이 알고 있는 것이라고는 엑또르가 비행기 푯값을 지불했고, 플래시의 예전 전담요원들 중 한명인 로이 이블을 붙여서 그들을 지부 사무국에 맡겼다는 사실이 다였다. "유일한 메시지는 바인랜드에서 그를 보게 되리라는 거야." 로이가 플래시에게 봉투와 함께 수상쩍은 눈길을 건네며 말했다.

"그게 다예요, 로이? 인간적으로 나한테 해주고 싶은 얘기 없어요? 당신에게 당신 일생에서 가장 중요한 전화번호를 알려줘서, 인생을 확 바꿔놓은 용감한 친구를 위해 해줄 말이 전혀 없어요?"

"나도 누구 못지않게 과거가 그리워, 플래시. 지나간 늑은 시절을 영원히 슬퍼하며 지낼 수도 있다고. 이렇게 말하기 싫네만, 자네 같은 대부분의 구세대들은 다음 세대를 위해 컴퓨터에서 삭제되었어. 지극히 사적인 0과 1은 다른 사람들의 것으로 모두 바뀌었어. 생각보다 전기가 덜 들어. 한밤중에 자네들을 감쪽같이 속여서 전혀 느끼지도 못해."

플래시는 로이의 직무에 그런 임무들도 들어 있다는 걸 알고 있

368 '바보 삼총사'의 세 주인공. 각주 187 참조. 모는 사발을 엎어놓은 것처럼 깎은 머리 모양이 특징인 인물.

었다. 하지만 '우는소리를 하지 않으면 진다'라는 평소 소신에 맞게 그는 거의 견디기 힘든, 억양 없는 단조로운 말투로 노래하듯 읊조리기 시작했다. "어이, 특별수사관 이블 나리, 현장에서 손 뗀 지 너무 오래라서, 당신 여자와 아이를 중고품 시장의 사냥칼을 소지한, 코에 감각이 없고, 자기 인생이 안타깝다고 생각하는 4급 범죄자의 손에 맡기는 게 어떤 건지 전혀 모를 거예요. 그동안 겉느라 고생 많았으니, 주말에는 집에 가서 그 잘난 비엠따블류나 몰아요. 그러면 이블 사모님께서 실크에다 계속 방귀를 뀌어댈 거예요. 괜찮아요, 로이. 나를 화난 남편 표정으로 보지 마세요. 당신 얼굴에서 유부남 블루스가 들리는 것 같으니까. 그러니까 참아줘요. 여기서 힘든 건 나예요. 당신 가족이 여전히 행복에 겨워할 때, 내 가족은 땅속의 벌레들처럼 아무 힘도 없이, 뜻밖의 행운을 지닌 그 첫번째 병아리가 알아서 원래 자리로 돌아가기만을 기다리고 있을 거예요. 그러니 제기랄, 그만 좀 짜증나게 해요, 로이!"

자기도 모르게 굳어버린 로이는 사무실 의자에서 천천히 몸을 빼더니 식기 진열장에 기댄 채 턱을 덜덜 떨었다. "제발, 그만해! 아는 대로 다 말할게……" 그러고는 플래시에게 그와 프레네시를 제거하라는 통지가 적힌 텔레타이프까지 보여주었다. 로이는 브록 본드의 꿍꿍이가 도대체 무엇인지 아무도 모른다고 털어놓았다. 코드명 REX 84[369]로 불리는 레이건의 소위 '준비태세 훈련', 아니면 모든 사람들에게 다가오고 있는 선거의 해와 모종의 관계가 있을지 모른다는 추측이 전부였다. "우선," 특별수사관 이블이 말했

369 'Readiness Exercise 1984'의 약자. 미국 연방정부가 시민 소요나 중남미 정권의 공격으로 인한 국가비상사태를 대비해 세워놓았던 비상대피 훈련. 같은 해에 치뤄진 대통령 선거에서 레이건은 압도적인 표차로 재선에 성공했다.

다. "여기에 절대 오지 말았어야 해. 게다가," 급작스럽게 전화 버튼을 누르며 말했다. "여보세요, 어마, 지금 바로 나에게 선급금을 현금으로 줄 수 있어? ……2000달러. 20짜리로? 좋아. 10짜리…… 음, 나도 그래…… 끊어."

"로이, 내가 졌어요, 당신 이러면 안되는데."

"오늘밤 농구 시합을 끝으로 그만하려고 해."

"뭐라고요? 당신들 도박하는 거예요? 연방자금으로? 이런! 예산이 부족할 수밖에 없네요!"

"이 행정부에서는 아무도 우리를 챙겨주지 않아. 국무부는 우리를 싫어하고, NSC[370]는 우리를 쓰레기 취급해. 세관이 우리 모르게 그걸 몰래 슬쩍하지 않으면, 법무부와 FBI가 주물럭거리거나 망쳐놓으려 들 거야." 그가 목소리를 낮췄다. "솔직히, 1981년 이후로 코카인이 얼마나 싸졌는지 알아? 그걸 대체 어떻게 설명할 수 있겠어?"

"로이! 지금 대통령이 모종의 거래에 직접 관련되어 있다는 소리예요? 농담 집어치워요! 그러다 다음번에는 조지 부시가 그렇다고 말하겠어요."

로이는 장식용 성경을 책상 위에 한권 갖고 있었다. 정보국에서 사람들의 마음을 돌려야 할 때 유용하게 쓰는 물건이었다. 그는 성경책을 펼치고 읽는 척했다. "내 말에 귀 기울이고, 잘 들을지어다. 내가 진실로 너에게 이르노니, CIA가 세상 어디에든 갈고리를 설치해놓으면, 창조는 신이 했을지 몰라도 미국 법전의 관리 결정에 따라 걸리게 마련이다. 내 말을 알겠느냐? 지금의 나이 든 부시는 CIA 국장이었느니라. 잘 생각해보아라."

370 미국 국가안보회의(National Security Council)의 약자.

어마가 돈을 갖고 나타나자, 플래시는 돈 세는 시늉을 했다. "다시 본론으로 돌아가서, 이건 무엇 때문인 거죠?"

"그동안 귀엽게 있어준 보답이에요." 어마가 떠나면서 손으로 키스를 보냈다.

"그건 저 여자가 하는 말이지, 난 아니야." 로이가 덧붙였다.

"우리가 바인랜드 공항에 도착하면 어떻게 될까?" 프레네시는 궁금했다. 플래시도 궁금하기는 마찬가지였다. 처음부터 그는 브록이 왜 이러는 건지 나름대로 생각한 게 있었다. 플래시가 그녀를 손에 넣을 수 없는 브록 본드의 여인으로 멀리서 흠모하던 PREP 시절부터, 만약 프레네시를 구해서 마침내 그녀의 사랑을 얻게 된다면, 그것은 브록과 맞서 그로부터 그녀를 빼앗는다는 것을 의미함을 절대 잊지 않았던 것이다. 항상 월경주기처럼 느껴져서 그녀가 '미돌 아메리카'[371]라고 부르는 지역 안으로 접어들고 있음을 알리는 계속된 신호들, 쿵쿵거리는 에어컨, 폐차장과 유정油井 펌프 지대로 드물게 불어오는 미풍, 멀리 아지랑이 사이로 보이는 미루나무들, 샌타페이 철로와 마주 보고 있는 뒷마당들도 결코 그녀를 브록의 장거리 마력으로부터 자유롭게 해주지 못했다. 결혼해서 저스틴을 낳고 살아온 여러해 동안 그녀는 플래시와 더없이 가깝게 지냈다. 그들 모두 그렇게 삶을 받아들이고, 정부가 정해준 틀에 갇혀 지내는 데 만족했다. 그들은 그것이 나중에 가서 레이건 지지자들의 또다른 싸구려 꿈, FBI 제복을 입은 친절한 배우들이 그동안 관리해오던 덥수룩한 가엾은 양들을 밤새 하나하나 숨어서 감시하는 판타지로 끝나게 될 줄은 전혀 상상하지 못했다. 알고 있었

371 월경 진통제 '미돌'(Midol)에 빗댄 '미들(middle) 아메리카'의 말장난.

어야 하는 사실이지만, 그 양들은 스스로를 '미국'이라고 부르는 국가 법 집행 기구에 쓸모가 있어야만 살아남을 수 있는, 이미 운명이 정해진 패자일 뿐이었다.

바인랜드 공항은 쎄븐스 리버 범람원으로부터 바로 안쪽에 있는 커다란 계곡 내의 마을 남쪽에 있었다. 야생 토끼들이 짐승들이 다니는 통로 사이의 수풀에 살고 있었고, 암소들이 잎을 뜯어먹고 있었다. 먼발치에서는 갈매기들이 먹잇감을 찾아다녔다. 비행기가 활주로 진입을 위해 열심히 쌕쌕거리며 101번 도로 위를 가로질렀다. 비행기 각도가 수평이 되고 대기가 흐려지자, 날개에서 나오는 섬광인지, 위치 신호등인지, 조명에 무언가 문제가 생긴 듯했다. 조종실에서 흘러나온 말에 따르면 비행기 하단의 공기조절장치에서 베트남에서 들리던 소리가 났다. 근무 중인 민간인은 아무도 없었고, 모든 군용 주파수는 사용량이 극심했다. 그들은 작은 항구와 드문드문 켜져 있는 초저녁 조명들, 뾰족탑, 안테나, 송전선 위를 지나, 프리웨이와 컴컴해져가는 습지를 가로지르고 나서, 아무런 느낌도 없이 단단한 지면과 다시 하나가 되었다. 이렇게 해서 플래시는 바인랜드에 처음 발을 내디뎠고, 프레네시는 다시 돌아오게 되었다.

공항은 군대 집결지로 바뀌어 있었다. 도처에 군용차량이 세워져 있었고, 비행기에서 내리는 모든 승객은 일일이 멈춰 서서 간단한 조사를 받았다. 컴퓨터 자판을 두드리는 사람이 이름과 번호를 입력하고 나면, 그들은 걸어서 빠져나가거나 대기실로 보내졌다.

"망할 놈의 엑또르가 우리를 함정에 빠트린 건가?" 플래시가 불현듯 말했다.

"아마 아닐걸. 저기 좀 봐." 엑또르가 서 있었다. 그리고 조명, 파나플렉스[372], 손에 쥐고 쓸 수 있는 아리스 카메라를 완벽하게 갖추고 있는 영화 제작팀도 함께 있었다. 그는 어슬렁거리며 플래시, 프레네시, 저스틴에게 다가가서는, 그들을 줄 밖으로 데리고 나와 터미널을 빠져나갔다. 그리고 입구와 기둥에 테이프로 붙여놓은, 스텐실 인쇄를 한 방향 표시들을 무시하고, 경비원들을 만나면 배지를 흔들어 보이며 새로 익힌 업무상의 웃음을 짓고서, 촬영 기간을 대비해 잡아놓은, 트리글리프 프로덕션이 제공하는 바인랜드 팰리스에 투숙시켰다. 프레네시는 계속해서 머리를 좌우로 흔들었다. “저 엑또르, 꼭 내가 스무살이었을 때 같아. 어쩌면 그때 나보다 훨씬 더 순수할지도 몰라. 자기는 깨끗하다고 진짜로 믿는 걸 보니. 저 파나플렉스가 그의 방패야. 그는 매수됐어. 이미 또다른 씨드 리프토프가 된 거라고.” 룸서비스가 헤프티 버건디의 치즈버거, 감자튀김, 핫퍼지선디와 유리 물병을 가지고 나타난 뒤에야 그녀는 엑또르가 거짓말을 하는 게 아니라, 정말로 영화를 만들려고 그러는 것 같다고 인정하기 시작했다. “그 아저씨 걱정하지 마, 엄마.” 저스틴이 그녀에게 말했다. “그 아저씨는 진짜야. 괜찮아.”

“네가 어떻게 알아?”

“그 아저씨가 텔레비전 보는 걸 보면 알 수 있어.” 사실 그 두 사람은 트위-나이트 시어터를 보기 위해 자리를 비운 적이 있었다. 그날밤은 ‘더 브라이언트 검블 스토리’[373]에 배우 존 리터가 출연하기로 되어 있었다. 그들은 곧 텔레비전상의 미묘한 차이들에 대해 진지한 토론에 들어갔다. 하마터면 밤새 토론할 뻔했지만, 엑또르가 큐컴버 라운지로 달려가 빌리 바프 앤드 더 보미톤스에게 가능

372 35밀리미터 스튜디오 카메라.

373 유명 스포츠 캐스터 출신인 브라이언트 검블이 진행하는 토크쇼.

한 한 싼값에 영화음악을 연주해줄 수 있는지 물어봐야 해서 그렇게 하지는 못했다. 그는 시간에 맞춰 큐컴버 라운지에 도착하지 못하는 바람에 랠프 웨이본 주니어를 못 볼 뻔했다. 그는 금장식으로 강조한 반짝반짝 빛나는 녹색 양복을 입고서 자기가 보기에 아직 잠잠한 관중들을 예열시키기 위해 마이크에다 대고 농담을 지껄이는 중이었다.

살다보면 가끔은 일이 이상한 방향으로 흐를 때도 있었다. 랠프 웨이본 주니어의 아버지는 일련의 경미한 사업상의 실수들에 대해 벌을 주려고 그를 바인랜드로 보낸 것이었다. 그러나 그는 웨이본 제국에는 전혀 관심이 없었다. 그는 코미디언이 되고 싶어했다. 결국 큐컴버 라운지는 그가 항상 꿈꿔왔던 것, 즉 스탠드업 코미디를 매일같이 할 수 있는 무대를 제공해주었다. "그래서 일전에 마누라 보지를 빨고 있는데요, 마누라가 하는 말이 —" 그는 반응을 기다렸지만 대신에 에어컨 돌아가는 소리와 유리 그릇 소리만 들렸다. "보지를 빨다니, 와우, 알잖아요! 꼭 마피아 같죠…… 맞아요 — 혀를 잘못 놀렸다가는 큰코다치죠!" 두명의 10대 남자아이들이 킥킥거리며 소리를 질렀다. 바에서 일하던 반 미터가 도와주려고 했다. 아무것도 통하지 않았다. 랠프 주니어는 점점 더 초조해져서, 하는 수 없이 자학적인 반反이딸리아 농담을 던지고 말았다. 그러다 결국에는 감당할 수 있다고 생각한 데까지 사람들을 최대한 낙심시켰다가, 입에 담기도 힘든 '이딸리아 여자를 임신시키는 법'에 관한 농담으로 회심의 일격을 던지고는, 진땀을 흘리고 웃으며 마치 기립박수를 받은 사람처럼 손 키스를 날렸다. "감사합니다. 감사합니다." 아이재이아 투 포의 드럼 연주가 시작되었다. "자, 이제 나체주의자 골프 코스에서 연주를 마친 뒤, 볼 두개를 떨어트리지 않고[374] 간신히 도망쳐온 헤비메탈의 거장, 여러분, 큰 소리로 환영해 주십시오, 빌리 바프 앤드 더 보미톤스입니다!"

청중의 성향을 파악한 밴드는 바로 빌리의 스리-노트 블루스곡 '아임 어 캅'으로 들어갔다.

좆 까, 미스터,
좆 까, 네 여동생,
좆 까, 네 남동생,
좆 까, 네 아버지 —
어이! 나 경찰이야!

그래, 좆 까, 여피,
좆 까, 네 강아지,
좆 까, 네 아이,
좆 까, 네 여자,
그래, 난 할 수 있어,
어이! 난 남자니까!

청중은 찬송가라도 되는 것처럼 소리를 지르고, 손뼉을 치고, 발을 구르며 노래에 반응했다. "옳은 말씀!" "진짜 내 얘기 같아!"

수염을 자르고 머리를 짧게 깎은 채, 마퀴스 드 쏘드의 생각대로 보통 사람으로 변장을 하고, 거기에다가 마퀴스 자신이 소장하고 있는, 어김없이 보기 흉한 넥타이를 빌려 매고서 방 뒤에 숨어 있

374 '볼'(ball)이 골프공 외에 불알을 뜻하기도 해서 던진 농담.

던 조이드는 경찰이라는 소리에 순간 움찔했다. 그래서 그는 연주의 저음부에 맞춰 고개를 까닥이고만 있었다. 레이건이 당장 발효시키려고 하는 포괄적 몰수법에 따라, 정부는 조이드의 집과 토지에 대해 민사법원에 소송을 제기해놓은 상태였다. 그는 몇번을 둘러보려고 갔다가, 안에서 흘러나오는 텔레비전 소리만 가까이에서 듣고 돌아서야 했다. 연방 소유의 도베르만이 굵은 철사로 엮은 새 울타리 뒤에 누워서 덜 긴급한 순간이 오기를 고대하고 있었다. 조이드는 개의 식사시간을 파악해두었다가 식사가 끝난 바로 뒤에 찾아갔다. 조이드가 기르는 데즈먼드는 집에 낯선 이들이 쳐들어오는 걸 보자마자 달아났다가, 셰이드 크리크 근처에서 발견되어, 최근에는 트리니티 카운티에서 쫓겨난 마리화나 경작자들의 개들과 함께 지냈다. 그 개들은 근처 목장들을 쏘다니며 풀을 뜯어먹고 있는 순진한 젖소들을 겁주곤 했는데 그 이상은 하지 않았다. 왜냐하면 그것은 발견되는 즉시 사슴 라이플총으로 죽여도 되는 위법행위였기 때문이다. 조이드로서는 걱정할 게 더 늘어난 셈이었다.

집을 지킬 두명의 보안관만 남겨놓고, 브록의 부대원 대부분은 근처를 몇주 동안 공포에 떨게 한 뒤에 떠나갔다. 그들은 "마약과의 전쟁! 마약과의 전쟁!"을 외치며 대열을 맞춰 흙길을 뛰어다니고, 공개적으로 사람들의 몸을 수색하고, 개와 토끼와 고양이와 닭들을 죽이고, 혹시라도 마약 작물에 물을 대지 못하게 우물에 제초제를 쏟아붓고, 그리고 여러 이웃들이 증언하듯이, 샌프란시스코에서 비행기로 금세 갈 수 있는 곳보다 훨씬 먼 데 있는 힘없는 나라를 침공하는 사람들처럼 행동했다.

처음에는 통조림 햄처럼 생긴 작은 중고 트레일러와 펌프를 갖춘 우물로 시작해서, 조이드는 바닷물에 씻긴 채 해변에 버려져 있거나 선착장에서 떨어졌거나 허무는 걸 도와주었던 오래된 외양간에서 직접 주워온 목재들을 가지고 혼자서 혹은 친구들과 함께, 몇 년에 걸쳐 집을 지어나갔다. 그 결과 프레리 방, 부엌, 욕실, 그리고 비탈길 아래로 자란 네그루의 삼나무 사이에 지은 나무 위 오두막이 차례차례 완성되었다. 오두막은 다락방과 똑같은 높이로 지은 후 밧줄 다리로 연결해놓았다. 그 대부분은 규격에 맞는 것이 거의 없었다. 물이 안 빠지는 주요 원인인 배관이 특히 그랬다. 배관은 아주 옛날의 5/8인치짜리를 포함해 여러 다른 크기의 파이프들과 연결되어 있어서, 중고시장이나 심지어 커다란 크레센트 씨티 덤프에서도 찾는 데 꼬박 며칠은 걸리는 중간연결 부속품과 어댑터 부품이 필요했다. 집에 사는 동안은, 이러다 심각해지면 시간을 잡아먹을 수 있는 골칫거리가 되겠거니 하고 생각했다. 하지만 이제 집은 그가 사랑하는, 그래서 안전이 염려되는, 살아 있는 사물이었다. 그는 길에서 커브를 돌다가 집이 화염에 휩싸인 것을 보았지만 너무 늦어서 아무것도 구하지 못하는 무시무시한 꿈을 꾸기 시작했다. 꿈에서 목재 이외의 것들이 불에 타 무너지고, 영원히 잿더미로, 화염 뒤편의 시꺼먼 재로 변하는 냄새가 자욱했다.

연주가 끝나자 조이드는 아이재이아 투 포와 함께 밖으로 향했다. 반 미터도 바 밑에서 나와 그들과 합류했다. 그들은 밖으로 나가 반 미터의 집으로 가서, 현관에 서서 담배를 피우며 일상적인 불평불만을 열심히 늘어놓았다. "간단하게 말해서, 반 미터가 사람들을 모았어." 조이드가 키 큰 드럼 연주자에게 말했다. "이제 필요한 건 그들이 자신들을 표현할 수 있는 장비야. 할 수 있다면, 전면 자동 옵션이 갖춰진 것으로."

"22구경 탄환이 들어가는 핀란드산 소형 AK 모조품들이 있어.

내가 값을 알아. 그런데 문제는 부품 개조를 할 줄 아는 사람이 필요하다는 거고, 무엇보다 일단은 컨트라코스타 카운티에 가서 가져올 사람도 있어야지……"

"수녀들의 본부가 월넛 크리크에 있어." 반 미터가 눈을 깜빡거렸다. "그러니까 아무 문제 없어." 그는 세금 문제 때문에 수녀회로 재조직된 남성 모터사이클 클럽, 할리회會[375]를 말하는 것이었다. 반 미터는 초월적인 세계를 좇던 중에 그들을 우연히 만났고, 그들로부터 뿜어져나오는 것처럼 보이는 영성靈性에 바로 놀라 큰 감명을 받았다. 그들 수녀들은 잘 알려진 낙서 '할리를 천국에 못 들어가게 하는 자들이 있다면, 우리가 몸소 그들을 지옥까지 태워줄 것이다'를 경구로 삼고서, 예외적이면서 도덕률 폐기론적인 순수한 삶을 추구했다. 그들은 이전처럼 모든 마약과 알코올 남용, 상징적이면서 실질적인 폭력, 세상 사람들이 눈살을 찌푸리는 성적 행위, 모든 부류의 권위에 대한 무조건적인 증오를 계속 이어갔다. 교단의 신학자인 빈스 수녀에 따르면, 그 모든 행위들은 가장 중요한 차이인 '최초의 폭주족' 예수를 통해 신성한 것이 될 터였다.

"그때는 오토바이 같은 건 없었다고 생각하겠지." 머리 가리개를 삐딱하게 쓴 빈스 수녀는 그가 바르비투르[376] 캡슐을 찾아나설 때 마시던 슈퍼마켓용 떼낄라 병을 반 미터에게 건넸다. "하지만, 어이, 사막에서 어떻게 돌아다니라고? 왜 그것을 모토크로스[377]라고 부르는 것 같아?" 이렇게 말을 이어가다보니 졸음이 밀려와 머리

---

375 미국의 유명한 오토바이 할리데이비슨 추종자들의 모임을 수녀회를 가장한 교단에 빗댄 것.

376 진정제, 최면제로 쓰이는 약물.

377 모토크로스는 오토바이로 하는 크로스컨트리 경주인데, '크로스'는 '십자가'라는 뜻의 단어도 있어서 하는 말이다.

가 멍해졌다. 반 미터는 여전히 그들과 연락을 하며 지내고 있어서, 조이드와 팀을 위해 그들과의 만남을 기꺼이 주선해주었다. 그래도 의심은 아직 남아 있었다.

“그렇게 하는 게 가장 좋은 방법인 거 확실해, 조이드? 결국 그들의 문제를 해결하려면 너를 죽이는 수밖에 없어. 그게 더 쉬운 일일 테고.”

“내 지원군 맞아……? 네 말은, 그들이 지금은 하고 싶어하지 않을 수도 있다는 거야?”

“수녀들? 그 친구들은 전혀 신경 안 써. 그 친구들의 클럽 모토는 ‘충만한 은총’이야. 무엇을 하든, 예수와 함께라면 상관없다고 믿어. 정부에 대항하는 무장봉기일지라도. 변호사가 아니라 잘 모르기는 하지만, 그게 전문용어일 거야.”

“엘름허스트에게 물어볼게.” 조이드의 변호사였다. 그는 곤경에 빠진 사람들을 위한 노스코스트 변호사로 일했던 부친의 가업을 이어받아, 조이드의 사건을 수임료 없이 맡아주었다. 그것은 이 위험천만한 RICO법이 앞으로 기소법상의 대세로 자리 잡을 수 있다는 걱정에 이제라도 배워두는 게 나을 것 같아서였다. 조이드로서는 그를 찾아가 만나는 건 여전히 노력이 필요한 일이었다. 가장 질긴 멕시코 악담 중의 하나를 남긴 바토 고메즈의 말마따나, ‘네 인생이 변호사로 충만하게 해주소서’가 따로 없었다. 조이드는 ‘법률제도’를 늪이라고 생각했다. 인간을 둥둥 떠다니게 하지만, 그렇다고 뱀이 우글거리는 악취나는 데로는 영원히 빨려들지 않게 하는 늪으로 생각했던 것이다. 엘름허스트도 그게 사실이라고 기꺼이 인정했다. “내가 불평하는 것 같아? 배관공이 뭘 더럽다고 불평하는 것 봤어?” 그는 장난감 백화점에서 슬쩍 훔쳐온 물건 같아 보였을 뿐만 아니라 그의 말투 역시 황금시간대보다는 토요일 아침 프로그램의 분위기를 풍겼다. 조이드는 모피 장갑을 낀 변호사의 손이 모직 소매에서 나와, 몇년 전 버클리의 가죽 상점에서 예약 주문해서 구입한, 가죽 끈과 버클이 달린 우툴두툴한 겨울 소가죽 서류가방 위에 놓이는 모습을 지켜봤다. 심지어 크기가 작고 갑자기 뺑 돌 가능성이 있는 변호사의 반짝거리는 눈도 모피 느낌이 났다.

"당신, 어, 진지해 보이는데." 조이드가 말했다. "이런 일 많이 맡아봤어?"

"새로 생긴 법이지만, 그 뒤에 숨은 의도는 권력만큼이나 오래됐어요. 권력 남용이 내 전문분야예요. 신속하게 잘해요. 즐기기도 하고요."

"내 치과의사처럼 말하네. 재미있을 거라고 하는 게." 엘름허스트의 머리를 쓰다듬어주고 싶은 충동을 참으며, 조이드가 미소를 지어 보이려고 했다.

엘름허스트의 설명으로는, 증거 부담이 이번에는 뒤바뀔 것이라 그의 재산을 되찾는 데 문제가 없을 테니, 조이드의 무죄부터 증명하는 게 우선순위였다.

"무죄 추정의 원칙이 아니라?"

"그때는 전혀 다른 세상이었어요. 그건 아주 오래전, 수정헌법 제4조가 있기 전에, 사람들이 여기를 '아메리카'라고 부르던 때 얘기예요. 당신은 마리화나를 당신 땅에서 재배하는 게 발각된 순간에 자동적으로 유죄가 된 거예요."

"잠깐—난 아무것도 재배한 적이 없어."

"그 사람들은 당신이 재배했다고 하던데요. 제복을 입고, 권총을 차고, 헌법을 지키기로 되어 있는, 정식으로 선서한 경찰관들이에요. 그런 사람들이 거짓말을 할 거라고 생각하세요?"

"이 사건에 비용을 청구하지 않는다니 천만다행이야. 어떻게 우리가 이길 수 있다는 거지?"

"올바른 판사를 만난다면 운이 있을 거예요."

"라스베이거스처럼 들리네."

변호사는 어깨를 으쓱했다. "인생은 라스베이거스니까요."

"오, 이런." 조이드가 신음 소리를 냈다. "어느 때보다도 더 심한 난관을 만났는데. 지금 '인생은 라스베이거스'라고 그랬어?"

엘름허스트는 눈물을 글썽거리고, 입술을 떨기 시작했다. "제 말은, 그러니까…… 인생은 라스베이거스가 아니라는 말씀이세요?"

조이드는 큐컴버 라운지로 돌아가는 길에 엑또르와 바로 마주쳤다. 엑또르는 보는 즉시 그의 신원을 확인하는 척하며, "방금 막 자네 조강지처를 봤어!" 하고 하도 세게 말하는 바람에 입에 물고 있던 씨가를 떨어트려, 하마터면 옆자리에 앉은 벌목꾼의 수염을 태울 뻔했다. 자칫 그랬다가는 그의 인생 프리웨이에서 중대한 우회로로 빠질 수도 있었다. "그리고 내 타나토이드 소식통에 따르면, 자네 아이는 지금쯤 셰이드 크리크에 와 있을 걸세."

"이제 장모만 있으면 되겠네요." 조이드가 농담조로 말했다. 지금 듣고 있는 사실들이 아직 믿기지 않아서였다.

"그렇게 말하니까 하는 얘기인데—" 무소 앤드 프랭크 레스토랑에서 정규 직원으로 근무하고 선임 조명감독으로 허브와 함께 일할 때부터 사샤를 알고 있었던 씨드 리프토프로서는 정말 반갑게도, 그녀는 크기가 위네바고 캠핑카만 한, 손톱 매니큐어 광택제 색깔의 캐딜락을 타고 바인랜드 팰리스의 발레 주차장 안으로 들어왔다. 그녀는 차에서 내려 함께 온 데릭보다 한발짝 반 앞서서

로비로 당당히 들어갔다. 데릭은 그녀보다 많이 젊고 창백했으며, 아주 짧게 깎은 머리는 차 색깔과 거의 일치했고, 말에는 영국식 악센트가 배어 있었다. 그리고 바인랜드와 그랜드캐니언 사이의 고속도로에서 차를 탄 이후로, 여는 것을 전혀 본 적이 없는 기타 케이스가 손에 들려 있었다. 사샤는 현재의 이성 친구인 텍스 위너[378]와 벼랑에서 서로 고함을 주고받는 장면을 연출한 뒤에 헤어져, 욱하는 마음에 바인랜드에서 매년 열리는 트래버스-베커 가족 모임에 참석하기로 결심하고는, 텍스와 사샤를 우연히 발견하고 계속 웅성거리는 사람들과 좀더 가까이 보기 위해 낮게 비행 중인 관광용 헬리콥터 사이를 텍스가 그냥 걸어가도록 내버려두었다. 한편 사샤는 저 아래에서 평소처럼 발을 단단히 딛고 서 있는 노새들을 영원의 가장자리를 따라 빠르게 발걸음을 옮기게 하고, 지나가는 사람들을 별 감흥 없이 되돌아보는, 황달에 걸린 듯한 충혈된 신神의 눈동자를 가장 가까이에서 볼 수 있는 석양 속으로 나아갔다. 그런 다음 너무 위험하게 경사가 져서 핸드 브레이크와 급브레이크를 다 써도 1마일은 곧장 아래로 밀려나가서 보상 판매 가격을 심각하게 떨어트릴 것만 같은 야간 주차장 구역으로 들어섰다. 그녀는 또 한번 제복, 즉 레이싱 줄무늬, 불꽃 모양, 깔끔하게 '텍스 위너 에콜 드 파일로티지'라고 적힌 견장이 들어간 환한 은빛의 특제 점프 슈트에 속고 말았던 것이었다.

어쩌면 이번에는 데릭에게 당할 차례일지 몰랐다. 가죽, 금속, 나치 같은 훈장, 그리고 가장 긴 문장이라야 고작 "이런, 모두 쓰레기네, 안 그래?"인 것에서 알 수 있듯이, 그는 그런 장식물들에 걸맞

378 텍스 위너(Tex Wiener). 미국 ABC 방송국의 장수 드라마 '제너럴 호스피털'에 출연한 배우.

은 태도를 즐기는 절제의 극단을 보여주었다. 이상한 끌림에 그녀는 늘어지고 떨렸다. 그래서 그녀는 바인랜드 팰리스의 빅풋 룸 안으로 천천히 걸어들어가는 동안 다른 어떤 것도 생각하지 못했다. 그곳에서 사샤와 딸 프레네시는 같은 호텔에 묵는 손님들처럼 서로의 얼굴을 쳐다보았다.

어니와 씨드가 미리 충격을 줄이려고 최선의 노력을 다했지만, 이제는 두 여자 모두 두고 온 세계로 돌아가지 못하는, 도저히 어떻게 할 수 없는 순간이었다. 사샤는 기억이 미치는 어느 때보다도 젊어 보였고, 프레네시는 값싼 장작 난로처럼 빨갛게 빛이 났다. 그들은 빨간색과 금색 모직 무늬로 된 벽지를 바른 벽 옆의 노거하이드[379] 칸막이 공간에 앉았다. 두 사람은 어느 한쪽이 사라지기라도 할까봐 서로에게서 결코 시선을 떼지 않았다. 그 강렬함 때문에 기분이 이상해진 데릭은 혼자 남자 화장실로 물러나더니 다시는 돌아오지 않았다. "그들이 소리 지르던가?" 엑또르가 씨드에게 알려달라고 물었다. "울었어? 서로 껴안고? 말 좀 해봐, 씨드."

씨드는 영화 전문가처럼 씩 웃었다. "춤췄어."

"맞아. 지르박을 췄어." 어니가 말했다. "피아노를 연주하는 친구가 옛날 스윙 가락을 잘 알아. '폴카 도츠 앤드 문빔스' '인 더 무드' '문라이트 쎄레나데'……"

"그렇군." 엑또르가 말했다. "우리가 그 장면을 써먹을 수 없다니 너무 아쉽네. 그래도 소리 지르고 서로 싸우는 게 훨씬 더 나으니까. 여배우들은 그런 걸 좋아하거든."

"자네 말이 맞아, 엑또르." 씨드와 어니가 한목소리로 대답했다.

379 실내장식이나 여행용 가방류에 쓰이는 모조 가죽.

이른 아침 사샤는 마법사의 마법에 걸린 듯한 프레네시가 멜론밭에서 멜론처럼 생긴 부드러운 금빛 타원형 물체로 살고 있는 꿈을 꾸었다. 그녀의 눈 형상이 그 위에 어렴풋이 보였다. 매월 어느 순간에, 정확하게 보름달이 되면, 그녀는 마법에 의해 눈을 뜨고 달을, 빛을, 세상을 볼 수 있었다…… 그러나 매번 어떤 원인 모를 절망에 빠져, 그녀는 시선을 아래로, 옆으로, 저 멀리 돌리고 다시 눈을 감았다. 또 한번의 주기 동안 구원은 그녀에게 찾아오지 않았다. 그녀의 유일한 희망은 그녀가 눈을 뜨는 바로 그 순간 사샤가 그녀를 발견하고 키스를 해주는 거였다. 그러고 나서, 향기로운 달빛 속에서 잠시 기다리면, 멜론밭에서 할머니가 무릎을 꿇고, 배가 가득 부른 금빛 달 아래서, 어리고 색이 옅은 멜론에게 키스를, 길고 열정적인 자유의 키스를 해주는 거였다.

반면에 프레리는 거의 제정신이 아닌 채 주위를 어슬렁거리고 다녔다. 그녀가 결국 엄마를 볼 수 있는 가장 쉬운 방법은 트래버스-베커 가족 모임에 나타나는 거였다. "하지만 그러고 싶은 건지 더이상 모르겠어요." 그녀가 디엘에게 말했다.

"그 기분 알아." 디엘이 솔직하게 털어놓았다. 두 사람은 디엘과 타께시가 그곳에서 일을 시작한 초기부터 믿음을 전파하는 곳으로 사용했던 제로 인의 부스에 앉아 있었다. 그때 이후로 계속 보강이 되어서, 요즘은 외부의 재능있는 사람들을 정기적으로 불러모으는 중이었다. 오늘밤의 외부 손님은 홀로코스트 픽셀스라고 불리는 이스트 베이 출신의 밴드였다. 실은 이번이 두번째 방문일 만큼, 그들은 최근 발표한 '라이크 어 미트 로프'로 셰이드 크리크 일대에서 크게 인기를 끌고 있었다. 마이크 점검을 하려는 듯, 베이스 연주자가 몸을 숙이고 노래를 불렀다.

미트 로프처럼……

아코디언 연주자가 합류해서—

미트 로프처럼……

그다음에는 전기바이올린 연주자가 3성 화성으로 연주했다.

미트 로프처럼, 너의, 점심식사용으로……

밴드의 연주가 7성에 가까워지면서 막 터지려 하자, 그곳에 있던 사람들은 환호성을 질렀고 맥주잔으로 테이블을 두드려서 타악기 소리를 냈다. 그러자 이어서 아코디언 연주자가 노래를 불렀다.

점심 도시락 안의 미트 로프처럼,
무덤 안의 원숭이들처럼,
우리는 베트남 사람들 속으로 들어갔다네,
구해야 할 사람들이 있어서……
그들은 실랑이를 벌였다네,
우, 그들도, 우, 원숭이들도, 그랬다네,
끔찍한 먹이 줄 시간, 동물원에서.

손뼉을 치고 발을 구르는 타나토이드들의 오늘밤 행동은 디엘과 타께시가 여태껏 본 것 중에 가장 떠들썩했다. 바람 속에 변화라도 실렸던 걸까? 아니면 텔레비전을 통해 전달된 해안 지역의 영향으로 오랫동안 타락한 탓일까? 멜로디는 애팔래치아 지방의 찬송가와 간증 전통에서 유래한 것이었고, 박자는 거의, 뭐랄까, 활기에 넘쳤다.

그래서 우리는 마블 마운틴으로 갔지,
그리고 퍼퓸 리버로도,
가끔은 그들을 떼거리로 보았어,
가끔은 몇을 놓치기도 했고,
거의 매번 보았던 것들을,
한번 이상은 보고 싶지 않아,
미트 로프로 꽉 찬 묘지 같은 건,
그리고 점심식사용 원숭이들로 꽉 찬 묘지 같은 건……

미트 로프처럼,
미트 로프처럼,
미트 로프처럼, 너의, 점심식사용으로……

어쨌거나 우리는 우리 자지를 믿고 〔박수갈채〕 딱 2마일을 갔어,
경계선 옆의 오솔길을 따라서,
누군가 말했지, 68이라고,
그러자 다른 누군가는 69라고 하더군, 〔환호성〕
그러나 어떤 때는 둘 다 아닌 것 같고, 또
어떤 때는 둘 다 맞는 것 같아,
런치 미트를 담은 무덤 도시락,

그리운 옛날의 원숭이 로프로 꽉 찬 무덤 도시락.

오소 밥이 위드 애트먼과 함께 들렀다. 두 사람 다 쾌활하게 행동하는 건 디엘이 기억하기에 이번이 처음이었다. 프레리는 당황스러웠다. 엄마나 다른 뭔가에 대해서 사과해야만 할 것 같았다.

"이런, 너에게 거의 다 들어갔는데." 위드가 그녀에게 알려주었다.

"오, 그러게요." 위드는 사후死後 상태인 바르도[380]와 다시 태어날 새로운 육체를 찾을 때 지켜야 하는 시간제한에 대해서 말해주었다. 그의 말에 따르면, 다시 태어나기 위해서는 성행위 중인 남자와 여자를 찾아내서, 이제 막 수정된 난자를 구하고, 뿌연 담배 연기로 가득한 섹스 쇼나 포르노 극장 같은 황량한 공간에서 눈에 안 보이는 다른 필요한 자들과 앞뒤로 미끄러져 다니고, 쫓겨난 영혼이 세계에 다시 들어올 수 있는 마법의 정확한 필름 프레임을 찾아야만 했다.

"기본적인 실수를 저지르고 말았어." 위드가 고백했다. "내 마음에 아직도 너무 강하게 남아 있어. 그들을 못 찾았어. 시간을 다 써서. 그래서 대신 여기에 온 거야."

"저에 대해서 알고 있었어요?"

"그녀가 이상한 방식으로 바로잡으려나보다 하고 생각했지. 목숨 하나에 목숨 하나. 그렇게 해서 장부의 잔고를 0으로 만드는 방식으로."

"그래서, 제게 들어온 게 아니라면, 전 지금 누구죠?"

"고민해보라는 거네." 타께시가 고개를 끄덕였다. "안 그래?"

380 중유(中有). 티베트 불교의 죽음과 환생 사이의 상태.

"엄마를 어떻게 할 건데요?" 프레리는 알고 싶었다. 마침내 그는 격식을 갖춘 기괴한 복장까지 차려입고 중간 경계에 이렇게 와 있었다. 여전히 용서를 거부하는 기억세포를 지닌 채, 의식이 있는 바이러스처럼 그녀를 찾아 사람들 속을 헤엄쳐 다니던 끝에 여기까지 오게 된 것이다.

그러나 위드는 그저 어깨를 으쓱거렸다. "나더러 지금 이 상태로? 말도 안돼. 타나토이드의 일원답게, 주위를 돌아다니며 상황을 감시하고, 충분히 빠르게 움직이는데도 원래 별 힘이 없다고 사람들이 생각하는 건 아닌지 슬쩍 건드려보려고 하다가, 만약 그렇게 생각하기라도 하면, 낙심이나 할 따름이야."

"하지만 만약 내가 보상의 댓가라면요? 그렇게 해서 당신 장부가 결국 0이 된다면요?"

"그건 네가 나중에 무엇이 되느냐에 달려 있어. 너도 업보 청구서들을 쌓고 있을 테니까."

"약간 복잡한데요."

"타께시가 컴퓨터로 전산화한 이후로는 좀더 쉬워졌어. 그래도 여전히 단 하나의 문제로 변질될 위험이 있어. 자신의 사건에 집착해, 자기에게 잘못을 저지른 자들에게 빠지다보면, 그들이 벌을 계속 면하게 돼…… 가끔은 나도 이성을 잃고서, 한밤에 고약하고 비열한 마음을 먹고 나가, 네 엄마를 찾아내서 괴롭힌 적이 있어. 그러면 네 엄마는 울고, 네 아빠와 싸움을 벌여. 그런데 이게 뭐야. 내 계산상으로는, 그건 네 엄마가 나한테 진 빚의 이자도 못되는 거야. 하지만 최근에는 그녀를 그냥 내버려두었어…… 그러다 어쩌면 잊을까 싶어서. 그래도 절대 용서는 되지 않았어.

나는 타나토이드의 꿈을 꿔. 꿈꾼다 생각해서 반드시 꾸게 되는 건 아니지만 말이야. 내가 그 꿈을 꾸건 안 꾸건, 나는 어딘가에 존재하는 달리는 열차 안에 있어. 늘 그 열차 안이고, 여행 중인 열차에 늘 올라타 있어…… 나는 의식을 갖고서, 어떤 얼음 침대에 평평하게 누워 있어. 침대 옆에는 두명의 동료들이 있어서, 열차가 정류장에 설 때마다, 나를 기꺼이 검시해서 내 죽음과 나를 죽인 살인자들을 세상에 알릴 지역 검시관을 찾으려고 애쓰며 돌봐주고 있어…… 두 사람의 얼굴은 전혀 알 수가 없어. 그래도 그들은 가끔씩 안에 들어와 내 옆에 앉아줘. 늘 춥고, 늘 밤이야. 낮이 있어도 내내 잤나봐. 잘 모르겠어. 너무나 많은 세월을 열차를 타고 다니다 보니, 우리가 가는 모든 관할구역들에 미리 통보가 되어서, 매번 모자를 쓰고 무기를 소지한 남자들이 플랫폼에 서서 계속 가라고 손을 흔들며, 우리를 절대 본 적이 없다고 맹세만 해댔어. 이러한 사실에도 불구하고, 자꾸 생각나게 하는 그 두 사람은 들르는 도시가 바뀌고, 해가 바뀌어도, 특별했어. 그들은 특별객차의 커피, 담배, 간식용 음식을 먹고 살며, 카드 내기를 수없이 하고, 나를, 뭐라고 해야 하나, 얼음 처리를 하고 싶어하는 브록의 동기에 대해서 신학자들처럼 논쟁을 벌였어. '모두 사랑 때문이야.' 한 친구가 이렇게 말하면, 다른 친구는 '헛소리 집어치워. 정치적인 이유 때문이야' 하고 대꾸했어…… '자기만의 지극히 사적인 목적을 지닌 반란 경찰이야' '죽음에 근거한 억압적인 정권의 명령을 단지 따를 뿐이야' 등등…… 최근까지도 그들이 어두운 시간에 장단을 맞춰 말하는 걸 들었어. 그들은 마지막 정류장, 마지막 진입 거부의 순간까지 충실했던, 내 최후의 의장대였어."

"꼭 디엘과 타께시처럼 들리네요." 프레리가 말했다.

"가끔은 그들이 내 부모 같아…… 알잖아, 아직도 나를 찾아다녀. 그들이 '보다 드높은 정의'라고 부르는 것에 대해 항상 가졌던 믿음을 놓지 않고서. 그들의 주머니도 이제는 텅 비어서, 바람이 쌩하고 지나가. 그들에게도 밤이 찾아오고 있어. 그래도 그들 모두 정해진 주소, 안전하고 자유로운 어떤 곳처럼 확고해서, 언젠가는 꼭 잘되고 말 거야."

"그 사건 말인데요, 렉스라는 친구를 쫓고 있어야 하지 않나요? 그 일을 저지른 사람 말예요."

"렉스? 왜? 그는 단지 절차상으로 방아쇠를 당긴 손가락에 불과한데. 프레네시와 똑같은 들러리였을 뿐이지. 그 당시에 난 혁명을 향해 한계단씩 올라가고 있다고 생각했어. 알겠니? 처음에는 렉스, 그 위의 계단은 네 엄마, 그다음은 브록 본드. 하지만 그때 어두워지기 시작하더니, 있는 줄 알았던 꼭대기의 그 문은 더이상 보이지 않았어. 그 뒤의 조명도 막 나가버려서."

그가 얼마나 쓸쓸해 보였는지 프레리는 반사적으로 그의 손을 잡았다. 그는 그녀의 손길에 움찔했다. 그리고 그녀도 놀랐는데, 그의 손이 차가워서가 아니라 거의 무게가 안 느껴질 정도로 너무 가벼워서였다. "내가 가끔씩, 알잖아, 밤에 찾아가도 될까?"

"오는지 지키고 있을 거예요." 둘은 곧 셰이드 크리크 일대에서 이야깃거리가 되었다. 그들은 밤늦게까지 잠 안 자고 돌아다니는 사람들 틈에 섞여, 갓을 댄 형광등이 빛을 비추는, 연기로 자욱한 실내 산책로를 따라, 상점과 노점 들이 줄지어 선, 지붕 있는 터널을 건너, 머리 위에 환하게 켜져 있는 숱한 시계 문자판들 밑을 거쳐, 꼬리 흔드는 걸 진작 포기하고 그 대신에 꼬리로 신호 보내는 법을 터득한, 무리 지어 어슬렁거리는 타나토이드 개들을 지나쳤다. 위드는 팝콘을 몇 박스째 비우며 배를 가득 채웠고, 프레리는 그에게 파찐꼬의 비밀을 보여주었다. 둘 중 어느 누구도 프레리가 결국에 만나기로 되어 있는 프레네시에 대해서는 말을 꺼내지 않았다. 1년 동안 못 본 사람들과 일일이 인사를 나누느라 결국 트래버스-베커 파티에서 빠져나오지 못한 프레리는 치사한 분위기만큼이나 판돈도 낮은 전설의 논스톱 크레이지 에이트 게임에 끌려들어가고 말았다. 촌수가 먼 어중이들과 이따금씩 오는 떠중이들이 카드 밑장을 빼고, 판돈에서 슬쩍하고, 트림과 방귀로 일당들에게 신호를 보내고, 자기 것과 남의 것 상관없이 코딱지로 카드에 표시를 하려고 했다. 지금까지 가장 많이 이긴 사람은 프레리와 핑키 삼촌이었다. 그는 오래전에는 지금보다 밝은 연녹색이 감돌았을, 볼품없는 밴론[381] 레저 슈트 차림을 하고 험악한 표정을 짓고 있었다. 사샤가 머리를 내밀고 나타났을 때에는 게임이 한창 무르익는 중이었다. 그는 다이아몬드를 다 내고 없었고, 프레리는 다이아몬드 카드들을 쥐고서 그에게 판 위에 쌓아둔 카드들에서 한장 뽑으라고 다그쳤다. 옥토마니아들 사이에서 '운명의 어머니'로 알려져 있는 스페이드 퀸은 어디 있는지 아직 불분명했다. 핑키 삼촌은 그게 판 위에 놓인 카드들 중에 있을 거라고 생각한 반면, 프레리는 사촌 제이드가 갖고 있다고 생각했다.

"보조개 체크!" 프레리의 할머니가 소리쳤다. 프레리는 그녀에게 문제의 '어머니'가 나올 때까지 기다리라고 한 뒤, 결국에는 위험을 무릅쓰고 8을 내면서 스페이드를 외쳤다. 그러자 드디어 언제나 비열해 보이는 '어머니' 스페이드 퀸이 모습을 드러냈다. 핑키 삼촌은 어쩔 수 없이 다섯장의 카드를 더 뽑아야 했다. 그는 끝까지 씩

381 양모 촉감을 주는 나일론 의류 제품.

씩하게 게임을 하기는 했지만, 카드 한장의 댓가치고는 너무 컸다.

트레일러 바깥에는 마흔살가량의 여자가 사샤와 함께 서 있었다. 옛날 필름에서는 젊은 아가씨였던 여자였다. 카메라와 조명 뒤에 서 있는 그녀는 프레리의 예상보다 체구가 더 컸고, 얼굴 이곳저곳에 햇빛에 손상된 흔적이 보였다. 머리는 훨씬 더 짧았으며 머리를 볼 줄 아는 사람의 눈에는 헤어스타일용 무스가 반드시 필요해 보였다. 프레리는 어떻게 하면 그런 얘기를 꺼낼 수 있을지 잘 몰랐다.

자기 딸이 돌아왔다는 사실에 아직도 들떠 있는 사샤는 익살스러운 말로 분위기를 바꿔보려고 했다. "이리 온. 자, 어디 보조개 좀 볼까. 그럼 그렇지, 여기 있네. 할머니가 기저귀 좀 볼까. 어떻게 이렇게 귀엽고 쪼그만 게 다 있대!" 그녀는 프레리를 무작정 젖먹이 때로 돌려보내, 프레리의 두 뺨을 쥐고 입을 동그랗게 만들고는 이리저리 흔들어댔다.

"할미 제발!"

"내 귀여운 새끼." 그러다 결국 프레리의 머리를 옆으로 살짝 밀치고 말았다. "네 엄마한테 '길리건스 아일랜드' 주제가를 불러줘봐." 사샤가 노래를 시켰다.

"할미!"

"얘가 태어나서 처음으로 텔레비전을 보았을 때 기억나니, 프레네시? 네달도 안된 조그만 게 말이야. '길리건스 아일랜드'가 방송중이었는데, 프레리가 눈의 초점은 약간 안 맞았을지 몰라도, 앉아서 끝까지 다 그렇게 진지하게 볼 수가 없었어."

"그만. 듣고 싶지 않아요."

"그 이후로는, 그 프로그램이 텔레비전에서 나올 때마다 웃고 까르륵거리며 몸을 앞뒤로 흔들었어. 정말 귀여웠지. 텔레비전 세트 안으로 기어올라가, 그 '아일랜드' 안으로 곧장 들어가고 싶어하는 것 같았다고."

"제발." 그녀는 프레네시에게 도와달라는 표정을 지었다. 하지만 그녀의 엄마 역시 당황한 눈치였다.

"넌 세살이 되기도 전에 가사를 외워 불렀어. 전부 다! 재잘거리는 작은 목소리로, 율동에 천둥 번개까지 섞어서. '꽝!' 소리치고는, '겁 없는 선원들의 용기가 아니었다면……' 하고 부르면서, 그 토실토실한 주먹을 앞뒤로 흔들며 매번 음조를 바꿨어. 꼭 라운지 바의 가수 같았다니까."

"알았어요, 알았다고요!" 프레리가 큰 소리로 말했다. "부르면 되잖아요." 그녀는 주위를 둘러보았다. "이렇게 사람들 앞에서 해도 되는 거예요?"

"괜찮아." 프레네시가 말했다. "할머니가 도와주려는 거야. 할머니만의 방식이야." 그녀는 사샤를 붙잡고, 그만 정신 차리라고 흔드는 시늉을 했다.

"정말? 미안해, 할머니." 프레리는 그들을 따라 참나무 밑의 맥주와 소다 음료 냉장박스로 갔다. 그들은 그곳에 몇시간을 앉아 쉬면서, 여러가닥의 기억들을 늘어놓고 떠올리며, 위험스럽게 다시 연결했다. 그러다보니 몇년에 걸쳐 새로 덧붙여진 탓인지 저마다 점입가경의 기이한 사연을 지닌 숙모, 삼촌, 사촌, 사촌의 아이들의 이야기가 오갔고, 그러는 동안 옥수숫대를 공중에 흔들고, 음료를 셔츠에 흘리고, 빌리 바프 앤드 더 보미톤스의 음악에 맞춰 몸을 흔들거나 춤을 췄다. 바비큐를 굽는 냄새가 움푹 파인 주방에서부터 퍼져나갔다. 그곳에서는 열두명의 트래버스와 베커 집안사람들이 하얀 주방장 모자를 맞춰 쓴 채, 뚝뚝 떨어지는 기름 때문에 연기가 심하게 나는 장작불 뒤에 줄지어 서서 소고기를 굽고 있었다. 바인랜드와 몬태나 사이의 가파른 목초지에서 돌격용 소총으로 잡아서 그 자리에서 체인톱으로 큼지막하게 썬 다음, 달 없는 밤의 흙길 옆에서 불에 바로 넣을 수 있게 손질해 포장해놓은 것이었다. 한 무리의 아이들이 비밀 양념장과 쏘스가 가득 든 양념통을 들고 옆에 서 있다가, 고기가 돌아가면 가끔씩 뿌려줬다. 그러면 마법의 코팅이 고기에 배어들면서 주룩 흐르고, 떨어지고, 연기가 나고, 그을렸다. 곧 트래버스와 베커 집안사람들이 긴 삼나무 테이블의 벤치를 채워갔다. 먼저 감자 쌜러드와 콩 캐서롤과 프라이드치킨이 좀더 어린 친구들이 만든 파스타와 그릴에 구운 두부 요리와 함께 나왔다. 그러고 나서 밤까지 계속되는 식사가 본격적으로 시작되었다. 식사는 율라 베커와 제스 트래버스의 유대를 명예롭게 다지기 위한 이 모임의 핵심이었다. 그들은 마린부터 씨애틀, 코어스 베이부터 뷰트 시내 한복판에 이르는, 두 집안사람들의 초석이자 정의였고 의미였다. 벌목할 나무에 케이블을 감는 초커 쎄터, 톱으로 나무를 자르는 벌목꾼, 다이너마이트로 물고기를 잡는 어부, 지붕널 직공, 길모퉁이의 웅변가 출신들로서, 나이 들고 지쳤건, 젊고 새파랗건, 그들은 모두 해마다 체구가 작아지고 정신이 쇠약해지는 제스와 율라가 함께 앉아 있는 테이블의 가장 윗자리를 지켜보고 있었다. 제스가 낭송하는 에머슨[382]의 한구절을 듣기 위해서였다. 몇해 전 제스는 윌리엄 제임스의 『종교적 경험의 다양성』의 교도소 장서에 인용된 에머슨의 구절을 처음 접하고 외워놓은 이

382 랠프 월도 에머슨(Ralph Waldo Emerson, 1803~82). 근대 미국의 계몽기를 이끈 사상가이자 시인.

후로, 그것을 매년 낭송해왔다. 바인랜드의 안개처럼 힘이 없지만, 제스는 꼿꼿하고 맑은 목소리로 그들에게 그 구절을 들려주었다. "'신성한 정의의 균형은, 흔들리고 나서도, 비밀스러운 응보에 의해 항상 원래대로 돌아가게 되어 있다. 대들보를 기울여도 아무 소용이 없다. 세상의 모든 폭군, 지배자, 독점자가 어깨로 빗장을 들어올리더라도 다 헛수고다. 꿈쩍없이 적도가 자기의 선을 영원히 지키고 있거늘, 인간이든 티끌이든, 별이든 태양이든, 그것을 따라야 한다. 안 그러면 반동에 의해 완전히 사라지고 만다.'" 제스는 물 흐르듯 낭송하는 자기만의 방식이 있었다. 그래서 율라는 그에게서 눈을 전혀 뗄 수가 없었다. 제스가 덧붙였다. "랠프 월도 에머슨을 못 믿겠거든 크로커 '버드' 스캔틀링한테 물어봐." 그는 제재협회 회장으로서, 나무가 제스를 덮치게 하고도 무사하다가, 끝에 가서는 바인랜드에서 멀지 않은 101번 고속도로에서 뽑은 지 일주일밖에 안되는 BMW를 약 150마일의 속도로 몰고 가다 앞에서 오는 싸구려 트럭과 충돌해 갑자기 세상을 떠난 자였다. 그렇게 된 지 몇년이 흘렀는데도, 제스는 여전히 그 일을 재밌게 생각했다.

밤이 되자, 허브 게이츠는 오랜 동업자인 에이스와 드미트리와 함께 전부 가지고 온 아크 조명들 중에 두개를 꺼내 아이들을 위해 켜주었다. 그는 일거리가 계속 있었지만, 오리건 주 비버턴에서의 공연까지는 아직 일주일이 남아 있었다. 어쨌든 그는 작은 사업이라도 럭스 언리미티드를 어떻게든 유지해왔다. 잠자리가 늘 변변한 것은 아니었지만, 그래도 매일 입에 풀칠할 만큼은 벌었다. 아직도 많은 사람들이 몇 마일까지 뻗어나가는 강력한 광선의 신비에 호응했다. 그는 처음 만나는 손자 저스틴에게 어떻게 탄소봉을 흔들면 최고의 광선이 나오는지, 어떻게 하면 모양을 낼 수가 있는지 보여주었다. 그러던 중에 프레네시가 와서 저스틴에게 텔레비전 황금시간대가 거의 다 되었다고 알려주었다.

"어이, 젊은 기사 아가씨."

"안녕, 아빠." 그녀는 전날밤 아빠 꿈을 꿨다. 꿈에서 그는 몸을 비틀며 철컥 소리를 내고 그녀로부터 빠져나와, 곧게 뻗은 오래된 쇄석도로를 따라 시골로 향했다. 낮이 저물 무렵에는 금속 느낌의 구름 낀 하늘로 뒤덮인 들과 산을 걷다가, 어둠이 내리려면 시간이 얼마나 더 있어야 하는지, 하늘에 남은 피트 촉광은 얼마인지 정확하게 파악해가면서, 오리 새끼들처럼 작은 트레일러 장비에 각각 실은 조명들, 발전기들, 빔 프로젝터들을 뒤에 달고서, 그의 다음 일터, 다음 카니발, 다음 주차장으로 향했다. 그는 한번도 틀린 적 없는 앰프들에서 빛이 만들어져, 오직 저 죽을 만큼 차갑고 거대한 백열광선이 쏟아지고 넘쳐흐르고 뚫고 나가기만을 바라며, 어디를 가야 하든, 어떤 조건으로 일해야 하든, 상관하지 않고 계속 일했다. 프레네시가 뒤에서 아빠를 불러도, 그는 돌아서지 않고, 매번 짐 때문에 무거운 발걸음을 내디디며, 그녀에게 얼굴을 보이는 대신에 대답만 했다. "몸조심해, 젊은 기사 아가씨. 네 죽음은 네가 신경 써. 안 그러면 다른 사람들이 너를 어떻게 할 거야."

기분이 상하고, 화가 치밀어서, 그녀는 소리를 질렀다. "맞아요, 아니면 그저 그들은 죽어 있느라 너무 바쁠지 몰라요." 볼 수는 없었지만, 공허함이 그의 얼굴에 스며드는 걸 느낄 수 있었다. 바로 그때 그녀는 잠에서 깨어났다……

저스틴은 픽업트럭의 뒷자리에 아빠와 조이드가 있는 것을 발견하고는, '스타 트렉'에 기초한 30분짜리 씨트콤 '쎄이, 짐'을 보았다. 드라마의 모든 배우들은 오하라 중위로 불리는 주근깨 많은 빨간 머리의 통신장교를 빼고 다 흑인들이었다. 스팍이 함교에 나타날 때마다, 모두 벌칸식 경례를 하며 손가락을 세개로 쳐들었다. 드라마가 끝날 무렵이 되자, 프레리가 잠깐 들렀고, 조이드와 플래시는 맥주를 찾으러 갔다. 동복남매 사이인 프레리와 저스틴은 텔레비전 앞에 편히 앉아 8시 영화 '더 로베르트 무질 스토리'에 나오는 피위 허먼[383]을 보았다. 영화의 대부분은 피위가 외국 억양으로 말하거나, 이상하게 생긴 매직펜을 들고 서류 앞에 앉아 있는 장면들이어서, 두 아이들의 관심은 자연스레 서로에게로 향했다. "9시 영화도 있어." 저스틴이 방영 순서를 보며 말했다. "'위대한 패배', 1983~84 NBA 플레이오프에 관한 텔레비전 영화야. 그거 여름 아니었던가? 빠르게 진행되는 영화야."

"내 기억에 최근에는 더 빨라지고들 있더라." 프레리가 말했다.

"프레리 누나, 날 아기 돌보미 해주는 건 어때?"

프레리가 그를 힐끗 쳐다보았다. "아기는 무슨? 어린이 돌보미를 해줘야겠는데."

"그게 뭔데?"

"간지럼 태우는 거야." 이미 프레리는 새로운 남동생의 겨드랑이와 옆구리로 향했다. 그러자 저스틴은 손이 닿기도 전에 몸을 비비 꼬았다.

비바람에 씻긴 긴 테이블의 노란 전구들 밑에서는 조이드와 플래시가 한 장소에서 그렇게나 많은 처가 식구들을 만난 충격을 서로 덜어주려고 애썼다. 두 남자 모두 아무런 무기도 없이 정글 빈터를 찾은 방문객들처럼 겁을 집어먹고 주위를 둘러보았다. 특별

383 미국의 유명 코미디언 폴 루벤스가 연기한 코믹한 등장인물의 이름으로 여러 편의 드라마에 나왔다.

하게 조명이 켜져 있는 테이블의 저편에서는 트래버스와 베커 가족 사람들이 음게 연습을 하고, 자동차를 정비하고, 토론하고, 텔레비전에 대꾸를 하고, 가라앉힐 수 없는 바람에 실려가는 연기처럼 한바탕 웃음을 터트렸다. 어딘가에 있는 트래버스 가족의 한 할머니는 아이들에게 근처 연안에서 자라는 10월의 블랙베리를 조심하라고 주의를 주었다. "그것들은 악마의 것이야. 너희들이 먹는 건 다 악마의 재산이라고. 악마는 블랙베리 도둑들을 안 좋아해. 네놈들을 뒤쫓아다닐 거야." 의심 많은 사춘기 아이들도 그녀의 목소리에 담긴 주문에 움찔했다. "길가나 뒷골목, 폐가가 된 옛날 농장, 어디든 찔레나무가 무성하게 자라고, 10월의 구름과 비에 블랙베리들이 익어가는 곳들을 떠도는 불쌍한 영혼들을 보거든, 그냥 지나쳐버려. 절대 돌아봐서는 안돼. 안 그러면, 그들이 어디에서 왔고, 누구 밑에서 일했고, 하루가 끝나면 어디로 돌아가야 하는지 알게 될 테니까." 그리고 다른 노인들이 오래도록 반복되는 물음들, 과연 미합중국이 파시스트의 서막을 알리는 여명 속에 계속 머물러 있을지, 저 어둠은 여러해 전에 내려와 마취된 사람처럼 오랫동안 꿈쩍 않고 있는 것인지, 그들이 본 조명이 화려한 빛깔의 똑같은 영상들을 보여주는 수백만개의 텔레비전에서만 나오는 것인지 하는 물음들을 놓고 논쟁을 벌이는 소리가 들렸다. 다른 사람들의 목소리들이 하나씩 하나씩 모이면서, 이름들이 등장하기 시작했다. 몇몇은 크게 소리쳤고, 몇몇은 침을 튀기며 말했다. 몇시간에 걸친 말다툼과 위장병, 불면증을 일으키기 좋은 오래되고 확실한 이름들이었다. 히틀러, 루스벨트, 케네디, 닉슨, 후버, 마피아, CIA, 레이건, 키신저. 그렇게 모인 이름들과 그들의 비극적으로 뒤얽힌 이야기들은 저 높은 밤하늘에 별처럼 떠 있는 게 아니라, 저 아래의 가장 마주하기 싫은 미국의 비밀로 전락해서는, 매번 더 깊이, 몇번이고 반복해서, 가장 비열하고 무질서한 밑바닥 층 아래로 스며들어, 바로 밑에 숨은 치명적인 독 때문에 아무도 뒤집고 싶어하지 않는, 퇴적층에서 사악하게 발효 중인 나뭇잎들로 남아 있었다.

"정치적인 가족들이야." 조이드가 한마디 했다. "영락없어."

표정 변화를 자제하며 듣고 있던 플래시가 고개를 끄덕이면서 슬쩍 물었다. "맞아. 꼭 그녀가 하는 말처럼 들려. 안 그래?"

그들은 사샤, 브록 본드, 심지어 엑또르에 대해서 어떻게 말해야 하는지는 벌써 알아가고 있었다. 그러나 프레네시에 대해서만큼은 어떻게 말해야 하는지, 불쑥 말을 내뱉는 건 고사하고, 그녀에 대해서 말을 꺼낼 수 있을지조차 전혀 몰랐다. 조이드는 플래시를 제정신인 척하지만 본인이 미묘하게 풍기는 것들, 예컨대 큰 망치 모양의 머리에 난 구레나룻의 길이와 위치, 감방에서 갓 나온 흑인 지역 라틴계의 억양, '죽어서도 형제'라는 문장과 함께 M16과 AK47이 횡으로 새겨진 팔뚝 문신 때문에 정체가 탄로나는 매력적인 싸이코패스로 간주해봤지만, 별 도움이 되지 않았다. 하지만 플래시도 머릿속으로 온통 프레네시만 생각하는 한 남자의 소리가 들렸다. 둘은 맥주에 취해 시간 가는 줄도 모르고 프레네시 문제에 관해 열띤 토론을 벌였다. 일단 시작하고 나면, 끊는 게 거의 불가능했다. 희한하게도 잠시 중단된 동안에는, 그들끼리 삶을 맞바꾼 것 같았다. 그녀를 오래전에 잃어버렸지만 못 잊고 있는 건 플래시였고, 반면에 조이드는 10년 넘게 그녀 옆에서 계속 버텨왔다. 두 남자 모두 성미 급하게 불평은 해도, 정말로 그녀와 함께한 것은 아니었다. 이 무뢰한의 눈에서 간절함을 본 조이드는, 자신을 막아주고 보호해줄 그녀의 부재를 여러해 동안 겪고 나니, 이번에는 자기가 위로가 되어줄 차례임을 알았고, 이 불행한 바보는 그 삶의 한 복판에서 어쩔 줄 몰라하고 있었다. "난 그저 오프닝 무대였을 뿐이야." 그가 플래시에게 일러두었다. "우리가 서로를 알아야 한다고 절대 생각하지 말게."

"그러니까 나 때문에 그녀를 피하지는 말라고. 그게 다야." 플래시가 훌쩍거리며 심각하게 말했다.

"오, 이런. 자, 봐. 사실은—"

그때 아이재이아 투 포가 돌격용 소총 거래에 관한 최신 소식을 갖고 들어왔다. 그에 따르면 거래는 도저히 성사될 수 없으며, 지난주에 도나휴 쇼에 출연한 뒤로 할리회 수녀들의 태도가 고압적으로 바뀐 점을 감안할 때 그편이 오히려 더 잘된 것일지 모른다는 거였다. 갑자기, 영화와 미니시리즈 제작 발표와 함께 티셔츠, 소장용 인형, 도시락 등등의 제작도 이루어지면서, 수녀들이 감당하기에는 회원 규모가 너무 크고 일도 많아져서, 조이드에게 집을 되찾아주는 것과 같은 시시한 일들을 더이상 맡을 수 없게 된 것이었다.

"이거 개인적인 감정으로 말하는 거 아네요." 아이재이아가 의견을 밝혔다. "아저씨들 세대의 근본적인 문제는, 혁명을 믿고, 그것을 위해 바로 목숨을 건다는 거예요. 하지만 아저씨들은 확실히 텔레비전에 대해서는 잘 몰랐어요. 텔레비전이 아저씨들을 붙잡는 순간, 그것으로 끝이었어요. 대안적인 미국 전체를 인디언들이 그랬듯 진짜 적들에게 모두 팔아버렸어요. 그것도 1970년 달러로. 너무 싼값에 말예요……"

"이거 원, 네 말이 틀렸기를 바란다." 조이드가 거침없이 말했다. "플랜 B는, 내 이야기를 '씩스티 미니츠'나, 그런 비슷한 시사 프로그램에 내보내는 거였거든."

"곧 그들이 홀리테일에 대해 알아내기만 하면 아저씨는 마약과 연관된 인물로 보이기 시작할 거고, 바로 법정에 서게 될 거예요." 아이재이아가 말했다.

"내 변호사처럼 말하네." 안 그래도 엘름허스트는 CAMP의 마리화나 수확물 단속 기간 동안에는 홀리테일에 얼씬도 하지 말라고 강하게 권고했었다. 매일 향기로운 연기 기둥이 푸른 바인랜드 언덕 위 어딘가에서 솟아올라 하늘로 퍼져나갔다. 그리고 매일 6시 뉴스에서는 보안관 윌리스 청코가 그 유명한 금손잡이가 달린 체인톱으로 다 자란 작물 한무더기를 또 신나게 베면서, 궁지에 몰린 마리화나를 바인랜드 땅에서 모조리 불태워버리겠다고 맹세하면, 뉴스를 진행하던 스킵 트롬블레이와 뉴스팀도 놀라 탄성을 지르는 장면이 나왔다. 조이드는 홀리테일 근처에도 갈 시간이 없었다. 하물며 방금 딴 씨 없는 마리화나 새순이나 서둘러 통째로 뽑은 작물들을 가득 담은 풀과 잎사귀 포대를 트럭으로 나르는 일은 도와줄 엄두도 못 냈다. 종종 그들은 괴물 같은 엔진 부품들을 장착해 마력을 높이고 충격에 잘 견디게 만든 닷지 순찰차를 운전하는 부보안관들과, 한밤중에 옛날 벌목 도로에서 흙탕물과 돌조각을 튀기고, 홀리테일과 프리웨이 사이에 있는, 나무와 케이블로 엮은 다리들을 건너다니며 서로 숨바꼭질하기 일쑤였다. 지난 두주 동안은 조이드도 다른 사람들처럼 윌리스가 대대적인 바비큐 파티를 벌이기 전에 마리화나 작물을 최대한 빼내는 걸 도와주지 않을 수 없었다. 남은 시간이 너무 없어서였다. 그래도 다들 망할 놈의 시간, 제기랄 하고 욕하면서도, 끝까지 가보기로 소리없이 마음을 모았다. 낡은 파워 왜건에 몸을 싣고 그렇게 질주하는 동안, 달이 진 후 조명을 다 끈 채 삼나무 향기 속으로 빠르게 차를 몰면서, 어디에 커브길이 있고, 거의 눈에 안 보이는 비탈길에서 변속기어는 몇 단이 좋은지 얼룩덜룩한 어둠속에서 직감으로 헤아리고, 울퉁불퉁한 길을 달리며, 조이드는 누군가가 모아놓은 오래된 8트랙 테이프들 가운데 그룹 이글스의 「그레이티스트 히트」, 그중에서도 특히 '테이크 잇 투 더 리밋'[384]을 자기도 모르게 귀 기울여 들었다. 기본적으로 요즘의 자신에 관한 얘기였다. 그는 구슬프게 따라 부르다, 헤드라이트를 켠 차들이 나타나면 가끔씩 멈춰야 했다. "오케이, 조이드. 다시 수비 태세로." 브록과의 대결을 은근히 기대하면서도, 이제는 정면으로 마주치는 일은 결코 없으리라는 걸 알기에, 바인랜드에 있는 작은 땅 조각이라도 되찾고 싶었다. 그러나 지금처럼 변두리에서 계속 움직이며 집에서 멀리 떨어진 거리 위에서 떠돌다가는, 제자리걸음만 할 게 뻔했다……

최근에 그는 하루 간격으로 밤마다 집이 불타는 꿈을 꿨다. 매번 꿈을 꿀 때마다, 12년을 시달리던 끝에 자기 집이 이제 그만 불태워달라고 애원하는 게 점점 더 분명해 보였다. 그것은 감금으로부터 집을 놓아줄 유일한 방법이기도 했다. 나무줄기 사이를 미끄러지듯 다니던 개들이 그가 오는 것을 알아차리자, 일어서서 자세를 낮추고 조심스럽게 걸었다. 조이드는 조용히 안으로 들어가 여기저기를 둘러보았다. 안에는 그와 프레리의 흔적이 어디에도 없었다. 오직 있는 거라곤 떨어져나가고 텅 비워진 공간, 공적인 일로든 고용된 것이든 경비원들이 번갈아 근무한 흔적, 해 뜰 무렵이면 나타나 문턱을 긁어대는 개들뿐이었다.

"당신도 알잖아." 플래시가 제안했다. "가장 쉬운 방법은 그냥

384 Take It to the Limit. 이글스가 1975년에 발표한 노래.

그 개자식을 찾아가서 계획을 무산시키는 거야. 생각해봤어?"

흥미로운 제안이었다. 그들이 막 생각해보려던 찰나에 프레리가 불쑥 나타나서는 저스틴을 침낭에 던져넣고, 자기 침낭을 챙겼다. 잠시 혼자 있고 싶어서 숲으로 가려던 참이었다. "가족 관계가 완전히 까발려진 느낌이에요." 그녀가 조이드에게 말했다. "물론, 다른 뜻은 없어요." 그녀는 그를 물끄러미 쳐다보았다. 프레네시의 얼굴을 한 여자와 몇시간을 보내고 나니, 이제야 좀더 쉽게 알아볼 수 있었다. 프레리는 온 사방으로 뻗은 턱수염에 안경 렌즈가 얼룩져 있는 얼굴을 지나, 아직 친해지지 않은 자기 자신의 얼굴을 조이드에게서 분명하게 찾을 수 있었다. 언젠가는 그녀가 "다른 남자가 내 아빠일 거라는 걱정을 해본 적 없어? 어쩌면 그게 위드나 브록일지도 모른다는?" 하고 조이드에게 물을 날이 올 터였다. 이번에는 그에게 가만히 안긴 채였다.

"전혀. 내가 두려웠던 건, 내가 브록의 자식일지 모른다는 거였지."

이제 그는 과감하게 물었다. "네 엄마는 좀 어때?"

"글쎄, 나 때문에 초조해하는 것 같아." 프레리가 말했다. "엄마는 분노할 데를 찾고 있어. 나한테서는 그걸 못 찾고 있고."

"엄마가 너를 초조하게 하는 게 아니고?"

"오…… 마치 유명인사라도 만나는 것 같아. 난 괜찮아. 정말로. 그리고 왜 아빠랑 플래시 아저씨가 엄마하고 결혼했는지 이해가 돼."

"왜 한 것 같아?" 조이드와 플래시가 즉각, 동시에 물어보았다.

"어른들이면, 아실 만도 할 텐데."

"힌트 하나만 줘봐." 조이드가 졸랐다. 그러나 그녀는 이미 자리에서 일어나, 전혀 본 적이 없는 숲의 한구석, 가문비나무와 오리나무 숲의 작은 빈터가 나올 때까지 안으로 걸어가고 있었다. 그곳에서 그녀는 침낭을 펴고, 혼자 있는 것을 즐기다, 어느새 잠들어버렸다. 그러다 바로 머리 위에서 들리는 헬리콥터 날개 소리에 잠에서 깼다. 눈을 뜨고 쳐다보자, 브록 본드가 머리 위의 모함母艦에 채워진 벨트와 케이블에 매달린 채 헬리콥터로부터 아래로 내려왔다. 필름에서 보던 모습과 비슷했다. 약 일주일 동안, 그의 동료들에게 '약간 높은 곳에서 온 저승사자'라고 불리던 브록은 세대의 시꺼먼 휴이[385]와 함께 밀집대형을 이루어, 바인랜드 지형을 지형추적비행으로 샅샅이 훑고 다니다가, 갑자기 평화로운 능선 위로 솟아오르거나, 혹은 아무 죄 없는 자동차 운전자를 굉음을 내며 뒤에서 1미터 내까지 바짝 뒤쫓았다. 브록은 방탄조끼와 베트남전쟁 군화를 착용하고, 화염방사기를 허리에 찬 채, 총 쏘는 문에서 자세를 취하고 있었다. 바로 밑에서는 가파른 산비탈의 울창한 삼나무들, 환하게 타오르는 노란 가을 단풍이 드문드문 박혀 있는 거무칙칙한 상록수들이 빙빙 돌고 있었다. 그리고 대기를 찢는 헬리콥터 날개의 움직임에 계곡에서 안개 기둥이 높이 피어올랐다.

그 순간 브록은 휴이의 승강장치에 연결된 원격조정기를 이용해, 공포에 떨고 있는 프레리의 몇 센티미터 이내까지 내려왔다. 프레리는 브록의 흐릿한 얼굴을 응시했지만, 역광으로 비치는 헬리콥터 조명 때문에 잘 볼 수가 없었다. 원래의 계획은, 이런 일에 대해서라면 마크 C. 블룸[386]보다 더 많은 이야기를 알고 있는 로스코에게 간략하게 전했듯이, 대상에게 몰래 역으로 접근하여, 수직으로 강하한 뒤에 프레리를 움켜잡고서 다시 위로 올라가는 거였다.

385 부대 수송이나 철수 목적으로 베트남전쟁에서 주로 쓰인 헬리콥터.
386 남부 캘리포니아의 유명한 자동차 타이어 회사 사장.

"핵심은 납치야. 하늘로의 황홀한 납치. 그래서 세상이 그녀에 대해 더이상 모르게 말이지."

소싯적 로스코는 아이 유괴보다 훨씬 더 심한 일도 했었다. 그는 스스로를 덩치만 큰 짐승으로 생각하며 좀더 인간적인 얼굴의 브록 본드 옆에 빌붙어 다녔다. "재 젖 좀 보세요, 나리—"

"예쁘고 단단한 사춘기 소녀의 젖이군, 로스코. 과즙이 많은 사과 같아."

그녀는 안감에 오리 연못이 그려진 어린 시절 침낭에 꼼짝 않고 누워 있었다. 어둠속에서도 희한하게 하얗게 빛나는 그의 살갗이 보였다. 그가 잠시 그녀를 뱀처럼 음흉한 최면에 걸려는 것 같았다. 그러나 그녀는 완전히 잠에서 깨어 그의 얼굴에 대고 비명을 질렀다. "여기서 당장 꺼져!"

"안녕, 프레리. 내가 누군지 알지, 안 그래?"

그녀는 침낭에서 뭔가를 찾는 척했다. "이거 사냥칼이야. 만약에 안 꺼지면—"

"그런데 프레리, 내가 네 아빠야. 조이드 휠러가 아니라, 내가. 너의 진짜 아빠야."

그녀에게 지금까지 한번도 일어난 적이 없는 일이었다. 아주 잠시 그녀는 멍해졌다. 자기가 누구인지 기억도 나지 않았다. "당신은 내 아빠일 리가 없어, 본드 씨." 그녀가 따졌다. "내 혈액형은 A형이야. 당신은 프레퍼레이션 H[387]잖아."

브록이 이 복잡한 모욕을 곱씹는 와중에, 그가 매달려 있는 케이블을 통해 복잡한 신호들 또한 감지됐다. 갑자기 저 멀리서 어떤 백

387 미국의 유명한 치질 연고제 제품명.

인 남자가 그를 꿈에서 깨운 게 분명했다. 바로 그렇게 해변의 파티는 끝이 났다. 이제 막 바인랜드 공항의 야전본부에서 보낸 메시지가 라디오를 통해 중계되었던 것이다. 레이건은 REX 84로 알려진 '훈련'을 공식적으로 끝냈다. 그 결과 모든 비밀은 아무 소리나 기록도 없이 영원히 손을 못 대게 안에 묻히고 말았다. 수송차량들은 짐을 꾸려서 원래 있던 수송부로 돌아갈 준비를 했고, 기동검찰팀들은 해산될 예정이었으며, 임시 파견 중인 모든 기동부대들도 원래 부대로 복귀하게 되었다. 브록도 예외가 아니어서, 그의 권한은 모두 취소되었다. 윈치로 다시 끌어올려지자, 그는 베어링과 브레이크 패드가 시끄럽게 끼익하는 소리를 낼 때까지 계속 발버둥 치고, 갖고 있던 원격조정기를 조작해보았지만, 주조종판에 앉아 있는 로스코에게 무시되었다.

그들은 바인랜드 공항으로 돌아가는 동안 내내 말다툼을 했다. 직업 상담관 역할의 로스코가 복종과 인내의 미덕을 강조하자, 브록은 고함을 질렀다. "개자식아, 걔들은 다 모여 있어. 한방에 쓸어버릴 수 있다고. 절대 도망치게 둬서는 안돼……" 그는 착륙 후 진정된 듯했지만, 자신이 탔던 지휘용 헬리콥터 주위를 잠시 서성거리다가, 갑자기 직무용 권총을 꺼내 조종사 좌석에 올라타고는 이륙 준비를 했다.

"오케이, 맘대로 해봐, 브록." 휴이가 지면에서 떨어지자 로스코가 크게 소리쳤다. 헬리콥터 소리가 너무 커서 브록은 듣지 못했다. "하지만 에드 미즈가 이걸 좋아할지 자신이 없네!" 이미 그는 좆이 끌리는 대로 — 그것 말고 다른 무엇이었겠는가? — 바인랜드 상공의 어두운 하늘로 가버리고 없었다.

반면에, 그녀 주위의 나무들, 키가 크고 육중한 가문비나무들, 그보다는 홀쭉하고 잽싼 오리나무들이 불어오는 산들바람에 부드럽게 흔들거리기 시작했다. 이 특별한 친구들은 그녀가 옛날부터 침실 창문 너머로 보고 자란 풍경이었다. 그녀가 홀로 있던 빈터에 젊은 남자아이가 나타나 친구가 되어주었다. 그는 머리가 지나치게 금발이고, 그녀 세대의 기준에서는 여우처럼 생겨서, UFO와 관련이 있지 않나 의심이 될 정도였다. 그는 헬리콥터 날개가 돌아가는 소리와 그녀의 비명을 듣고 달려온 것이었다. 목에는 끼릴 문자가 스텐실로 찍혀 있는 오래된 어쿠스틱 기타를 메고 있었다. 마치 무기로 쓰려고 준비한 것처럼 보였다. 그의 이름은 알렉세이였다. 그는 발전기를 비상 수리하기 위해 바인랜드에 정박해야만 했던 러시아 낚싯배에서 빠져나온 친구였다. "도망치는 중이니?" 프레리가 물었다.

그가 웃었다. "미국의 로큰롤을 찾아서. 빌리 바프 앤드 더 보미톤스 알아?" 알고말고였다. "소련에서는 상당히 유명해. 그럼 1983년 거라지 테이프들도 알겠네?"

"그럼, 밴드가 그것들을 커다란 피넛버터 단지에 담아 밀봉하고 방수 처리를 한 다음, 올드 섬 부두에서 바다로 던져버렸지. 그러니까 네 말은……"

"블라지보스또끄 라디오 방송에서 자주 나와. 난 빌리의 쏠로 파트는 다 알아. 미트훅의 쏠로도. 볼쇼이 메탈리스트. 그 친구들이 있는 데로 데려다줄 수 있어? 앉아서 보고 싶어서."

9시 영화는, 흔히 보는 농구 영화가 아니라, 용맹하지만 저주에 걸린 L. A. 레이커스[388]의 탁월한 용기에 관한 영화였다. 영화에서

388 1980년대에 보스턴 셀틱스와 함께 미국 프로 농구의 양대 산맥을 이루었던 팀. 보스턴 가든은 셀틱스의 경기장 이름.

그들은 보스턴 가든의 지긋지긋한 인간 이하의 조건에서, 악랄한 적, 적대적인 심판들, 그리고 엄마들이 그 자리에 없었기에 망정이지 있었더라면 수치스러워했을 정도로 큰 소리로 욕하고, 자유투를 던질 때 방해하고, 감정이 고조돼 아이들의 얼굴에 맥주를 튀기는 등 못된 행동을 서슴지 않는 팬들에 맞서 싸우고 있었다. 엄밀하게 따지자면, 영화 제작자들은 셀틱스를 좋게 보이게 하려고 최선을 다하고 있었다. K. C. 존스로 나오는 씨드니 포이티어 외에도, 처음으로 연기에 도전하는 폴 매카트니가 케빈 맥헤일로, 숀 펜이 래리 버드로 나왔다. 레이커스 쪽에서는 루 고셋 주니어가 카림 압둘자바로, 마이클 더글러스는 팻 라일리로, 잭 니컬슨[389]은 원래의 자신으로 나왔다. 둘 다 열성적인 레이커스 팬이었던 바토와 블러드는 바인랜드의 자동차 정비소에서 영화를 보면서 다른 시빗거리가 필요했다. "여기는 블러드." 블러드가 운을 뗐다. "오늘밤 잭이 쓰고 나온 근사한 썬글라스 있잖아."

바토가 코웃음을 쳤다. "머플러 작업할 때나 써, 바토. 봐, 작아서 눈알도 못 가려."

"넌 네 얼굴에 뭘 쓰게, 블러드? 저걸 어디에다 쓰면 좋을까? 컨트라 반군들 훼방 놓는 데? ―후우!" 둘 다 루 고셋 주니어가 나타나서 완벽한 스카이훅을 성공하자 1분 동안 정신이 나갔다.

뜨한 밤이었다. 영화를 보는 동안 내내 한통의 전화도 없었다. 가슴 아픈 결말 부분에 이르자 바토와 블러드는 둘 사이에 있던 대형 클리넥스 한통을 다 쓰고 말았다. 자정이 다 돼서 전화가 왔다. 바토가 수화기를 들더니 눈을 깜빡거리고 머리를 흔들며 내려놓았

389 영화배우 잭 니컬슨은 레이커스 경기장에 직접 와서 응원할 정도의 골수팬으로 유명하다.

다. "누구였는지 알아?"

"만약에 가슴 아픈 거면, 나한테 말하지 마."

"브록 본드야. 사적인 전화래. 그가 탔던 휴이가 언덕 중턱에 있대. 차는 개울에 있고."

"발사 준비할 시간이야, 블러드."

"어서 가자고, 바토."

전화상으로 브록은 헬리콥터로 시작했는데 어떻게 자동차로 끝난 것인지 분명하게 설명하지 못했다. 중간 과정에 대해서 아는 게 전혀 없었다. 그런데 차도 범상치 않았다. 엔진에 압축이 거의 없어서 가장 쉬운 경사도 올라가지 못하고, 결국에는 천천히 멈춰 서더니 시동이 걸리지 않았다. 마침 도로 옆에 전화가 있었다. 표시등에 '전화하세요'라고 되어 있어서, 그는 수화기를 들었고, 바토가 저쪽 편에서 전화를 받았다. 그는 왠지 분리된 느낌이 들었다. 전혀 집중할 수가 없었고, 이상하게도, 자신이 죽어가는 낯선 차의 운전대에 앉아 있다는 것을 깨닫기 전의 상황에 대해서는 거의 기억이 나지 않았다. 결국에는 차의 배터리마저도 헤드라이트가 어둠속을 희미하게 비추는 동안 완전히 죽고 말았다.

마침내 저 멀리서 조명이 보였다. 바다 위의 선박에서 비치는 조명 같았다…… 그것 외에는 이제 주위에서 눈에 보이는 건 하나도 없었다. 도로도 거의 보이지 않았다. F350 엘 밀 아모레스가 점점 더 가까워지더니, 결국 그의 앞에 섰다.

"뛰어올라타, 블러드."

"차는 어쩌고?"

"무슨 차?"

브록은 주위를 둘러보았지만 차는 어디에서도 볼 수가 없었다.

그가 블러드 옆자리에 올라타자 그들은 조명이 거의 없는 길을 따라 출발했다. 길 표면은 곧 흙으로 바뀌었고, 양편으로 나무들이 빽빽이 늘어서기 시작했다. 운전하는 동안, 바토는 바다에서 클래머스 위쪽으로 약 5마일 떨어진 튜립에서 온 남자에 관한 유로크족의 옛날이야기를 들려주었다. 그 남자는 사랑하는 젊은 여자를 잃고, 그녀를 찾아 죽음의 나라까지 쫓아갔다. 죽은 자들을 마지막 강 너머로 실어 나르는 배 일라를 발견하자, 그는 배를 물에서 끌어내어 돌로 배의 밑바닥을 부숴버렸다. 그로부터 10년 동안 세상의 어떤 사람도 죽지 않았다. 그들을 데려갈 배가 없어서였다.

"그래서 그 여자를 되찾았나?" 브록은 궁금했다. 아니. 우오. 그는 튜립에서의 일상으로 돌아갔다. 모두 죽은 줄로만 알았던 그가 살아 돌아오자, 그는 유명해져서 자기 이야기를 사람들에게 몇번이고 들려주었다. 그리고 그럴 때마다 항상 사자死者의 세계 초레크로 가는 유령의 길에 대해서 조심스럽게 주의를 주었다. 그 길은 여행자들이 너무 많아서 이미 가슴 높이까지 찬 상태였다. 그리고 일단 땅 밑으로 들어가면, 돌아올 길이 전혀 없었다. 브록은 창밖을 내다보는 사이에, 이제는 좁아지는 길 양편에 흙벽이 나타나더니 점점 더 높아지는 걸 알아차렸다. 머리 위로는 나무뿌리들이 뒤얽혀 있었고, 한때 윤기가 흘렀을 진흙은 점점 거멓게 변해 오직 냄새만 남았다. 그리고 얼마 후 앞에서 강물이 메아리치듯 끊임없이 거세게 흐르는 소리, 그 너머로는 드럼 소리, 사람들의 목소리, 함께 찬송하는 것은 아니지만, 기억하고, 깊이 생각하고, 따지고, 이야기하고, 욕을 퍼붓고, 노래 부르는, 목소리가 하는 모든 것이 들려왔다. 한순간의 침묵도 없었다. 이 목소리들은 모두 영원히 계속되었다.

강 너머로 불빛들이 층층이 나 있는 게 보였다. 올라갈수록 삐뚤빼뚤하고 빽빽하게 들어선 집들이 차곡차곡 포개져 있었다. 브록은 연기가 피어오르는 횃불 겸 난로 불빛 옆에서 사람들이 춤추는 모습을 보았다. 나이 든 한 여자와 나이 든 한 남자가 다가왔다. 남자는 정확하게 무엇인지 알 수 없는 것들을 양손에 들고 있었다. 이내 브록은 어둠속 온 사방의 뼈, 인간 뼈, 두개골과 해골을 보기 시작했다. "이게 다 뭐지?" 그가 물었다. "제발."

"자네 뼈들을 가져갈 거야." 바토가 설명해주었다. "뼈만 이곳에 남게 돼. 나머지 육신은 사라질 테고. 자네 표정이 왜 그래? 움직임도 좀 이상하고. 하지만 저들이 하는 말이, 곧 적응하게 될 거래. 저 제3세계 사람들에게도 기회를 줘봐, 알지, 저들도 꽤 재미있을 거야."

"잘 가, 브록." 블러드가 말했다.

곧바로 소식이 타나토이드 정보망에 잡혔다. 한밤중에 인근의 양계장을 털던 타께시와 디엘이 급히 소환되었다. 타께시는 생산성이 높은 암페타민이 첨가된 닭 사료 한 부대를 훔치던 참이었다. 왜냐하면 이번주 섭취량이 평소보다 약간 많았던 탓에, 갖고 있던 샤부[390]가 다시 바닥이 나서였다. 갑자기 그의 무선호출기에서 소리가 터졌다. 그러자 2000마리의 닭들이 꽥꽥 울며 난리를 치고, 종과 싸이렌 경보가 울리기 시작했다. 결국 두 범인은 줄행랑을 쳤다. 제로 인으로 돌아왔을 때는 파티가 한창이었고, 다들 좋아라 웃고 있었다. 위드는 망고 다이키리를 마시며 이 모자 저 모자를 써보고 있었고, 오소 밥은 밴드와 둘러앉아 오늘밤 이보다 더 느릴 수 없

390 아시아에서 쓰는 필로폰의 은어.

는 '유어 치팅 하트'[391]를 불렀다.

기운이 떨어진 타께시와 디엘은 댄스 플로어 주위를 힘없이 걸었다. "그 여자 — 걔가 보고 싶어서 그러지? 틀림없어!"

"내 마음을 알아차렸네요, 타께시!"

"그냥 거기로 찾아가지그래? 차로 10분이면 되잖아!"

"그래요. 거기에 15년을 더하면 돼요."

"이제 브록은 없어, 안 그래? 좋은 기회야!"

서서히 두려워지기 시작하는 것처럼, 그것은 단지 부처가 말하는 '탐욕, 미움, 무지'의 세월 때문이었던가? 그녀가 그것들과는 완전히 다른 것에 늘 주의를 기울였다면 어떠했을까? 2, 3년 전, 아메리카 횡단식으로, 복잡한 타나토이드 행로를 따라 석유 산업의 은행계좌를 하나하나 쫓다가, 그들은 충동적으로 이스트텍사스를 경유해 휴스턴으로 가서 그녀의 엄마 놀린의 집에 들렀다. 놀린은 기회를 엿보다가 바로 디엘을 한쪽으로 데리고 가, 식기세척기에 접시를 넣는 척하며 타께시의 차림새, 외모, 세련됨에 대해서 열을 내기 시작했다. "네가 항상 원하던 멋진 일자리가 이거구나." 엄마의 말이 너무 경멸적이진 않아서 디엘은 놀랍게도 약간의 따뜻함까지 느낄 정도였다.

"하지만 엄마," 그녀가 다정하게 말했다. "저 사람이 엄청나게 잘나가는 거 하나는 확실해. 온갖 종류의 사람들이 그를 쫓아다녀. 그중에 몇 사람들에 대해서는 나한테도 말을 안해. 지금까지 몇년 동안, 난 그의 공범자였어…… 뭐라고 부르는 게 좋을까? 국제범죄 생활이랄까?"

---

391 Your Cheating Heart. 1952년에 행크 윌리엄스가 작사 작곡하여 크게 히트한 노래.

"주님께서 우리에게 이겨내라고 이렇게 고난을 주시다니, 대릴 루이즈. 그건 잘 살라는 뜻이야. 세상에, 저 양반이 너를 얼마나 필요로 하는지, 너를 얼마나 사랑하는지 다 보여. 이런, 꼭 일본의 로버트 레드포드처럼 생겼어! 내 생각에 잘나가는 건 바로 너야."

디엘은 엄마가 계속해서 묻는 통에, 그 자리에서건 나중에건 그들이 어떻게 만났는지 조목조목 말해주지 않을 수 없었다. 그러나 일본 창녀촌이나 손바닥 진동술, 그가 펑큐트론 머신에 의해 되살아난 얘기나 매년 협력계약을 검토하고 연장하기 위해 쿠노이찌 어텐티브 수련원에 찾아가는 것에 대해서는 전혀 언급하지 않았다. 만약 그 얘기를 조금이라도 하게 되면, 이내 성행위 금지 조항의 문제가 불거질 테고 놀린의 호의적인 생각도 어쩌면 치명적으로 뒤집혀, 디엘에게 엄마의 비난만을 안길 게 뻔했다. 그런데 왜 그런 얘기를 꺼내겠는가? 생각해보니 그해는 그녀와 타께시가 결국에는 성행위 금지 조항을 재교섭한 해였다. 디엘은 그동안 자기가 무엇을 아쉬워했는지 알게 되었다. "휘!" 그녀도 모르게 탄식이 나왔다.

"동양의 사랑의 마법!" 타께시가 아직 안 벗고 있던 안경을 쫑긋 세웠다. "그렇지?"

음. 정확히 그 정도는 아니지만, 그녀의 호기심을 자극할 만큼 강렬하기는 했다. "타께시, 당신이 이걸 좋아할지는 몰랐어요…… 내가 좋아할지도 몰랐고. 도대체 무슨 일이죠?" 조항을 수정하고 나서도 그렇게 되기까지는 다시 I-40번 고속도로를 타고 떠나는 며칠의 여행이 더 필요했다. 만약 그렇게 균형을 잃지 않았더라면 아마 요구하지도 않았을 것이었다. 그들은 끊임없이 바람이 부는 애머릴로 고원의 펜트하우스 스위트룸에 머물렀다. 태양이 저 밑의 황혼에 물든 끝없는 고원 전체로 펼쳐지는 저승의 투명한 노랑, 자주, 다른 네온사인 색깔들 속으로 저물고 있었다. 그녀는 이제 깨끗해진 마음으로 그를 바라보았다. 창밖에는 빛을 머금은 그녀의 머리카락 뒤로 순수함, 영원할지도 모르는 프랙털 모양의 복잡미묘한 후광이 비쳤다…… 남자들이라면 항상 배려와 섬세함으로 응답하지 않을 수 없는 순간들 중의 하나였다.

그러나 타께시는 낄낄 웃고 있었다. "처음부터 그랬어야 했어, 아가씨. 그러면 요구할 필요도 없었을 테고!" 타께시는 기분이 상하기는커녕, 그녀가 토오꾜오에서의 그날밤 브록을 살해하는 일에 너무 집중한 나머지 섹스는 완전히 잊고 있었다는 걸 알게 되니 계속 웃음이 났다. 그리고 로셸 수녀에 따르면, 그녀의 인생 길목마다 어둠속에 숨어 있다 경찰 순찰차처럼 나타나는 브록의 집착은, 디엘의 정신까지도 괴롭히던 끝에, 이번에는 그녀의 진정한 업보 프로젝트를 완수하는 데 장애가 되는 주요한 방해물 역할을 해주었다.

"그게 뭔데요?" 디엘이 대담하게 물었다.

"아, A 지점에서 B 지점으로 가는 평범한 여행을 한다고 해. 그런데 만약 그 마음에 들지 않는 남자가 어떤 목적지도 아니라면, 단지 운송수단, 어쩌면 차장이 깜빡하고 표에 구멍을 뚫는 걸 잊어버린 차표에 불과하다면, 그땐 어떡하지?" 디엘을 더 미치게 만드는, 그녀에게 필요한 또다른 코안이었다.

타께시로 말하자면, 수석 여자 닌자는 그가 펑큐트론 머신에 접속해 있는 동안, 그를 구석에 몰아넣고 절대 못 빠져나가게 모두 연결해놓고서, 잉크젯프린터가 그의 벌거벗은 피부 경락을 따라 움직이면, 유발점 레벨들을 서로 다른 색깔들로 나누고, 참조번호와 한자들을 추가해 넣었다. 그러면 상급 여자 닌자 펑큐트론 전문가가 상앗빛 지시봉을 들고 옆에 서 있다가, 모두 흰옷에 훈련생 완장을 차고 있는 작은 무리의 10대 수련수녀들을 보고 지시했다. 이제는 로셸 수녀가 과거에 자주 그랬던 것처럼 타께시에게 또 다른 우화를 들려줄 시간이었다. 이번에는 지옥에 관한 얘기였다.

"아주 오래전에 지구가 여전히 낙원이던 때에, 두개의 제국, 지옥과 천국이 지구를 차지하려고 서로 싸웠다. 지옥이 이기자, 천국은 적당한 거리로 물러났다. 곧 지하세계의 주민들은 단체여행 요금을 내고 점령된 지구로 몰려들더니, 석면이 들어간 관광용 자동차와 레저용 자동차에 떼 지어 올라타 전망 좋은 방방곡곡을 누비고 다니며, 상점에서 저임금 노동의 물건을 찾고, 지옥에서 파는 필름으로는 잘 나오지 않는 청색과 녹색 배경에서 서로 사진을 찍어주었다. 그러다 결국에는 신선함이 사라지고, 방문객들은 지구가 그들의 집과 똑같이 교통 여건이 안 좋고, 음식은 맛이 없고, 환경도 계속 나빠지고 있다는 사실을 깨닫기 시작했다. 고작 집을 떠난 이유가 그들이 도망치려고 한 것의 이류 버전에 불과한 것을 보기 위해서란 말인가? 이렇게 해서 관광산업은 사양길에 접어들게 되고, 급기야 지옥 제국은 처음으로 행정관리들과 곧이어 군대까지, 마치 안으로 철수시키기 위한 것처럼, 크토니아의 불[392] 가까이 불러들이게 되었다. 얼마 후, 지옥 터널의 입구들은 점점 더 위로 올라가 잘 안 보이기 시작하다가, 옻나무와 떨기나무 덤불 뒤로 사라지더니, 산사태에 묻히고 홍수에 침식되어, 결국엔 아이들과 동네 백치들 같은 몇 안되는 외로운 자들이 걸어다니다 종종 인적 없는 곳

392 그리스 신화의 지하의 여신에게 산 제물을 불태워 바치는 고대 희생 제의의 불길을 가리킨다.

에서 우연히 발견하게 되지만, 그들도 외부의 빛이 비치는 첫번째 모퉁이까지만 간신히 들어왔다 나가버렸다. 그후로 지옥으로 가는 모든 통로들은 결국 시야에서 사라졌고, 여러 세대에 걸쳐 전해 내려오는 지역 민담들, 왜 방문객들이 더이상 찾지 않느냐고 묻는 슬픈 넋두리, 다시 찾는다 하더라도 UFO 이야기들이 비현실적이고 환상적인 것처럼 꽉 막히고 신비스러운 이야기들에서만 살아남았다. 그리고 그 이야기들에는 UFO의 고양된 분위기가 아니라 죄의식이 담긴, 지옥에 살았던 그 사람들에게는 어쨌든 안 좋았던 데 대한 미안함이 항상 따라다녔다. 이렇게 해서, 지옥은 오랜 시간을 거쳐 이야기 속에 존재하는 죄와 후회의 장소가 되었다. 그리고 우리는 지옥의 원래 희망이 결코 벌이 아니라 화해임을 망각하게 되었고, 오랫동안 잊혀온 지구의 진정한 메트로폴리스는 결국 복원되지 못했다."

이것이 이야기의 끝이었고, 그녀가 그들을 보낼 때 헤어지면서 챙겨주고 싶은 것의 거의 전부였다. 그해, 성행위 금지 조항이 연장되지 않은 그 첫해에, 그들 뒤에 있던 검은 침엽수들은 일어나 구름 속으로 사라졌다. 추락처럼 느껴지지는 않았지만, 그렇다고 축복인 것도 아니었다. 적어도 과학적인 관점에서 수석 여자 닌자는 아기 에로스, 저 작고 교활한 참견쟁이가 동무들을 쫓아 시간의 바람 쪽으로 기우는 끊임없는 힘들을 자극할지 아니면 무디게 할지 궁금했다. 아기 에로스는 쫓을 때에는 무표정해도, 대개는 앞질렀다. 그가 쫓는 건 한때 창공에서 타께시가 탄 비행기에 탑승했던 정체불명의 약탈자들, 칩코 실험실을 짓밟았던 자들이었다. 그동안 그들은 여태껏 쏟은 모든 업보 정산 재원에도 불구하고 돌처럼 무정하게, 인과관계를 무시하고 계속 살아남아서, 흥정하거나 타협하려는 시도들을 죄다 거절하고, 지독하게 씐 자들 외에 모두가 망각한 잘못을 움직이지 못하는 밤의 어둠을 뚫고, 계속 하나의 몸뚱어리처럼, 스스로 얼마라고 부르지도 않으면서 제값을 알아서 다 줘도 절대 응하지 않았다. 그러나 적어도 브록 본드가 강 너머로 끌려가는 밤에는, 어떤 백색 다이아몬드나 각성제의 도움도 없이, 외국에서 온 마법사와 금발머리 여자 조수는 그들의 협약서에 적힌 엄격한 요구사항들로부터 순결한 두시간을 훔쳐 달아나, 밤과 낮의 경고, 근엄함과 죽음을 가장하며, 도로변 술집에서 떠들썩하게 파티를 즐기는 사람들의 정중앙에서 편집증적인 댄서들의 야한 춤에 맞춰 속도를 늦추었다. 그곳에 있는 어떤 타나토이드들도 그들을 거의 알아차리지 못했다. 너무나 많은 사람들이 계속해서 쏟아져 들어왔고, 너무나 많은 일이 벌어지고 있었다. 라디오 타나토이드가 먼 곳에서 온 팀원들과 함께 도착해 환하게 웃으며, 모든 진행과정들을 살아 있는 자들의 나라 이곳저곳에 있는 다른 타나토이드 무리들에게 전송했다. "현지 중계방송입니다. 하지만 꼭 생生방송이라고 할 순 없습니다." 아나운서가 말했다. 아마도 밤중에 길을 잃은 듯한 관광버스 한대가 디젤 배기가스를 뿜으며 우르르 들어와서 공회전을 하는 채로 승객을 기다렸다. 그들 중 일부는 자기도 모르는 사이에 이미 타나토이드가 된 것을 발견하고는 결국은 차에 다시 오르지 않기로 마음먹었다. 모든 사람들에게 미니 엔칠라다와 새우 테리야끼 같은 간식이 무료로 제공되었고, 알코올음료가 해피아워 가격으로 판매되었다. 그리고 밴드 홀로코스트 픽셀스는 건너서 갈 때 사람들을 끌어당기기에 좋은 재즈 음악을 밤을 꼬박 새워 골랐다. 빌리 바프 앤드 더 보미톤스는 다들 자리에 앉고 나서야 알렉세이와 함께 나타났다. 나중에 알고 보니 그는 러시아에서 온 조니 B. 굿[393]이라고 불러도 될 만큼, 앰프 없이도 두 밴드를 동시에 압도했다.

프레리는 이 얘기를 다음날에야 들었다. 그녀는 알렉세이가 더 보미톤스의 승합차가 있는 데까지 가는 것만 보고서 아쉽지만, 브록 본드의 첫 방문을 받았던 숲 속 빈터로, 무서우면서도 그렇게 하지 않으면 안된다는 심정으로 돌아왔다. 그는 너무 갑자기 떠나버렸다. 더 있었으면 하는 아쉬움이 들었다. 그녀는 침낭에 누워 떨며 하늘을 바라보았다. 오리나무들과 가문비나무들이 바람에 계속 너풀거렸고, 별들이 머리 위로 총총히 떠 있었다. "돌아와도 돼." 그녀가 속삭였다. 그녀의 몸을 휩쓸고 지나가는 차가운 기운을 느끼며, 그녀는 이제 똑바로 못 쳐다볼 수도 있는 밤하늘을 응시하려고 했다. "괜찮아. 정말로. 어서, 어서 들어와. 난 신경 안 써. 나를 당신이 원하는 어디로든 데리고 가." 그러나 그는 이제 올 수 없음을, 한밤중에 불러도 다행히 답이 없을 것임을, 그녀는 이미 어렴풋이 알고 있었다. 그렇다고 놔줄 수도 없었다. 작은 풀밭이 별빛에 희미하게 일렁거렸다. 백일몽의 투명하고 엷은 층 속으로 떠내려가는 동안, 그녀의 희망은 점점 더 거대해지고, 그녀의 불장난은 점점 더 분명해져갔다. 그러다 그녀는 숲 속에서 들려오는 발소리, 하늘에서 비추는 짧고 환한 불빛에 놀라, 잠시 브록에 대한 환상과 주위의 조용하고 어두워진 은빛 이미지들 사이에서 오락가락하다가 그때까지 오지 않던 잠에 빠져들기 직전에 잠에서 깰 터였다. 동이 틀 무렵, 안개는 여전히 도랑에 끼어 있고, 사슴들과 젖소들은 풀밭에서 풀을 뜯어먹고 있었다. 태양은 이슬에 젖은 풀잎 위의 거

393 Johnny B. Goode. 척 베리가 1958년에 작사 작곡하여 같은 해에 밀리언셀러가 된 로큰롤의 클래식.

미줄 틈에서 눈이 부시게 빛났다. 붉은꼬리말똥가리 한마리가 상승 기류를 타고 능선 위로 날아올랐다. 일요일 아침이 이제 막 펼쳐지려는 참이었다. 그때 프레리는 얼굴을 핥는 따뜻하고 끈질긴 혓바닥에 잠에서 깼다. 다름 아닌 데즈먼드였다. 수 마일을 걷느라 거칠거칠해지고, 얼굴은 어치 깃털로 뒤범벅이지만, 할머니 클로이의 침과 얼굴이 그대로 남아 있는 데즈먼드가 눈웃음을 치며, 꼬리를 흔들고 있었다. 이제 집에 왔다고 생각하며.

작품해설

잃어버린 유토피아,
혹은 그대 낙원에 다시 못 가리

핀천과 그의 작품세계

해마다 노벨문학상 후보로 언급될 뿐 아니라 비평가 에드워드 멘델슨에 의해 "영어로 글을 쓰는 현존 작가들 가운데 최고의 작가"라는 평가를 받은 바 있는 토머스 핀천은 현대 미국 문학을 대표하는 소설가이자, 포스트모던 문학의 선두주자로 불리는 인물이다. 저명한 비평가 해럴드 블룸은 필립 로스, 코맥 매카시, 돈 드릴로와 함께 핀천을 미국을 대표하는 네명의 소설가로 꼽기도 했지만, 문학적 실험과 상상력, 스케일 면에서 핀천은 가히 타의 추종을 불허한다. 핀천은 비평계와 학계로부터 줄곧 지대한 관심을 받아왔으며, 지금도 마니아 독자층을 보유하고 있어 작품이 나올 때마다 그들의 비상한 주목을 받곤 한다. 핀천의 영향력은 문학계 안팎으로도 매우 커서 돈 드릴로, 리처드 파워스, 데이비드 포스터 월리스, 윌리엄 볼먼, 조지 쏜더스, 데이브 이거스 등 미국의 비중있는 소설가들을 비롯해, 영화감독 데이비드 크로넨버그, 폴 앤더슨, 음악가 로리 앤더슨, 제임스 머피 등에게까지 두루 미치고 있다. 핀천은 문학과 과학을 접목하여 현대사회를 비판적으로 통찰하는 특유의 상상력과, 윌리엄 깁슨과 닐 스티븐슨 등의 과학소설에 끼친 영향으로 1980년대에 급부상한 싸이버펑크 SF문학의 선조 중 한 명이며, 1990년대에 뉴미디어 문학의 하나로 탄생한 하이퍼텍스트 문학에도 영감을 준 소설가이다.

일흔을 훌쩍 넘긴 작가들이 고령의 나이에도 불구하고 현역에서 꾸준히 창작에 매진하는 모습은 미국 문단에서는 그리 놀랍거나 드문 일이 아니다. 놀라운 일이라면 그런 노작가들이 계속해서 수작을 써낸다는 점일 것이다. 공교롭게도 미국의 대표 작가로 꼽히는 로스, 매카시, 드릴로, 핀천이 모두 그런 예에 속한다. 다른 세 작가들과 마찬가지로 1930년대에 태어난 핀천은 50년 넘게 작가 활동을 하면서 첫 소설 『브이』(*V.*, 1963)부터 최신작 『블리딩 에지』(*Bleeding Edge*, 2013)까지 총 여덟편의 장편소설과 한권의 소설집을 발표하였고, 윌리엄 포크너 상, 전미도서상 등 유수의 문학상을 수상했다.

핀천의 이력을 살펴보면 특이한 점이 많다. 그의 가문은 미국에서도 매우 유서 깊은 청교도 집안인데, 1630년에 청교도 지도자 존 윈스럽이 이끄는 배를 타고 미국에 도착한 뒤 매사추세츠 주의 스프링필드를 개척한 윌리엄 핀천이 바로 그의 선조이다. 또다른 선조로는 코네티컷 주의 트리니티 대학에서 화학, 지질학, 신학 등을 가르치며 총장까지 지낸 토머스 러글스 핀천 경이 있다. 핀천가(家)는 일찍이 부와 명성을 얻었고 이를 이어내려왔다고 한다. 그러한 가문의 후예답게 고등학교를 조기 졸업한 뒤 곧바로 코넬 대학 공학물리학과에 장학생으로 입학한 핀천은 2학년 재학 중에 문리학부로 전공을 바꿔 영문학을 공부하기 시작한다. 이런 방향 전환에는 과학에 대한 관심 못지않게 고등학교 시절부터 두각을 드러낸 영어교과와 창작에 대한 소질이 크게 작용했던 것으로 보인다. 이와 더불어 핀천은 대학을 다니던 중 해군에 지원하여 통신부대에서 두해 동안 복무했는데, 이때의 경험은 그의 작품에 자주 등장하곤 한다. 그리고 졸업 후 보잉사에서 두해 동안 근무하면서 쌓은 로켓 개발을 비롯한 항공과학 분야에 관한 지식과 경험은 『브이』(1963) 『제49호 품목의 경매』(*The Crying of Lot 49*, 1966) 『중력의 무지개』(*Gravity's Rainbow*, 1973) 등의 소설에 중요한 밑거름이 되었다.

핀천의 이력 중 가장 특이하면서 작품 못지않게 유명한 것은 보잉 항공사를 그만둔 직후 뉴욕 그리니치에 잠시 머물렀던 때를 빼고는 자신의 거처와 모습을 외부에 일절 드러내지 않고 지금까지 은둔 작가로 수십년 넘게 살아오고 있다는 점이다. 심지어 그의 사진은 고등학교와 해군복무 시절에 찍은 두어장 정도를 제외하면 거의 없을 정도이다. 그에 관한 생활기록이나 정보는 불에 타서 없어졌거나 사라져 찾을 수가 없다. 출판과 관련된 외부 업무는 모두 대리인을 통해 처리하므로 그의 외모나 거처를 아는 사람도 거의 없다. 핀천이 공식적인 활동을 극도로 꺼리는 탓에 생긴 일화가 많다. 유명한 일화로 『중력의 무지개』가 아이작 씽어의 소설집과 함께 전미도서상 공동 수상작으로 선정되었을 때 그는 몇차례 수상을 거절하다가 결국 공동 수상자에 대한 예의를 지키기 위해 상을 받기로 하지만 유명 코미디언을 시상식에 대신 보낸 일이 있다. 핀천이 이렇게 은둔 작가의 길을 고집하게 된 이유는 외모에 대한 콤플렉스나 지나치게 내성적인 성격 때문이라는 추측이 무성하지만 명확하게 밝혀진 바는 없다. 다만 작가의 사적인 삶과 작품은 철저히 분리되어야 하며 오직 작품 자체로 세상과 소통해야 한다는 핀천의 생각이 그런 선택을 하게 만든 이유라고 짐작할 따름이다.

핀천이 은둔 작가로서 세상에 내놓은 작품은 실로 많은 내용을 담고 있어서 문학적 우주를 선보이고 있다고 할 만하다. 무엇보다 그의 작품은 그 방대함, 난해함, 복잡함을 특징으로 하는데, 작가가 과학과 인문학을 두루 포괄하고 수시로 넘나드는 폭넓은 지식을 갖고 있기 때문에 그런 것이리라. 아무튼 핀천의 작품은 역사, 철학, 문학, 사회학, 심리학, 정보학, 수학, 물리학, 화학, 종교, 음모론, 음악, 영화, 대중문화 등 수많은 분야에서 소재를 취하고 있으며, 그것을 담아내는 문학적 형식과 스타일에서도 고급과 저급, 시적이며 지적인 표현과 유희적이며 통속적인 표현을 혼용하고, 본격문학다운 형식 이외에 탐정물, 스릴러, 판타지, 과학소설, 대중영화, TV 프로그램, 만화 등의 장르를 자유자재로 활용한다.

이렇게 방대하고 복잡한 소재와 형식을 통해 핀천이 일관되게 탐문하는 것은 역사, 정치, 경제, 과학, 인종, 제국 등 다방면에 걸친 서구 근대의 유산과 폐해, 그리고 그로 인해 갈수록 비인간화되어가는 현대사회의 위기와 그 유의미한 가능성의 추구이다. 그는 이러한 문제의식과 추구를 언제나 특정 시대를 배경으로 하여 매우 밀도있고 난해하게 제시한다. 가령, 『브이』에서는 1950년대 미국 사회에서 목적지 없이 도시의 거리를 방황하는 베니 프로페인과, 아버지가 연루된 19세기 말 유럽의 정치적 사건들을 뒤져 역사의 해답을 찾으려 분투하는 허버트 스텐슬의 이중 플롯을 통해 현대를 살아가는 두 자아의 모습을 대비한다. 이어서 나온 작품으로 핀천의 장편소설 중 가장 짧으면서 상대적으로 읽기 쉬운 편에 속하는 『제49호 품목의 경매』는 1950~60년대 미국을 배경으로 여주인공이 한때 연인이었던 갑부의 유언을 집행하는 과정에서 알아가게 되는 미국이라는 제국의 실체와 그 배후에서 오래전부터 혁명을 꿈꾸던 소외된 자들의 대안세력 가능성을 이중삼중으로 음모론을 중첩시켜가며 흥미진진하게 소설화한다. 비평가 에드워드 멘델슨에 의해 예술적 성취가 제임스 조이스의 『율리시스』(*Ulysses*)에 비견된다고 극찬을 받은, 핀천의 소설 중 가장 유명하지만 가장 난해한 『중력의 무지개』는 런던과 유럽을 무대로 제2차 세계대전의 마지막 몇달에 걸쳐 진행된 로켓 폭탄 계획을 둘러싸고 만화경 같은 사건과 음모, 인간의 성적 오르가슴과 전쟁의 관계 등을 백과사전적인 방식으로 제시한다. 첫 장편소설 『브이』가 나오기 전후에 발표된 다섯편의 단편소설을 묶어 출간한 소설집 『느리게 배우는 사람』(*Slow Learner*, 1984)은 대가의 습작생 시절을 엿보게 해줄 뿐 아니라, 맨 앞에 실린 작가 서문은 평생을 은둔 작가로서 살아온 핀천의 젊은 예술가의 자화상을 직접 접할 수 있는 진귀한 기회를 또한 제공한다. 이어서 장편소설로는 17년 동안의 침묵을 깨고 발표한 『바인랜드』(*Vineland*, 1990)에서, 작가는 대중문화가 사회 전역에 확산되고 냉소주의가 만연한 1980년대 레이건 집권기의 미국에서 1960년대의 히피세대와 급진적인 운동가들이 쇠락해가는 과정을 정치소설과 가족로맨스 형식으로 그려낸다. 『바인랜드』가 이전 작품과 다르게 비교적 온화한 편에 속했다면, 그다음 작품 『메이슨과 딕슨』(*Mason & Dixon*, 1997)은 나중에 미국의 남부와 북부를 나누는 경계선이 된 18세기 중엽 '메이슨-딕슨 선'의 두 장본인인 영국 출신의 천문학자 찰스 메이슨과 그의 동료 미국의 측량사 제러마이어 딕슨을 중심으로 미공화국의 탄생 비화를 특유의 풍자와 유머를 통해 다룬 작품이다. 최근 10년 동안 연이어 발표한 세편의 역작 『그날에 대비하여』(*Against the Day*, 2006) 『고유의 결함』(*Inherent Vice*, 2009) 『블리딩 에지』에서도 핀천의 파노라마적인 시도는 계속된다. 이 세 작품에서 눈에 띄는 점은 소설 무대가 19세기 말에서 제1차 세계대전 직후의 미국과 유럽, 1960년대 미국 캘리포니아, 그리고 9·11 테러 직전의 미국 맨해튼 등으로 각기 다른 가운데 서구의 근대로부터 탈근대에 이르는 자본주의의 문제를 서부소설, 누아르, 탐정소설 등의 장르적 형식을 차용해 다룬다는 것이다. 지난 몇년 사이에 보여준 핀천의 창작열이 앞으로 얼마나 오랫동안 이어질지는 모르겠지만 동시대의 삶을 바라보는 노작가의 문제의식과 열의만큼은 앞으로도 한결같을 것으로 보인다.

『바인랜드』, 오랜 침묵을 깬 거장의 정치소설

데뷔 전에 발표했던 단편소설들을 다시 묶어 출간한 『느리게 배우는 사람』을 제외하고, 『바인랜드』는 핀천이 『중력의 무지개』를 발표한 해로부터 17년간의 침묵을 깨고 세상에 내놓은 첫 장편소설이다. 『중력의 무지개』가 주제와 형식, 소재와 스케일에서 『모비딕』(*Moby Dick*)이나 『율리시스』에 비견될 만큼 독창적이고 파격적이었던 점을 떠올리면, 독자들이 그다음 소설을 얼마나 기다렸고,

또 얼마나 많이 기대했을지는 쉽게 짐작이 된다. 이렇게 뜨거운 관심 속에 출간된 『바인랜드』는 기대가 너무 컸던 탓인지 평자들로부터는 다소 엇갈린 반응을 받은 게 사실이다. 가령, 비평가 데이비드 스트리트펠드(David Strietfeld)에 의해 전작들에 비해 "주류문학의 냄새가 훨씬 더 나는" 도수가 낮은 "핀천 라이트"로 불렸고, 존 더그데일(John Dugdale)로부터는 "내적 긴장"이 전보다 떨어진다는 비판을 받았다면, 이와는 반대로 세계적으로 유명한 소설가 살만 루슈디(Salman Rushdie)는 『바인랜드』를 "미국의 위대한 작가"가 쓴 "중요한 정치소설"로 칭송했으며, 영국의 인기작가 페이 웰던(Fay Weldon)은 핀천의 소설을 루슈디의 풍자소설 『악마의 시』(*The Satanic Verses*)에 견줄 만한 야심작이라고 호평했다.

기대했던 핀천의 최신작이 전에 비해 관습적이라는 지적은 베트남전쟁 종식 이후에 사회, 정치, 문화, 예술 등 미국 전반에 걸쳐 확산된 미국의 보수화와 무관하지 않다. 문학도 예외가 아니어서, 흔히 포스트모더니즘으로 불리던 1960년대의 실험주의 문학이 1980년대에 접어들어 한풀 꺾이면서, 문단 전체가 좀더 낯익고 전통적인 방향으로 선회하게 되었던 것이다. 이러한 측면에서 보자면 『바인랜드』는 당시 미국 문단의 변화를 대변하는 상징적인 작품이라고 할 수 있다. 하지만 그렇다고 오랜 침묵 끝에 나온 핀천의 소설을 따라가기 쉬운 관습적인 작품으로 생각한다면 그것은 섣부른 오산이다. 방대한 정보와 인물, 각기 다른 시대와 장소를 넘나드는 이중삼중의 플롯, 길고 복잡한 문장, 환상과 실제의 혼용, 예고 없는 플래시백, 음모론적 분위기, 작가 자신이 무수히 듣고 보았을 대중문화 자료들은 우리가 알던 예전의 핀천 그대로이다. 게다가 이 소설에서 핀천은 닉슨에서 레이건 대통령으로 이어지는 미국 우파 정권기의 정치탄압을 비롯해 예민한 정치적 이슈들을 주저하지 않고 신랄하게 풍자한다. 『바인랜드』를 집필할 당시의 보수화된 미국의 현실 한가운데에서 핀천은 1960년대 미국을 들끓게 했던 유토피아를 향한 여러 시도들이 어떻게 무너지고 이용당했는지를 생생하게 보여주고 있는 것이다.

『바인랜드』의 작품 세계

600페이지가 넘는 방대한 분량의 『바인랜드』는 서로 양립하기 힘든 미국현대사의 두 시대, 즉 1980년대와 1960년대를 배경으로 한다. 소설의 주요 사건은 북부 캘리포니아에 위치한 가상의 카운티 바인랜드에서 1984년에 시작된다. 전직 히피이자 록밴드 출신의 조이드 휠러는 근근이 파트타임으로 일하며 10대의 딸 프레리와 둘이 산다. 1960년대에 혁명을 꿈꾸는 급진적인 다큐영화 제작팀 24fps의 창립 멤버로 활동했던 전처 프레네시 게이츠는 프레리가 두살이던 때에 종적을 감춘 상태이다. 그녀와 은밀한 관계였던 연방검사 브록 본드가 관리하는 연방수사국의 증인보호 프로그램에 따라 미국 전역을 떠돌며 다른 협조자들과 함께 살아야 해서이다. 조이드는 매년 지급되는 정신장애 생활보조금을 받기 위해 근처 술집에서 창을 관통하는 묘기를 보이던 중에 과거에 그를 쫓아다니며 괴롭히던 마약단속반 엑또르 쑤니가의 방문을 받고는, 레이건 집행부의 프레네시와 관련된 정부예산 삭감으로 그녀가 현재 숨어 지내고 있으며, 잔뜩 독이 오른 브록이 프레네시를 협박해서 끌어낼 목적으로 프레리를 악착같이 찾고 있는 중이라고 알려준다. 위기에 처한 프레리는 닌자 무술에 정통한 엄마의 오랜 친구 디엘과 그녀의 동업자 타께시 후미모따를 만나, 프레네시가 브록 때문에 밀고자가 되었으며 그 과정에서 교내 반전운동의 정신적 지도자였던 위드 애트먼을 죽게 했다는 사실을 접하게 된다. 한편, 브록은 1984년의 대대적인 마리화나 박멸 운동을 앞세워 프레네시가 숨어 있다고 믿는 바인랜드의 공습을 지휘하고, 텔레비전 중독자에서 영화제작자로 변신한 엑또르는 프레네시와 플래시 부부를 바인랜드로 데려오는 데 성공한다. 그러나 브록의 작전은 그가 관리하던 프로그램의 연방예산마저 삭감되면서 마지막 순간에 취소되고, 그것을 받아들일 수 없었던 브록은 분에 못 이겨 혼자 헬리콥터를 몰다 사망한다. 소설은 프레리가 마침내 엄마와 만나는 가족 상봉 장면으로 끝이 난다.

『바인랜드』에서 핀천이 젊음과 순수의 시대였던 1960년대를 1980년대에 술회하고 있다는 점은 여러모로 의미심장하다. 잘 알려져 있다시피, 1960년대 미국은 기성 질서, 체제, 문화, 생활양식 등에 반발해 유토피아적 삶을 꿈꾸고 실험했던 대항문화의 시대였다. 그것은 얼마 전 우리말로 번역된 『히피와 반문화』(*Le Contre-culture*)에서 "지구 상에서 가장 잘 놀았던 아이들"이라고 부른 히피들의 시대였으며, 또 계급, 인종, 성, 환경 등 다방면에서 해방운동의 열기로 뜨거웠던 반체제 좌파의 시대였다. 전자가 좀더 개별적인 차원에서 중산층의 생활양식에 저항했다면, 후자는 좀더 집단적인 차원에서 체제 전복적이고 정치적인 시도를 꾀했다. 『바인랜드』의 조이드와 프레네시는 이러한 1960년대 대항문화의 두 성향, 즉 히피와 좌파를 각각 대변하는 인물들이라고 할 수 있다. 하지만 이들의 구분이 그렇게 명확한 것은 아니다. 반(反)순응주의, 물질주의로 규정되는 부르주아 자본주의에 대한 거부감, 체제에 대한 저항이든 개인의 저항이든 해방 자체에 대해서 가졌던 열망, 그리고 유토피아적 미래에 대한 이상에 있어서는 그들은 서로 통하는 게 많았다.

반면에 1980년대는 1960년대와는 여러모로 상반된다. 레이건 대통령의 집권과 함께 시작된 1980년대는 사회, 복지, 노동보다는 시장, 기업, 경쟁, 소비를 강조하는 신자유주의적 자본주의가 미국을 비롯해 지구적으로 확산되기 시작한 시대이자, 대중문화와 미디어의 파급력이 개인과 일상을 지배하고, 대외적으로는 미국의 제국주의적 야심이 중남미를 비롯한 제3세계에 깊숙이 파고든 시대였다. 이런 점에서 레이건이 재선에 성공한 1984년을 소설의 시간적 배경으로 삼은 것은 정치적 의도가 깔린 설정으로 보인다. 그리고 음모론적 상상일지는 모르겠지만, 거의 평생을 은둔 작가로 살아온 핀천이 유독 조지 오웰의 『1984』가 다시 발간될 때 몸소 긴 서문을 썼다는 사실도 예사롭게 다가오지 않는다. 이것은 아마도 빅 브라더가 통치하는 오웰의 디스토피아를 핀천은 1984년 미국에서 이미 목도하고 있다는 방증이리라.

소설의 공간적 배경이 북부 캘리포니아이고 가상의 지명이 바인랜드라는 점도 많은 것을 시사한다. 미국에서 캘리포니아가 약속의 땅이자 꿈의 낙원으로 통한다는 것은 널리 알려진 사실이다. 포도덩굴이 가득한 바인랜드라는 지명도 풍요를 상징하는 목가적인 이상향으로 모자람이 없다. 실제로 1960년대 히피들의 주요 활동무대와 평화를 외치며 베트남전쟁에 반대했던 반전 시위의 본거지는 쌘프란시스코 헤이트애시버리 거리와 버클리 대학을 중심으로 한 북부 캘리포니아 지역이었다. 이를테면 이들은 약속의 땅 미국, 그중에서도 자유의 희망이 가장 넘치는 캘리포니아에서, 자신들만의 낙원을 꿈꾸었던 것이다.

그런데 유토피아를 향한 1960년대 청춘들의 분투를 바라보는 핀천의 시선은 긍정적이지만은 않다. 순수의 시대를 힘겹게 빠져나온 그들은 더이상 이전처럼 순수하지가 않다. 소설 초반에 엑또르는 조이드와 만난 자리에서 그의 히피 동료들 중에 과연 "누가 구원을 받았는가?"(51면)라고 묻는다. 이것은 프레네시의 동료들처럼 반체제적 혁명에 투신했던 급진주의자들을 향한 물음이기도 하다. 말하자면 『바인랜드』는 혁명을 위한 예술에 의해서든, 히피적 자유분방함에 의해서든, 혹은 마약과 로큰롤에 의해서든, 전혀 구원받지 못한 채 떠돌고 아파한 1960년대의 좌파들, 히피들, 영원히 어린아이로 남고 싶어했던 당시의 청년들에 대한 기록인 것이다.

핀천은 1960년대 세대가 실패할 수밖에 없었던 원인을 일차적으로 PR[3], 즉 로큰롤 인민공화국이 보여준 것과 같은 그들의 단순하고 순진한 사고에서 찾는다. 내부 분열을 이용해 그들의 조직을 와해시킨 브록이 일찍이 간파했듯이, 그리고 브록의 유혹에 넘어간 프레네시에게서 엿볼 수 있듯이, 그들도 "미처 의식하지 못한 질서에 대한 욕망"이(433면) 오히려 그들로 하여금 자신들을 지켜줄 더 안정적이고 절대적인 것들에 매료당하게 했던 것이다.

부르주아 사회의 자본주의에 저항한 1960년대 대항문화 세대가 좌초하게 된 데에는 그들이 거세게 거부했던 소비대중문화와 텔레비전의 영향이 크다. 조이드를 지켜본 프레리의 남자친구 아이재이아가 "텔레비전이 아저씨들을 붙잡는 순간, 그것으로 끝이었어요"(595면)라고 하는 말은 1960년대를 거치면서 소비사회의 지배적인 미디어로 급성장한 텔레비전에 의해 포획되어 마치 또다른 타나토이드들처럼 지내는 그들의 모습을 탁월하게 함축한다. 자본주의나 대중문화와의 관계에서도 그들은 썩 자유롭지가 않다. 히피나 로큰롤, 1960년대부터 대안문화로서 큰 인기를 끌었던 동양사상, 명상법, 요가, 정신수양 같은 신비주의, 그밖의 파격적인 실험들, 심지어 마약과 관련한 사건들은 그들의 의도와 다르게 오히려 수익성 높은 사업이나 소재, 뉴스, 유행으로서 커다란 각광을 받았다. 순수와 자유의 유토피아를 향한 과거의 시도들이 비록 실패로 끝났지만, 역설적으로 그렇게 저항했던 소비자본주의의 훌륭한 '상품'으로 살아남게 된 것이다. 이제 과거의 낙원은 1980년대 미국의 자라나는 신세대 프레리와 그의 친구들이 놀이동산처럼 활보하는 쇼핑몰로 대체된다. 히피들의 유토피아가 잃어버린 낙원이라면, 듣기 편한 음악이 흘러나오고, 자연보다 깨끗하고 안락한 인공정원이 주위를 둘러싸고 있고, 온갖 먹을거리와 향기와 형형색색의 상품들이 넘쳐나는 쇼핑몰은 현실을 잊게 해주는 '다시 찾은' 낙원인 셈이다. 그리고 이 모든 것의 뒤에는 자본주의의 물질적인 윤택함으로 사람들을 현혹하고, 바로 지금이 유토피아인 것처럼 조장하는, 그래서 현실의 문제를 극복하고 더 나은 미래를 꿈꾸고자 하는 인간의 열망을 잠재우는, 레이건 시대의 강고한 보수주의 물결이 있다. 이런 점에서 엄마와 딸이 재회하고, 헤어졌던 애완견 데즈먼드가 마침내 집에 왔다고 생각하는 듯 프레리를 깨우는 『바인랜드』의 해피엔드 같은 결말은 역설적으로 읽을 필요가 있다. 왜냐하면 돌아갈 수 있는 낙원이 더이상 없는 것처럼, 돌아갈 수 있는 집은 더이상 없는 것일지 모르기 때문이다.

핀천의 문체와 번역

번역에서 문체의 중요성은 아무리 강조해도 지나치지 않을 것이다. 잘 읽히는 것 못지않게 원전의 문체가 잘 살아나도록 하는 게 문학작품 번역에서는 특히 중요하다. 문체는 문학작품 번역에서 결코 소홀히 해서는 안되는 중요한 미적 덕목이다. 특정 독자의 눈높이에 맞게, 혹은 현대적으로 매끄럽게 잘 읽히게 하려고 번역하는 과정에서 원작 고유의 문체를 변형하거나 훼손하거나 사라지게 하면 그건 좋은 번역이라고 하기 어렵다. 문학작품에서 문체는 마치 우리의 손글씨와 같은 것으로서, 작가마다 그만의 고유한 문체, 개성적인 스타일이 있기 마련이다.

핀천의 소설을 우리말로 옮기려고 할 때도 그만의 고유한 문체로 인해 사실 큰 부담을 느끼게 된다. 무엇보다 핀천이 작품 속에 끌어들인 지식의 범위가 워낙 방대하고 워낙 다양해서 문장을 단순히 옮기는 것 이상의 작업을 필요로 한다. 그리고 음악, 가요, 영화, 만화, 텔레비전, 광고 등등 미국 대중문화가 때로는 과하다 싶을 정도로 많이 나와서 한국 독자들에게는 이질적으로 느껴질 여지도 많다. 여기서 말장난 같은 동음이의어나 처음 보는 약어를 자주 사용하는 것도 곤란을 가중시킨다. 그런데 그것들보다 더 중요하고 조금은 버겁다고 생각되는 부분은 핀천 특유의 아주 길고 복잡한 문장들이다. 『바인랜드』에서처럼 그의 작품에는 20행이 넘는 문장이 수두룩하다. 그래서 문장의 주술관계나 수식관계를 파악하고 해독하는 독서행위 자체가 핀천이 의도한 주제요 전략이라는 토니 태너나 프랭크 커모드 같은 비평가들의 지적은 설득력이 있다. 『고유의 결함』이나 『블리딩 에지』 같은 최근 소설에서는 상대적으로 좀 덜한 편이지만, '핀천적' 혹은 '핀처네스크'(Pynchonesque)라는 말이 있을 정도로 핀천은 그만의 난해한 문체와 특유의 분위기로 정평이 나 있다. 『바인랜드』에서도 우리말로 옮길 때 가능한 한 이 점을 최대한 살리려고 노력했다. 가독성을 위해 반드시 필요하다고 생각되는 경우를 제외하고는, 우리말 문장이 허락하고 역자의 능력이 허락하는 한, 긴 문장은 길게, 복잡한 문장은 복잡하게 옮기려고 노력했다. 미국 문학에서 짧고 간명한 문장 하면 단연 헤밍웨이가 으뜸이다. 만약에 핀천을 읽기 쉽게 끊어서 옮긴다면 그건 헤밍웨이의 문체이지 핀천의 문체가 아닐 것이다.

끝으로 책이 나오기까지 세계문학팀 편집부 여러분의 도움이 컸다. 만약에 번역상의 오류가 있다면 그것은 전적으로 역자의 잘못이다. 이 작품을 계기로 핀천의 소설이 우리나라 독자들에게도 좀더 가까이 다가가기를 기대해본다.

박인찬(숙명여대 영문학부 교수)

작가연보

1937년 정식 이름은 토머스 러글스 핀천 주니어(Thomas Ruggles Pynchon Jr.)로, 5월 8일 뉴욕 주 롱아일랜드의 글렌코브에서 태어남.

1953년 16세에 오이스터 베이 고등학교(Oyster Bay High School)를 졸업함. 최우수 학생에게 주는 줄리아 서스턴 상을 수상하고 졸업생 대표로 연설함. 이해 가을에 장학생으로 코넬 대학 공학물리학과에 입학함.

1954년 대학 2학년을 미처 마치기 전에 문리학부로 전과해 영문학을 공부함.

1955년 학교를 휴학하고 해군에 입대하여 통신부대에서 복무함.

1957년 군 복무를 마치고 복학함. 재학 중에 러시아 출신의 유명 소설가 블라지미르 나보꼬프의 문학과목을 수강함.

1959년 전과목 최우수 성적으로 영문학 학사학위를 받고 졸업함. 윌슨 펠로우십을 포함한 여러 장학금과 코넬 대학에서의 문예창작 강의, 『에스콰이어』(*Esquire*)지 편집기자 제의를 모두 거절하고, 뉴욕 그리니치빌리지(Greenwich Village)에 거주하면서 소설 창작에 몰두함. 3월에 첫 단편 「이슬비」(The Small Rain)를 『코넬 라이터』(*Cornell Writer*)에 발표하고, 바로 이어서 두번째 단편 「빈에서의 죽음과 자비」(Mortality and Mercy in Vienna)를 『에포크』(*Epoch*)에 발표함.

1960년 워싱턴 주 씨애틀의 보잉사에 취직하여 테크니컬라이터로 근무하기 시작함. 3월에 「로우랜드」(Low-lands)를 『뉴 월드 라이팅』(*New World Writing*)에 발표하고, 「엔트로피」(Entropy)를 『케니언 리뷰』(*Kenyon Review*) 봄호에 발표함. 12월에 보마크 유도 미사일 안전문제에 관한 논문을 『에어로스페이스 쎄이프티』(*Aerospace Safety*)에 게재함.

1961년 나중에 소설 『브이』(*V.*)의 세번째 장이 되는 단편 「언더 더 로즈」(Under the Rose)를 5월에 『노블 쌔비지』(*The Noble Savage*)에 발표함.

1962년 보잉사를 그만두고 일정한 거처 없이 캘리포니아와 멕시코 등지에서 지냄. 이후 지금까지 유목민적인 은둔생활을 함.

1963년 첫 장편소설 『브이』를 발표하여 문단의 극찬을 받음. 그해 출간된 최우수 데뷔소설에 주는 윌리엄 포크너 상을 수상함.

1964년 12월에 「은밀한 통합」(The Secret Integration)을 『쌔터데이 이브닝 포스트』(*The Saturday Evening Post*)에 발표함. 『브이』가 전미도서상(National Book Award) 최종 후보에 오름.

1965년 나중에 두번째 장편소설 『제49호 품목의 경매』(*The Crying of Lot 49*)의 일부가 되는 단편 「세계(이것), 육체(이디파 마스 부인), 그리고 피어스 인버래러티의 유언장」(The World(This One), the Flesh(Mrs. Oedipa Maas), and the Testament of Pierce Inverarity)을 12월에 『에스콰이어』지에 발표함.

1966년 6월에 로스앤젤레스 와츠 흑인폭동을 다룬 에세이 「와츠의 의식 속으로의 여행」(A Journey into the Mind of Watts)을 『뉴욕 타임스 매거진』(*The New York Times Magazine*)에 기고함.

1967년 『제49호 품목의 경매』로 국립예술원의 리처드 앤드 힐다 로젠탈 상을 수상함.

1968년 전쟁세(war tax)에 항의하는 작가 및 편집인 들의 서명에 동참하면서 베트남전 반대운동에 참가함.

1973년 세번째 장편소설 『중력의 무지개』(*Gravity's Rainbow*) 발간.

1974년 『중력의 무지개』가 전미도서상 공동 수상작으로 선정됨. 퓰리처상 심사위원단의 만장일치로 『중력의 무지개』가 소설부문 수상작으로 추천되지만 퓰리처상 위원회가 읽기 어렵고 외설스럽다는 이유로 최종 수상작으로 선정하기를 거부함.

1975년 『중력의 무지개』로 미국문예아카데미로부터 윌리엄 딘 하월스 메달을 받음.

1984년 1950~60년대에 발표한 다섯편의 단편소설에다 작가 서문을 추가한 『느리게 배우는 사람』(*Slow Learner*)을 발간함. 첨단과학시대 지식인의 역할에 관한 에세이 「러다이트여도 괜찮은가?」(Is it O. K. to be a Luddite?)를 『뉴욕 타임스 북 리뷰』에 기고함.

1987년 맥아더 파운데이션 상을 수상함.

1988년 가브리엘 가르시아 마르께스의 『콜레라 시대의 사랑』(*Love in the Time of Cholera*)에 관한 서평 「마음의 영원한 서약」(The Heart's Eternal Vow)을 『뉴욕 타임스』에 기고함.

1990년 십칠년간의 공백을 깨고 네번째 장편소설 『바인랜드』(*Vineland*)를 발간함.

1993년 '일곱가지의 큰 죄'에 대한 작가들의 생각을 씨리즈로 연재하는 『뉴욕 타임스 북 리뷰』의 요청으로 '게으름'에 관한 에세이 「나의 소파여, 좀더 가까이, 그대에게로」(Nearer, My Couch, to Thee)를 기고함.

1994년 록뮤지션 스파이크 존스(Spike Jones)의 앨범 「스파이크드!」(Spiked!) 재킷에 해설을 실음.

1995년 인디 록밴드 로션(Lotion)의 새 앨범 「노바디스 쿨」(Nobody's Cool) 재킷에 해설을 싣고, 밴드와 직접 인터뷰한 기사를 『에스콰이어』지에 기고함.

1997년 다섯번째 장편소설 『메이슨과 딕슨』(*Mason & Dixon*) 발간.

2003년 미국 플룸/하트코트 브레이스 출판사에서 새로 출간한 조지 오웰의 소설 『1984』의 서문을 씀.

2004년 미국의 유명 텔레비전 만화 「심슨네 가족들」(The Simpsons)에 물음표가 그려진 커다란 종이봉투를 턱까지 뒤집어쓴 만화캐릭터로 두 차례에 걸쳐 카메오 출연함.

2006년 자신의 소설 중 가장 긴 『그날에 대비하여』(*Against the Day*)를 발간.

2009년 소설 『고유의 결함』(*Inherent Vice*) 발간.

2013년 소설 『블리딩 에지』(*Bleeding Edge*)를 발간하여 전미도서상 최종후보에 오름.

2014년 소설 『고유의 결함』이 폴 토머스 앤더슨(Paul Thomas Anderson) 감독의 「인히어런트 바이스」(Inherent Vice)로 영화화됨.

발간사

고전의 새로운 기준, 창비세계문학

오늘날 우리는 인간의 존엄과 개성이 매몰되어가는 시대를 살고 있다. 물질만능과 승자독식을 강요하는 자본주의가 전지구적으로 확산되면서 현대사회는 더 황폐해지고 삶의 질은 크게 훼손되었다. 경제성장만이 최고의 선으로 인정되고 상업주의에 물든 문화소비가 삶을 지배할수록 문학은 점점 더 변방으로 밀려나고 있다. 삶의 본질을 성찰하는 문학의 자리가 위축되는 세계에서는 가진 자와 못 가진 자 할 것 없이 모두가 불행할 수밖에 없다.

이 시대야말로 인간답게 산다는 것의 의미가 무엇인지 근본적인 화두를 다시 던지고 사유의 모험을 떠나야 할 때다. 우리는 그 여정에 반드시 필요한 벗과 스승이 다름 아닌 세계문학의 고전이라는 점을 강조한다. 고전에는 다양한 전통과 문화를 쌓아올린 공동체의 경험이 녹아들어 있고, 세계와 존재에 대한 탁월한 개인들의 치열한 탐색이 기록되어 있으며, 새로운 세상을 꿈꾸는 아름다운 도전과 눈물이 아로새겨 있기 때문이다. 이 무궁무진한 상상력의 보고이자 살아 있는 문화유산을 되새길 때만 개인의 일상에서 참다운 인간적 가치를 실현하고 근대적 삶의 의미와 한계를 성찰하는 지혜를 얻을 수 있을 것이다.

'창비세계문학'은 이러한 문제의식에서 출발한다. 세계문학의 참의미를 되새겨 '지금 여기'의 관점으로 우리의 정전을 재구성해야 할 필요성이 그 어느 때보다 절실하다. '정전'이란 본디 고정된 목록으로 존재하는 것이 아니라 그때그때 주어진 처소에서 새롭게 재구성됨으로써 생명을 이어가는 것이다. 우리는 먼저 전세계 문학들의 다양성과 차이를 존중하면서 국가와 민족, 언어의 경계를 넘어 보편적 가치에 기여할 수 있는 가능성에 주목하고자 한다. 근대를 깊이 성찰한 서양문학뿐 아니라 아시아와 라틴아메리카, 중동과 아프리카 등 비서구권 문학의 성취를 발굴하고 재평가하는 것 역시 세계문학의 지형도를 다시 그리려는 창비의 필수적인 작업이 될 것이다.

여러 전집들이 나와 있는 세계문학 시장에서 '창비세계문학'은 세계문학 독서의 새로운 기준이 되고자 한다. 참신하고 폭넓으면서도 엄정한 기획, 원작의 의도와 문체를 살려내는 적확하고 충실한 번역, 그리고 완성도 높은 책의 품질이 그 기초이다. 독서시장을 왜곡하는 값싼 유행과 상업주의에 맞서 문학정신을 굳건히 세우며, 안팎의 조언과 비판에 귀 기울이고 독자들과 꾸준히 소통하면서 진정 이 시대가 요구하는 세계문학이 무엇인지 되묻고 갱신해 나갈 것이다.

1966년 계간『창작과비평』을 창간한 이래 한국문학을 풍성하게 하고 민족문학과 세계문학 담론을 주도해온 창비가 오직 좋은 책으로 독자와 함께해왔듯, '창비세계문학' 역시 그러한 항심을 지켜나갈 것이다. '창비세계문학'이 다른 시공간에서 우리와 닮은 삶을 만나게 해주고, 가보지 못한 길을 걷게 하며, 그 길 끝에서 새로운 길을 열어주기를 소망한다. 또한 무한경쟁에 내몰린 젊은이와 청소년들에게 삶의 소중함과 기쁨을 일깨워주기를 바란다. 목록을 쌓아갈수록 '창비세계문학'이 독자들의 사랑으로 무르익고 그 감동이 세대를 넘나들며 이어진다면 더없는 보람이겠다.

2012년 가을
창비세계문학 기획위원회
김현균 서은혜 석영중 이욱연 임홍배 정혜용 한기욱

창비세계문학 49

바인랜드

초판 1쇄 발행/2016년 8월 19일

지은이/토머스 핀천
옮긴이/박인찬
펴낸이/강일우
책임편집/권은경·채세진
조판/신혜원·박지현
펴낸곳/(주)창비
등록/1986년 8월 5일 제85호
주소/10881 경기도 파주시 회동길 184
전화/031-955-3333
팩시밀리/영업 031-955-3399 편집 031-955-3400
홈페이지/www.changbi.com
전자우편/lit@changbi.com

ISBN 978-89-364-6449-3 03840

* 책값은 뒤표지에 표시되어 있습니다.